M.V. JUGENDBIBLIOTHEK

Kapitän Marryat

Mr. Midshipman Easy

Kapitän Marryat

Mr. Midshipman Easy

Moewig Verlag KG München

Herausgegeben von R. W. Pinson und Heinz Reck

Neubearbeitung unter Verwendung der deutschen Erstausgabe von 1836.
Orthographie und Interpunktion wurden dem heutigen Stand angepaßt.
Mit 12 Illustrationen von Franz Berthold

Titel der Originalausgabe: »Mr. Midshipman Easy«

Neuausgabe
Moewig Verlag KG, München

Gesamtausstattung: Creativ Shop München
A. + A. Bachmann, München
Satz: Satz-Rechen-Zentrum Hartmann + Heenemann KG, Berlin
Druck und Bindung: Salzer-Ueberreuter, Wien
Printed in Austria
ISBN 3-8118-0001-9

1

Nikodemus Easy war ein Gentleman, der unten in Hampshire wohnte; er war verheiratet und lebte in sehr behaglichen Umständen. Die meisten Eheleute finden es recht behaglich, Familie zu haben, aber nicht immer so ganz behaglich, dieselbe auch zu ernähren. Easy befand sich in letzter Beziehung durchaus nicht unbehaglich, denn er hatte keine Kinder. Er wünschte aber sehnlichst, welche zu bekommen, wie überhaupt die Menschen nach dem zu trachten pflegen, was sie nicht erlangen können. Nach zehn Jahren gab Mr. Easy seine Hoffnungen auf.

Philosophie, sagt man, tröste den Menschen im Mißgeschick, obgleich Shakespeare versichert, sie sei kein Mittel gegen den Zahnschmerz. Deshalb wurde Mr. Easy Philosoph, das allerbeste Geschäft, das einer ergreifen kann, wenn er zu nichts anderem taugt, denn das muß in der Tat ein ganz untauglicher Mensch sein, der nicht wenigstens reden kann. Eine Zeitlang konnte sich Mr. Easy nicht entscheiden, aus welcher Art Unsinn sein Gerede bestehen solle. Endlich aber blieb er bei den Menschenrechten, bei Gleichheit und derartigen Dingen stehen: daß nämlich jeder Mensch geboren werde, um seinen Anteil an der Erde zu erben — ein Recht, das meistens nur bis zu einem gewissen Umfang zugestanden wird, das heißt, bis zu sechs Fuß, denn wir alle bekommen unser Grab und dürfen es auch unbestritten in Besitz nehmen. Aber keine Seele mochte Mr. Easys Philosophie Gehör schenken. Die Frauen wollten die Rechte der Männer, die, wie sie sagten, sich immer im Unrecht befänden, nicht anerkennen; und da die Männer, die Mr. Easy besuchten, sämtlich vermögende Leute waren, konnten sie keinen Vorteil darin finden, mit denen zu teilen, die nichts besaßen. Übrigens ließen sie ihn ohne weiteres die Frage besprechen, während sie seinem Portwein zusprachen. Mr. Easys Wein war gut, seine Beweisgründe waren es weniger. Man muß eben in der Welt die Dinge nehmen, wie sie sind.

Während Mr. Easy philosophisch sprach, legte Mrs. Easy Patience; sie waren somit ein ganz glückliches Ehepaar, denn jeder ritt sein eigenes Steckenpferd, und keines von beiden störte das andere. Mr. Easy wußte, daß seine Frau ihn nicht verstehen konnte und erwartete deshalb auch keineswegs, daß sie ihm besonders aufmerksam zuhörte; und Mrs. Easy scherte sich nicht darum, was und wie ihr Gemahl schwatzte, sofern sie dadurch nicht in ihrem Spiel gestört wurde. Gegenseitige Nachsicht wird immer das häusliche Glück sichern.

Es gab übrigens noch einen anderen Grund, weshalb sie so gut übereinstimmten. So oft irgendeine Frage verhandelt wurde, stellte Mr. Easy beharrlich seiner Frau den Gegenstand zur Entscheidung anheim, indem er sagte, daß sie ihren eigenen Willen haben solle — und das gefiel ihr; aber da er, wenn es zur Ausführung kam, immer dafür sorgte, daß er *seinen* Willen hatte, gefiel es ihm eben so sehr. Allerdings hatte Mrs. Easy längst herausgefunden, daß sie ihren eigenen Willen nie lange hatte; sie war indes eine friedfertige Frau, und da es in neun von zehn Fällen wenig darauf ankam, wie die Sachen behandelt wurden, begnügte sie sich vollkommen mit seiner Unterwürfigkeit während des Feuers der Debatte. Mr. Easy hatte zugegeben, daß sie sich im Recht befand, und wenn er trotzdem wie alle Männer Unrecht tun wollte — nun, was konnte sie, eine arme Frau, dagegen machen? Bei einer Dame von so ruhigem Gemüt kann man sich wohl vorstellen, daß das häusliche Glück Mr. Easys nicht leicht gestört wurde. Aber, wie schon manche bemerkt haben, ist alles veränderlich auf dieser Welt.

Es war gegen Ende des elften Jahres ihres Ehestandes, als Mrs. Easy sich zum erstenmal beklagte, das Frühstück schmecke ihr nicht. Mrs. Easy hatte ihre bestimmten Vermutungen, Mr. Easy war schlicht ahnungslos. Der gute Mann ließ es sich nicht einfallen, daß sein Stamm grüne; er war der Auffassung, es sei keine Easy-Arbeit, einen Erben zu haben, und es fiel ihm deshalb nie ein, daß eine Veränderung in der Gestalt seiner Frau eintreten könne. Mrs. Easy war nicht ganz sicher. Mal glaubte sie, es könne sein, denn die Möglichkeit könne man ja nicht ausschließen, dann glaubte sie wieder, es sei vielleicht nur ein Irrtum und sagte deshalb zu ihrem Gemahl kein Wort. Endlich aber gingen Mr. Easy die Augen auf, und als er, nach Befragen seiner Frau, die staunenerregende Wahrheit herausbrachte, gingen ihm die Augen noch weiter auf. Dann schnalzte er mit den Fingern und tanzte umher wie ein Bär auf heißen Platten – jedoch vor Entzücken, wodurch er bewies, daß verschiedene Ursachen recht wohl zu ein und derselben Zeit in zwei verschiedenen Fällen dieselben Wirkungen hervorzubringen vermögen. Der Bär tanzt vor Schmerzen, Mr. Easy vor Wonne.

Zwei Monate später schnalzte Mr. Easy mit den Fingern, Mrs. Easy fühlte jedoch keine Neigung, weder aus Gleichgültigkeit noch aus Freude, seinem Beispiel zu folgen.

Während nämlich Mrs. Easy in den Wehen lag, war Mr. Easy vor Entzücken außer sich. Er verlachte den Schmerz, wie dies alle Philosophen tun, wenn ihn andere Leute ausstehen müssen und nicht sie selbst.

Zur gehörigen Zeit beschenkte Mrs. Easy ihren Gemahl mit einem hübschen Jungen, den wir der Lesewelt als unseren Helden vorstellen.

2

Es war am vierten Tag nach Mrs. Easys Niederkunft, als Mr. Easy, der neben dem Bett in einem Lehnstuhl saß, folgendermaßen sprach: „Liebe Frau, ich habe soeben nachgedacht, welchen Namen ich dem Kind geben soll."

„Welchen Namen, Mr. Easy? Welchen sollten Sie ihm denn sonst wohl geben als Ihren eigenen?"

„Nicht doch, meine Liebe", antwortete Mr. Easy. „Man kennt viele schöne Namen, aber ich glaube, bei dem meinigen ist das nicht der Fall. Es ist der allerhäßlichste im ganzen Kalender."

„Wieso, was ist damit, Mr. Easy?"

„Nun denn, Nikodemus ist ein langer Name, wenn man ihn ganz ausschreiben will, und die Abkürzung Nick ist gewöhnlich. Überdies gäbe es dann zwei Nicks, und man würde natürlich meinen Sohn den jungen Nick und mich somit den alten Nick nennen, was ja recht teufelsmäßig* wäre."

„Ganz richtig, Mr. Easy. Überlassen Sie es also mir, den Namen zu wählen."

„Das sollen Sie tun, meine Liebe, und auch nur mit diesem Wunsch habe ich das Problem so früh zur Sprache gebracht."

„Ich denke, Mr. Easy, ich werde den Jungen nach meinem Vater nennen — er soll den Namen Robert führen."

„Schön, meine Liebe, wenn Sie es wünschen, soll er Robert heißen. Sie sollen Ihren eigenen Willen haben. Nach einiger Überlegung glaube ich jedoch, Sie werden zugeben, daß ein gewichtiger Einwand im Weg steht."

„Ein Einwand, Mr. Easy?"

„Allerdings, meine Liebe. Robert mag ja recht hübsch sein, aber Sie müssen auch die Folgen bedenken; sicher würde man ihn Bob nennen."

„Nun ja, mein Bester, und wenn man ihn nun Bob nennen würde?"

„Den Gedanken, mein Herzchen, kann ich nicht ertragen. Sie vergessen, in welcher Gesellschaft wir leben, daß die Niederungen mit Schafen bedeckt sind."

„Aber um Himmels willen, Mr. Easy, was haben denn Schafe mit einem Taufnamen zu schaffen?"

„Da haben wir's! Weiber sehen nie die Folgen. Die Schafe, mein Liebchen, haben sehr viel mit dem Namen Bob zu schaffen. Ich will mich auf jeden Pächter in der Grafschaft berufen, ob nicht von hundert Schäferhunden neunundneun-

---

*) Old Nick heißt im Englischen „der Teufel".

zig Bob heißen. Stellen Sie sich vor, Ihr Kind ist einmal draußen auf den Feldern oder Wiesen. Sie verlangen nach ihm und rufen seinen Namen. Was werden Sie statt Ihres Kindes sehen? Wenigstens ein Dutzend solcher verfluchten Hunde, die alle Bob heißen, werden auf Sie zustürzen und mit ihren Stumpfschwänzen wedeln. Sie sehen, Mrs. Easy, das gäbe eine heillose Verwirrung. Sie setzen Ihren einzigen Sohn in die gleiche Kategorie mit der Tierwelt, wenn Sie ihm einen Taufnamen geben, der, um seiner Kürze willen, das ausschließliche Eigentum aller Hunde in der Grafschaft geworden ist. Welcher andere Name Ihnen auch gefallen mag, meine Liebe — ich bin mit allem zufrieden. Aber in diesem einen Fall müssen Sie mir erlauben, entschiedenen Widerspruch einzulegen."

„Gut also, ich will mich besinnen — oder nein, ich will später darüber nachdenken, denn jetzt schmerzt mich gerade der Kopf so sehr."

„Ich will für Sie denken, meine Liebe. Was sagen Sie zu John?"

„Nicht doch, Mr. Easy, welch einfacher Name."

„Ein Beweis für seine Beliebtheit beim Volke, meine Liebe. Er stammt zudem aus der Heiligen Schrift — wir haben den Apostel und den Täufer Johannes sowie ein ganzes Dutzend Päpste, die alle Johann hießen. Auch ein königlicher Name ist es — wir haben eine Menge Könige dieses Namens, und überdies ist er kurz und männlich."

„Ja, ja, ganz richtig, mein Lieber, aber dann wird man ihn doch Jack rufen."

„Und wenn schon; wir haben verschiedene berühmte Charaktere, die Jack hießen. Da ist Jack der Riesentöter, Jack vom Bohnenstengel — und Jack — — Jack..."

„Jack Spratt", ergänzt Mrs. Easy.

„Und Jack Eade, Mrs. Easy, der große Rebell — und der dreifingerige Jack, Mrs. Easy, der berühmte Neger — und, hoch über allen, Jack Fallstaff, Ma'am, Jack Fallstaff — der ehrbare, witzige Jack Fallstaff..."

„Ich dachte, Mr. Easy, ich dürfe den Namen wählen."

„Aber ja, tun Sie das. Ich stelle es Ihnen anheim, handeln

Sie nach Ihrem Belieben – aber verlassen Sie sich darauf, daß John der rechte Name ist. Sind Sie nun im reinen, meine Liebe?"

„So machen Sie es mir jedesmal, Mr. Easy. Sie sagen, Sie überlassen es ganz mir, und ich solle meinen eigenen Willen haben, aber ich habe ihn nie. Ich bin überzeugt, das Kind wird John getauft werden."

„Nein, mein Herz, es soll wirklich ganz nach Ihrem Belieben gehalten werden. Jetzt entsinne ich mich, es gab mehrere griechische Kaiser, die Johann hießen ..."

„Ich gebe es auf, Mr. Easy. Ich weiß schon, es wird auch diesmal wie immer gehen. Sie lassen mir meinen eigenen Willen, wie die Leute den Kindern Goldstücke geben: es ist ihr eigenes Geld, aber sie dürfen es nicht verbrauchen. Bitte, nennen Sie unser Kind John."

„Nun sehen Sie, meine Liebe, sagte ich es Ihnen nicht, daß Sie bei einigem Nachdenken meiner Ansicht sein würden! Ich wußte es im voraus. Ich habe Ihnen Ihren eigenen Willen gelassen, und Sie fordern mich auf, den Jungen John zu nennen. Damit sind wir beide einer Meinung, und dieser Punkt ist somit erledigt."

„Ich wünsche jetzt zu schlafen, Mr. Easy, ich fühle mich unwohl."

„Sie sollen immer tun, was Ihnen beliebt, meine Liebe", erwiderte der Gemahl, „und in allem Ihren eigenen Willen haben. Es gewährt mir das größte Vergnügen, Ihren Wünschen nachzugeben. Ich will nun in den Garten gehen. Gott befohlen, mein Herz."

Mrs. Easy gab keine Antwort, und der Philosoph verließ das Zimmer. Wie man sich leicht denken mag, wurde der Junge am folgenden Tag John getauft.

3

Es ist schwer, einem Kapitel, das über die Kinderjahre handelt, einiges Interesse zu verleihen, denn bei allen Kindern findet bis zur Zeit der Entwicklung eine gewisse Gleichförmigkeit statt. Deshalb können wir auch nicht viel über die ersten Tage Jack Easys berichten. Er saugte seine Milch und gab sie wieder von sich, wobei ihn die Amme für ein allerliebstes Kind hielt, schlief ein und saugte von neuem. Er krähte des Morgens wie ein Hahn, schrie, wenn man ihn wusch, starrte das Licht an und schnitt krumme Gesichter in die Luft. Sechs Monate vergingen unter diesen unschuldigen Belustigungen, dann wurde er aus dem Kissen genommen. Ich hätte, wie mir hier einfällt, schon früher bemerken sollen, daß Mrs. Easy nicht in der Lage war, ihr Kind selbst zu stillen, und daß sie sich somit nach einer Stellvertreterin umsehen mußte.

Nun würde sich in diesem Punkt jeder gewöhnliche Mensch mit der Empfehlung seines Hausarztes, der auf das eine, was not tat – nämlich auf ausreichende und bekömmliche Nahrung für das Kind –, Rücksicht nahm, begnügt haben; Mr. Easy aber war ein Philosoph, und hatte sich in jüngster Zeit der Schädelkunde zugewandt. Er stritt deshalb recht gelehrt mit dem Arzt über die Wirkungen, die es haben könne, wenn sein einziger Sohn aus einer unbekannten Quelle Nahrung bekäme. „Wer weiß", sagte er, „ob mein Sohn nicht schon mit der Milch die allerschlimmsten Neigungen der menschlichen Natur einsaugt?"

„Ich habe das Frauenzimmer unterstützt", antwortete der Doktor, „und kann es mit ruhiger Gewißheit empfehlen."

„Diese Prüfung ist nur die Vorläuferin einer noch wichtigeren", entgegnete Mr. Easy, „ich muß sie prüfen."

„Wen prüfen, Mr. Easy?" rief seine Frau, die sich wieder zu Bett gelegt hatte.

„Die Amme, meine Liebe."

„Was prüfen, Mr. Easy?" forschte Mrs. Easy.

„Ihren Kopf, mein Liebchen", entgegnete der Herr Gemahl. „Ich muß mir Gewißheit darüber verschaffen, welche Neigungen da vorherrschen."

„Ich denke, Sie würden besser daran tun, wenn Sie sie in Ruhe ließen, Mr. Easy. Sie kommt heute abend, und da werde ich sie ganz streng ausfragen. Doktor Middleton, was wissen Sie von dieser jungen Person?"

„Ich weiß, Madam, daß sie sehr gesund und stark ist, sonst würde ich sie nicht gewählt haben."

„Aber hat sie auch einen guten Charakter?"

„In der Tat, Madam, über ihren Charakter weiß ich wenig. Sie können sie aber ganz nach Belieben befragen. Dabei muß ich übrigens bemerken, daß Sie, wenn Sie gar zu eigen sind, Mühe haben werden, eine Amme zu bekommen."

„Nun gut, ich will sehen", antwortete Mrs. Easy.

„Und ich will fühlen", sagte der Herr Gemahl.

Dieses Gespräch wurde durch die Ankunft der in Frage stehenden Person unterbrochen. Das Dienstmädchen meldete sie an und führte sie ins Zimmer. Es war ein hübsches, blühendes, gesund aussehendes Mädchen, etwas linkisch und naiv in ihren Manieren und offensichtlich nicht superklug; in ihrem Wesen lag mehr von der Taube als von der Schlange.

Mr. Easy, den sehr danach verlangte, seine eigenen Entdeckungen zu machen, ergriff zuerst das Wort. „Junge Frau, kommt her, ich möchte Euren Kopf untersuchen."

„Oh, Herr, er ist ganz sauber, ich kann's Ihnen versichern", sagte das Mädchen, indem es einen Knicks machte.

Doktor Middleton, der zwischen dem Bett und Mr. Easys Lehnstuhl saß, rieb sich die Hände und lachte.

Unterdessen hatte Mr. Easy die Haube der jungen Person aufgeknüpft und vom Kopf genommen und war nun emsig beschäftigt, mit seinen Fingern in ihren Haaren herumzuwühlen, wobei die Gesichtszüge des armen Mädchens Furcht und Erstaunen ausdrückten.

„Es freut mich, zu sehen, daß Ihr einen großen Teil gutmütiger Gesinnung besitzt."

„Ja, Sir", erwiderte das Mädchen gehorsam.

„Und Ehrerbietigkeit gleichfalls."

„Danke, Sir."

„Und das Organ der Sittsamkeit ist sehr ausgebildet."

„Ja, Sir", antwortete das Mädchen lächelnd.

Das ist ein ganz neues Organ, dachte Doktor Middleton.

„Philo – progeneratio – sehr mächtig."

„Wenn Sie erlauben, Sir, ich weiß nicht, was das ist", entgegnete das Mädchen Sarah mit einem Knicks.

„Nichtsdestoweniger habt Ihr eine praktische Erläuterung davon gegeben. Mrs. Easy ich bin befriedigt. Haben Sie irgendeine Frage zu stellen? Ich glaube, daß es unnötig ist."

„Gewiß habe ich etwas zu fragen, Mr. Easy. Bitte, junge Frau, wie heißt Ihr?"

„Sarah, zu dienen, Ma'am."

„Wie lange seid Ihr verheiratet gewesen?"

„Verheiratet, Ma'am?"

„Ja, verheiratet."

„Wenn Sie erlauben, Ma'am, ich hatte ein Unglück, Ma'am", erwiderte das Mädchen, die Augen niederschlagend.

„Was, Ihr seid nicht verheiratet gewesen?"

„Nein, Ma'am, bis jetzt nicht."

„Gütiger Himmel! Was fällt Ihnen ein, diese Person hierher zu bringen?" rief Mrs. Easy. „Sie ist keine verheiratete Frau und hat ein Kind."

„Mit Ihrer Erlaubnis, Ma'am", fiel hier das junge Mädchen mit einem Knicks ein, „es war nur ein sehr kleines."

„Ein sehr kleines?" rief Mrs. Easy.

„Ja, Ma'am, ein ganz winziges, und es starb bald nach seiner Geburt."

„Doktor Middleton – was denken Sie darüber?"

„Werte Frau", sagte Doktor Middleton, sich von seinem Stuhl erhebend, „das ist die einzige Person, die ich passend finden konnte für die Bedürfnisse Ihres Kindes, und wenn sie sie nicht nehmen, kann ich nicht für sein Leben garantieren. Es hätte sich wohl auch eine verheiratete Frau finden lassen, aber eine solche wird, wenn sie ein richtiges Gefühl hat, ihre eigenen Kinder nicht verlassen. Und da Mr. Easy behauptet und Sie auch der Ansicht zu sein scheinen, daß die Nahrung, die Ihr Sohn erhält, auf dessen Kopf und Herz Einfluß habe, glaube ich, daß er eher durch den Genuß der Milch einer verheirateten Frau, die ihr eigenes Kind um des Geldes willen verläßt, Gefahr laufen kann. Das Unglück, das diesem jungen Frauenzimmer widerfuhr, ist keineswegs ein Beweis von einem bösen Herzen, sondern von großer Anhänglichkeit und besonderer Einfalt."

„Sie haben ganz recht, Doktor", erwiderte Mr. Easy, „und ihr Kopf beweist, daß sie ein sittsames Frauenzimmer ist von streng religiösen, gutmütigen Gesinnungen und jeder sonst erforderlichen Eigenschaft."

„Ihr Kopf mag meinetwegen alles das beweisen, Mr. Easy, aber ihr Verhalten spricht von etwas ganz anderem."

„Soll ich's einmal mit dem Kind probieren, Ma'am?" fragte Sarah. „Es ist so unruhig. Das arme Ding steckt gerade sein Fäustchen bis in die Kehle hinab."

Doktor Middleton winkte ihr zu, und nach wenigen Sekunden hing Jung-Easy an Sarahs Brust so fest wie ein Blutegel, und so wurde die Amme in Dienst genommen.

Um die Sache kurz zu machen, haben wir bereits gesagt, daß Jack Easy nach sechs Monaten aus dem Tragkissen herauskam. Er begann alsbald umherzukriechen, haschte nach allem, drückte das Kätzchen tot, kratzte seine Mutter und riß seinen Vater bei den Haaren. Trotz allem aber erklärten beide übereinstimmend, er sei das artigste und liebste Kind auf der Welt.

Wenn wir aber sämtliche wunderbaren Ereignisse aus Jacks Kinderzeit von seiner Geburt bis zum Alter von sieben Jahren, wie sie von Sarah, die auch nach der Entwöhnung als Kindermädchen im Haus blieb, erzählt wurden, aufführen wollten, würde das wenigstens drei Bände anfüllen. Jack wurde aufgezogen, wie in der Regel jedes einzige Kind. Das heißt, man ließ ihm seinen eigenen Willen.

4

„Haben Sie nicht im Sinn, den Jungen in die Schule zu schikken, Mr. Easy?" fragte Doktor Middleton anläßlich eines Besuches, nachdem sich Master Easy in den Daumen geschnitten hatte. Nach der Aufregung, die im ganzen Hause herrschte, hätte man glauben mögen, der junge Jack habe sich den Kopf abgeschnitten. Mr. Easy lief unbehaglich auf und ab, Mrs. Easy wurde nur mit Mühe daran gehindert in Ohnmacht zu fallen und alle Dienstmägde rannten geschäftig um Mrs. Easys Lehnstuhl herum. Alle schienen ganz verwirrt, außer Jack selbst, der mit einem Lappen um seinen Finger Baumelkirschen spielte.

„Nun, was hast du denn, kleiner Mann?" fragte Doktor Middleton, der sich bei seinem Eintritt an Jack als an den verständigsten Teil der ganzen Gesellschaft wandte.

„Ach, Doktor Middleton", rief Mrs. Easy, „er hat sich in die Hand geschnitten. Gewiß ist ein Nerv verletzt und dann ..."

Der Doktor gab keine Antwort, untersuchte aber den Finger. Jack Easy spielte dabei fortwährend Kirschenbaumeln mit seiner rechten Hand.

„Haben Sie ein Stückchen Heftpflaster im Haus, Madam?" fragte der Doktor nach der Besichtigung.

„Aber ja! Schnell, Mary – schnell, Sarah!" Nach wenigen Sekunden erschienen die Mädchen wieder; Sarah brachte das Heftpflaster, und Mary folgte ihr mit der Schere.

„Beruhigen Sie sich doch, Madam", sagte Doktor Middleton, nachdem er das Pflaster angelegt hatte, „ich garantiere Ihnen, daß es keine üblen Folgen haben wird."

„Würde ich nicht besser daran tun, ihn die Treppe hinaufzutragen und ein wenig ins Bett zu legen?" fragte Mrs. Easy, indem sie eine Guinee in die Hand des Arztes gleiten ließ.

„Es ist nicht unbedingt notwendig, Madam", antwortete Middleton, „aber in jedem Fall wird er da vor weiterem Unglück bewahrt sein."

„Komm, mein lieber Sohn, du hörst, was Doktor Middleton sagt."

„Ja, ich höre", erwiderte Jack, „aber ich mag nicht."

„Mein liebes Jäckchen – komm, Herzchen – na, komm, mein liebes Jäckchen."

Jack spielte Kirschenbaumeln und gab keine Antwort.

„Kommen Sie, Master Jack", sagte Sarah.

„Pack dich, Sarah, entgegnete Jack und versetzte der Amme einen Hieb auf den Rücken.

„Pfui, Master Jack", sagte Mary.

„Jack, mein Liebling", begann nun Mrs. Easy in schmeichelndem Ton. „Komm doch – willst du mit mir gehen?"

„Ich will in den Garten gehen und noch mehr Kirschen holen", antwortete Master Jack.

„Dann komm, mein Lieber, wir wollen in den Garten gehen."

Jetzt hüpfte Master Jack von seinem Stuhl herab und faßte seine Mama bei der Hand.

„Welch ein liebes, gutes, folgsames Kind er ist!" rief Mrs. Easy. „Sie können ihn an einem Faden lenken."

Ja, wenn es gilt, Kirschen zu pflücken, dachte Doktor Middleton.

Mrs. Easy, Jack, Sarah und Mary begaben sich in den Garten und ließen Doktor Middleton allein bei Mr. Easy, der während des ganzen Auftritts geschwiegen hatte. Nun war Doktor Middleton ein feiner, gefühlvoller Mann, der niemanden betrüben mochte. Was die Annahme der Guinee betraf, so war sein Gewissen über diesen Punkt völlig erhaben. Seine Zeit war kostbar, mochte er nun für etwas oder nichts gerufen werden, und überdies behandelte er die Armen unentgeltlich. Da er regelmäßig in das Haus kam, hatte er Jack Easy oft und genau gesehen und wohl erkannt, daß er ein mutiger, strebsamer Junge mit guten natürlichen Anlagen war, der bei der Idiosynkrafie des Vaters und der Affenliebe der Mutter unfehlbar alle Aussicht hatte, verdorben zu werden.

Deshalb nahm er, sobald die Dame des Hauses ihn nicht mehr hören konnte, Platz auf seinem Stuhl und stellte die Frage, die wir am Eingang unseres Kapitels angeführt haben und nun wiederholen müssen.

„Haben Sie nicht im Sinn, den Jungen in die Schule zu schicken, Mr. Easy?"

Easy schlug die Beine übereinander und faltete die Hände über den Knien, wie er es immer tat, wenn er eine Sache zu verhandeln begann.

„Der große Einwand, den ich dagegen zu machen habe, einen Jungen in die Schule zu schicken, Doktor Middleton, besteht darin, daß ich überzeugt bin, erzwungener Unterricht steht nicht nur mit dem Menschenrecht, sondern auch mit dem gesunden Menschenverstand im Widerspruch. Man schickt einen Jungen zur Schule in der Absicht, daß er durch Lehre und Beispiel gebildet werde. Aber kann er Gemütlichkeit lernen aus dem zornigen Blick des Lehrers und dem Schwingen der Strafrute? Oder Nachsicht aus der Grausamkeit der Zuchtmeister? Oder Geduld, wenn die Lehrer über ihn ungeduldig sind? Oder Sittsamkeit, wenn sein Hinterteil allgemeiner Besichtigung preisgegeben wird? Empfängt er so nicht jeden Tag eine Lehre im Widerspruch zu der Gleichheit, die uns allen zusteht, deren wir aber ungerechterweise beraubt sind? Warum einen Unterschied machen zwischen dem Peitschenden und den Gepeitschten? Sind sie nicht beide nach dem Ebenbild Gottes geschaffen, mit derselben Vernunft begabt und im Besitz eines Anrechts auf alles das, was die Welt bietet und nach dem Willen der Vorsehung gleichmäßig verteilt sein soll? Ist die Welt nicht das geheiligte Erbgut aller, das aber die Tyrannei und Gottlosigkeit der Mehrheit zum Vorteil weniger raubte — eine Beraubung, die man sich infolge vieljähriger Gewohnheit viel zu lange schon gefallen läßt? Ist es nicht die Pflicht eines Vaters, seinen einzigen Sohn vor solchen gefährlichen und entwürdigenden Irrtümern zu bewahren, die ihn zu nichts anderem, als zu einem von jener elenden Herde machen würden, die gern alles dulden, vorausgesetzt, daß sie zu leben haben? Werden nicht gegenwärtig gerade diese Irrtümer in der

Schule eingeprägt, teilweise sogar durch die Rute eingebläut? Erhalten unsere Jungen nicht mit dem Abc-Unterricht auch den ersten Unterricht in der Sklaverei? Und wird ihr Geist dadurch nicht so sehr niedergedrückt, daß sie sich nicht wieder erheben, sondern sich für immer unter dem Despotismus beugen, vor den vornehm Geborenen kriechen, nach den Lehren anderer denken und handeln, und so stillschweigend dieses heilige Recht der Gleichheit verleugnen, das ein Recht ist, welches wir von Geburt an besitzen? Nein, Sir, wenn man in der Schule keinen Unterricht erteilen kann, ohne zu einem so tiefen Irrtum, wie es das Peitschen ist, zu greifen, soll mein Junge niemals in die Schule gehen."

Damit warf sich Mr. Easy wieder in seinen Lehnstuhl zurück und dachte, wie alle Philosophen, etwas recht Kluges gesagt zu haben.

Doktor Middleton kannte seinen Mann und hatte deshalb ruhig gewartet bis Mr. Easys Rednerkraft erschöpft war.

„Ich will zugeben", sagte er, „daß in all dem, was Sie sagen, viel Wahres liegt. Aber, Mr. Easy, glauben Sie nicht, daß Sie, wenn Sie nicht zulassen, daß ein Junge erzogen wird, gerade dem Irrtum, von dem Sie sprechen, Tür und Tor öffnen? Nur die Erziehung kann die Vorurteile besiegen und einen Menschen dazu bringen, das Netz der Gewohnheit zu durchbrechen. Wenn die Rute angewendet wird, so zu einer Zeit, wo der junge Geist zu elastisch ist, um bald gleichgültig zu werden. Nachdem er aber die Anfänge der Erziehung erlernt hat, finden Sie ihn zu dem Unterricht, den Sie ihm selbst erteilen mögen, gehörig vorbereitet."

„Ich will ihn alles selbst lehren", erwiderte Mr. Easy.

„Ich zweifle keineswegs an Ihrer Fähigkeit, Mr. Easy, aber unglücklicherweise werden Sie dabei immer auf eine Schwierigkeit stoßen, die Sie nicht beseitigen können. Entschuldigen Sie, ich weiß, was zu leisten Sie imstande sind, und der Junge würde in der Tat mit einem solchen Lehrmeister gute Fortschritte machen, aber um offen zu sein: Sie müssen bedenken, daß die mütterliche Zärtlichkeit der Mrs. Easy stets ein Hindernis für Ihre Pläne sein wird. Jack ist jetzt schon so verzogen durch sie, daß er nicht mehr gehorchen will – und ohne Gehorsam können Sie ihm nichts einprägen."

„Ich gebe zu, Sir, daß hier einige Schwierigkeiten liegen. Aber dann muß eben väterlicher Ernst über mütterliche Schwäche den Sieg davontragen."

„Dürfte ich fragen, wie? Das scheint mir unmöglich …"

„Unmöglich! Bei Gott, ich will ihn gehorchen lehren, oder ich will …" Hier hielt Mr. Easy inne, ehe ihm das Wort „ihn peitschen" entschlüpfte. „Ich will den Grund wissen, warum, Doktor Middleton."

Doktor Middleton bezwang seinen Lachreiz und antwortete: „Ich zweifle nicht daran, daß Sie ein Mittel herausfinden würden, durch das Sie die nötige Gewalt über ihn erlangen könnten – aber was kann die Folge davon sein? Der Junge wird seine Mutter als seine Beschützerin und Sie als seinen Tyrannen betrachten. Er wird eine Abneigung gegen Sie entwickeln und weder Achtung noch Aufmerksamkeit für Ihre schätzbaren Lehren an den Tag legen, wenn er einmal in das Alter kommt, wo er sie versteht. Nun scheint es mir aber, daß diese Schwierigkeit beseitigt werden kann. Ich kenne einen sehr tüchtigen Kirchendiener, der die Rute nicht anwendet. Ich will ihm schreiben und ihn zu diesem Punkt befragen. Wenn dann Ihr Junge der Gefahr, die ihm aus der übermäßigen Nachsicht droht, entzogen ist, wird er bald fähig sein, unter Ihre Aufsicht zu treten und Ihre wichtigeren Lehren zu empfangen."

„Mir scheint", antwortete Mr. Easy nach einer kurzen Pause, „was Sie sagen, verdient alle Beachtung. Ich gebe zu, daß der Junge als Folge von Mrs. Easys unverständiger Nachgiebigkeit widerspenstig ist und mir jetzt schon nicht gehorchen will. Wenn also Ihr Freund die Rute nicht anwendet, will ich ernsthaft darüber nachdenken, ihm meinen Sohn zur Erlernung des ersten Wissens zu übergeben."

Eines Tages kehrte Middleton mit einem Schreiben des Schulmannes zurück, worin dieser den Gebrauch der Rute mit Unwillen verwarf, und nun erzählte Mr. Easy seiner Frau, als sie sich beim Tee trafen, von seinen Plänen betreffs seines Sohnes.

„Er soll zur Schule, Mr. Easy? Was, mein Kleiner soll in die Schule?"

„Gewiß, meine Teure. Sie müssen bedenken, daß es mit neun Jahren die höchste Zeit für ihn ist, lesen zu lernen."

„Nun ja, er kann ja beinahe schon lesen, Mr. Easy, und gewiß kann ich ihn darin unterrichten. Liest er nicht, Sarah?"

„Gott segne ihn, ja, Ma'am, er sagte gestern seine Buchstaben her."

„Oh, Mr. Easy, wer kann Ihnen das bloß in den Kopf gesetzt haben? Johnjack, mein Liebling, komm her – sag mir einmal, was ist der Buchstabe A? Du hast es ja diesen Morgen im Garten gesungen."

„Ich will etwas Zucker haben", antwortete Jack, seinen Arm nach der Zuckerdose streckend.

„Gern, mein Liebchen, du sollst ein großes Stück haben, wenn du mir sagst, was der Buchstabe A ist."

„Der Affe sehr possierlich ist, zumal wenn er vom Apfel frißt", antwortete Jack in mürrischem Ton.

„Da sehen Sie's, Mr. Easy, und so kann er's durch das ganze Alphabet hindurch – kann er's, Sarah?"

„Das ist gewiß, daß er's kann, der liebe Junge. Kannst du's lieber Jack?"

„Nein", antwortete Jack.

„Doch, du kannst's, mein Lieber. Du weißt, was der Buchstabe B ist. Weißt du's?"

„Ja", antwortete er.

„Nun, Mr. Easy, Sie sehen, was der Junge weiß und wie folgsam er obendrein ist. Komm sei lieb und sage uns, was der Buchstabe B ist."

„Ich mag nicht", erwiderte Jack, „ich will noch mehr Zucker haben." Damit streckte sich Jack, der auf einen Stuhl geklettert war, über den Tisch, um die Zuckerdose zu holen.

„Um Gottes willen, Sarah, nehm ihn weg – er wird das Teeglas umstürzen", rief Mrs. Easy. Sarah faßte Jack um den Leib, um ihn zurückzuziehen, aber der Junge widersetzte sich der Einmischung. Er warf sich, da er auf dem Tisch lag, auf den Rücken und trat Sarah ins Gesicht, gerade als sie einen zweiten verzweifelten Griff nach ihm tat. Die Rückwirkung des Trittes, die ihm auf einem Mahagonytisch liegend, widerfuhr, brachte Jacks Haupt in Berührung mit der Urne, die nun nach der entgegengesetzten Seite hin umstürzte, und trotz seiner blitzschnellen Bewegung erhielt Mr. Easy eine tüchtige Portion heißer Flüssigkeit auf die Beine, ausreichend genug, daß er sich ernstlich verbrannte und dahin gebracht wurde, auf eine ganz unphilosophische Weise zu schreien und zu fluchen. Unterdessen hatten Sarah und Mrs. Easy Jack genommen und hielten ihn beide an den Armen, wobei sie laut lamentierten. Der Schmerz der Brandwunde und die ihm gezeigte Gleichgültigkeit waren zuviel für Mr. Easys Temperament. Er riß Jack den Frauen aus den Armen, vergaß alle seine Sprüche über Gleichheit und Männerrechte und prügelte ihn ohne Gnade und Barmherzigkeit durch. Sarah wollte vermitteln, erhielt aber einen Hieb, der sie tausend Sterne sehen ließ und zu Boden warf. Mrs. Easy bekam ihre Nervenzustände und Jack heulte, daß man es eine Viertelmeile weit hören konnte.

Wer weiß, wie lange Mr. Easy so weitergemacht hätte. Aber die Tür ging auf, und als Mr. Easy von seiner Beschäftigung aufblickte, sah er Doktor Middleton ganz stumm vor Erstaunen dastehen. Der Arzt hatte versprochen, zum Tee zu kommen und, wenn es nötig wäre, Mr. Easys Beweisführung zu unterstützen. Nun aber schien es ihm, als ob Mr. Easy gar keiner Hilfe bedürfe. Bei Doktor Middletons Eintritt wurde Jack losgelassen und lag nun heulend und schreiend auf dem Boden. Auch Sarah befand sich noch an der Stelle, wo sie hingestürzt war. Mrs. Easy wälzte sich auf den Dielen, das Glas lag auf dem Boden, und Mr. Easy konnte, obgleich er nicht ebenfalls dalag, auf keinem Bein mehr stehen.

Nie erschien ein Arzt zu passenderer Stunde. Mr. Easy war allerdings anfangs nicht dieser Meinung, aber seine Beine verursachten ihm so viel Schmerzen, daß er bald anderer Ansicht wurde.

Doktor Middleton hob pflichtgemäß zuerst Mrs. Easy auf und legte sie auf das Sofa. Sarah stand auf, richtete Jack auf und schleifte ihn aus dem Zimmer hinaus. In Erwiderung dieser Aufmerksamkeit empfing sie einige Bisse in den Nacken. Der Bediente, der den Arzt gemeldet hatte, hob das Teeglas auf. Mr. Easy warf sich keuchend und ächzend vor Schmerz auf das andere Sofa, und Doktor Middleton war in außerordentlicher Verlegenheit, was er tun sollte. Er sah wohl, daß Mr. Easy seines Beistandes bedürfe und daß Mrs. Easy desselben durchaus entbehren konnte; aber es war sehr schwer, eine Dame zu verlassen, die halb wirklich, halb vorgeblich in Ohnmacht lag. Sobald er versuchte, von ihr wegzugehen, stampfte sie und fuhr heftig auf und verfiel in neue Krämpfe. Endlich schwang Doktor Middleton die Glocke, worauf sofort der Bediente erschien. Dieser rief sämtliche Dienstmädchen herbei, die Mrs. Easy die Treppe hinaufbrachten, und nun konnte der Doktor dem einzigen Patienten beistehen, der in der Tat seine Hilfe nötig hatte. Mr. Easy erklärte ihm den Vorfall in wenigen Worten, bisweilen durch Schmerzlaute unterbrochen, während ihm der Doktor seine Strümpfe auszog. Durch die Mittel des Doktors verspürte Mr. Easy bald Linderung, aber mehr als seine verbrannten Beine ärgerte es ihn, daß der Arzt Zeuge gewesen war, wie er die Gleichheit und Menschenrechte verletzte. Middleton begriff das wohl und wußte auch, wie er Balsam in diese Wunde gießen konnte.

„Mein lieber Mr. Easy, ich bedauere sehr, daß Sie von diesem Unfall betroffen wurden, den Sie lediglich der törichten Nachsicht Mrs. Easys gegen den Jungen zu verdanken haben, aber ich freue mich auch, zu sehen, daß Sie den väterlichen Pflichten nachgekommen sind, die uns die Schrift einprägt. Salomon sagte schon, wer die Rute schont, verdirbt sein Kind, womit er meint, daß es Pflicht eines Vaters sei, seine Kinder zu züchtigen. Wenn aber dies ein Vater tut, so hat das nicht mit den Menschenrechten oder irgendeiner natürlichen Gleichheit zu schaffen, denn da der Sohn ein Teil oder Ausfluß des Vaters ist, züchtigt dieser nur sein eigenes Selbst. Der Beweis davon liegt darin, daß ein Vater, wenn er seinen Sohn straft, ebenso großen Schmerz fühlt, als wenn er selbst gezüchtigt würde. Es ist dies also nichts anderes, als jene Selbstkreuzigung, die uns so streng von der Heiligen Schrift befohlen wird."

„Das ist ganz meine Meinung", erwiderte Mr. Easy, der sehr erfreut war, daß ihm der Doktor so logisch aus der Klemme geholfen hatte. „Aber nun bin ich fest entschlossen, er soll mir morgen noch in die Schule gehen."

„Dafür wird er Mrs. Easy zu danken haben", antwortete der Doktor.

„Ganz richtig", entgegnete Mr. Easy. „Doktor, meine Beine brennen wieder tüchtig."

„Lassen Sie nur nicht nach, ihre Beine mit Wasser und Weinessig zu waschen, bis ich Ihnen eine Salbe schicke, die Ihren Schmerz bald stillen wird. Ich werde morgen wieder vorbeisehen. Apropos, ich habe morgen nach einem kleinen Patienten bei Mr. Bonnycastle zu sehen. Wenn Sie nichts dagegen haben, kann ich Ihren Sohn mitnehmen."

„Das wäre mir sehr angenehm, Doktor", antwortete Mr. Easy.

„Dann werde ich jetzt noch hinaufgehen, um nachzusehen, wie es Mrs. Easy geht, und morgen um zehn Uhr wieder vorbeikommen. Ich kann dann schon ein Stündchen warten. Gute Nacht!"

„Gute Nacht, Doktor!" Jetzt hatte der Arzt seine Rolle bei Mrs. Easy zu spielen. Er übertrieb das Unglück ihres Gemahls und seinen Zorn und riet ihr, ja kein Wort zu sagen, bis er wieder gesund und ruhiger geworden sei. Am folgenden Tag wiederholte er diese Therapie, und trotz der Klagerufe Sarahs, trotz der Tränen Mrs. Easys, die ihre Sache nicht zu verteidigen wagte, und trotz des heftigen Widerstandes Master Jacks, der ein Vorgefühl der Dinge, die da kommen sollten, zu haben schien, wurde unser Held in Doktor Middletons Gefährt gebracht.

Mit Ausnahme einer Fensterscheibe, die er mit dem Fuß hinaustrat — für diese Heldentat schlug ihn übrigens der Doktor so an die Ohren, daß ihm fast Hören und Sehen verging —, gelangte er ohne weiteres bemerkenswertes Ereignis, eingeführt von den Bedienten des Arztes, in das Wohnzimmer von Mr. Bonnycastle.

5

Master Jack wurde von den Bedienten Middletons in einen Stuhl geworfen. Als der Mann von dem kleinen Unhold abließ, sah er zuerst seine eigenen Hände, an denen das Blut herablief, dann Master Jack an und biß die Zähne zusammen als wollte er sagen: Wenn ich nur dürfte, wie ich wollte! Dann ging er zum Zimmer hinaus. Doktor Middleton studierte ein Zeitungsblatt während Jack zusammengekauert und mürrisch dasaß, seine Beine gegen die Fensterecke gestemmt und die Knie fast bis zur Nase heraufgezogen. Es war ein vielversprechender Schüler, dieser Jack.

Nun erschien auch Mr. Bonnycastle – ein schlanker, gut aussehender, freundlicher Mann, mit sorgsam gepudertem Haar, in feierlich schwarzer Kleidung mit Knieschnallen. Sein Weißzeug war blendend weiß und seine Gesichtszüge hatten einen ungemein milden Ausdruck. Wenn er lächelte, zeigte er zwei Reihen Zähne, so weiß wie Elfenbein, und seine sanften blauen Augen waren das geballte Wohlwollen. Man konnte ihn das Schönheitsideal eines Lehrers nennen, denn wer ihn nur sah und seine sanfte Stimme hörte, mußte wünschen, alle seine Söhne unter diese Obhut zu bringen. Er war ein tüchtiger Lehrer, und zu der Zeit, von der wir reden, hatte er an die hundert Schüler. Er war dafür berühmt, etwas Tüchtiges aus ihnen zu machen, und einige von ihnen hatten sich tatsächlich in Künsten und Wissenschaften ausgezeichnet.

Doktor Middleton, der ein sehr vertrauter Bekannter Bonnycastles war, erhob sich, als der Hausherr in das Zimmer trat und drückte ihm die Hand, dann wandte er sich der Stelle zu, wo Jack saß und deutete auf ihn mit den Worten: „Da sehen Sie!"

Bonnycastle lächelte. „Ich kann nicht sagen, daß ich schon

Schlimmere gehabt habe, doch hab ich fast ebenso Schlimme. Ich will die Fackel des Prometheus schwingen und bald Leben in diese rohe Masse bringen. Setzen wir uns, Doktor Middleton."

„Sagen Sie mir, Bonnycastle", begann der Arzt, nachdem er wieder seinen Stuhl eingenommen hatte, „wie in aller Welt wollen Sie es anfangen, einen solchen jungen Bären zu formen, wenn Sie sich nicht der Rute bedienen?"

„Ich gebe nichts auf Rutenstreiche und wende die Rute deshalb auch nicht an. Die Sache ist nämlich die, ich war selbst in Harrow und ein recht ausgelassener Junge. Ich mußte ebenso oft wie die meisten Jungen in der Schule zur Strafe vortreten, und ich erinnere mich wohl noch, daß ich mir am Ende gar nichts mehr aus den Birkenstreichen machte. Ich war dickhäutig geworden. Mit der Rute treffen Sie gerade denjenigen Teil eines Jungen, wo sie am wenigsten Wirkung hat. Es bleibt nichts zurück, um das Gedächtnis aufzufrischen."

„Da bin ich denn doch anderer Ansicht."

„Mein lieber Middleton, durch eine einzige Tracht mit der Haselnußgerte kann ich mehr Erfolg erzielen, als durch zwanzig Rutenpeitschen. Die Rute trifft den Teil, der die meiste Zeit ausruht. Haselnußöl aber alle Teile vom Kopf bis zu den Fußspitzen. Nun bemächtigt sich aber, wenn einmal das erste Zucken der Rute vorüber ist, dieses Teiles ein Stumpfgefühl, so daß man gar keinen Schmerz mehr empfindet, während hingegen eine gute kräftige Tracht Gertenstreiche Striemen und Beulen am ganzen Leib und an allen denjenigen Teilen, die zur Muskelbewegung erforderlich sind, zurückläßt. Nach Rutenschlägen kann ein Junge in den Hof hinausspringen und wie eh und je mit seinen Kameraden spielen, aber eine ordentliche Portion Gertenhiebe bewirkt etwas ganz anderes: da kann er kein Glied seines Körpers rühren, ohne tagelang an die Strafe erinnert zu werden, und hütet sich nun wohl, sich derselben wieder auszusetzen."

„Mein lieber Sir", antwortete Middleton lachend, „ich glaubte in der Tat, Sie seien äußerst nachsichtig und sanft, freue mich aber, daß ich mich in einem Irrtum befand."

„Sehen Sie einmal diesen jungen Bären, Doktor. Sitzt er nicht eher da wie ein Vieh als wie ein vernünftiges Geschöpf? Glauben Sie, daß ich ihn je zu etwas Ordentlichem erziehen könnte ohne Anwendung strenger Maßregeln? Erlauben Sie mir zugleich, Ihnen zu sagen, daß ich mein System bei weitem für das beste halte. In den öffentlichen Schulen ist die Bestrafung kein Mittel zur Zucht. Sie ist da vielmehr so nichtswürdig, daß sie verlacht wird. Meine Züchtigung hingegen ist eine Strafe im wahren Sinn des Wortes, und daraus folgt, daß sie viel seltener angewendet zu werden braucht."

„Sie sind ein Terrorist, Bonnycastle."

„Die beiden gewaltigsten Gefühle in unserer Natur sind Furcht und Liebe. In der Theorie ist es ganz schön, nach dem Sinn der Liebe zu handeln, aber in der Praxis habe ich mich nie veranlaßt gesehen, ihr das Wort zu reden, und zwar aus den besten Gründen von der Welt, weil unsere Liebe zu uns selbst größer ist, als die zu unseren Mitmenschen. Mit der Furcht verhält es sich so, daß wir uns nur aus zu großer Liebe zu uns selbst und aus keinem anderen Grund fürchten."

„Und doch haben wir heutzutage so viele, die ein Schulsystem ohne körperliche Züchtigung einführen wollen und der Ansicht sind, das gegenwärtige sei entwürdigend."

„Es gibt eben sehr viele Narren in dieser Welt, Doktor."

„Das erinnert mich an den Vater dieses Jungen", antwortete Middleton und teilte nun dem Schulmann die Abneigung Mr. Easys mit, Jack in einer Schule erziehen zu lassen.

„Da ist keine Zeit zu verlieren, Doktor. Ich muß diesen jungen Gentleman bearbeiten, ehe seine Eltern kommen, ihn zu besuchen. Verlassen Sie sich darauf, in einer Woche ist er gehorsam und folgsam wie ein Lamm."

Doktor Middleton sagte nun Jack Lebewohl und ermahnte ihn, ein guter Junge zu sein. Jack hielt es für unter seiner Würde zu antworten.

„Lassen Sie's gut sein, Doktor. Das nächstemal, wenn Sie kommen. wird er sich schon artiger benehmen, verlassen Sie sich darauf", sagte der Schulmann.

Mr. Bonnycastle war zwar ein strenger, aber auch ein sehr einsichtsvoller Mann. Kleinere Unarten jeder Art wurden nur ganz gelinde bestraft, wie zum Beispiel durch Einsperren in den Erholungsstunden, und er mischte sich nie in die Balgereien der Jungen ein, obgleich er entschiedene Mißhandlungen streng ahndete. Wichtigste Forderung war Aufmerksamkeit bei den Studien. Bonnycastle entdeckte bald die Fähigkeiten seiner Schüler und förderte sie entsprechend. Der Faulenzer, der „singen konnte, aber nicht singen wollte", fand keine Gnade. So kam es, daß er immer die besten Schüler heranbildete. Sein Benehmen war so gleichförmig und unveränderlich, daß er wohl von seinen Schülern gefürchtet wurde, so lange sie unter seiner Zucht standen, daß sie ihn später aber auch unwandelbar liebten und fortwährend seine Freunde blieben. Bonnycastle sah mit einem Blick, daß es nutzlos sein würde, unserem Helden gute Worte zu geben, und daß Furcht das einzige Mittel sei, ihn im Zaum zu halten. Sobald Doktor Middleton gegangen war, redete er Jack in befehlendem Ton an: „Wie ist dein Name?"

Jack fuhr auf. Er blickte seinen Lehrmeister an, dessen Augen auf ihn gerichtet waren, und sah eine Physiognomie vor sich, mit der, wie er wohl merkte, nicht zu spaßen war. Jack war nicht einfältig, und die von seinem Vater empfangene Züchtigung hatte ihm eine Andeutung dessen, was jetzt kommen sollte, vermittelt. Alles dies zusammen bewog Jung-Easy, sich zu einer Antwort herabzulassen. Er antwortete mit dem Zeigefinger zwischen den Zähnen: „Jack."

„Und dein weiterer Name, Bursche?"

Jack gab zuerst keine Antwort, schaute aber wieder in Mr. Bonnycastles Gesicht und dann im Zimmer herum. Da niemand da war, um ihm zu helfen, und er sich nicht selbst helfen konnte, antwortete er: „Easy."

„Weißt du, weshalb du in die Schule geschickt worden bist?"

„Weil ich Papa verbrannt habe."

„Nein, weil du schreiben und lesen lernen sollst."

„Ich will nicht schreiben und lesen", antwortete Jack mürrisch.

„Doch, du willst, und du wirst dich sogleich daranmachen, die Buchstaben zu lernen."

Jack gab keine Antwort. Mr. Bonnycastle schloß eine Art Bücherschrank auf und enthüllte vor Jacks erstaunten Augen eine Reihe von Gerten, die wie Billardstöcke aufgestellt waren.

„Weißt du, wozu die da sind?"

Jack betrachtete die Gerten sehr bedenklich. Er hatte so eine dunkle Idee, daß er unfehlbar deren nähere Bekanntschaft machen werde, antwortete aber nicht.

„Sie sind deshalb da, um die kleinen Jungen lesen und schreiben zu lehren, und jetzt will ich dich unterrichten. Du wirst bald lernen. Sieh her", fuhr Mr. Bonnycastle fort, indem er ein Buch mit großen Lettern öffnete und den Anfangsbuchstaben am Eingange eines Kapitels, der etwa einen halben Zoll lang war, vornahm. „Siehst du diesen Buchstaben?"

„Ja", antwortete Jack, indem er wegblickte und mit seinen Fingern spielte.

„Das ist der Buchstabe B. Siehst du ihn? Sieh ihn scharf an, um ihn wiederzuerkennen. Es ist der Buchstabe B. Nun sag mir, welcher Buchstabe ist es?"

Jack faßte den Entschluß, sich widerspenstig zu zeigen und gab keine Antwort.

„Ah, du kannst's also nicht sagen? Nun gut, dann wollen wir probieren, was einer von diesen kleinen Kameraden da ausrichtet", sagte Mr. Bonnycastle, eine Gerte herausnehmend. „Merk dir's, Jack, das ist der Buchstabe B. Was für ein Buchstabe ist's? Gib schnell Antwort!"

„Ich will nicht lesen und schreiben lernen."

Klatsch! Das Rohr sauste auf Jacks Schultern, der in lautes Geschrei ausbrach.

Bonnycastle wartete einige Sekunden. „Das ist der Buchstabe B. Sag mir sofort, was für ein Buchstabe ist es?"

„Ich sag's meiner Mama."

Klatsch!

„Ojemine, jemine."

„Was für ein Buchstabe ist es?"

Mit offenem Mund, keuchend und mit Tränen auf den Wangen antwortete Jack unwillig: „Ich werde es Sarah sagen."

Wieder kam der Stock, wieder schrie Jack.

„Was für ein Buchstabe ist das?"

„Ich will's nicht sagen", heulte Jack, „ich will's nicht sagen – ich will nicht!"

Klatsch! Klatsch! Klatsch!

„Ich hab's dir schon früher gesagt, daß es der Buchstabe B ist. Was für ein Buchstabe ist es?"

Statt der Antwort griff Jack nach dem Stock; er bekam ihn auch zu fassen, aber nicht so, wie er gewünscht haben mochte. Nun nahm Jack das Buch und warf es in eine Ecke.

Klatsch! Klatsch!

Endlich versuchte Jack Mr. Bonnycastle mit den Zähnen zu packen.

Klatsch! Klatsch! Klatsch! Klatsch!

Jack fiel auf den Teppich, vor Schmerz laut aufschreiend. Nun ließ Mr. Bonnycastle einige Zeit von ihm ab, damit er sich erholen konnte, und setzte sich einstweilen nieder.

Als endlich Jacks Klagerufe zu tiefem Schluchzen herabsanken, sagte Mr. Bonnycastle zu ihm: „Nun siehst du, Jack, daß du tun mußt, was man dir befiehlt, oder du würdest noch mehr Schläge bekommen. Steh rasch auf. Hörst du mich, Bursche?"

Was auch der Grund sein mochte, Jack stand auf einmal, ohne es zu wollen, auf den Beinen.

„So bist du ein guter Junge. Du siehst, da du aufgestanden bist, wie man dir befohlen hat, wirst du nicht geschlagen. Nun mußt du aber auch das Buch wieder holen und dort hinlegen, von wo du es genommen hast."

Jack blickte Mr. Bonnycastle und den Stock an. Er war zwar nicht geneigt zu gehorchen, hob aber doch das Buch auf und legte es auf den Tisch.

„So bist du ein guter Junge. Jetzt wollen wir den Buchstaben B wieder suchen. Da ist er. Nun, Jack, sage mir, was für ein Buchstabe ist das?"

Jack antwortete nicht.

„Sag mir's augenblicklich!" rief Mr. Bonnycastle seinen Stock schwingend. Jack sah nach dem Stock; er bewegte sich, kam ihm immer näher. Atemlos rief Jack: „B!"

„Ganz gut, ganz gut! Jetzt ist deine erste Unterrichtsstunde vorbei, und du kannst zu Bett gehen. Du hast mehr gelernt, als du wohl glauben magst. Für jetzt wollen wir den Stock beiseite stellen."

Mr. Bonnycastle klingelte und befahl, Master Jack zu Bett zu bringen, ihn ganz allein in ein Zimmer einzusperren und ihm nichts zu essen zu geben, da Hunger am anderen Tag seine Studien sehr erleichtern würde. Jack wurde zu Bett gebracht, obgleich es erst sechs Uhr war. Er litt nicht allein Schmerzen, sondern auch seine Ideen verwirrten sich, und das war nicht zu verwundern, da man ihm bisher immer alle Wünsche erfüllt und jede Nachsicht erwiesen hatte und er war nie, außer am vorhergehenden Tag, gestraft worden. Nach allen den Liebkosungen, die ihm Sarah und seine Mutter erwiesen hatten, deren Wert er aber nicht erkannte – nachdem er sich jeden Tag vollgestopft hatte und so lange zum Essen aufgefordert wurde, bis er sich übersättigt abwandte –, war er nun ohne seine Mutter, ohne Sarah und ohne Nachtessen, mit Schwielen bedeckt und – was das Schlimmste von allem war – ohne seinen eigenen Willen. Kein Wunder, daß Jack verwirrt war. Gleichzeitig hatte er eine Lektion im Gehorsam erhalten und, wie ihm Mr. Bonnycastle offen sagte, mehr gelernt, als er dachte. Was würde Mrs. Easy gesagt haben, wenn sie dies gewußt hätte – und was Sarah? Und Mr. Easy mit seinen Menschenrechten?

Um dieselbe Zeit, als Jack der Teufel ausgetrieben wurde, trösteten sie sich mit dem Gedanken, daß auf jeden Fall in Mr. Bonnycastles Schule keine Rute angewendet würde, wobei sie freilich ganz außer acht ließen, daß es – wie man außer dem Hängen noch mehrere Mittel hat, einen Hund zu töten – mehrere Lehrmethoden gibt, als die auf den Hintern.

6

Am anderen Morgen hatte Master Jack Easy ziemliche Schmerzen am Körper und einen großen Hunger dazu, und da ihm Mr. Bonnycastle angekündigt hatte, daß er nicht nur genug Streiche, sondern auch kein Frühstück bekommen würde, wenn er seine Buchstaben nicht lerne, besaß Jack Weisheit genug, das ganze Alphabet herzusagen. Hierfür erhielt er großes Lob, und wenn er es auch nicht gehörig würdigte, war es ihm doch auf jeden Fall unendlich lieber als die Gerte. Bonnycastle sah nun, daß er den Jungen durch eine einzige Stunde wohlangebrachter Strenge gebändigt hatte. Er übergab ihn deshalb den Unterlehrern der Schule. Da sie gleichfalls die Macht hatten, die Gerte zu gebrauchen, wurde Jack bald ein ganz folgsamer Junge.

Man könnte glauben, die Abwesenheit Jacks sei zu Hause schmerzlich gefühlt worden, dies war aber nicht der Fall. Denn einmal hatte Doktor Middleton Mrs. Easy auseinandergesetzt, daß es in der Schule keine Rutenschläge gebe, während die Züchtigung, die Jack von seinem Vater empfangen hatte, sich höchstwahrscheinlich wiederholt haben würde. Überdies fand Mrs. Easy, obgleich sie geglaubt hatte, die Trennung von ihrem eigenen und einzigen Sohn nicht überleben zu können, bald heraus, daß sie viel glücklicher war ohne ihn. Ein mißratenes Kind ist immer eine Quelle der Angst und Qual, und nach Jacks Abreise machte Mrs. Easy die Entdekkung, daß Ruhe und Erholung ihrem Gesundheitszustand viel besser zusagte. Allmählich entwöhnte sie sich des Jungen, begnügte sich, ihn von Zeit zu Zeit zu besuchen oder die Berichte des Doktors über ihn zu empfangen, und söhnte sich endlich ganz damit aus, daß er sich auf der Schule befand und nur an Feiertagen zu Besuch kommen konnte.

Jack Easy machte große Fortschritte; er hatte gute natürliche Anlagen, und Mr. Easy rieb sich die Hände, wenn er den Doktor sah, und sagte jedesmal: „Ja, ja! Lassen Sie ihn nur noch ein Jahr oder zwei dort sein, und dann will ich seine Erziehung selbst vollenden."

Jede Ferienzeit benutzte Mr. Easy, zu versuchen, seinem Jack die Lehre von der Gleichheit der Menschen einzuprägen. Jack schien zwar den Vorträgen seines Vaters wenig Aufmerksamkeit zu schenken, aber er bewies sichtbar, daß sie bei ihm nicht gerade weggeworfen waren, denn er nahm alles, was er nur wollte, ohne lange um Erlaubnis zu fragen. Und so wurde unser Held aufgezogen, bis er das Alter von sechzehn Jahren erreicht hatte. Er war ein starker, gut aussehender Bursch mit einem tüchtigen Mundwerk und wenn es ihm gerade behagte, konnte er seinen Vater zum Zimmer hinausquasseln.

Nichts gefiel Mr. Easy mehr als Jack's Beredtsamkeit.

„So ist's recht, beleuchte den Punkt, Jack! Beleuchte den Punkt, Junge!" konnte er sagen, wenn Jack sich mit seiner Mutter stritt. Dann pflegte er auch mit einem Händereiben gegenüber dem Doktor zu bemerken: „Verlassen Sie sich darauf, Jack wird noch ein sehr großer Mann werden."

Bisweilen rief er Jack zu sich und gab ihm eine Guinee für seine Gewandtheit, und endlich kam Jack auf den Gedanken, daß es eine ganz hübsche Sache sei, das Punktebeleuchten. Er wagte nie den Versuch bei Mr. Bonnycastle, weil er wohl wußte, daß er den kürzeren ziehen würde. Dagegen beleuchtete er Punkte mit allen Jungen, bis es zuletzt zu einem Kampf kam, der die Frage entschied, und bisweilen wagte er sogar, mit den Unterlehrern anzubinden.

Er konnte einen Punkt bis zur Spitze einer Nadel beweisen, und die Nadelspitze dann wieder in so viele Teile zerlegen, wie es Tage im Jahr gibt, und jeden von diesen Punkten zu beleuchten. Mit einem Wort, mit Jacks Punktebeleuchten nahm es kein Ende, obgleich seine Beweisführung selten stach.

Eines Tages an einem schönen Morgen entdeckte Jack auf der anderen Seite einer Hecke einen Sommerapfelbaum, der

verlockende Frucht trug. Unverzüglich schlüpfte er durch die Hecke, kletterte auf den Baum, wählte sich, wie es einst unsere Urmutter tat, den schönsten Apfel aus und aß ihn.

„Ich frage Sie, Monsieur, was machen Sie da oben?" schrie eine grobe Stimme.

Jack blickte hinab und sah einen kräftigen, untersetzten Mann in grünem Rock und roter Weste gerade unter sich stehen.

„Sehen Sie denn nicht, was ich da mache?" entgegnete Jack, „ich esse Äpfel. Soll ich Ihnen ein paar hinunterwerfen?"

„Danke — je weniger herunterkommen, desto besser ist es. Da Sie aber eben so freigebig sind, anderen zu raten, selbst davon zu essen, glauben Sie wohl, sie gehören Ihnen?"

„Sie sind nicht um ein Jota mehr mein Eigentum als das Ihrige, mein guter Mann."

„Mir scheint, daß etwas Wahres in dieser Bemerkung liegt, aber Ihr seid noch nicht recht dran. Diese Äpfel gehören mir, und ich bitte Euch, so schnell wie möglich herabzukommen. Wenn Ihr unten seid, wollen wir miteinander abrechnen, und", fuhr der Mann fort, seinen Knittel schwingend, „verlaßt Euch darauf, Ihr sollt Euren vollen Anteil bekommen."

Jack behagten solche Äußerungen nicht sehr.

„Mein guter Mann", sagte er, „es ist ein reines Vorurteil von Euch, wenn Ihr glaubt, Äpfel seien nicht ebensogut wie alle anderen Früchte zum allgemeinen Wohl geschaffen — sie sind Gemeingut, glaubt mir das."

„Das ist Ansichtssache, mein Bursche, und ich werde doch meine eigene Meinung haben dürfen."

„Ihr findet das in der Bibel", sagte Jack.

„Bis jetzt habe ich das noch nicht gefunden, und habe sie doch von Anfang bis Ende gelesen, mit Ausnahme der pokriphischen Bücher."

„Geht nach Hause und holt die Bibel, dann will ich's Euch beweisen."

„Ich befürchte nur, Ihr werdet nicht warten, bis ich wiederkomme. Nein, nein! Ich habe schon genug Äpfel eingebüßt und lange darauf gepaßt, die Diebe ausfindig zu machen. Und nun, da ich einen von ihnen aufgegriffen habe, will ich dafür sorgen, daß er mir nicht ohne Apfelsauce entwischt — kommt also herunter, Ihr junger Diebskerl, augenblicklich herunter, oder Ihr sollt es noch schwerer büßen."

„Danke schön", sagte Jack, „aber ich fühle mich hier ganz wohl. Ich will, wenn's Ihnen recht ist, von hier aus den Punkt beleuchten."

„Ich habe keine Zeit, den Punkt zu beleuchten, mein Bursche. Ich habe genug zu tun, aber glaubt ja nicht, ich werde Euch fortlassen. Wenn Ihr nicht herunterkommen wollt, bleibt oben, und ich stehe dafür, wenn mein Geschäft vorbei ist, werde ich Euch noch unfehlbar antreffen."

Was kann man mit einem Mann anfangen, dachte Jack, der keine Argumente anhören will? Was ist das doch für eine Welt. Übrigens, er soll mich hier gewiß nicht mehr finden, wenn er zurückkehrt; ich hab so 'n Plan.

Damit befand sich Jack in einem Irrtum. Der Pächter lief zu der Hecke hin und schickte einen Jungen zu seinem Wohnhaus. Nach ein paar Minuten ließ sich ein großer Bullenbeißer sehen, der dem Bauerngut entlang auf seinen Herrn zusprang.

„Gib acht auf den da, Cäsar", sagte der Pächter zu seinem Hund, „gib acht auf ihn." Der Hund kauerte sich ins Gras, hielt den Kopf in die Höhe und starrte Jack an, wobei er ein paar Reihen Zähne zeigte, die unserem Helden alle Philosophie aus dem Kopf trieben.

„Ich kann hier nicht warten, aber Cäsar kann's, und als Freund will ich Euch nur sagen, daß er, wenn er Euch einmal packt, kein Glied an Euch ganz läßt. Wenn die Arbeit vorbei ist, will ich wiederkommen."

Damit ging der Pächter fort und ließ den Hund bei Jack zurück, um, wenn er Lust hatte, mit dem Bullenbeißer „den Punkt zu beleuchten". Welch eine erbärmliche Mähre muß die Philosophie sein, daß sie ihre Reiter in solche Lagen bringt!

Nach kurzer Zeit legte der Hund den Kopf zu Boden und schloß die Augen, als ob er schliefe. Aber Jack sah wohl, daß bei der kleinsten Bewegung seinerseits das eine Auge halb geöffnet war, und beschloß deshalb als kluger Mann, zu bleiben, wo er war. Er erntete noch einige Äpfel, denn es war jetzt Zeit zum Mittagessen und während er dieselben verspeiste, stellte er Betrachtungen an.

Jack hatte kaum ein paar Minuten meditiert, als er durch ein anderes, Betrachtungen anstellendes Geschöpf unterbrochen wurde – ein Stier, der sich in den Obstgarten verlaufen hatte. Bisweilen brüllend und bei dem Anblick Cäsars, den er ebensosehr für einen Übertreter hielt, wie sein Herr unseren Helden, seine Hörner wie zum Angriff gesenkt, kam er dem Baum immer näher. Cäsar fuhr auf und stellte sich gegen den Stier, der scharrend, den Schwanz in die Höhe geringelt, vorwärtsstürmte. In einiger Entfernung machte der Stier einen Satz auf den Hund zu, der ihm auswich, dann zurückkam und ihn angriff, und so wurde diese Art der Kriegführung fortgesetzt, bis die beiden Gegner eine ziemliche Strecke vom Apfelbaum weg waren. Jack rüstete sich nun zu augenblicklicher Flucht, aber unglücklicherweise wurde das Gefecht auf der Seite der Hecke geführt, zu der Jack hereingekommen war. Macht nichts, dachte Jack, jedes Feld hat zwei Längsseiten; und da die andere Hecke an den Garten beim Pachthaus grenzte, fiel ihm die Wahl nicht schwer.

„Auf jeden Fall“, sagte Jack. „will ich's probieren.“

Er kletterte gerade am Stamm hinab, als er ein fürchterliches Geheul hörte; der Stier hatte den Hund in die Höhe geworfen und Jack sah, wie er auf die andere Seite der Hecke fiel. Der Stier feierte seinen Triumph mit lautem Gebrüll. Als sich nun Jack von seiner Schildwache erlöst sah, rutschte er vollends den Baum hinab und gab Fersengeld. Unglücklicherweise sah dies der Stier und erhob siegestrunken ein neues Gebrüll, indem er Jack nachstürzte. Jack erkannte das Gefährliche seiner Lage und die Furcht verlieh im Flügel; er flog nicht allein durch den Obstgarten, sondern auch über die etwa fünf Fuß hohe Hecke, in dem Augenblick, als der Stier mit seinen Hörnern hineinfuhr. Sieh dich vor, ehe du springst, ist ein altes Sprichwort. Hätte Jack es befolgt, wäre es besser gewesen, aber da sich gewichtige Gründe zur Entschuldigung unseres Philosophen darbieten, wollen wir uns nicht weiter dabei aufhalten, sondern nur sagen, daß Jack bei der

Ankunft auf der anderen Seite der Hecke fand, er sei in ein kleines Bienenhaus gefallen und habe zwei Bienenkörbe umgeworfen, deren Bewohner diese Störung sehr übelnahmen. Jack hatte kaum Zeit, wieder auf die Beine zu kommen, als er schon fühlte, daß sie äußerst beschäftigt waren, ihm den ganzen Leib zu zerstechen. Er konnte nichts anderes tun als Reißaus zu nehmen, aber die Bienen flogen schneller als er laufen konnte und Jack wurde wütend vor Schmerz, bis er endlich halb blind über das niedrige Gemäuer eines Brunnens stolperte. Er konnte sich nicht halten, um nicht hinunterzufallen, aber er faßte die eiserne Kette, die ihm über das Gesicht schlug. Jack purzelte hinunter, die Haspel drehte sich, und nach einem schnellen Fall von vierzig Fuß sah sich unser Held unter Wasser, nicht länger belästigt von den Bienen. Jack tauchte auf und erfaßte den Haken, an dem die Kette des Eimers befestigt war. Außer der Beschädigung durch die Haspel hatte er keinerlei Verletzung erlitten, und konnte somit sein Haupt über Wasser halten. Nach einigen Sekunden spürte er etwas unter seinen Beinen: es war der Eimer, etwa zwei Fuß tief unter Wasser: Jack stellte seine Füße hinein und fühlte sich hier nun ganz behaglich. Nach der Erschöpfung, in die ihn das Wettrennen mit dem Stier gebracht hatte, war das Wasser äußerst kühlend und erfrischend.

Auf jeden Fall, dachte Jack, wenn der Stier nicht gewesen wäre, hätte mich der Hund bewacht und später der Pächter verhauen. Andererseits, wäre der Stier nicht gewesen, wäre ich nicht zwischen die Bienenstöcke gefallen. Und wenn die Bienen nicht gewesen wären, so wäre ich nicht in den Brunnen gestürzt – und wenn die Kette nicht gewesen wäre, hätte ich ertrinken müssen. Das ist die Kette von Ereignissen, die lediglich dadurch hervorgerufen wurde, daß ich einen Apfel essen wollte. Dem Pächter und dem Hund, dem Stier und den Bienen bin ich entkommen – aber wie, zum Teufel, soll ich aus diesem Brunnen herauskommen? Die ganze Schöpfung scheint sich gegen die Menschenrechte verschworen zu haben. Wie mein Vater sagt: Wir leben in einem eisernen Zeitalter, und ich hänge hier an einer schweren eisernen Kette.

Jacks Selbstgespräch beweist, daß er, obgleich ein halber Philosoph, doch kein Narr war. Jedenfalls beweist ein Mann, der in der Tiefe eines Brunnens bis zum Hals im Wasser steckt und noch so gut über Ursache und Wirkung logisch nachzudenken weiß, eine Portion Geistesgegenwart. Nun ja, wäre Jack ein gewöhnlicher Mensch gewesen, hätten wir ihn auch wohl kaum zu unserem Helden ausersehen.

7

Nach reiflicher Überlegung muß man zugestehen, daß ein Brunnen selten zu längerem Verweilen einlädt. So dachte auch Jack. Nachdem er etwa fünfzehn Minuten da unten hing, klapperten seine Zähne und zitterten seine Glieder. Er fühlte eine allgemeine Erstarrung und hielt es für höchste Zeit, um Hilfe zu rufen, was er zuerst nicht wollte, da er befürchtete, oben in die Hände des entrüsteten Pächters und seiner Familie zu geraten. Er setzte eben an, hallo zu rufen, als er spürte, wie die Kette hinaufgezogen wurde und er allmählich über Wasser kam. Zuerst vernahm er Klagen über die Schwere des Eimers, worüber er sich natürlich nicht wunderte; dann hörte er ein Geplauder und Gelächter zwischen mehreren Personen, und kam ganz munter immer höher hinauf. Endlich schwebte sein Kopf über dem niederen Gemäuer, und er wollte gerade seine Arme ausstrecken, um sich daran zu halten, als die, welche an der Haspel beschäftigt waren, ihn erblickten. Es war ein stämmiger Pächtersknecht und ein Dienstmädchen.

„Danke Ihnen", sagte Jack.

Man sollte nie zu schnell sein mit Danksagungen; das Mädchen schrie, die Haspel loslassend, und da der erschreckte Knecht sie nicht festhielt, rutschte sie ihm aus der Hand, drehte sich im Kreis, schlug dem Knecht unter das

Kinn und warf ihn der ganzen Länge nach zu Boden. Das alles geschah, ehe Jack gedankt hatte und er fuhr blitzschnell wieder in die Tiefe. Glücklicherweise hatte Jack die Kette noch nicht losgelassen, sonst würde er an den Seitenwänden angestoßen und dadurch getötet worden sein. So aber sauste er nur zum zweitenmal wieder hinab und nahm in kurzer Frist seine frühere Stellung wieder ein.

Das ist äußerst spaßhaft, dachte Jack, als er seinen nassen Hut auf dem Kopf fester drückte. Auf jeden Fall können sie nun keine Unkenntnis mehr vorschützen, denn jetzt müssen sie wissen, daß ich da bin.

Unterdessen rannte die Magd in die Küche und warf sich auf einen Stuhl, von dem sie ohnmächtig herabstürzte und auf mehrere Haufen von Teig fiel, die im Ofen gebacken werden sollten und dahin gelegt worden waren, um aufzugehen.

„Gott steh mit bei, was ist denn mit der Susanne los?" rief die Frau des Pächters. „He, wo ist Mary, wo ist John? Der Himmel hilf, sie macht mir den Brotteig zu lauter Pfannkuchen."

Bald kam auch John, der die Hand an die Kinnlade hielt und sehr traurig und ganz erschrocken aussah, und zwar, weil er befürchtete, sein Kinnbacken wäre zerschmettert, und weil er glaubte, er habe den Teufel gesehen.

„Gott steh uns bei, was ist denn los?" schrie die Frau des Pächters. „Mary, Mary, Mary!" Sie schaffte es trotz aller Anstrengungen nicht, Susanne von dem Teiglager wegzubringen, auf dem sie besinnungslos und so schwer wie Blei lag. Mary gab endlich Antwort, und so hoben sie miteinander Susanne in die Höhe. Was aber den Brotteig anbelangte, so bestand keine Hoffnung mehr, daß er je wieder in die Höhe gehen würde.

„Warum kommt Ihr nicht, um Susanne zu helfen?" schrie Mary.

„Au, au!" war die ganze Antwort Johns, der schon genug davon hatte, Susanne zu helfen und fortwährend seinen Kopf mit der Hand hielt.

„Was ist hier los?" rief der Pächter, der jetzt eintrat. „Seid ihr denn toll? Was fehlt Susanne und was Euch, John? Den

Teufel auch, am heutigen Gottestag scheint auch alles schlecht zu gehen. Zuerst werden sämtliche Äpfel gestohlen, dann sämtliche Bienenkörbe kopfüber in den Garten geworfen. Cäsar liegt da, dem der Stier den Bauch aufgeschlitzt hat. Dann bricht der Stier durch die Hecke und stürzt in die Sägegrube — und jetzt, da ich komme und mir Hilfe holen will, um ihn herauszuziehen, finde ich ein Mädchen halbtot, und John sieht aus, als ob er den Teufel gesehen hätte."

„Au, au!" erwiderte John, indem er bedeutungsvoll nickte.

„Man sollte glauben, der Teufel sei heute los. Was ist denn, John? Habt Ihr ihn gesehen und hat ihn Susanne auch gesehen?"

„Au, au!"

„Er hat Euch also jedenfalls das Maul versperrt, und das, hätte ich geglaubt, würde selbst der Teufel nicht können. Wir bringen nichts aus Euch heraus. Kommt das Weibsbild wieder zu sich?"

„Ja, es geht ihr schon wieder besser. Susanne, was ist denn?"

„O Madam, der Brunnen! Der Brunnen!"

„Der Brunnen? Dort geht's gewiß nicht richtig zu, glaube ich. Ich werde selbst hingehen und nachsehen."

Der Pächter trabte zum Brunnen. Er bemerkt, daß der Eimer in der Tiefe und die Kette abgelaufen war. Er blickte in den Brunnen hinab. Jack, der sehr ungeduldig geworden war, schaute nach oben. Das runde Gesicht des Pächters verursachte teilweise Verfinsterung der runden Scheibe, die seinen Gesichtskreis bildete, ungefähr so, wie einer der Satelliten des Jupiter bisweilen das Angesicht des Planeten verdunkelt.

„Hier bin ich!" schrie Jack. „Zieht mich schnell hinauf, oder ich sterbe." Das war die Wahrheit, denn durch den langen Aufenthalt in der Tiefe war er zu Tode erschöpft, obgleich ihn der Mut nie verlassen hatte.

„Da muß jemand in den Brunnen gefallen sein", rief der Pächter. „Heute nimmt's mit Unheil aber kein Ende. Man muß doch wohl eher einen Christenmenschen aus dem Brunnen ziehen, als einen Stier aus der Sägegrube. Ich will nur meine Leute rufen."

Bald hatten sich sämtliche bei der Sägegrube versammelten Arbeiter um den Brunnen geschart.

„Ihr da unten, haltet fest!"

„Ja, aber beeilt Euch!" rief Jack.

Die Spindel drehte sich und Jack hatte erneut einen rasch wachsenden Überblick. Sobald er oben war, zogen ihn die Männer über das Gemäuer und legten ihn auf den Boden.

„Verdammich, das ist ja der Bursche, der auf meinem Apfelbaum war", rief der Pächter. „Aber er soll nicht sterben, nur weil er ein paar Äpfel gestohlen hat. Hebt ihn auf und bringt ihn hinein, er ist ja ganz erstarrt vor Kälte."

Der Pächter ging voran, und die Leute trugen Jack in das Haus, wo ihm der Pächter ein Glas Branntwein gab. Der Alkohol belebte Jack, und er fühlte sich bald wieder wohl.

Nachdem Jack von seinem Mißgeschick erzählt hatte, fragte der Pächter: „Wie heißt Ihr denn?"

„Mein Name ist Easy", antwortete Jack.

„Was, sind Sie der Sohn Mister Easys von Forest Hill?"

„Ja."

„Potz Blitz, er ist mein Grundherr — ein guter Grundherr. Warum sagten Sie das nicht gleich, als Sie auf dem Apfelbaum waren? Sie hätten meinetwegen den Baum ratzeputz kahlfressen können."

„Mein lieber Sir", antwortete Jack, der ein zweites Glas Branntwein zu sich genommen hatte und nun ziemlich gesprächig wurde, „laßt Euch zur Warnung dienen, wenn Euch in Zukunft jemand vorschlägt, einen Punkt zu beleuchten, hört ihn erst mal an. Wenn Ihr gewartet hättet, würde ich Euch auf die unwiderlegbarste Weise bewiesen haben, daß Ihr nicht mehr Recht auf die Äpfel habt, als ich. Aber Ihr wolltet meine Argumente ja nicht anhören, und ohne Streit kann man doch nie zur Wahrheit gelangen. Ihr laßt Euren Hund kommen, dem der Stier den Bauch aufschlitzt — der Stier bricht sich den Fuß in einer Sägegrube — die Bienenstöcke werden umgestürzt, und Ihr kommt um Euren ganzen Honig — Euer Knecht zerschmettert sich das Kinn — Eure Dienstmagd Susanne verdirbt den Brotteig — und warum? Weil Ihr mir nicht erlauben wolltet, den Punkt zu beleuchten."

„Das mag wahr sein, Master Easy, daß alle diese Unglücksfälle sich ereignet haben, weil ich Ihnen nicht erlauben wollte, den Punkt zu beleuchten, obgleich ich mir nicht recht denken kann, wie Sie mir beweisen wollen, daß die Äpfel nicht mir gehören, obwohl ich die Bäume von Ihrem Vater gepachtet habe. Aber lassen Sie uns jetzt auch einmal die Sache von Ihrem Standpunkt aus betrachten, und da sehe ich nicht ein, inwiefern Sie besser dran wären. Sie steigen auf einen Baum, um ein paar Äpfel zu holen, obwohl Sie Geld genug haben, um welche zu kaufen, wenn Sie Appetit darauf haben. Sie werden von einem Hund bewacht, werden beinahe von einem Stier durchbohrt, werden von Bienen gestochen und stürzen kopfüber in einen Brunnen. Sie setzen sich so zehnmal dem Tode aus, und dies alles um ein paar Äpfel willen, die keine zwei Pence wert sind."

„Das ist richtig, mein lieber Mann", erwiderte Jack, „aber Ihr vergeßt, daß ich als Philosoph die Menschenrechte verteidige."

„Ich wußte bisher nicht, daß ein Bursche, der Äpfel stiehlt, Philosoph genannt wird — wir nennen das für gewöhnlich Felddiebstahl. Und was Ihre Menschenrechte anbelangt, so sehe ich nicht ein, wie sie durch eine ungesetzliche Handlung verbessert werden können."

„Ihr begreift die Sache nicht, Pächter."

„Allerdings nicht — und ich bin auch zu alt, um es zu lernen, Master Easy. Alles, was ich Ihnen zu sagen habe, beschränkt sich darauf, daß Sie sämtliche Äpfel von hier haben können. Aber wenn Sie sie lieber, wie es den Anschein hat, stehlen als verlangen wollen — was ich mir nur aus dem Sprichwort ‚Gestohlene Früchte schmecken am besten!' erklären kann — so kann ich dazu nur bemerken, daß ich Befehl erteilen werde, Sie dabei nicht zu stören. Meine Kutsche steht vor der Tür, und mein Knecht wird Sie nach Hause fahren. Empfehlen Sie mich Ihrem Vater und sagen Sie ihm, ich bedauere herzlich, daß Sie in unseren Brunnen gefallen sind."

Da Jack im Augenblick mehr für das Bett, als für die Argumentiererei eingenommen war, wünschte er dem Pächter gute Nacht und ließ sich heimfahren. Die Bienenstiche schmerzten jetzt, nachdem die Zirkulation des Blutes wieder vollständig eingetreten war, daß er froh war, Doktor Middleton im Haus seiner Eltern beim Tee anzutreffen. Jack sagte lediglich, er habe unglücklicherweise einen Bienenkorb umgestoßen und sei dabei heftig gestochen worden. Die Erzählung der ganzen Geschichte verschob er auf eine andere Gelegenheit. Doktor Middleton verschrieb Jack die geeignete Medizin. Als er seinen Puls fühlte, fand er, daß er heftiges Fieber hatte, was nach den Erlebnissen des Tages nicht verwunderlich war. Jack wurde zur Ader gelassen und mußte eine Woche lang das Bett hüten. Während dieser Zeit genas er vollkommen. Er stellte derweilen ernsthafte Betrachtungen an und faße einen wichtigen Entschluß.

Wir müssen hier von einem Ereignis berichten, das wahrscheinlich der Anlaß für Jacks Entscheidung war.

Als er an jenem Abend heimkehrte, traf er bei seinem Vater außer Doktor Middleton auch einen gewissen Kapitän Wilson, einen weitläufigen Verwandten seiner Familie, der sie nur selten besuchte, da er weit weg lebte. Zudem besaß er Frau und Kinder, hatte aber nichts für ihren Unterhalt als seinen Halbsold und konnte deshalb nicht auch noch seine Sohlen mit Besuchen ablaufen. Der gegenwärtige Besuch des Kapitäns geschah zu dem Zweck, Mr. Easys Hilfe zu erbitten. Er hatte das Glück, auf eine Corvette zu kommen – er stand im Dienst Seiner Majestät – war aber wegen der fehlenden Mittel nicht in der Lage, sich auszurüsten, wenn er nicht seine Familie ohne Geld lassen wollte. Er kam deshalb zu Mr. Easy mit der Bitte, ihm einige hundert Pfund zu leihen, bis er imstande sein würde, die Schulden von seinem Prisengeld zurückzuzahlen. Mr. Easy war nicht der Mann, eine solche Bitte abzuschlagen, und da er immer Kredit bei seinem Bankier hatte, übergab er Wilson eine Anweisung auf tausend Pfund, die er ganz nach Belieben abzahlen könne. Kapitän Wilson schrieb einen Schuldschein mit dem Versprechen, vom ersten Prisengeld an Zahlung zu leisten. So verbindlich übrigens eine derartige Verschreibung für einen Mann von Ehre sein mochte, hatte sie doch vor Gericht nur ebensoviel Wert, wie wenn er versprochen hätte, zu bezahlen, „wenn die Kühe heimkommen.“ Der Handel war abgeschlossen, und Kapitän Wilson war mit Mr. Easy wieder im Empfangszimmer erschienen, als Jack von seiner Expedition zurückkehrte.

Er grüßte den Kapitän, den er schon lange kannte — aber wie gesagt, empfand er so großen Schmerz, daß er sich bald mit Doktor Middleton entfernte und zu Bett ging

Nun ist eine Woche lang genug, um viele Betrachtungen anzustellen, selbst bei einem Burschen von vierzehn Jahren, obgleich man in diesem Alter nicht besonders gern denkt. Aber Jack lag im Bett, seine Augen waren so geschwollen, daß er weder lesen noch schreiben konnte, außerdem zog er seine eigenen Gedanken dem Geplauder Sarahs, die ihn verpflegte, vor.

Am achten Tag verließ Jack das Bett und begab sich ins Wohnzimmer hinab. Dort erzählte er seinem Vater ganz genau, was er erlebt und was dazu geführt hatte, daß er das Bett hüten mußte.

„Du siehst, Jack“, erwiderte sein Vater, „es ist schon so, wie ich dir sagte. Die Welt ist völlig demoralisiert durch das, was man gesellschaftliche Verträge nennt. Und die Phalanx derer, die diesen Zustand dadurch aufrecht erhalten, daß sie einen Teil ihrer ungerechten Besitzungen zur Sicherstellung des übrigen besteuern, ist so mächtig, daß jeder, der sich widersetzt, damit rechnen muß, das Leben eines Märtyrers zu führen. Märtyrer sind übrigens immer nötig, ehe eine Wahrheit, selbst die höchste, anerkannt wird. Wie Abraham, den ich stets als großen Philosophen betrachtet habe, bin ich bereit, meinen einzigen Sohn einer so edlen Sache zu opfern.“

„Das ist von Ihrem Standpunkt alles recht schön, Vater, aber wir müssen den Punkt ein wenig beleuchten. Wenn Sie auch ein ebenso großer Philosoph wie Abraham sind, bin ich doch kein ganz so pflichtbewußter Sohn wie Isaak, dessen blinder Gehorsam meiner Ansicht nach mit Ihren Menschenrechten geradzu im Widerspruch steht. Die Sache ist vielmehr in wenigen Worten folgende: Ihrer Philosophie in Wort und Tat folgend, bin ich an einem einzigen Tag durch eine Bulldogge vor Schrecken ganz außer mir gebracht, von einem Stier beinahe durchbohrt und von Bienen fast zu Tode gestochen worden und zweimal in einen Brunnen gestürzt. Wenn sich dies alles an einem Tag ereignete, welche Leiden habe ich dann von einem ganzen Jahr zu erwarten? Es kommt mir deshalb sehr unklug vor, weitere Bekehrungsversuche zu machen, da die Leute auf dem Land entschlossen zu sein scheinen, keinerlei vernünftigen Argumenten zu folgen. Dagegen ist mir eingefallen, daß zwar die ganze Erde so schändlich unter wenige verteilt wurde, aber wenigstens das Wasser das Allgemeingut ist. Niemand erhebt Anspruch auf seinen Anteil am Meer. Jeder mag pflügen, so viel er will, ohne als Übertreter aufgegriffen zu werden. Selbst der Krieg macht da keinen Unterschied. Jeder kann hingehen, wo's ihm beliebt, und wenn dann beide Seiten zusammentreffen, ist es eben neutraler Grund, auf dem sie kämpfen. Ich habe demnach nur auf dem Ozean einige Wahrscheinlichkeit, jene Grundsätze von Gleichheit und Menschenrechten verwirklicht zu finden, die wir so sehnlichst an Land einführen möchten. Und deshalb habe ich den Entschluß gefaßt, mich nicht wieder in die Schule zu begeben, die ich verabscheue, sondern zur See zu gehen und dort so viel als möglich unsere Ansichten zu verbreiten."

„Dem kann ich nicht beistimmen, Jack. Erstens mußt du zur Schule zurück, und zweitens sollst du nicht zur See gehen."

„In diesem Fall, Vater, habe ich nichts weiter zu sagen, als daß ich bei den Menschenrechten schwöre, nicht in die Schule zurückzukehren und zur See zu gehen. Wer und was will mich daran hindern? Wurde ich nicht als mein eigener Herr geboren und hat irgend jemand ein Recht, mir Vorschriften zu machen, als ob ich nicht seinesgleichen wäre? Habe ich nicht ebensoviel Recht auf meinen Anteil an der See als irgendein anderer Sterblicher? Ich bestehe auf völliger Gleichheit!" Jack stampfte mit dem rechten Fuß auf den Boden.

Was konnte Mr. Easy antworten? Er mußte entweder als Philosoph seine Grundsätze oder als Vater seinen Sohn opfern. Wie alle Philosophen zog er das, was er als das kleinere von zwei Übeln ansah, vor: er opferte seinen Sohn. Aber wir müssen ihm die Gerechtigkeit widerfahren lassen, zu sagen, daß er es nur mit einem Seufzer tat.

„Jack, du sollst, wenn du es wünschst, zur See fahren."

„Ganz natürlich und in Ordnung", entgegnete Jack mit der Miene eines Siegers. „Jetzt ist aber die Frage, mit wem? Dabei fiel mir ein, daß Kapitän Wilson soeben auf ein Schiff verpflichtet wurde, und ich wünschte sehr, mit ihm zu segeln."

„Ich will ihm schreiben", sagte Mr. Easy tiefbetrübt, hätte aber übrigens vorher gern Jacks Kopf betastet.

Damit war die Sache abgemacht.

Die Antwort Kapitän Wilsons lautete natürlich bejahend, und er versprach, Jack wie seinen Sohn zu behandeln.

Unser Held bestieg das Pferd seines Vaters und ritt zu Mr. Bonnycastle.

„Ich will zur See gehen, Mister Bonnycastle."

„Das ist das Beste für Sie", erwiderte Mr. Bonnycastle.

Unser Held begab sich auch zu Doktor Middleton.

„Ich will zur See fahren, Doktor Middleton."

„Das ist das Beste für Sie", erwiderte der Doktor.

„Ich will zur See gehen, Mutter", sagte Jack.

„Zur See, Jack — zur See? Nein, nein, mein lieber Jack, du gehst nicht zur See", erwiderte Mrs. Easy erschreckt.

„Doch, ich gehe. Vater hat es erlaubt und sagt, er wolle Ihre Zustimmung erlangen."

„Meine Zustimmung! O, mein lieber, lieber Junge!" Mr. Easy weinte bitterlich, aber Jack ließ sich von den Tränen nicht erweichen.

8

Da keine Zeit zu verlieren war, sagte Jack seinem Elternhaus bald Lebewohl und fand seinen Weg nach Portsmouth hinunter. Da Jack Geld genug und große Freude daran hatte, sein eigener Herr zu sein, beeilte er sich nicht sehr, auf sein Schiff zu gehen. Fünf oder sechs nicht gerade sehr achtbare Gesellen, die entweder Jack aufgefischt hatte, oder von denen er aufgefischt worden war, rieten ihm allen Ernstes, das Schiff erst im allerletzten Augenblick zu betreten. Da dieser Rat zufällig mit Jacks Ansicht übereinstimmte, befand er sich drei Wochen in Portsmouth, ehe irgend jemand von seiner Ankunft dort erfuhr. Endlich erhielt jedoch Kapitän Wilson ein Schreiben von Mr. Easy, aus dem er ersah, daß Jack zu der erwähnten Zeit von Hause weggegangen sei. Der Kapitän beauftragte deshalb seinen Ersten Lieutenant, Nachforschungen anzustellen, denn er fürchtete, unserem Jack möchte ein Unheil zugestoßen sein. Da Mr. Sawbridge, der Erste Lieutenant, gerade am Abend vor der Abfahrt des Schiffes noch einmal an Land ging, begab er sich zu den Tavernen „Georg", „Blaue Pfosten" sowie „Springbrunnen", um nachzufragen, ob nicht ein Individuum namens Easy dort eingetroffen sei.

„O ja", erwiderte der Wirt im „Springbrunnen", „Mister Easy logiert schon seit drei Wochen hier."

„Zum Teufel!" brüllte Mr. Sawbridge mit der Entrüstung eines Ersten Leutnants, der drei Wochen lang um einen Midshipman betrogen wurde, „wo ist er — im Gastzimmer?"

„Mister Easy hat im ersten Stock die Zimmer vorn hinaus."

„Führt mich hinauf."

„Dürfte ich Sie um Ihren werten Namen bitten?"

„Ein Erster Lieutenant läßt sich bei einem Midshipman nicht melden. Er wird gleich erfahren, wer ich bin."

Auf diese Antwort stieg der Wirt, gefolgt von Mr. Sawbridge, die Treppe hinauf und öffnete die Tür zu Jack Easys Zimmer.

„Ein Gentleman wünscht Sie zu sprechen, Sir", meldete er.

„Laßt ihn hereinkommen", sagte Jack, „und merkt Euch, daß der Punsch diesmal besser sein muß als gestern. Ich habe zwei weitere Herren zum Essen eingeladen."

Unterdessen war Mr. Sawbridge, der jedoch keine Uniform trug, eingetreten. Er fand Jack allein im Zimmer, aber einen für acht Personen so elegant gedeckten Mittagstisch, daß es selbst für eine Taverne wie den „Springbrunnen" eine Besonderheit darstellte. Überhaupt war alles im Zimmer eher für einen Oberbefehlshaber als für einen Midshipman einer Corvette ausgerüstet.

Nun war Mr. Sawbridge ein guter Offizier, einer, der sich zu seinem gegenwärtigen Rang hinaufgearbeitet hatte. Er diente schon siebenundzwanzig Jahre und besaß nichts als seinen Sold. So war er im Dienst ein wenig versauert und empfand einige Abneigung gegen die jungen Leute bessergestellter Familien, die sich jetzt hineindrängten — nicht ohne Grund, da er sah, wie sich seine Aussichten zur Beförderung in dem Maße minderten, in welchem die Zahl der Gentlemen sich vermehrte. Er zog ferner in Erwägung, daß diese Midshipmen, je schmucker und gezierter sie in ihrem Äußeren wären, desto nutzloser für den Dienst sein würden, und man kann sich deshalb denken, daß ihm die Galle hochkam bei dieser Darbietung des Wohllebens eines jungen Mannes.

Jack fragte höflich: „Womit kann ich Ihnen dienen?"

„Sie können mir dienen, Sir — dadurch, daß Sie augenblicklich auf Ihr Schiff gehen. Und dürfte ich meinerseits mir erlauben, Sie zu fragen, weshalb Sie drei Wochen an Land verblieben, ohne auf Ihr Schiff zu kommen?"

Jack, dem Mr. Sawbridges Ton nicht sehr behagte, spielte mit der goldenen Kette, an der seine Uhr hing, und fragte nach einer kleinen Pause: „Darf ich fragen, wer Sie sind?"

„Wer ich bin, Sir?" entgegnete Sawbridge. „Mein Name ist Sawbridge, Sir, und ich bin der Erste Lieutenant auf der ‚Harpy'. Jetzt, Sir, haben Sie Ihre Antwort."

Unser guter Sawbridge, der sich einbildete, der Name des Ersten Lieutenants würde einem leichtsinnigen Midshipman Schrecken einjagen, warf sich auf einen Stuhl und nahm ein gewichtiges Wesen an.

„In der Tat, Sir", erwiderte Jack, „meine Unkenntnis läßt mich nicht einmal vermuten, was Ihre Stellung an Bord sein mag, aber aus Ihrem Benehmen schließe ich, daß Sie keine geringe Meinung von sich selbst haben."

„Junger Mann, Sie sollen es sehr bald erfahren. Einstweilen bestehte ich darauf, daß Sie sofort an Bord gehen."

„Ich bedauere sehr, daß ich Ihrem äußerst bescheidenen Verlangen nicht entsprechen kann", erwiderte Jack. „Ich werde an Bord gehen, wenn es mir beliebt, und ich bitte Sie, sich nun nicht weiter um mich zu bemühen."

Jack zog die Klingel. Der Diener, der draußen gelauscht hatte, erschien sogleich, und ehe noch Mr. Sawbridge, dem vor Erstaunen über Jacks Frechheit die Sprache wegblieb, Zeit zu einer Antwort fand, rief Jack: „Zeigt diesem Herrn den Weg über die Treppe."

Jack war ein wenig verwundert. Wäre Mr. Sawbridge in Uniform erschienen, würde er vielleicht anders vorgegangen sein. Aber daß ein schlicht aussehender Mann mit schwarzem Backenbart, zottigem Haar, einem alten blauen Frack und einer gelben Cashmirweste es wagte, ihn so anzureden, war ein tolles Stück.

Er nennt mich toll, dachte Jack. Na, ich werde dem Kapitän schon meine Meinung über seinen Lieutenant sagen. Kurz danach erschienen die geladenen Gäste, und Jack vergaß bald den ganzen Vorfall.

Unterdessen hatte sich Sawbridge zu Kapitän Wilson begeben und ihm einen detaillierten Bericht über das Vorgefallene erstattet, den er in großer Wut mit dem Verlangen schloß, unseren Helden Jack entweder sofort zu entlassen oder vor ein Kriegsgericht zu stellen.

„Setzen Sie sich", erwiderte Kapitän Wilson. „Wie Mister Easy sagt, müssen wir diesen Punkt beleuchten. Was das Verfahren vor einem Kriegsgericht anbelangt, so wird das nicht möglich sein, denn zum einen war Mister Easy noch nicht auf dem Schiff eingetroffen, und zum anderen konnte man, da Sie nicht in Uniform kamen, nicht voraussetzen, daß er in Ihnen den Ersten Lieutenant oder überhaupt einen Offizier erkannte."

„Ganz richtig, Sir", entgegnete Sawbridge, „das habe ich ganz vergessen."

„Was sodann seine Entlassung oder vielmehr die Verweigerung des Eintritts betrifft, so bitte ich Sie zu beachten, daß Mister Easy auf dem Land aufgezogen wurde und vielleicht in seinem Leben vom Wasser nie mehr gesehen hat als einen Fischteich. Was aber den Dienst und dessen Vorschriften anbelangt. so glaube ich, daß er davon so wenig weiß wie ein neugeborenes Kind. Ich zweifle sogar, ob er den Rang eines Leutnants kennt. Jedenfalls hat er nach seinem Benehmen keine Ahnung."

„Das meine ich auch", antwortete Sawbridge.

„Lieber Sawbridge", erwiderte Kapitän Wilson, „wir traten miteinander in den Dienst und waren jahrelang Tischgenossen. Sie müssen also wissen, daß es nicht bloß alte Freundschaft, sondern aufrichtige Anerkennung Ihrer nicht ausreichend belohnten Verdienste ist, die mich bestimmte, Sie zu bitten, als Erster Lieutenant mit mir zu segeln. Nun will ich Ihnen eine Frage stellen, und Sie sollen entscheiden — ja, noch mehr — ich will nach Ihrer Entscheidung handeln.

Angenommen, Sie wären Befehlshaber eines Schiffes, wie ich, mit Frau und sieben Kindern, und sähen sich, nachdem Sie sich jahrelang abgequält haben, Ihre Familie zu ernähren, allmählich trotz größter Sparsamkeit in Schulden gestürzt. Sie wären nun nach langen und vielfachen Bemühungen so glücklich, auf einer schönen Corvette eine Anstellung zu erhalten, die Ihnen durch Prisengeld und erhöhten Sold alle Aussicht böte, sich von Ihrer mißlichen Lage zu erholen und vielleicht noch für Ihre Familie ein kleines Vermögen zu erwerben ... Angenommen dann, alle diese Aussichten und Hoffnungen wären sozusagen dadurch in Frage gestellt, daß Sie kein Geld besäßen, um sich aufzutakeln. Sie hätten keinen Kredit und keine Mittel, die Schulden zu bezahlen, wegen denen Ihnen Haft droht, und es wäre Ihnen nicht möglich,

Geld zum Unterhalt Ihrer Familie während Ihrer Abwesenheit zurückzulassen, weil Ihnen Ihr Makler nur die Hälfte des Vorschusses, dessen Sie bedürfen, geben wollte — angenommen ferner, Sie würden in dieser hilflosen Lage, ohne irgend jemanden auf dieser Welt zu haben, an den Sie gesetzliche Ansprüche stellen könnten, als letzten Ausweg einen Mann ansprechen, mit dem Sie nur entfernt verwandt, nur oberflächlich bekannt wären ... Sie hätten diesem Mann Ihre Bitte um ein Darlehen von zwei- oder dreihundert Pfund vorgetragen, im entschiedenen Vorgefühl einer abschlägigen Antwort. Dieser großmütige Mann würde Ihnen zu Ihrem Erstaunen aber eine Anweisung im Betrag von tausend Pfund überreichen, ohne Zinsen, ohne gerichtliche Sicherheit zu verlangen, und sogar mit der Aufforderung, diese Schuld nur nach Bequemlichkeit zurückzuzahlen — welche Gefühle, Sawbridge, würden Sie gegen einen solchen Mann hegen?"

„Ich würde für ihn in den Tod gehen", antwortete Sawbridge mit Rührung.

„Und angenommen, der Sohn dieses Mannes würde durch bloßen Zufall unter Ihren Schutz gestellt?"

„Ich würde Vaterstelle an ihm vertreten."

„Wir müssen noch ein wenig weiter gehen. Angenommen, Sie fänden, der Bursche wäre nicht ganz so, wie Sie es wünschten — er hätte falsche Lehren eingesogen, die wahrscheinlich, wenn sie nicht ausgerottet würden, von üblen Folgen für sein Wohl und Glück sein könnten — würden Sie ihm da ihre Unterstützung entziehen und ihn der Gnade anderer überlassen, die nicht durch die Bande der Dankbarkeit verpflichtet wären, ihn auf den rechten Pfad zu führen?"

„Ganz gewiß nicht, Sir. Ich würde diesen Sohn im Gegenteil nicht von meiner Seite lassen, bis ich ihn durch Lehren und Mittel jeder Art gebessert sähe und so die Schuld meiner Dankbarkeit gegen den großmütigen Vater, soweit wie möglich, abgetragen hätte."

„Nach dem Vorgefallenen muß ich Ihnen wohl kaum sagen, Sawbridge, daß der junge Mensch, von dem Sie eben herkommen, dieser Sohn, und Mister Easy in Forest Hill der Vater ist."

„Dann, Sir, kann ich nur sagen, daß ich nicht bloß Ihnen zu Gefallen, sondern auch aus Achtung für einen Mann, der eine solche freundliche Bereitwilligkeit gegen einen unserer Flottenoffiziere an den Tag legte, alles, was zwischen mir und dem jungen Mann vorgekommen ist, von Herzen gern vergebe."

„Vielen Dank, Sawbridge. Das habe ich nicht anders erwartet, und ich habe mich in Ihnen nicht getäuscht."

„Und was soll nun geschehen, Kapitän Wilson?"

„Wir müssen ihn an Bord kriegen, aber nicht durch eine Abteilung Marinesoldaten — das würde mehr schaden, als nützen. Ich will ihm eine Karte schreiben und ihn einladen, mit mir zu frühstücken, dann werde ich ihm schon einiges sagen. Ich habe nicht im Sinn, ihn abzuschrecken, denn er würde ohne Bedenken nach Forest Hill zurückkehren, während ich ihn doch zu behalten wünsche, wenn ich irgend kann."

„Sie haben recht, Sir. Sein Vater scheint sein größter Feind zu sein. Wie schade, daß ein Mann mit einem so guten Herzen einen so schwachen Kopf hat. Ich werde von dem Vorfall weiter keine Notiz nehmen und die ganze Sache Ihnen überlassen."

„Tun Sie das, Sawbridge. Sie haben mich durch Ihre freundliche Güte in dieser Angelegenheit unendlich verpflichtet."

Sawbridge verabschiedete sich und Kapitän Wilson sandte ein Schreiben an unseren Helden, worin er sich das Vergnügen seiner Gesellschaft zum Frühstück morgen früh um neun Uhr erbat.

Jack sagte zu, aber nur mündlich, denn er hatte zuviel Champagner getrunken und traute sich eine schriftliche Antwort nicht mehr zu.

9

Am anderen Morgen würde Jack Easy die Einladung des Kapitäns vergessen haben, wenn ihn der Wirt nicht erinnert hätte. Jack hatte bis jetzt seine Uniform nicht angelegt, hielt Wilsons Einladung aber für eine passende Gelegenheit, in voller Montur zu erscheinen. Mochte es ein Vorgefühl dessen sein, was er ausstehen sollte. Jack war jedenfalls nicht erfreut über seinen Kleidungswechsel. Es kam ihm vor, als ob er damit seine Unabhängigkeit opfere.

Kapitän Wilson empfing ihn, als ob er von dem verzögerten Eintrit in die Mannschaft und von der Unterredung mit dem Ersten Lieutenant nichts wüßte; aber noch ehe das Frühstück vorüber war, hatte Jack die Geschichte mit wenigen Worten erzählt.

Nun ließ Kapitän Wilson sich in Einzelheiten über die Pflichten und den Rang eines jeden an Bord des Schiffes dienenden Mannes aus. Er bedeutete Jack, es sei da, wo Disziplin gefordert werde, unmöglich, daß mehr als einer befehle; dieser eine sei der Kapitän, der in seiner Person den König, der das Land regiere, vertrete. Und da die Befehle vom Kapitän an den Lieutenant gingen und vom Leutnant an die Midshipmen, die sie dann ihrerseits der ganzen Schiffsmannschaft eröffneten, so sei es eigentlich der Kapitän allein, der Befehle erteile, und jeder ohne Ausnahme sei verpflichtet, zu gehorchen. Da übrigens der Kapitän ebenfalls den Befehlen seines Vorgesetzten, des Admirals, Folge zu leisten habe, könne man wohl sagen, daß *alle* an Bord zu *gleichmäßigem* Gehorsam verpflichtet seien. Kapitän Wilson legte starken Nachdruck auf das Wort „gleichmäßig", denn er brachte seine erste Dosis äußerst vorsichtig bei. Er hatte in der Tat in seiner ganzen Anrede eine besondere Gewandtheit an den

Tag gelegt, die ihn zum Plädieren als Advokat empfohlen haben würde. Während er nämlich Jack auseinandersetzte, daß er jetzt in einen Dienst trete, in dem *Gleichheit* nicht für einen Augenblick bestehen könne, wenn der Dienst bestehen solle, bemühte er sich, zu zeigen, wie gewissermaßen alle Rangunterschiede dadurch aufgehoben wären, daß alle *gleichmäßig* verpflichtet seien, ihren Pflichten gegen das Land nachzukommen, und wie somit ein Seemann, ob er nun den Befehlen des Kapitäns oder denen *seines* vorgesetzten Offiziers gehorche, eigentlich nur den Befehlen des Landes folge, die durch diese Verbindungswege erteilt würden.

Jack war mit dieser Betrachtung des Gegenstandes nicht unzufrieden, und der Kapitän hütete sich, zu lange dabei zu verweilen. Er ging zu Einzelheiten über, von denen er wußte, daß sie Jack noch besser gefallen würden. Er setzte ihm auseinander, die Kriegsartikel seien die Regeln, nach denen der Dienst an Bord gehandhabt werden müsse, und jeder, vom Kapitän bis zum untersten Schiffsjungen, habe sich danach zu richten. Jedem Mann an Bord sei eine bestimmte Ration an Speisen und Getränken bewilligt, diese Ration sei für alle die *gleiche*, für den Kapitäm wie für den Schiffsjungen, gleich auch in Quantität und Qualität. Jeder sei *gleichmäßig* zu dieser Portion berechtigt. Es seien ferner — obschon es Abstufungen im Dienst geben müsse — alle Offiziere, welches auch immer ihr Rang sein möge, *gleichmäßig* als Gentlemen zu betrachten. Kurz und gut, Kapitän Wilson, der die Wahrheit sagte, und nur die Wahrheit, aber nicht die *ganze* Wahrheit, machte unseren Jack glauben, er habe endlich die Gleichheit gefunden, die er an Land vergebens gesucht hätte. Endlich aber erinnerte sich unser Held der Ausdrücke, deren sich Mr. Sawbridge am Abend zuvor gegen ihn bedient hatte, und fragte den Kapitän, warum sich dieser Mensch so benommen habe. Da nun die Sprache Mr. Sawbridges nicht gerade wie angewandte Gleichheit gelautet hatte, geriet Kapitän Wilson in einige Verlegenheit. Indes versuchte er Jack zu überzeugen, der Erste Lieutenant sei gestern, als der älteste Offizier an Bord, der Stellvertreter des Kapitäns gewesen, wie das auch bei Jack der Fall sein würde, wenn er einmal der älteste Offizier an Bord wäre, und der Kapitän oder älteste Offizier vertrete, wie er schon gesagt, das Land. Ferner mache sich nach den Kriegsartikeln jeder, der sich von seinem Schiff entferne, eines Vergehens oder Verbrechens gegen diese Artikel schuldig, und wenn ein solches Delikt von einem der zur Schiffsmannschaft gehörenden Leute begangen werde und der älteste Offizier keine Notiz davon nehme, so begehe er selbst ein Verbrechen gegen die Artikel und setze sich der Strafe aus, wenn er nicht beweisen könne, daß er sich wirklich an die Bestimmung gehalten habe. Mr. Sawbridge sei somit um seiner selbst willen verpflichtet gewesen, dieses Vergehen zu rügen, und wenn er sich dabei scharfer Ausdrücke bedient habe, zeuge dies nur von seinem *Eifer* für sein Land.

„Wenn das so ist", erwiderte Jack, „kann kein Zweifel über seinen Eifer bestehen, denn wäre das Wohl des ganzen Landes bedroht gewesen, hätte er kaum in heftigere Aufregung geraten können."

„Somit hat er seine Schuldigkeit getan. Aber seien Sie überzeugt, es machte ihm keine Freude, und ich verspreche Ihnen, wenn Sie ihn an Bord treffen, wird er so freundlich gegen Sie sein, als ob nichts vorgefallen wäre."

„Er sagte, er wolle mich bald lehren, was ein Erster Leutenant sei. Was wollte er denn damit sagen?" fragte Jack.

„Purer Eifer."

„Schön, aber er sagte auch, sobald er mich an Bord kriege, wolle er mir den Unterschied zwischen einem Ersten Leutenant und einem Midshipman zeigen."

„Purer Eifer."

„Er sagte, meine Unwissenheit werde schon vergehen."

„Purer Eifer."

„Und er wolle einen Sergeanten und Marinesoldaten schicken, um mich zu holen."

„Purer Eifer."

„Er wolle meine Philosophie auf die Probe stellen."

„Purer Eifer, Mister Easy. Eifer wird sich stets so zeigen, und wir dürfen im Dienst nichts ohne Eifer tun. Merken Sie sich's, daß ich darauf rechne und hoffe, auch in Ihnen eines Tages einen eifrigen Offizier zu sehen."

Hier stellte Jack ernsthafte Betrachtungen an und gab keine Antwort.

„Ich bin sicher", fuhr Kapitän Wilson fort, „Sie werden in Mister Sawbridge einen Ihrer besten Freunde finden."

„Möglich", antwortete Jack. „Ich bin übrigens von unserem ersten Zusammentreffen nicht sehr erbaut."

„Es wird Ihnen vielleicht später zur nicht ganz angenehmen Pflicht werden, ebenso viele Fehler an sich selbst zu finden. Wir müssen alle den Obliegenheiten gegen unser Vaterland gleichmäßig nachkommen. Übrigens habe ich Sie kommen lassen, Mister Easy, um Ihnen zu sagen, daß wir morgen unter Segel gehen, und da ich meine Papiere diesen Abend noch an Bord schicke, tun Sie gut daran, die Ihren auch zu senden. Um acht Uhr werde ich an Bord gehen. Wir können beide im selben Boot hinfahren."

Hiergegen erhob Jack keinerlei Einwendung. Er bezahlte seine Rechnung im „Springbrunnen", schickte seinen Koffer durch einige Leute von der Bootsmannschaft an Bord und erwartete nun den Befehl des Kapitäns zur Einschiffung. Um neun Uhr abends befand sich unser Held wohlbehalten an Bord von Seiner Majestät Corvette „Harpy".

Als Jack da eintraf, war es dunkel, und er wußte nicht, was er mit sich anfangen sollte. Der Kapitän wurde von den Offizieren auf dem Verdeck empfangen. Sie lüfteten ihre Hüte, als sie ihn begrüßten. Er erwiderte den Gruß, und auch Jack grüßte höflich. Hierauf ließ sich der Kapitän in ein Gespräch mit dem Ersten Lieutenant ein, und nun blieb Jack einige Zeit sich selbst überlassen. Es war zu dunkel, um die Gesichter zu unterscheiden, und für einen, der noch nie an Bord eines Schiffes gewesen war, zu dunkel, um herumgehen zu können. Jack blieb also stehen, wo er war, nämlich in der Nähe der Hauptbetinge. Er stand übrigens nicht lange. Das Offiziersboot wurde nämlich an den Achterdavits eingehängt, und der Hochbootsmann rief; „Zieht straff an, Jungen."

Ein schrilles Pfeifen, dem Befehle folgten, war zu hören. Die Leute mit den Tauen trieben und drängten eilends vorwärts. Sie warfen unseren guten, im Dunkel stehenden Jack zu Boden, und ein halbes Dutzend Marinesoldaten fiel auf ihn. Die Männer, die nicht daran dachten, daß sich unter den Gestürzten ein Offizier befinden könnte, machten sich über den Spaß lustig. Sie hüpften auf denen, die da lagen, so lange herum, bis sie aus dem Weg rollten. Jack, der nicht wußte, was da vorging, kam schlecht dabei weg. Erst als die Pfeife zum Belegen rief und nachdem er von der halben Steuerbordwache zerstampft worden war, kam er wieder auf die Beine. Er schwankte einer Karronadeschleife zu, als ihn die Offiziere, die ebenso wie die Schiffsmannschaft über den Spaß gelacht hatten, sahen. Unter ihnen befand sich Sawbridge, der Erste Lieutenant, der freundlich fragte: „Sind Sie beschädigt, Mister Easy?"

„Ein wenig", erwiderte Jack, schwer Atem holend.

„Da wurde Ihnen ein rauher Empfang zuteil", antwortete der Erste Lieutenant, „aber zu gewissen Zeiten heißt es an Bord eines Schiffes; ‚Jeder für sich und Gott für uns alle'."

Er wandte sich an den Schiffsarzt; „Harpur, bringen Sie Mister Easy in die Konstablerkammer, wo ich mich sobald als möglich auch einfinden werde. Wo ist Mister Jolliffe?"

„Hier, Sir", erwiderte Jolliffe, ein Steuermannsmaat, der von der Nagelbank nach achtern kam.

„Da ist ein junger Gentleman, der mit dem Kapitän an Bord eintraf. Befehlen Sie einem von den Maaten, eine Hängematte aufzuschlingen."

Unterdessen war Jack in die Konstablerkammer gebracht worden, wo er sich durch den Genuß von einem Glas Wein wieder erholte. Er blieb nicht lange und wagte auch nicht viel zu sprechen. Sobald seine Hängematte bereit war, freute er sich, hineinsteigen zu können. Da er starke Quetschungen erlitten hatte, wurde er am anderen Morgen erst nach neun Uhr geweckt. Er zog sich an und stieg an Deck, wo er sah, daß die Corvette schon ausgelaufen war. Da er aber ein ganz sonderbares Gefühl empfand und am Ende die Wirkungen der Seekrankheit verspürte, wurde er von einem Marinesoldaten hinunter gebracht und wieder in seine Hängematte verfrachtet. Da verblieb er während eines dreitägigen starken Windes, wobei es ihn nicht wenig verwirrte, daß sein Kopf jeden Augenblick gegen das Gebälk stieß.

Das heißt also zur See gehen, dachte Jack. Kein Wunder, daß sich hier keiner um den andern bekümmert oder von Übertretung seines Bodens spricht. Das ist gewiß, jeder kann meinen Anteil am Ozean haben, und komme ich nur wieder an Land, kann ihn der Teufel kriegen, wenn er ihn will.

Kapitän Wilson und Mr. Sawbridge hatten beide unserem Jack während seiner Krankheit größere Vergünstigungen eingeräumt, als dies sonst bei den Midshipmen geschah. Als der Sturm vorüber war, befand sich die Corvette auf der Höhe von Cap Finisterre. Am anderen Morgen war die See ziemlich ruhig und nur noch eine leichte Brise kräuselte die Wellen. Die verhältnismäßige Ruhe der vergangenen Nacht hatte Jack wieder ganz hergestellt, und als die Hängematten hinaufgepfiffen wurden, trat Jolliffe, der Schiffsmeistersmaat, zu ihm und fragte, ob er aufstehen und anbeißen oder zwischen seinen Decken bleiben wolle bis nach Gibraltar.

Jack, der sich wie neugeboren fühlte, verließ seine Hängematte und kleidete sich an. Ein Marinesoldat, der auf Befehl des Kapitäns nach unserem Helden gesehen hatte, ging ihm beim Anziehen zur Hand. Er öffnete sein Gepäck und brachte ihm alles. was er benötigte, denn sonst würde er, wie man sagt, nicht gewußt haben, wo rechts und wo links war.

Hierauf fragte Jack, wohin er gehen müsse, denn obgleich er schon fünf Tage an Bord war, war er doch noch nie in der Midshipmenkajüte gewesen. Der Marinesoldat zeigte sie ihm und nun kletterte Jack, der Hunger verspürte, über Kisten, bis er glücklich in eine Höhle gelangte, die unendlich ärmlicher war als die Hundehütten auf dem Besitztum seines Vaters.

Nicht nur das Meer, dachte Jack, und meinen Anteil, sondern auch meinen Anteil an der „Harpy“ überlasse ich gerne jedem, der ihn nur will. Da herrscht freilich Gleichheit genug, denn jeder scheint gleich elend dran zu sein.

Während er sich diesen Gedanken hingab, sah er, daß sich noch jemand in der Kajüte befand — Jolliffe, der Schiffsmeistersmaat, der den Blick auf Jack gerichtet hatte und dessen Gruß nun Jack erwiderte. Das erste, was Jack bemerkte, war, daß Jolliffe ein sehr blatternarbiges Gesicht und nur *ein* Auge, aber ein durchbohrendes hatte.

Dein Blick behagt mir nicht, dachte Jack, wir werden nie gute Freunde werden.

„Freut mich sehr, Sie wieder wohlauf zu sehen, junger Herr", sagte Jolliffe. „Sie sind länger als gewöhnlich auf dem Schragen gelegen, aber freilich, die Stärksten packt es oft am heftigsten. Sie haben sich spät entschlossen, zur See zu gehen — vielleicht nach dem Sprichwort; ‚Besser zu spät, als gar nicht'."

„Ich fühle mich sehr geneigt, die Wahrheit dieses Satzes zu beleuchten", erwiderte Jack, „aber es ist jetzt nutzlos. Ich bin entsetzlich hungrig. Wann werde ich ein Frühstück bekommen?"

„Morgen früh um halb neun", sagte Jolliffe. „Für heute ist das Frühstück schon seit zwei Stunden vorbei."

„Aber soll ich denn gar nichts erhalten?"

„Das habe ich nicht gesagt. Bei Ihrer Krankheit müssen wir einige Vergünstigungen eintreten lassen — aber Frühstück wird es nicht sein."

„Nennen Sie es, wie Sie mögen", entgegnete Jack, „befehlen Sie gefälligst dem Aufwärter, mir etwas zu essen zu geben. Mürbe Kuchen oder Plattsemmeln — irgend etwas, doch würde ich Kaffee vorziehen."

„Sie vergessen, daß Sie auf der Höhe von Cap Finisterre und in einer Midshipmen-Kajüte sind. Kaffee haben wir nicht — Plattsemmeln sehen wir mit keinem Auge — mürbe Kuchen können wir nicht machen, da wir keinen Teig haben, aber eine Tasse Tee mit Schiffszwieback und Butter kann ich Ihnen durch den Steward kommen lassen."

„Tun Sie das", antwortete Jack, „ich werde Ihnen sehr viel Dank dafür wissen."

„Seesoldat", rief Jolliffe, „Mesty soll kommen."

„Mesty soll kommen!" schrie der Seesoldat und so ging der Befehl von Mund zu Mund, bis er endlich bis zur Kombüse des Schiffes gelangte.

Der Träger dieses Namens muß dem Leser vorgeführt werden. Er war ein Schwarzer, der als Sklave nach Amerika gebracht und dort verkauft worden war.

Von Person war er sehr schlank und schmächtig, aber er

hatte eine muskulöse Gestalt und ein keineswegs gewöhnliches Gesicht. Er hatte einen langen, schmalen Kopf, hohe Backenknochen, von denen sich das Gesicht bis zum Kinn herab fast haarscharf zuspitzte, eine sehr kleine, aber ziemlich gerade und fast römische Nase. Auch sein Mund war ungewöhnlich klein, und die Lippen waren für einen Afrikaner durchaus nicht dick. Er hatte blendend weiße, regelmäßige Zähne. Er erhob Anspruch auf fürstliche Abkunft in seinem Vaterland; ob dies jedoch richtig war, konnte nicht ermittelt werden. Sein Herr hatte sich in New York niedergelassen und dort hatte Mesty Englisch gelernt, wenn man es so nennen durfte. Alle die eingewanderten Arbeiter in New York sind nämlich Iren, und von ihnen hatte Mesty den stark gebrochenen, eigentümlichen Dialekt der Schwester-Insel, vermischt mit ein wenig Yankee-Slang, gelernt.

Nachdem er gehört hatte, daß man in England keine Sklaven halte, versteckte er sich an Bord eines englischen Kauffahrteischiffes und entfloh auf diese Weise seinem Herrn. Bei seiner Ankunft in England begab er sich an Bord eines Kriegsschiffes. Da er keinen Namen hatte, war es nötig, ihn zu taufen, um ihn in die Schiffsbücher eintragen zu können, und weil der Erste Lieutenant, der ihn einschrieb, über den merkwürdigen Gesichtsausdruck des Schwarzen sehr erstaunt und ein deutscher Gelehrter war, nannte er ihn Mephistopheles Faust, was dann zu Mesty verstümmelt wurde. Dieser Mesty besaß einen exzentrischen Charakter. In der einen Minute, wenn er sich seiner Abkunft erinnerte, war er stolz bis zum Übermaß, in der anderen wieder ernst und fast mürrisch – aber wenn ihm im Lauf der täglichen Geschäfte nichts Unangenehmes begegnete, war er einfach drollig.

Mesty erschien bald, aber fast in der Gestalt eines Frosches, denn er kroch unter dem Gebälk durch und machte mit seinen nackten Füßen große Schritte.

„Bei der Allmacht, Massa Jolliffe, es ist nicht an der Zeit, jetzt nach mir zu schicken. Seht doch, daß die Kartoffeln im Kessel und so viele Spitzbuben bereit sind, ein anderes Netz hineinzutun und sich zu Nutzen zu machen das Versehen – hol sie der Teufel!"

„Mesty, du weißt, daß ich dich nie rufe und durch andere nie rufen lasse, wenn es nicht notwendig ist“, erwiderte Jolliffe, „aber dieser arme junge Mann hat nichts gegessen, seit er an Bord ist, und nun ist er recht hungrig. Du mußt ihm ein wenig Tee bringen.“

„Was meinen Sie, Sir? Um Tä zu machen, muß ich zuerst Wasser ‘aben. Und wenn Sie nur die Spitze Ihres kleinen Fingers hineinstrecken wollten, fänden Sie jetzt in der Küche keinen Platz dazu — und das Wasser kommt erst um sieben Glockenzug. Ich verspreche, es ist unmöglich.“

„Aber er muß doch irgend etwas haben, Mesty.“

„Lassen wir also den Tee beiseite“, bemerkte hier Jack. „Ich will etwas Milch trinken.“

„Meinen Massa Milch? Ist das Bumboot-Weib an der anderen Seit der Bucht?“

„Wir haben keine Milch, Mister Easy. Sie vergessen, daß wir auf den blauen Wogen sind“, entgegnete Jolliffe. „Es tut mir leid, aber Sie müssen bis zur Mittagszeit warten. Mesty sagt die volle Wahrheit.“

„Sagen Ihnen was, Massa Jolliffe: eben sieben Glockenzüge. Wenn der junge Gentleman statt Tee etwas aus dem Kessel nehmen wolle, kann er es haben. Es ist nur ein kleiner Unterschied zwischen Täbrühe und Erbsensuppe. Eine Schüssel davon, mit einigen Nüssen und etwas Pfeffer wird ihm jedenfalls schmecken.“

„Das Beste vielleicht, was er kriegen kann, Mesty ... Hol es so schnell als möglich herbei.“

Nach einigen Minuten brachte der Schwarze eine Schüssel mit Suppe, in der ganze Erbsen schwammen, und stellte vor unseren Helden eine zinnerne Frühstückschüssel voll kleiner Zwiebackstücke, Midshipmen-Nüsse genannt, sowie die Pfefferdose. Jacks Traumgebilde von Tee, Kaffee, Plattsemmeln, mürbem Kuchen und Milch verschwanden, als er diese Suppe sah. Aber er war sehr hungrig und fand sie somit über alles Erwarten gut.

10

Als Jack auf das Verdeck kam, sah er, wie die Sonne heiter schien, ein leichtes Lüftchen vom Land her wehte und das ganze Tafelwerk und jede sonstige geeignete Stelle des Schiffes mit Matrosenkleidern und Weißzeug beladen war, das der Sturm durchnäßt hatte und nun getrocknet werden sollte. Sämtliche Segel waren aufgegeit und das Schiff strich langsam durch das blaue Wasser. Der Kapitän und der Erste Leutnant standen im Gespräch miteinander auf der Poop, und die meisten Offiziere nahmen um die Mittagszeit mit ihren Quadranten und Sextanten Messungen vor. Die Verdecke waren gerade gereinigt worden, und einige der Männer waren damit beschäftigt, Tampen zu belegen. Es war eine Szene voll Leben, Tätigkeit und Ordnung, die Jacks Herz nach viertägigem Unwohlsein und Aufenthalt in dumpfer Luft hoch erfreute.

Der Kapitän, der ihn sah, winkte ihn zu sich und befragte ihn nach seinem Befinden, auch der Erste Leutnant lächelte ihm zu, und viele der Offiziere wünschten ihm Glück zu seiner Wiedergenesung.

Später trat der Steward des Kapitäns zu ihm, lüftete seinen Hut und bat um das Vergnügen seiner Gesellschaft bei dem Mittagessen in der Kajüte. Jack, der, wie schon früher gesagt, die Höflichkeit selbst war, lüftete seinen Hut und nahm die Einladung an. Er stand auf einem Tau, das ein Matrose einholte. Der Mann lüftete seinen Hut und bat ihn, er möchte so freundlich sein, den Fuß zu heben. Jack seinerseits zog gleichfalls den Hut und den Fuß vom Tau weg. Der Schiffsmeister lüpfte seinen Hut und meldete dem Ersten Leutnant „zwölf Uhr". Der Erste Lieutenant tat das gleiche und meldete dem Kapitän „zwölf Uhr". Der Kapitän hob den Hut und sagte dem Ersten Lieutenant, es sei recht. Der Offizier von der Wache langte an seinen Hut und fragte den Kapitän, ob zum Mittagessen gepfiffen werden solle, der Kapitän lüftete seinen Hut und sagte; „Wenn's Ihnen gefällig ist."

Der Midshipman empfing seine Befehle und lüftete den Hut, teilte sie hierauf dem Hochbootsmannsmaat mit, der ebenfalls den Hut lüftete, und nun erst schrillte die Pfeife.

Nun ja, dachte Jack, Höflichkeit scheint hier an der Tagesordnung zu sein. Er stand am Schanzkleid, guckte durch die Schanzkleidpforte in das tiefblaue Wasser hinab, richtete seine Augen in die Höhe und beobachtete, wie die hohen Spieren mit ihren Spitzen, den Bewegungen des Schiffes folgend, hin und her schwankten, sah auf die Karronadenreihe, die an den Seiten des Decks aufgestellt war, kletterte sodann auf eines der Geschütze und hielt nach dem fernen Land Ausschau.

„Sie, junger Gentleman, gehen Sie da runter", rief der Schiffsmeister, der wachhabender Offizier war, in mürrischem Ton.

Jack blickte sich um.

„Hören Sie mich, Sir. Ich spreche mit Ihnen", sagte der Schiffsmeister.

Jack fühlte sich hierüber entrüstet und dachte, Höflichkeit müsse doch nicht so allgemein sein, wie er geglaubt hatte.

Zufällig war Kapitän Wilson auf dem Verdeck.

„Kommen Sie zu mir, Mister Easy", sagte er. „Es ist Regel im Dienst, daß niemand sich auf die Geschütze setzt. Ich tue das auch nie – ebensowenig der Erste Leutnant oder irgendeiner von den Offizieren oder der Mannschaft – also dürfen auch Sie nach dem Grundsatz der Gleichheit es nicht wieder tun."

„Gewiß nicht, Sir", erwiderte Jack. „Aber ich sehe nicht ein, warum dieser Offizier mit dem glänzenden Hut so mürrisch und nicht in einem Ton mit mir spricht, wie es sich einem Gentleman gegenüber geziemt."

„Das habe ich Ihnen schon auseinandergesetzt, Mister Easy."

„Ach ja, jetzt erinnere ich mich; es ist Eifer – aber dieser

Eifer scheint mit das einzige Unbehagliche im Dienst zu sein. Es ist schade, daß der Dienst, wie Sie sagen, nicht ohne derlei Eifer geschehen kann."

Kapitän Wilson lachte und ging weg. Als er jedoch anschließend mit dem Schiffsmeister auf der Poop stand, bedeutete er ihm, er solle nicht so hart mit einem Burschen reden, der aus Unkenntnis ein so unbedeutendes Versehen begangen habe. Daraufhin beschloß Smallsole, der Schiffsmeister, eine grämliche Person, die selbst die leiseste Mißbilligung seines Benehmens nicht hören mochte, während er gleichwohl auf die Fehler anderer ein scharfes Auge hatte, bei der ersten passenden Gelegenheit an unserem Jack Vergeltung zu üben.

Dieser Tag konnte als der erste für Jacks Erscheinen an Bord betrachtet werden und er kramte auch zum erstenmal seine besonderen Ansichten am Tisch des Kapitäns aus. Wenn die Mittagessensgesellschaft, die aus dem Zweiten Leutnant, dem Zahlmeister, Mr. Jolliffe und einem der Midshipmen bestand, darüber erstaunt war, daß solche befehlswidrigen Ansichten im Beisein des Kapitäns geäußert wurden, so war sie nicht minder verwundert über das gutgelaunte Gelächter, mit dem Kapitän Wilson sich den Vortrag anhörte. Der Bericht über Jacks Kühnheit verbreitete sich — natürlich sehr übertrieben — noch an demselben Abend durch das ganze Schiff. In der Konstablerkammer sprachen die Offiziere davon, auf dem Verdeck leierten die Midshipmen die Geschichte herunter. Der Marinesergeant äußerte in seiner Kajüte seine Meinung dahin, daß sie zu verdammen sei; der Hochbootsmann sprach mit den anderen Subalternoffizieren darüber, bis der Grog ausgeteilt war. Im allgemeinen äußerte die Schiffsmannschaft die Ansicht, unser Held werde nach der Ankunft in der Bucht von Gibraltar entweder dem Dienst Lebewohl sagen, vielleicht sogar durch ein Kriegsgericht zum Tode verurteilt oder mindestens an Land ausgesetzt werden. Andere freilich, die mehr Schlangenklugheit besaßen und von Mr. Sawbridge wußten, daß Jack eines Tages ein großes Vermögen erben werde, zogen ganz andere Schlüsse und dachten, Kapitän Wilson werde sehr gute

Gründe haben, warum er so zahm war. Unter denen, die so dachten, befand sich der Zweite Lieutenant. Es waren überhaupt nur vier Personen an Bord, die Jack freundlich gesinnt waren – nämlich der Kapitän, der Erste Lieutenant, Mr. Jolliffe, der einäugige Schiffsmeistersmaat und Mephistopheles, der Schwarze, der unseren Helden, nachdem er die Gefühle, die diesen bewegten, vernommen hatte, aus ganzem Herzen und aus ganzer Seele liebte.

Wir haben von dem Zweiten Lieutenant, Mr. Asper, gesprochen. Dieser junge Mann hatte eine sehr hohe Meinung vom Stammbaum und besonders vom Geld, von dem er nur sehr wenig besaß. Er war der Sohn eines bedeutenden Kaufmannes, der ihm während seiner Midshipmanzeit mehr Geld zu seinen Ausgaben bewilligte, als nötig oder nützlich war. Während seiner Laufbahn hatte er gefunden, daß ihm seine volle Tasche nicht nur unter seinen Tischgenossen, sondern auch bei manchen Offizieren der Schiffe, auf denen er segelte, Ansehen verschafften. Ein Mann, der eine große Zeche bezahlen kann und will, wird immer Anhänger finden, und es gibt Leutnants, die es nicht für unter ihrer Würde halten, mit einem Midshipman, auf dessen Kosten sie während ihres Aufenthaltes an Land leben, zu speisen und um sie herumzutanzen. Gerade als Mr. Asper seine Ernennung und Anstellung erhielt, machte sein Vater bankrott und die Quelle, aus der er bislang so reichliche Zuschüsse erhielt, war nun verstopft. Seit der Zeit verspürte er, daß sein Ansehen geschwunden war. Er konnte nun nicht mehr länger vom Dienst als einer Last sprechen und nicht mehr sagen, er wolle ihn aufgeben, auch nicht mehr länger jene Achtung behaupten, die man seiner Börse, nicht aber ihm erwiesen hatte. Er, der an ein sehr kostspieliges Leben gewöhnt war, besaß nicht mehr die Mittel, dieses Leben fortzuführen. Es war kein Wunder, daß er so große Achtung vor dem Geld empfand, und da seine Quelle nicht mehr sprudelte, war er immer sehr erfreut, jemanden aufzufischen, auf dessen Kosten er seinem außerordentlichen Hang zum Wohlleben frönen konnte. Nun wußte Mr. Asper, der von dem Aufwärter den Betrag der im „Springbrunnen“ bezahlten Rechnung erfahren hatte, daß

unser Held reichlich mit Geld versehen war, und er wartete deshalb auf dem Verdeck, bis Jack heraufkam, um dessen teuerster und vertrautester Freund zu werden. Das Gespräch in der Kajüte vermittelte ihm die Überzeugung, daß Jack seines Beistands bedürfen und dafür dankbar sein werde. Er hatte deshalb auch die Gelegenheit ergriffen, Mr. Sawbridge den Vorschlag zu machen, er wolle Jack in seine Wache nehmen. Sei es nun, daß Sawbridge die Absicht Aspers durchschaute oder daß er glaubte, unser Held würde bei ihm besser untergebracht sein als bei dem Schiffsmeister, der etwas barsch in seinem Benehmen war, vielleicht auch besser als bei ihm selbst, da er als Erster Lieutenant keinerlei Dienstvernachlässigung übersehen durfte — genug, er nahm das Anerbieten an, und Jack wurde, als er nun in den Dienst trat, befehligt, Wache unter Lieutenant Asper zu halten.

Dies war jedoch nicht nur der erste Tag, von dem man sagen kann, daß Jack im Dienst erschienen sei, sondern zugleich der erste, an dem er die Midshipmen-Kajüte betrat und mit seinen Kameraden bekannt gemacht wurde.

Wir haben bereits Mr. Jolliffe, den Schiffsmeistersmaat genannt, müssen ihn aber noch näher beschreiben. Die Natur ist bisweilen höchst launisch, und nie zeigte sie dies mehr, als indem sie mit Gewalt Mr. Jolliffe den finstersten Gesichtsausdruck, den man sich denken kann, verlieh.

Er hatte sehr durch die Pocken gelitten. Als Folge davon waren seine Gesichtszüge zusammengeschrumpft. Sein Gesicht war nicht bloß stark blatternarbig, sondern eigentlich schrecklich entstellt. Ein Auge hatte er eingebüßt, beide Augenbrauen waren verschwunden und der Unterschied zwischen dem einen dunklen, der Sehkraft beraubten, glanzlosen Kreis auf der einen Seite seines Gesichts und dem leuchtenden, durchdringengen kleinen Ball auf der anderen Seite war fast entsetzlich. Die Krankheit hatte ihm die Nase so weit weggefressen. Mehrere Kinnmuskeln waren zusammengezogen, und somit zeigten sich am Gesicht unnatürliche Vertiefungen und Löcher. Er war ein langer, hagerer Mann, der selten lächelte, und wenn er es tat, wurde sein Gesicht dadurch noch schrecklicher verzerrt.

Jolliffe war der Sohn eines Schiffsunteroffiziers. Die Blattern bekam er erst, als er nach Westindien geschickt wurde. Er stand schon lange im Dienst, besaß aber nur geringe oder gar keine Aussicht auf Beförderung. Entbehrungen, Betrachtungen über seine niedere Abkunft und Spötteleien über sein Äußeres hatten ihm viele Leiden bereitet. Auf den Schiffen, auf denen er diente, war er zu allen Zeiten nur verhöhnt worden. Mitten unter der Mannschaft hatte er sich stets verlassen gefühlt, und auch hier, wo man ihm persönlich nicht unehrerbietig zu begegnen wagte, war er nur im Dienst, nur in Anerkennung seiner Tüchtigkeit und ausgezeichneten Pflichterfüllung geachtet, so daß er eigentlich keine Freunde oder Kameraden hatte. Seit vielen Jahren hatte er sich in sich selbst zurückgezogen, durch Lesen und Studieren seine Kenntnisse vermehrt, der christlichen Nächstenliebe ganzen Wert erkannt und sie tätig ausgeübt. Still und zurückhaltend, sprach er selten in der Kajüte, außer wenn es sein Amt als Proviantmeister erforderte. Alle achteten Jolliffe, aber keiner mochte ihn zum Kameraden, da bei seinem Erscheinen selbst die Hunde bellten. Gleichzeitig erkannte jedermann sein in jeder Beziehung tadelsfreies Benehmen, seinen Gerechtigkeitssinn, seine Nachsicht und sein richtiges Gefühl an. Sein Leben glich in der Tat einer Pilgerfahrt und er legte jede Station in christlicher Liebe und christlichem Eifer zurück.

In jeder Gesellschaft wird man immer einen Raufbold finden und auch einen, der mehr oder weniger der Gehänselte ist. Man wird das selbst bei eher zufälligen Zusammenkünften wie bei einem Mittagessen, wo doch der größere Teil der Gesellschaft sich nie gesehen hat, bestätigt finden.

Noch ehe das Tischtuch abgenommen ist, wird sich der Raufbold durch sein befehlshaberisches Wesen bemerkbar gemacht und bereits einen ausersehen haben, mit dem er am besten umspringen zu können glaubt. In einer Midshipmen-Kajüte ist dieser Umstand beinahe sprichwörtlich geworden, obgleich er vielleicht jetzt nicht mehr von jenem widerwärtigen Despotismus begleitet sein mag, der damals, als unser Held in den Dienst trat, geübt wurde.

Der Raufbold in der Midshipmen-Kajüte von Seiner Majestät Corvette „Harpy“ war ein junger Mann von siebzehn Jahren, mit hellblondem Haar und blühendem Aussehen, der Sohn eines Schreibers im Dockyard von Plymouth namens Vigors.

Der Gehänselte war ein Bursche von fünfzehn Jahren, mit einem Puddinggesicht, dessen geistige Fähigkeiten bei einiger Pflege wenn auch nicht ausgezeichnet, so doch annehmbar geworden wären, hätte er nicht durch die beständigen Nekkereien derer, die vielleicht besser reden konnten, aber nicht so viel Verstand besaßen, alles Selbstvertrauen verloren. Er lernte langsam, behielt aber, was er einmal gelernt hatte, unauslöschlich im Kopf. Dieser Bursche also, dessen Vater ein wohlhabender Grundbesitzer zu Lynn in Norfolk war, hieß Gossett. Um diese Zeit befanden sich noch drei weitere Midshipmen auf dem Schiff, von denen nichts gesagt werden konnte, als daß sie gerade waren, wie Midshipmen es im allgemeinen sind: daß sie nämlich wenig vom Lernen, aber desto mehr vom Essen hielten, daß sie alles, was nach Arbeit aussah, haßten und was wie Spaß lautete, liebten, daß sie in der einen Minute unsinnig boxten und in der anderen sich ewige Freundschaft schworen. Diese Burschen waren O‘Connor, Mills und Gascoigne. Die anderen Schiffsgenossen unseres Helden wollen wir dem Leser lieber dann vorführen, wenn sie in die Geschichte passen.

Nachdem Jack in der Kajüte gespeist hatte, folgte er seinen Tischgenossen Jolliffe und Gascoigne in die Midshipmen-Kajüte hinab.

„Ich sag Ihnen, Easy“, begann Gascoigne, „Sie sind ein verteufelt freier und legerer Kamerad, daß Sie dem Kapitän sagten, Sie hielten sich für einen so bedeutenden Mann wie er.“

„Ich bitte um Verzeihung“, erwiderte Jack, „ich behaupte dies nicht vom persönlichen, sondern vom allgemeinen Standpunkt aus, nach den Grundsätzen der Menschenrechte.“

„Nun ja“, entgegnete Gascoigne, „das ist das erstemal, daß ich von einem Midshipman eine solche kühne Sprache hörte. Nehmen Sie sich nur mit Ihren Menschenrechten in acht, daß Sie nicht an die unrechte Schachtel kommen. An Bord eines Kriegsschiffes lohnt sich das Argumentieren nicht. Der Kapitän nahm es erstaunlich leicht auf — aber Sie tun besser daran, den Gegenstand nicht gar zu oft zur Sprache zu bringen."

„Gascoigne gibt Ihnen da einen sehr guten Rat, Mister Easy", bemerkte Jolliffe. „Angenommen, Ihre Ideen sind richtig, was Sie mir jedoch keineswegs zu sein scheinen, da sie unausführbar sind, gibt es doch so 'n Ding, das man Klugheit heißt. Und wie oft und einfach diese Frage an Land auch erörtert werden mag, in Seiner Majestät Dienst ist es nicht bloß an und für sich gefährlich, sondern wird Ihnen mit Sicherheit großen Nachteil bringen."

„Der Mensch ist ein freies Wesen", antwortete Jack.

„Ich will mich erschießen lassen, wenn er das ist", entgegnete Gascoigne, „und das werden Sie auch bald finden."

„Und doch hat mich gerade die Erwartung, Gleichheit hier zu finden, bestimmt, zur See zu gehen."

„Ja, am ersten April", sagte Gascoigne. „Oder reden Sie wirklich im Ernst?"

Hierauf ließ sich Jack in eine lange Erläuterung ein, der Jolliffe und Gascoigne ohne irgendeine Unterbrechung, Mesty aber mit Bewunderung, zuhörte. Am Schluß lachte Gascoigne herzlich, Jolliffe aber seufzte.

„Von wem haben Sie all das gelernt?" fragte Jolliffe.

„Von meinem Vater, der ein großer Philosoph ist und stets diese Ansichten verteidigte."

„Wünschte Ihr Vater, daß Sie zur See gehen?"

„Nein, er war dagegen", antwortete Jack, „aber gegen meine Menschenrechte und meinen freien Willen konnte er natürlich nicht ankämpfen."

„Als Freund bitte ich Sie, Mister Easy", erwiderte Jolliffe, „Ihre Ansichten soviel als möglich für sich zu behalten. Ich werde schon Gelegenheit finden, mit Ihnen darüber zu sprechen und Ihnen dann meine Gründe auseinandersetzen."

Kaum schwieg Jolliffe, als Vigors und O'Connor, die die Nachricht von Jacks Ketzerei vernommen hatten, herunterkamen.

Jack, die Höflichkeit selbst, stand auf und verbeugte sich. Die Eintretenden aber setzten sich, ohne den Gruß zu erwidern. Vigors glaubte nach allem, was er von Jack gehört und gesehen hatte, jemanden vor sich zu haben, mit dem er sein Spiel treiben konnte. Und er begann ohne Umstände.

„So, mein Freund, Sie sind an Bord gekommen, um mit Ihrer Gleichheit eine Meuterei anzustiften? In der Kajüte des Kapitäns kamen Sie ungeschoren weg, aber so gut wird es Ihnen in der Midshipmen-Kajüte nicht gehen, das kann ich Ihnen sagen. Einige müssen niedergeknüppelt werden – und von denen sind Sie einer."

„Wenn Sie glauben, Sir", entgegnete Jack, „daß ich mich niederknüppeln lasse, kann ich Ihnen versichern, daß Sie im Irrtum sind. Nach demselben Grundsatz, wonach ich nie den Tyrannen derer spielen würde, die schwächer sind als ich, werde ich jede Unterdrückung, wo sie versucht würde, bekämpfen."

„Verdammt, er ist schon ein ganz gewiefter Anwalt. Na, wir werden bald Ihre Härte auf die Probe stellen."

„Soll ich daraus den Schluß ziehen, daß ich mich nicht im Zustand der Gleichheit mit meinen Tischgenossen befinde?" fragte Jack, Mr. Jolliffe anblickend.

Der gab keine Antwort, dafür fiel Vigors ein: „Natürlich Sie sind im Zustand der Gleichheit, insofern nämlich, als Sie das gleiche Recht auf die Schlafstätte haben, wenn Sie nicht hinausgeworfen werden wegen Ihrer Unverschämtheit gegen Ihre Vorgesetzten. Sie haben ferner einen gleichen Anteil an allem, was für den Tisch erforderlich ist, zu bezahlen und ein gleiches Recht, Ihre Portion davon zu bekommen, wenn Sie sie kriegen können. Auch haben Sie ein gleiches Recht mitzusprechen, vorausgesetzt, daß man Sie nicht das Maul halten heißt. Kurz und gut, Sie haben ein gleiches Recht, wie jeder andere zu tun, was Sie können, sich zu nehmen, was Sie können und zu sagen, was Sie können, vorausgesetzt, *daß* Sie können, denn hier muß der Schwächste in ein Mauseloch schlüpfen und das ist Midshipman-Gleichheit. Verstehen Sie das alles, oder brauchen Sie eine angewandte Beleuchtung?"

„Ich muß aus Ihren Worten schließen, daß die Gleichheit hier ebenso sehr fehlt wie unter den Wilden, wo der Starke den Schwachen unterjocht und die Keule das Gesetz ist."

„Da sind Sie, glaube ich, auf dem richtigen Kahn."

Die Mannschaft wurde durch den Ruf „Segel gekürzt“ auf das Deck befohlen und somit dem Streit ein Ende gesetzt.

Da unser Held keinen Befehl, Dienst zu tun, erhalten hatte, blieb er mit Mesty unten.

„Bei der Allmacht, Massa Easy, aber ich lübe Sie mit meuner ganzen Säl“, sagte Mesty. „Bei Jäsus, Sie in der Tat reden schön, Massa Easy. Ich meine Wochenration wetten auf Sie gegen jeden. Massa Easy nix fürchten.“

„Ich fürchte mich durchaus nicht“, erwiderte Jack. „Ich habe schon größere Burschen als ihn durchgeprügelt.“ Das war nicht gelogen. Mr. Bonnycastle hatte sich in die kleinen Kämpfe nie eingemischt und von einem blaugeschlagenen Auge keine Notiz genommen, wenn nur die Aufgaben gut gelernt waren. Jack hatte gepaukt, bis er ein ganz guter Boxer war und wenn er auch an Vigors Größe nicht herankam, war er für diese Art des Kampfes doch besser gebaut. Ein kundiger Westminster-Boxer würde auf Jack seine halbe Krone gewettet haben, wenn er diesen und seinen vorausichtlichen Gegner erblickt hätte.

Die fortwährenden Kämpfe, die Jack in der Schule auszufechten hatte, wurden zwar von ihm als Gründe gegen die Lehre geltend gemacht, die sein Vater zugunsten der Gleichheit anstellte, aber sie waren beseitigt worden durch die Erklärung Mr. Easys, daß die Balgereien der *Jungen* nichts mit den Menschenrechten zu schaffen hätten.

Sobald die Wache aufgerufen war, kamen Vigors, O‘Connor, Gosset und Gascoigne wieder herab. Vigors, der mit Ausnahme Jolliffes der Stärkste in der Midshipmen-Kammer war, hatte hierdurch nach und nach eine anerkannte Führungsrolle erlangt. Auf dem Verdeck hatte er sich über Easys Frechheit geäußert und die Absicht ausgesprochen, ihn zur Vernunft zu bringen. Deshalb kamen die anderen herunter, um den Spaß mitanzusehen.

„Nun ja, Mister Easy“, sagte Vigors bei seinem Eintritt, „Sie nehmen's jedenfalls nach Ihrem Namen. Ich glaube, Sie haben im Sinn, die Rationen des Königs zu verzehren und nichts zu tun.“

Jacks Blut geriet schon in Wallung.

„Es wäre sehr nett, wenn Sie an Ihre eigenen Geschäfte denken", erwiderte Jack.

„Sie unverschämter Lumpenhund! Wenn Sie noch eine Silbe sagen, werde ich Ihnen einen tüchtigen Tritt geben und Ihre Gleichheitsgedanken ein wenig zum Leib hinausknüppeln."

„Nun gut", antwortete Jack, „wir wollen's probieren."

Kaltblütig zog er seinen Oberrock, die Halsbinde und das Hemd aus, zum großen Erstaunen Vigors, den dieser Beweis von Entschiedenheit und Selbstvertrauen nicht sehr erbaute, und noch mehr zur hohen Freude der anderen Midshipmen, die gern eine Wochenration darum gegeben hätten, Vigors tüchtig durchgewalkt zu sehen. Vigors sah wohl ein, daß er zu weit gegangen war, um zurücktreten zu können. Er machte sich also auch schlagfertig, und als dies geschehen war, begab sich die ganze Gesellschaft zum Volkslogis, um die Sache abzumachen.

Vigors hatte seine angemaßte Autorität mehr durch spöttisches Hänseln, als durch Boxen erlangt, und andere fügten sich ihm, ohne einen Versuch zum Widerstand zu machen. Jack hingegen hatte sich seinen Weg in der Schule nur durch harte Gefechte gebahnt. Den Ausgang des heutigen kann man sich also leicht vorstellen. Nach weniger als einer Viertelstunde gab sich Vigors, der mit geschlossenen Augen und drei angeschlagenen Zähnen halbtot dalag, geschlagen, während Jack mit Ausnahme einiger unbedeutender Schrammen, nachdem er sich gewaschen hatte, wieder so frisch aussah wie stets.

Die Nachricht von diesem Sieg verbreitete sich wie ein Lauffeuer durch das Schiff, und ehe noch Jack seine Kleider wieder angezogen hatte, wurde der Vorfall von Sawbridge dem Kapitän im Vertrauen mitgeteilt.

„So früh schon?" rief Wilson lachend „Ich erwartete zwar, daß eine Midshipmen-Kajüte Wunder wirken, aber nicht, daß es so schnell kommen würde. Dieser Sieg ist der erste Schlag für Easys Gleichheitslehre und wird mehr Wirkung haben als zwanzig Niederlagen. Lassen Sie ihn nun seinen Dienst versehen. Er wird bald seine Richtschnur finden."

11

Der Erfolg, den ein junger Mann in einem Beruf erringt, hängt beträchtlich von den Ereignissen ab, die den Eintritt in seine Laufbahn begleiten, da hiernach sein Charakter beurteilt und er demgemäß behandelt wird. Jack hatte sich viel später, als dies bei den meisten jungen Leuten der Fall ist, für den Eintritt in den Dienst entschieden.Er war für sein Alter stark und männlich, und sein Gesicht trug, wenn es auch nicht gerade hübsch zu nennen war, jenen Ausdruck von Ehrenhaftigkeit und Mut, durch den man immer zu gefallen hoffen darf. Sein Unabhängigkeitsgeist und sein Zusammentreffen mit Vigors, nachdem er gerade erst von seiner Seekrankheit genesen war, hatten ihm große Achtung und — mit Ausnahme seines Gegners und Mr. Smallsoles — allseitige Liebe eingetragen. Anstatt von seinen Tischgenossen ausgelacht zu werden, ließen sie sich in freundlich-scherzhafte Gespräche mit ihm ein. Jolliffe lächelte zu Jacks Absurditäten und suchte ihn zur Vernunft zu bringen, die anderen aber liebten Jack um seiner selbst und seiner Freimütigkeit willen, überdies auch, weil sie zu ihm als einem Beschützer gegen Vigors, der sie alle verfolgt hatte, aufblickten. Jack hatte erklärt, da Macht in der Midshipmen-Kajüte für Recht gelte, wolle er insofern Gleichheit herstellen, daß er, wenn er die Stärkeren nicht niederhalten könne, doch jedenfalls die Schwächeren beschütze, und wer auch in die Kajüte kommen möge, müsse zuerst über ihn Herr werden, ehe er einen Schwächeren mißhandeln könne.

Auf diese Weise machte Jack von seiner Stärke den besten Gebrauch und wurde so die Hoffnung derer, die, obgleich länger zur See und erfahrener als er, sich freuten, ein Obdach unter seinem Mut und seiner Gewandtheit zu finden; letztere fand sogar die Bewunderung des Schiffsmetzgers, der ein Boxer von Profession war.

Dies verlieh Jack den Rang des Leiters im Unheilstiften. Wir führen dies hauptsächlich darum an, weil, wenn Jack Vigors unterlegen wäre, die ganze Sache eine umgekehrte Richtung genommen hätte. Dann hätte er sich der schweren Probe unterziehen müssen, welcher die meisten jungen Leute, die in den Flottendienst treten, ausgesetzt sind – eine Probe, die verglichen werden kann mit dem Züchtigungssystem, das in den öffentlichen Schulen Gültigkeit hat.

Mr. Asper machte sich aus guten Gründen zu Jacks Gefährten. Während der Nachtwache liefen sie miteinander herum und er hörte sich das ganze Geschwätz über Menschenrechte an. Hierbei tat Mr. Asper, ohne es zu wollen, etwas Gutes, denn während er Jacks Ansichten beizustimmen schien, um sich dessen Gunst zu sichern, warnte er ihn und setzte ihm auseinander, warum diese Gleichheit an Bord eines Kriegsschiffes nicht so ganz bestehen könne.

Was ihn selbst betreffe, sagte er, so sehe er keinen Unterschied zwischen einem Leutnant, ja selbst nicht zwischen einem Kapitän und einem Midshipman, wenn sie nur beide Gentlemen seien. Er wähle diejenigen zu Freunden, die ihm gefallen und verachte jene Macht der Unterdrückung, die der Dienst zulasse. Somit wurden natürlich Jack und Mr. Asper gute Freunde, zumal Mr. Asper unseren Jack häufig nach halbbeendigter Wache – um sich bei ihm beliebt zu machen und weil er sein ewiges Punktebeleuchten satt hatte – ins Bett schickte.

Das Schiff war in die Meerenge eingefahren, und man erwartete, daß es am nächsten Tag bei Gibraltar ankern werde. Jack stand auf dem Vorderkastell, mit Mesty in ein Gespräch vertieft. Mit ihm hatte er innige Freundschaft geschlossen, denn Mesty würde alles für ihn getan haben, obgleich sich unser Held erst drei Wochen auf dem Schiff befand.

Mesty war in seiner Heimat ein bedeutender Mann gewesen; er hatte alle Schrecken und Qualen einer Überfahrt auf einem Sklavenschiff ausgestanden, war zweimal als Sklave verkauft worden und endlich entwichen. Er fand, daß man im allgemeinen sehr gegen seine Farbe eingenommen und daß er, obgleich nun ein freier Mann, an Bord eines Kriegsschiffs zu den niedrigsten Diensten verurteilt war.

Er hatte nie zuvor die Gesinnungen äußern hören, wie sie *jetzt* in seinem Herzen über Freiheit und Gleichheit schlugen – wir sagen *jetzt*, denn während er vor seiner Gefangennahme in seinem Heimatland lebte, dachte er nicht im Entferntesten an Gleichheit, wie überhaupt keiner, der die Gewalt besitzt. Aber er war gut geschult worden, und obgleich die Leute in New York von Freiheit und Gleichheit sprachen, fand er doch, daß sie das, was sie da predigten, bei ihren Mitmenschen nicht ausübten, und daß er mit tausend anderen inmitten der Freiheit und Gleichheit ein sklavisches, herabgewürdigtes Wesen war.

Durch seine Flucht nach England hatte er wohl seine Freiheit, nicht aber seine Gleichheit erlangt; seine Farbe hatte die Gleichheit verhindert, und bei diesem Gefühl schien ihm die ganze Welt miteinander gegen ihn verschworen, bis er zu seinem großen Erstaunen die Ansichten vernahm, die so kühn über Jacks Lippen kamen, noch dazu in einem Dienst, wo eine solche Sprache an Meuterei grenzte. Mesty, dessen Charakter noch nicht entwickelt war, faßte sofort eine glühende Liebe für unseren Helden und bezeugte ihm seine Anhänglichkeit auf hundertfache Weise. Jack hörte auch Mesty bereitwillig an und unterhielt sich gern mit ihm. Seit dem Zweikampf mit Vigors trafen sie in der Regel jeden Abend auf dem Vorderkastell zusammen, um die Grundsätze der Gleichheit und Menschenrechte zu besprechen.

Am anderen Morgen ging die „Harpy" in der Bucht von Gibraltar vor Anker. Der Kapitän begab sich an Land, erteilte jedoch den Befehl, sein Gigboot solle ihn vor neun Uhr wieder abholen, weil danach der äußere Hafen nur mit besonderer Genehmigung geöffnet werden durfte. Zufällig wurde an diesem Abend von den Offizieren der Garnison ein Ball veranstaltet und dazu eine sehr höfliche Einladung an die Offiziere von Seiner Majestät Corvette „Harpy" erlassen. Da diejenigen, welche die Einladung annahmen, wahrscheinlich lange aufgehalten wurden, war es nicht möglich, daß sie noch in der Nacht zurückkamen. Da aber ihre Dienste am anderen Tag erforderlich waren, gestattete ihnen Kapitän Wilson bis um sieben Uhr anderntags an Land zu bleiben; um diese Zeit wollte er, da es eine große Gesellschaft war, zwei Boote nach ihnen schicken.

Mr. Asper erhielt Urlaub und bat um Erlaubnis, Jack Easy mitnehmen zu dürfen, was ihm Mr. Sawbridge auch zugestand. Noch mehrere andere Offizieren bekamen Urlaub, darunter auch der Hochbootsmann Biggs, der, weil er wohl wußte, daß seine Dienste in aller Frühe mit dem Beginn der Ausrüstung benötigt wurden, nur um Urlaub für den Abend bat. Mr. Asper, der bedachte, daß er jetzt besser als zu irgendeiner anderen Zeit entbehrt werden könnte, erteilte ihm seine Zustimmung. Asper und Jack Easy gingen in einen Gasthof, speisten daselbst, bestellten Betten und kleideten sich hierauf für den Ball an, der äußerst glänzend und durch die Gesellschaft der Offiziere sehr unterhaltend war. Kapitän Wilson wohnte der Eröffnung bei, kehrte jedoch bald wieder an Bord zurück. Jack benahm sich mit der gewöhnlichen Artigkeit, tanzte bis zwei Uhr und machte, als sich die Gesellschaft verlief, Mr. Asper den Vorschlag, nun miteinander fortzugehen. Sie begaben sich noch einmal in den Speisesaal, ließen sich ihre Hüte reichen und wollten gerade fortgehen, als einer der Offiziere von der Garnison Jack fragte, ob er nicht einen Pavian sehen wolle, der soeben vom Felsen heruntergebracht worden sei. Sie nahmen also einige Kuchen und gingen in den Hof hinaus, wo das Tier in einer kleinen Vertiefung angebunden lag. Jack fütterte das Tier, bis alle Kuchen weg waren. Und als er ihm nicht mehr zu geben hatte, sprang der Pavian auf seinen Wohltäter zu, der bei seinem Rückzug in eine etwa zwei Fuß tiefe Wassergrube fiel. Dies war ein Hauptspaß. Mit herzlichem Gelächter entfernte sich der Offizier und wünschte unseren Freunden, die nun dem Gasthof zustrebten, eine gute Nacht.

Die Zahl der von der „Harpy“ an Land befindlichen Offiziere, die alle in demselben Gasthof eingekehrt waren, sowie der sonstigen Fremden war so groß, daß der Hotelbesitzer seine Gäste in Zimmer mit zwei und drei Betten legen mußte, was jedoch wenig zu sagen hatte. Jack wurde in ein Zimmer mit zwei Betten geführt und begann sich auszukleiden. Das eine Bett war nach dem lauten Schnarchen, das an Jacks Ohr drang, unzweifelhaft schon besetzt.

Beim Auskleiden erinnerte sich Jack, daß seine Hosen naß geworden waren. Um sie zu trocknen, öffnete er das Fenster, hängte sie hinaus, klemmte sie zwischen dem Gesimse und dem Fenster ein, legte sich hierauf ins Bett und sank bald in tiefen Schlaf.

Wie er befohlen hatte, wurde er um sechs Uhr morgens geweckt und wollte sich anziehen. Zu seiner großen Verwunderung sah er, daß das Fenster offen stand und seine Hosen fort waren. Offenbar hatte sein Zimmergesellschafter während der Nacht das Fenster geöffnet und dabei mußten Jacks Hosen auf die Straße gefallen sein, wo sie irgend jemand mit fortgenommen haben mochte. Jack warf einen Blick zum Fenster hinaus und sah, daß demjenigen, der es in der Nacht geöffnet hatte, unwohl geworden sein mußte. Einen hübsch betrunkenen Kameraden habe ich heute Nacht gehabt, dachte Jack, aber was ist zu tun? Er begab sich zu dem anderen Bett und sah, daß der Hochbootsmann darin lag. Nun ja, dachte Jack, da Mr. Biggs es für gut gefunden hat, mich um meine Hosen zu bringen, habe ich nach meiner Ansicht ein Recht, seine Hosen zu nehmen, oder wenigstens sie anzuziehen und damit an Bord zu gehen. Erst in der vorigen Nacht erklärte er, Dienst gehe vor Schamhaftigkeit. Die Befehle eines vorgesetzten Offiziers müssen vollzogen werden, mit oder ohne Kleider. Ich weiß, daß er an Bord eintreffen muß, und jetzt soll er einmal zeigen, wie er in seinem kurzen Hemd den Befehlen nachkommt. Unter solchen Betrachtungen nahm Jack die Beinkleider des Hochbootsmannes, der, obgleich man ihn geweckt hatte, weiterschnarchte, legte sie an und entfernte sich, nachdem er seinen Anzug geordnet hatte, aus dem Zimmer. Er ging zu Mr. Asper, der bereits wartete, bezahlte die Rechnung — Mr. Asper hatte leider seine Börse *vergessen* — hierauf begaben sie sich zu dem Festungstor, wo noch andere Offiziere warteten. Die Zahl war groß genug, um das erste Boot zu beladen; es fuhr daher ab. Sobald Jack an Bord und in der Midshipmen-Kajüte war, beeilte er sich, die Beinkleider zu wechseln und, von niemandem bemerkt, die des Mr. Biggs auf seinen Stuhl in seiner Kajüte zu legen. Nachdem er Mesty, der hierüber äußerst erfreut war, zu seinem Vertrauten gemacht hatte, ging er aufs Verdeck, um den weiteren Verlauf der Sache abzuwarten.

Ehe Jack den Gasthof verließ, hatte er dem Aufwärter gesagt, der Hochbootsmann schlafe noch, müsse aber sofort geweckt werden, und diese Weisung war auch befolgt worden. Der Hochbootsmann, der die Nacht zuvor zuviel getrunken und, wie sich Jack ganz richtig gedacht, das Fenster wegen seines plötzlichen Unwohlseins geöffnet hatte, wurde geweckt und wollte sich, als er hörte, wie spät es sei, schnell ankleiden. Da er seine Hosen nicht fand, klingelte er und zog, im guten Glauben, sie seien zum Ausbürsten hinausgenommen worden, einstweilen, um ja keine Zeit zu verlieren, alle seine sonstigen Kleidungsstücke an. Der Kellner, der auf den Ruf der Glocke hereinkam, bestritt, die Hosen fortgenommen zu haben, und nun war der arme Biggs in einer schlimmen Lage. Was aus den Hosen geworden war, konnte er nicht sagen; davon, wie er gestern nacht zu Bett gegangen war, wußte er nichts mehr. Auf Befragen sagte ihm der Aufwärter, er wisse nichts davon. Bei seiner Ankunft sei der Herr betrunken gewesen, und da er, der Kellner, das Fenster geöffnet angetroffen habe, scheine es, dem fremden Herrn sei es über Nacht unwohl geworden und er habe seine eigenen Hosen zum Fenster hinausgeworfen. Die Zeit verstrich, und der Hochbootsmann geriet in Verzweiflung. „Könnte man mir nicht ein Paar leihen?"

„Will meinen Herrn fragen."

Der Gasthofsbesitzer kannte den Rang-Unterschied zwischen den Offizieren recht gut und wußte wohl, welchen von ihnen man trauen durfte und welchen nicht. Er schickte also durch den Kellner die Rechnung hinauf und ließ sagen, der Gentleman könne Hosen haben — gegen eine Leihgebühr. Der Hochbootsmann durchsuchte seine Taschen, und da fiel ihm ein, daß all sein Geld in der Hosentasche war. Er konnte somit nicht nur kein Pfand zurücklassen, sondern nicht einmal die Rechnung bezahlen. Der Wirt ließ sich nicht erweichen, es war für ihn widerwärtig genug, um seine Zeche zu kommen, nun mochte er nicht noch mehr verlieren.

„Mein Gott, ich werde vor ein Kriegsgericht gestellt werden", schrief der Hochbootsmann. „Es ist nicht weit zum Festungstor. Ich will schnell hinunterlaufen. Dort kann ich ja in eines der Boote hineinschlüpfen und Hosen kriegen, ehe ich mich wieder an Bord melde." Mit diesem Beschluß gab Mr. Biggs Fersengeld und rannte so schnell als möglich im leinenen kurzen Hemd der Stelle zu, wo das Boot zu seiner Aufnahme bereit stand. Er begegnete mehreren Personen: je mehr sie ihn jedoch neckten, desto schneller eilte er davon. Endlich atemlos an seinem Ziel angelangt, flog er die Stufen hinab und ins Boot hinein, wo er sich zum großen Erstaunen der Offiziere und Matrosen, die ihn für toll hielten, am Sternsitz niederkauerte. Mit wenigen Worten erzählte er, es habe ihm irgendjemand während der Nacht seine Hosen gestohlen, und da es schon spät war, stieß das Boot unter allgemeinem schallenden Gelächter ab.

„Hat keiner von euch eine Oberjacke?" fragte der Hochbootsmann die Leute, aber das Wetter war so warm, daß nicht einer von ihnen eine Jacke mitgenommen hatte. Als er um sich blickte, sah er, daß die Offiziere auf einem Bootsmantel saßen.

„Wem gehört dieser Bootsmantel?" fragte er.

„Mir", entgegnete Gascoigne.

„Ich hoffe, Mister Gascoigne, Sie werden die Güte haben, mir denselben zu leihen, daß ich darin zum Schiff hinauf kann."

„Gewiß nicht", antwortete Gascoigne, der den Mantel lieber über Bord geworfen als sich den Spaß versagt hätte, den er sich ausdachte. „Besinnen Sie sich nur, daß ich Sie während der Windstille auf der Höhe von Kap Saint Vincent um eine Angelrute bat und Sie mir sagen ließen, Sie wollten mich lieber verdammt sehen. Nun geht's mir mit meinem Bootsmantel geradeso."

„Ach, Mister Gascoigne, ich will Ihnen drei Angelruten geben, sobald ich an Bord komme."

„Ich glaube, daß Sie das wollen, aber Sie sollen nicht. Zum Henker mit allen Gefälligkeiten“, entgegnete Gascoigne, der, um die anderen zu holen, an Land geschickt worden war und das Boot steuerte. „An Bug – pullen.“ Das Boot wurde an die Seite gelegt. Der unbarmherzige Gascoigne nahm, sobald die Offiziere aufstanden, um an Bord zu gehen, seinen Bootsmantel weg, rollte ihn zusammen und warf ihn, trotz der Bitten von Mr. Biggs den Leuten zu, die das Achtertau ausgebracht hatten. Um nun Mr. Biggs' Lage noch elender zu machen, stand der Erste Leutnant auf dem Verdeck und schaute ins Boot herab, während Kapitän Wilson auf dem Hinterdeck hin- und herlief.

„Kommen Sie schnell, Mister Biggs, ich erwartete Sie schon mit dem ersten Boot“, rief Mr. Sawbridge. „Seien Sie gefälligst ein wenig schnell, denn die Rahen sind noch nicht gebraßt.“

„Soll ich in diesem Boot zum Vordersteven fahren und sie brassen, Sir?“

„In dem Boot? Nein, lassen Sie's am Spiegel anhängen und kommen Sie hier herauf. Zum Teufel, weshalb bleiben Sie sitzen, Mister Biggs? Ich wäre Ihnen verbunden, wenn Sie erwas mehr Regsamkeit an den Tag legten, oder beim Zeus, Sie brauchen sich in Zukunft nicht mehr zu bemühen, um Landerlaubnis anzuhalten. Sind Sie nüchtern, Sir?“

Diese Bemerkung war entscheidend für Mr. Biggs. Wie er war, sprang er vom Boot auf und lüpfte, während er am Ersten Lieutenant vorbeiging, seinen Hut.

„Vollkommen nüchtern, Sir, aber ich habe meine Hosen eingebüßt.“

„So scheint's, Sir“, erwiderte Sawbridge, während Biggs bei der Glattschere an der Stelle stand, wo sich die Hängemattennetze zu einem Eingang verteilten, indes sein kurzes Hemd in der Seebrise flatterte. Nun konnte sich Sawbridge nicht mehr länger halten; er erstickte fast vor verhaltenem Lachen und ging deshalb die Schiffsseite am Achterdeck hinunter. Biggs konnte sich erst nach Sawbridge entfernen und da das Gespräch die allgemeine Aufmerksamkeit erregt hatte, waren auch aller Augen an Bord auf ihn gerichtet.

„Was gibt es hier?“ fragte Kapitän Wilson, der auf die Laufplanke zuschritt.

„Dienst geht vor Schamhaftigkeit“, antwortete Jack, der, vor Lachen beinahe außer sich, daneben stand.

Biggs schoß einen wütenden Blick auf Jack, während er seinen Hut vor dem Kapitän lüpfte und stahl sich sodann in das Unterdeck hinab.

Konnte die Wut des Hochbootsmannes noch durch irgendetwas gesteigert werden, so dadurch, daß er seine Hosen vor ihm an Bord gekommen sah. Er begriff nun wohl, daß ihm ein Streich gespielt worden und daß Jack daran beteiligt sein mußte. Aber es war ihm nicht möglich, etwas zu beweisen. Er konnte nämlich nicht sagen, wer mit ihm in einem Zimmer übernachtet habe, denn als Jack kam und ging, lag er in tiefem Schlaf.

Der Tatbestand verbreitete sich bald auf dem ganzen Schiff und „Dienst geht vor Schamhaftigkeit“ wurde zu einem Sprichwort. Alles, was der Hochbootsmann tun konnte, war, sich an dem Maat rächen – und Gascoigne und Jack bekamen natürlich unter keinen Umständen mehr Fischruten. Biggs war bei der Mannschaft eben so verhaßt wie Vigors. Nachdem nun Jacks Ansichten über die Menschenrechte bekannt wurden und er die beiden größten Feinde der Matrosen gezüchtigt hatte, gelangte er bei ihnen zu hoher Gunst, und wie alle ihre Lieblinge mit einem Spitznamen beehrt werden, so erhielt unser Held den Namen „Gleichheits-Jack“.

12

Da der folgende Tag ein Sonntag war, wurde die Mannschaft in Abteilungen an Deck beschieden, und weil ungünstiges Wetter eintrat, wurde statt des Dienstes die Verlesung der Kriegsartikel vorgenommen, der Kapitän, Offiziere und Mannschaft gleichmäßig den schuldigen Respekt zollten, indem sie unter einem Spritzregen mit abgenommenen Hüten dastanden. Jack, dem der Kapitän gesagt hatte, diese Kriegsartikel seien die Bestimmungen und Regeln des Dienstes, denen Kapitän, Offiziere und Mannschaft gleichmäßig gehorchen müßten, hörte, während sie der Schreiber vorlas, mit der größten Aufmerksamkeit zu. Er ließ es sich dabei freilich nicht einfallen, daß diesen Kriegsartikeln noch ungefähr hundert Befehle der Admiralität angehängt waren, welche, wie die zahllosen Zusätze bei manchen Testamenten, eigentlich das Wesentlichste enthalten und gewissermaßen den Haupttext aufheben.

Jack hörte, wie gesagt, sehr gespannt zu, und nachdem jeder Artikel vorgetragen war, drängte sich ihm die Ansicht auf, er werde sich wohl nicht gegen einen dieser Punkte verfehlen. Wenn es ihn auch sehr befremdete, eine strenge Bestimmung gegen das Fluchen zu finden, die auf dem Schiff nur als toter Buchstabe betrachtet wurde, glaubte er doch, im Ganzen genommen, seinen Weg nun sehr genau zu kennen. Um sich dessen zu vergewissern, bat er, sobald die Mannschaft hinabgepfiffen wurde, den Schreiber, ihm eine Abschrift dieser Kriegsartikel zu geben.

Nun hatte der Schreiber drei solcher Abschriften, die zum Schiff gehörten oder sich wenigstens im Besitz des Schreibers befanden, weigerte sich aber unter allerlei Vorwänden, sie herauszugeben. Endlich rückte er mit der Erklärung heraus, es habe ihm irgendein Spitzbube seine Zahnbürste gestohlen und wenn ihm Jack eine geben wolle, solle er *dagegen* eine Abschrift der Kriegsartikel bekommen. Jack erwiderte, er besitze eine, die aber schon sehr stark gebraucht sei. Er habe unglücklicherweise nur eine einzige neue, die er jedoch nicht abgeben könne. Hierauf willigte der Schreiber, der es nicht ertragen konnte, daß seine Zähne ungeputzt sein sollten, ein, die gebrauchte anzunehmen, weil sich Jack von der anderen ja doch nicht trennen wollte. Der Tausch ging vor sich und Jack studierte die Kriegsartikel so lange durch und durch, bis er glaubte, sie nun ganz gut zu kennen.

„Jetzt weiß ich", sagte Jack, „was ich zu tun und was ich zu erwarten habe. Ich will nun diese Kriegsartikel in meiner Tasche tragen, so lange ich im Dienst bin, das heißt, wenn sie so lange halten und wenn nicht, kann ich sie mir ja wieder beschaffen, wenn ich eine alte Zahnbürste dagegen gebe, was der Preis dafür zu sein scheint."

Die „Harpy" blieb noch vierzehn Tage in der Bucht von Gibraltar, und Jack kam öfter an Land, wobei ihn Mr. Asper jedesmal ohne Ausnahme begleitete, um ihn vor Unheil zu bewahren und um ihm zu erlauben, sein Geld an keinen Unwürdigeren, als er selbst war, wegzuwerfen.

Eines Morgens traf Jack, als er in den unteren Raum hinabging, Gossett weinend an.

„Was haben Sie denn, mein lieber Mister Gosset?" fragt Jack, der zum jüngsten Midshipman so höflich war wie gegen irgend jemand anderes.

„Vigors hat mich mit einem Tauende durchgeprügelt", antwortete Gossett, Arme und Schultern reibend.

„Weshalb?" fragte Jack.

„Weil er sagt, der Dienst gehe zum Teufel — ich bin doch gewiß nicht daran schuld — und aller Gehorsam sei jetzt eine halbe Sache. Glückspilze kämen aufs Schiff, die, weil sie eine Fünfpfundnote in der Tasche hätten, tun dürften, was sie nur wollten. Er sagte ferner, er sei entschlossen, den Dienst aufrecht zu erhalten, und dann warf er mich zu Boden. Als ich wieder auf die Beine kam, sagte er, ich könne noch ein wenig mehr stehen bleiben — dann zog er seinen Strick heraus und sagte, er sei entschlossen, das rechte Pferd zu reiten, und es sollte künftig keinen Gleichheits-Jack mehr geben."

„Schon gut", antwortete Jack.

„Und dann prügelte er mich durch, das ist alles."

„Bei der Säle meines Vaters, alles sein wahr, Massa Easy – er ihn schlagen durch, ganz für nichts, schlecht Glück für ihn. Ich denk–", fuhr Mesty fort, „er haben teuflich schlecht Gedächtnis. Brauchen noch ein wönig mehr von Gleichheits-Jack."

„Das soll er haben", erwiderte unser Held. „Hören Sie, Mister Gossett, Sie haben doch so viel Mut wie eine Laus?"

„Ja."

„Wollen Sie das nächstemal tun, was ich Ihnen sage und sich auf meinen Schutz verlassen?"

„Es ist mir gleich, was ich tue, wenn Sie mich nur gegen den niederträchtigen Tyrannen decken."

„Meinen Sie mich damit?" rief Vigors, der an der Tür der Kajüte stehen geblieben war.

„Sagen Sie ja", verlangte Jack.

„Jawohl, ich meinte Sie", rief Gosset.

„Ah so! Nun gut, mein Bürschchen, dann muß ich dir noch mehr davon geben." Damir zog er sein Tau wieder heraus.

„Ich denke, Sie werden besser daran tun, es zu unterlassen, Mister Vigors", bemerkte Jack.

„Kümmern Sie sich gefälligst um Ihre Sachen", erwiderte Vigors, dem die Einmischung nicht sehr behagte. „Ich habe meine Ansprache nicht an Sie gerichtet und ich werde Ihnen nicht dankbar sein, wenn Sie sich mir aufdrängen. Ich glaube denn doch wohl ein Recht zu haben, meine Bekanntschaften selbst auszusuchen und verlassen Sie sich darauf – auf einen Gleichheits-Mann wird meine Wahl nie fallen."

„Ganz wie Sie meinen", antwortete Jack. „Sie haben ein Recht, Ihre Bekannten auszusuchen, ebenso habe aber auch ich ein Recht, meine Freunde zu wählen und sie zu beschützen. Dieser junge Mensch ist mein Freund."

„Dann werde ich mir also", entgegnete Vigors, der selbst auf die Gefahr eines neues Kampfes, den er wahrscheinlich zu bestehen hatte, das Renommieren nicht unterlassen

konnte, „die Freiheit nehmen, Ihren Freund durchzuwalken." Und auf das Wort folgte sogleich die Tat.

„Und ich werde mir die Freiheit nehmen, meinen Freund zu verteidigen", erwiderte Jack. „Und da Sie mich einen Gleichheits-Mann nennen, will ich versuchen, mir den Namen zu verdienen." Jack hieb Mr. Vigors so ausgezeichnet unter ein Ohr, daß er aufs Verdeck fiel und, selbst wenn er Lust gehabt hätte, sich nicht einmal mehr kratzen konnte. „Und nun, mein Junge", sagte er zu Gosset, den Strick aus Vigors' Hand windend, „tun Sie, was ich Sie heiße: geben Sie ihm ein paar tüchtige Hiebe – und wenn Sie's nicht tun, werde ich *Sie* durchwalken."

Bei Gosset bedurfte es keiner zweiten Drohung. Das Vergnügen, seinen Feind, wenn auch nur ein einziges Mal durchzuledern, war Anreiz genug für ihn – und er tat es auch gehörig. Jack stand mit seinen zwei Fäusten bereit, ihn bei dem geringsten Anschein von Widerstand zu unterstützen; aber Vigors war von dem Schlag hinters Ohr halb betäubt und lag ganz eingeschüchtert da. Er nahm seine Schläge auf die geduldigste Weise hin.

„Jetzt ist's genug", sagte Jack, „und fürchten Sie sich von nun an nicht mehr, Gosset. Das nächstemal, wenn er Sie wieder schlägt, wenn ich nicht dabei bin, will ich's ihm vergelten, sobald Sie mir's sagen."

Als Jolliffe, der von dem Vorfall hörte, unseren Helden allein traf, sagte er ihm: „Nehmen Sie meinen Rat an, mein lieber junger Mann, und fechten Sie in Zukunft die Händel anderer nicht aus. Sie werden bald finden, daß Sie mit den Ihrigen genug zu tun haben."

Nun beleuchtete Jack den Punkt eine halbe Stunde lang und dann trennten sie sich. Aber Jolliffe hatte recht. Jack begann, sich fortwährend in heißem Wasser zu finden, und der Kapitän und der Erste Leutnant hielten es, obgleich sie ihm ihren Schutz nicht entzogen, doch für die höchste Zeit, daß Jack einzusehen habe, wie an Bord eines Kriegsschiffes alles seinen bestimmten Kreis und jede Person ihre bestimmte Richtschnur haben müsse.

An Bord Seiner Majestät Corvette „Harpy" befand sich ein

Mann namens Easthupp, der bei dem Zahlmeister Stewarddienste versah. Dies war das zweite Schiff, auf dem er diente.

Auf welche Weise er in den Dienst des ersten, eines Tenders, gekommen war, wußte man auf dem gegenwärtigen Schiff nicht, es war aber Tatsache, daß er zu dem vornehmen Lumpenpack gehört hatte und mit einem Empfehlungsschreiben der Magistratsbehörde an Kapitän Crouch an Bord des Tenders geschickt worden war. Von Geburt an war er ein Londoner Bürgerkind, das man im Arbeitshaus von St. Mary-Axe aufzog und schreiben und lesen lehrte, von wo er jedoch später entwich. Er schloß sich den jugendlichen Dieben der Hauptstadt an, wurde nach Bridewell geschickt und arbeitete sich, nachdem er seine Freiheit wieder erhalten hatte, von den kleinen Diebstählen in Kaufläden und Buden zu der höheren Klasse der taschenmausenden Gentlemen hoch. Sein Äußeres war etwas gentlemenartig mit einem gewissen herausfordernden Anflug unverschämten Wesens, das von solchen, die es nicht genau verstanden, für vornehm gehalten werden konnte. Er kleidete sich mit besonderer Sorgfalt, da dies zu seinem Beruf gehörte, und besaß ein scheinbar anständiges Benehmen, sowie einen großen Redefluß, obgleich er die englischen Vokale schlecht aussprach. Und da er mehr als irgend jemand durch die Gesetze gelitten hatte, war es auch nicht zu verwundern, daß er, wie er selbst sagte, von *außen und innen* ein Radikaler war. Während der letzten Zeit seines Dienstes auf dem früheren Schiff wurde er dem Steward des Zahlmeisters untergeordnet, und da er sich in dieser Eigenschaft mit zwei unterschobenen Zeugnissen bei dem Zahlmeister von Seiner Majestät Corvette „Harpy" meldete, nahm ihn der auch als solchen an.

Als Easthupp von Jacks Ansichten hörte, wünschte er mit ihm Umgang zu pflegen und hatte sich ihm, noch vor der Ankunft in Gibraltar, mit Verbeugungen und allerlei gezierten Reden genähert. Aber unser Held faßte gegen diesen Kameraden gerade wegen seiner ausnehmend frechen Zudringlichkeit einen Widerwillen.

Jack erkannte einen Gentleman, wenn er einen traf, und er mochte keinen zum Gefährten wählen, der in jeder Beziehung unter ihm stand, doch kraft der freisinnigen Meinungen Jacks ihm gleich zu sein glaubte. Jacks Gleichheit erstreckte sich nicht so weit. In der Theorie war das wohl der Fall, aber in der Praxis nur insofern, als es seinen eigenen Absichten zusagte. Des Zahlmeisters Steward ließ sich übrigens nicht zurückhalten. Ein Mann, der einmal zum vornehmen Lumpenpack gehört hat, ist nicht gut zurückzuweisen. Und obgleich ihm Jack deutlich zeigte, daß ihm seine Gesellschaft durchaus nicht behagte, wollte ihn Easthupp doch fortwährend auf dem Vorderkastell und Achterdeck mit verschränkten Armen und einem fast an Überlegenheit grenzenden Wesen vertraulich anreden. Endlich sagte ihm Jack, er soll seinen Geschäften nachgehen und sich nicht mehr unterstehen, mit ihm zu sprechen, worauf dieser Erwiderungen machte. Nun kam es zu einem heftigen Wortwechsel, der damit endete, daß Jack Mr. Easthupp, wie er sich selbst nannte, die hintere Unterdeckluke hinabstieß. Dies war nun allerdings eine fatale Probe von Jacks Gleichheit — und Easthupp, der seine Ehre dadurch gekränkt glaubte, ging zu dem Kapitän aufs Achterdeck und brachte seine Klage vor, worauf Jack sofort zum Kapitän beschieden wurde.

Sobald Jack erschien, redete Kapitän Wilson Mr. Easthupp an: „Nun, was haben Sie zu sagen?"

„Mit H'Ihrer Erlaubnis, Kapitän Wilson, h'ich bedaure sehr, h'eine Klage gegen h'irgendh'einen Offizier vorbringen zu müssen, h'aber dieser Mister H'Easy hat für gut befunden, eine Sprache gegen mich zu führen, die ganz h'unschicklich für einen Gentleman ist, und dann mich die Lucke hinabgestoßen."

„Ist das wahr, Mister Easy?"

„Ja, Sir", erwiderte Jack, „ich habe dem Burschen wiederholt gesagt, er solle mich nicht anreden, und er tut's doch. Ich sagte ihm, er sei ein radikaler Lumpenhund und habe ihn die Luke hinuntergestürzt."

„Sagten Sie ihm, er sei ein Lumpenhund, Mister Easy?"

„Ja, Sir, er kam, um mir von seinen Republikideen den Kopf vollzuschwatzen und behauptete, wir brauchten keinen König und keine Aristokratie."

Kapitän Wilson sah Mr. Sawbridge bedeutungsvoll an.

„H'ich teilte ihm h'allerdings meine politische Meinung mit, Kapitän Wilson, aber Sie müssen wissen, daß wir h'alle h'eine gleiche Stellung im Staat haben sollen – und das h'ist h'eines H'Engländers Geburtsrecht."

„Was gerade Ihre Stellung im Staat sein mag, Mister Easthupp, weiß ich nicht", bemerkte der Kapitän, „aber ich glaube, daß Mister Easy, wenn Sie sich solcher Ausdrücke bedienten, berechtigt war, Ihnen seine Meinung zu sagen."

„H'ich will gern h'etwas zugestehen, Kapitän Wilson, wegen der Heftigkeit h'in der politischen Diskussion – h'aber das h'ist nicht h'alles, worüber ich mich zu beklagen habe. Mister H'Easy fand h'es richtig zu sagen, h'ich sei h'ein Betrüger und h'ein Lügner."

„Gebrauchten Sie diese Ausdrücke, Mister Easy?"

„Ja, Sir, h'er tat's", fuhr der Steward fort, „h'und überdies sagte er mir, ich solle die Mannschaft und meinen Herrn den Zahlmeister, nicht betrügen. Nun, Kapitän Wilson, h'ist h'es nicht wahr, daß h'ich beleidigt wurde? H'aber h'ich schmeichle mir. daß h'ich h'eine gute Erziehung gehabt und mich h'einst h'in ganz anderer Gesellschaft bewegt habe – H'Unglücksfälle können h'uns h'allen zustoßen, und h'ich fühle, daß meine H'Ehre durch solche H'Unverschämtheiten h'ernstlich h'angegriffen ist." Er zog sein Schnupftuch heraus, schwenkte es in der Luft und schneuzte sich. „H'ich sagte Mister H'Easy, daß h'ich h'ein h'ebenso guter Gentleman zu sein glaube wie h'er, und h'auf h'alle Fälle keine Kameradschaft mit einem Schwarzfelligen pflege. Mister H'Easy h'erachtete h'es darauf für gut, mich die Luke hinabzustürzen."

„Schön, Steward. Ich habe Ihre Klage gehört, Sie können nun gehen."

Mr. Easthupp nahm seinen Hut, verbeugte sich und stieg die Hauptleiter hinab.

„Mister Easy", sagte Kapitän Wilson, „Sie müssen wissen, daß es nach den Regeln des Dienstes, denen wir alle zu gleichmäßigem Gehorsam verpflichtet sind, keinem Offizier gestattet ist, Richter in eigener Sache zu sein. Wenn ich es auch nicht für nötig halte, Ihnen einen Vorwurf darüber zu machen, daß Sie den Mann einen radikalen Lumpenhund nannten — ich glaube, daß das unverschämte Aufdrängen seiner Ansichten diesen Ausdruck verdient hat —, haben Sie gleichwohl kein Recht, die Ehre eines Mannes ohne Gründe anzugreifen. Und da dieser Mann mit einem Amt betraut ist, waren Sie ganz und gar nicht berechtigt, zu behaupten, er sei ein Betrüger. Setzen Sie mir doch gefälligst auseinander, warum Sie sich solcher Worte bedienten?"

Unser Held besaß keine „Beweisgründe" gegen den Mann, konnte also nichts zu seiner Entschuldigung vorbringen. Doch mit einemmal fiel ihm der Grund ein, den der Kapitän seinerzeit für die Sprache Mr. Sawbridges vorgebracht hatte. Jack war witzig genug einzusehen, daß er damit dem Kapitän eines versetzen würde, deshalb antwortete er ganz ruhig und ehrerbietig: „Mit Ihrer Erlaubnis, Kapitän Wilson, das war purer Eifer."

„Eifer, Mister Easy? Ich glaube, das ist eine schlechte Entschuldigung. Aber bitte, als Sie den Mann die Luke hinabstießen, mußten Sie doch wissen, daß es den Regeln des Dienstes zuwider lief."

„Allerdings, Sir", erwiderte Jack sanft, „aber auch das war purer Eifer."

„Dann erlauben Sie mir, Ihnen zu sagen", entgegnete Kapitän Wilson, „daß ich glaube, Ihr Eifer war in diesem Fall falsch angewandt, und daß ich hoffe, Sie werden ihn nicht wieder auf eine solche Art zeigen."

„Und doch, Sir", bemerkte Jack, der wohl wußte, daß er dem Kapitän einen harten Schlag versetzte und darum auch ganz demütig niederblickte, „und doch sollen wir im Dienst nichts ohne diesen Eifer tun — und ich hoffe eines Tages, wie Sie mir sagten, ein recht eifriger Offizier zu werden."

„Ich hoffe das gleichfalls, Mister Easy", antwortete der Kapitän. „Nun können Sie gehen. Lassen Sie mich nicht mehr hören, daß Sie die Leute die Luke hinabstoßen. Diese Art von Eifer ist nicht angebracht."

Jedenfalls mehr, als mein Fuß es war, dachte Jack, als er fortging.

Sobald Jack sich entfernt hatte, lachte Kapitän Wilson

herzlich und erzählte Sawbridge, er habe Sawbridges Ausfall unserem Helden gegenüber als puren Eifer ausgegeben. „Er hat es mir aber tüchtig heimgezahlt, und da es beweist, wie schwach ich Sie verteidigte, Sawbridge, mögen Sie daraus eine Lehre ziehen."

Sawbridge dachte ebenfalls so, aber beide stimmten dahin überein, daß Jacks Menschenrechte in großer Gefahr stünden.

Am Tag vor Abfahrt des Schiffes speisten der Kapitän und Mr. Asper beim Gouverneur, und da nicht mehr viel zu tun war, ging Sawbridge, der das Schiff seit dem Einlaufen in den Hafen nicht verlassen und noch einige Einkäufe zu tätigen hatte, an Land, indem er Mr. Smallsole, dem Schiffsmeister, den Befehl übertrug. Nun war Smallsole Jacks eingefleischter Feind, neben Biggs, dem Hochbootsmann, und Easthupp, dem Zahlmeister-Steward. Smallsole war sehr erfreut, den Oberbefehl zu erhalten, da er nur auf die Gelegenheit wartete, Jack zu züchtigen, der ihm hierzu allerdings nicht wenig Veranlassung gab.

Wie alle, die selten zum Befehlen kommen, zeigte sich der Schiffsmeister sehr tyrannisch und unartig. Er schrie die Leute an und ließ sie ein und dieselbe Arbeit zwei- oder dreimal tun, unter dem Vorwand, daß sie es nicht recht gemacht hatten. Überhaupt fand er an jedem Offizier, der an Bord geblieben war, Fehler.

„Mister Biggs – bei Gott, Sie scheinen da vorn alle eingeschlafen zu sein. Sie glauben wohl, Sie haben nichts zu tun, jetzt, da der Erste Lieutenant vom Schiff weg ist? Wie lange wird's noch dauern, Sir, bis Sie bereit sind, aufschwappen zu lassen?"

„Beim häuligen Degen, ich glaube, er schön aufschwappen, Mister Easy", bemerkte hier Mesty, der am Vorderkastell mit Jack im Gespräch stand.

Smallsoles Höflichkeit machte Biggs wütend, der reizte den Hochbootsmannsmaat und der endlich den Kapitän des Vorderkastells – was sich praktisch durch das Gesetz der Antriebskraft erklären läßt. Als Smallsole fluchte, tat es auch der Hochbootsmann, dann der Hochbootsmannsmaat, der Kapitän auf dem Vorderkastell und so weiter.

Smallsole kam nach vorn. „Verdammt, Mister Biggs, was treiben Sie da? Können Sie sich nicht rühren?“

„Wir tun soviel wir können, Sir“, erwiderte der Hochbootsmann, „aber das Vorderkastell ist voll von Faulenzern.“ Dabei blickte Biggs Jack und Mesty an, die am Bollwerk standen.

„Was machen Sie hier?“ rief Smallsole unserem Helden zu.

„Nichts, Sir“, erwiderte Jack.

„Dann will ich Ihnen etwas zu tun geben, Sir. Entern Sie die Mastspitze und warten Sie da, bis ich Sie herabrufe. Kommen Sie, Sir, ich will Ihnen den Weg zeigen, Sir.“ Der Schiffsmeister lief nach hinten. Jack folgte ihm, bis sie auf dem Achterdeck waren.

„Jetzt hinauf, Sir, zum Mars. Klammern Sie sich fest. — Hinauf mit Ihnen!“

„Weshalb soll ich da hinaufgehen, Sir?“ fragte Jack.

„Zur Strafe, Sir“, antwortete der Schiffsmeister.

„Was habe ich getan, Sir?“

„Keinen Widerspruch, Sir — hinauf mit Ihnen!“

„Mit Ihrer Erlaubnis, Sir“, entgegnete Jack, „möchte ich den Punkt ein wenig beleuchten.“

„Den Punkt beleuchten?“ schrie Smallsole. „Beim Zeus, ich will Sie lehren, Punkte zu beleuchten — fort mit Ihnen!“

„Der Kapitän sagte mir, die Kriegsartikel seien die Regeln und Bestimmungen, wonach sich jeder im Dienst zu benehmen habe. Nun habe ich dieselben durchgelesen, Sir, bis ich sie auswendig konnte. und da steht auch nicht ein Wort von Mastspitzen darin.“ Jack zog die Artikel aus seiner Tasche und blätterte in ihnen.

„Wollen Sie auf die Mastspitze gehen oder nicht?“ fragte Smallsole.

„Wollen Sie mir diese Strafbestimmung in den Kriegsartikeln zeigen, Sir?“ fragte Jack. „Hier sind sie.“

„Ich befehle Ihnen, Sir, daß Sie auf die Mastspitze entern. Wenn nicht, will ich verdammt sein, wenn ich Sie nicht in einem Brotsack hinaufhissen lasse.“

„Da steht aber nichts vom Brotsack in den Kriegsartikeln“, entgegnete Jack. „Ich will Ihnen sagen, was darin steht.“ Und damit begann Jack laut zu lesen: „Alle Flaggenoffiziere und sonstigen Personen, die sich auf einem der Schiffe oder Kriegsfahrzeuge Seiner Majestät befinden oder zu einem solchen gehören, die sich sündhafte Flüche, Verwünschungen, Trunkenheit, Unflätigkeit oder andere verabscheuungswürdige Handlungen zur Verminderung der Ehre Gottes und zur Verderbnis der guten Sitten zuschulden kommen lassen, sollen folgendermaßen bestraft werden …"

„Verdammt!" schrie der Schiffsmeister, der vor Wut blaß wurde, als er hörte, wie die Schiffsmannschaft lachte.

„Nicht doch, Sir", antwortete Jack „Verdammt werden Sie erst bei dem Richter da oben. Hier steht: ‚nach Maßgabe der Art und des Grades ihres Verbrechens'."

„Wollen Sie auf die Mastspitze hinauf oder nicht?"

„Mit Ihrer Erlaubnis, ich will lieber nicht."

„Dann betrachten Sie sich als unter Arrest. Ich werde Sie vor ein Kriegsgericht stellen. Gehen Sie hinunter, Sir."

„Mit dem größten Vergnügen, Sir", erwiderte Jack. „Das ist den Kriegsartikeln gemäß, die uns in allem leiten sollen." Damit steckte er seine Kriegsartikel in die Tasche und ging in die Kajüte.

Sobald Jack hinuntergegangen war, folgte ihm Jolliffe, der den ganzen Streit mitangehört hatte, und sagte: „Mein lieber junger Mann, ich bedaure diesen Vorfall. Sie hätten auf die Mastspitze gehen sollen."

„Ich möchte diesen Punkt ein wenig beleuchten", antwortete Jack.

„Das möchte wohl jeder. Aber wenn das erlaubt wäre, müßte der Dienst in Stillstand geraten. Das geht nicht – Sie müssen einem Befehl gehorchen und können sich nachher erst beklagen, wenn er ungerecht ist."

„So heißt es nicht in den Kriegsartikeln."

„Aber im Dienst heißt es so."

„Der Kapitän sagte mir, die Kriegsartikel enthalten die Bestimmungen für den Dienst, und wir alle seien gleichmäßig verpflichtet, denselben zu gehorchen."

„Gut, alles zugegeben, aber ich glaube doch nicht, daß Ihnen Ihre Kriegsartikel heraushelfen werden. Es heißt nämlich: ‚Ein Offizier oder Marinesoldat, der sich des Ungehorsams gegen einen rechtmäßigen Befehl schuldig macht... Fallen Sie nicht durch Ihr Benehmen unter die Bestimmungen dieses Artikels?“

„Das wäre erst zu beweisen“, entgegnete Jack. „Ein gesetzmäßiger Befehl bedeutet eine auf das Gesetz begründete Weisung. Wo aber ist da das Gesetz? Überdies sagte mir der Kapitän, als ich den Spitzbuben die Luke hinunterstürzte, der Kapitän allein könne strafen, und die Offiziere dürften nicht in eigener Sache richten; tat dies aber nicht der Schiffsmeister?“

„Daß er als vorgesetzter Offizier unrecht handelte, ist kein Grund, warum Sie ihm als Untergebener nicht gehorchen sollen. Wenn das erlaubt wäre, würde jeder Befehl bekrittelt und bestritten, ob er gerecht oder ungerecht wäre, und alle Disziplin nähme ein Ende. Überdies merken Sie sich, daß im Dienst das Herkommen so viel gilt wie das Gesetz.“

„Das läßt eine kleine Beleuchtung zu“, sagte Jack.

„Aber der Dienst läßt keine zu, mein lieber junger Mann. Bedenken Sie, daß wir selbst an Land zweierlei Gesetze haben, das geschriebene und das überkommene. So haben wir‘s auch im Dienst. In den Kriegsartikeln kann nicht alles vorgesehen sein.“

„Aber es wird doch für alles ein Kriegsgericht bestimmt“, erwiderte Jack.

„Allerdings, das entweder die Todesstrafe oder die Entlassung aus dem Dienst ausspricht, und keines von beiden könnte sehr angenehm sein. Sie haben sich in eine böse Klemme gebracht, und obgleich der Kapitän offensichtlich Ihr Freund ist, kann er Ihnen diesmal doch nicht durch die Finger sehen. Glücklicherweise betrifft es den Schiffsmeister, bei dem es weniger zu sagen hat, als bei den anderen Offizieren. Jedenfalls werden Sie eine Strafe erhalten müssen, denn übersehen kann es der Kapitän nicht.“

„Ich will Ihnen sagen, Jolliffe“, antwortete Jack, „ich fange nun an, manche Dinge mit offenen Augen zu sehen. Der Kapitän sagte mir, als ich ihm mein Befremden über Schimpfworte bekundete, es sei purer Eifer. Ich habe aber herausgefunden, daß das, was von einem Vorgesetzten gegenüber einem Untergebenen purer Eifer genannt wird, im umgekehrten Fall Frechheit heißt. Er sagte mir ferner, die Kriegsartikel seien eine Vorschrift für alle. Der Schiffsmeister verletzt zwanzigmal die ausdrückliche Bestimmung des zweiten Artikels und kommt schußfrei weg, während ich bestraft werden soll, weil ich das nicht tun will, wovon in den Kriegsartikeln nichts steht. Wie sollte ich denn wissen, daß ich zur Strafe auf die Mastspitze gehen muß, zumal wenn der Kapitän mir sagt, er allein könne auf dem Schiff strafen. Wenn ich eine mit den Befehlen des Kapitäns im Widerspruch stehende Anweisung vollziehe, ist es ebenso schlimm, als wenn ich dem Kapitän selbst ungehorsam wäre. Ich glaube, daß ich hier einen sehr ernsten Fall auseinandergesetzt habe und daß meine Beweisgründe nicht zu widerlegen sind."

„Ich befürchte nur, daß der Schiffsmeister ebenfalls einen sehr ernsten Fall entwickeln wird und daß man Ihre Beweisgründe gar nicht anhört."

„Das stünde im Widerspruch mit allen Regeln der Gerechtigkeit."

„Aber in Übereinstimmung mit allen Regeln des Dienstes."

„Ich glaube, daß ich ein großer Narr bin", sagte Jack nach einigem Bedenken. „Was glauben Sie wohl, was mich bestimmte, zur See zu gehen, Jolliffe?"

„Einzig der Umstand, daß Sie nicht wußten, wie gut Sie es hatten", entgegnete Jolliffe trocken.

„Das ist allerdings richtig. Aber mein Grund war der, daß ich hier jene Gleichheit zu finden glaubte, die ich an Land nicht treffen konnte."

Jolliffe machte große Augen.

„Mein lieber junger Mann, ich hörte Sie sagen, Sie hätten diese Ansichten von Ihrem Vater. Ich habe keineswegs im Sinn, ihn herunterzusetzen, aber er muß närrisch sein, wenn er in seinen alten Tagen noch nicht herausgefunden hat, daß so etwas in Wirklichkeit gar nicht vorhanden ist."

„Ich fange an, auch so zu glauben", entgegnete Jack, „aber das beweist noch nicht, daß es nicht so sein sollte."

„Gerade das Nichtvorhandensein beweist, daß es nicht so

sein soll. ‚Was ist, ist vernünftig.' Sie könnten ebenso gut erwarten, völlige Glückseligkeit oder Vollkommenheit bei einem Menschen zu treffen."

„Das Beste, was ich tun kann, ist wieder nach Hause zu gehen."

„Nicht doch, mein lieber Mister Easy. Das Beste, was Sie tun können, ist, im Dienst zu bleiben, denn der wird bald allen solchen unsinnigen Ideen ein Ende setzen und Sie zu einem einsichtsvollen, brauchbaren Menschen machen. Der Dienst ist eine rauhe, aber gute Schule, wo jeder seine gehörige Stellung erhält – nicht die der Gleichheit, sondern die Stellung, auf die er nach seinen natürlichen Fähigkeiten und Kenntnissen Anspruch hat. Es ist ein edler Dienst, wenn er, wie dies bei allem in der Welt der Fall sein muß, seine Unvollkommenheiten hat. Was mich selbst anbelangt, so habe ich wenig Ursache, zu seinen Gunsten zu sprechen, denn er hat mir ein hartes Brot geboten. Übrigens muß es bei jeder Regel Ausnahmen geben... Denken Sie nicht daran, den Dienst zu verlassen, ehe Sie ihn nicht gehörig geprüft haben. Ich weiß, Ihr Vater ist ein reicher Mann, Sie sind sein einziger Sohn und somit unabhängig. Aber glauben Sie mir, kein Mensch, wie reich er auch sein mag, ist unabhängig, wenn er nicht einen Beruf hat. Und Sie werden keinen besseren finden als diesen, auch wenn..."

„Was?"

„... Sie morgen unfehlbar auf die Mastspitze geschickt werden."

„Diesen Punkt wollen wir noch beleuchten", antwortete Jack. „Auf jeden Fall will ich hineingehen und eine Nacht darüber schlafen."

13

Welcher Art auch die Gedanken Jacks gewesen sein mögen, sie raubten ihm jedenfalls nicht seine Ruhe. Er besaß alle Eigenschaften eines Philosophen, aber es mußte doch noch viel Unkraut in ihm ausgejätet werden. Jolliffes Argumente, so vernünftig sie auch waren, machten nur einen sehr kleinen Eindruck auf ihn. Sonderbar genug: es ist viel schwerer, eines Menschen Meinung zu erschüttern, wenn er sich im Irrtum, als wenn er sich im Recht befindet — ein Beweis, daß wir alle sehr verkehrter Natur sind. Nun ja, dachte Jack, wenn ich auf die Mastspitze muß, dann muß ich eben, das ist alles. Aber es beweist noch nicht, daß meine Argumente nicht richtig sind, sondern nur, daß man sie nicht hören will. Und damit schloß er seine Augen und fiel in wenigen Minuten in tiefen Schlaf.

Der Schiffsmeister meldete am Morgen dem Ersten Lieutenant und dieser dem Kapitän das Benehmen Mr. Easys, der hierauf in die Kajüte gerufen und gefragt wurde, ob er irgend etwas zur Entschuldigung seines Vergehens vorzubringen habe. Jack hielt eine Rede, die wenigstens eine halbe Stunde dauerte und in der alle Argumente, die er zuvor Jolliffe genannt hatte, vollständig ausführte. Hierauf wurde Jolliffe verhört und Smallsole befragt, dann berieten sich der Kapitän und der Erste Lieutenant allein.

„Sawbridge“, sagte Kapitän Wilson, „es ist wahr, daß auch die kleinste Abweichung vom Recht uns unfehlbar in Verlegenheit bringt. Ich habe einen Fehler begangen, weil ich wünschte, den jungen Mann den Händen seines Vaters zu entziehen und weil ich befürchtete, er würde sonst nicht aufs Schiff kommen. Ich hielt ihn nicht für den schlauen Burschen, der er in der Tat ist, und stellte ihm deshalb den Dienst in viel günstigerem Licht dar, als ich es hätte tun sollen. Alles, was er von mir gehört zu haben vorgibt, habe ich ihm gesagt, ich bin es also, der den jungen Mann in Irrtum versetzt hat. Mister Smallsole handelte tyrannisch und ungerecht. Er strafte den Jungen, ohne daß er ein Verbrechen begangen hatte, so daß ich nun, was den Schiffsmeister und mich betrifft, in einer peinlichen Verlegenheit bin. Wenn ich den Jungen strafe, geschieht es mit dem Gefühl, daß ich ihn mehr für meine und die Fehler anderer bestrafe, als für die seinigen. Wenn ich ihn aber nicht strafe, lasse ich eine offenbare und unbestrittene Verletzung der Manneszucht ungerügt hingehen, was für den Dienst höchst nachteilig sein würde."

„Er muß bestraft werden, Sir", antwortete Sawbridge.

„Lassen Sie ihn rufen", sagte der Kapitän.

Jack erschien mit einer höflichen Verbeugung.

„Mister Easy, da Sie voraussetzten, die Kriegsartikel enthielten alle Regeln und Bestimmungen des Dienstes, will ich annehmen, daß Sie aus Unwissenheit gefehlt haben. Aber bedenken Sie, daß, obgleich Ihr Fehler aus Unwissenheit entsprungen ist, eine solche Verletzung der Manneszucht, wenn sie ungestraft gelassen würde, eine höchst nachteilige Wirkung auf die Mannschaft haben müßte. Ich fühle mich so lebhaft überzeugt von Ihrem Eifer, den Sie bei dem Vorfall mit Easthupp an den Tag legten, daß ich wohl glauben darf, Sie werden darin nur meine Gerechtigkeit erkennen, wenn ich den Leuten durch Ihre Bestrafung beweise, wie nötig die Manneszucht ist. Ich werde Sie deshalb aufs Achterdeck rufen und Sie im Beisein der ganzen Schiffsmannschaft auf die Mastspitze hinaufschicken."

„Mit dem größten Vergnügen, Kapitän Wilson", erwiderte Jack.

„Und für die Zukunft, Mister Easy — obgleich ich stets mein Auge darauf richten werde — merken Sie es sich, daß Sie, wenn irgendein Offizier Sie straft und Sie sich ungerecht behandelt fühlen, zuerst Ihre Strafe zu empfangen haben und danach erst Ihre Beschwerde bei mir anbringen können."

„Gewiß will ich das, Sir, da ich nun Ihre Wünsche kenne."

„Es wäre sehr nett, Mister Easy, wenn Sie sich auf das Achterdeck begeben und dort warten, bis ich hinaufkomme."

Der alte Jolliffe sagte mir, ich müsse in den Mastkorb, sprach Jack zu sich selbst, und er hatte insoweit recht. Aber ich will mich hängen lassen, wenn ich nicht die besten Argumente hatte.

Kapitän Wilson ließ den Schiffsmeister rufen, tadelte ihn wegen seiner Gewalttätigkeit, da offensichtlich kein Grund zur Bestrafung vorhanden gewesen sei und verbot ihm, künftighin irgendeinen Midshipman in den Mastkorb zu jagen, sondern Ungehorsam dem Ersten Leutnant oder ihm, dem Kapitän, zu melden habe. Dann ging er aufs Achterdeck, ließ Mr. Easy rufen und gab ihm, was ein ernsthafter Verweis zu sein schien. Jack hörte ganz ruhig zu, denn der Kapitän erteilte ihn ja „aus purem Eifer" und er nahm ihn ja seinerseits „aus purem Eifer" hin. Danach wurde unser Held auf den Mast beordert.

Jack lüftete seinen Hut, lief drei, vier Schritte – dann kehrte er um, machte seine beste Verbeugung und fragte, ob er auf die Fock- oder Hauptmastspitze hinauf solle.

„Auf den Hauptmast, Mister Easy", erwiderte der Kapitän.

Jack stieg drei Sprossen der Leiter hinauf, als er von neuem anhielt und seinen Hut lüftete.

„Ich bitte um Verzeihung, Kapitän Wilson – Sie haben mir nicht gesagt, ob Sie wünschen, daß ich auf die Stenge oder auf die Bramkreuzhölzer gehen soll."

„Auf die Bramkreuzhölzer, Mister Easy", rief ihm der Kapitän zu.

Jack, der es leicht nahm, stieg hinauf. Am Hauptmars hielt er, um Atem zu holen, am Ende der Stenge, um sich umzusehen, und endlich, als er zu der ihm angewiesenen Stelle kam, setzte er sich, nahm die Kriegsartikel aus der Tasche und las sie abermals durch, um sich Gewißheit darüber zu verschaffen, ob er seine Argumentation nicht verstärken könne. Er war noch nicht über den siebten Artikel hinausgekommen, als die Mannschaft aufs Verdeck beschieden wurde. „Anker los", und „alle Burschen herunter", rief Sawbridge. Jack nutzte den Wink, machte sein Dokument wieder zu und kam so gemächlich herunter, wie er hinaufgegangen war. Jack war ein viel besserer Philosoph als sein Vater.

Die „Harpy" ging bald unter Segel und lief, so schnell sie konnte, nach Kap de Gatte, wo Kapitän Wilson auf seiner Fahrt nach Toulon — dort sollte er Befehle vom Admiral empfangen — einige spanische Fahrzeuge abzufangen hoffte.

Der Wechsel von leichten Brisen und Flauten machte die Fahrt sehr langweilig; aber die Boote waren ständig ausgesetzt, um längs der Küste auf Spanier Jagd zu machen, und Jack bat gewöhnlich, dabei verwendet zu werden. Er war, obgleich er erst so kurze Zeit bei der Flotte, durch sein Alter und seine Stärke einer der tüchtigsten Midshipmen, und man durfte ihm trauen.

Während die „Harpy" auf der Höhe von Tarragona kreuzte, gab es mehrere Krankheitsfälle auf dem Schiff, darunter Mr. Asper und Mr. Jolliffe. Dies verminderte natürlich die Zahl der Offiziere. Zu gleicher Zeit hatte man von den Insassen eines Fischerbootes — die, um freizukommen, die Anzeige machten — Nachricht erhalten, ein kleiner Konvoi werde bei günstigem Wind unter dem Schutz von zwei Kanonenbooten von Rosas herabfahren.

Kapitän Wilson hielt sich weitab vom Land, bis der Wind umschlug und als er glaubte, die Fahrzeuge müßten nun zwischen Tarragona und Rosas segeln, fuhr er auch bei Nacht, um sie aufzufangen. Aber wieder trat Flaute ein, deshalb wurden die Boote ausgesetzt mit der Weisung, längs der Küste zu lauern, von der man die Spanier nicht allzuweit entfernt vermutete. Mr. Sawbridge führte den Oberbefehl über die Expedition in der Pinnasse. Der erste Kutter wurde dem Geschützmeister, Mr. Minus, übertragen, und da die anderen Offiziere krank waren, verlieh Sawbridge, der Jack von Tag zu Tag lieber gewann, diesem den Befehl über den zweiten Kutter. Sobald dies Mesty hörte, erklärte er unserem Helden, daß er ihn begleiten wolle, was jedoch ohne vorherige Erlaubnis nicht ging. Jack erreichte übrigens, daß Mesty anstelle eines Marinesoldaten mitgehen durfte — es waren ohnehin gegenwärtig so viele Leute von der Dienstmannschaft krank — und Mr. Sawbridge ließ gern einen Müßiggänger statt eines diensttuenden Mannes vom Schiff, zumal Mesty als tüchtiger Bursche bekannt war.

Um acht Uhr abends pullten die Boote vom Schiff weg, und da es möglich war, daß sie anderntags erst spät zurückkehrten, nahm jedes die Zwieback- und Rumrationen für einen Tag an Bord, denn die Leute sollten nicht durch Erschöpfung Not leiden. Die Boote fuhren dem Land zu und dann drei Stunden an der Küste hin, ohne etwas zu sehen. Die Nacht war klar, aber mondlos. Es blieb fortwährend windstill, und die Leute fingen schon an, müde zu werden, als sie ungefähr eine Meile voraus den Konvoi mit gebraßten Segeln die Landspitze runden sahen.

Sawbridge befahl, augenblicklich das Pullen einzustellen, die Annäherung der spanischen Fahrzeuge abzuwarten und sich zum Angriff zu rüsten.

Deutlich konnte man die weißen Dreieckssegel des Kanonenbootes an der Spitze sehen, in dessen Kielwasser die anderen Schiffe liefen. Der Wind blähte die Segel. Sawbridge stellte seine Fahrzeuge so, daß nur eines gesehen werden konnte, um nicht erkannt zu werden, und berechnete, daß sie mit einigen Ruderschlägen an Bord gelangen könnten. So günstig war für ihn der Kurs des Kanonenbootes, daß es gerade zwischen die Lansche auf dem einen und zwischen die beiden Kutter auf dem anderen Bug lief, und man sah auch unsere Engländer nicht eher, bis sie förmlich längs des Bootes lagen. Der Widerstand war denn auch unbedeutend, aber einige Gewehr- und Pistolenschüsse wurden doch gewechselt und Alarmzeichen gegeben. Sawbridge enterte mit der Mannschaft der Pinnasse das Kanonenboot und brachte es vor den Wind. Da er aber sah, daß das Alarmsignal von sämtlichen Schiffen des Konvois erwidert wurde, schickte er die Kutter los, um die größten Fahrzeuge zu entern und soviel als möglich davon in Sicherheit zu bringen, während er mit der Lansche dasselbe tun wollte. Doch das zweite Kanonenboot, das bisher noch nicht entdeckt worden war, erschien nun auch und gab zu erkennen, daß es den Kameraden helfen würde.

Mr. Sawbridge jagte die Hälfte seiner Mannschaft in die Lansche, weil sie schwereres Geschütz führte, und schickte sie den Kuttern zur Hilfe, die sich gerade zum Angriff des

Kanonenbootes rüsteten. Die englischen Boote eröffneten ein lebhaftes Feuer, während sie sich dem Kanonenboot näherten. Als der Befehlsoffizier des Kanonenbootes sah, daß er keinen Beistand von dem vorausliegenden Kanonenboot erhielt und darum auf dessen Wegnahme schloß, suchte seinen Wind und fuhr auf die hohe See hinaus. Jack eilte ihm nach, obgleich er die anderen Boote nicht sehen konnte, aber die Brise hatte aufgefrischt und alle Verfolgung war nutzlos. Er richtete deshalb seinen Lauf nach dem Konvoi und nach hartem Kampf gelang es ihm, an Bord einer einstmaligen Schebecke von etwa fünfzig Tonnen zu kommen. Mesty, der wahre Falkenaugen hatte, sah, wie mehrere Schiffe des Konvois, als das Alarmsignal gegeben wurde, nicht um die Landspitze herumfuhren, und schlug deshalb Jack vor, mit der Schebecke die Landspitze zu umfahren, als ob er auf der Flucht wäre. Wenn Windstille einträte, müßte es möglich sein, einige Schiffe aufzubringen. Jack fand diesen Rat gut. Der Konvoi, der die Landspitze umrundet hatte, hatte sich mit dem Kanonenboot seewärts aufgestellt und bekam nun eine frische Brise. Es war somit nutzlos, den Feind zu verfolgen, und der von Mesty vorgeschlagene Ausweg war der einzig mögliche. Jack fuhr deshalb in die Brise hinaus, halste nach einer halben Stunde zur Küste und schlug die Richtung windwärts zur Landspitze hin ein. Da er aber keine Fahrzeuge fand, fuhr er wieder hinaus. Dies hatte er drei-, viermal getan und vielleicht sechs oder sieben Meilen zurückgelegt, als er das Signal zur Rückkehr, das leewärts gegeben und mit Kanonenschüssen verstärkt wurde, vernahm.

„Mister Sawbridge bittet uns zurückzukommen, Mesty."

„Mister Sawbridge nur denken an seine eigenen Geschäfte", erwiderte Mesty, „wir nicht geben uns so viel Mühe, windwärts zu steuern für nichts."

„Aber Mesty, den Befehlen müssen wir gehorchen."

„Ja, Sir, wenn Sie haben ihren Daumen auf unserem Aug. Aber jetzt müssen wir tun, was wir halten für Best. Bei der Allmacht, er mich fangen erst, ehe ich zurückgehe."

„Aber wie verlieren so das Schiff aus dem Gesicht."

„Es wieder finden gelegentlich, Massa Easy."

„Aber sie werden glauben, wir seien verloren gegangen."

„Um so besser. Sie nimmer sehen nach uns, Massa Easy. Ich vermut, wir haben auf irgendeine Art ein schönes Kreuzen. Morgen wir nehmen große Fahrzeuge — setzen Segel bei, nehmen mehr, dann wir gehen nach Toulon."

„Aber ich kenne den Weg nach Toulon nicht. Ich weiß wohl, daß er in dieser Richtung liegt, das ist aber auch alles."

„Das genug, was Sie brauchen mehr? Massa Easy, setzen Fall, Sie nicht finden die Flotte — Flotte bald finden Sie. Bei Gott, hier niemals niemand verloren gehen. Lassen nur die andern vorwärts segeln. Morgen sonst jemand machen Zwieback und kochen Kessel für die Gentlemen. Mord und Irland, nur bedenken, Massa Easy — ich Kessel kochen und Fürst in meinem Heimatland."

Easy nickte. „Denn", sagte er, „wenn ich jetzt zurückkehre, bringe ich nur ein kleines Fahrzeug halbvoll mit Bohnen und muß mich schämen, mich sehen zu lassen.

Nun ist es allerdings richtig, sie könnten glauben wir seien durch das Feuer der Kanonen in den Grund gebohrt worden. Sie haben das eroberte Kanonenboot, das sie als ihre Nachtarbeit zeigen können. Es wird somit den Anschein haben, das Gefecht sei heftiger gewesen, als es wirklich der Fall war, und Mister Sawbridge wird daraus Nutzen ziehen." Jack war ein sehr schlauer Junge, daß er in so kurzer Zeit schon so viel vom Dienst gelernt hatte. „Und wenn sie dann entdecken, daß wir nicht verlorengegangen sind, werden sie sich freuen, uns wiederzufinden, hauptsächlich, wenn wir einige Prisen bringen — und das will ich tun, ehe ich zurückkehre. Es kommt nicht oft vor, daß einer, kaum daß er zwei Monate zur See fährt, ein Kommando erhält, und baumeln will ich, wenn ich es nicht behalte. Um den guten Gossett tut es mir leid. Vigors wird, wenn er mich tot glaubt, den armen kleinen Kerl zu Tode prügeln."

„Ich mit Leuten sprochen. Sie sagen, alle an Ihnen hängen wie Blutegel. Nun das in Ordnung, ich glaub, wir besser wieder herumgehen."

Kurze Zeit, nachdem Jack diese Entscheidung getroffen hatte, brach der Tag an. Jack schaute zuerst leewärts und sah, wie das Kanonenboot und der Konvoi in etwa zehn Meilen Entfernung dem Land zusteuerten und die „Harpy" ihnen mit allen Segeln folgte. Er bemerkte auch, daß das gekaperte Kanonenboot, um eine Flucht zu verhindern, am Ufer festgekettet lag.

„‚Harpy' sie alle haben bei Gott!" schrie Mesty. „Ich mir denk, sie bald mit ihnen fertig sein."

Die Freunde waren so damit beschäftigt, nach der „Harpy" und dem Konvoi zu sehen, daß sie für einige Zeit vergaßen, windwärts zu schauen. Mesty bemerkte es als erster.

„Verdamm sie, ich recht sehen vorige Nacht — lugen Massa Easy ein Schiff, eine Brigg, drei Segel — die für uns. Bei der Allmacht aber eine gute Prise machen heute nacht."

Die von Mesty erspähten Fahrzeuge befanden sich kaum drei Meilen windwärts und hatten alle Segel beigesetzt, um unter den Schutz einer nicht sehr entfernten Batterie zu gelangen.

„Aber jetzt, Massa, wenn sie sehen unser Boot, sie denken irgend etwas. Boot etwas längs halten und ihnen aus dem Weg gehen jedesmal, wenn wir herumfahren. Besser jetzt nicht so schnell segeln — halten ferner still, bis sie werfen Anker für die Nacht, und dann, wenn es dunkel, wir sie nehmen."

Jeder von Mestys Ratschlägen war gut, mit Ausnahme dessen vielleicht, womit er Jack riet, dem Befehl nicht zu gehorchen und ein Kreuzen zu unternehmen. Jack und seine Leute beschränkten sich darauf, die Bewegungen der „Harpy" zu überwachen.

Die Entfernung war zu groß, um Einzelheiten erkennen zu können, aber Mesty kletterte auf den Mast des Fahrzeuges und meldete den Verlauf mit folgenden Worten: „Bei Jäsus, wagt eine Kanone gegen zwei — geht drauflos, ‚Harpy'. Werden sie nicht haben, ganz gewiß. Jetzt Kanonenboot feuern — das unser Kanonenboot — nein, doch nicht unser. Jetzt unser Kanonenboot feuern — das schön — feuern weg. Ah, jetzt die ‚Harpy' kommen herauf. Alle sie untereinander. Puff, paff, puff — Kartätschenfeuer, bei Gott. Ich schon merken, die Spanier sind jetzt in ganz arge Verlegenheit. Alle sich ergeben. ‚Harpy‘ sie nehmen alle… Da, auch Kanonenboot sich ergeben, seine Flagge streichen. Bei der Allmacht, aber sie glauben, wir nicht teilen Beutegeld – da sie sind in nicht kleinem Irrtum. Jetzt, ihr Burschen, alles vorbei.“ Mesty glitt am Mast herunter. „Ich glauben, ihr euch nicht zu viel sehen lassen. Nur zwei Mann auf Deck bleiben, und die Jakken ausziehen.“

Mestys Rapport war richtig. Die „Harpy“ hatte das andere Kanonenboot und den ganzen Konvoi genommen. Das einzige, was ihr Glück beeinträchtigte, war das Verschwinden Mr. Easys und des Kutters. Sie glaubten, eine Ladung von dem Kanonenboot müsse den Kutter in den Grund gebohrt haben, und die gesamte Mannschaft sei dabei ertrunken. Kapitän Wilson und Mr. Sawbridge bedauerten den Verlust unseres Helden, weil sie glaubten, Jack würde, sobald er die Narrenschuhe ausgetreten hätte, ein ausgezeichneter Charakter geworden sein. Mr. Asper bedauerte Jack, weil mit ihm auch seine Börse fortgegangen war, Mr. Jolliffe, weil er Zuneigung zu ihm gefaßt hatte und der kleine Gossett endlich, weil er nun keine Gnade mehr von Vigors erwarten durfte. Von den andern freuten sich einige darüber, daß er fort war, und was die Schiffsmannschaft im allgemeinen anbelangte, so beklagte sie den Verlust der armen Mannschaft im Kutter vierundzwanzig Stunden lang, was eine lange Zeit ist für ein Kriegsschiff.

Die Mannschaft auf dem Kutter wußte sehr wohl, daß Jack den Befehlen des Kapitäns zuwider handelte, aber somit bot sich eine Abwechslung in dem langweiligen Einerlei, das auf einem Kriegsschiff herrscht dar, und sie waren deshalb alle mit einer derartigen Entwicklung zufrieden.

Sie mußten bald an die Arbeit gehen, denn sie besaßen nur für einen Tag Brot und Grog-Rationen, und in dem weggenommenen Fahrzeug fanden sie nichts als ein wenig Knoblauch, denn die Spanier hatten ihre Lebensmittel an der Küste verkauft. Nur drei Gefangene befanden sich an Bord. Sie wurden in den Raum unten bei den Bohnensäcken eingeschlossen. Einen Sack Bohnen hatte man aufs Verdeck gebracht und einen Teil davon in den Kessel geschüttet, um

Suppe davon zu kochen. Jack war nicht sonderlich erbaut vom Küchenzettel des ersten Tages — denn zum Frühstück gab es Bohnensuppe, zum Mittagessen Bohnensuppe, und wenn einer in der Zwischenzeit Hunger verspürte, gab es auch Bohnensuppe und nichts sonst.

Einer von der Mannschaft konnte ein wenig französisch sprechen, und so wurden durch ihn die Gefangenen über die windwärts treibenden Fahrzeuge befragt. Das Schiff, sagten sie, führe eine sehr kostbare Ladung, desgleichen eine von den Briggs. Das Schiff führe Kanonen — dies war aber alles, was sie darüber wußten. Sobald die Sonne unterging, lichteten die Fahrzeuge ihre Anker unter der Batterie. Die Brise blieb fortwährend leicht, und der Kutter, der Jack trug, befand sich etwa vier Meilen leewärts. Was die „Harpy" anbelangt, so hatten sie sie längst aus dem Gesicht verloren, und es war nun an der Zeit, irgendeine Maßnahme zu ergreifen.

Sobald es dunkel war, ließ Jack seine Leute heraufkommen und hielt eine lange Rede. Er setzte ihnen auseinander, daß ihn lediglich sein Eifer bestimmt habe, nicht zur „Harpy" zurückzukehren, ehe er nicht eine wertvolle Prise gemacht hätte. Daß sie während des ganzen Tages nichts zu essen gehabt hätten außer Bohnen, sei nichts sehr Angenehmes. Deshalb sei es für sie unumgänglich notwendig, ihre Lage zu verbessern. Keine vier Meilen von ihnen entfernt befinde sich ein großes Schiff, das er zu nehmen gedenke. Sobald dies geschehen sei, beabsichtige er noch einige weitere zu kapern. Er zähle darauf, bei diesem Unternehmen durch ihren Eifer unterstützt zu werden. Er bedeutete ihnen ferner, daß sie sich als an Bord eines Kriegsschiffes befindlich betrachten und sich von den Kriegsartikeln leiten lassen müßten, die für sie alle geschrieben seien. Für den Fall, daß Zweifel beständen, habe er eine Abschrift davon in der Tasche, die er ihnen morgen früh, sobald sie sich behaglich an Bord des Schiffes aufgestellt hätten, vorlesen wolle. Hierauf ernannte er Mesty zum Ersten Lieutenant, den Marine-Soldaten zum Sergeanten, den Beischiffsführer zum Hochbootsmann, zwei Matrosen zu Midshipmen für die Wache und zwei weitere zu Hochbootsmannsmaaten, so daß noch zwei Mann für die Schiffsmannschaft übrig blieben, die sich in die Backbord- und Steuerbordwache teilten. Die Besatzung des Kutters war sehr zufrieden mit Jacks Rede sowie mit dem Beförderungserlaß und ging nun zu der Frage über, wie die Wegnahme des Schiffes bewerkstelligt werden sollte. Schließlich wurde Mestys Rat angenommen, nicht weit von dem Schiff entfernt zu ankern und bis zwei Uhr morgens zu warten, wo sie dann in aller Stille im Kutter auf das Schiff zupullen und sich dessen bemächtigen wollten.

Gegen neun Uhr abends warfen sie wie besprochen die Anker aus, und Jack wunderte sich ein wenig, als er feststellte, daß das Schiff drüben viel größer war, als er sich gedacht hatte, nämlich fast so groß wie die „Harpy". Die spanischen Gefangenen wurden an Händen und Füßen gebunden und auf die Bohnensäcke gelegt, dann wurden die Segel aufgerollt, und alles verhielt sich ruhig.

An Bord des feindlichen Schiffes hingegen herrschte munteres Treiben. Um halb elf Uhr etwa fuhr eine Pinasse an Land, dann verstummte das Geschrei allmählich, ein Licht nach dem andern verlöschte, und dann war alles still.

„Was meist du, Mesty", sagte Jack, „sollen wir das Schiff nehmen?"

„Es nehmen. Ganz gewiß, wir es nehmen. Halten ein wenig – warten, bis sie alle tief schlaf."

Gegen Mitternacht fiel platternd Regen, der Jacks Operationen äußerst gelegen kam. Da es den Anschein hatte, als ob es bald wieder aufklaren wolle, verschob er auf Mestys Rat das Unternehmen nicht länger. Er fuhr mit seinen Leuten im Kutter unter den Bug des Schiffes. Sie kletterten an der Ankerkette hinauf und fanden das Verdeck leer. „Pistole nicht abfeuern", sagte Mesty zu den Leuten, als sie heraufkamen, indem er ihnen den Finger auf die Lippen legte, um ihnen die Notwendigkeit des Stillschweigens klarzumachen. Er war ein afrikanischer Krieger gewesen und kannte den Vorteil der Überrumpelung. Sobald die Mannschaft auf dem Verdeck und der Kutter angebunden war, gingen Jack und Mesty voraus. Keine Seele ließ sich sehen, und es war auch zu dunkel, um irgend jemand zu erblicken, wenn er nicht gerade auf dem Verdeck herumlief. Die Hauptluke wurde besetzt, die Gitter an den hinteren Lukengängen wurden angelegt, dann ging es wieder nach hinten zum Kompaßhäuschen, wo noch Licht brannte. Mesty beorderte zwei Mann als Wache an die Luken. Am Rad besprach sich Jack mit der übrigen Mannschaft, was weiter zu geschehen habe.

„Bei der Allmacht, wir hab das Schiff", sagte Mesty, „aber wir noch genug müssen tun. Ich glaube, da liegen so ein verdammter kleiner Spitzbub im Schlaf zwischen den Kanonen. Ein kleine Weile es nicht regnen und dann wir sehen besser. Jetzt bleiben alle ruhig."

„Dieses Schiff muß eine starke Mannschaft haben", erwiderte Jack. „Es ist sehr groß und führt zwölf oder vierzehn Kanonen. Wie sollen wir es anfangen, uns deren zu versichern?"

„Ganz recht", antwortete Mesty, „machen alles das nach und nach. Nicht bekümmern, wie bald Tag anbricht."

„Es hat schon aufgehört zu regnen", bemerkte Jack. „Im Kompaßhäuschen steht ein Licht. Ich glaube, wir zünden es an und sehen uns auf den Verdecken um."

„Ja", antwortete Mesty, „ein Mann Schildwache über der Kajütenluke und ein anderer über die hintere Luke. Dann wir Licht anzünden. Merken sich, Sie lassen alle Ihre Pistole an der Gangspill."

Jack zündete das Licht an, und sie suchten miteinander die Verdecke ab. Sie waren noch nicht weit gegangen, als sie zwischen zwei Kanonen einen mit Regenkitteln bedeckten Klumpen fanden. „Da die *Wache*", flüsterte Mesty, „schlafen ganz fest."

Er löschte das Licht, und alle zogen sich zum Kompaßhäuschen zurück, wo Mesty ein Tau wegnahm, es in Längsteile zerschnitt und diese den Leuten gab, um sie zu zerlegen. Bald hatten sie eine große Menge Stricke zurechtgelegt, um die feindliche Mannschaft damit zu binden.

„Jetzt wir wieder anzünden Licht und uns dieser schläfrigen Hunde bemächtigen", sagte Mesty. „Sehr verbunden ihnen allen. Sie lassen uns nehmen das Schiff – merken euch, wecken einen und Maul ihm schließen im selben Augenblick."

„Aber angenommen, daß sie ihren Mund frei kriegen und schreien?“ fragte Jack.

„Dann“, antwortete Mesty, „man nicht kann helfen.“ Er zeigte auf sein Messer, das er in der rechten Hand hielt.

„Nicht doch, wir wollen sie nicht umbringen.“

„Nein, Massa — wenn wir können helfen. Aber denken einmal, wenn sie Oberhand bekämen — was würde aus uns? Spanier hab‘ Messer und gebrauch‘ sie auch, bei der Allmacht.“

Sie schlichen vorsichtig zu der Stelle, wo die Spanier lagen. Die von Mesty getroffenen Anordnungen waren ausgezeichnet. Zwei Mann mußten die Spanier knebeln, während die anderen sich daran machten, sie zu fesseln. Mesty und Easy leuchteten kniend und mit gezückten Messern, um den Spaniern Stillschweigen zu gebieten oder aber sie ins Jenseits zu schicken, wenn es die eigene Sicherheit erfordern sollte.

„Was sollen wir nun tun, Mesty?“

„Jetzt, Sör“, sagte Mesty, „öffnen die Hinterluke und wachen — wenn kommen mehr Mann herauf, wir sie nehmen fest — gesetzt, kommen nicht mehr, wir warten, bis Tag anbricht — und sehen, was weiter zu tun ist.“

Hierauf ging Mesty nach vorn, um zu sehen, ob die Leute auf dem Vorderkastell wachten. Nachdem er noch einmal auf dem ganzen Verdeck herumgelaufen war, um nachzusehen, ob noch mehr Leute darauf seien, blies er das Licht aus und stellte sich mit den andern an der Hinterluke auf.

Es war um die Zeit des Tagesanbruchs, als die Spanier, welche die Morgenwache hatten, erwachten, sich ankleideten und aufs Verdeck kamen. Sie dachten sich — und da hatten sie recht — die Mannschaft der Mittelwache sei in tiefen Schlaf gefallen, aber sie ließen sich nicht einfallen, daß Engländer Besitz von dem Schiff genommen haben könnten. Mesty und seine Leute zogen sich zurück, um die Spanier ganz heraufkommen zu lassen, ehe sie von ihnen gesehen werden konnten — und dies ging auch glücklich vonstatten. Vier Mann kamen aufs Verdeck, blickten sich um und suchten in der Dunkelheit auszuspähen, wo ihre Kameraden lagen. Jack ließ das Gitter wieder herunterklappen, und ehe die guten Spanier nur die Augen recht aufmachen konnten, waren sie festgenommen und in Sicherheit gebracht, jedoch nicht ohne einiges Getümmel und Geräusch.

Während dies geschah und bis man die geknebelten Leute zwischen die Kanonen legte, war der Tag angebrochen, und nun sah Jack, welch schönes Fahrzeug sie glücklich in ihre Gewalt bekommen hatten – aber noch vieles mußte geschehen. Es war natürlich eine starke Besatzung darauf und überdies befanden sie sich nur eine Meile von einer Kanonenbatterie entfernt. Mesty, der in allem der erste war, ließ vier Mann hinten, ging zum Vorderkastell, untersuchte das Kabel und machte es leicht auseinander; dann beorderte er zwei Leute, eine Halse, deren Gewicht in diesem Quartier gegen jede Störung sichern sollte, auf dem Vordergitter aufzurollen und dann zu ihm auf das Halbdeck zu kommen.

„Nun, Massa Easy, das große Ding wird sein, Kapitän in Gewalt kriegen. Wir müssen bringen ihn auf Verdeck. Öffnen Kajütenluke nun und halten die Hinterluke fest. Bleiben zwei Mann hier, die andern kommen alle nach hinten."

„Allerdings", erwiderte Jack, „wird es ein wichtiger Punkt sein, sich des Kapitäns zu bemächtigen – aber wie kriegen wir ihn herauf?"

„Sie nicht wissen, wie kriegen Kapitän herauf? Bei den Heiligen, ich sehr wohl wissen."

Und damit nahm Mesty die aufgerollten Taue vom Mittelmast weg, schleppte sie aufs Verdeck, eines nach dem andern, und machte damit den größtmöglichen Lärm. In kurzer Zeit ließ sich ein heftiges Klingeln an der Glocke in der Kapitänskajüte hören, und eine Minute später kam ein Mann im Hemd zur Kajütenluke herauf, den man sogleich festnahm.

„Dies ist der Diener des Kapitäns", sagte Mesty, „er kommen, sag, nicht machen solch verfluchten Lärm. Warten ein wenig – Kapitän wütend werden und kommen selbst herauf."

Mit diesen Worten begann er von neuem, gerade über der Kapitänskajüte mit den Tauen herumzupoltern. Mesty hatte recht. Nach wenigen Minuten kam der Kapitän selbst, schäumend vor Wut. Sobald sie die Kajütentür aufgehen hörten, verbargen sich die Matrosen hinter der Mannschaftsluke, die sehr hoch war, und ließen so den Kapitän ruhig aufs Verdeck kommen. Die bereits gefesselten Leute hatte man mit Regenmänteln bedeckt. Der Kapitän war ein äußerst kräftiger Mann und konnte nur mit Mühe überwältigt werden, und auch dann wäre es nicht ohne großen Lärm abgegangen, hätte ihm jemand beigestanden. So war aber noch niemand aus den Hängematten herausgekommen

„Nun alles recht", sagte Mesty. „Wir bald hab' das Schiff. Aber ich müssen ihn einschüchtern."

Der Kapitän wurde auf dem Verdeck gegen eine der Kanonen gesetzt, und Mesty, der eigentlich dämonisch aussah, schwenkte seinen langen nervigen Arm mit dem scharfen Messer über ihm, als ob er jeden Augenblick bereit wäre, es ihm ins Herz zu stoßen. Der spanische Kapitän fühlte sich in seiner Lage ganz und gar nicht behaglich. Er wurde über die Zahl seiner Schiffsmannschaft, seiner Offiziere und so weiter befragt, worauf er ganz offen antwortete, denn seine Augen waren auf die entschiedene Haltung und den unbarmherzigen Blick Mestys gerichtet, der nur auf ein Zeichen zu warten schien.

„Ich denk, alles in Ordnung nun", sagte Mesty. „Mister Easy, wir jetzt hinabgehen und die Mannschaft im Raum schlagen."

Jack billigte diesen Rat. Sie nahmen ihre Pistolen vom Gangspill und stürzten damit sowie mit Haudegen versehen hinunter, indem sie zwei Mann als Wache vor der Kajütentür zurückließen. Sie stritten bald mit den Spaniern, die noch alle nackt in ihren Hängematten lagen, deren Widerstand also, obgleich sie an Zahl doppelt so stark wie die Engländer waren, nicht bedeutend sein konnte. Wenige Minuten später wurden sie alle unter Deck gebracht, und die Luken über ihnen verschlossen. Nun waren die Engländer Herren des ganzen Schiffes, mit Ausnahme der Kajüte, auf die sie jetzt losgingen. Jack versuchte die Tür zu öffnen, fand sie aber geschlossen. Sie schlugen sie ein und wurden von einer Seite der Kajüte mit lautem Wehklagen, von der andern mit zwei Pistolenschüssen, die glücklicherweise keinen Schaden anrichteten, begrüßt. Die beiden Personen, die geschossen hatten, waren ein ältlicher Herr und ein junger Bursche, etwa in Jacks Alter. Sie wurden niedergeworfen und festgenommen. Man durchstöberte die Kajüte, fand aber niemanden darin, außer drei Damen — eine alte, runzelige und zwei andere, die selbst in ihren vor Schrecken verzerrten Gesichtszügen lieblich waren, so dachte wenigstens Jack. Er lüftete seinen Hut und machte ihnen mit seiner gewöhnlichen Höflichkeit eine sehr tiefe Verbeugung, während sie sich, halb angekleidet, in eine Ecke verkrochen. Er sagte ihnen auf englisch, daß sie nichts zu fürchten hätten und bat sie, ihre Toilette zu vollenden. Die Damen gaben keine Antwort, und zwar erstens, weil sie nicht verstanden, was Jack sagte, und zweitens, weil sie nicht englisch sprechen konnten.

Mesty unterbrach Jack in seinen Bemühungen, indem er ihm auseinandersetzte, daß sie nun alle aufs Verdeck gehen müßten. Jack lüftete wieder seinen Hut, verbeugte sich und folgte seinen Leuten, welche die zwei in der Kajüte aufgegriffenen Gefangenen fortführten. Es war jetzt fünf Uhr morgens, und an Bord der anderen Fahrzeuge wurde es lebhaft.

Jack fragte: „Was wollen wir mit den Gefangenen machen? Könnten wir nicht das Boot abschicken, unser eigenes Fahrzeug an die Seite bringen und sie alle, gebunden, wie sie sind, hineinwerfen? So würden wir sie doch los."

„Massa Easy, Sie ein sehr tüchtiger Offizier werden eines Tages. Das verdammt guter Gedanke — aber angenommen, wir schicken unser eigen Boot, was denken die an Bord der andern Fahrzeuge? Lieber hinunterlassen kleines Boot am Stern — vier Mann hinein, und Fahrzeug seitlängs herbringen — so ist's."

Dies geschah. Sobald die Schebecke an der Seite war, wurden die bereits auf dem Verdeck geknebelten Spanier, sieben an der Zahl, hinüber gebracht und auf die Bohnensäcke gelegt. Dann gingen Jack und seine Leute wieder hinunter, öffneten eine der Luken und hießen die Spanier aus dem Kielraum heraufkommen. Sobald diese das Verdeck betraten, wurden sie festgenommen und auf dieselbe Weise behandelt. Mesty begab sich mit der Mannschaft hinab, um zu untersuchen, ob nicht vielleicht noch irgend jemand verborgen sei; sie fanden niemand mehr und kehrten auf das Verdeck zurück. Im Kielraum waren zweiundzwanzig Gefangene, so daß sich deren Gesamtzahl auf dreißig belief. Sobald man sie alle auf die Schebecke gebracht hatte, wurde umgeholt und auf der Außenseite geankert. Jack befand sich nun im Besitz eines stattlichen Schiffes mit vierzehn Kanonen und vier männlichen und drei weiblichen Gefangenen.

Nachdem man die gefangenen Spanier unter Beachtung der gebotenen Vorsicht auf der Schebecke untergebracht hatte, und Jacks Leute wieder auf das Schiff zurückkehrten, legten sie auf Mestys Geheiß die Jacken und Mützen der spanischen Seeleute an, von denen sie eine ausreichende Menge vorfanden.

„Was soll jetzt geschehen, Mesty?" fragte Jack.

„Jetzt, Sör, wir schicken ein paar Mann hinauf, Segel zu setzen, und während sie dies tun, ich schneiden den Diener des Kapitäns los und zwingen ihn, ein Frühstück zu machen, denn er wissen, wo Sach zu finden."

„Ein Kapitalgedanke von dir, Mesty, denn die Bohnensuppe ist mir schon längst verleidet. Ich will hinuntergehen und den Damen meine Aufwartung machen."

„Ja, aber schnell, Massa Easy — verdammt, die Weiber, sie wedeln mit ihren Schnupftüchern in der Luft der Mannschaft in der Batterie zu — schnell, Massa Easy."

Die spanischen Mädchen schwenkten ihre Schnupftücher, um Hilfe herbeizuwinken; dies war freilich alles, was die armen Geschöpfe tun konnten. Jack eilte in die Kajüte hinab, faßte die jungen Damen am Arm, führte sie auf die Hintergalerie und bat sie, sich nicht so viel Mühe zu geben. Die jungen Damen sahen verwirrt aus, und da sie ihre Schnupftücher nicht mehr länger schwenken konnten, hielten sie dieselben vor ihre Augen und fingen an zu weinen, während die ältliche Dame auf die Knie sank und mit aufgehobenen Händen um Gnade flehte. Jack richtete sie auf und führte sie höflich zu einem der Koffer in der Kajüte.

Unterdessen hatte Mesty mit seinem funkelnden Messer und mit bedeutungsvollem Blick beim Steward des Kapitäns

Wunder gewirkt. Ein Frühstück, aus Schokolade, Salzfleisch, Schinken, Würsten, Weißbrot und Rotwein bestehend, wurde auf dem Achterdeck aufgetragen. Die Leute waren bereits versammelt, und Jack wurde aufs Verdeck gerufen. Er reichte den beiden jungen Damen die Hand und lud die Ältere ein, ihm zu folgen.

Als die Damen das Verdeck betraten und hier die beiden Kajütengefangenen antrafen, eilten sie auf die beiden zu und umarmten sie unter Tränen. Jacks Herz wurde weich. Da nun keine Gefahr mehr bestand, ließ er sich von Mesty das Messer geben, schnitt die beiden Spanier los, deutete auf das Frühstück und lud sie ein mitzuspeisen. Die Herren verbeugten sich, und die Damen dankten Jack mit einem Lächeln. Der Kapitän des Schiffes indes, der noch immer an die Kanone gebunden dalag, schnitt ein Gesicht, als wollte er sagen: Warum ladet ihr mich nicht ein? Die Sache war jedoch die, daß sie viel Mühe gehabt hatten, sich seiner zu bemächtigen, und so gefiel Jack der Gedanke, ihn wieder freizulassen, gar nicht. Er und seine Seeleute machten sich über das Frühstück und aßen, da die Damen und die Gefangenen keinen Appetit zu haben schienen, nicht nur ihren eigenen Anteil, sondern auch den der Spanier. Während dessen fragte der ältere Herr unseren Helden, ob er französisch spreche.

Jack erwiderte, er könne dies, und nun begann ein Gespräch, aus dem Jack Neuigkeiten erfuhr.

Der ältere Herr war mit dem jungen Mann, seinem Sohn, und den Damen, seiner Frau und seinen zwei Töchtern, unterwegs nach Tarragona. Der Gentleman, der Don Cordova de Rimarosa hieß, fragte, was Jack mit ihm und seiner Familie anzufangen gedenke und äußerte zugleich die Hoffnung, daß man sie an Land bringen werde, da sie ja nicht zu der kriegführenden Mannschaft gehörten. Jack setzte dies Mesty und seinen Leuten auseinander und ließ sich dann seine Würstchen schmecken. Die Leute, denen der genossene Wein ein wenig zu Kopf gestiegen war, machten den Vorschlag, die Damen einen Kreuzzug mitmachen zu lassen. Jack mißfiel zunächst ein derartiger Gedanke nicht. Mesty hingegen widersetzte sich. Damen, sagte er, richteten auf einem Schiff nur Spektakel an. Er wurde hierin vom Beischiffsführer unterstützt, der sogar meinte, man sollte sich vor ihnen wie vor Dolchen hüten. Hierauf zog Jack seine Kriegsartikel zu Rate und sagte seiner Mannschaft, es stehe nichts von Frauenzimmern darin, das Mitnehmen derselben sei mithin unmöglich.

Die nächste Frage war, ob man ihnen erlauben wolle, ihr Geld mitzunehmen, was ihnen bewilligt wurde. Jack beauftragte den Steward, dem Kapitän von den Speisen zu reichen und teilte schließlich dem spanischen Don das Ergebnis der Beratung mit. Er sagte ihm, sobald es dunkel sei, wolle er sie alle an Bord des kleinen Fahrzeugs bringen, wo sie dann die spanische Mannschaft von den Stricken befreien und tun könnten, was sie wollten. Der Don und die Damen bedankten sich und gingen in die Passagierkajüte hinab, um ihr Gepäck bereitzustellen. Mesty beauftragte zwei Mann, ihnen dabei an die Hand zu gehen, aber darauf zu achten, nichts beiseite zu schaffen, was an Bord gehöre.

Die Mannschaft war den Tag hindurch beschäftigt, Vorkehrungen zur Abfahrt zu treffen. Der Beischiffsführer hatte die Vorräte auf dem Schiffe untersucht und gefunden, daß Wasser, Wein und Lebensmittel wenigstens für drei Monate reichten, die Leckereien in der Offizierskajüte nicht mitgerechnet. Jeder Gedanke an die Kaperung weiterer Schiffe wurde aufgegeben, denn die Zahl von Jacks Leuten war fast zu klein, das eine, das sie in Besitz genommen hatten, zu bedienen. Eine schöne Brise sprang auf, und sie ließen ihre Vordermarssegel herab, gerade in dem Augenblick, als ein Boot vom Ufer abstieß. Als man dort jedoch sah, daß die Vordermarssegel fielen, kehrte es wieder zum Land zurück. Das war ein Glück, denn sonst wären sie entdeckt worden. Auch die anderen Fahrzeuge banden die Segel los, und die Schiffsmannschaften waren überall beschäftigt, die Anker zu lichten.

Aber die „Nostra Señora del Carmen", wie Jacks Prise hieß, rührte sich nicht. Endlich sank die Sonne. Das Gepäck wurde in den Kutter gebracht, und die Damen sowie die männlichen Passagiere bestiegen das Boot, indem sie Jack, der sich höflich verbeugte, nochmals für seine Güte dankten. Dann wurde auch der Kapitän zu ihnen hinuntergelassen. Vier bewaffnete Männer brachten sie zur Schebecke, setzten Passagiere und Gepäck auf das Verdeck und kehrten zum Schiff zurück. Nun wurde der Kutter aufgeheißt, und da der Anker zu schwer war, um ihn zu lichten, kappten sie das Ankertau und segelten ab. Die anderen Fahrzeuge folgten ihrem Beispiel. Mesty und die Matrosen warfen sehnsüchtige Blicke auf die spanischen Schiffe, aber es war sinnlos. Jack segelte etwa eine halbe Stunde in ihrer Gesellschaft, dann holte er sich seinen Wind zum weiteren Kreuzen.

14

Sobald das Schiff zum Wind herumgeholt war, schien Jacks Mannschaft zu denken, es gäbe jetzt nichts mehr zu tun. Sie brachten daher einige irdene Krüge voll Wein herauf und leerten sie so schnell, daß sie auf dem Verdeck bald in trunkenen Schlaf sanken, mit Ausnahme des Rudergängers, der anstatt zweiunddreißig Windstrichen auf dem Kompaß vierundsechszig herausbrachte und somit mit größerer Genauigkeit steuern können mußte. Glücklicherweise war das Wetter schön. Als der gute Mann gesteuert hatte, bis er nichts mehr sehen konnte, und abgelöst werden wollte, stellte er fest, daß seine Kameraden von Müdigkeit so überwältigt waren, daß es unmöglich war, sie zu wecken. Er stieß sie, einen nach dem andern, kräftig in die Rippen, aber es war umsonst. Unter diesen Umständen folgte er ihrem Beispiel, legte sich zu ihnen und schlief zehn Minuten später tief.

Das Schiff trieb während des größeren Teiles der Nacht führerlos vor dem Wind. Mesty hatte die Wachen angeordnet, Jack eine Rede gehalten und die Mannschaft alles Gute versprochen, aber der Wein war ihnen zu Kopf gestiegen, und das Gedächtnis hatte sie prompt im Stich gelassen. Mesty war mit Jack hinuntergegangen, um die Kajüte zu untersuchen. Im Staatszimmer des Kapitäns fanden sie vierzehntausend Dollar in Rollen. Sie beschlossen, der Mannschaft nichts zu sagen, sondern verwahrten das Geld samt allen sonstigen Kostbarkeiten und zogen den Schlüssel ab. Sie setzten sich an den Tisch des Kapitäns, und es war nicht weiter verwunderlich, daß Jack, der die ganze Nacht zuvor auf den Beinen gewesen war, nach kurzer Unterhaltung sein Haupt auf den Tisch legte und einschlief. Mesty hielt seine Augen noch einige Zeit offen, aber endlich schlummerte auch er ein. So wurde um ein Uhr am Morgen nicht besonders gut Wache gehalten an Bord der „Nostra Señora del Carmen".

Gegen vier Uhr morgens fiel Mesty seitwärts, stieß seinen Kopf gegen den Tisch und wachte auf.

„Bei der Mess', ich denk, fallen beinahe tief in Schlaf", rief er und trat ans Kajütenfenster, das offen geblieben war, und fand, daß eine starke Brise hereinwehte. „Bei dem Herrn, der Wind ist kommen mehr nach hinten", sprach er, „warum sie nicht sagen mir?"

Er ging aufs Verdeck, wo er jedoch niemanden am Ruder traf. Alle waren betrunken, und das Schiff lief zur Abwechslung mit aufgebraßten Rahen vor dem Wind.

Mesty wurde zornig, doch war keine Zeit zu verlieren. Die Marssegel waren nur beigesetzt, Mesty ließ sie herab, richtete das Steuer leewärts und laschte es, während er hinunterging, um Jack zum Beistand zu rufen. Jack erwachte und ging hinauf.

„Dies nimmer tu', Massa Easy. Wir alle gehen zum Teufel miteinander. Verfluchte besoffene Hunde, ich auffrischen sie ein wenig." Mesty schleppte einige Eimer Wasser herbei, womit er die Schiffsmannschaft übergoß, die dadurch wieder zu sich kam.

„Beim Himmel", sagte Jack, „das ist gegen die Kriegsartikel. Ich werde sie ihnen morgen früh vorlesen."

„Ich will sagen, was besser Ding, Massa Easy. Wir wollen aufbewahren allen Wein und teilen nicht weiter aus. Ich das tun sogleich, eh' sie aufwachen."

Mesty ging hinab und ließ Jack mit seinen Betrachtungen auf dem Verdeck zurück.

Ich bin mir nicht ganz im klaren, dachte Jack, ob ich da nicht einen Fehler gemacht habe. Hier bin ich jetzt mit einem Rudel Burschen, die keinen Respekt vor den Kriegsartikeln haben und sich besaufen wie Davids Sau. Ich habe ein sehr großes Schiff, aber nur sehr wenig Leute, und wenn schlechtes Wetter eintritt, wie soll es da weitergehen? Ich verstehe nur äußerst wenig – weiß kaum, wie man ein Segel einzieht. Was die Frage anbelangt, wohin oder wie wir zu segeln haben, weiß ich gleichfalls nicht, und ebenso wenig weiß es einer meiner Leute. Da es ziemlich schmal war, als wir durch die Meerenge ins Mittelmeer hereinfuhren, ist es wohl nicht möglich, daß wir hinauskommen, ohne es zu bemerken; zumindest die Felsen von Gibraltar würde ich wiedererkennen, wenn ich sie sähe. Ich muß mal mit Mesty darüber reden.

Mesty, der die Schlüssel zu den Vorratskammern an seiner Bandana befestigt hatte, kehrte bald wieder zurück.

„Jetzt", sagte er, „sie nicht so bald wieder betrunken werden."

Ein paar weitere Eimer Wasser brachten die Leute vollends auf die Beine. Der Tag brach an, und sie sahen, daß das Schiff sich der spanischen Küste genähert hatte; sie waren nur noch eine halbe Meile entfernt und in Reichweite einer großen Geschützbatterie. Glücklicherweise hatten sie Zeit, die Rahen gegenzubrassen und das Schiff unter Marssegeln längs der Küste hinzusteuern, ehe sie gesehen wurden. Hätte man sie in der Stellung, die sie nachts einnahmen, bei Tag erblickt, wäre der Verdacht der Spanier geweckt worden. Und wenn sie, während Jacks Mannschaft betrunken war, ein Boot zum Nachsehen gesandt hätten, wäre unser Held mit seinen Leuten unfehlbar in Gefangenschaft geraten.

Die Leute, die das Gefährliche der Lage, in der sie sich befunden hatten, erkannten, hörten Jacks Vorstellungen reumütig an. Um ihnen die Lehre noch strenger einzuprägen, zog Jack die Kriegsartikel heraus und las ihnen den Artikel über Trunkenheit vor, den sie jedoch schon so oft auf den Laufplanken vernommen hatten, daß es keineswegs Eindruck auf sie machte. Wie Mesty sagte, war *sein* Plan viel besser, denn sobald Jack mit seinem Vortrag fertig war, gingen die Leute hinunter, um einen neuen Krug Wein zu holen, fanden aber zu ihrer Enttäuschung, daß man allen Wein hinter Schloß und Riegel gelegt hatte.

Jack rief Mesty zu sich und fragte ihn, ob er den Weg nach Toulon kenne. Mesty erklärte, daß er keine Ahnung habe.

„In diesem Fall haben wir eher Aussicht, den Weg nach Gibraltar zurück zu finden. Du weißt, während wir das Mittelmeer herauffuhren, blieb das Land auf dem ganzen Weg zu unserer Linken. Wenn wir es nun, wie das gegenwärtig der Fall ist, zu unserer Rechten behalten, werden wir bald wieder küstenlängs zurückkommen."

Mesty war mit Jack der Ansicht, daß dies eine großartige Erkenntnis der Steuermannskunde sei und daß es der alte Smallsole mit seinen Meßinstrumenten nicht besser machen könnte. Sie nahmen ein Reff aus den Marssegeln, setzten die Bramsegel bei und fuhren geradewegs die Küste entlang, immer eine Entfernung von fünf Meilen vom Land haltend. Es gab ein gutes Essen. Mesty gab der Mannschaft Weinrationen, die gerade doppelt so groß waren wie die, die sie an Bord der „Harpy" gehabt hatten, somit konnten sie sich eigentlich nicht beklagen. Ein Mann jedoch sprach äußerst brutal und meuterisch. Er schwor, wenn die andern sich ihm anschließen wollten, würden sie bald geistige Getränke genug haben. Mesty warf ihm einen Blick zu, klappte sein Messer auf und versprach, daß er ihn abmurksen werde, während Jack ihn mit einer Handspake zu Boden schlug, so daß es der Kerl für besser fand, nichts mehr darüber zu sagen. Die ganze Mannschaft hätte sich ebenso aufrührerisch benommen, wenn die Furcht vor Mesty nicht gewesen wäre. Etwas erstaunt war sie freilich, als sie sah, wie gut Jack die Handspake führte.

Von dieser Nacht an hielten Jack und Mesty Wache um Wache. Alles ging gut, bis sie sich beinahe auf der Höhe von Carthagena befanden, als von nordwärts ein Sturm herkam, der sie dem Gesichtskreis des Landes entzog. Mit Mühe kürzten sie Segel um Segel, denn sie hatten nur wenige Leute, und der Sturm wütete drei Tage lang. Die Mannschaft unseres Helden wurde unlustig und unzufrieden. Es war Jacks Unglück, daß er nur einen guten Mann bei sich hatte. Selbst der Beischiffsführer taugte, obgleich er anständig aussah, keine Bohne. Mesty war Jacks Notanker. Am vierten Tag ließ der Sturm nach, und sie hatten keinen blassen Schimmer, wo sie sich befanden. Sie wußten, daß sie abgetrieben waren, wie weit, konnten sie nicht sagen. Jack machte die Entdeckung, daß das Segeln eine ernstere Sache war, als er geglaubt hatte.

In der Nacht fierten sie das Schiff und steuerten einen anderen Kurs, und bei Tag sahen sie, daß sie sich in der Nähe kleiner Inseln, noch viel näher aber bei einigen großen Felsenriffen befanden, gegen die die Wogen, obgleich der Wind schwächer geworden war, mächtig anschlugen. Wieder wurde das Ruder gedreht, und sie entgingen nur mit Mühe der Gefahr. Sobald die Segel gerichtet waren, kamen die Leute zu Jack und machten den Vorschlag, wenn sich ein Ankerplatz finden ließe, einzulaufen, sie seien ganz und gar erschöpft. Dies war richtig, und Jack beriet sich mit Mesty, der es für ratsam hielt, auf den Vorschlag einzugehen. Anscheinend waren die Inseln nicht bewohnt, und der einzige Punkt, über den man sich Gewißheit zu verschaffen hatte, war der, ob man einen guten Ankerplatz finden könne. Der Beischiffsführer machte den Vorschlag, im Boot zu erkunden, und segelte mit vier Mann ab. Nach einer Stunde kehrte er zurück und sagte, es gebe Wasser genug zum Ankern, die Bucht sei so glatt wie ein Mühlteich. Da sie den Tauanker nicht auswerfen konnten, banden sie die Ketsche fest, liefen ohne irgendeinen Unfall ein und gelangten in eine schmale Bucht zwischen den Inseln, mit sieben Faden Wasser. Die Segel wurden gerefft, die Matrosen brachten alles in Ordnung, darauf nahmen sie das Boot und ruderten an Land. Sie hätten ja um Urlaub fragen können, dachte Jack. Eine Stunde später kehrten sie zurück und begaben sich nach kurzer Verabredung auf die Poop zu unserem Helden.

Der Beischiffsführer nahm das Wort. Er sagte, sie hätten schwere Arbeit geleistet und wünschten nun, einige Ruhe zu bekommen – es seien Lebensmittel für drei Monate an Bord, so daß es also gar keine Eile haben könne. Sie hätten herausgefunden, daß sie recht gut an Land ein Zelt aufschlagen und dort einige Zeit leben könnten. Und da es wohl statthaft sei, wenn sie sich an Land betränken, erwarteten sie, daß man sie Lebensmittel und Wein genug mitnehmen lasse. Die Leute hätten ihn beauftragt, um Urlaub anzuhalten, indes seien sie entschlossen, mit oder ohne Erlaubnis fortzugehen. Jack war nahe daran, mit der Handspake zu antworten. Als er aber sah, daß die Matrosen alle ihre Degen und Pistolen trugen, hielt er für klüger, sich mit Mesty zu besprechen. Mesty sah gleichfalls ein, daß Widerstand sinnlos war, und riet deshalb Jack nachzugeben, indem er ihm bedeutete, je eher der Wein ausginge, desto besser wäre es, denn es könne ja doch nichts geschehen, so lange noch Wein da sei. Jack erklärte ihnen daraufhin, sie sollten ihren Willen haben, und er wolle dableiben, so lange sie es wünschten. Mesty gab ihnen die Schlüssel zur Vorratskammer, indem er ihnen mit einem Grinsen sagte, sie sollten sich nun selbst bedienen. Die Meuterer verlangten von unserem Jack, er und Mesty sollten an Bord bleiben und das Schiff für sie hüten, während sie den Spanier mit an Land nehmen wollten, um ihre Lebensmittel zu kochen. Jack machte jedoch darauf aufmerksam, wenn er nicht zwei Mann bei sich habe, könne er unmöglich ihre Befehle vollziehen, wenn sie einmal verlangten, daß er ans Ufer komme. Die Leute folgten dieser Argumentation und gestatteten Jack, den Spanier zurückzubehalten, damit er ihren Signalen von der Bucht aus desto schneller entsprechen könne. Sie wünschten ihm einen guten Tag und forderten ihn auf, sich mit den „Kriegsartikeln" die Zeit zu vertreiben.

Sobald sie ein Segel, einige Stangen für das Zelt und etwas Bettzeug ins Boot geworfen hatten, gingen sie hinab, nahmen von den drei Weinfässern zwei für sich und versahen sich ferner mit zwei Kisten Zwieback, Waffen und Munition, sowie mit so viel gesalzenem Fleisch, als sie für nötig erachteten. Nachdem das Boot voll war, stießen sie mit drei verhöhnenden Hurras ab. Jack war empfänglich für Zeremonien. Er stand auf der Laufplanke, und machte eine Verbeugung.

Sie waren kaum fort, als Mesty unserem Helden grinsend die Zähne zeigte und sagte: „Ich denk‘, ich machen ihnen zahlen für all dies.“

Was Jack betrifft, so sagte er nichts, sondern überlegte um so mehr. Nach einer Stunde kehrten die Leute in dem Boot zurück. Sie hatten einiges vergessen, brauchten Holz, um Feuer zu machen, sowie verschiedene Gerätschaften, die sie sich ungeniert nahmen. Nachdem sie alles, was ihnen nur einfiel, aufgepackt hatten, fuhren sie wieder dem Land zu.

„Wie verflucht Glück, wir nichts ihnen sagen von den Dollars“, meinte Mesty, während er mit Jack die Leute beobachtete.

„Mhm“, machte Jack. „Übrigens könnten sie‘s ja hier nicht ausgeben.“

„Das nicht, Massa Easy, aber angenommen, sie finden all das Geld, sie nehmen Boot und gehen fort mit. Nun, ich hab sie im Sack — halt ein wenig.“

Ein kleines Stück gesalzenes Schweinefleisch war auf der Laufplanke liegen geblieben. Jack warf es, ohne eigentlich zu wissen, warum, über Bord, und da es fast lauter Fett war, sank es nur allmählich. Jack und Mesty beobachteten genau, wie es verschwand, beide ganz gedankenvoll, als sie einen dunklen Gegenstand darunter auftauchen sahen: es war ein Grundhai, der das Fleisch schnappte, wieder niedersank und verschwand.

„Was war das?“ fragte Jack.

„Das Grundhaifisch, Massa Easy. Schlimmste Haifisch von allen. Sie ihn nie sehen, bis sie ihn fühl‘.“ Mestys Augen funkelten vor Freude.

„Bei der Allmacht, die bald Ende machen der Meuterei, nun ich hab sie.“

Jack schauderte und entfernte sich.

Während des Tages sah man, wie die Leute an Land tüchtig damit beschäftigt waren, alle Vorbereitungen zu treffen, ehe sie sich den sinnlichen Genüssen der Völlerei überließen. Das Zelt wurde aufgeschlagen, Feuer angemacht, alle Gegenstände wurden das Ufer hinaufgerollt und an ihren Ort gestellt. Man sah ferner, wie sie sich niedersetzten — sie waren nur auf Rufweite vom Schiff entfernt — und eines der Weinfässer angezapft wurde. Unterdessen hatte der Spanier, der ein ganz ruhiger Mensch war, das Essen für Easy und seinen nunmehr einzigen Gefährten Mesty bereitet. Der Abend brach an, und an Land herrschte Lärmen und Jubel. Während sie dort tanzten, sangen und beim Schein des Feuers die Weinkannen in die Höhe warfen, dann wieder schrien und lärmten und mehr und mehr betrunken wurden, wandte sich Mesty an Jack, indem er sagte: „Halt ein wenig."

Endlich ließ der Lärm nach, das Feuer erlosch und allmählich wurde alles still. Jack beugte sich über die Reling, als Mesty zu ihm trat. Der Neumond war eben aufgegangen, und Jack hatte es beobachtet.

„Nun Massa Easy gefällig nach hinten kommen und herunterlassen klein Boot. Nehmen Ihre Pistolen und dann wir gehen ans Ufer und bringen fort den Kutter. Sie alle schlafen jetzt."

„Warum sollen wir sie ohne ein Boot lassen, Mesty?" fragte Jack, der an die Haifische sowie an die Möglichkeit dachte, daß die Leute versuchen könnten, herüber zu schwimmen."

„Ich sagen Ihnen, Sör, diese Nacht sie betrunken sein, morgen sie wieder betrunken sein, und betrunkene Leute bleiben nie ruhig. Setz den Fall, ein Mann sagen zu den andern: ‚Laßt uns gehen an Bord und töten Offizier, und dann wir tun, was wir wollen.' Sie all' sagen ja und sie all' kommen und so tun. Nein, Sör — müssen haben Boot — wenn nicht um Ihretwillen, ich muß es haben, retten auf irgendeine Art mein eigen' Leben, denn sie hassen mich und mich töten zuerst."

Jack ging mit Mesty nach achtern und ließ das kleine Boot zu Wasser. Sie holten es längs, dann begaben sie sich miteinander in die Kajüte, wo Jack seine Pistolen ergriff.

„Den Spanier, Mesty, können wir ihn allein an Bord zurücklassen?"

„Ja, Sör. Er nicht haben Waffen und er sehen, daß wir hab' — aber auch wenn er find' Waffen — er nicht unterstehen, so etwas tun — ich kennen den Mann."

Jack und Mesty stiegen in das Boot und fuhren vorsichtig dem Land zu. Die Leute befanden sich in einem so hohen Grad der Trunkenheit, daß sie sich nicht rühren, noch viel weniger aber hören konnten. Unsere beiden Freunde machten den Kutter los, zogen ihn an Bord und befestigten ihn hinten bei dem anderen Boot.

„Jetzt, Sör, wir mögen zu Bett gehen. Morgen früh Sie werden sehen."

„Was sie auch nur entfernt brauchen mögen, haben sie bei sich an Land", erwiderte Easy. „Sie könnten also nur den Kutter dazu benützen, uns zu belästigen."

Jack und Mesty gingen schlafen, sperrten jedoch zuvor den Spanier in die Kapitänskajüte ein. Diese Vorsicht war kaum nötig, aber Mesty dachte eben an alles.

Jack schlief in dieser Nacht wenig. Traurige Ahnungen befielen ihn, deren er sich nicht erwehren konnte. Seit seinem Abgang vom Schiff hatte er so viel nachgedacht, seine Augen so weit geöffnet und gefühlt, welche Verantwortung er auf sich geladen hatte, indem er sich der Eingebung des Augenblicks überließ, daß man fast hätte sagen können, er habe im Lauf von vierzehn Tagen aus den Knabenjahren einen Sprung ins Mannesalter gemacht. Er war verdrießlich und ärgerlich, aber hauptsächlich über sich selbst.

Mesty stand bei Tagesanbruch auf, bald darauf auch Jack. Sie beobachteten die Mannschaft am Ufer, die ihr Zelt noch nicht verlassen hatte. Endlich, als Jack mit seinem Frühstück fertig war, ließen sich ein paar von den Leuten sehen. Sie blickten um sich, als ob sie etwas suchten, und gingen zur Bucht hinab, wo sie tags zuvor das Boot festgebunden hatten. Jack sah Mesty an, der grinsend antwortete: „Halt' ein wenig."

Die Matrosen liefen an den Felsen entlang, bis sie sich dem Schiff gegenüber befanden.

„Schiff, ahoi!"

„Hallo", erwiderte Mesty.

„Bringt das Boot ans Ufer mit einem Becher Wasser."

„Ich wußte es", rief Mesty, der seine Hände vor Entzücken rieb. „Massa Easy, Sie müssen ihnen sagen nein."

„Aber warum sollte ich ihnen kein Wasser geben, Mesty?"

„Warum, Sör? Dann sie nehmen Boot."

„Ganz richtig", antwortete Easy.

„Hört ihr denn nichts an Bord?" rief der Beischiffsführer. „Schickt gleich das Boot, oder wir werden euch die Gurgel durchschneiden!"

„Ich werde das Boot nicht schicken", rief Jack, der nun Mestys Ansicht für richtig hielt.

„Ah, ihr wollt es nicht schicken – gut, dann ist euer Urteil schon unterschrieben", antwortete der Wortführer und lief mit den anderen zu dem Zelt hinauf. Nach kurzer Zeit kamen alle Matrosen heraus, bewaffnet mit den vier Musketen, die sie vom Schiff mitgenommen hatten.

„Gütiger Himmel, sie werden doch nicht auf uns feuern wollen."

„Halt ein wenig."

Die Leute stellten sich dem Schiff gegenüber an den Felsen auf. Der Beischiffsführer fragte wieder, ob sie das Boot ans Ufer bringen wollten.

„Sie müssen sagen nein, Sör", raunte Mesty.

„Ich weiß, daß ich das muß", erwiderte Jack und rief hinüber: „Nein!"

Der schlaue Neger hatte den Plan der Meuterer vorausgesehen, der darin bestand, zu den Booten, die hinten lagen, hinauszuschwimmen und auf Jack oder Mesty zu feuern, wenn sie versuchen sollten, die Boote heraufzuziehen und zu verteidigen. Vom Wasser aus in die Boote zu kommen, namentlich in das kleinere, war leicht. Einige der Leute untersuchten ihre Zündpfannen und legten die Gewehre gegen das Schiff an, während der Beischiffsführer und zwei der Matrosen ihre Kleider auszogen.

„Halt, um Gottes willen, halt!" rief Jack. „Der Hafen ist voll von Grundhaien!"

„Glaubt ihr, uns mit Grundhaien abschrecken zu können?" erwiderte der Beischiffsführer. „Nehmt euch in acht. John, brenn Easy eins auf den Pelz, um zu zeigen, daß wir ernst machen. So oft er oder der Neger ihren Kopf zeigen, versetzt ihnen eine Ladung.

„Um Gottes willen, wagt nicht, herzuschwimmen!" rief

Jack voller Angst. „Ich will auf irgendeine Art versuchen, euch Wasser zu geben."

„Zu spät — euer Urteil ist schon gefällt." Mit diesen Worten sprang der Beischiffsführer in die See, wohin ihm zwei andere Männer folgten. In diesem Augenblick wurde eine Muskete abgefeuert, und die Kugel zischte dicht an Jacks Ohr vorüber.

Mesty zog Jack zurück, aber Jack sprang wieder auf, um nach den Leuten im Wasser zu sehen. Er kam gerade rechtzeitig, um Zeuge zu werden, wie der Beischiffsführer sich mit einem gellenden Schrei aus dem Wasser hob und dann in einem Wasserwirbel, der von seinem Blut rot gefärbt wurde, verschwand.

Mesty hatte die Gewehre geladen, für den Fall, daß die Leute die Boote nehmen würden. Als er aber sah, was geschah, warf er die Muskete weg und sagte: „Bei der Allmacht, das jetzt nicht nötig."

Jack hatte sein Gesicht mit den Händen bedeckt. Doch die tragische Szene hatte ihren Höhepunkt noch nicht erreicht. Die andern Leute im Wasser waren unverzüglich umgekehrt, um sich an Land in Sicherheit zu bringen, aber noch ehe sie das Ufer erreichen konnten, waren zwei der gefräßigen Ungeheuer, angezogen durch das Blut des Beischiffsführers, herbeigestürzt, und es begann ein wilder Kampf um die Überbleibsel der Leichname.

Mesty, der das Unglück mitangesehen hatte, wandte sich an Jack, der sein Gesicht in den Händen barg.

„Haifische sie fressen all'!"

„Schrecklich, schrecklich!" Jack seufzte.

„Ja, Sör, ganz schrecklich", antwortete Mesty. „Aber, wenn die Haifisch' nicht nehmen sie, was dann? Sie töten uns, und die Haifisch' kriegen unseren Leichnam. Ich denken, das noch schrecklicher."

„Mesty", erwiderte Jack, indem er den Neger krampfhaft beim Arm faßte, „nicht durch die Haifische kamen sie um, sondern durch meine Schuld."

Mesty blickte seinen Kapitän erstaunt an. „Wie das möglich?"

„Wenn ich nicht ungehorsam gegen die Befehle gewesen wäre“, entgegnete Jack, nach Luft haschend, „wenn ich ihnen nicht das Beispiel des Ungehorsams gegeben hätte, wäre das nie vorgekommen. Wie konnte ich denn Gehorsam von ihnen erwarten? Es ist ganz allein meine Schuld. O Gott, wann wird dieser Anblick aus meinem Gedächtnis verschwinden?“

„Massa Easy, ich nicht verstehen das – glaub‘, Sie schwatzen närrisch Zeug. Könnt‘ ebenso gut sagen, wenn Ashantees nicht Krieg machen, dies nicht vorkommen. Denn wenn Ashantees nicht machen Krieg, ich nicht Sklav‘, ich nicht davonlaufen, ich nicht kommen an Bord der ‚Harpy‘, ich nicht gehen in ein Boot mit Ihnen, ich nicht hindern Leute, betrunken werden – und das Schuld, warum sie Meuterei machen – und Meuterei, daß Haifisch‘ sie nehmen?“

Jack antwortete nicht, fand aber einigen Trost in der Auffassung des Negers.

Das schreckliche Ende der drei Meuterer schien tiefen Eindruck auf ihre Kameraden gemacht zu haben. Sie liefen von der Bucht weg mit gesenkten Häuptern und gemessenen Schrittes. Man sah, wie sie auf der Insel herumgingen, vermutlich um Süßwasser zu suchen. Um Mittag kehrten sie in ihr Zelt zurück und waren bald wieder betrunken. Wieder schrien und jubelten sie wie tags zuvor. Gegen Abend kamen sie zur Bucht herunter, stellten sich dem Schiff gegenüber auf, jeder mit einem Gefäß in der Hand, und als sie sahen, daß sie von Jack und Mesty bemerkt wurden, schütteten sie den Inhalt der Gefäße in die Luft, um zu zeigen, daß sie Wasser gefunden hatten. Dann kehrten sie spottend wieder zurück und begannen ihre Orgien wieder, die bis Mitternacht andauerten. Dann waren sie wieder im Zustand der Volltrunkenheit.

Tags darauf rief Jack Mesty zu sich in die Kajüte.

„Mesty, wie wird diese Sache enden?“

„Wie meinen Sie, Sör – enden hier oder enden an Bord der ‚Harpy‘?“

„Was die ‚Harpy‘ betrifft, so haben wir wenig Aussicht, sie wiederzusehen. Wir sind auf einer verlassenen Insel oder an einem Ort, der so ziemlich das gleiche ist, wir wollen das Beste hoffen. Aber wie soll diese Meuterei enden?“

„Massa Easy, wenn ich darf, ich machen Ende sehr bald, aber doch nicht gar so schnell.“

„Was verstehst du unter ‚nicht gar so schnell‘?“

„Massy Easy, Sie wünschen machen ein Kreuzen und ich wünsche. Jetzt wegen Meuterei Sie wünschen zurückgehen — aber bei allen Heiligen, Sie glauben, ich, ein Fürst in meinem Heimatland, den Wunsch haben zurückkehren und Kessel heizen für die jungen Gentlemen? Nein, Massa Easy — heißen Meuterei — heißen wie Sie wollen — aber — einst ich war ein Prinz.“ Mestys Stimme war bei den letzten Worten leiser geworden.

„Du mußt mir einmal deine Geschichte erzählen, Mesty“, entgegnete Jack, „aber jetzt laß uns einmal den fraglichen Punkt überdenken. Wie könntest du dieser Meuterei ein Ende machen?“

„Dadurch, daß allem Wein ein Ende machen. Wenn ich gehen an Land, die Fässer an drei oder vier Stellen anbohren und am Morgen aller Wein fort — dann sie sein nüchtern und bitten um Pardon. Wir sie nehmen an Bord, werfen alle Waffen weg, außer unseren, und dann möcht‘ ich noch sehen Meuterei. Mord und Totschlag — aber ich fertig werden mit ihnen auf irgendeine Art.“

„Der Plan ist sehr gut, Mesty, warum sollten wir ihn nicht ausführen?“

„Weil ich nicht wagen will, an Ufer gehen — und für was? Um wieder zurückkehren und kochen für alle Gentlemen. Ich ganz wohl hier, Massa“, antwortete Mesty gleichgültig.

„Und ich ganz elend“, erwiderte Jack. „Übrigens befinde ich mich völlig in deiner Gewalt und muß mich dir also wohl unterwerfen.“

„Was Sie sagen, Massa Easy — unterwerfen mir? Nein Sör, wenn Sie waren an Bord der ‚Harpy‘ als Offizier, Sie sprechen mit mir als Freund und nicht behandeln wie einen Negerknecht. Massa Easy, ich fühlen — ich fühlen, was ich bin“, fuhr er fort, an seine Brust schlagend. „Ich fühlen es hier. Zum ersten mal, seit ich fort aus Heimatland, ich fühlen, daß ich etwas bin. Aber Massa Easy — ich lieben meinen Freund so sehr als ich hassen meinen Feind — und Sie immer sich mir unterwerfen – ich zu stolz, das zu erlauben, Massa Easy. Ich bin ein Mann – und eines Tages ich war ein Prinz."

Obgleich Mesty nicht halb so viel mit Worten als durch den Ausdruck seines Gesichtes sprach, erkannte Jack doch das volle Maß der in seinem Herzen überströmenden Gefühle und erwiderte sie. Er streckte Mesty seine Hand entgegen und sagte: „Mesty, daß du ein Prinz warst, bekümmert mich nicht. Du bist ein Mann, und ich achte – nein, ich liebe dich wie einen Freund und würde dich mit meinem Willen niemals verlassen."

Mesty drückte Jacks Rechte. Es war das erste Friedenszeichen, das ihm angeboten wurde, seit man ihn aus seinem Geburtsland fortgeschleppt hatte, der erste Ausdruck der Achtung, die erste Anerkennung vielleicht, daß er kein untergeordnetes Wesen sei. Er drückte die Hand stillschweigend, denn es war ihm nicht möglich, eine Silbe herauszubringen.

„Was ist deine Meinung, Mesty?" fragte Jack.

„Also, Sör, ich sagen Ihnen ich für recht halten, daß die Meuterer zuerst kommen und bitten, an Bord gelassen zu werden, eh' sie aufnehmen – und, Sör, ich auch für recht halten, da wir zwei und sie fünf sind, sie zuerst essen alle ihre Lebensmittel – lassen sie recht hungern und dann sie kommen an Bord zahm genug."

„Auf jeden Fall", antwortete Jack, „müssen die ersten Friedensvorschläge von ihnen ausgehen. Ich möchte nur auch etwas zu tun haben – dieses Bordleben gefällt mir nicht."

„Massa, warum Sie nicht sprechen mit Pedro?"

„Weil ich nicht spanisch sprechen kann."

„Ich wissen das und gerade deshalb fragen. Sie sehr betrübt, als Sie treffen die zwei hübschen Frauenzimmer auf dem Schiff und nicht können reden mit ihnen – ich mir denk' so."

„Es hat mir allerdings sehr leid getan, das gebe ich zu", erwiderte Jack.

„Ja, Massa Easy, gelegentlich wir treffen noch mehr spanische Mädchen. Warum Sie nicht sprechen den ganzen Tag mit Pedro und dann Sie würden reden können mit den Damen."

„Auf mein Wort, Mesty, ich kenne deinen Wert noch lange nicht. Ich will spanisch lernen, so viel ich kann“, entgegnete Jack, der sich freute, Beschäftigung gefunden zu haben, nachdem ihm die Kriegsartikel verleidet waren.

Was die Leute an Land betrifft, so setzten sie ihre Lebensweise Tag für Tag und ohne Änderung fort. Das Feuer brannte nun seltener, was einen Mangel an Brennholz bewies. Zudem war es nicht mehr so warm wie früher, denn man befand sich schon im Monat Oktober. Jack lernte einen Monat lang spanisch von Pedro. Während dieser ganzen Zeit gaben die Aufrührer kein Zeichen von Unterwerfung, sondern kamen im Lauf der ersten vierzehn Tage, wenn sie betrunken waren, ans Ufer herab und feuerten auf Jack und Mesty, sobald sie sich sehen ließen. Glücklicherweise sind betrunkene Leute keine guten Schützen, aber endlich hörten sie auch damit auf, weil sie alle ihre Munition verschossen hatten – ja, sie schienen fast vergessen zu haben, daß das Schiff da war, denn sie nahmen kaum Notiz davon. Jack hatte sich entschieden, daß Friedensvorschläge – und wenn er ein ganzes Jahr warten müßte – von den Meuterern ausgehen sollten. Nachdem er jetzt eine Beschäftigung hatte, verflossen die Stunden so schnell, daß zwei Kalendermonate vorbei waren, ehe er nur daran dachte.

Die Nächte wurden jetzt schon sehr kalt, und sie verbrachten sie meist in der Kajüte. An einem dieser Abende fragte Jack Mesty, ob er ihm nicht seine Lebensgeschichte erzählen wolle. Mesty antwortete, er sei, wenn Jack es wünsche, hierzu bereit.

15

Obgleich wir den Neger bisher in seinem Dialekt sprechen ließen, würde dies nach unserer Ansicht in einem längeren Vortrag den Leser ermüden. Wir wollen deshalb seine Erzählung etwas übersetzen und ihn nur bei kleinen Zwischengesprächen in seinem eigentümlichen Dialekt reden lassen.

„Das erste Ereignis, an das ich mich erinnere", begann Mesty, „ist, daß ich auf den Schultern eines Mannes getragen wurde, wobei meine Beine vorn herabhingen und ich mich an seinem Kopf festhielt.

Jedermann pflegte zu mir aufzuschauen und achtungsvoll beiseite zu treten, wenn ich so durch die Stadt und über den Marktplatz geführt wurde, mit so schwerem Goldschmuck überladen, daß ich ihn nicht tragen konnte und froh war, wenn ihn mir die Weiber abnahmen. Aber als ich heranwuchs, wurde ich stolz darauf, weil ich nun wußte, daß ich der Sohn eines Königs war. Ich lebte recht glücklich, tat wenig mehr, als meine Pfeile abzuschießen, und besaß ein kleines Schwert, das man mich führen lehrte. Die großen Soldaten, die um meinen Vater waren, zeigten mir, wie ich meine Feinde töten müsse. Bisweilen legte ich mich in den Schatten der Bäume, bisweilen war ich bei den Weibern meines Vaters, oft aber auch bei ihm, wo ich dann mit den Schädeln erschlagener Feinde spielte und ihre Namen hersagte, denn in unserem Land werden die Schädel der besiegten Feinde als Trophäen aufbewahrt.

Als ich älter wurde, tat ich, was mir gefiel. Ich schlug die Frauen und die Sklaven, und ich glaube, ich tötete auch einige Sklaven. Von einem weiß ich, daß ich es tat, um zu probieren, ob ich mit meinem Schwert, das mit zwei Händen geführt werden mußte, gehörig zuschlagen könne. Ich sehnte mich danach, ein großer Offizier zu werden, und dachte an nichts anderes als an Kriege, an Gefechte und daran, wie viele Schädel ich holen würde, wenn ich einmal ein Haus und eigene Weiber hätte. Ich zog in die Wälder um zu jagen und blieb wochenlang aus. Eines Tages sah ich einen Panther, der sich in der Sonne wärmte und mit seinem majestätischen Schweif wedelte. Ich schlich mich ganz leise hin, bis ich etwa drei Ellen von ihm entfernt hinter einem Felsen war, legte meine Armbrust an und schoß ihm einen Pfeil in den Leib. Das Tier sprang auf, sah mich, brüllte und sprang auf mich zu, aber ich warf mich hinter den Felsen, und so sprang es über mich hinweg. Der Panther wandte sich gegen mich, aber ich hatte schon mein Messer bereit und stieß es ihm, während er seine Krallen in meine Brust und Schultern grub, ins Herz. Das war der glücklichste Tag meines Lebens. Ich hatte einen Panther getötet ohne Beistand und konnte Wunden aufweisen. Obgleich ich verletzt war, dachte ich nicht daran. Ich zog dem Panther die Haut ab, während mein Blut von mir floß und sich mit dem der Bestie vermischte – aber ich war erfreut darüber. Stolz und übermütig ging ich in die Stadt, triefend von Blut und fürchterliche Schmerzen verspürend. Jedermann pries die Tat; man nannte mich einen Helden. Ich feilte meine Zähne und wurde ein Mann.

Von diesem Tag an nahm ich eine Stelle unter den Kriegern ein, und sobald meine Wunden geheilt waren, zog ich aus zur Schlacht. Aus drei Gefechten brachte ich fünf Schädel mit, die mir bei der Rückkehr mit Gold aufgewogen wurden. Nun bekam ich auch ein Haus und Weiber, und mein Vater ernannte mich zum Cabocier (Unterfeldherrn). Ich trug Adlerschwingen und Straußenfedern, meine Kleidung war mit Fetischen bedeckt. Ich zog Stiefel mit Glocken an. Mit auf dem Rücken befestigtem Köcher und Pfeilen, mit Speer und Musketen, mit Messer und meinem zweigriffigen Schwert bewaffnet, führte ich die Leute in die Schlacht und brachte Schädel und Sklaven zurück. Alles zitterte vor meinem Namen, und wenn mein Vater drohte, mich auszusenden, belegte man ihm die Vorhalle seines Beratungssaales mit Goldstaub – und jetzt ich kochen muß für junge Gentlemen!

Einen Mann gab es, den ich liebte. Er war kein Krieger, sonst würde ich ihn gehaßt haben, aber er wurde mit mir, als entfernter Verwandter im Haus meines Vaters aufgezogen. Ich war ernst und übermütig, er war munter und ein Freund der Musik, und obgleich in meinen Ohren keine Musik der des Tomtom gleich kam, sehnte ich mich doch nicht gerade immer nach Aufregung. Ich versank oft in schwermütiges Nachdenken, und dann liebte ich es, den Kopf in den Schoß eines meiner Weiber zu legen und seiner sanften Musik unter den schattigen Bäumen hinter meinem Haus zuzuhören. Endlich begab er sich in eine nahe gelegene Stadt, wo sein Vater wohnte, und ich beschenkte ihn zum Abschied mit Goldstaub. Man hatte ihn bei meinem Vater untergebracht, damit er zu einem Krieger ausgebildet werde, aber es fehlte ihm an Körperkraft und Mut — gleichwohl liebte ich ihn, weil er nicht war wie ich. Nun lebte in der Stadt ein schönes Mädchen, die manche zum Weib begehrten, die aber ihr Vater schon lange meinem Freund versprochen hatte. Er verweigerte sie selbst dem größten Krieger des Ortes, der im Zorn hierüber zum Fetischmann lief, ihm seine goldenen Armspangen hinwarf und um einen Zauber gegen seinen Nebenbuhler bat. Der Zauber wurde ausgeführt, und zwei Tage vor seiner Verheiratung starb mein Liebling. Seine Mutter kam zu mir, und das war genug. Ich zog meine Kriegsrüstung an, ergriff meine Waffen, setzte mich einen ganzen Tag vor meine Schädel, um mich zur Rache anzuspornen, rief meine Leute zusammen und zog nachts in die Stadt, wo dieser Krieger wohnte, tötete zwei seiner Verwandten und führte zehn seiner Sklaven fort. Als er hörte, was ich getan hatte, sandte er Gold zur Sühne. Aber ich wußte, daß er das Mädchen als seine Frau heimgeführt hatte, und schenkte deshalb dem alten Mann, der mich zu besänftigen suchte, kein Gehör. Ich sammelte eine noch größere Streitmacht und griff ihn in der Nacht an. Es kam zum Gefecht, denn auch er hatte sich mit seinen Getreuen gerüstet, aber nach vergeblichem Widerstand wurde er zurückgeschlagen. Ich steckte sein Haus in Brand, verheerte seine Felder, nahm noch mehr Sklaven fort und kehrte nach Hause zurück mit meinen Leuten, in der Absicht, ihn bald wieder zu überfallen. Am anderen Tag kamen mehrere Botschafter, die vergebens vor mir niederknieten. Sie wandten sich hierauf an meinen Vater, und auch manche meiner Krieger baten ihn, die Sache zu vermitteln. Mein Vater ließ mich rufen, aber ich mochte ihn nicht hören. Die Krieger redeten mir zu, aber ich kehrte ihnen den Rücken. Mein Vater geriet in Zorn und drohte mir. Die Krieger schwangen ihre Schwerter – und daß sie das taten, war eine Kühnheit. Aber ich schaute nur verächtlich über die Schultern und kehrte in mein Haus zurück. Ich nahm die Schädel der erschlagenen Feinde herunter und schmiedete Pläne. Der Abend brach an und ich war ganz allein, als ein bis zu den Augen verschleiertes Frauenzimmer sich mir näherte. Sie fiel nieder vor mir, als sie ihr Gesicht entblößte.

‚Ich bin das Mädchen, das deinem Verwandten versprochen wurde und nun die Frau deines Feindes ist. Ich werde bald Mutter sein. Deinen Verwandten konnte ich nicht lieben, denn er war kein Krieger. Es ist nicht wahr, daß mein Mann einen Todeszauber verlangt hat – *ich* habe ihn gekauft, weil ich deinen Freund nicht heiraten wollte. Töte mich und sei dann befriedigt.'

Sie war sehr schön, und ich wunderte mich deshalb nicht, daß mein Gegner sie liebte – aber sie ging mit einem Kind – und es war sein Kind, und sie hatte meinem Freund den Todeszauber bestellt. Ich hob mein Schwert, um sie zu töten, aber sie zitterte nicht, und das rettete ihr Leben.

‚Du bist dazu gemacht, Mutter von Kriegern zu werden‘, sagte ich, als ich mein Schwert senkte, ‚und du sollst mein Weib sein. Aber zuerst muß sein Kind auf die Welt kommen, und ich will seinen Schädel haben.‘

‚Nein, nein‘, erwiderte sie, ‚ich will nicht Mutter von Kriegern werden, wenn sie nicht Kinder meines gegenwärtigen Mannes sind. Wenn du mich als deine Sklavin behältst, werde ich sterben.‘

Ich sagte ihr, sie rede Unsinn, schickte sie in die Frauenwohnung und gab den Befehl, sie zu bewachen – aber sie war kaum eingeschlossen, als sie ihr Messer zog, es sich ins Herz stieß und starb.

Als der König, mein Vater, dies hörte, ließ er mir sagen: ‚Begnüge dich mit dem Blut, das geflossen ist, es ist genug.' Aber ich wandte mich ab, denn ich wollte den Kopf meines Feindes. Noch in der Nacht griff ich ihn an und kämpfte mit ihm. Ich erschlug ihn, brachte seinen Schädel nach Hause und war nun beschwichtigt.

Aber alle die großen Krieger waren erzürnt, und mein Vater konnte sie nicht zurückhalten. Sie beriefen ihre Leute zusammen, wie ich die meinen. Ich bekam auch einen großen Anhang, denn mein Name war gefürchtet. Doch die Zahl der Feinde war noch einmal so groß wie die meine, und ich zog mich in den Busch zurück. Es kam bald zu einem Gefecht, in dem ich viele Feinde tötete, aber meiner Leute waren zu wenige, und man überwältigte uns. Den Fetischzauber hatte man gegen mich ausgesprochen und die Herzen meiner Streiter weich gemacht. Endlich fiel ich, mit Wunden bedeckt und am ganzen Körper blutend, nieder und befahl denen, die um mich waren, meine Federn, Kleider und Stiefel fortzunehmen, damit meine Feinde meinen Schädel nicht bekommen würden. Sie gehorchten und ich kroch in den Busch, um zu sterben. Aber es sollte nicht sein. Ich genas wieder und wurde von Männern gefunden, die Menschen stehlen, um sie zu verkaufen. Ich wurde gefesselt und mit mehreren anderen an die Kette gelegt – ich, ein Prinz und Krieger. Ich bot ihnen Geld an, aber sie lachten mich aus, führten mich zur Küste hinab und verkauften mich an die Weißen. Nie ließ ich es mir in meinem Stolz einfallen, daß ich ein Sklave werden sollte. Ich wußte, daß ich sterben mußte, und hoffte, auf dem Schlachtfeld zu enden. Mein Schädel wäre mehr wert gewesen als alles Gold der Erde, und meine Haut wäre ausgestopft und in einem Fetischhaus aufgehängt worden – statt dessen nun ich koche für die junge Gentlemen."

„Nun ja", antwortete Jack, „das ist doch besser, als erschlagen und ausgestopft zu werden."

„Vielleicht", erwiderte Mesty, „ich jetzt denken ganz anders als damals – aber immerhin es Weiberarbeit und nicht behagen mir.

Sie legten mich mit andern in eine Grube, bis das Schiff

kam, und dann wurden wir an Bord geschickt, in Eisen gelegt und in der Bilge eingesperrt, wo man nicht aufrecht stehen konnte. Ich wünschte zu sterben, doch ich konnte nicht. Jeden Tag starben einige, aber ich blieb am Leben. Ich wurde in Amerika an Land gesetzt, lauter Haut und Knochen, und man bot sehr wenig Geld für mich. Sie verlachten mich, als sie ihre Dollars anboten. Endlich nahm mich ein Mann mit fort, und ich kam mit mehreren Hundert auf eine Pflanzung, zu krank, um zu arbeiten und auch durchaus nicht dazu entschlossen. Die anderen Sklaven fragten mich, ob ich ein Fetischmann sei. Ich bejahte dies und sagte, daß ich jedem, den ich nicht leiden könnte, einen Zauber antun wolle. Einer der Sklaven lachte, und ich hielt meinen Finger gegen ihn in die Höhe. Ich war zu schwach, um mich aufzurichten, denn ich hatte zu lange im Fieber gelegen und sagte also nur zu ihm: *Du wirst sterben.* Ich dachte nämlich daran, ihn umzubringen, sobald ich wieder gesund sei. Er ging fort und starb nach drei Tagen. Ich weiß nicht, wie es kam, aber alle Sklaven fürchteten mich und auch mein Herr, denn er hatte den Mann sterben sehen und glaubte, obgleich er ein weißer Mann war, an den Fetisch. Deshalb wünschte er mich wieder zu verkaufen, aber niemand mochte einen Fetischmann kaufen, und so freundete er sich eben mit mir an. Ich sagte ihm nämlich, wenn er mich schlagen würde, müsse er sterben, und er glaubte mir. Er nahm mich in sein Haus, wo ich sein Aufseher wurde. Ich hinderte die anderen Sklaven am Stehlen, und er war zufrieden mit mir. Er nahm mich mit nach New York. Von dort entlief ich nach zwei Jahren, als ich Englisch gelernt hatte, und ging an Bord eines englischen Schiffes – und da hießen sie mich kochen. Ich verließ das Schiff, sobald ich nach England kam, und bot mich auf einem anderen an. Dort sagten sie mir aber, sie brauchten keinen Koch. Und als ich wieder auf ein anderes ging, fragten sie mich, ob ich ein guter Koch sei. Alle schienen zu glauben, ein Schwarzer müsse ein Koch sein und nichts anderes. Endlich litt ich Mangel und Not. Deshalb ging ich an Bord eines Kriegsschiffes – und da bin ich, nachdem ich Krieger und ein Prinz gewesen, Koch, Steward und alles sonst, und koche für die jungen Gentlemen.“

„Auf jeden Fall“, bemerkte hier Jack, „ist es besser, als Sklave zu sein.“

Mesty antwortete nicht, und wer das Leben eines Midshipmen-Bedienten kennt, wird sich über sein Stillschweigen nicht wundern.

„Nun sage mir“, hob Jack an, „glaubst du, recht gehandelt zu haben, als du so rachsüchtig warst in deinem Vaterland?“

„Ich denken so, Massa Easy, bisweilen wenn mein Blut sieden, ich denken so – aber andermal ich nicht wissen, was denken – doch, wenn ein Mann lieben sehr, er auch hassen sehr.“

„Aber du bist jetzt ein Christ, Mesty.“

„Ich hören alle Ihre Leute das sagen“, erwiderte Mesty, „und das mich machen bedenklich – ich durchaus nicht länger glauben an Fetisch.“

„Unsere Religion lehrt uns, unsere Feinde zu lieben.“

„Ja, ich hörte das jemand sagen – aber, dann was tun wir mit unsern Freunden, Massa Easy?“

„Sie gleichfalls lieben.“

„Ich nicht verstehen das, Massa Easy – ich lieben Sie, weil Sie gut und mich brav behandeln. Mister Vigors, der ist ein Raufbold und mich schlecht behandeln – wie möglich, ihn zu lieben? Bei der Allmacht, ich hassen ihn und wünschen, ich hätte seinen *Schädel.* Glauben Sie, klein Massa Gossett lieben ihn?“

„Nein“, erwiderte Jack. „Ich befürchte, daß er ebenso gern wie du seinen Schädel haben möchte – aber auf jeden Fall müssen wir versuchen, denen, die uns beleidigen, zu vergeben.“

„Dann, Massa Easy, ich denken auch so. Zu viel Rache sehr schlecht. Es leicht, zu hassen, aber nicht ganz leicht, zu vergeben. Deshalb ich denken, wenn ein Mann vergeben, er haben *mehr Seele* in sich, er mehr Mensch.“

Nach alledem dachte Jack, ist Mesty wohl ein ebenso guter Christ, wie die meisten Leute es sind.

„Was das?“ rief Mesty, der zum Kajütenfenster hinausschaute. „Ah, verdammte betrunkene Hund – sie Zelt in Brand stecken!“

Jack sah nun hin. Das Zelt am Ufer stand in Flammen.

„Ich denken, diese kalten Nächte kühlen auf irgendeine Art ihren Mut“, bemerkte Mesty. „Massa Easy, Sie sehen, Leute bald um Erlaubnis bitten, an Bord zu kommen.“

Jack war gleichfalls dieser Ansicht und wünschte sehr, von der Stelle zu kommen; denn während er den Schrank im Schlafzimmer der Kapitänskajüte untersuchte, fiel ihm eine Karte des Mittelmeers in die Hände, die er sehr aufmerksam studierte. Er hatte auf der Karte den Felsen von Gibraltar gefunden und die Fahrt der „Harpy“ bis zum Cap de Gatte hinauf und von da bis Tarragona verfolgt. Nach einer Weile berief er Mesty zu einer Beratung in die Kajüte.

„Schau mal her, Mesty“, sagte Jack, „ich fange an, mich zu orientieren. Hier liegt Gibraltar, da Cap de Gatte, dort Tarragona. An dieser Stelle befanden wir uns, als wir das Schiff kaperten, und wie du dich noch erinnern wirst, kamen wir zwei Tage vorher am Cap de Gatte vorbei, ehe wir vom Land abgetrieben wurden.“

„Massa Easy, ich sehen alles das.“

„Nun gut, wir wurden durch den Wind vom Ufer verschlagen und müssen da heruntergekommen sein. Hier sind, wie du siehst, drei kleine Inseln, Seraphinen-Inseln genannt, bei denen keine Städtenamen verzeichnet und die somit nicht bewohnt sind. Sie liegen gerade wie die Inseln, vor denen wir jetzt ankern. Demnach müssen wir bei den Seraphinen-Inseln sein — nur noch sechs Zoll von Gibraltar.“

„Ich sehen, Massa Easy, das alles recht — aber sechs teuflisch lange Zoll.“

„Du weißt, Mesty, daß der Kompaß auf dem Verdeck eine sich nach Norden drehende Spitze hat, und hier ist gleichfalls ein Kompaß mit der Nordspitze. Nun führt uns der Nordpunkt von den Seraphinen-Inseln wieder auf die spanische Küste zurück, und Gibraltar liegt fünf oder sechs Striche auf dieser Seite des Kompasses. Wenn wir also dahin steuern, werden wir nach Gibraltar kommen.“

„Ganz richtig, Massa Easy“, antwortete Mesty, und Jack hatte auch recht, mit Ausnahme der Abweichung, von der er nichts verstand.

Um sicherzugehen, nahm Jack einen der Kompasse vom Verdeck mit hinunter und verglich sie. Er hob das Glas ab, zählte die Punkte auf dem Kompaß westwärts und bezeichnete die korrespondierenden mit seiner Feder auf dem im Kompaßhäuschen angebrachten Kompaß.

„Das hier", sagte er, „ist der Weg nach Gibraltar, und sobald die Meuterei beendet und der Wind günstig ist, will ich abfahren."

16

Noch einige Tage vergingen, und wie zu erwarten war, konnten sich die Meuterer nicht mehr länger halten. Sie hatten in ihrer Trunkenheit den Zapfen des zweiten Weinfasses so nachlässig befestigt, daß er herausfiel und aller Wein herausrann, so daß kaum mehr als für drei, vier Tage übrig blieb. Ihr Brennholz war längst verbraucht, und sie aßen in der letzten Zeit ihr Fleisch roh. Auf das Abbrennen ihres Zeltes, das durch Sorglosigkeit in Brand geraten war, folgte Regen, der vier Tage und vier Nächte ununterbrochen anhielt. Alles, was sie hatten, war durch und durch naß geworden, und sie waren vor Kälte und vor Hunger ganz erschöpft. Gehängt werden, dachten sie, sei besser, als zollweise hinzuschmachten. Den gebieterischen Forderungen des Magens nachgebend, kamen sie in die Bucht herab und fielen dem Schiff gegenüber auf die Knie.

„Ich sagen Ihnen das, Massa Easy", sagte Mesty, „verfluchte Spitzbuben. Sie vergessen, sie herunterkommen und feuern auf uns jeden Tag. Bei allen Heiligen, Mesty es nicht vergessen."

„Schiff ahoi", rief einer der Leute am Ufer.

„Was wollt ihr?" fragte Jack.

„Haben Sie Mitleid mit uns, Sir – Gnade!" riefen die Leute. „Wir wollen zu unserer Pflicht zurückkehren."

„Was soll ich sagen, Mesty?"

„Sagen ihnen nichts zuerst, Massa Easy – sagen ihnen: verhungern und verdammt sein."

„Ich kann keine Meuterer an Bord nehmen."

„Unser Blut komme über Sie, Mister Easy", entgegnete der Mann, der zuerst gesprochen hatte. „Wenn wir sterben sollen, soll es wenigstens nicht zollweise geschehen. Nehmen Sie uns nicht, sollen uns die Haifische haben. Es bedarf bloß eines Sprungs und alles ist vorbei. Was sagt ihr dazu, Kameraden? Laßt uns miteinander hineinstürzen. Leben Sie wohl, Mister Easy, ich hoffe, Sie werden uns verzeihen, wenn wir tot sind. Es war niemand anders als der Schurke Johnson, der Beischiffsführer, der uns verleitete. Kommt, Kameraden, nachdenken hilft nichts, je eher es geschieht, desto besser. Laßt uns gegenseitig die Hände drücken und dann einen Sprung ins Wasser machen."

Es schien, daß die armen Burschen den Entschluß gefaßt hatten, in den Tod zu gehen, für den Fall, daß Jack, überredet von Mesty, sich weigern würde, sie an Bord zu nehmen. Sie schüttelten sich die Hände, liefen einige Schritte von der Bucht zurück und stellten sich in einer Linie auf, während ein Mann kommandierte: „Eins – zwei ..."

„Halt!" rief Jack, der das schreckliche Ende Johnsons nicht vergessen hatte. „Halt!"

Die Leute standen still.

„Was wollt ihr versprechen, wenn ich euch an Bord nehme?"

„Unsere Pflicht willig zu tun, bis wir wieder auf die ‚Harpy' kommen, um dort zur Warnung für alle Meuterer gehängt zu werden."

„Das ganz schön. Nehmen sie bei ihrem Wort, Massa Easy."

„Gut", antwortete Jack, „ich nehme eure Bedingungen an und will zu euch hinüberkommen."

Jack und Mesty ließen das Boot zu Wasser, befestigten ihre Pistolen in den Gürteln und pullten zum Land. Als die Meuterer in das Boot stiegen, lüfteten sie ihre Hüte ehrerbietig vor Jack, jedoch ohne ein Wort zu sagen. Bei ihrer Ankunft an Bord verlas Jack den Meuterei-Artikel der Kriegsgesetze, wodurch sie an den höchst beruhigenden Umstand erinnert wurden, „daß sie das Leben verwirkt hatten", und hielt ihnen eine Rede, die für Leute, die vor Hunger fast umkamen, endlos zu sein schien. Doch nimmt alles auf dieser Welt ein Ende, und so ging es auch mit Jacks Vortrag. Hierauf gab Ihnen Mesty Zwieback, den sie heißhungrig verschlangen. Da am folgenden Morgen günstiger Wind aufkam, lichteten sie den Anker der Ketsch mit einiger Mühe und fuhren zum Hafen hinaus. Die Meuterer schienen sehr zerknirscht zu sein und versahen den Dienst gut, aber stillschweigend, denn sie hatten keine besonders erfreulichen Vorgefühle. Doch die Hoffnung verläßt uns nicht und jeder der Meuterer hoffte mit einer Peitschenstrafe davonzukommen, obgleich er nicht zweifelte, daß seine Kameraden alle gehängt werden würden. Der Wind gestattete ihnen jedoch nicht, ihren Kurs lange beizubehalten. Noch ehe es Nacht wurde, sprang der Wind um, und sie fielen drei Striche nordwärts ab.

„Macht nichts", sagte Jack, „auf jeden Fall werden wir die spanische Küste erreichen, und dann müssen wir Kurs nach Gibraltar nehmen. Ich bin ohne Sorgen, denn ich verstehe jetzt von der Navigation viel mehr als früher."

Am nächsten Morgen befanden sie sich mit einer leichten Brise unter einem hohen Vorgebirge, und als die Sonne aufging, gewahrten sie ein großes Schiff am Ufer, etwa zwei Meilen westwärts von ihnen, und ein anderes auf der Außenseite, ungefähr vier Meilen entfernt. Mesty nahm das Glas und besichtigte letzteres, das alle seine Segel fallen ließ und nun gegen das Land fuhr, indem es dem Kap, unter dem Jacks Ketsch lag, zusteuerte. Mesty legte das Glas nieder mit den Worten: „Massa Easy – ich denken, das die ‚Harpy'."

Auch einer der Matrosen schaute durch das Glas, während die Umstehenden ihre Aufregung nicht verbergen konnten.

„Ja, es ist die ‚Harpy'", sagte der Matrose. „Oh, Mister Easy, wollen Sie uns verzeihen?" Er fiel mit den andern auf die Knie. „Sagen Sie nicht alles, um Gottes willen, Mister Easy."

Jacks Herz wurde weich, er blickte Mesty an.

„Ich denken“, sagte dieser leise, „wenn kriegen zu dem, was sie schon gelitten, jedes Stück sieben Dutzend, das genug.“

Jack dachte, selbst die Hälfte dieser Strafe würde ausreichen, und sagte deshalb den Leuten, obgleich er den Vorfall melden müsse, wolle er doch nicht alles sagen und ihnen so gut es ginge helfen. Er stand im Begriff, eine Rede zu halten, aber ein Kanonenschuß von der „Harpy“, die nun auf Ankertaulänge herangekommen war, ließ ihn dies auf eine passendere Gelegenheit verschieben. Zu gleicher Zeit hißte das Fahrzeug am Ufer die spanische Flagge und feuerte eine Kanone ab.

„Bei der Allmacht, aber wir kommen in die Mitte“, rief Mesty, ‚Harpy‘ halten uns für Spanier. Schnell, Leute, machen alle Kanonen bereit – bringen Pulver und Kugeln herauf. Massa, jetzt wir feuern auf Spanier, dann ‚Harpy‘ nicht feuern auf uns. Nicht haben englische Flaggen an Bord – wir das alles müssen tun.“

Die Leute vollzogen den Befehl willig. Die Kanonen wurden geladen, losgebunden und mit Zündkraut versehen. Während dieser Operationen trat Windstille ein, und die Segel der drei Schiffe schlugen gegen die Masten. Die „Harpy“ war jetzt etwa zwei Meilen von Jacks Ketsch entfernt und der Spanier etwa eine Meile. Mesty untersuchte das spanische Fahrzeug.

„Das Kriegsschiff, Massa Easy – was, zum Teufel, wir nehmen zur Flagge?“

Mesty lief hinunter. Er erinnerte sich, daß ein bunter Unterrock da lag, den die alte Dame zu der Zeit, als sie das Schiff wegnahmen, zurückgelassen hatte. Es war ein grünseidener Rock mit gelben und blauen Blumen, aber stark verschossen, da er vermutlich schon ein Jahrhundert alt war. Mesty hatte ihn unter der Matratze von einem der Betten gefunden und in seinen Sack gesteckt, vermutlich in der Absicht, sich eine Weste daraus zu schneidern. Er brachte ihn herbei, befestigte ihn an den Haken des Ziehtaus und heißte ihn auf.

„Da, Massa, das tun ganz gut – das ist, was man nennen *aller Welt Flagge*. Jeder Mann streichen seine Flagge davor

– kein Mensch es herunternehmen", sagte Mesty, „ganz und gar nicht. Nun also wir haben geheißt Flagge, wir feuern – merken sich nur eine Kanone, feuern auf einmal und gut zählen, dann wir haben Zeit wieder laden."

„Das unbekannte Schiff dort heißt seine Flagge, Sir", sagte Sawbridge an Bord der „Harpy"; „aber es zeigt sie nicht deutlich; es ist unmöglich, sie zu erkennen... Da fällt ein Schuß!"

„Der ist nicht auf uns gerichtet, Sir", sagte Gascoigne, der Midshipman, „sondern auf das spanische Fahrzeug. Ich sah die Kugel da vorn einschlagen."

„Es muß ein Kaper sein", antwortete Kapitän Wilson. „Auf jeden Fall ist es uns sehr erwünscht, denn die Korvette würde sonst nach Carthagena hineinbugsiert worden sein. Noch ein Schuß, Kugel und Kartätschen und gut gezielt... Das Schiff unterhält ein lebhaftes Feuer. Es muß ein Malteserkaper sein."

„Das heißt also, es ist ein Seeräuber", entgegnete Sawbridge. „Ich kann aus ihrer Flagge nicht klug werden. Wie mir scheint, ist sie grün – ein Türke. Noch ein Schuß – und verteufelt gut gezielt. Er hat die Boote getroffen."

„Ja, und sie sind alle in Verwirrung. Der Spanier würde uns gehören, wenn wir nur ein wenig Wind bekommen könnten. Da springt in der offenen See eine Brise auf. Lassen Sie die Segel anbrassen, Mister Sawbridge."

Die Rahen wurden angebraßt, und die „Harpy" fuhr bald schnell dahin.

Unterdessen hatten Jack und seine wenigen Leute mit ihren Backbordkanonen ein stetiges, gut gezieltes, wenn auch langsames Feuer auf die Korvette unterhalten und schon zwei ihrer Boote untüchtig gemacht. Die „Harpy" wurde von der Brise heraufgebracht und befand sich bald auf Ankertaulänge. Sie feuerte mit ihren Bugkanonen auf die Korvette.

„Wir haben ihn nun", rief Mesty. „Feuern drauf, Leute – zielen gut. Brise kommen jetzt. Ein Mann gehen ans Steuer. Bei der Allmacht, was ist das?"

Mestys Ausruf wurde durch einen Schuß veranlaßt, der auf

der Steuerbordseite in den Hulk des Schiffes, den Lagerraum, einschlug. Er und Jack sprangen hinüber und sahen, daß drei spanische Kanonenboote herumgekommen waren und einen Angriff gemacht hatten. Die Sache verhielt sich nämlich so: auf der anderen Seite des Vorgebirges lagen Stadt und Hafen von Carthagena, und die Kanonenboote waren zum Beistand der Korvette ausgelaufen. Zum Glück für Jack erreichte eine Brise sein Schiff, sonst würde er wahrscheinlich nach Carthagena gebracht worden sein, und die Korvette, die sich durch die „Harpy“ sowie durch Jacks Ketsch abgeschnitten sah, ging, sobald die Brise zu ihr umsprang, über Stag und versuchte dadurch zu entkommen, daß sie sich westwärts dicht am Ufer hielt. Noch zwei weitere Schüsse schlugen in den Hulk von Jacks Schiff und verwundeten zwei seiner Leute. Da die Korvette über den anderen Bug ging und die „Harpy“ ihr folgte, tat Jack natürlich dasselbe und befand sich zehn Minuten später außerhalb der Schußweite der Kanonenboote, die nicht wagten, Segel beizusetzen und ihm zu folgen. Der Wind frischte schnell auf und ließ den grünen Unterrock flattern, aber die „Harpy“ wechselte jetzt ihre Lagen mit der Korvette und war zu beschäftigt, um nach Jacks Wimpel zu sehen. Der Spanier verteidigte sich wacker und hatte auch im Vorüberfahren den Beistand der Batterien für sich, fand aber keinen Ankerplatz. Gegen Mittag erstarb der Wind, und um ein Uhr herrschte nahezu Flaute. Aber die „Harpy“ war immer näher gekommen und befand sich nur noch drei Kabellängen von ihrem Gegner entfernt, als sie sich mit diesem und einer 4-Kanonen-Batterie in einen Kampf einließ. Jetzt kam auch Jack wieder herauf, denn die Brise erreichte ihn zuletzt, und er war ungefähr eine halbe Meile entfernt, als Windstille eintrat. Auf Mestys Rat feuerte er nicht weiter, da sonst die „Harpy“ es nicht so nachdrücklich hätte tun können und überdies das Feuer des Spaniers offensichtlich schnell nachgelassen hatte. Um drei Uhr wurde die spanische Flagge heruntergeholt, und die „Harpy“, die ein Prisenkommando an Bord schickte und Besitz von dem Spanier nahm, richtete nun ihr ganzes Feuer gegen die Batterie, die auch bald zum Schweigen gebracht wurde.

Jacks Mannschaft belief sich, ihn selbst mit eingerechnet, nur auf acht Köpfe, darunter der Spanier und zwei Verwundete. Es blieben ihm somit nur vier Leute, und er hatte demnach ein hübsches Stück Arbeit, nämlich seinen Verwundeten beizustehen und seine Kanonen festzumachen. Überdies hielt es Mesty nicht für geraten, das Fahrzeug eine Meile von der „Harpy" entfernt mit nur zwei Mann an Bord zu lassen, und endlich hatte Jack, wie er sagte, kein Mittagessen bekommen, und da er nicht ganz sicher war, in der Midshipmen-Kajüte der „Harpy" irgend etwas zu kriegen, wollte er sich lieber auf seinem Schiff ein Essen kochen lassen, ehe er an Bord ging. Jack nahm die Dinge immer sehr leicht und sagte, er wolle sich morgen früh mit Sonnenaufgang auf der „Harpy" zurückmelden. Er hatte Gründe, warum es ihm nicht sehr eilte, an Bord zu gehen. Er wollte erst Zeit haben, ein wenig darüber nachzudenken, was er zu seiner eigenen Verteidigung und zur Entschuldigung der Leute vorbringen könnte. Sein Gefühl bestimmte ihn zuerst, die Wahrheit, — seine Gutmütigkeit aber, nur einen Teil der Wahrheit zu sagen. Jack hätte nicht nötig gehabt, sich darüber den Kopf zu zerbrechen, denn was ihn selbst betraf, so hatte er vierzehntausend gute Entschuldigungsgründe in den Geldsäcken, die in der Kajüte lagen, und was die Mannschaft betrifft, so wird der nach einem Gefecht mit dem Feind, wenn sie sich gut gehalten hat, selbst Meuterei verziehen. Jack, der durch Aufregung und die harte Arbeit des Tages erschöpft war, grübelte so lange nach, bis er in tiefen Schlaf fiel. Statt mit Sonnenaufgang erwachte er erst zwei Stunden später, und Mesty rief ihn nicht, denn es eilte ihm nicht, an Bord zu gehen und „für die jungen Gentlemen zu kochen".

Als Jack erwachte, war er erstaunt, zu sehen, daß er so lange geschlafen hatte. Er ging aufs Verdeck. Es war dunkel und windstill, aber er konnte erkennen, daß die „Harpy" und die Korvette noch immer beilagen, während sie ihre Beschädigungen ausbesserten. Er befahl den Leuten, die kleine Pinasse zu Wasser zu lassen, übergab Mesty die Aufsicht an Bord und ließ sich von zwei Männern zur „Harpy" pullen, an deren Bord alles mit Verwundeten, Gefangenen und den zwischen den Fahrzeugen pendelnden Booten vollauf zu tun hatte, so daß Jacks Boot ohne bemerkt zu werden längsseits kam. Dies hätte nicht der Fall sein dürfen, aber es war nun einmal so, und es gab eine Entschuldigung dafür. Jack stieg an der Seite hinauf und bahnte sich seinen Weg durch die Gefangenen, die sich aufgestellt hatten, um ihre Rationen zu empfangen. Er war, wie viele von den Spaniern, in einen Regenmantel gehüllt.

Jack freute es nicht wenig, daß er nicht erkannt wurde. Er schlüpfte die Hauptleiter hinab, mußte sich unter die Hängematten der Verwundeten bücken und wollte eben nach hinten in die Kajüte des Kapitäns gehen, als er den jungen Gossett schreien und Tauhiebe fallen hörte. Ich will mich hängen lassen, wenn das Vieh Vigors den jungen Gossett nicht durchpeitscht, dachte Jack. Ich wette darauf, daß der arme Tropf genug Schläge bekommen hat, seit ich fort war. Ich will sie ihm wenigstens diesmal ersparen. In seinen Kittel gehüllt, trat er zum Fenster der Schlafkammer, blickte hinein und fand seine Erwartung bestätigt. Mit zorniger Stimme rief er: „Mister Vigors, ich werde Ihnen Dank wissen, wenn Sie Gossett gehen lassen."

Bei dem Klang der Stimme drehte sich Vigors mit dem Strick in der Hand um, und als er Jacks Gesicht am Fenster sah, stieß er, in dem Glauben, einen Geist zu sehen, einen Schrei aus und begann zu zittern. Auch der kleine Gossett zitterte an allen Gliedern und sperrte Mund und Augen auf. Damit war Jack zufrieden und entfernte sich augenblicklich. Dann ging er zur Kajüte, erhielt von dem Dienstmann, der einige Befehle des Kapitäns an die Offiziere auf dem Verdeck zu bestellen hatte, einen Rippenstoß, trat in die Kajüte, wo der Kapitän mit zwei spanischen Offizieren saß, grüßte höflich und sagte: „An Bord gekommen, Kapitän Wilson."

Dieser fiel zwar nicht aus allen Wolken, sprang aber auf und warf das Glas, das vor ihm stand, um.

„Gütiger Himmel, Mister Easy, wo kommen Sie her?"

„Von dem Schiff hinten, Sir", antwortete Jack.

„Dem Schiff hinten? Was ist das für eines — wo sind Sie so lange geblieben?"

„Das ist eine lange Geschichte, Sir", entgegnete Jack.

Kapitän Wilson streckte ihm seine Rechte hin und drückte die Hand Jacks herzlich.

„Auf jeden Fall bin ich erfreut, Sie wieder zu sehen, mein lieber Junge. Setzen Sie sich und geben Sie mir mit wenigen Worten einen kurzen Bericht Ihrer Erlebnisse. Einzelheiten will ich gelegentlich hören."

„Mit Ihrer Erlaubnis, Sir", sagte Jack, „in der Nacht, nachdem wir von der ‚Harpy' wegkamen, kaperten wir das Schiff mit dem Kutter. Ich bin aber kein Seefahrer ersten Ranges, und so wurde ich nach den Seraphinen-Inseln verschlagen, wo ich wegen Mangel an Mannschaft zwei Monate blieb. Ich habe drei Leute durch die Haifische verloren und im neuesten Gefecht zwei Verwundete erhalten. Das Schiff führt zwölf Kanonen und ist halb mit Blei und Baumwolle beladen, hat vierzehntausend Dollar in der Kajüte und drei Kugellöcher mittendurch — und je eher Sie einige Leute an Bord schicken, desto besser ist es."

Dies alles war zwar nicht sehr logisch, aber daß sich vierzehntausend Dollar auf dem Schiff befanden und daß man eine Mannschaft an Bord schicken mußte, wurde wohlwollend zur Kenntnis genommen. Kapitän Wilson klingelte und ließ Mr. Asper kommen, der beim Anblick unseres Helden zurückfuhr. Er trug Mr. Asper auf, Jolliffe mit einem der Kutter zum Schiff zu schicken, die Verwundeten an Bord der „Harpy" zu bringen und das Fahrzeug selbst in Verwahrung zu nehmen. Jack befahl er aber, Jolliffe zu begleiten und ihm jegliche Auskunft zu geben, und er sagte ihm zu, er wolle seine Erzählung morgen anhören, wenn sie nicht mehr so sehr beschäftigt seien.

17

Wie Kapitän Wilson gesagt hatte, war er die ganze Nacht hindurch beschäftigt. Es galt, die beiden Schiffe segelfertig zu machen, um mit der ersten aufspringenden Brise abfahren zu können. Die Spanier hatten nämlich Kriegsschiffe in Carthagena stationiert, das keine zehn Meilen entfernt lag und wo der Ausgang des Gefechts bekannt geworden sein mußte. Unsere Freunde sahen sich somit genötigt, ihre Stellung sobald als möglich zu verändern. Mr. Sawbridge befand sich an Bord der Prise, einer Korvette, die zwei Kanonen mehr als die „Harpy" führte und „Cacafuego" hieß.

Die „Feuerkacker" war von Cadiz herausgekommen, in der Nacht durch die Meerenge gefahren und drei Meilen von Carthagena entfernt, als sie gekapert wurde, was gewiß nicht geschehen wäre, wenn nicht Jack mit seiner bewaffneten Ketsch so glücklich gegen das Kap gesegelt wäre. Somit konnten Kapitän Wilson und Mr. Sawbridge – ersterer wurde später zum Postkapitän, letzterer zum Kommandanten befördert – sagen, daß sie Jack ihren guten Stern zu verdanken hatten. Die „Harpy" zählte neunzehn Tote und Verwundete, die spanische Korvette siebenundvierzig Mann.

Jack Easy stand übrigens nun in hoher Gunst bei Kapitän Wilson und dem ganzen Schiffsvolk, mit Ausnahme seiner vier Feinde – des Schiffsmeisters, Mr. Vigors', des Hochbootsmannes und des Zahlmeisterbedienten. Was Vigors betrifft, so war dieser schadlos davongekommen und hatte seine Peitsche in den Schrank gelegt, bis Jack zu einer neuen Kreuzfahrt ausziehen würde. Der kleine Gossett deutete bei der geringsten Beleidigung seitens Vigors' grinsend zu dem bewußten Fenster, und bei der bloßen Erinnerung wurde Vigors bleich und zum Stillschweigen gebracht.

Nach zwei Tagen trafen sie in Gibraltar ein. Mr. Sawbridge und Mr. Jolliffe kamen wieder auf das Schiff. Sie blieben vierzehn Tage da, in dieser Zeit durfte Jack ständig an Land sein. Mr. Asper begleitete ihn, und Jack zog einen starken Wechsel auf seinen Vater, um ihm zu beweisen, daß er noch lebe. Sawbridge ließ sich von Jack alle Erlebnisse erzählen und war so zufrieden mit dem Benehmen Mestys, daß er ihn auf einen Posten ernannte, für den er besonders geeignet war – zum Schiffskorporal. Mesty schritt jetzt wenigstens um drei Zoll größer einher. Er hielt sich immer sauber, versah seinen Dienst gewissenhaft und brachte seinen Stock selten in Anwendung.

„Ich glaube, Mister Easy", sagte der Erste Lieutenant, „da Sie so ein großer Freund von Kreuzzügen sind, dürfte es geraten sein, daß Sie sich in der Steuermannskunde vervollkommnen."

„Ich bin selbst auch der Ansicht, Sir, daß ich noch nicht ganz fest darin bin."

„Gut also. Mister Jolliffe wird Sie unterweisen. Er ist hierfür der tüchtigste Mann auf dem Schiff. Je eher Sie ihn darauf ansprechen, desto besser ist es, und wenn Sie die Navigation so schnell lernen wie das Spanische, werden Sie sich nicht lange damit aufzuhalten brauchen."

Jack hielt den Rat für gut. Schon am nächsten Tag war er mit seinem Freund Jolliffe emsig beschäftigt und machte die wichtige Entdeckung, daß zwei Parallellinien, ins Unendliche verlängert, sich nie treffen.

Man darf nicht glauben, Kapitän Wilson und Mister Sawbridge hätten ihre Beförderung unverzüglich erhalten. Eine solche Beförderung ist immer mit Verzug verknüpft, weil ein gewisser Instanzenweg einzuhalten ist, von dem nicht abgewichen werden darf. Kapitän Wilson hatte den Befehl, nach Beendigung seiner Kreuzfahrt nach Malta zurückzukehren. Er brachte somit seine eigenen Depeschen nur noch weiter von England weg – von Malta mußten sie nach Toulon an den Admiral und von diesem nach England an die Admiralität geschickt werden, deren Antwort erst zu erfolgen hatte. In einem Zeitraum von mehr als fünf Monaten trat denn auch mit den Offizieren und der Mannschaft von Seiner Majestät Korvette „Harpy" keine Veränderung ein.

Einen Wechsel gab es doch: Der Feuerwerker Minus, der bei dem nächtlichen Gefecht, in dem Jack von dem Schiff getrennt wurde, den Befehl über den ersten Kutter führte, hatte sein Gewehr nachlässig geladen, so daß bei ihm ein *Minus* seiner rechten Hand eintrat. Während er nämlich die Ladung hieinstieß, ging der Schuß los und riß ihm die Hand weg. Er wurde für invalide erklärt, während Jacks Abwesenheit nach Hause geschickt, und ein anderer, der Tallboys hieß, an seine Stelle gestellt. Tallboys war ein untersetzter, mürrischer Mann mit rotem Gesicht und roten Händen, rotem Bart und rotem Haupthaar. Er hatte schon viel in seinem Leben gelesen, denn er glaubte, der Feuerwerker sei die wichtigste Person auf dem Schiff. Er war früher Kapitänschreiber gewesen und hatte sich im Dienst beim Herausholen von Schiffen ganz besonders ausgezeichnet, deshalb um seine Ernennung zum Feuerwerker nachgesucht und die Stelle erhalten. Er hatte die „Feuerwerkerkunst" studiert und verstand auch eine Menge davon; der Rest aber ging über seinen Horizont. Gleichwohl fuhr er fort, die Fachliteratur zu studieren, denn er glaubte durch beständiges Lesen schließlich doch noch Verständnis zu erlangen. Er war mit dem Buch vom Titelblatt bis zum Ende wenigstens schon vierzigmal fertig geworden und hatte gerade von neuem damit begonnen. Auf das Verdeck kam er nie, ohne das Feuerwerker-Vademekum in der Tasche und die Hand darum gelegt, um es jeden Augenblick herausziehen zu können.

„Ich höre, Mister Easy", sagte er eines Tages zu Jack, während sie auf der Fahrt nach Malta waren, „daß Sie sich an das Studium der Steuermannskunde gemacht haben. In Ihrem Alter war es hohe Zeit."

„Allerdings", erwiderte Jack. „Ich kann schon eine perpendikulare Linie ziehen und die Punkte des Kompasses hersagen."

„Schön. Aber bis zur Berechnung des Kompasses sind Sie noch nicht gekommen?"

„Noch nicht", antwortete Jack.

„Wissen Sie, daß ein Schiff auf seiner Fahrt eine Parabel um die Erdkugel beschreibt?“

„Ich bin noch nicht so weit“, versetzte Jack.

„Und daß jeder im Kreis bewegte Körper, der gegen einen andern stößt, in einer Tangente wegfliegt?“

„Möglich“, antwortete Jack und meinte, das sei ein Sinus, wovon er kein Freund sei.

„Sie sind noch nicht zur *akuten* Trigonometrie gekommen?“

„Noch nicht so weit.“

„Sie erfordert höchste Aufmerksamkeit.“

„Das will ich glauben“, sagte Jack.

„Sie werden dann finden, wie die Parallelen der Länge und Breite zusammentreffen.“

„Zwei Parallellinien, auch bis ins Unendliche verlängert, treffen sich nie“, entgegnete Jack.

„Ich muß Ihnen leider widersprechen“, sagte der Feuerwerker.

„Und ich Ihnen“, versetzte Jack.

Nun brachte Mr. Tallboys eine kleine Weltkarte herauf und zeigte Jack, daß alle Parallelen der Breite oben und unten zusammenlaufen.

„Parallellinien treffen sich nie“, hielt ihm Jack mit Hamilton Moore entgegen.

Er und der Feuerwerker beleuchteten den Punkt so lange, bis sie beschlossen, den Fall Mr. Jolliffe vorzutragen, der mit einem Lächeln erklärte, diese Linien seien Parallelen und Nichtparallelen.

Da auf diese Art beide recht hatten, waren auch beide zufrieden.

Es war ein Glück, daß Jack in diesem Fall seine Ansicht verteidigte, denn wenn er all die konfusen Beteuerungen des Feuerwerkers geglaubt hätte, wäre er ebenso verwirrt worden wie dieser. Sie kamen nie zusammen, ohne zu diskutieren und sich auf Mr. Jolliffes Entscheidung zu berufen, und da Jack somit immer auf den rechten Weg gewiesen wurde, lernte er um so schneller. Als er einmal etwas von der Steuermannskunde begriffen hatte, entdeckte er, daß sein Gegner nichts davon verstand. Ehe sie noch nach Malta kamen, konnte Jack den Lauf des Schiffes von einem Mittag zum anderen berechnen.

Aber auf Malta geriet er in eine neue Klemme. Obgleich Smallsole ihm nichts anhaben konnte, war er doch fortwährend Jacks Feind, um so mehr, als Jack allgemein beliebt wurde. Auch Vigors unterwarf sich zwar formell, brütete aber insgeheim Rache. Diesmal jedoch waren der Hochbootsmann und der Steward des Zahlmeisters die handelnden Personen. Jack setzte seine Unterhaltungen mit Mesty auf dem Vorderkastell regelmäßig fort, und der Hochbootsmann und der Steward des Zahlmeisters waren vermutlich infolge ihrer erklärten Feindschaft gegen unseren Helden die innigsten Verbündeten geworden.

Mr. Easthupp zog eben seine beste Jacke an, um mit Mr. Biggs die Hundewache von Mitternacht bis vier Uhr zu halten, und diese beiden würdigen Herren nützten jede Gelegenheit, um gegen Jack zu sticheln.

„Es ist meine Ansicht", sagte Easthupp eines Abends, „daß ein Gentleman sich auch als ein solcher benehmen soll und daß, wenn ein Gentleman Ansichten über Gleichheit und ähnliche freisinnige Gefühle ausspricht, er als Gentleman auch verpflichtet ist, nach ihnen zu handeln."

„Sie haben ganz recht, Mister Easthupp, das ist er allerdings, und er ist keineswegs berechtigt, einen Mann, der ebenso gut ein Gentleman ist wie er, sich aber zufällig nicht auf dem Halbdeck befindet, zu beschimpfen, einzig und allein deshalb, weil er gleich ihm seine Ansichten geäußert hat." Mr. Biggs blicke dabei auf Jack.

„Ja", fuhr der Zahlmeister-Steward fort, „ich möchte den Burschen sehen, der mir das an Land angetan hätte. Übrigens wird die Zeit kommen, wo ich wieder meine Zivilkleidung anziehen kann, und dann soll diese Geschichte mit Blut bezahlt werden, Mister Biggs."

„Und ich will verdammt sein, wenn ich nicht einmal dem Spitzbuben, der mir meine Hosen gestohlen hat, eine Lektion gebe."

„War all Ihr Geld noch da, Mister Biggs?" fragte Easthupp.

„Ich habe nicht nachgezählt", antwortete der Hochbootsmann großartig.

„Nun ja — Gentlemen sind über so etwas erhaben. Aber es gibt überall so viele leichtfingerige noble Herren. Es ist unglaublich, welche Menge Uhren und Preziosen gestohlen wurden, als ich in Bondstreet herumspazierte."

„Wenn ich irgend jemand beleidigen würde, wäre ich jederzeit bereit, nach einer solchen Beleidigung Genugtuung zu geben, auch wenn die fragliche Person im Rang unter mir stände. Ich würde mich nicht hinter meinen Rang verstecken, obschon ich nichts von Gleichheit herunterfaseln und Gott verdammich ebenso wenig Kameradschaft mit einem gemeinen Neger machen würde."

Dies alles war nur zu deutlich auf Jack gemünzt, um nicht verstanden zu werden, deshalb trat Jack auf den Hochbootsmann zu, grüßte und sagte: „Wenn ich nicht irre, Mister Biggs, bezieht sich Ihr Gespräch auf mich."

„Sehr wahrscheinlich", entgegnete der Hochbootsmann. „Der Horcher an der Wand hört seine eigne Schand."

„Es scheint, daß Gentlemen sich nicht mehr miteinander unterhalten können, ohne belauscht zu werden", sagte Easthupp, seine Hemdkrause heraufziehend.

„Es ist nicht das erstemal, daß Sie für gut fanden, beleidigende Bemerkungen gegen mich zu machen, Mister Biggs, und da Sie sich allem Anschein nach in der Hosengeschichte falsch behandelt glauben — ich will offen gestehen, daß ich sie an Bord gebracht habe —, kann ich Ihnen nur sagen, daß ich überaus erfreut bin, Ihnen Genugtuung zu geben."

„Ich bin Ihr vorgesetzter Offizier, Mister Easy", entgegnete der Hochbootsmann.

„Ja, nach den Regeln des Dienstes. Aber vor einer Minute versicherten Sie, daß Sie auf das Vorrecht Ihres Ranges verzichten wollten — und in der Tat bestreite ich es Ihnen bei dieser Gelegenheit, denn ich bin auf dem Halbdeck, und Sie sind es nicht."

„Da steht der Gentleman, den Sie beleidigt haben, Mister Easy", versetzte der Hochbootsmann, auf den Steward deutend.

„Ja, Mister Easy, ein ebenso guter Gentleman wie Sie, obgleich ich Pech gehabt habe – ich bin von einer ebenso alten Familie wie irgendeiner im Reich", entgegnete Easthupp, der nun vom Hochbootsmann gedeckt wurde. „Viele Jahre ging ich in der Bondstreet hin und her, und ich habe ebenso gutes Blut in meinen Adern wie Sie, Mister Easy. Ich habe Admirale in meiner Familie gehabt."

„Diesen Gentleman haben Sie grob beleidigt", fügte Mr. Biggs hinzu, „und trotz all Ihres Geschwätzes über Gleichheit fürchten Sie sich, ihm Satisfaktion zu geben, indem Sie sich hinter das Bollwerk Ihres Halbdecks flüchten."

„Mister Biggs", erwiderte Jack, der nun wütend wurde, „sobald ich nach Malta komme, will ich unverzüglich an Land gehen. Zieht ihr beide, Sie und dieser Knabe da, saubere Kleider an. Ich will mich euch stellen und euch dann zeigen, ob ich mich scheue, Satisfaktion zu geben."

„Einer zur Zeit", wandte der Beischiffsführer ein.

„Nein, Sir, nicht einer zur Zeit, sondern beide zu gleicher Zeit. Ich will beiden oder keinem einen Denkzettel geben. Wenn Sie mein vorgesetzter Offizier sind, so *müssen* Sie sich schon herablassen, sich mit mir zu schlagen, sonst werde ich mich nicht herablassen, mich diesem Burschen zu stellen, der, wie ich glaube, nichts viel Besseres gewesen ist als ein Taschendieb."

Dieser Seitenhieb Jacks bewirkte, daß Easthupp zuerst leichenblaß und dann über und über rot wurde. Er knirschte mit den Zähnen.

„Ist also unsere Sache abgemacht, Mister Biggs, oder flüchten Sie sich unter Ihr *Vorderkastell*?"

„Ich bin kein Freund von Ausflüchten", versetzte der Hochbootsmann, „und wir wollen den Handel auf Malta ins reine bringen."

Mit dieser Zusage kehrte Jack zu Mesty zurück.

„Massa Easy, ich sehen an seinem Gesicht, dem Burschen Easthupp die Sache nicht behagen. Ich gehen mit Ihnen ans Ufer, sehen zu, daß es recht geht – vorausgesetzt, ich können."

Nachdem Mr. Biggs erklärt hatte, daß er sich schlagen

wolle, mußte er sich natürlich nach einem guten Sekundanten umsehen. Seine Wahl fiel auf Mr. Tallboys, den Feuerwerker, den er um diesen Freundschaftsdienst bat. Mr. Tallboys, der in der neuesten Zeit durch die Siege, die Jack in der Steuermannskunde über ihn davontrug, sehr ärgerlich geworden und deshalb unfreundlich gegen unseren Helden gesinnt war, sagte zu; aber er wußte nicht, wie es anzufangen sei, daß drei zu gleicher Zeit sich schlagen sollten; denn von zwei Duellen auf einmal wußte er nichts. Somit ging er in seine Kajüte hinab und fing an, Bücher zu lesen.

Jack indes getraute sich kein Wort zu Jolliffe zu sagen. In der Tat war niemand auf dem Schiff, dem er sich anvertrauen konnte, außer Gascoigne, der ihm seine Zustimmung dann auch gab.

Am zweiten Tag, nachdem man im Hafen von La Valleta vor Anker gegangen war, erhielten der Hochbootsmann und der Feuerwerker sowie Jack und Gascoigne Erlaubnis zum Landgang. Mr. Easthupp zog sein bestes blaues Wams mit Messingknöpfen und Samtkragen an — gerade dasselbe, in dem er seinerzeit aufgegriffen worden war, als seine Hand ein Taschentuch wegmauste, wobei er übrigens hoch und heilig schwor, daß er ein Gentleman sei —, begab sich aufs Halbdeck und bat gleichfalls um Urlaub, den ihm jedoch Mr. Sawbridge verweigerte, indem er ihn hieß, Stäbe und Reifen zur Küferei zu bringen. Auch Mesty konnte zu seinem großen Bedauern nicht beurlaubt werden.

Dies war ärgerlich, aber man half sich dadurch, daß man den Vorschlag machte, das Duell hinter der Küferei abzuhalten, und zwar zu einer Stunde, zu der Mr. Easthupp ein wenig Zeit erübrigen und sich fortstehlen konnte, um die seiner Ehre zugefügte Schmach wieder zu tilgen. So kamen sämtliche Beteiligten an Land und begaben sich in eines der kleinen Gasthäuser, um die nötigen Vorkehrungen zu treffen.

Mr. Tallboys wandte sich an Mr. Gascoigne und nahm ihn beiseite, während der Hochbootsmann sich mit einem Glas Grog unterhielt. Jack aber saß abseits und spielte mit einem Affen.

„Mister Gascoigne“, sagte der Feuerwerker, „ich bin lange

ganz ratlos gewesen, wie dieses Duell gefochten werden soll, habe es aber endlich doch herausgefunden. Sie sehen, es sind hier *drei* Personen, die sich schlagen sollen. Wären es zwei oder vier, so gäbe es keine Schwierigkeit, weil uns dann die gerade Linie oder das Quadrat die Bestimmung gäbe — aber so müssen wir es nach Anleitung des Dreiecks einrichten."

Gascoigne zeigte sich verwundert; er konnte sich nicht denken, was kommen sollte.

„Kennen Sie die Eigenschaften eines gleichseitigen Dreiecks?"

„Ja", erwiderte Midshipman Gascoigne, „es hat drei gleiche Seiten — aber was der Teufel hat das mit dem Duell zu schaffen?"

„Alles, Mister Gascoigne", antwortete der Feuerwerker. „Durch das Dreieck ist diese Schwierigkeit gelöst. Ein Duell zwischen drei Personen kann nur nach diesem Grundsatz gefochten werden. Sie sehen", fuhr er fort, indem er ein Stück Kreide aus seiner Tasche zog und ein Dreieck auf den Tisch zeichnete, „in dieser Figur haben wir drei Punkte, deren jeder gleich weit von dem andern entfernt ist, und so haben wir auch drei Duellanten. Wenn wir nun in jede Ecke einen stellen, so tritt für alle drei das gleiche Verhältnis ein. Wenn die Entfernung richtig ausgemessen ist, muß es auf diese Weise gerecht zugehen."

„Gut", rief Gascoigne, der über die Idee entzückt schien, „aber wie sollen sie denn schießen?"

„Da die Duellanten Seeleute sind, sollten sie sich nach dem Beispiel des Sonnenlaufs richten, das heißt: Mister Easy feuert auf Mister Biggs, Mister Biggs auf Mister Easthupp und Mister Easthupp auf Mister Easy, so daß also, wie Sie sehen, jeder Teil seinen Schuß auf den einen hat und zu gleicher Zeit von einem andern seinen Schuß empfängt."

Gascoigne war ganz hingerissen von der Neuheit dieses Verfahrens, um so mehr, als er sah, daß sein Freund Easy jeden Vorteil aus dieser Anordnung zog.

„Auf mein Wort, Mister Tallboys, ich halte Sie hoch in Ehren. Sie sind ein mathematischer Denker, und ich bin erfreut von Ihrer Anordnung. Natürlich müssen sich in solchen Affären die Duellanten den Anordnungen der Sekundanten fügen, und ich will bei Mister Easy darauf bestehen, daß er Ihrem ausgezeichneten Vorschlag beistimmt."

Damit ging Gascoigne hinaus, zog Jack von dem Affen weg und erzählte ihm, welchen Vorschlag der Feuerwerker gemacht hatte, worüber unser Freund herzlich lachte.

Der Feuerwerker setzte die Idee seinerseits dem Hochbootsmann auseinander, der nichts verstand, sondern nur antwortete: „Ich möchte sagen, so ist's recht – Schuß um Schuß, und verdammt sei alles Schonen."

Die Parteien begaben sich sodann mit zwei Paar Schiffspistolen, die Mr. Tallboys an Land geschmuggelt hatte, an Ort und Stelle, und sobald sie dort waren, rief der Feuerwerker Mr. Easthupp aus der Küferei ab. Unterdessen hatte Gascoigne ein gleichseitiges Dreieck von zwölf Schritten abgemessen und ausgesteckt. Als Tallboys mit Easthupp zurückkehrte, schritt er die ausgesteckte Stelle ab und da er fand, daß die drei gleichen Winkel von drei gleichen Seiten berührt wurden, erklärte er, es sei alles in Ordnung. Easy nahm seinen Posten ein, der Hochbootsmann wurde auf den seinigen hingeschoben, und Mr. Easthupp, dem alles ein förmliches Rätsel war, führte der Feuerwerker auf den dritten Standplatz.

„Aber Mister Tallboys", sagte der Zahlmeister-Steward, „ich verstehe das nicht. Mister Easy wird sich doch zuerst mit Mister Biggs schlagen, nicht wahr?"

„Ganz und gar nicht", antwortete der Feuerwerker, „das ist ein Drei-Männer-Duell. Sie schießen auf Mister Easy, Mister Easy schießt auf Mister Biggs, und Mister Biggs auf Sie. Es ist alles in Ordnung, Mister Easthupp."

„Aber", antwortete der, „ich verstehe das eben nicht. Warum soll Mister Biggs auf mich schießen? Ich habe ja keinen Streit mit Mister Biggs."

„Weil Mister Easy auf Mister Biggs feuert, und Mister Biggs ebenso gut auch seinen Schuß haben muß."

„Wenn Sie je in der Gesellschaft von Gentlemen gelebt haben, Mister Easthupp", fiel hier Gascoigne ein, „müssen Sie etwas vom Duellieren verstehen."

„Allerdings, ich habe die beste Gelegenheit gehabt, Mister Gascoigne, und weiß einem Gentleman Genugtuung zu geben, aber ...“

„Wenn das der Fall ist, Sir, so müssen Sie wissen, daß Ihre Ehre in den Händen Ihres Sekundanten liegt, und daß kein Gentleman Einwendungen macht.“

„Allerdings, ich weiß das Mister Gascoigne, aber ich habe wirklich keinen Streit mit Mister Biggs, und somit, Mister Biggs, werden Sie natürlich auch nicht auf mich zielen wollen.“

„Wieso? Glauben Sie ja nicht, daß ich für nichts und wieder nichts auf mich schießen lasse“, versetzte der Hochbootsmann. „Nein, nein, ich will meinen Schuß haben.“

„Aber auf Ihren Freund, Mister Biggs?“

„Ganz gleich, auf irgendeinen muß ich feuern, Schuß um Schuß, und wer trifft, ist der Glücklichste.“

„Gentlemen, ich protestiere gegen dieses Verfahren“, sagte Easthupp. „Ich habe mich hier eingefunden, um Genugtuung von Mister Easy zu bekommen, aber nicht um Mister Biggs auf mich schießen zu lassen.“

„Haben Sie denn keine Satisfaktion, wenn Sie auf Mister Easy schießen?“ erwiderte der Feuerwerker. „Was wollen Sie mehr?“

„Ich protestiere dagegen, daß Mister Biggs auf mich schießt.“

„Dann möchten Sie also einen Schuß haben, ohne einen zu erhalten?“ schrie Gascoigne. „Ich sehe schon, dieser Bursche ist ein verfluchter Feigling, den man mit Fußtritten wieder in die Küferei zurückschicken sollte.“

Diese Beleidigung brachte den wütend gewordenen Easthupp zu dem Entschluß, die Pistole, die ihm der Feuerwerker hinhielt, anzunehmen.

„Sie hören diese Worte, Mister Biggs. Eine saubere Sprache gegen einen Gentleman. Sie sollen von mir hören, Sir, sobald das Schiff ausgeheuert wird. Ich protestiere nicht länger, Mister Tallboys. Lieber tot, als Entehrung — ich bin ein Gentleman, Gott verdammich!“

Auf jeden Fall war der geckenhafte Bursche kein sehr mutiger Gentleman denn er zitterte am ganzen Leib, als er mit der Pistole zielte.

Der Feuerwerker kommandierte, als ob die großen Kanonen an Bord des Schiffes abgebrannt werden sollten.

„Spannt den Hahn! Zielt gut! Feuer! Schließt die Pfannen!"

Der einzige von den Kämpfenden, welcher dem letzten Befehl nachzukommen schien, war Mr. Easthupp, der seine Hand hinten an die Hosen hielt, einen lauten Schrei ausstieß und dann zu Boden fiel. Die Kugel hatte sein Gesäß getroffen, denn während er mit dem Gesicht gegen Jack stand, hatte er seine Kehrseite dem Hochbootsmann wie einen Schild hingestreckt. Auch Jacks Schuß war nicht ohne Wirkung geblieben, sondern durch die beiden Backen des Hochbootsmannes hindurchgefahren, ohne jedoch schwerwiegenden Schaden anzurichten. Die Kugel nahm auf der einen Seite zwei seiner besten oberen Backenzähne weg und jagte durch die andere Wange des Hochbootsmanns Kauröllchen hinaus. Was Mr. Easthupps Kugel anbelangte, so weiß der Himmel, wo sie hingekommen war, denn der wackere Schütze hatte eine sehr unsichere Hand und drückte die Augen zu, ehe er abfeuerte.

Der Zahlmeister-Steward lag auf dem Boden und schrie, der Hochbootsmann spie seine Backenzähne und ein paar Mund voll Blut aus und warf sodann wütend seine Pistole zu Boden.

„Eine schöne Geschichte das", schimpfte er. „Wie, zum Teufel, soll ich jetzt, wenn man mir's befiehlt, zum Essen pfeifen, da all mein Wind durch die Backen austritt?"

Unterdessen waren die andern dem Zahlmeister-Steward beigesprungen, der seine fürchterlichen Klagerufe fortsetzte. Sie untersuchten ihn und fanden am Gesäß eine nicht gefährliche Wunde.

„Halt dein verfluchtes Maul!" schrie der Feuerwerker. „Sonst kommt die Wache herunter. Du bist ja gar nicht beschädigt."

„Bin ich's nicht?" brüllte der Steward. „Oh, laßt mich sterben, laßt mich sterben, rührt mich nicht an!"

„Unsinn", rief der Feuerwerker, „Sie müssen aufstehen und

zum Boot hinuntergehen. Wenn Sie das nicht tun, lassen wir Sie liegen. Halten Sie Ihr Maul, Sie verfluchter Kerl. Sie wollen nicht? Gut, dann werde ich Ihnen einigen Grund zum Schreien geben."

Hierauf begann Mr. Tallboys, den armen Teufel rechts und links mit Ohrfeigen einzudecken, daß sein Geschrei bald zu einer jämmerlichen Wehklage heruntersank.

„Ich glaube nicht, daß er sich rühren kann, Mister Tallboys", sagte Gascoigne, „und meine, das Beste wäre, wenn wir zwei Leute aus der Küferei heraufrufen und ihn zum Spital bringen ließen."

Der Feuerwerker ging in die Küferei hinunter, um die Leute zu holen. Mr. Biggs, der sein Gesicht verbunden trug, als ob er Zahnweh hätte, trat zu dem Zahlmeister-Steward.

„Zum Teufel, was machen Sie denn für ein Geschrei? Sehen Sie mich an, ich habe zwei Löcher im Maul, während Sie nur eines in den Hintern bekommen haben. Ich wollte, ich könnte mit Ihnen tauschen, bei Gott, denn in diesem Fall könnte ich noch meine Pfeife blasen — aber so, wenn ich zu pfeifen versuche, wird ein solch verschwenderischer Verbrauch von Seiner Majestät Winden stattfinden, daß ich keine Note werde herausbringen können. Ein verteufelter Schuß von Ihnen, Mister Easy."

„Das bedauere ich herzlich", erwiderte Jack mit einer höflichen Verbeugung, „und ich bitte, meine besten Entschuldigungen entgegenzunehmen."

Während dieses Gesprächs fühlte sich der Zahlmeister-Steward ganz schwach und glaubte, es gehe mit ihm zu Ende.

„Au weh! Au weh! Was für ein Narr war ich. Ich war nie ein Gentleman — nur ein Spitzbube. Ich muß sterben, ich will nie wieder eine Tasche leeren — gewiß nie, Gott verzeih' mir!"

„Was, du verfluchter Spitzbube!" rief Gascoigne. „Du warst also ein Taschendieb, Bursche?"

„Ich will's nie wieder sein", versetzte Easthupp mit matter Stimme; „ich will mich bessern und ein anderes Leben führen. Einen Tropfen Wasser — oh!"

Nun wurde der arme Bursche tatsächlich ohmächtig. Mr.

Tallboys kam mit den Leuten, die ihn auf ihre Schultern nahmen und zum Spital brachten. Der Feuerwerker und der Hochbootsmann folgten ihnen. Letzterer dachte, eine kleine ärztliche Hilfe sei bei ihm ebenfalls vonnöten, ehe er wieder an Bord gehe.

„Nun Easy", sagte Gascoigne, indem er die Pistolen einsammelte und in sein Schnupftuch band, „ich will erschossen werden, wenn wir hier nicht in einer sauberen Brühe sind. Diese Geschichte läßt sich nun einmal ganz und gar nicht vertuschen. Aber ich will mich hängen lassen, wenn ich mich darüber ärgere, denn es ist der größte Spaß, den ich je erlebt habe." Und bei der Erinnerung an den Vorfall lachte Gascoigne, bis ihm die Tränen über die Wangen liefen. Jacks Freude war nicht ganz so groß, denn er befürchtete, der Zahlmeister-Steward sei schwer verwundet.

„Auf jeden Fall hast du ihn nicht getroffen", erwiderte Gascoigne. „Höchstens kannst du für die Zahnlücke des Hochbootsmanns zur Rechenschaft gezogen werden. Ich denke, du hast ihm für die Zukunft den Mund gestopft."

„Unser Urlaub, befürchte ich, wird auch für die Zukunft gestopft sein", meinte Jack.

„Darauf dürfen wir wohl schwören", antwortete Gascoigne.

„Paß auf, Ned", sagte Easy, „ich habe einige Dollars bei mir, und da man, wie das Sprichwort sagt, ebensowohl wegen eines Schafes, als wegen eines Lammes gehängt werden kann, stimme ich dafür, nicht an Bord zu gehen."

„Sawbridge wird nach uns schicken und uns holen lassen", antwortete Gascoigne.

„Aber erst muß er uns suchen und finden."

„Das wird nicht lange dauern. Die Soldaten werden unsere Beschreibung bekommen und uns bald aufgreifen — in ein paar Tagen sitzen wir fest."

„Verwünscht, und es heißt, das Schiff solle hier gekielt werden und wenigstens sechs Wochen dableiben. Somit wären wir in der brennenden Sonnenhitze an Bord eingepfercht und hätten keinen anderen Zeitvertreib, als den Pilotfisch anzuschauen, wie er ums Steuerruder herumspielt, und schlechte Aprikosen zu kauen. Ich will nicht an Bord gehen. Sag mal, Jack, hast du Geld genug?"

„Ich besitze zwanzig Dublonen außer dem Silbergeld."

„Nun gut, dann wollen wir behaupten, wir seien so verängstigt gewesen durch den Ausgang des Duells, daß wir nicht wagten, uns sehen zu lassen, um nicht gehängt zu werden. Ich will eine Karte an Mister Jolliffe schreiben und ihm melden, wir hätten uns so lange versteckt, bis Gras über die Geschichte gewachsen sei und ihn zugleich bitten, bei dem Kapitän und dem Ersten Lieutenant ein gutes Wort für uns einzulegen. Ich will ihm alle Einzelheiten erzählen und mich für die Wahrheit meiner Angaben auf den Feuerwerker berufen. Dann weiß ich gewiß, daß sie nur lachen, obgleich wir eigentlich bestraft werden sollten. Zugleich jedoch will ich vorgeben, Easthupp sei getötet, und wir zittern um unser Leben. So macht es sich gut, und dann wollen wir an Bord eines der Speronares (Fahrzeuge mit Früchten aus Sizilien) gehen, in der Nacht nach Palermo segeln, dort vierzehn Tage herumkreuzen und, wenn unser Geld verjubelt ist, wieder zurückkehren."

„Das ist ein köstlicher Gedanke, Ned, und je eher wir ihn ausführen, desto besser. Ich will dem Kapitän schreiben, ihn bitten, mich vom Galgen zu retten und ihm sagen, wohin wir geflohen sind. Der Brief soll aber erst nach unserer Abfahrt übergeben werden."

Man sieht, es waren zwei ganz wackere Bürschchen, unser Held und Gascoigne.

18

Weder Gascoigne noch Jack trugen Uniform. Sie eilten zu den Nix-Mangare-Treppen hinab, wo sie bald den Padrone eines Fruchtschiffes auffanden. Sie gingen mit ihm in ein Weinhaus und schlossen mit ihm unter der Vermittlung eines Malteser Jungen, dem das Hemd aus der Hose heraushing und der ein wenig Englisch sprach, den Kontrakt, daß er sie gegen eine Belohnung von zwei Dublonen am Abend an Bord zu nehmen und in Gergenti oder irgendeiner anderen Stadt Siziliens an Land zu setzen, auch mit etwas Lebensmitteln und mit Schiffmänteln zu versehen habe.

Unsere beiden Midshipmen kehrten sodann in das Wirtshaus zurück, von dem sie zum Zweikampf ausgezogen waren, bestellten sich in ein Hinterzimmer ein gutes Mittagessen und unterhielten sich damit, Mücken totzuschlagen, während sie über die Ereignisse des Tages miteinander plauderten und auf ihr Dinner warteten.

Da Mr. Tallboys es selbst nicht für ratsam fand, vor Abend an Bord zu gehen, und da auch Mr. Biggs wünschte, erst mit Einbruch der Dunkelheit das Schiff zu besteigen, wurde die Geschichte vom Duell erst am nächsten Morgen ruchbar. Aber selbst dann erfuhr man nichts durch den Hochbootsmann oder den Feuerwerker, sondern nur aus dem Mund eines Aufwärters im Hospital, der an Bord kam, um dem Schiffsarzt zu melden, daß einer seiner Leute bei ihnen liege, sich jedoch in einem leidlichen Zustand befinde.

Mr. Biggs war mit verbundenem Gesicht die Leiter hinaufgestiegen.

„Verflucht sei dieser Jack Easy“, sprach er zu sich selbst. „Seit ich von Portsmouth absegelte, bin ich nur zweimal auf Urlaub fort gewesen. Einmal muß ich ohne Hosen an Bord zurückkehren und der ganzen Schiffsmannschaft meinen blanken Hintern zeigen, und jetzt komme ich zurück und darf meinen Schnabel nicht sehen lassen." Er meldete sich dem Offizier der Wache, eilte in seine Kajüte hinunter und legte sich zu Bett, schlief jedoch die ganze Nacht vor Schmerzen nicht ein. Fortwährend dachte er darüber nach, welche Entschuldigungen er möglicherweise vorbringen könnte, um am Morgen nicht zum Dienst auf dem Verdeck erscheinen zu müssen.

Dieser Sorge wurde er jedoch enthoben, denn Jolliffe überlieferte Sawbridge die Karte Gascoignes, und auch der Kapitän hatte bereits das Schreiben unseres Helden bekommen.

Bei seinem Eintreffen an Bord vernahm der Kapitän, daß Mr. Sawbridge ihm alle diejenigen Einzelheiten, von denen ihm Jack nichts geschrieben hatte, mitteilen könne. Sie überlasen also die Karte Gascoignes miteinander in der Kajüte, verhörten sodann Mr. Tallboys und lachten, nachdem man diesen in Arrest abgeführt hatte, nach Herzenslust.

„Bei meiner Seele", sagte der Kapitän, „mit Jacks Abenteuern nimmt es kein Ende. Zu dem Duell könnte ich lachen, denn nach allem zu schließen, hat es nicht viel auf sich, und sie wären mit einem ernsten Verweis davongekommen. Aber diese närrischen Jungen sind auf einem Fruchtschiff nach Sizilien gefahren und wie, zum Teufel, kriegen wir sie wieder zurück?"

„Sie werden schon selbst wiederkommen Sir", antwortete Sawbridge, „wenn sie ihr Geld verbraucht haben."

„Ja, wenn sie nicht in weitere Klemmen geraten. Dieser junge Spitzbube Gascoigne ist ebenso schlimm wie Jack, und da sie nun beisammen sind, ist gar nicht abzusehen, was ihnen alles begegnen kann. Ich speise heute bei dem Gouverneur. Wie wird der lachen, wenn ich ihm diese neue Manier, ein Duell auszufechten, erzähle!"

„Gewiß, Sir, das ist etwas, um den alten Tom zu kitzeln."

„Wir müssen auskundschaften, Sawbridge, ob unsere Burschen schon von der Insel fort sind, was vielleicht nicht der Fall ist."

Aber es *war* der Fall. Jack und Gascoigne hatten ein sehr gutes Mittagessen gespeist, den Affen holen lassen, um sich mit ihm zu belustigen, bis es dunkel wurde, und gewartet, bis der Padrone sie abholte.

„Was sollen wir mit den Pistolen machen, Easy?"

„Die nehmen wir mit und laden sie vorher. Wir könnten sie vielleicht brauchen. Wer weiß, ob nicht an Bord des Fruchtschiffes eine Meuterei ausbricht. Ich wünschte, wir hätten Mesty bei uns."

Sie luden die Pistolen, von denen jeder zwei in der Westentasche unter dem Rock verwahrte, und teilten sich in das vorhandene Pulver und Blei. Bald nachher kam der Padrone, um ihnen zu sagen, daß alles fertig sei.

Hierauf bezahlten Gascoigne und Easy ihre Rechnung und erhoben sich. Aber der Padrone sagte ihnen, ehe sie sich an Bord begäben, wollte er vorher die Farbe ihres Geldes sehen. Jack, der durch dieses Mißtrauen sehr ungehalten wurde, zog eine Handvoll Dublonen heraus, warf zwei dem Schiffer hin und fragte, ob er zufrieden sei. Der Padrone knüpfte seinen Gürtel auf, schob das Geld hinein und bat die Signoris unter tausend Versicherungen des Dankes und der Ergebenheit, ihm zu folgen. Das geschah. Sie ließen wenige Minuten später die Nix-Mangare-Treppen hinter sich, und nachdem sie dicht an Seiner Majestät Schiff „Harpy" vorüber gefahren waren, befanden sie sich bald außerhalb des Hafens von La Valletta.

Unter all den verschiedenen Fahrzeugen, die auf dem Wasser schwimmen, gibt es vielleicht nicht ein einziges, das so anmutig und so leicht wie ein Speronare über das Wasser hinhüpft; keines zeigt sich in seinem Lauf dem Auge des Beobachters so malerisch und schön.

Die Nacht war klar, und die Sterne leuchteten, während das kleine Fahrzeug über das Wasser schwebte und die Sichel des abnehmenden Mondes ihre sanften Strahlen auf die schneeweißen Segel warf. Das Fahrzeug, das kein Verdeck hatte, war voll mit Körben, in denen sich Trauben und andere Früchte befunden hatten, die aus der einstigen Fruchtkammer Roms, deren Boden noch immer fruchtbar und üppig ist, herübergebracht worden waren. Die Schiffsmannschaft bestand aus dem Padrone, zwei Knechten und einem Jungen; die drei letzteren saßen in ihren Regenkitteln oder vielmehr Nachtüberröcken mit Kappen vorn vor dem Segel und sahen zu dem Land hin, wie es Spitze um Spitze entschwand, indem sie vielleicht an ihre Weiber, an ihre Herzliebchen oder an gar nichts dachten.

Im Vergleich zu dem Geschick des übrigen Menschengeschlechts scheint unstreitig eine besondere Vorsehung über Leib und Leben der Midshipmen zu wachen. Sie haben ein zäheres Leben als die Katzen — immer in der größten Gefahr schwebend, entrinnen sie ihr auch stets glücklich.

Der Padrone des Fahrzeugs war von den Dublonen, die Jack so einfältig seinen Augen präsentiert hatte, ganz eingenommen und hatte überdies den Entschluß gefaßt, sie an sich zu bringen. In der gleichen Viertelstunde, während sich die beiden Kameraden hinten unterhielten, besprach sich der Padrone vorn mit seinen beiden Knechten über die Angelegenheit, und das Kleeblatt wurde dahin einig, die Engländer zu ermorden, auszuplündern und dann über Bord zu werfen.

Gegen zwei Uhr morgens kam der Padrone nach hinten, traf jedoch Gascoigne wachend an. Er ging fort und kehrte wieder, aber der junge Mann saß fortwährend aufrecht da. Des Wartens müde, sehnsüchtig den Besitz des Geldes verlangend und durchaus nicht vermutend, daß seine Passagiere bewaffnet seien, ging der Padrone noch einmal nach vorn und nahm Rücksprache mit seinen Leuten. Gascoigne hatte seine Bewegungen beobachtet. Er fand es sonderbar, daß das Ruder einem Jungen anvertraut wurde, während doch drei Männer auf dem Fahrzeug waren, und sah endlich, wie sie ihre Messer zogen. Nun rüttelte er Jack, der auch sofort erwachte. Gascoigne hielt seine Hand über Jacks Mund, damit er nicht rede, und flüsterte ihm sodann seinen Verdacht zu. Jack ergriff seine Pistolen, die Freunde spannten den Hahn ohne Geräusch und warteten nun stillschweigend ab, indem Jack liegen, Gascoigne aber auf dem Boden des Fahrzeugs sitzen blieb. Endlich sah Gascoigne die drei nach hinten kommen. Er legte eine seiner Pistolen für einen Augenblick weg, um Jack durch einen Händedruck ein Zeichen zu geben,

das sofort erwidert wurde, und als er gewahrte, daß sich die Italiener durch die aufgestellten vollen Körbe ihren Weg bahnten, lehnte er sich zurück, als ob er schliefe. Der Padrone, gefolgt von seinen zwei Leuten, war endlich hinten. Sie standen einen Augenblick still, ehe sie über die Querbank schritten, die sich zwischen ihnen und den Midshipmen von der einen Seite des Fahrzeugs bis zu der anderen erstreckte, und da keiner der Passagiere sich rührte, wähnten sie beide in tiefem Schlaf. Sie stiegen herüber und schwangen ihre Messer, als Gascoigne und Jack fast im selben Augenblick ihre Pistolen auf die Brust des Padrones und des einen bei ihm stehenden Knechtes abfeuerten. Die beiden fielen nach vorn, so daß sie die Midshipmen mit dem ganzen Gewicht ihrer Körper bedeckten. Der dritte Mann starrte zurück. Jack, der nicht aufstehen konnte, weil der Padrone quer über seinen Beinen lag, nahm mit seiner zweiten Pistole den dritten Spitzbuben aufs Korn und schoß ihn nieder. Der Junge am Steuer, der wie es schien, entweder wußte, was geschehen sollte, aber aber, weil er die Leute mit den Messern vorrücken sah, ihr Beispiel nachahmte, zog auch sein Messer und stieß damit von hinten nach Gascoigne. Glücklicherweise wurde ihm die Waffe aus der Hand geschossen. Nun sprang Gascoigne mit der anderen Pistole auf, bei deren Anblick der Junge zurückfuhr, sein Gleichgewicht verlor und über Bord fiel.

Unsere beiden Midshipmen hielten einen Augenblick inne, um Atem zu holen.

„Ich frage, Jack“, begann Gascoigne, „hast du je so etwas ...“

„Nein, noch nie“, antwortete Jack, „aber was ist jetzt zu tun? Wir haben Besitz von dem Fahrzeug genommen, da wird es das Beste sein, wenn wir einen Mann ans Ruder stellen, das Schiff läuft ja sonst hin, wo es will.“

„Ganz richtig“, antwortete Gascoigne, „und da ich der bessere Rudergänger von uns beiden bin, werde wohl ich es führen müssen.“

Gascoigne ging an das Ruder, brachte das Boot vor den Wind, und dann setzten unsere Freunde ihr Gespräch fort.

„Dieser spitzbübische Junge hat mir einen verteufelten Stich in die Schulter versetzt. Ich weiß nicht, wohin er mich getroffen hat. Jedenfalls ist's in der linken Schulter, und ich kann somit ganz gut steuern. Ich möchte nur wissen, ob die Kerle tot sind."

„Der Padrone ist es auf jeden Fall. Ich konnte nur mit Mühe meine Füße unter ihm hervorziehen. Aber ehe wir nach ihnen sehen, wollen wir warten, bis der Tag anbricht — unterdessen will ich die Pistolen wieder laden."

„Der Morgen graut bereits, in längstens einer halben Stunde wird es Tag sein. Welch eine Teufelsgeschichte ist das, Jack!"

„Allerdings, aber was soll man machen? Wir laufen fort wegen zwei Verwundeten — und jetzt haben wir vier umgebracht zu unserer Selbstverteidigung."

„Freilich, aber damit ist es noch nicht aus. Was sollen wir machen, wenn wir nach Sizilien kommen? Die Behörden lassen uns einsperren — vielleicht aufhängen."

„Diesen Punkt wollen wir erst mit ihnen beleuchten."

„Wir würden besser daran tun, den Punkt unter uns selbst zu beleuchten, Jack, und über den besten Plan nachzudenken, wie wir aus der Klemme kommen."

„Ich denke, wir *sind* schon aus der Klemme — also keine Furcht, daß wir auch aus der nächsten herauskommen. Was meist du dazu, Gascoigne, es scheint mir sonderbar, aber ich kann nichts anfangen, das nicht mit einem Teufelsstreich endet."

„Allerdings, in dieser Hinsicht hast du ein großes Talent. Moment — mir kommt vor, als ob ich einen dieser armen Teufel ächzen hörte."

„Das ist nicht unmöglich."

„Was sollen wir mit ihnen anfangen."

„Nun, wir müssen entweder die Leichen liegen lassen oder sie über Bord werfen — entweder die ganze Geschichte erzählen oder gar nichts davon sagen."

„Das ist sonnenklar. Kurz und gut, wir müssen irgend etwas tun, denn weiter geht dein Beleuchten nicht. Aber laß uns einmal einen deiner Vorschläge besprechen. Angenommen, wir behalten die Leichen an Bord, laufen in einen Seehafen ein, gehen zu den Behörden und erzählen die ganze Geschichte, was dann? Wir werden ohne allen Zweifel beweisen, daß wir drei oder vier Leute getötet haben, jedoch keineswegs, daß wir so zu handeln genötigt waren, Jack. Sie werden uns in den Kerker werfen, bis sie sich von unserer Unschuld, die wir natürlich nicht beweisen können, überzeugt haben. Und dort werden wir bleiben müssen, bis wir nach Malta geschrieben haben und ein Kriegsschiff kommt, um uns zu befreien – vorausgesetzt, daß sie uns unterdessen nicht niedergestochen oder sonst eine Liebe erwiesen haben."

„Laß uns jetzt den Punkt von der anderen Seite beleuchten."

„Auch damit hat es wieder einen Haken. Angenommen wir werfen die Leichen über Bord, lassen ihnen ihre Körbe nachfolgen, waschen das Boot sauber und laufen im erstbesten Hafen ein – könnten wir da nicht gerade zu dem Ort hinkommen, von wo der gute Padrone abgesegelt ist, und würde sich nicht ein Pack von Weibern, Kindern und ein Gesindel mit Messern in der Hand einstellen und uns fragen, was aus den Leuten im Boot geworden ist?"

„Diese Idee gefällt mir nicht", sagte Jack.

„Wenn wir auch nicht gerade in eine so schlimme Patsche geraten, werden wir doch gefragt werden, wer wir sind und wie wir dazu kommen, uns so ganz allein herumzutreiben."

„Damit wird es freilich auch wieder seine Schwierigkeit haben. Wir müßten schwören, wir seien Gentlemen und machten eine kleine Vergnügungsfahrt."

„Ohne Bemannung oder Lebensmittel? Jachten segeln nicht mit blank gescheuertem Schiffsraum und ebenso wenig Gentlemen mit einem einzigen Hemd in der Welt herum. Wir besitzen nur zwei Gallonen Wasser und zwei Paar Pistolen."

„Jetzt hab' ichs!" rief Jack. „Wir sind zwei junge Gentlemen, die in ihrem eigenen Boot nach Gozo hinausfuhren, von einem Sturm ergriffen und nach Sizilien verschlagen wurden – das wird Teilnahme erregen."

„Das ist noch der beste Vorschlag, denn er rechtfertigt zugleich den Umstand, daß wir nichts im Boot führen. Auf jeden Fall wollen wir uns der Leichen entledigen. Aber angenommen, sie wären nicht alle tot — lebend könnten wir sie nicht über Bord werfen, denn das wäre Mord."

„Allerdings", antwortete Jack. „In diesem Fall müssen wir sie eben zuerst erschießen und dann über Bord werfen."

„Easy, du bist ein närrischer Kerl. Geh doch zuerst hin und sieh nach den Leuten, dann wollen wir uns nach und nach über diesen Punkt entscheiden. Übrigens wärst du gut beraten, deine Pistolen gespannt in der Hand zu behalten. Die Burschen verstellen sich vielleicht nur aus Kriegslist."

„Was fällt dir ein — Verstellung bei dem da?" erwiderte Jack, indem er den Leichnam des Padrone rüttelte. „Und was den Burschen anbetrifft, dem du eine Kugel in die Brust jagtest, so könntest du ihm deine Faust in das Loch stecken. Jetzt zum dritten", fuhr Jack fort und schritt über die Querbank, „der liegt ganz unter den Körben. Ich frage dich, mein Hähnchen, bist du tot?" Jack bekräftigte seine Frage durch einen Rippenstoß, daß der arme Teufel stöhnte. „Das ist fatal, Gascoigne. Na, ich werde bald mit ihm fertig sein." Jack schlug seine Pistole an.

„Halt, Jack!" rief Gascoigne. „Das wäre Mord."

„Ganz und gar nicht, Ned. Ich will ihm nur das Hirn hinausblasen und dann nach hinten kommen, um den Punkt mit dir zu beleuchten."

„Nein, tu mir den Gefallen und komme zu diesem Behufe vorher nach hinten."

„Von Herzen gern", antwortete Jack und nahm seinen Sitz neben Gascoigne wieder ein. „Ich behaupte, daß in diesem Fall Töten kein Mord ist. Du wirst in Erwägung ziehen, Ned, daß nach dem in unserer Gesellschaft geltenden Recht jeder, der einen Angriff auf das Leben eines anderen macht, sein eigenes verwirkt hat. Zugleich werden, zumal es notwendig ist, daß der Tatbestand ins rechte Licht gerückt und die Gerechtigkeit getreulich verwaltet wird, die Schuldigen verhört, überstellt und dann verurteilt."

„Das alles gebe ich zu."

„In unserem Fall ist der Mordversuch ganz klar bewiesen. Wir sind Zeugen, Richter, Jury und allgemeine Gesellschaft zugleich, aus dem besten Grund, den es nur geben kann, weil nämlich niemand sonst da ist. Das Leben dieser Leute, das der Gesellschaft gegenüber verwirkt ist, gehört uns, und daraus, daß sie nicht alle bei dem Attentat getötet wurden, folgt keineswegs daß sie jetzt nicht zur Strafe gezogen werden dürfen. Und weil endlich kein öffentlicher Henker da ist, müssen wir diesen Dienst ebenso gut wie jeder andere versehen. Ich habe dir nun klar bewiesen, daß ich bei dem, was ich zu tun im Begriff bin, mich im Recht befinde. Aber die Beweisführung bleibt dabei nicht stehen. Selbsterhaltung ist das erste Gesetz der Natur. Wenn wir uns dieses Mannes nicht entledigen, was wird die Folge sein? Daß wir für seine Verwundung Rechenschaft abzulegen haben, daß wir anstatt Richter zu sein, unverzüglich in die Stellung von Angeklagten kommen und uns ohne Zeugen verteidigen müssen. Wir setzen somit unser Leben aufs Spiel, wenn wir gegen einen Wicht, der den Tod verdient, eine nicht angebrachte Milde zeigen."

„Dein letzter Beweispunkt ist gewichtig, Easy, aber ich kann nicht zugeben, daß du etwas tust, was dir vielleicht bei späterem Nachdenken Unruhe verursachen könnte."

„Unsinn — ich bin ein Philosoph."

„Aus welcher Schule, Jack? Ich vermute, du bist ein Jünger Mestys. Ich will nicht sagen, daß du unrecht hast — aber höre einmal meinen Vorschlag an. Wir wollen das Segel herunterlassen, dann kann ich vom Ruder weg, um dir beizustehen. Alles an Bord, mit Ausnahme des Mannes, der noch lebt, werfen wir ins Wasser. Mit dem Mann können wir jedenfalls noch ein wenig warten. Wenn aber am Ende nicht anders geholfen werden kann, will ich deinem Vorhaben, ihn über Bord zu werfen beistimmen, selbst wenn er noch nicht ganz tot ist."

„Einverstanden, denn gerade durch deine Anordnung wird es keine so große Sünde sein. Er ist jetzt schon *halb* tot — ich verrichte also bloß die Hälfte der Arbeit beim Überbordwerfen, und es kommt somit nur ein Viertelmord auf meine Seite, während er seinerseits keinen Pardon gegeben hätte." Jack hörte mit seinen Beweisführungen und Wortspielen auf, ging nach vorn und ließ das Segel herab. „Ich habe halb im Sinn, meine Dublonen wieder zurückzunehmen", sagte er, während sie den Leichnam des Padrone über Bord warfen. „Nein — er mag sie behalten, ich möchte nur wissen, ob sie je wieder heraufkommen."

„So lange wir leben nicht, Jack", antwortete Gascoigne.

Nun wurden auch der andere Leichnam, die Körbe und das sonstige Gepäck über Bord geworfen, und unsere beiden Freunde hatten somit das Boot von allem gesäubert, den Mann ausgenommen, der noch nicht tot war.

„Wir wollen den Burschen untersuchen und sehen, ob er einige Aussicht hat, davonzukommen", sagte Gascoigne, drehte den Mann, der auf seiner Seite lag, um und fand, daß er tot war.

„Über Bord mit ihm, schnell", rief Jack, „ehe er wieder lebendig wird."

Der Leichnam verschwand in den Wogen. Jetzt heißten unsere Freunde das Segel wieder. Gascoigne ergriff das Ruder und Jack machte sich daran, Wasser zu schöpfen und die Blutflecken wegzuwaschen. Dann säuberte er das Boot von den Rebenlättern und sonstigem Abfall, der überall herumlag, schwappte es hinten und vorn klar und nahm wieder seinen Sitz neben seinem Kameraden ein.

„Nun", hob er an, „da wir das Verdeck gesäubert haben, dürfen wir wohl zum Essen pfeifen. Ich möchte nur wissen, ob sich in dem Schrank etwas Eßbares vorfindet." Jack öffnete ihn und fand darin etwas Brot, Knoblauch, Würste, eine Bouteille Schnaps und einen Krug Wein.

„So hat der Padrone doch sein Versprechen gehalten."

„Ja, und hättest du ihn nicht durch den Anblick von soviel Gold in Versuchung geführt, würde er wohl noch am Leben sein."

„Hierauf antworte ich dir, wenn du mir nicht den Rat gegeben hättest, auf einem Frachtschiff fortzugehen, würde er gleichfalls noch leben."

„Und wenn du dich nicht duelliert hättest, würde ich den Rat nicht gegeben haben."

„Hätte der Hochbootsmann nicht in Gibraltar ohne seine

Hosen an Bord kommen müssen, würde ich kein Duell zu bestehen gehabt haben."

„Und wenn du nie aufs Schiff gekommen wärst, hätte der Hochbootsmann seine Hosen angehabt."

„Und wenn mein Vater kein Philosoph gewesen wäre, würde ich nicht zur See gegangen sein. Somit ist dies alles die Schuld meines Vaters. Er hat an der Küste von Sizilien vier Leute umgebracht, ohne es nur zu wissen — Ursache und Wirkung. Nach all dem geht nichts über logische Beweisführung, und da wir jetzt diesen Punkt ins reine gebracht haben, laß uns essen."

Nachdem sie ihre Mahlzeit beendigt hatten, ging Jack nach vorn und beobachtete das Land, das vor ihnen lag. Sie behielten denselben Kurs drei oder vier Stunden lang bei.

„Es ist nötig mehr an den Wind zu gehen", sagte Gascoigne. „Es wird nicht ratsam sein, bei einer kleineren Stadt einzulaufen. Wir müssen uns nun entscheiden, ob wir an der Küste landen und das Fahrzeug versenken — oder aber bei einer größeren Stadt vor Anker gehen wollen."

„Diesen Punkt müssen wir beleuchten", erwiderte Jack.

„Übernimm unterdessen das Ruder, mein Arm ist ganz müde", versetzte Gascoigne. „Du kannst schon damit umgehen — ich muß jetzt doch nach meiner Schulter sehen, sie ist ganz steif." Mit diesen Worten zog er sein Wams aus und fand, daß sein Hemd Blutflecken an sich trug und an der Wunde klebte, die nur unbedeutend war. Er ergriff wieder das Ruder, während Jack ihn wusch und dann die Wunde mit Schnaps netzte.

„Nimm das Ruder wieder", meinte Gascoigne, „ich stehe auf der Krankenliste."

„Und als Schiffsarzt", erwiderte Jack, „brauche ich keinen Dienst zu tun. Im Ernst, was wollen wir anfangen? Das Frachtschiff bei Nacht verlassen und versenken, oder in einen Hafen einlaufen?"

„Wir werden mit einer Menge von Booten und Fahrzeugen zusammentreffen, wenn wir bei Palermo landen, das fällt nicht weiter auf."

„Aber wenn wir an der Küste landen, treffen wir vielleicht

mit einer Menge von Leuten zusammen, von denen das gleiche zu befürchten ist."

„Glaub mir, Jack, ich wünschte nur, wir wären wieder zurück auf der ‚Harpy'. Das Kreuzen habe ich gründlich satt."

„Mein Kreuzen ist stets so unglücklich und voll von Abenteuern," sagte Jack. „Wenn wir jetzt nach Palermo kommen könnten, wären wir aus aller Verlegenheit."

„Die Brise frischt auf", versetzte Gascoigne, „und es fängt an, windwärts sehr dunkel auszusehen. Ich glaube, wir werden einen Sturm bekommen."

„Das ist angenehm. Ich weiß, was es heißt, bei Sturm keine Mannschaft zu haben. Na, wenigstens werden wir nicht *vom Ufer* weggeweht."

„Nein, wir können aber am Legerwall Schiffbruch erleiden. Unser Fahrzeug kann nicht sein ganzes Segel führen, Easy, wir müssen es herunterlassen und ein Reff einziehen, je eher, desto besser, denn schon in einer Stunde wird es ganz finster sein. Geh nach vorn und besorge das, ich will dir helfen."

Jack tat es, aber das Segel kam ins Wasser, so daß er es nicht hereinschleppen konnte.

„Halt an mit Winden", sagte Gascoigne, „bis ich es heraufwerfe und den Wind außen fasse."

Sie refften das Segel, konnten es aber nicht aufheißen. Verließ Gascoigne das Ruder, um Jack zu helfen, füllte sich das Segel. Ging er ans Ruder und faßte den Wind außerhalb des Segels, war Jack nicht stark genug, es aufzuheißen. Der Wind nahm mit rasender Schnelligkeit zu. Die See ging hoch, die Sonne senkte sich, und mit dem halbgehißten Segel konnten unsere Freunde den Wind nicht halten, sondern mußten geradewegs auf das Land zusteuern. Das Fahrzeug flog pfeilschnell dahin, indem es sich mit seinem Kiel über den Wellenschaum erhob. Der Mond war bereits aufgegangen und gab ihnen Licht genug, um zu sehen, daß sie kaum noch fünf Meilen von der mit Schaum bedeckten Küste entfernt waren.

„Auf jeden Fall kann man uns nicht vorwerfen, daß wir mit dem Boot davonlaufen", bemerkte Jack, „denn es läuft mit uns davon."

„Allerdings", erwiderte Gascoigne, der aus Leibeskräften

am Steuerreep zog. „Es hat den Bissen fest zwischen seine Zähne genommen."

„Das würde mich nicht kümmern, wenn ich nur einen Bissen zwischen den meinigen hätte", antwortete Jack, „denn ich verspüre wieder verteufelten Hunger. Was sagst du dazu, Ned?"

„Vollkommen einverstanden", antwortete Gascoigne, „aber weißt du auch, daß es vielleichte die letzte Mahlzeit ist, die wir einnehmen?"

„Dann stimme ich dafür, daß es eine recht gute sein soll."

„In einer halben Stunde oder so werden wir am Strand sein."

„Ganz gut, dahin wollen wir ja."

„Freilich, aber die See geht hoch, und das Boot kann an den Felsen in tausend Stücke zertrümmert werden."

„Dann wird man uns weder nach dem Fahrzeug noch nach dessen Bemannung fragen."

„Ein Leestrand ist kein Spaß. Wir können ebenso gut wie das Boot zertrümmert werden — und selbst Schwimmen hilft uns dann nicht mehr. Wenn wir nur eine Bai oder eine Sandbucht finden könnten, gelänge es uns vielleicht, ans Ufer zu kommen."

„Ich fahre noch nicht lange zur See", sagte Jack, „ich kann somit von derlei Dingen nicht viel verstehen. Ich bin wohl schon vom Land weg, aber noch nie an Land geweht worden. Es mag sein, wie du sagst, aber ich sehe dabei keine große Gefahr. Laß uns geradewegs auf die Bucht zufahren."

„Das will ich versuchen", antwortete Gascoigne, der schon vier Jahre zur See fuhr und wußte, was zu geschehen hatte.

Jack hielt seinem Freund einen Kanten Brot und ein Stück Wurst hin.

„Danke, ich kann nicht essen."

„Ich schon", erwiderte Jack mit vollem Mund.

Er ließ es sich schmecken, während Gascoigne steuerte, und die Schnelligkeit, mit der das Fahrzeug auf die Bucht zuschoß, war beängstigend. Es ritt Welle um Welle ab und schien den Angriffen des Elementes zu spotten. Die beiden Gentlemen waren etwa noch eine Meile von der Bucht entfernt, als Jack, der seine Mahlzeit beendet hatte und zu den Brechern an der Küste schaute, rief: „Das ist schön – wunderschön!"

Er kümmert sich um nichts, dachte Gascoigne, und scheint keine Idee von der Gefahr zu haben. „Nun, mein Junge", sagte er, „in wenigen Minuten werden wir an den Felsen sein. Ich muß am Ruder bleiben, denn je höher ich das Boot hinaufzwinge, desto günstiger sind die Aussichten für uns. Falls wir nicht mehr zusammenkommen, lebe wohl."

„Gascoigne", sagte Jack, „du bist verwundet, aber ich bin gesund. Deine Schulter ist steif, du kannst kaum deinen linken Arm rühren. Gegen die Felsen kann ich ebenso gut steuern wie du. Geh zum Bug, dort wird es besser für dich sein." Er steckte seine Pistolen in die Weste. „Die will ich nicht zurücklassen, sie haben uns schon einmal gute Dienste geleistet. Gascoigne, laß mich ans Ruder."

„Nein, Easy."

„Ich sage ja", antwortete Jack in lautem, befehlendem Ton. „Ich will, daß du mir gehorchst, Gascoigne. Wenn ich auch keine besonderen Kenntnisse hierin besitze, habe ich doch Kraft und kann auf alle Fälle der Bucht zusteuern. Gib mir das Steuer ... Na gut, wenn du nicht willst, muß ich's mir nehmen." Er entriß seinem Freund das Ruder und schob ihn vorwärts.

„Schau vorwärts und sag mir, wie ich steuern soll."

Welches auch immer die Gefühle Gascoignes bei dieser Szene gewesen sein mögen, überlegte er doch, daß er nichts Besseres tun konnte, als das Fahrzeug an den besten Punkt hinzubringen, und daß er wahrscheinlich an der ihm zugewiesenen Stelle nützlichere Dienste leisten konnte, als am Ruder. Er ging nach vorn und sah nach den Felsen, die im einen Augenblick von dem stürmenden Gewässer bedeckt waren und dann wieder Wasserstürze an den Seiten hinuntergossen, wenn die Wogen zurückwichen. Gerade vor sich gewahrte er eine Kluft und dachte, wenn das Boot dahin gesteuert werde, müsse es hoch genug hinaufgebracht werden, um es verlassen zu können. An jeder anderen Stelle schien ihm ein Entrinnen unmöglich.

„Ein wenig Steuerbord — so ist's recht. Backbord — Backbord — steuere kurz, um Himmels willen, Easy! Gut, jetzt — paß auf, daß die Rah dir nicht an den Kopf schlägt. Halt an!"

Das Fahrzeug war in diesem Augenblick in eine große Felsenkluft mit beinahe senkrechten Seitenwänden hineingeraten. Nur dieser Umstand rettete sie, denn wären sie an die Außenseite des Felsens gestoßen, wäre das Boot in tausend Stücke zerschlagen worden. So aber war die Kluft kaum vier Fuß breiter als das Boot, und da die Wogen mächtig hoch schlugen, wurde die Rah des Fahrzeugs mit großer Heftigkeit nach hinten und vorn geworfen und hätte Jack ohne Aussicht auf Rettung über Bord geschleudert, wenn er nicht gewarnt worden wäre. So aber warf er sich nieder, und die Rah ging über ihn weg. Als das Wasser zurückwich, saß das Boot fest und beinahe trocken zwischen den Felsen. Aber eine andere Woge kam und trieb es weiter hinauf, füllte es jedoch zu gleicher Zeit mit Wasser. Jetzt war der Bug einige Fuß höher, als der Achterteil, wo Jack am Ruder stand, und das Gewicht des schon darin befindlichen Wassers sowie die Gewalt der wiederkehrenden Wogen rissen das Boot hinter dem Mast geradezu kreuzweise auseinander. Jack sah, daß der hintere Teil des Bootes mit den Wellen fortgerissen werde. Er ergriff die Rah, die nach hinten und vorn schwang, und während er sich an ihr anklammerte, verschwand die Hälfte des Bootes, auf der er gestanden hatte, unter seinen Füßen, und wurde von der wiederkehrenden Welle fortgeschwemmt.

Jack mußte seine ganze Kraft aufbieten, um sich in seiner Stellung zu halten, bis eine neue Welle ihn flottmachen und höher hinaufspülen würde, aber er wußte, daß sein Leben davon abhing, sich fest an die Rah zu klammern, weshalb er dies auch, obgleich unter Wasser stehend, tat und einige Fuß weit vorwärts kam. Als die Welle zurückwich, faßte er festen Grund auf dem Felsen und kroch an die Rah geklammert, bis er zum Vorderteil des Bootes kam, das in einem kleinen Teil der Kluft fest eingeklemmt saß. Die nächste Woge war nicht sehr groß, und unser Freund hatte so fest Posten gefaßt, daß er nicht umgeworfen wurde. Er gelangte zum Felsenriff, und während er an der Seite der Kluft hinaufkletterte, um auf den Rand zu kommen erblickte er Gascoigne, der über ihm stand und ihm die Hand hilfreich entgegenstreckte.

„Nun ja“, sagte Jack und schüttelte das Wasser von sich, „hier sind wir wenigstens am Ufer — an so etwas hab ich in meinem Leben nicht gedacht. Das Zurückprallen des Wassers war so heftig, daß es mir fast die Arme herausgerissen hätte. Welch ein Glück, daß ich dich mit deiner kranken Schulter nach vorn schickte. Aber jetzt ist alles vorbei. Du mußt einsehen, daß ich recht hatte, aber ich bitte dich um Verzeihung für meine Rohheit.“

„Dafür, daß du mein Leben rettetest, Easy“, antwortete Gascoigne, vor Kälte zitternd, „bedarf es keiner Entschuldigung, und niemand außer dir würde je in einem derartigen Augenblick daran gedacht haben, sich zu entschuldigen.“

„Ich bin nur neugierig, ob unsere Munition trocken blieb“, sagte Jack. „Ich habe sie in meinem Hut verwahrt.“

Er nahm seinen Hut ab und fand, daß die Patronen nicht beschädigt waren.

„Was wollen wir tun, Gascoigne?“

„Ich weiß es selbst nicht.“

„Was meist du dazu, wenn wir uns niedersetzen und den Punkt beleuchten würden?“

„Danke schön, es würde zu viel kaltes Wasser auf unsere Beleuchtung herunterfließen. Ich bin halb tot, laß uns weitergehen.“

„Von Herzen gern“, antwortete Jack. „Es ist verteufelt steil, aber ich kann bergauf wie bergab, auf nassem wie auf trockenem Pfad Punkte beleuchten. Ich bin daran gewöhnt — denn wie ich dir schon früher sagte, Ned, mein Vater ist ein Philosoph und ich bin auch einer.“

„Bei Gott, das bist du!“ antwortete Gascoigne, während sie losliefen.

19

Jack und sein Freund kletterten den Abhang hinauf und gelangten nach einigen Minuten mühevoller Anstrengung auf die Spitze, wo sie sich niedersetzten, um auszuruhen. Der Himmel war klar, obgleich der Wind stark wehte. Die Freunde hatten eine ausgedehnte Fernsicht auf die von den Wogen gepeitschte Küste hin.

„Nach meiner Ansicht, Ned“, sagte Jack, während er das weithin brausende Wasser überblickte, „ist es doch recht gut, daß wir heraus sind.“

„Einverstanden, Jack, aber nach meiner Ansicht wäre es besser, wenn wir erst von hier fort wären, denn der Wind bläst einem durch Mark und Bein. Wie wäre es, wenn wir ein bißchen weiter landeinwärts gingen, wo wir vielleicht ein Obdach bis morgen finden.“

„Es ist fast zu dunkel, um irgend etwas zu finden“, antwortete Jack. „Aber bei Weststurm auf der Spitze eines Berges, mitten in der Nacht, in nassen Kleidern, ohne Speise und Trank, lebt es sich nicht gerade behaglich, deshalb können wir wohl unsere Stellung verlassen, um eine bessere zu suchen.“

Sie schritten über eine weite Fläche, und als es bergab ging, machte sich bald ein Wechsel in der Atmosphäre bemerkbar. Während sie ihren Marsch landeinwärts fortsetzten, kamen sie zu einer Heerstraße, die sich am Ufer hinzuziehen schien. Sie folgten ihr, denn wie Jack richtig bemerkte, muß eine Straße irgendwohin führen. Nach einem viertelstündigen Marsch hörten sie wieder das Brausen der Brandung und sahen die Mauern weißer Häuser.

„Da wären wir endlich“, sagte Jack. „Ich möchte nur wissen, ob jemand herauskommen wird, um uns aufzunehmen, oder wollen wir für diese Nacht in eines der Fahrzeuge kriechen, die man aus der Bucht heraufgeholt hat?"

„Merk dir nur eines, Easy", sagte Gascoigne, „stelle dein Geld nicht zu sehr zur Schau. Das heißt, zeige nur einen Dollar und sage, du hast nicht mehr, oder versprich, bei unserer Ankunft in Palermo zu zahlen. Wenn sie uns nicht trauen oder nichts geben wollen, müssen wir eben die Sache abmachen so gut wir können."

„Wir werden diesmal ganz gut wegkommen, Gascoigne. Auf jeden Fall sehen wir nicht aus, als ob wir es wert seien, ausgeraubt zu werden. Zudem haben wir die Pistolen und können uns im Fall eines Angriffs verteidigen. Verlaß dich drauf, ich will kein Geld mehr zeigen. Und jetzt wollen wir unsere Anordnungen treffen. Nimm du eine Pistole und die Hälfte des Goldes – das Gold habe ich in meiner rechten, die Dollars und die Pistarenen in meiner linken Rocktasche. Auch davon sollst du die Hälfte einstecken. Wir haben Silber genug, um damit auszureichen, bis wir an einem sicheren Ort sind."

Jack verteilte das Geld und gab seinem Freund eine Pistole.

„Wollen wir nun um Einlaß bitten? Vielleicht ist es besser, erst das Dorf zu durchstreifen und nachzusehen, ob es nicht ein Wirtshaus gibt. Ah, da steht ein Karren mit Stroh. Wie wäre es, wenn wir uns hineinlegten bis morgen früh? Wir werden es auf jeden Fall warm haben."

„Und auch viel besser schlafen, als in einem der Häuser. Ich bin schon einmal in Sizilien gewesen. Du machst dir keine Vorstellung, wie da die Flöhe stechen."

Die beiden Midshipmen enterten den Karren, krochen in das Stroh oder vielmehr in das Maislaub und schliefen bald ein. Da sie schon zwei Nächte nicht geschlafen hatten, war es nicht verwunderlich, daß sie tief in die Arme des Morpheus sanken – so tief, daß sie, obgleich die Straßen in Sizilien nicht zu den besten gehören, aus ihrer Ruhe nicht im mindesten gestört wurden, als nach zwei Stunden ein Bauer, der einige Fässer Wein ins Dorf gebracht hatte, die von hier aus verschifft werden sollten, anspannte und, ohne seine Ladung zu kennen, fortfuhr.

Das Rütteln des Wagens förderte eher noch den Schlaf der beiden Abenteurer, als daß es ihn gestört hätte. Trotz einiger besonders heftiger Stöße wachten die Freunde nicht auf. Sie bildeten sich in ihren Träumen aber ein, sie seien wieder auf dem Boot, das gegen die Felsen geschleudert werde. Nach etwa zwei Stunden kam der Karren am Ort seiner Bestimmung an. Der Bauer schirrte seine Farren aus und führte sie weg. Dieselbe Ursache bringt oft entgegengesetzte Wirkungen hervor: das Ende der Bewegung störte die Ruhe unserer beiden Midshipmen, sie drehten sich im Stroh herum, gähnten, streckten ihre Arme und erwachten. Gascoigne, der heftige Schmerzen in seiner Schulter verspürte, hatte seine zerstreuten Sinne als erster beisammen.

„Easy!" rief er, während er sich aufrichtete und das Maisstroh abschüttelte.

„Backbord", antwortete Jack halb im Traum.

„Komm, Easy, wir sind jetzt nicht an Bord. Steh auf, und zwar schnell."

Jack richtete sich auf und blickte Gascoigne an. Das Stroh lag im Wagen so hoch, daß sie nicht darüber hinaussehen konnten. Sie rieben ihre Augen, gähnten und schauten einander groß an.

„Glaubst du an Träume?" fragte Jack. „Ich hatte diese Nacht einen ganz sonderbaren Traum."

„Ich auch", gab Gascoigne zur Antwort. „Mir träumte, der Karren sei von selbst in die See gerollt und vor dem Wind mit uns nach Malta zurückgeeilt. In Anbetracht der Tatsachen, daß er nicht zu einem solchen Dienst verfertigt wurde, hielt er sich ungewöhnlich gut. Aber was träumte dir?"

„Mir träumte, wir seien aufgewacht und in derselben Stadt gewesen, von wo unser seliger Padrone absegelte. Man habe das Vorderteil des Frachtschiffes zwischen den Felsen gefunden, es erkannt und auch eine unserer Pistolen aufgegriffen. Man habe uns festgenommen, behauptet, wir seien in dem Boot an Land geworfen worden und gefragt, was aus der Mannschaft geworden sei. Gerade, als sie sich unserer bemächtigten, erwachte ich."

„Dein Traum hat mehr Wahrscheinlichkeit, in Erfüllung zu

gehen, als der meine. Wir sind jedenfalls gut beraten, nicht länger hier zu bleiben. Es dürfte gut sein, wenn wir unsere Kleider mehr zerreißen – wir werden dann elender aussehen und so, ohne Verdacht zu erregen, reisen können. Du weißt, daß ich ganz gut italienisch spreche."

„Ich habe nichts dagegen, meine Kleider zu zerreißen, wenn du es wünschst", antwortete Jack. „Gib mir unterdessen auch deine Pistole. Ich will das Pulver, das naß geworden sein wird, herausziehen und sie von neuem laden."

Nachdem die beiden Gentlemen ihre Pistolen wieder geladen und ihre Kleider zerfetzt hatten, standen sie im Karren auf und blickten um sich.

„Ho, ho – was ist denn das, Gascoigne? Vorige Nacht befanden wir uns doch in der Nähe der Bucht und zwischen Häusern – aber wo, zum Teufel, sind wir jetzt? Du hast im Traum näher ins Schwarze geschossen als ich, denn der Karren hat unstreitig gekreuzt."

„Wir müssen geschlafen haben wie Midshipmen", antwortete Gascoigne. „Jedenfalls kann der Karren nicht weit gefahren sein."

„Hier sehen wir uns nun wenigstens einige Meilen weit auf jeder Seite von Hügeln umgeben. Bestimmt hat uns irgendein guter Genius ins Innere des Landes geführt, damit wir den Verwandten der Bootsmannschaft, von denen ich träumte, entgehen."

Wie sie später erfuhren, war das Frachtschiff gerade von diesem Seehafen aus abgefahren, in dem sie in der Nacht zuvor eingetroffen und wo sie in den Karren gestiegen waren. Das Wrack des Speronare war aufgefunden und erkannt worden, und die Einwohner glaubten, der Padrone sei mit seinen Leuten im Sturm umgekommen. Hätten sie jedoch die beiden Midshipmen angetroffen und befragt, würde das höchstwahrscheinlich Verdacht erregt haben, und das Resultat wäre so ausgefallen, wie es Jack im Traum erlebt hatte. Aber wie schon gesagt, scheint eine besondere Vorsehung über Leib und Leben der Midshipmen zu wachen. Nach einem kurzen Überblick sahen die beiden, daß sie sich in einem offenen Raum befanden, der anscheinend zum Dreschen und Worfeln von Mais benützt wurde, und daß der Karren unter einer Baumgruppe im Schatten stand.

„Hier herum muß ein Haus sein“, sagte Gascoigne. „Ich denke, daß wir hinter den Bäumen eins finden werden. Du bist so hungrig wie ich. Wir müssen irgendwo nach einem Frühstück sehen.“

Sie gingen durch die Baumgruppe, die sehr dicht war, und entdeckten bald auf der anderen Seite die Mauer eines großen Hauses.

„Ganz recht“, sagte Jack, „aber laß uns erst beobachten. Das ist keine Pächterwohnung, sie muß einer Person von Bedeutung gehören. Um so besser, die Leute werden trotz unserer zerfetzten Kleider erkennen, daß wir Gentlemen sind. Ich meine, wir bleiben bei der Erzählung von der Seemöwenjagd in Gozo.“

„Mir fällt nichts Besseres ein. Übrigens sind Engländer auf dieser Insel gut aufgenommen. Wir haben Truppen in Palermo.“

„Haben wird das? Dann wäre mir wohler, ich säße unten am Regimentstisch ... Aber was ist das? Weibergeschrei? Ja, bei Gott – komm mit, Ned!“

Damit stürzte Jack dem Haus zu, und Gascoigne folgte ihm. Je näher sie kamen, desto stärker wurde das Gekreische. Sie stürmten die Vorhalle, eilten zu dem Zimmer, aus dem das Geschrei drang, und fanden einen ältlichen Herrn, der sich gegen zwei junge Leute verteidigte, die von einer ältlichen und einer jungen Dame zurückgehalten wurden. Unser Held und sein Kamerad hatten ihre Pistolen ergriffen. Gerade als sie ins Zimmer heineinstürzten, war der alte Herrn der sich gegen seine überlegenen Gegner verteidigte, zu Boden gefallen. Die beiden rissen sich von den Frauen los und wollten ihn eben mit ihren Degen durchbohren, als Jack den einen beim Rockkragen ergriff und ihn festhielt, indem er ihm den Lauf seiner Pistole ans Ohr setzte. Gascoigne hielt es mit dem anderen in derselben Weise. Es war ein bühnenreifer Auftritt. Die beiden Damen liefen zu dem ältlichen Herrn hin und hoben ihn auf. Die Angreifer wurden, gerade wie es die Hunde bei den Schweinen machen, bei den Ohren festgehalten, und standen mit gesenkten Degenspitzen und zitternd vor Schreck da, indem sie bald die Midshipmen, bald die Mündungen ihrer Pistolen mit gleichem Mißbehagen anschauten. Zugleich war auch das Erstaunen des ältlichen Herrn und der beiden Damen über eine solche unerwartete Befreiung sehr groß. Einige Sekunden herrschte Schweigen.

„Ned", hob endlich Jack an, „sag diesen Burschen, daß sie ihre Degen wegwerfen sollen, sonst feuern wir ab."

Gascoigne erteilte den Befehl, der auch sofort erfüllt wurde, in italienischer Sprache. Nachdem sich unsere Midshipmen der Degen bemächtigt hatten, ließen sie die jungen Leute los.

Nun brach auch der ältliche Herr das Schweigen.

„Es scheint, Signori, ein besonderes Einschreiten der Vorsehung habe euch abgehalten, einen gemeinen Mord zu begehen. Ich weiß nicht, wer die Herren sind, die so glücklich zu meiner Rettung herbeikamen. Aber indem ich ihnen danke, glaube ich, daß auch ihr, wenn ihr ruhig geworden seid, ihnen dafür danken werdet, daß sie euch hinderten, eine Tat zu begehen, die eure Herzen mit Gewissensbissen beladen und euer zukünftiges Leben verbittert haben würde. Signori, ihr könnt nun gehen. Ihr, Don Silvio, habt mich getäuscht. Schon die Dankbarkeit hätte Euch eines derartigen Benehmens unfähig machen sollen. Was Euch betrifft, Don Scipio, so seid Ihr verleitet worden. Ihr habt euch beide in gewisser Beziehung selbst entwürdigt. Vor zehn Tagen waren meine beiden Söhne hier — warum kamt ihr damals nicht? Wenn ihr euch an mir zu rächen gedenkt, so hättet ihr mich nicht tiefer verletzen können, als in meinen Kindern, und ihr hättet somit wenigstens nicht durch einen Angriff auf einen alten Mann die Rolle von Meuchelmördern gespielt. Nehmt eure Degen, Signori, und gebraucht sie hinfort besser. Gegen künftige Angriffe werde ich wohl gerüstet sein."

Gascoigne, der jedes Wort verstand, überreichte dem jungen Signor den Degen, den er ihm abgenommen hatte, und unser Held tat dasselbe. Die beiden jungen Italiener steckten ihre Degen in die Scheide und verließen, ohne ein Wort zu sprechen, das Zimmer.

„Wer Sie auch immer sein mögen", sagte nun der ältliche Herr, den äußeren Aufzug unserer Midshipmen musternd, „Ihnen, Signori, verdanke ich mein Leben."

„Wir sind", antwortete Gascoigne, „Offiziere in der englischen Flotte und Gentlemen. Wir haben in der vorigen Nacht Schiffbruch erlitten und sind im Dunkel hierher gepilgert, um Beistand, Nahrung und eine Gelegenheit zum Fortkommen nach Palermo zu suchen, wo wir Freunde sowie die Mittel finden werden, als Gentlemen aufzutreten."

„Was? Ihr Schiff ist gescheitert, Signori?" fragte der Sizilianer. „Sind viele Leute dabei umgekommen?"

„Nein, unser Schiff liegt vor Malta. Wir befanden uns auf einer Ausflugsfahrt in einem Boot, wurden vom Sturm überrascht und an die Küste geworfen. Beachten Sie, um sich von der Wahrheit dieser Angabe zu überzeugen, daß unsere Pistolen den königlichen Stempel tragen, und daß wir nicht arm sind, zeigt Ihnen unser Geld."

Gascoigne zog seine Dublonen heraus, und Jack tat dasselbe, indem er trocken bemerkte: „Ich dachte, wir wollten nur Silber sehen lassen, Ned..."

„Dessen bedarf es gar nicht", entgegnete der ältliche Herr. „Ihr Benehmen in dieser Sache, Ihre Manieren und Ihre Worte beweisen mir vollkommen, daß Sie sind, wofür Sie sich ausgeben. Auch wenn Sie nur schlichte Landleute wären, würde ich Ihnen doch in gleichem Maße für mein Leben verpflichtet sein, und Sie können über mich gebieten. Sagen Sie mir, womit ich Ihnen dienen kann."

„Dadurch, daß Sie uns etwas zu essen geben. Wir haben seit vielen Stunden nichts genossen. Dann werden wir Ihre Güte vielleicht noch weiter in Anspruch nehmen."

„Sie werden sicher erstaunt sein über den Vorfall und den Grund erfahren wollen", sagte der Signor. „Sie haben ein Recht dazu, und Sie sollen die ganze Geschichte hören, sobald Sie sich wohler fühlen. Erlauben Sie mir, daß ich mich Ihnen vorstelle: Don Rebiera de Silva."

„Mir wäre es lieber", sagte Jack, „wenn er uns ein Frühstück vorstellen würde."

„Mir auch", antwortete Gascoigne, „aber wir müssen ein

wenig warten. Er hat die Damen gebeten, etwas zuzubereiten."

„Ihr Freund spricht nicht italienisch?" fragte Don Rebiera.

„Nein, Signor, nur französisch und spanisch."

„Wenn er spanisch spricht, kann sich meine Tochter, die erst kürzlich aus Spanien gekommen ist, mit ihm unterhalten. Wir sind dort mit einer vornehmen Familie nahe verwandt."

Don Rebiera führte die Freunde in ein anderes Zimmer, und bald wurde ein Mahl aufgetragen, dem unsere Midshipmen alle Ehre widerfahren ließen.

„Ich will Ihnen berichten", begann der Don, „was der Grund für den Angriff war, den Sie glücklich vereitelt haben. Erlauben Sie nur, daß ich Donna Clara und meine Tochter Agnes zur Unterhaltung Ihres Freundes herbeirufe. Meine Frau versteht ein wenig spanisch und meine Tochter hat, wie ich schon sagte, dieses Land erst kürzlich verlassen."

Als Donna Clara und Agnes hereinkamen und vorgestellt wurden, dachte Jack, der Agnes früher nicht besonders genau ins Auge gefaßt hatte, bei sich selbst: Ein Mädchengesicht, das man kaum je vergißt. Viele ähnliche Gesichter hatte er nicht gesehen. Obgleich Agnes erst fünfzehn Jahre alt war, hatten sich ihre Körperformen doch beinahe schon vollkommen entwickelt.

Donna Clara zeigte sich äußerst zurückhaltend, und da sie vielleicht wußte, daß ihre Stimme die ihres Gemahls übertönen würde, machte sie Jack den Vorschlag, in den Garten zu gehen. Dort setzten sich Donna Clara und Jack in einem Pavillon nieder, während Agnes Blumen pflückte. Die alte Dame sprach nicht besonders gut spanisch, aber wenn sie ein Wort nicht wußte, flocht sie ein italienisches ein, und Jack verstand sie somit recht gut. Sie erzählte ihm, ihre Schwester habe vor vielen Jahren einen spanischen Edelmann geheiratet, und sie, Donna Clara, sei vor dem Krieg zwischen den Spaniern und Engländern mit allen ihren Kindern zum Besuch zu ihr gekommen. Als sie zurückkehren wollte, habe ihre Tochter Agnes — damals noch ein Kind — an einer Zahnkrankheit gelitten. Da das Mädchen sehr schwach gewesen sei, habe man es für ratsam gehalten, sie unter der Pflege ihrer Tante zurückzulassen, die eine Tochter beinahe gleichen Alters hatte. Mit ihr sei Agnes in einem Kloster in der Nähe von Taragona erzogen worden. Sie erzählte endlich, ihre Tochter sei mit ihrem Onkel und ihrer Tante sowie ihrer Nichte bei der Überfahrt nur knapp längerer Gefangenschaft entgangen. Das Schiff sei nämlich bei der Rückfahrt von Genua, wo ihr Schwager einige Erbschaftsangelegenheiten zu besorgen gehabt habe, in der Nacht von den Engländern gekapert worden. Der Offizier aber, der sehr höflich gewesen sei, habe die Gefangenen nicht nur wieder freigelassen, sondern habe ihnen auch erlaubt, all ihre Wertsachen mitzunehmen.

Aha, dachte Jack, ich wußte doch, daß ich ihr Gesicht schon einmal gesehen habe. Dies war also eines von den Mädchen in der Kajütenecke. Na, das wird ein hübscher Spaß.

Während des Gesprächs mit der Mutter war Donna Agnes, die hier und da eine Blume pflückte und auf das, was vorging, nicht achtete, einige Schritte zurückgeblieben. Als sich jedoch Jack und ihre Mutter im Pavillon niedersetzten, kam sie zu ihnen, und Jack redete sie in seiner gewohnten Höflichkeit an.

„Ich schäme micht fast, in diesen zerrissenen Kleidern neben Ihnen zu sitzen, Donna Agnes — aber die Felsen Ihrer Küste nehmen darauf leider keine Rücksicht."

„Wir sind Ihnen vielen Dank schuldig, Signor, und sehen nicht auf solche Kleinigkeiten."

„Sie sind zu gütig, Signora", antwortete Jack. „Heute morgen ließ ich mir ein solches Glück nicht einfallen. Ich kann eben nur das Schicksal anderer prophezeien, nicht aber mein eigenes."

„Was — Sie können das Schicksal prophezeien?" rief die alte Dame.

„Ja, Signora, ich bin berühmt dafür. Soll ich Ihrer Tochter wahrsagen?"

Donna Agnes blickte Jack lächelnd an.

„Wie ich sehe, glaubt mir die junge Dame nicht. Ich muß ihr einen Beweis von meiner Kunst geben, indem ich ihr sage, was ihr bereits begegnet ist. Dann wird mir die Signora wohl Vertrauen schenken."

„Gewiß, wenn Sie das tun", erwiderte Agnes.

„Haben Sie die Güte, mir Ihre Handfläche zu zeigen."

Agnes streckte ihre kleine Hand aus, und Jack beschlich ein so seltsames Gefühl, daß er die Hand beinahe geküßt hätte, doch dann bezwang er sich und prüfte nur die Linien.

„Daß Sie in Spanien erzogen wurden, daß Sie erst seit zwei Monaten hier sind, daß Sie von Engländern gefangengenommen und wieder freigelassen wurden, hat mir Ihre Mutter bereits erzählt. Aber um Ihnen zu beweisen, daß ich alles dies schon im voraus wußte, muß ich jetzt mehr ins Detail gehen. Sie waren auf einem Schiff, das vierzehn Kanonen führte, nicht wahr?"

Donna Agnes nickte zustimmend.

„Das habe ich dem Signor nicht gesagt", rief Donna Clara.

„Ihr Schiff wurde in der Nacht überrumpelt und ohne Gefecht weggenommen. Am anderen Morgen stürmten die Engländer zur Kajütentür herein: Ihr Onkel und Ihr Kusin feuerten ihre Pistolen ab."

„Heilige Jungfrau!" rief Agnes erstaunt.

„Der englische Offizier war ein junger Mann, der nicht besonders gut aussah."

„Da irren Sie sich, Signor – er war sogar sehr hübsch."

„Über Geschmack läßt sich nicht streiten. Sie waren im höchsten Grad erschreckt und verkrochen sich mit einem anderen Mädchen in die Ecke der Kajüte. Lassen sie mich diese Linie näher untersuchen... Ja, ja, ich irre mich nicht, Sie waren nur sehr leicht angekleidet."

Jetzt zog Agnes ihre Hand weg, tiefrot im Gesicht.

„E vero, E vero! Heiliger Jesus, wie können Sie das wissen?"

Plötzlich schaute Agnes Jack an – und plötzlich erkannte sie ihn wieder.

„O Mutter, er ist's – ich entsinne mich nun wieder, er ist's!"

„Wer, Kind?" fragte Donna Clara, die vor Erstaunen über Jacks Gewandtheit im Prophezeien ganz stumm geworden war.

„Der Offizier, der uns gefangennahm und so gut zu uns war."

Jack brach in ein Gelächter aus, das er einige Minuten lang nicht zu unterdrücken vermochte, und gab schließlich zu, daß sie ihn erkannt habe.

„Auf jeden Fall, Donna Agnes", sagte er endlich, „kann doch nicht geleugnet werden, daß ich, so zerfetzt ich auch jetzt bin, Sie doch wesentlich entblößter gesehen habe."

Agnes sprang auf und lief davon, teils um ihre Verlegenheit zu verbergen, teils um ihrem Vater zu sagen, wer seine Gäste wären.

Obgleich Don Rebiera seine Erzählung noch nicht beendet hatte, führte doch diese Nachricht, die Agnes ihrem Vater mitteilte, sofort die ganze Gesellschaft zusammen, und Jack empfing überschwenglichen Dank.

„Ich wußte nicht", sagte der Don, „daß ich Ihnen gleich zweimal so verpflichtet sein würde, Signor. Befehlen Sie beide über mich nach Belieben. Meine Söhne sind in Palermo, und ich hoffe, Sie werden ihnen das Vergnügen Ihrer Freundschaft gönnen, wenn Sie des Aufenthalts bei uns überdrüssig sind."

Jack deutete eine Verbeugung an und blickte mit einem Schulterzucken auf seine Kleider, die er seinem Kameraden zuliebe in Fetzen gerissen hatte, als wollte er sagen, zu einem längeren Aufenthalt sind wir gerade nicht eingerichtet.

„Die Kleider meiner Brüder werden den Herren passen", sagte Agnes zu ihrem Vater. „Sie haben ja genug in ihrer Garderobe zurückgelassen."

„Wenn die Signori sich herablassen möchten, sie zu tragen, bis sie sie mit eigenen Kleidern vertauschen können..."

Midshipmen sind äußerst herablassend – und so bequemten sie sich, reine Hemden, die Don Philipp und Don Martin gehörten, sowie deren Hosen, beste Westen und Röcke anzulegen.

Als sich die Familie, der Landessitte gemäß, nach dem Mittagessen zur Siesta zurückzog, gingen Gascoigne und Jack, die in dem Karren wenigstens eine Woche lang geschlafen hatten, miteinander in den Garten hinaus.

„Nun, Ned“, sagte Jack, „wünschst du dich wieder an Bord der ‚Harpy‘?“

„Nein“, antwortete Gascoigne, „wir sind doch wenigstens auf unsere Füße gefallen. Welch ein liebliches Täubchen ist diese Agnes, und wie sonderbar, daß du wieder mit ihr zusammentrafst — wie kurios überhaupt, daß wir hierher kommen mußten.“

„Mein lieber Freund, wir sind nicht hierher *gekommen* — das Schicksal *brachte* uns auf einem Karren. Vielleicht bringt's uns auch auf die gleiche Weise nach Tyburn an den Galgen.“

„Ja, wenn du mit deiner Philosophie ein solches Spiel treibst wie heute morgen, als wir erwachten...“

„Nichtsdestoweniger will ich mich hängen lassen, wenn ich nicht recht habe. Was meinst du, wollen wir den Punkt beleuchten?“

„Recht oder unrecht, du wirst eben gehängt werden, Jack. Anstatt den Punkt zu beleuchten, will ich dir die Geschichte, die mir der Don so weitschweifig vorgetragen hat, mitteilen.“

„Da bin ich neugierig. Laß uns in den Pavillon gehen.“

20

„Ich habe Sie schon mit meinem Namen bekannt gemacht“, sagte Don Rebiera, „und möchte noch hinzufügen, daß mein Geschlecht eines der edelsten in Sizilien ist und daß es hier wenige Familien gibt, denen so ausgedehnte Besitzungen gehören. Mein Vater war ein Mann, der kein Wohlgefallen fand an dem Treiben der meisten jungen Leute. Er hatte eine schwächliche Konstitution und erreichte nur unter vieler Sorgfalt und Pflege das Mannesalter. Nach Vollendung seiner Studien zog er sich auf seinen Landsitz zurück, der unserer Familie gehört und etwa zwanzig Meilen von Palermo entfernt ist, schloß sich gewissermaßen dort ein und widmete seine ganze Zeit ausschließlich literarischen Arbeiten.

Da er der einzige Sohn war, wünschten seine Eltern, daß er sich verheirate, um so mehr, als sein Gesundheitszustand kein besonders langes Leben versprach. Wäre er seiner eigenen Neigung gefolgt, würde er ein solches Ansinnen abgelehnt haben. Er fühlte aber, daß es seine Pflicht war, den Wünschen seiner Eltern zu entsprechen, bemühte sich jedoch keineswegs hinsichtlich der Wahl seiner zukünftigen Ehegattin, sondern überließ die Angelegenheit der Familie. Sie wählten ihm eine junge Dame von hoher Abkunft und unstreitig auch von ausgesuchter Schönheit. Ich wünschte moch mehr zu ihren Gunsten sagen zu können, aber diese Geschichte kann nicht erzählt werden, ohne ihr Benehmen ins Licht zu stellen. Die Vermählung fand statt, und mein Vater kehrte, sobald die Feier vorüber war, wieder in seine stille Klause zurück, um sich mit seinen Studien zu befassen. Die Früchte seines Forschens sind veröffentlicht worden und haben seinen Ruf als Mann von Geist begründet. Ein Literat braucht eine Frau, die ihm entweder im Geist nahesteht oder aber so stolz auf seine Fähigkeiten ist, daß sie gern viel von ihren häuslichen Freuden aufopfert und Befriedigung in dem Bewußtsein zu finden vermag, daß der Name ihres Mannes draußen in der Welt gepriesen ist. Ich führe diesen Punkt als Entschuldigung für das Benehmen meiner Mutter an. Mein Vater vernachlässigte sie allerdings nicht um frivolen Zeitvertreibs willen oder weil ein anderer Gegenstand sein Interesse mehr gefesselt hätte. In seinem Verlangen, andere zu unterrichten, und in seinem ehrgeizigen Streben nach Berühmtheit verlegte er sich ausschließlich auf seine schriftstellerischen Arbeiten, wurde abstrakt in seinem Benehmen, antwortete, ohne recht gehört zu haben, und überließ es ganz seiner Frau, sich auf jede beliebige Weise zu unterhalten. Ein gelehrter Ehemann ist, obgleich immer zu Hause, am allerwenigsten ein häuslicher Gatte. Meine Mutter brauchte nur zu sprechen, und jeder ihrer Wünsche wurde erfüllt — an eine Verweigerung war gar nicht zu denken. Man mag nun fragen, was sie denn mehr gewollt habe; darauf antworte ich, daß eine Frau alles, was es auch sein mag, der Gleichgültigkeit vorzieht. Ihr Mann hielt es nicht einmal für der Mühe wert, mit ihr zu streiten.

Als meine Mutter sah, daß mein Vater sein Studierzimmer und seine Bücher der geselligen Zerstreuung vorzog, überließ sie ihn bald sich selbst. So weit kam es jedoch erst nach meiner Geburt, die zehn Monate nach ihrer Verheiratung erfolgte. Mein Vater war vertrauensvoll, freute sich, wenn meine Mutter sich gut unterhielt, und zeigte sich in allem nachsichtig. Die Zeit verflog, und als ich mein fünfzehntes Jahr erreicht und meine Studien beendet hatte, beschloß man, mich in die Armee eintreten zu lassen, was, wie Sie wissen, hierzulande im allgemeinen der einzige Beruf ist, dem sich die Erben vornehmer Familien widmen. Natürlich wußte ich wenig von dem, was zu Hause vorging, aber es war mir gleichwohl zu Ohren gekommen, daß man, wenn man mich nicht anwesend glaubte, leichthin von meiner Mutter sprach, und ich hatte oft gehört, wie man den Namen meines Vaters als den eines gehörnten Ehemannes mitleidig aussprach. Mehr wußte ich nicht, aber es war genug für einen jungen Mann, dessen Blut kochte bei dem Gedanken, daß nur der leiseste Schatten auf die Ehre seiner Familie geworfen werden könnte. Ich kam in meiner Heimat an und traf meinen Vater bei seinen Büchern, machte meiner Mutter die Aufwartung und traf sie bei ihrem Beichtvater. Der Mann mißfiel mir auf den ersten Blick. Er sah gut aus, aber in seinem Blick lag ein gefährliches, hochmütiges Wesen, das mir nicht behagte – nichts von christlicher Demut und Frömmigkeit. Als Befehlshaber eines Reiterregiments hätte ich ihn bewundern können, aber als Diener der Kirche schien er mir fehl am Platz. Meine Mutter stellte mich ihm freundlich vor, er aber schien mich mit Verachtung zu behandeln. Er sprach in einem befehlshaberischen Ton zu meiner Mutter, und ich machte die Entdeckung, daß der Pfaffe Herr des Hauses war. Meine Mutter hatte, wie man mir sagte, das Gesellschaftsleben aufgegeben und war fromm geworden. Ich beobachtete bald, daß ein mehr als gewöhnlicher Verkehr zwischen ihnen stattfinden müsse, und ehe ich noch zwei Monate zu Hause war, hatte ich sichere Beweise. Ich hatte zuerst im Sinn, meinen Vater davon in Kenntnis zu setzen, nach einiger Überlegung hielt ich es jedoch für besser, ihm nichts zu sagen, vorausgesetzt, daß ich meine Mutter veranlassen könnte, Pater Ignatio zu entlassen. Ich ergriff die Gelegenheit, als ich sie allein traf, ihr meine Entrüstung über ihr Benehmen auszudrücken und des Paters sofortige Entlassung als Bedingung für mein Stillschweigen zu verlangen. Sie schien erschrocken zu sein und willigte ein. Aber ich fand bald, daß ihr Beichtvater mehr Gewalt über sie hatte als ich, denn er blieb im Haus. Nun beschloß ich, meinem Vater alles zu erzählen und weckte ihn von seinen Studien auf, damit er seine Schande anhöre. Ich bildete mir ein, er würde ruhig und mit Vorsicht verfahren, aber seine Heftigkeit kannt im Gegenteil keine Grenzen, und nur mit der größten Mühe konnte ich ihn abhalten, die beiden mit dem Degen niederzustechen. Endlich begnügte er sich damit, daß er Pater Ignatio auf die schmachvollste Weise zum Haus hinausjagte, meiner Mutter aber erklärte er, daß sie sich vorzubereiten habe, den Rest ihrer Tage in der Stille eines Klosters zuzubringen. Drei Tage später, gerade als meine Mutter, Vaters Anordnungen zufolge, fortgebracht werden sollte, bekam er krampfhafte Zuckungen und starb. Ich brauche kaum zu sagen, daß er durch Gift aus dem Weg geräumt wurde, doch konnte dies erst lange nachher bewiesen werden. Vor seinem Tode schien er auf fast übernatürliche Weise im Geiste für den Eintritt eines Ereignisses vorbereitet worden zu sein, an das ich nicht gedacht hatte. Er ließ einen anderen Beichtvater kommen, der auf sein ausdrückliches Verlangen hin seine Beichte niederschreiben und sie dem Testament einverleiben mußte. Meine Mutter blieb nun natürlich im Haus, und Pater Ignatio hatte die Unverschämtheit zurückzukehren. Ich befahl ihm, sich fortzuscheren, da er sich aber widersetzte, ließ ich ihn durch die Bedienten hinauswerfen. Ich hatte sodann eine Unterredung mit meiner Mutter, die mich verhöhnte und mir sagte, ich werde bald einen Bruder bekommen, mit dem ich mein Erbe zu teilen hätte. Ich dachte mir gleich, daß dieser Bruder, wenn dem so wäre, der illegitime Sproß ihres Pfaffen sein würde, und

sagte ihr meine Meinung. Hierauf machte sie ihrer Wut in den bittersten Verwünschungen Luft, und ich entfernte mich. Kurze Zeit später verließ sie das Haus und zog sich auf ein anderes unserer Landgüter zurück, wo sie nach wie vor mit Pater Ignatio lebte. Nach etwa vier Monaten erhielt ich die offizielle Anzeige vor der Geburt eines Bruders. Als das Testament meines Vaters geöffnet wurde, fand ich darin auch seine Beichte, deren Hauptinhalt dahin lautete, daß er, im Bewußtsein der Schuld meiner Mutter und in der Voraussetzung von deren späteren Folgen feierlich vor Gott erkläre, seit Jahren getrennt von seiner Frau gelebt zu haben. Ich bekümmerte mich somit wenig um obige Anzeige und begnügte mich mit der Antwort, da das Kind der Kirche gehöre, werde man auch gut daran tun, es deren Dienst zu widmen.

Bald jedoch erhielt ich Anlaß, die Rachsucht meiner Mutter und ihres Liebhabers zu erkennen. Einmal in der Nacht wurde ich von Banditen angegriffen und hätte, wäre nicht glücklicherweise Hilfe herbeigekommen, mein Leben eingebüßt. So aber trug ich bloß eine schwere Verwundung davon. In Zukunft traf ich gegen Angriffe dieser Art Vorsichtsmaßregeln, aber es wurden fortwährend Attentate unternommen, sowohl um meinen Charakter zu schänden, als um mir das Leben zu nehmen. Eine junge Ordensschwester verschwand aus einem Kloster in der Nachbarschaft, und in der Nähe des Fensters, aus dem sie herabstieg, wurde auf dem Boden ein Hut gefunden, den man als meinen erkannte. Eine gerichtliche Untersuchung wurde eingeleitet, und die Sache wurde nur mit Mühe beigelegt, obgleich ich unwiderlegbar ein Alibi beigebracht hatte.

Ein junger Mann von Stand wurde mit einem Stilett in der Brust, das man als das meine erkannte, ermordet aufgefunden, und wieder fiel es mir äußerst schwer, meine Unschuld zu beweisen.

Eine Rotte von Banditen war eingefangen worden und hatte, auf Befragen nach dem Namen ihres Hauptmanns, nach Empfang der Absolution bekannt, ich sei ihr Chef.

Schließlich wurde ein ausgezeichneter Edelmann, der Vater, Don Scipios, den Sie entwaffnet haben, heimtückisch erschlagen. Die Täter wurden festgenommen, und sie erklärten, ich hätte sie gedungen. Ich verteidigte mich, aber der König legte mir eine schwere Geldstrafe auf und verbannte mich. Gerade während ich bei Tisch saß, erhielt ich dieses Urteil, schrie laut über diese Ungerechtigkeit und beklagte mein schweres Los. Hier muß ich anführen, daß ich mich in der letzten Zeit, weil ich die Nachstellungen meiner Feinde kannte, daran gewöhnt hatte, beinahe ganz allein zu leben. Mein Kammerdiener Peter bildete meine ganze Gesellschaft. Ich verzehrte also mein Mittagessen mit geringem Appetit, und hatte etwas Wein gefordert. Peter ging zu dem hinter ihm stehenden Schenktisch, um mir das Verlangte zu geben. Zufälligerweise hob ich den Kopf, und da mir gegenüber ein großer Pfeilerspiegel hing, sah ich in diesem die Gestalt meines Dieners, wie er ein Pulver in das Weinglas schüttete, das er mir zu überreichen im Begriff stand. Nun gedachte ich des Hutes, der am Nonnenkloster, sowie des Stiletts, das in der Brust des jungen Mannes gefunden worden war.

Wie ein Blitz fuhr mir der Gedanke durch den Kopf, daß ich die Schlange gefüttert hatte, die zu meinem Untergang mitwirkte. Er brachte mir das Glas. Ich stand auf, verriegelte die Tür, zog meinen Degen und rief ihm zu: ‚Schurke. ich kenne dich. Knie nieder, dein Leben ist verwirkt.‘

Er wurde blaß, zitterte an allen Gliedern und sank auf seine Knie.

Ich fuhr fort: ‚Du hast nur *eine* Wahl — entweder trinkst du dieses Glas Wein, oder ich durchbohre dich mit meinem Degen.‘

Er zögerte, da setzte ich ihm die Spitze auf die Brust und stieß sie sogar einen Viertelzoll tief ins Fleisch hinein.

‚Trink‘ rief ich. ‚Ist es denn ein so unmöglicher Befehl, wenn ich dich alten Wein trinken heiße? Trink oder mein Degen tut seine Schuldigkeit.‘

Er trank und wollte hierauf das Zimmer verlassen. ‚Nein, nein‘, sagte ich, ‚du bleibst hier. Der Wein muß erst seine Wirkung zeigen. Wenn ich dir Unrecht getan habe, will ich dir Genugtuung geben.‘

Nach einer Viertelstunde, in deren Verlauf ich mit gezogenem Degen auf und ab schritt, fiel mein Diener auf die Knie und flehte mich an, ihm einen Priester kommen zu lassen. Ich schickte nach meinem eigenen Beichtvater, und ihm gestand der Schurke von Kammerdiener, daß er als ein Werkzeug meiner Mutter und Pater Ignatios mitgewirkt habe, den Verdacht auf mich zu wälzen, als hätte ich alle jene Verbrechen begangen, die von ihnen in der Absicht, mich ins Elend zu stürzen, veranlaßt worden waren. Man gab ihm ein Brechmittel, er genas wieder und wurde nach Palermo geführt, wo er vor seinem Ende ein gerichtliches Zeugnis ablegte. Sobald dies bekannt wurde, nahm der König sein Urteil zurück, ließ sich sogar bei mir entschuldigen, und auf einmal erhielt ich wieder von allen Seiten Besuche und Höflichkeitsbezeugungen jeder Art. Meine Mutter wurde dazu verurteilt, in einem Kloster eingesperrt zu werden, wo sie auch – wie ich hoffe, selig – verschied. Pater Ignatio aber floh nach Italien und ist, wie ich gehört habe, inzwischen gestorben.

Nachdem ich mich somit meiner hauptsächlichsten Feinde entledigt hatte, hielt ich mich für sicher. Ich heiratete die Dame, die Sie soeben gesehen haben, und ehe mein ältester Sohn geboren wurde, kam Don Silvio – so hieß mein angeblich legitimer Bruder – in das Alter der Mündigkeit und verlangte sein Erbteil. Hätte er mich um eine geeignete Unterstützung gebeten, würde ich sie ihm als meinem Halbbruder nicht verweigert haben, aber daß der Sohn des Paters Ignatio, dessen Vater so viele Angriffe auf mein Leben gemacht hatte, im Fall meines Todes meine Titel und Besitzungen erben sollte, war mir unerträglich. Ein Prozeß wurde eingeleitet, der vier oder fünf Jahre dauerte, in deren Verlauf Don Silvio sich verheiratete und einen Sohn bekam, denselben jungen Mann, den Sie mich mit diesem Namen anreden hörten. Nach vielem Prozessieren wurde entschieden, das Testament meines Vaters sowie die Angabe seines Beichtvaters beweise die Illegitimität Don Silvios zur Genüge, und der Rechtsstreit endete zu meinen Gunsten. Von dieser Zeit an hat eine fortwährende Feindschaft zwischen uns bestanden. Don Silvio verweigerte alle meine hilfreichen Angebote und verfolgte micht mit einer Hartnäckigkeit, die oft mein Leben gefährdete. Endlich fiel er durch die Hand der von ihm gedungenen Mörder, die ihn aus Versehen für mich hielten. Er starb, ohne seiner Familie irgendein Auskommen zu hinterlassen. Seiner Witwe setzte ich ein Jahresgehalt aus, seinen Sohn ließ ich mit aller Sorgfalt erziehen und behandelte ihn in der Tat äußerst großmütig. Dieser Sohn scheint den Geist seines Vater eingesaugt zu haben, denn keinerlei Güte war imstande, ihm Dankbarkeit einzuflößen.

Kürzlich wurde er von mir in der Armee untergebracht, wo er auch meine zwei Söhne traf. Mit diesen beiden duellierte er sich unter einem oberflächlichen Vorwand, wurde jedoch jedesmal verwundet und vom Walplatz fortgeführt.

Meine beiden Söhne verbrachten die letzten zwei Monate bei mir und verließen mich erst gestern. Heute morgen kam Don Silvio, von Don Scipio begleitet, in mein Haus. Nachdem sie mich beschuldigt hatten, der Mörder ihrer Eltern zu sein, zogen sie ihre Degen, um mich niederzustoßen. Meine Frau und meine Tochter hörten das Geschrei und kamen zu meiner Hilfe herbei — den Rest wissen Sie."

21

Der Raum gestattet es nicht, alles das anzuführen, was während des vierzehntägigen Aufenthalts unseres Helden bei der Familie Don Rebieras geschah. Er und Gascoigne wurden von dem alten Herrn behandelt, als ob sie seine Söhne wären, und auch das freundliche Wohlwollen seitens des weiblichen Teils der Familie war nicht weniger bemerkenswert. Agnes ließ — und dies war vielleicht ganz natürlich — ein besonderes Interesse für Jack erkennen, worein sich Gascoigne gern fügte, weil er fühlte, daß Jack ältere, gewichtigere Rechte hatte. So entstand während ihres Aufenthalts zwischen Agnes und unserem Philosophen ein Gefühl der Zuneigung, das, wenn es nicht Liebe war, jedenfalls nahe daran grenzte. Im Grunde genommen war das Pärchen freilich noch zu jung, um Heiratsgedanken zu hegen, und obgleich sie miteinander herumspazierten und schwatzten, lachten und tändelten, waren sie doch um die Mittagessenszeit zu Hause. Bei sich selbst dachte Agnes, daß sie unseren Helden ihren Brüdern vorziehe, und Jack seinerseits glaubte steif und fest, die junge Dame sei das schönste und liebreichste Mädchen, das er je getroffen habe. Nach vierzehn Tagen nahmen die beiden Midshipmen Abschied, ließen sich Empfehlungsschreiben an die vornehmsten Familien Palermos mitgeben und bestiegen zwei schöne, mit Glockenzügeln gezäumte Maultiere. Die alte Dame küßte sie beide – der Don ergoß seine frommen Segenswünsche über sie, und Agnes' Lippen zitterten, als sie ihnen Lebewohl sagte. Sobald sie fort waren, ging sie in ihr Zimmer und weinte. Auch Jack war äußerst trübselig und seine Augen wurden feucht bei dem Gedanken an die Trennung von der liebenswürdigen Agnes. Von den beiden Leutchen hatte, ehe die Stunde des Abschieds kam, keines gewußt, wie teuer sie sich gegenseitig geworden waren.

Die erste Viertelstunde folgten unsere zwei Midshipmen ihrem Führer stillschweigend. Jack wünschte mit seinen Gedanken allein zu sein, und Gascoigne respektierte das.

Erst spät Abends kamen unsere beiden Abenteurer in Palermo an. Sobald sie in einem Gasthof Quartier genommen hatten, setzte sich Gascoigne nieder und schrieb in seinem und seines Freundes Namen einen Brief an Don Rebiera, worin er ihm nochmals tausend Dank sagte für seine Güte, ihre glückliche Ankunft meldete und die Hoffnung aussprach, bald wieder mit ihnen zusammenzutreffen. Jack griff zur Feder und verfaßte in spanischer Sprache ein Schreiben an Agnes, worin er ihr schwor, daß weder Ebbe noch Flut, weder Wasser noch Luft, weder Himmel noch Erde, weder der Erste Lieutenant noch sein Vater, weder Abwesenheit selbst noch der Tod ihn hindern solle, bei der ersten passenden Gelegenheit zu ihr zurückzukehren und sie zu heiraten. Er bat sie zugleich, jeden sonstigen Antrag abzuweisen, da er wiederkommen wolle, obgleich er nicht sagte, wann. Es war ein vollkommener Liebesbrief, das heißt, der geballte Unsinn, aber gerade das machte ihn so vollkommen.

Die Briefe wurden dem Mann übergeben, der als ihr Führer mitgeschickt worden war und mit den Mauleseln zurückkehren mußte. Er wurde freigebig belohnt, und da Jack ihm befahl, ja recht sorgfältig auf seinen Brief acht zu geben, schloß der Italiener natürlich, daß er heimlich abgeliefert werden müsse, und so übergab er ihn zu einer Zeit, als Agnes, an unseren Helden denkend, im Garten spazierenging. Nichts kam je gelegener als das Eintreffen dieses Briefes. Agnes eilte zum Pavillon, las das Schreiben wohl zwanzigmal, küßte es ebenso oft und verbarg es in ihrem Busen, setzte sich einige Minuten in tiefen und süßen Gedanken nieder, zog sodann das Schreiben erneut heraus und laß es abermals durch. Es war in schlechtem Spanisch geschrieben und im höchsten Grade geschmacklos, aber sie hielt es für herrlich, poetisch, klassisch, sentimental, logisch, überzeugend, unwiderlegbar, phantasiereich und sogar für grammatikalisch richtig; denn wenn es auch kein gutes Spanisch war, gab es doch kein Spanisch, das dem Mädchen nur halb so gut erschienen wäre. Agnes war ein echtes Naturkind, daß sie über den Liebesbrief eines Midshipman in solche Entzückung geraten konnte. Sie eilte in ihr Zimmer um zu weinen, aber nur aus einem Übermaß von Freude und Wonne. Der Leser mag geneigt sein, Agnes für einfältig zu halten; er muß jedoch in Betracht ziehen, in welchen geographischen Breiten sie lebte, und daß sie noch nicht fünfzehn Jahre alt war.

Unsere jungen Gentlemen ließen einen Schneider kommen und bestellten sich zwei neue Anzüge. Hierauf gaben sie ihr Empfehlungsschreiben ab und gingen zu dem Bankier, an den sie von Don Rebiera empfohlen waren.

„Ich werden einen Wechsel von zehn Pfund ausstellen, Jack“, sagte Gascoigne, „auf den Rechtstitel unseres erlittenen Schiffbruches hin. Ich gedenke geradezu die Wahrheit zu sagen, mit Ausnahme dessen, daß wir vergessen haben, um Urlaub zu bitten, und ich bin gewiß, die Geschichte wird zehn Pfund wert sein. Welchen Betrag willst du ziehen, Jack?“

„Zweihundert Pfund", antwortete Jack, „ich will mir's wohl sein lassen, so lange ich kann."

„Sag mal, Easy, wird dein Papa das auch annehmen?"

„Ah, gewiß."

„Dann hast du recht – er ist ein echter Philosoph. Ich wünsche nur, er bekehrte auch den meinen, denn der haßt den Anblick eines Wechsels."

„Dann brauchst du auch keinen auszustellen, Ned – ich habe genug für uns beide. Wenn jedermann gleiche Anteile und gleiche Rechte in der Welt besäße, würdest du imstande sein, bis zu demselben Betrag zu gehen, wie ich. Da du dies aber nicht kannst, sollst du nach den Gesetzen der Gleichheit die Hälfte von dem meinen haben."

„Ich werden allmählich auch zu deiner Philosophie bekehrt, Jack. Sie scheint nicht so unsinnig zu sein, wie ich glaubte. Auf jeden Fall hat sie meinem Papa zehn Pfund erspart, die dieser als Oberst auf Halbsold ohnehin nicht gut hergeben kann."

Bei ihrer Rückkehr in den Gasthof fanden sie Don Philippo und Don Miguel, denen Rebiera geschrieben hatte und die nun mit offenen Armen unsere Gentlemen empfingen. Es waren zwei gut aussehende junge Leute von achtzehn und neunzehn Jahren, die ihre Erziehung bei der Armee vollendeten. Jack lud sie zum Mittagessen ein, und sie und unser Held wurden bald unzertrennlich. Sie führten ihn in alle Theater sowie in die Konversationszirkel des Adels, und da Jack sein Geld mit guter Laune verlor und für einen attraktiven Jungen gelten konnte, war er überall gern gesehen und wurde oft eingeladen. Manche Dame warf ihm Liebesblicke zu, aber Jack war nur höflich. Er dachte jeden Tag mehr und mehr an seine Agnes. Drei Wochen vergingen so blitzschnell, und weder Jack noch Gascoigne dachten an Rückkehr. An einem schönen Tag endlich ankerte Seiner Majestät Fregatte „Aurora" in der Bucht, und Jack und Gascoigne, die sich in einer Gesellschaft bei dem Herzog von Pentaro befanden, trafen mit dem gleichfalls geladenen Kapitän der „Aurora" zusammen. Die Herzogin stellte sie dem Kapitän, der Tartar hieß, vor. Der hielt sie, da sie Zivilkleidung trugen, für reiche, in der Welt umherreisende Gentlemen. Jack war so erfreut über die Höflichkeit des Kapitäns, daß er ihn für den folgenden Tag um das Vergnügen seiner Gesellschaft beim Mittagessen bat. Kapitän Tartar nahm die Einladung an, und man trennte sich unter Händedrücken und vielfachen Versicherungen der Freude über die gemachte Bekanntschaft. Jacks Gesellschaft war ziemlich groß und das Essen prächtig. Die sizilianischen Herren tranken nicht viel Wein, aber Kapitän Tartar sprach seiner Flasche munter zu, und obgleich die übrigen Gäste vom Tisch aufstanden, um auf einen Ball zu gehen, der am Abend von der Marquese Novara gegeben wurde, war Jack doch zu höflich, um nicht fest beim Kapitän sitzenzubleiben. Gascoigne näherte sich mit seinem Stuhl unserem Jack, denn er befürchtete, Jack könnte, etwas aufgeregt vom Wein, die Katze aus dem Sack schlüpfen lassen.

Der Kapitän war im höchsten Grad redselig. Jack sagte ihm, wie sehr es ihn freuen würde, ihn in Forest Hill zu treffen, und der Kapitän erkundete bald, daß dieses Gut sechstausend Morgen Land enthielt und daß Jack ein einziger Sohn war. Er benahm sich überhaupt äußerst achtungsvoll, sobald er herausfand, daß er in so vorzüglicher Gesellschaft war. Er fragte Jack, was ihn hierher gebracht hätte, und Jack, dessen Klugheit mit dem Wein davongegangen war, sagte, er sei auf Seiner Majestät Schiff „Harpy" hergekommen. Gascoigne gab Jack einen Wink, aber es fruchtete nichts, denn mit dem Wein waren unserem Helden auch seine alten Gleichheitsideen wieder ins Hirn gestiegen.

„Aha, bei Wilson. Er ist ein alter Freund von mir."

„Von uns auch", versetzte Jack. „Er ist ein verteufelt guter Kerl."

„Aber wo waren Sie denn, seit Sie herauskamen?" fragte Kapitän Tartar.

„Nun ja, auf der ‚Harpy'", antwortete Jack, „ich gehöre zu ihr."

„Sie gehören zu ihr! In welcher Eigenschaft?" fragte Kapitän Tartar bedeutend weniger achtungsvoll und vertraulich.

„Wir sind Midshipmen, ich und Gascoigne."

„Hm, hm, Sie sind also auf Urlaub?"

„Durchaus nicht", antwortete Jack. „Ich will Ihnen sagen, wie sich das verhält, mein lieber Freund."

„Entschuldigen Sie mich einen Augenblick", sagte Kapitän Tartar; er stand auf. „Ich muß meinem Diener einige Aufträge geben, die ich vergaß."

Tartar rief seinen Beischiffsführer durchs Fenster herauf, erteilte ihm vor der Tür seine Befehle und kehrte sodann an die Tafel zurück. Unterdessen hatte Gascoigne, der mit Besorgnis eine Brise aufspringen sah, Jack in leisem Ton gewarnt, sobald Kapitän Tartar ihnen den Rücken drehte, aber es fruchtete nichts. Das Übermaß von Wein war Jack zu Kopf gestiegen, und er kümmerte sich den Teufel um Gascoignes Vorhaltungen. Als der Kapitän sich wieder an der Tafel niedergesetzt hatte, gab Jack ihm einen genauen Bericht über alle Vorfälle, den sein Gast mit größter Aufmerksamkeit anhörte. Jack schloß seinen Bericht mit der Erklärung, daß er in etwa einer Woche zu Don Rebiera zurückkehren und um Donna Agnes anhalten wolle.

„Ist's wahr!" rief Kapitän Tartar voller Erstaunen.

„Tartar, der Wein steht neben Ihnen", sage Jack. „Erlauben Sie mir, Sie zu bedienen."

Kapitän Tartar warf sich auf seinen Stuhl zurück und stieß pfeifend die Luft aus.

„Möchten Sie keinen Wein mehr trinken?" fragte Jack höflich. „Dann wollen wir zur Marquesa gehen."

Der Beischiffsführer kam herein, grüßte und blickte den Kapitän bedeutungsvoll an.

„So ist das also, Sir", rief Kapitän Tartar mit Donnerstimme. „Sie sind ein verfluchter, entlaufener Midshipman, den ich, wenn er zu meinem Schiff gehörte, statt mit Donna Agnes mit des Teufels Tochter vermählen würde. Bei Gott, zwei Midshipmen treiben sich in Zivilkleidern in Palermos bester Gesellschaft herum und haben die Frechheit, einen Postkapitän zum Mittagessen einzuladen — mich einzuladen und vertraulich mit ‚Tartar' und ‚mein lieber Freund' anzureden! Ihr verteufelten jungen Spitzbuben!" Vor Wut schlug er seine Fäuste auf den Tisch, daß alle Gläser herumtanzten.

„Erlauben Sie mir, Ihnen zu sagen, Sir", begann Jack, der durch diese Anrede nüchtern wurde, „daß wir nicht zu Ihrem Schiff gehören und daß wir in Zivilkleidung sind."

„In Zivilkleidung – Midshipmen-Mufti – ja, das seid ihr! Ein paar junge Betrüger seid ihr, die keine sechs Pence in der Tasche haben, sich für junge vermögende Leute ausgeben und heimlich verschwinden, ohne die Wirtsrechnung zu bezahlen."

„Wollen Sie mich einen Betrüger nennen?" fragte Jack.

„Allerdings, Sir ..."

„Dann lügen Sie!" rief Jack wütend. „Ich bin ein Gentleman, Sir, und bedauere, Ihnen nicht dasselbe Kompliment machen zu können."

Kapitän Tartar bekam vor Erstaunen und Wut kaum noch Luft. Er versuchte zu sprechen, brachte aber kein Wort hervor. Er schnappte fortwährend nach Luft und sank dann kraftlos auf seinen Stuhl. Nach einiger Zeit kam er wieder zu sich und rief: „Matheus, Matheus!"

„Sir", antwortete der Beischiffsführer, der an der Tür stehen geblieben war.

„Der Marinesergeant soll kommen."

„Da ist er, Sir."

Der Sergeant trat ein und grüßte ordonnanzmäßig mit der Hand am Hut.

„Bringt Eure Marinesoldaten herein – nehmt diese beiden in Gewahrsam, und sobald Ihr an Bord seid, legt beide in Ketten."

Die Marinesoldaten traten mit gezücktem Bajonett ein und bemächtigten sich unseres Helden und seines Freundes.

„Sie erlauben uns vielleicht, Sir", hob Jack nun kaltblütig an, „unsere Rechnung zu bezahlen, ehe wir an Bord gehen. Wir sind keine Betrüger, und unsere Zeche ist wohl ziemlich hoch ... Das heißt da Sie sich unserer Person bemächtigten, erweisen Sie uns vielleicht den Gefallen, die Rechnung für uns zu bezahlen." Jack warf eine mit spanischen Talern gefüllte Börse auf den Tisch. „Ich habe nur noch zu bemerken, Kapitän Tartar, daß ich besonders freigebig gegen die Aufwärter sein will."

„Sergeant, laßt sie ihre Rechnung selbst bezahlen", antwortete Kapitän Tartar in gemäßigtem Ton, nahm Hut und Degen und verließ den Raum.

„Um Himmels willen, Easy, was hast du angerichtet? Du wirst vor ein Kriegsgericht gestellt und aus dem Dienst gestoßen werden."

„Das hoffe ich", antwortete Jack. „Ich war ein Narr, daß ich je in diesen Dienst trat. Aber der Kapitän nannte mich einen Betrüger und morgen wieder würde ich ihm dieselbe Antwort geben."

„Wenn es Ihnen gefällt, Gentlemen", sagte der Sergeant, der lange genug unter Kapitän Tartar diente, um zu wissen, daß es durchaus kein Beweis eines begangenen Verbrechens war, wenn man von Mr. Tartar gestraft wurde.

„Ich will unsere Sachen zusammenpacken, während du die Rechnung bezahlst, Jack", sagte Gascoigne. „Wenn Sie mit mir gehen wollen, Sergeant..."

Nach weniger als einer halben Stunde befanden sich Jack und sein Gefährte statt auf dem Ball der Marquesa unter dem Halbdeck Seiner Majestät Fregatte „Aurora" in Eisen.

Unterdessen hatte sich Kapitän Tartar auf den Ball begeben, zu dem er eingeladen worden war. Bei seinem Eintritt wurde er von Don Philipp und Don Martin angeredet, die ihn fragten, was aus Jack und seinem Freund geworden sei. Kapitän Tartar, der nicht sehr gut gelaunt war, antwortete kurz, sie lägen an Bord seines Schiffes in Eisen.

„In Eisen? Weshalb?" rief Don Philipp.

„Weil sie junge Schlingel sind, Sir, die sich in die beste Gesellschaft eingedrängt und sich für Leute von Bedeutung ausgegeben haben, während sie nur zwei ihrem Schiff entlaufene Midshipmen sind."

Nun wußten die Rebieras, daß Jack und sein Freund Midshipmen waren, aber das schien ihnen kein Grund, sie nicht als Gentlemen zu betrachten und demgemäß zu behandeln.

„Wollen Sie im Ernst sagen, Signor", fragte Don Philipp, „daß Sie, nachdem Sie die Gastfreundschaft der jungen Leute angenommen und mit ihnen gescherzt und geplaudert haben, mit denen Sie angestoßen haben, nachdem sie Ihnen ihr volles Vertrauen geschenkt hatten — daß Sie sie in Eisen legen ließen?"

„Allerdings, Sir", antwortete Kapitän Tartar.

„In diesem Fall erkläre ich, daß ich Sie verachte und daß Sie kein Gentleman sind", anwortete Don Philipp, der ältere Bruder.

„Ich schließe mich der Erklärung meines Bruders an", rief Don Martin.

Die beiden Brüder waren Jack, der ihrer Familie zweimal so wesentliche Dienste geleistet hatte, so herzlich verbunden, daß ihre Entrüstung keine Grenzen kannte.

Nirgends in der ganzen Welt als bei der englischen Flotte obwaltet jene Macht, die beleidigen und sich dann in den Schutz des Ranges flüchten kann. Den jungen Offizieren erschien die Anwendung von Gewalt, auch wie sie der Kapitän praktizierte, abscheulich, und sie waren entschlossen, Tartar zu zeigen, wie sein Verhalten im gesellschaftlichen Leben geahndet werden konnte. Sie versammelten ihre Freunde um sich, erzählten ihnen den Vorfall und baten sie, die Kunde davon im Saal zu verbreiten. Dies war schnell geschehen, und Kapitän Tartar sah sich plötzlich allseitig gemieden. Er trat auf die Marquesa zu und redete sie an, aber sie wandte ihr Gesicht von ihm ab. Dann sprach der zu einem Grafen, mit dem er sich nachts zuvor lange unterhalten hatte, aber auch dieser drehte sich auf dem Absatz um, während Don Philipp und Don Martin im Saal auf und ab liefen und so laut sprachen, daß Mr. Tartar ihre Worte gut verstehen konnte. Ihre Blicke verrieten ihm ihre Entrüstung. Kapitän Tartar verließ den Ballsaal und kehrte wütender denn je in den Gasthof zurück. Als er am folgenden Morgen aufstand, sagte man ihm, daß ein Gentleman ihn zu sprechen wünsche, der sich durch seine Karte als Don Ignatio Verez, Kommandierender Obrist des vierten Infanterieregiments, melden ließ. Nach seinem Eintritt bei Kapitän Tartar erklärte er, Don Philipp de Rebiera wünsche das Vergnügen zu haben, die Klingen mit ihm zu kreuzen, und er bitte den Kapitän zu bestimmen, wann es ihm gelegen wäre, sich zu diesem Zweikampf zu stellen.

Es lag nicht in Kapitän Tartars Charakter, eine Herausforderung zurückzuweisen. Sein Mut war unbestritten, aber er fühlte sich ärgerlich, daß ein Midshipman die Veranlassung sein sollte, ihn in solch unangenehme Geschichten zu verwikkeln. Er nahm die Herausforderung an, wollte sich jedoch, da er den kurzen Degen nicht zu führen verstand, nur auf Pistolen duellieren. Hiergegen erhob der Obrist keine Einwendung, und Kapitän Tartar sandte eine Botschaft an seinen Zweiten Lieutenant, denn mit seinem Ersten Lieutenant stand er nicht auf gutem Fuß.

Das Duell fand statt. Sobald Don Philipp zum Schuß kam, jagte er seine Kugel ins Hirn des Kapitäns, und dieser sank augenblicklich tot zu Boden. Der Zweite Lieutenant eilte an Bord, um den traurigen Ausgang des Duells zu melden, und kurze Zeit später fuhren Don Philipp und sein Bruder mit vielen ihrer Freunde zur „Aurora" hinaus, um Jack zu sprechen.

Der Erste Lieutenant, nunmehr Kapitän auf Zeit, empfing sie und hörte ihre Ansichten Jack und Gascoigne betreffend an.

„Ich habe keine Beschwerden gegen die jungen Gentlemen aus dem Mund des Kapitäns vernommen", antwortete er, „und da ich somit keine Klage gegen sie vorzubringen habe, werde ich ihre unverzügliche Freilassung anordnen. Da ich höre, daß es Offiziere sind, die zu einem von Seiner Majestät Schiffen, das vor Malta liegt, gehören, halte ich es, weil ich bald unter Segel gehe, für meine Pflicht, sie mitzunehmen und an Bord ihres Schiffes abzuliefern."

Jack und Gascoigne wurden ihrer Bande entledigt und durften Don Philipp sprechen, der ihnen sagte, daß er die Beleidigung gerächt habe. Die Freunde wünschten nach diesem Vorfall nicht mehr an Land zu gehen. Nach einstündiger Unterhaltung und gegenseitigen Versicherungen ewiger Freundschaft verabschiedeten sich Don Philipp, sein Bruder und ihre Freunde von den beiden Midshipmen und ruderten dem Ufer zu.

22

Am Tag nach der Bestattung des Postkapitäns segelte Seiner Majestät Schiff „Aurora“ nach Malta ab. Sofort nach der Ankunft schickte der provisorische Kapitän unsere beiden Midshipmen an Bord der „Harpy“ mit der Bemerkung, „verproviantiert bis zum Tag der Entlassung“.

Mr. Janes, der auf der „Aurora“ den Dienst versah, wollte sich unbedingt dem Admiral bei Toulon anschließen und gedachte deshalb am folgenden Tag auszulaufen. Er traf Kapitän Wilson an der Tafel des Gouverneurs und berichtete, daß Jack und Gascoigne auf Befehl Kapitän Tartars in Eisen gelegt worden seien. Zugleich äußerte er seine Vermutungen, die zu dem Duell geführt hatten. Gascoigne und Jack hatten sich jedoch vorgenommen, an Bord niemand etwas von ihrem Kreuzzug mitzuteilen, weshalb nur bekannt war, daß sie auf die eine oder andere Weise Freunde gewonnen haben müßten und daß in dem Benehmen Kapitän Tartars wie auch in dem ganzen Vorfall etwas Geheimnisvolles liege.

„Ich möchte doch wissen, was Jack Easy, der das Duell ausgefochten hat, zugestoßen ist“, sagte der Gouverneur mit einem Lachen. „Wilson, bringen Sie ihn morgen früh her, damit er uns seine Geschichte erzählen kann.“

„Ich habe Bedenken, ihn zu ermutigen, Sir Thomas — er ist ohnehin schon viel zu wild. Ich habe Ihnen von seinem ersten Kreuzzug erzählt. Er hat nichts als Abenteuer, die alle nur zu günstig ablaufen.“

„Sie können ihn ja herkommen lassen und ihm die Leviten lesen. Das geht hier ebenso gut wie in Ihrer Kajüte, und dann wollen wir die Wahrheit aus ihm herauskriegen.“

„Keine Sorge“, versetzte Kapitän Wilson, „die spricht er stets unumwunden aus.“

„Sie tun mir einen Gefallen, wenn Sie nach ihm schicken. Ich sehe nicht ein, warum man ihm das Ausreißen zum Vorwurf machen sollte, da er gehängt zu werden fürchtete. Ich möchte den Jungen wiedersehen."

„Ich entspreche gerne Ihrem Wunsch, Gouverneur", entgegnete Kapitän Wilson, der sofort eine Nachricht an Mr. Sawbridge schrieb und ihn ersuchte, am folgenden Morgen um zehn Uhr Mr. Easy zu ihm ins Haus des Gouverneurs zu senden.

Jack erschien in Uniform. Es war ihm gleichgültig, was man ihm sagen würde, da er entschlossen war, den Dienst zu verlassen. Man hatte ihn in Eisen gelegt, und das Eisen war ihm in *die Seele gedrungen.*

Mr. Sawbridge war eine Stunde, bevor Jack an Bord geschickt worden war, an Land gegangen und dort die ganze Nacht geblieben. Er sah daher unseren Helden nur ein paar Minuten, und da er es für seine Aufgabe hielt, ihm als erster Vorhaltungen zu machen oder sein Mißfallen auszudrücken, so bemerkte er lediglich, der Kapitän werde ihn sprechen, sobald er an Bord komme. Jack und Gascoigne wußten nicht, wie weit es selbst in Malta geraten war, die an Bord des Speronare vorgefallenen Ereignisse zur Sprache zu bringen. Sie beschlossen daher, auch ihren Tischgenossen gegenüber zu schweigen und sich nur dem Kapitän anzuvertrauen.

Wilson frühstückte mit dem Gouverneur, als Jack eingeführt wurde. Jack ging unerschrocken, aber mit Achtung auf ihn zu. Er liebte Kapitän Wilson und wünschte ihm seine Ehrfurcht zu bezeugen. Der Kapitän redete ihn an und machte ihn darauf aufmerksam, welches große Vergehen er sich habe zuschulden kommen lassen, daß er ein Duell ausgefochten habe. Noch größer sei der Fehler, daß er sich so weit erniedrigt habe, mit dem Steward des Zahlmeisters zu kämpfen, am größten aber, daß er sein Schiff verlassen habe. Jack blickte den Sprecher ehrerbietig an und gab zu, daß er unrecht gehandelt habe, versprach aber, ein andermal behutsamer zu sein, wenn Kapitän Wilson Nachsicht üben wolle.

„Kapitän Wilson, erlauben Sie mir, für den jungen Gentleman ein Wort einzulegen", sagte der Gouverneur. „Ich bin überzeugt, daß der Grund in einer falschen Beurteilung der Sache lag."

„Nun, Mister Easy, da Sie reumütig sind und der Gouverneur für Sie spricht, will ich von den Geschehnissen keine Notiz mehr nehmen. Aber vergessen Sie nicht, Mister Easy, daß Sie durch Ihre tollen Streiche viel Kummer gemacht haben. Ich hoffe, Sie werden sich ein andermal erinnern, daß ich zu sehr um Ihr Wohlergehen besorgt bin, um nicht bekümmert zu sein, wenn Sie sich solchen Gefahren aussetzen. Sie können nun wieder an Bord gehen und Ihren Dienst antreten; dasselbe gilt auch für Mister Gascoigne — aber wohlgemerkt, lassen Sie uns nichts mehr von Duellen oder Desertion hören."

Jack, durch diese freundliche Behandlung mild gestimmt, wagte nicht zu sprechen. Er machte seine Verbeugung und war eben im Begriff, das Zimmer zu verlassen, als der Gouverneur anhob: „Mister Easy, Sie haben noch nicht gefrühstückt."

„O doch, Sir", versetzte Jack, „ehe ich das Schiff verließ."

„Aber ein Midshipman kann stets ein doppeltes Mahl zu sich nehmen. Setzen Sie sich zu uns und greifen Sie zu — es ist jetzt alles vorüber."

„Selbst wenn dies nicht der Fall wäre", entgegnete Kapitän Wilson lachend, „zweifle ich, ob es Mister Easys Appetit verderben würde. Na, setzen Sie sich, Mister Easy."

Jack verbeugte sich, nahm seinen Stuhl und lieferte den Beweis, daß wenigstens die ihm erteilte Lektion seinen Appetit nicht beeinträchtigt hatte. Nach dem Frühstück bemerkte Kapitän Wilson: „Mister Easy, nach einer Rückkehr haben Sie in der Regel einige Abenteuer zu berichten. Wollen Sie dem Gouverneur und mir erzählen, was sich zugetragen hat, seit Sie uns verlassen haben?"

„Gewiß, Sir", sagte Jack. „Aber ich muß mir zuvor das Versprechen der Geheimhaltung erbitten, da dies für mich und Gascoigne sehr wichtig ist."

„Sofern es wirklich nötig ist, wird es zugestanden, mein Junge", entgegnete der Gouverneur, „doch das werde ich besser zu beurteilen wissen."

Jack verbreitete sich nun über seine Abenteuer, wie sie bereits bekannt sind, sehr zum Erstaunen sowohl des Gouverneurs wie des Kapitäns, und schloß seinen Bericht mit der Äußerung, daß er den Dienst zu verlassen wünsche. Er hoffe, Kapitän Wilson werde ihm seinen Abschied geben und ihn nach Hause schicken.

„Unsinn!" sagte der Gouverneur. „Sie sollen das Mittelmeer nicht verlassen, so lange ich hier bin. Nein, nein, Sie müssen noch mehr Abenteuer erleben und hierher kommen, um sie mir zu erzählen. Merken Sie sich, mein junger Herr, so oft Sie nach Malta kommen, sind Sie stets im Haus des Gouverneurs willkommen."

„Sie sind sehr gütig, Sir Thomas", versetzte Jack, „aber ..."

„Kein Aber, Sir — Sie dürfen den Dienst nicht verlassen. Außerdem vergessen Sie nicht, daß ich Urlaub für Sie erwirken kann, wenn es gilt, Donna Agnes zu besuchen — ja, ich kann Sie auch zu ihr schicken."

Kapitän Wilson redete gleichfalls auf Jack ein, so daß er am Ende von seinem Gesuch Abstand nahm. Harte Behandlung hatte den Entschluß in ihm erzeugt, der Güte war es vorbehalten, ihn wieder umzuändern.

„Mit Ihrer Erlaubnis, Kapitän Wilson, soll Mister Easy heute bei uns speisen und Gascoigne mitbringen. Zanken Sie ruhig zuerst mit Gascoigne, ich werde ihn danach schon mit einem guten Mahl trösten. Aber, Mister Easy, Sie brauchen sich nicht zu scheuen, Ihre Geschichte überall zu erzählen. Setzen Sie sich an den Nix-Mangare-Treppen nieder und posaunen Sie sie aus, wenn Sie Lust dazu haben — ich bin Gouverneur hier."

Jack machte eine Verbeugung und entfernte sich.

„Man muß den Jungen freundlich behandeln, Kapitän Wilson", sagte der Gouverneur. „Sein Abschied wäre ein Verlust für den Dienst. Gütiger Himmel, welche Abenteuer — und wie ehrlich er alles heraussagt. Ich will ihn fragen, ob er nicht für die Zeit seines Hierseins bei mir wohnen will, vorausgesetzt, daß Sie es erlauben. Ich möchte, daß er gern bei mir wäre und im Dienst bliebe."

Kapitän Wilson, der fühlte, daß Freundlichkeit und Aufmerksamkeit weit sicherer auf Jack Easy wirkten, als alle anderen Maßnahmen, gab zum Plan des Gouverneurs seine Einwilligung. Jack speiste also an dessen Tisch und nahm bis zur Wiederherstellung der „Harpy" Unterricht in Spanisch und Italienisch. Mittlerweile traf ein Fahrzeug von der Flotte ein, das für Kapitän Wilson die Weisung mitbrachte, sich nach Mahon zu begeben und ein dort liegendes Transportschiff mit lebendigen Ochsen zum Gebrauch der Flotte zu befrachten. Jack ging nicht sehr gern auf sein Schiff, da er jedoch dem Gouverneur versprochen hatte, im Dienst zu bleiben, begab er sich am Abend vor der Ausfahrt an Bord. Er hatte bisher so im vollen gelebt, daß er anfangs ein wahres Grauen gegen die Midshipman-Menage empfand. Aber der Hunger ist ein guter Koch, und Jack beklagte sich bald nur noch über ihre Spärlichkeit. Er war hocherfreut, nach so langer Abwesenheit Jolliffe und Mesty wieder zu sehen. Er lachte über die Backen des Hochbootsmannes, fragte nach den Schußwunden des Zahlmeister-Stewards, drückte Gascoigne und seinen übrigen Tischgenossen die Hand, walkte Vigors tüchtig durch und setzte sich dann zum Nachtessen nieder.

„Ah, Massa Easy, warum Sie machen ein Kreuzzug ohne mich", sagte Mesty. „Das ist sehr schäbig - bei der Allmacht, aber ich wünsch', ich wär dabei. Sie hab' viel Gefahr ausgestanden, Massa Easy, und dazu noch ohne Mesty."

Am folgenden Tag segelte die „Harpy" los, und Jack versah seinen Dienst. Mr. Asper borgte von ihm zehn Pfund, und Jack konnte auf der Wache sein, so lange er wollte, was freilich nicht viel besagte, da Wachen nicht seine Liebhaberei war. Mr. Sawbridge hielt lange Unterredungen mit Jack, in denen er ihm die Notwendigkeit von Manneszucht und Gehorsam im Dienst auseinandersetzte und ihn belehrte, daß es keine Gleichheit geben könne, zumal die Menschenrechte nur darauf berechnet seien, jeden in seinem Eigentum zu schützen.

„Nach Ihren Ideen, Mister Easy, hätte der Mensch ebenso wenig Recht an seiner Frau als an irgend etwas anderem, und der nächstbeste könnte herkommen, um sie in Anspruch zu nehmen."

Jack dachte an Agnes und machte hinsichtlich des Ehestandes eine Ausnahme. Indessen erlitt seine Philosophie durch den Gedanken, es könne jemand auch bei Agnes die Menschenrechte geltend machen wollen, einen gewaltigen Stoß.

Die „Harpy“ erreichte die afrikanische Küste, indem sie gegen den Wind kreuzte. Endlich erspähten sie in sechzehn Meilen Entfernung eine Brigg unter Land. Takelwerk und Außenseite ließen Kapitän Wilson vermuten, daß es ein Kaperfahrer oder Korsar sei. Da jedoch eben Windstille herrschte, konnte man ihm nicht nahe kommen. Indes hielt es Kapitän Wilson für seine Pflicht, die Brigg zu untersuchen, weshalb er abends um zehn Uhr die Boote zu Wasser ließ. Da man noch nicht wußte, mit was man es zu tun hatte, und lediglich eine Besichtigung plante, nahm Mr. Sawbridge an dem Manöver nicht teil. Mr. Asper war auf der Krankenliste, folglich mußte Mr. Smallsole, der Schiffsmeister, das Kommando der Expedition übernehmen. Jack bat Mr. Sawbridge, ihm eines der Boote anzuvertrauen, und Jolliffe mit Vigors begleiteten Smallsole in der Pinasse. Der Geschützmeister erhielt den Befehl über den einen Kutter, während Jack das Kommando des anderen übernahm. Jack war noch nicht über siebzehn, aber doch stark und groß für sein Alter. Man konnte ihn bereits zu den Erwachsenen zählen, da er sich wöchentlich schon zweimal rasieren mußte. Der einzige Zweck seines Anschlusses an die Expedition bestand jedoch darin, daß er bei seiner Rückkehr nach Malta für den Gouverneur eine Geschichte mitzubringen wünschte. Mesty begleitete ihn, und beim Abstoßen des Bootes huschte Gascoigne herein, weil er, wie er sagte, auf Jack aufpassen müsse. Die Befehle des Schiffsmeisters waren sehr bestimmt. Er sollte die Brigg besichtigen und, im Falle einer schweren Bewaffnung, keinen Angriff wagen, da sie in einer Bucht lag und, sobald Wind eintrat, der „Harpy“ nicht entgehen konnte. War sie unbewaffnet, sollte er entern, aber vor dem Morgen nichts Ernsthaftes beginnen. Der Grund, warum die Boote so früh weggeschickt wurden, bestand darin, daß die Leute bei Tag nicht so viel unter der Sonnenhitze zu leiden hätten, die übermäßig war und bereits viele auf die Krankenliste gebracht hatte. Die Boote sollten nach dem Grund der Bay hineinrudern, aber nicht so nahe, um entdeckt zu werden, und erst mit Tagesanbruch von ihren Enterhaken Gebrauch machen. Die Befehle wurden Mr. Smallsole im Beisein der übrigen bei der Partie beteiligten Offiziere eröffnet, so daß also kein Irrtum obwalten konnte, und unmittelbar darauf stießen die Boote ab. Nach dreistündigem Pullen erreichten sie die Stelle, wo die Brigg gleichfalls vom Wind unberührt lag. Da sich an Bord keine Lichter zeigten, glaubten sie unbemerkt zu sein. Die Enterhaken wurden in das sieben Faden tiefe Wasser gesenkt, und die Bootsmannschaft sah dem Anbruch des Tages entgegen. Sobald Jack Kapitän Wilsons Befehl, daß sie bis zum Morgen vor Anker liegen bleiben sollten, vernommen hatte, schickte er Mesty hinunter, um Fischleinen zu holen, da frische Fische in einer Midshipmen-Back stets willkommen sind. Er und Gascoigne machten sich mit diesen Gerätschaften Kurzweil und unterhielten sich zugleich, während sie hin und wieder einen Fisch heraufzogen, mit Disputieren, weshalb ihnen Mr. Smallsole Stillschweigen auferlegte. Der Gegenstand ihrer Verhandlung betraf den Bootsdienst: Gascoigne war der Ansicht, alle Boote sollten auf einmal entern, während Jack es sich in den Kopf setzte, es sei besser, wenn dies der Reihe nach geschehe — eine neue Idee, aber Jacks Vorstellungen waren in den meisten Punkten etwas eigen.

„Wirft man die ganze Macht auf einmal gegen die Decks, kann man einen tüchtigen Schlag führen“, bemerkte Gascoigne, „andernfalls wird man vereinzelt geschlagen.“

„Sehr wahr“, versetzte Jack, „vorausgesetzt, daß man eine tüchtige Macht hat oder der Feind nicht vorbereitet ist. Im Gegenteil ist aber der Fall anders. Nehmen wir zum Beispiel die Feuerwaffen — die Gegner schießen die ihren auf das erste Boot ab und haben keine Zeit, wieder zu laden, wenn das zweite Boot mit seinen geladenen Gewehren antritt. Jedes frisch anrückende Boot hebt den Mut derjenigen, die geentert haben, und den Schrecken der Verteidiger. Die frische Mannschaft bringt auch frische Kräfte mit. Verlaß dich darauf, Gascoigne, nichts geht über ein *Corps de reserve*."

„Wollen Sie endlich schweigen in Ihrem Boot, oder nicht, Mister Easy?" rief der Schiffsmeister. „Sie sind eine Schande für den Dienst, Sir."

„Danke, Sir", versetzte Jack in gedämpftem Ton. „Es hat wieder einer angebissen, Ned."

Jack und sein Kamerad fuhren schweigend fort zu fischen, bis der Morgen dämmerte. Der Nebel wälzte sich von dem ruhigen Wasser in die Höhe und ließ die Brigg sehen, die, sobald sie die Boote bemerkte, die französische Trikolore hißte und einen Warnschuß abfeuerte.

Mr. Smallsole war unschlüssig. Mr. Jolliffe bemerkte, das abgefeuerte Geschütz sei ein kleines Kaliber. Die Mannschaft, wie gewöhnlich sehr kampfbegierig, behauptete das gleiche, und der Schiffsmeister, der sich durch einen Rückzug vor dem Feind nicht der Verachtung der Schiffsmannschaft aussetzen wollte, befahl den Booten, ihre Enterhaken aufzuholen.

„Haltet noch einen Augenblick, meine Jungen", sagte Jack zu seinen Leuten, „da hat wieder einer angebissen."

Die Matrosen lachten über den leichten Sinn Jack Easys und warteten bis er seinen Fisch geborgen hatte, um hinterher durch schärferes Pullen die Zeit wieder einzubringen.

„So, jetzt habe ich ihn", sagte Jack. „Ihr könnt die Enterhaken gleichzeitig anholen, während ich den Fisch heraufziehe."

Dieses Zögern gab den anderen Booten einen Vorsprung von einem Dutzend Ruderschlägen, eine Entfernung, die sich nicht so leicht wieder einbringen ließ.

„Sie werden vor uns an Bord sein, Sir", sagte der Beischiffsführer.

„Nun denn", versetzte Jack, „eines muß das letzte sein."

„Aber das meine sollte es nicht sein, wenn ich's verhindern könnte", entgegnete Gascoigne.

„Ich sage dir", erwiderte Jack, „wir werden das *Corps de reserve* bilden und die Ehre haben, die Waagschale zu unseren Gunsten zu senken."

„Hurtig, Jungen“, rief Gascoigne, als er bemerkte, daß die anderen ihren Vorsprung von einer Ankertaulänge hielten.

„Gascoigne, ich kommandiere das Boot“, sagte Jack, „und ich wünsche nicht, daß meine Leute atemlos zum Entern kommen — das wäre sehr unklug. Einen stetigen Strich, meine Jungen, und nicht zu viel Anstrengung.“

„Beim Himmel, sie werden das Schiff nehmen, ehe wir an dessen Seite kommen.“

„Und wenn schon, ich habe recht — ist's nicht so, Mesty?“

„Ja, Massa Easy, Sie sehr recht — gesetzt, sie nehmen Schiff ohne Sie, so man Sie nicht braucht — gesetzt, man Sie braucht, so Sie kommen.“

Der Neger, der seine Jacke abgelegt hatte, streifte seine Hemdärmel auf, als ob er irgendeinen Streich beabsichtige.

Der erste Kutter, der von dem Geschützmeister kommandiert wurde, hatte die Lansche eingeholt und war ihr um drei Bootslängen vorausgeschossen, als sie neben dem Feind anlangte. Die Brigg bedachte ihn mit einer gut gerichteten vollen Lage, und das Boot sank.

„Der Kutter sinkt“, rief Gascoigne; „rasch, Leute!“

„Siehst du denn nicht, daß die Breitseite, wenn wir alle drei auf einmal angerudert gekommen wären, uns samt und sonders versenkt haben würde?“ entgegnete Jack ruhig.

„Die Lansche ist an Bord — vorwärts, Leute, vorwärts!“ rief Gascoigne, ungeduldig mit dem Fuß stampfend.

Der Empfang war offensichtlich sehr warm. Während die Mannschaft der Lansche enterte, erschien der zweite Kutter dicht unter der Windfierung der Brigg — zwei weitere Schläge, und er befand sich neben Bord, als plötzlich eine furchtbare Explosion auf dem Deck des Schiffes stattfand. Menschen und Trümmer wurden in die Luft geschleudert. Die Erschütterung war so furchbar, daß die Mannschaft des zweiten Kutters wie versteinert im Rudern innehielt, die Augen auf die Rauchsäulen gerichtet, die aus den Stückpforten hervordrangen und sowohl Masten als Takelwerk des Schiffes verhüllten.

„Nun ist's Zeit für uns, meine Jungen! Vorwärts und an den Bug!“ rief unser Held.

Die Matrosen, durch seine Stimme wieder zur Tätigkeit gerufen, leisteten Folge — aber die dem Boot beigebrachte Bewegung reichte bereits aus. Ehe die Leute ihre Ruder ins Wasser senken konnten, schoß es bereits gegen die Seite des Schiffes. Jack kletterte auf das Halbdeck der Brigg und seine Mannschaft folgte nach. Hier bot sich ein schrecklicher Anblick: das ganze Deck war schwarz, überall lagen Leichen. Zum Teil brannten noch ihre Kleider, und unter den Toten lagen viele verstümmelte Rümpfe.

Das Gangspill war losgerissen und über Bord geworfen worden, das Kompaßhäuschen war nur noch ein Trümmerhaufen, und viele der Taue brannten. Auf dem ganzen Deck war nicht eine einzige Person, die ihnen Widerstand hätte leisten können.

Wie sie später von einigen der Leute erfuhren, deren Leben dadurch gerettet wurde, daß sie unten geblieben waren, hatte der französische Kapitän die Boote gesehen, ehe sie noch enterten, und deshalb Vorbereitungen zu ihrem Empfang getroffen. Eine große Munitionskiste mit Kartätschen für die Kanonen stand auf dem Deck, damit man keine Zeit mit dem Heraufbieten der Patronen verliere. Der Kampf zwischen der Pinassenmannschaft und dem Schiffsvolk wurde in der Nähe der Gangspills geführt, und das Feuer einer abgeschossenen Pistole hatte zufällig das Pulver getroffen, das inmitten des Kampfgetümmels explodierte.

Zuerst wurde Wasser geschöpft, um die Flammen zu löschen, die sich über die ganze Brigg verbreiteten. Sobald dies geschehen war, begab sich Jack zum Hackbord und sah sich nach dem versenkten Kutter um. „Gascoigne", rief er, „spring mit vier Leuten ins Boot - ich sehe den Kutter eine Viertelmeile achterwärts schwimmen. Vielleicht sind noch einige am Leben. Ich glaube, ich sehe ein paar Köpfe."

Gascoigne eilte davon und kehrte bald mit dreien von der Mannschaft des Kutters zurück. Die übrigen waren gesunken, wahrscheinlich durch das Lagenfeuer getötet oder verwundet.

„Gott sei Dank sind wenigstens drei gerettet!" rief Jack. „Wir haben ohnehin schon zu viele verloren. Wir müssen

jetzt sehen, ob noch einige von den armen Teufeln auf der Brigg hier am Leben sind, und die Überreste derjenigen, die in Stücke gerissen wurden, von den Decks räumen. Was sagst du jetzt, Ned – wo würden wir wohl sein, wenn wir mit der Pinasse geentert hätten?"

„Es geht dir wie der Katze, du fällst immer auf die Füße, Easy", versetzte Gascoigne, „aber damit ist noch nicht bewiesen, daß du recht hast."

„Ich sehe, du bist nicht zu überzeugen, Ned, und wenn man dir die triftigsten Argumente vorlegte. Indes ist jetzt keine Zeit dazu – wir müssen nach diesen armen Leuten sehen, von denen einige noch am Leben sind."

Eine Leiche nach der anderen wurde durch die Pforten geworfen. Man konnte in den meisten Fällen an der Kleidung unterscheiden, ob man es mit einem hingeschiedenen Freund oder Feind zu tun hatte.

Jack wandte sich um und bemerkte Mesty, der mit dem Fuß auf einem vom Rumpf getrennten Kopf stand.

„Was treibst du, Mesty?"

„Massa Easy, ich betrachte nur dies und denk, es sei Massa Vigors Kopf, und dann ich denk, dies Schädel von sein Feind ein hübsches Präsent für klein Massa Gosset. Und dann ich wieder denk und sag, nein, er tot und nimmermehr dresch – so mag er denn über Bord gehen."

Jack wandte sich ab und verzieh Vigors in seinem Herzen. Er gedachte der kleinlichen Feindseligkeiten in einer Midshipmenkajüte, als er den geschwärzten Rumpf betrachtete, der vor einer halben Stunde noch Leben und Geist besaß.

„Massa Easy", sagte Mesty, „ich glaub, Sie haben jedenfalls recht, wenn Sie sagen vergeben – denn, Massa Vigors", fuhr er fort, indem er den Kopf an dem versengten Haar in die Höhe hob und ihn zu der Pforte hinausrollte, „du wahrhaftig ein sehr schlimm Mann, aber Ashantee vergib dir."

„Da ist noch jemand am Leben", sagte Gascoigne zu Jack. Er untersuchte einen Körper, dessen Gesicht so schwarz wie Kohle war und sich nicht erkennen ließ. „Dem Anzug nach gehört er zu uns."

Jack trat hinzu, um Gascoigne beizustehen, während er

den Körper aus der Verstrickung von Tauen und halbverbrannter Teerleinwand löste. Mesty besichtigte die unteren Extremitäten und sagte: „Massa Easy, das Massa Jolliffe, ich kenn ihn an Hosen. Der Marinschneider sagt, er flick immer und immer und sei doch so alt, daß kein Faden mehr halten. Gestern er diesen Fleck einsetzen, und Marinschneider sagt, er will sein verdammt, wenn er ihm noch jemand zu Gefallen etwas flickt."

Mesty hatte recht, es war der arme Jolliffe, dessen Gesicht bei der Explosion so schwarz gebrannt worden war wie Kohle. Er hatte auch drei Finger seiner linken Hand verloren, schien sich aber, sobald er auf das Deck gebracht war, wieder zu erholen. Er deutete auf den Mund, um damit bemerkbar zu machen, daß er Wasser wünsche, das auch sofort herbeigebracht wurde.

„Mesty", sagte Jack, „ich überlasse Mister Jolliffe deiner Obhut. Trage alle Sorge für ihn, bis ich wieder zurückkommen kann."

Die Nachforschung wurde fortgesetzt. Man fand vier englische Matrosen, deren Wiedergenesung zu erwarten stand, und eine gleiche Anzahl von Franzosen. Der Rest der Leichen wurde über Bord geworfen. Mr. Smallsoles Hut wurde unter den Kanonen geborgen, und unten fanden sich etwa elf Franzosen.

Das Schiff war die „Franklin", ein französischer Kaper mit zehn Kanonen und fünfundsechzig Mann, von denen acht mit Prisen fortgeschickt waren. Der Verlust auf der Brigg betrug sechsundvierzig Tote und Verwundete. Von der Mannschaft der „Harpy" waren fünf mit dem Kutter ertrunken und achtzehn, die zu der Pinasse gehörten, bei der Explosion ums Leben gekommen. Nur Mr. Jolliffe und fünf Matrosen hatten es überstanden.

„Die ‚Harpy' steuert mit einer Brise aus der hohen See herein", sagte Gascoigne zu Easy.

„Um so besser, Ned, denn ich habe diese Arbeit satt. Es ist etwas wahrhaft Schreckliches, und ich wünsche wieder an Bord zu sein. Eben bin ich bei Jolliffe gewesen. Er kann nur wenig sprechen, wird aber hoffentlich aufkommen. Ich will es dem armen Menschen gönnen, denn er wird befördert werden, da er der kommandierende Offizier aller Übriggebliebenen ist."

„Nun", versetzte Gascoigne, „in diesem Fall kann er darauf schwören, es sei die Explosion gewesen, die ihm seine Schönheit verdorben habe — aber da kommt die ‚Harpy'. Ich habe mich nach einer englischen Flagge umgesehen, um sie über der französischen aufziehen zu können, konnte aber keine finden, weshalb ich ein Stück Segel darüber aufzog; das wird's auch tun."

Die „Harpy" drehte neben der Brigg bei, und Jack ging in dem Kutter an Bord, um über die Vorfälle Bericht zu erstatten. Kapitän Wilson bedauerte sehr den Verlust so vieler Leute. Der Kutter nahm frische Matrosen an Bord, um die Pinasse zu bemannen, und der Kapitän begab sich, von Sawbridge begleitet, auf die Fregatte, um sich von der schrecklichen Wirkung der Explosion zu überzeugen.

Jolliffe und die verwundeten Matrosen wurden an Bord genommen und erholten sich mit der Zeit wieder. Wir haben bereits früher angedeutet, daß das Gesicht des armen Mr. Jolliffe sehr durch die Pocken entstellt war. Die Verbrennung wirkte aber in einer Weise, daß im Laufe von drei Wochen die ganze Oberhaut wie eine Maske abging, so daß einige erklärten, er sehe jetzt, trotz seiner Nähte und Narben, viel besser aus als zuvor. Wir müssen hier bemerken, daß Mr. Jolliffe nicht nur Beförderung, sondern auch für seine Wunden Pension erhielt und sich bald darauf aus dem Dienst zurückzog. Er blieb stets der einfache Mann wie zuvor; aber als bekannt wurde, daß er mit einem Schiff aufgeflogen sei, wurden der Verlust seiner Augen und die Risse seines Gesichtes dem gleichen Zufall zugeschrieben, und er erregte als tapferer, verstümmelter Offizier großes Interesse. Später heiratete er und erreichte in glücklicher Zufriedenheit ein hohes Alter.

Die „Harpy" segelte mit ihrer Prise nach Mahon, und Jack konnte neuer Ehren gewiß sein.

23

Einige Tage nach Ankunft der „Harpy“ in Port Mahon traf ein Kutter mit Depeschen des Admirals ein. Er brachte Kapitän Wilson die Ernennung zum Postkapitän auf die Fregatte „Aurora“ woran Jack Easy einigen Anteil hatte.

Mr. Sawbridge erhielt den Rang eines Kapitäns und das Kommando der „Harpy“. Der Admiral teilte Kapitän Wilson mit, er müsse die „Aurora“ bis zur Ankunft einer anderen Fregatte, die stündlich erwartet werde, zurückbehalten und wolle sie dann nach Mahon hinunterschicken, damit Wilson das Kommando übernehmen könne. Ferner deutete er an, daß eine Zufuhr von lebendigen Ochsen sehr angenehm sein würde und bat, Kapitän Wilson möchte zur Beschaffung unverzüglich Leute nach Tetuan schicken. Wilson hatte so viele Offiziere verloren, daß er nicht wußte, wen er gehen lassen sollte. Außerdem war ihm das Kommando der „Harpy“ abgenommen, folglich nur noch ein Lieutenant da, während es an einem Schiffsmeister oder Schiffsmeistermaat gänzlich gebrach. Gascoigne und Jack waren die einzigen dienstfähigen Midshipmen, und er scheute sich, ihnen die Expedition anzuvertrauen.

„Was machen wir, Sawbridge?“ sagte er zu dem neu ernannten Kapitän. „Sollen wir Easy schicken oder Gascoigne? Wir könnten auch beide ziehen lassen, oder meinen Sie, es sei keinem zu trauen? Freilich, wenn sie die Ochsen nicht beischaffen, wird sie der Admiral nicht so gut durchschlüpfen lassen wie wir.“

„Wir müssen jemand schicken, Sir“, versetzte Kapitän Sawbridge, „und es ist üblich, daß man hierzu *zwei* Offiziere nimmt — einen, der die Ochsen an Bord in Empfang nimmt, und einen anderen, der die Einschiffung beaufsichtigt.“

„Na gut, dann sollen beide gehen, Sawbridge, aber wir müssen ihnen zuvor eine tüchtige Lektion erteilen."

„Ich glaube nicht, daß sie dort viel Unfug stiften können", entgegnete Sawbridge. „Obendrein ist es ein schlimmes Loch, so daß sie froh sein werden, wieder wegzukommen."

Easy und Gascoigne wurden bestimmt. Sie hörten aufmerksam auf alles, was ihnen Kapitän Sawbridge sagte, versprachen, sich gut aufzuführen und erhielten einen Brief an den Vizekonsul. Dann wurden ihre Hängematten und Koffer in die Kajüte der Brigg „Mary Ann", die einen Freibrief der Regierung hatte, gebracht, und alsbald setzte sich die Besatzung in Bewegung, um die Anker zu lichten.

Der Kapitän des Transportschiffs kam auf das Achterdeck, um die beiden Midshipmen zu empfangen; er war ein kleiner, rothaariger junger Mann mit Händen wie eine Meerschweinfinne, breitem sommersprossigen Gesicht, einer Mopsnase und breiten Schultern. Man konnte ihn nicht gerade schön nennen, und ein merkwürdig guter Humor war ihm nicht abzusprechen. Nachdem die Kisten und Hängematten auf dem Deck waren, sagte er zu Jack, sobald er die Anker gelichtet und die Segel gesetzt habe, wolle er ihnen eine Flasche Portwein stiften, worauf Jack entgegnete, er solle das Getränk lieber gleich beischaffen. „Sie könnten ja während dieses Geschäfts darüber verfügen und sparten Zeit."

„Zeit wird vielleicht gespart, aber kein Porter", versetzte der Schiffer, „aber sei's drum."

Er rief einen Jungen, befahl ihm, die Flasche zu bringen, und begab sich zum Vorderdeck. Jack ließ Stühle beischaffen, setzte den Porter auf die Poop und nahm mit Gascoigne Platz.

Die Anker wurden gelichtet, und das Transportschiff lief unter Fockmarssegel aus, da zu wenig Mannschaft vorhanden war. Sie kamen auf zehn Ellen Entfernung an der „Harpy" vorbei, und Kapitän Sawbridge bemerkte, daß es sich die beiden Midshipmen gemütlich gemacht hatten, indem sie mit gekreuzten Armen und Beinen vor ihrem Porter saßen. Er hatte deshalb gute Lust, das Transportschiff beilegen zu lassen. Da er jedoch keinen Offizier entbehren konnte, ging er von der Reling weg und sagte zu sich selber: „Ich müßte mich sehr irren, wenn das nicht ein Garn für den Gouverneur gäbe.“

Endlich erreichten sie Tetuan, und die Midshipmen begaben sich zusammen mit Kapitän Hogg an Land, um dem Vizekonsul ihre Aufwartung zu machen. Sie zeigten ihre Beglaubigungsschreiben vor und verlangten eine Ladung Ochsen. Der Vizekonsul war ein sehr junger, kleiner, magerer und blondhaariger Mensch. Sein Vater hatte das Amt vor ihm innegehabt. Er war nur deshalb zu dessen Nachfolger ernannt worden, weil es niemand für der Mühe wert hielt, sich um das Amt zu bewerben. Dessen ungeachtet hatte Mr. Hicks eine gewaltig hohe Meinung von der Verantwortlichkeit seiner Stellung, und da der Ort im Augenblick tatsächlich von einiger Bedeutung war, hatte er mit seiner Schwester alle Hände voll zu tun. Sie war die einzige englische Dame am Ort, gab den Ton an und beanspruchte die ungeteilte Aufmerksamkeit der Gentlemen von der Marine, die von Zeit zu Zeit wegen der Ochsenlieferungen kamen. Miß Hicks kannte jedoch ihre Bedeutsamkeit und hatte deshalb bereits an drei Midshipmen, einen Schiffersmaat und einen Zahlmeister im Dienst Körbe ausgeteilt. Afrikanische Stiere gab es in Tetuan in Fülle, aber die englischen Damen waren selten; außerdem besaß Miß Hicks ein hübsches kleines Vermögen, nämlich dreihundert Dollar in einem Leinwandbeutel, die ihr der verstorbene Papa zur ausschließlichen Verfügung hinterlassen hatte. Miß Hicks sah ihrem Bruder sehr ähnlich, nur war sie beleibter von Gestalt und hatte flachsgelbe Haare. Ihr Gesicht konnte ziemlich hübsch genannt werden, und ihr Teint war sehr weiß. Sobald die Präliminarien in einem kleinen Stübchen mit kahlen Wänden, das Mr. Hicks sein Büro nannte, abgeschlossen waren, wurden unsere Helden aufgefordert, der Schwester des Vizekonsuls im Besuchszimmer ihre Aufwartung zu machen. Miss Hicks übersah die beiden Midshipmen so gut es ging, lächelte aber gnädig dem Kapitän Hogg zu, denn die Rangstufen eines Midshipman und eines Kapitäns waren ihr wohl bekannt. Nach einer Weile bat sie Kapitän Hogg um die Ehre, sie zum Dinner zu begleiten; sie ersuchte ihn zugleich, seine Midshipmen mitzubringen, worauf Jack und Gascoigne einander ansahen und in lautes Gelächter ausbrachen, so daß Miß Hicks schier geneigt war, den letzten Teil ihrer Einladung zurückzunehmen.

Nachdem sie das Haus wieder verlassen hatten, bedeuteten sie dem Kapitän, er möchte an Bord gehen und alles bereithalten, während sie einen Spaziergang um die Stadt unternahmen. Sie betrachteten sich alles, stierten Araber, Mauren und Juden an, bis sie müde waren, und begaben sich sodann zum Landungsplatz, wo sie den Kapitän trafen, der bemerkte, er habe nichts tun können, weil die Mannschaft betrunken sei von der Dublone, die Jack ihr geschenkt hatte. Jack entgegnete, eine Dublone dauere nicht ewig, und je eher sie sie vertränken, desto besser sei es. Sie kehrten zu dem Vizekonsul zurück, den sie baten, fünfzig Dutzend Hühner, zwanzig Schafe und viele andere Artikel, wie sie eben am Ort zu haben waren, für sie beizuschaffen. Jack sagte, sie wollten sich auf dem Weg nach Toulon gütlich tun und den Rest an den Admiral abtreten, denn Jack beabsichtigte, ehe er Mahon verließ, abermals die Philosophie seines Vaters auf die Probe zu stellen. Auf solch großzügige Aufträge hin, an denen der Vizekonsul wenigstens ein Drittel der Kaufsumme sich selbst zugestand, glaubte Mr. Hicks den Midshipmen und Kapitän Hogg mindestens Betten anbieten zu müssen. Nach dem Essen verlangte Jack, Hogg möge an Bord gehen und ihr Geld an Land schaffen lassen, was denn auch geschah. Die übliche Zeit für die Zusammenstellung eines Ochsentransports nach Tetuan belief sich auf drei Wochen, und unsere Midshipmen beschlossen, wenigstens so lange zu bleiben. Nichtstun, befanden sie, sei unendlich behaglicher, als sich im Dienst zu plagen. Sie nahmen daher Quartier beim Vizekonsul, ließen Porter und andere Dinge, die nicht am Land zu haben waren, von dem Transportschiff kommen, und Jack gab, um zu beweisen, daß er kein Betrüger war, Kapitän Hogg hundert Dollar auf Rechnung. Hogg hatte Porter und englische Luxusartikel auf Spekulation an Bord genommen, von denen er noch einen beträchtlichen Vorrat besaß. Da sich die Midshipmen von dem Vizekonsul nicht nur betrügen ließen, sondern obendrein auch noch dessen Tafel versorgten, zeigte sich Mr. Hicks sehr gastfreundlich und stellte alles zu ihrer Verfügung – Miß Julia ausgenommen, die über einen Midshipman, selbst wenn er die Taschen voll hatte, bloß die Nase rümpfte. Dagegen scharwenzelte sie um den Kapitän herum, der sich prompt bis über die Ohren in sie verliebte. Während man eifrig bemüht war, die Ochsen herbeizuschaffen und während Jack und Gascoigne es sich gutgehen ließen und Kapitän Hogg balzte, entschwand die erste Woche.

Easys und Gascoignes Gemach befand sich unter dem Dach des Hauses, und da es außerordentlich warm war, hatte Gascoigne kurzerhand auf dem flachen Dach Quartier gemacht. Die Häuser waren im maurischen Stil gebaut, um die Bewohner in die Lage zu versetzen, die Kühle des Abends zu genießen und bisweilen dort zu schlafen. Derartige Dächer sind, wo mehrere Häuser aneinanderstoßen, durch Wände, mehrere Fuß hoch, voneinander geteilt, um die Abgeschiedenheit zu sichern, welche die mohammedanische Sitte verlangt.

Gascoigne lag noch nicht lange oben, als er eine weibliche Stimme vernahm, die leise auf der anderen Seite der Mauer ein melancholisches Lied sang. Gascoigne war selbst auch musikalisch, und da er ein sehr feines Ohr hatte, war er entzückt von der Perfektion des Gesangs, obgleich er die Melodie nie zuvor gehört hatte. Es lehnte sich gegen die Wand, rauchte eine Zigarre und lauschte.

Endlich hörte sie auf, und nachdem unser Midshipman eine halbe Stunde lang vergeblich auf Fortsetzung gehofft hatte, kehrte er zu seinem Lager zurück, die Melodie die ihm so sehr gefallen hatte, vor sich hinsummend. Sie verfolgte ihn die ganze Nacht im Schlaf und klang beim Erwachen in seinen Ohren. Ehe das Frühstück bereit war, hatte Gascoigne englische Worte dazu gefunden, und sang sie den ganzen Tag über vor sich hin. Er fragte den Vizekonsul, wer in dem angrenzenden Haus wohne und erhielt die Antwort: ein alter Maure, der als sehr reich gelte und eine Tochter habe, die schon mancher zur Ehe begehrt hätte; er selber könne weder von ihrem Reichtum noch von ihrer Schönheit sprechen, habe sich aber sagen lassen, daß sie Schönheit in hohem Maße besitze. Gascoigne stellte keine weiteren Nachforschungen an, sondern begab sich mit Jack und Kapitän Hogg an Bord, um dafür zu sorgen, daß die ersten Stiere ihr Wasser erhielten.

„Wo hast du dieses Liedchen aufgelesen, Gascoigne?" fragte Jack. „Es ist sehr hübsch."

Gascoigne sagte es ihm und berichtete zugleich, was er von Mr. Hicks gehört hatte.

„Ich habe es mir in den Kopf gesetzt, das Mädchen zu sehen. Hicks kann arabisch. Frag ihn mal, wie die Worte ‚sei unbesorgt – ich liebe dich – ich kann nicht sprechen deine Sprache' – auf arabisch heißen und schreib auf, wie sie ausgesprochen werden."

Jack spottete über Gascoignes Einfall, da er unmöglich zu etwas führen könne.

„Möglich", versetzte Gascoigne. „Es wäre mir egal, wenn sie nicht so schön gesungen hätte. Ich glaube wahrhaftig, der Weg zu meinem Herzen geht über's Ohr. Ich will heute nacht einen Versuch machen, ob sie soviel Gefühl hat, wie ich ihr zutraue. Wir wollen zurückkehren. Ich bin's leid, Weiber zu sehen, die ihre Kleider über den Augen haben, und Männer, die bis zu den Kopfhaaren vor Schmutz starren."

Als sie in das Haus traten, hörten sie einen Wortwechsel zwischen Mr. und Miß Hicks.

„Ich werde nie meine Zustimmung geben, Julia. Ein einziger von diesen Midshipmen, über die du die Nase rümpfst, ist mehr wert als ein Dutzend Hoggs."

Julia sagte: „Ich habe allein über meine Person und mein Vermögen zu gebieten, und ich werde tun, was mir gefällt."

„Ich halte es für meine Pflicht, dich zu hindern, daß du ein unpassendes Ehebündnis eingehst, und da ich hier der Repräsentant Seiner Majestät bin, kann ich dir nicht erlauben, diesen jungen Mann zu heiraten."

„Gott steh uns bei!" rief Gascoigne. „Er – ein Repräsentant Seiner Majestät!"

„Ich werde dich um deine Zustimmung gar nicht erst fragen", entgegnete die Dame.

„Du darfst ohne meine Einwilligung nicht heiraten. Da ich zum diplomatischen Korps Seiner Majestät gehöre, habe ich große Macht und werde ein Veto einlegen. Nur ich bin der Mann, der dich verheiraten kann."

„Dann heirate ich anderwärts."

„Und was willst du an Bord des Transportschiffs so lange anfangen, bis es dir möglich wird, dich trauen zu lassen?"

„Ich werde tun, was mir passend erscheint", erwiderte die Dame. „Jedenfalls kannst du mich mit deinen Andeutungen verschonen."

Mit diesen Worten schoß die Dame aus dem Zimmer und lief zu ihrem eigenen, und unsere Midshipmen machten im Flur Lärm, als ob sie eben erst hereinkämen. Sie fanden Mr. Hicks sehr erhitzt, aber er erholte sich bald wieder. Auch Kapitän Hogg erschien jetzt, und man begab sich zum Dinner. Miß Julia wollte jedoch nicht erscheinen, und Mr. Hicks benahm sich nicht sonderlich höflich gegen den Kapitän. Da er jedoch bald abgerufen wurde, gingen die Midshipmen in das Büro, um den beiden Verliebten eine Zusammenkunft möglich zu machen. Sie hörten sie miteinander reden, dann wurden der Worte immer weniger und ihre Sprache zärtlicher.

„Mal gucken, was vorgeht", sagte Gascoigne. Sie näherten sich leise so weit, daß sie die beiden Verliebten bemerken konnten, die zu sehr miteinander beschäftigt waren, um sich in acht zu nehmen.

Kapitän Hogg bat seine Geliebte um eine Haarlocke. Die beleibte Julia konnte ihm den Wunsch nicht versagen. Sie ließ ihre Flachszöpfe fallen, nahm ihre Schere heraus und schnitt sich hinten einen Wisch Haare ab, den sie dem Kapitän zum Geschenk machte. Der Kapitän nahm ihn mit seiner ungeheuren Pfote entgegen und steckte ihn in seine hintere Rocktasche. Aber ein einziger Ruck reichte nicht aus, weshalb er nachschob, bis alles hineingeringelt war.

„Ein freigebiges Mädchen", flüsterte Jack. „Sie schenkt im Ganzen weg, was einige Zeit brauchen wird, bis es einzeln wieder nachgewachsen ist. Doch da kommt Mister Hicks. Wir müssen ihnen einen Wink geben. Ich habe Hogg gern, und da sie eine Vorliebe für den Kerl hat, soll sie ihn kriegen."

In der Nacht ging Gascoigne wieder auf das Dach und wartete, bis er das Lied des Mädchens hörte. An seinem Schluß sang er sehr leise die Worte, die er der Melodie angepaßt hatte. Eine Zeitlang war alles still, dann begann der Gesang abermals, aber nicht mit derselben Melodie. Gascoigne wartete, bis die neue Arie mehrere Male wiederholt worden war, dann ließ er seine schöne Tenorstimme erschallen und sang sein erstes Liedchen abermals. Es tönte durch die Stille der Nacht, und er lauschte wieder, aber vergeblich; die sanfte Stimme des Mädchens ließ sich nicht mehr hören, und Gascoigne suchte endlich sein Lager auf.

So ging es drei oder vier Abende. Gascoigne sang die Weisen, die er in der letzten Nacht gehört hatte, bis sich endlich das Mädchen nicht länger zu fürchten schien, sondern immer neue Lieder brachte, um tags darauf mit deren Wiederholung erfreut zu werden. Am fünften Abend sang sie die erste Weise wieder. Gascoinge wiederholte sie, worauf sie eine andere sang, bis sie zuletzt alle gesungen und Gascoigne ihr jedesmal darauf geantwortet hatte. Die Mauer war nicht mehr als acht Fuß hoch, und er nahm sich nun vor, mit Jacks Hilfe sich auch den Anblick seiner unbekannten Sängerin zu verschaffen. Er bat Kapitän Hogg, ihm eine zolldicke Leine vom Schiff mitzubringen, und verfertigte daraus eine Leiter, zu der er auch noch drei, vier Stangen, die zum Wäschetrocknen dalagen, verwendete. Dieses Gerät befestigte er in aller Stille an der Wand und hielt alles für den Abend bereit. Es war eine schöne mondhelle Nacht, als er, von Jack begleitet, auf das Dach stieg. Die Arie wurde wieder gesungen und von Gascoigne wiederholt. Dann stieg er sachte die Leiter hinauf, die von Jack gehalten wurde, und hob seinen Kopf über die Mauer. Er bemerkte ein maurisches junges Mädchen in prachtvoller Kleidung, halb auf einer Ottomane liegend und die Augen zum Mond gerichtet. Er bemerkte, daß sie sehr schön war. Sie schien in Betrachtungen verloren zu sein, und Gascoigne würde eine Welt darum gegeben haben, wenn er ihre Gedanken hätte erraten können. Zufrieden mit dem, was er gesehen hatte, stieg er wieder herab, sang eines der Lieder und wiederholte dann die Worte: „Sei unbesorgt, ich liebe dich, ich kann nicht sprechen deine Sprache." Er ließ eine andere Melodie folgen, danach wiederholte er die Worte in arabischer Sprache. Keine Antwort. Er sang die dritte Strophe, jetzt hörte er zu seinem Entzücken eine Antwort in französischer Sprache.

„Kannst du in dieser Sprache reden?"

„Ja, ich kann es", versetzte Gascoigne. „Allah sei gepriesen. Sei unbesorgt, ich liebe dich."

„Ich kenne dich nicht. Wer bist du? Du gehörst nicht zu meinem Volk."

„Nein, aber ich will alles sein, was du wünschst. Ich bin ein englischer Offizier."

Nach dieser Antwort trat Pause ein.

„Verschmähst du mich?" fragte Gascoigne.

„Nein, aber du gehörst weder meinem Volk noch meinem Land an. Sprich nicht mehr, man könnte dich hören."

„Ich gehorche", versetzte Gascoigne, „weil du es wünschst. Aber ich werde traurig sein bis morgen abend. Ich werde von dir träumen. Allah beschütze dich!"

„Wie erstaunlich poetisch du in deiner Sprache bist, Ned!" staunte Easy, als sie zu ihrem Gemach hinabgingen.

„Das braucht dich nicht zu wundern. Ich habe ‚Tausendundeine Nacht' gelesen. In deinem Leben hast du nie solche Augen gesehen. Sie ist eine wahrhaftige Huri!"

„Ist sie so schön wie Agnes?"

„Im Mondlicht zwanzigmal so schön."

„Pah, das ist alles Mondschein, und darauf wird's auch mit deiner Liebe hinauslaufen, was willst du denn mit einem Weib anfangen?"

„Das, was du auch damit anfangen würdest, Jack."

„Ich meine, mein lieber Ned, ob du die Ernährung einer Frau erschwingen kannst?"

„Nicht, so lange der alte Papa lebt, aber ich weiß, er hat einiges Geld in Rücklage. Freilich sagte er mir eines Tages, daß ich nicht mehr als dreitausend Pfund erwarten dürfe. Du weißt, ich habe Schwestern."

„Ehe du diese Summe bekommst, wirst du dreitausend Kinder haben."

„Das wäre eine große Familie", versetzte Gascoigne und brach in ein lautes Gelächter aus, in das Jack einstimmte.

„Nun, du weißt, ich wollte nur den Punkt mit dir beleuchten."

„Das weiß ich, Jack, aber ich denke, wir zählen unsere Kügelchen, ehe sie ausgebrütet sind, und das ist töricht."

„In jedem anderen Fall, nur nicht, wenn wir uns in den Ehestand wagen."

„Du wirst ja auf einmal so altklug."

„Meine Weisheit gilt meinen Freunden, meine Torheit mir selbst. Gute Nacht!"

Aber Jack ging nicht schlafen.

Ich kann es nicht zulassen, daß Gascoigne eine solche Torheit begeht, dachte er. Im glücklichsten Fall kriegt er ein braunes Mädchen auf Midshipman-Gage – und glückt es ihm nicht, wird ihm vielleicht ein Messer in den Bauch gerannt.

Wie Jack sagte, galt seine Weisheit seinen Freunden, und er verfuhr dabei so großmütig, daß er nichts für den eigenen Gebrauch zurückbehielt.

Wie bereits bemerkt wurde, gab Miß Julia Hicks in Tetuan den Ton an, und die Art, wie sie sich gab, war gar nicht unziemlich. Die maurischen Schönheiten trugen große Schleier. Ihr Kopfputz reichte bis auf die Fersen hinunter, mit einer Öffnung für die Augen. Nun fand Miß Hicks diese Tracht weit bequemer als den Hut, da sie in derselben trotz der sengenden Sonnenhitze ausgehen konnte, ohne ihre weiße Haut zu verbrennen, auch nach Belieben überall umhersehen konnte, ohne daß man auf sie achtete. Sie zeigte sich daher nie außerhalb des Hauses ohne einen derartigen Überwurf, der aus mehreren Ellen feinen Musselins bestand. Im Haus selbst trug sie gewöhnlich ein farbiges Kleid. Zu Lebzeiten ihres Vaters war eines Tages ein kleines Schiff in den Hafen eingelaufen und hatte eine große Menge englischer Stoffballen ausgeladen. Da das Fahrzeug bloß mit Ballast ausgesegelt war, machte sich der alte Herr seine Gedanken, wie der Kapitän wohl in den Besitz der Güter gekommen sein mochte. Er zitierte ihn deshalb vor den Gouverneur, aber die Sache wurde freundlich ausgeglichen, da der Vizekonsul ein Viertel der Ladung in Seidenstoffen und Musselines erhielt. Miß Hicks hatte deshalb Kleider von allen Farben in Hülle und Fülle, aber berühmt war sie in der Stadt nur unter einem weißen Musselin-Überwurf. Es gab keinen Köter in Tetuan, der nicht die Schwester des Vizekonsuls gekannt hätte, obgleich nur wenigen das Glück zuteil geworden war, ihr Gesicht zu sehen.

Jack kam auf den glorreichen Gedanken, wenn Gascoigne einmal auf Freiersfüßen wandle, dürfte es für Fälle der Überraschung gut sein, wenn er sich als Miß Hicks kleide. Er machte daher seinem Freund am folgenden Morgen diesen Vorschlag. Gascoigne ging mit Freuden darauf ein, und im Lauf des Tages, während Miss Hicks sich mit Kapitän Hogg unterhielt stibitzte er eines von ihren Kleidern nebst einem Musselin-Überwurf, was weiter nicht auffiel. Ehe Gascoigne am Abend auf das Dach ging, steckte er sich in den Habit von Miss Hicks, mit der er ungefähr die gleiche Größe hatte, obgleich er ein bißchen schlanker war. Er harrte auf den Gesang des maurischen Mädchens, aber vergeblich, weshalb er die Leiter hinaufstieg und über die Mauer blickte. Sie lehnte sich, wie früher, in der Ottomane zurück und schien in Gedanken vertieft zu sein. Plötzlich wurde sie des mit der weißen Musselinkapuze bedeckten Kopfes ansichtig und stieß einen verhaltenen Schrei aus.

„Fürchte dich nicht, Mädchen", sagte Gascoigne, „es ist nicht das erstemal, daß ich dein süßes Gesicht schaue. Ich schmachte nach einer Gefährtin. Was wollte ich darum geben, an deiner Seite zu sitzen. Es ist zwar wahr, ich gehöre nicht zu deinem Glauben, aber folgt daraus, daß wir einander nicht lieben sollen?"

Das maurische Mädchen wollte eben antworten, als Gascoigne eine Erwiderung von einer Seite erhielt, von der aus er sie nicht erwartet hatte. Es war der Maure selbst, der, als er den Ruf seiner Tochter gehört hatte, hurtig aufs Dach geklettert war.

„Wünscht die französische Lilie ihre Wohlgerüche zu vermischen mit dem dunklen Veilchen?" fragte er, denn er hatte die Schwester des Vizekonsuls oft gesehen und bildete sich ein, sie habe die Dachwandung erstiegen, um mit seiner Tochter zu sprechen.

Gascoigne bewies Geistesgegenwart genug, sich diesen glücklichen Irrtum zunutze zu machen.

„Ich bin allein, mein würdiger Maure“, versetzte er, den Schleier über sein Gesicht ziehend, „und sehne mich nach einer Gefährtin. Ich wurde bezaubert von der Nachtigall auf dem Dach deiner Wohnung, ohne jedoch, als ich den Mut faßte, diese Leiter zu erklettern, zu denken, daß ich auf das Gesicht eines Mannes treffen würde.“

„Wenn die französische Lilie auch den Mut haben wird, herunterzusteigen, kann sie an der Seite des dunklen Veilchens sitzen.“

Gascoigne hielt es für ratsam, keine Antwort zu geben.

„Fürchte nichts“, sagte der alte Maure, „was ist ein alter Mann weiter als ein Weib?“

Der Maure brachte eine Leiter, die er gegen die Wand lehnte.

Nach einer Pause sagte Gascoigne: „Es ist mein Geschick.“ Dann stieg er hinunter und wurde von dem Mauren zu der Ottomane geführt, auf der seine Tochter lag. Der Alte setzte sich neben sie und knüpfte ein Gespräch an. Gascoigne kannte den Vizekonsul und seine Schwester gut genug, um seiner Rolle Ehre zu machen. Er hielt es für passend, dem Mauren zu sagen, ihr Bruder wünsche sie dem Schiffskapitän zur Gattin zu geben, aber sie verabscheue ihn, da er sie in ein kaltes, nebeliges Klima bringen wolle. Sie sei hier geboren und wünsche hier zu leben und zu sterben. Sie wolle lieber in den Frauengemächern des Mauren ihr Leben verbringen, als diese Gegend zu verlassen.

Abdel Faza, so der Name des Alten, wurde nun sehr verliebt. Er legte die Hand an seine Stirn, sprach das Salam und sagte der vermeintlichen Dame, sein Zenana samt allem, was darin sei – es selbst samt seinem Haus – stehe zu ihren Diensten. Nach einer Stunde – seine Tochter Azar schwieg höflich – fragte der alte Maure, ob Gascoigne nicht in das Frauengemach hinuntergehen wolle. Zu dem Schweigen seiner Tochter bemerkte er: „Azar, du bist zornig, weil diese französische Huri die Zimmer betreten soll, in denen du bisher die einzige Gebieterin warst. Fürchte dich nicht, du wirst es bald anderswo sein, denn Osman Ali hat dich zum Weib erkoren und meine Zusage erhalten."

Nun war Osman Ali ebenso alt wie ihr Vater, und Azar haßte ihn. Sie bot daher Gascoigne zitternd die Hand und führte ihn zum Zenana. Der Maure begleitete sie bis an die Schwelle, verbeugte sich und ließ sie allein.

Daß nun Gascoigne Zeit hatte, seine Bewerbung zu verfolgen, und daß er eine so günstige Gelegenheit nicht verpaßte, kann man sich leicht denken, um so mehr, da die väterliche Mitteilung betreffs Osman Alis der Sache unseres Midshipman ungeheuren Vorschub leistete.

Er verließ das Zimmer mit einer Midshipmanliebe, das heißt, ein wenig über Quecksilbersiedehitze. Jack, der die ganze Zeit im Zustand großer Spannung gelauscht hatte, war erfreut, freundliche Stimmen zu hören, und einige Minuten später vernahm er, daß Gascoigne die Leiter hinunterstieg. Da fiel ihm ein, es wäre wohl besser, sich nicht blicken zu lassen, wenn etwa der Maure in seiner Galanterie mit der mutmaßlichen Dame die Leiter heraufkäme. Er hatte recht, denn Abdel Faza begleitete Gascoigne nicht nur bis auf die Höhe der Mauer, sondern half ihm auch auf der anderen Seite hinabzusteigen, worauf er sich mit großer Förmlichkeit verabschiedete. Gascoigne eilte zu Jack, der gelauscht hatte, erstattete Bericht über seine Erlebnisse und schilderte Azar als das schönste, bezauberndste Wesen, das je auf Erden weilte. Nach einem halbstündigen Erguß hielt er jedoch verdrossen inne, weil er entdeckte, daß Jack eingeschlafen war. Gascoignes Besuche wiederholten sich jede Nacht. Der alte Abdel Faza wurde immer galanter, und unser Midshipman sah sich genötigt, sich wenigstens tugendhaft zu stellen, wenn er es auch nicht war. Er benahm sich als das sittsamste Wesen von der Welt.

Mittlerweile fuhr Kapitän Hogg fort, der wirklichen Miß Hicks seine Huldigungen zu erweisen. Die Stiere waren an Bord, und da schon mehr als drei Wochen vergangen waren, mußte man wohl an einen Aufbruch nach Toulon denken. Kapitän Hogg war jedoch zu sehr in Amors Bande verstrickt, und Gascoigne hatte sich, wie alle verliebten Midshipmen, vorgenommen, den Dienst zu quittieren. Jack machte dem Kapitän Vorhaltungen, der darauf zu hören schien, weil Miss Hicks eingewilligt hatte, ihr Glück an das seine zu ketten und ihm auf die „Mary Ann" zu folgen. Mr. Hogg willigte ein, in möglichst kurzer Frist abzufahren. Sobald die Anker gelichtet wären, wollte er an Land gehen, Miß Hicks abholen und dann nach Toulon segeln.

Daraus hätte sich Jack nicht viel gemacht, aber die Hauptschwierigkeit betraf Gascoigne, der nichts von einer Abfahrt ohne seine liebliche Azar wissen wollte. Endlich entwarf Jack einen Plan, auf dessen Gelingen er hoffte, indem er sich zugleich einen guten Spaß für den Gouverneur versprach. Er tat, als willige er in Gascoignes Entführungsplan ein, und besprach mit ihm, wie er sich durchführen ließe.

„Kapitän Hogg", sagte er, „hat die Absicht, Miß Hicks zu entführen, und als ich ihm deshalb den Puls fühlte, bemerkte er, er müsse die ganze Kajüte für sich und seine Zukünftige haben. Nun fällt es mir nicht im Traum ein, Miß Hicks oder Mistreß Hogg die Kajüte abzutreten. Ich fände es sehr unbehaglich, ausgesperrt zu werden, nur damit er Liebesszenen zelebrieren kann. Ich bin daher wild entschlossen, daß Miß Hicks hierbleibt. Er hat mir den Vorschlag gemacht, er wolle an Bord gehen und die Anker lichten, mich aber mit dem Boot an Land lassen, um die Belegscheine zu unterzeichnen. Wenn ich dann in der Dunkelheit abfahre, solle Miß Hicks in mein Fahrzeug schlüpfen. Soviel ist nun gewiß, daß ich ihm die Dame nicht mitbringe. Wenn er sie heiraten will, so soll er's tun, wenn ich nicht an Bord bin. Ich habe für alles bezahlt und betrachte die Kajüte als mein Eigentum.

Wenn du nun die junge Maurin entführen willst, gibt es nur *einen*, und zwar einen sehr einfachen Weg. Laß ihr, wenn du sie morgen nacht besuchst, Kleidung von Miß Hicks zurück, und sag ihr, sie soll in der Dämmerung aus ihrem Haus schleichen. Ist sie im Freien, droht ihr keine Gefahr mehr, denn man hält sie dann für die Schwester des Vizekonsuls und wird keine Fragen an sie stellen. Ich will nach ihr sehen und sie statt Miß Hicks an Bord bringen. Hogg hat mittlerweile die Anker gelichtet und wird mit Freuden alle Segel setzen. Sie schließt sich dann in die Kajüte ein, damit der Irrtum erst am nächsten Morgen entdeckt wird, und wir können Kapitän Hogg tüchtig auslachen."

Gascoigne fand Jacks Plan vortrefflich, willigte ein und dankte ihm mit der Beteuerung, daß er der beste Freund sei, den er je gehabt habe.

Da hast du wohl recht, dachte Jack, aber du weißt es trotzdem nicht zu schätzen.

Er begab sich zu Kapitän Hogg und tat, als ob er in allem auf dessen Ansichten eingehe, bemerkte aber zugleich, er wisse aus dem Mund des Vizekonsuls, daß dem die Sache verdächtig vorkomme, denn er habe ihm erklärt, er wolle seine Schwester nicht aus den Augen lassen, bis Hogg an Bord sei.

„Nun wissen Sie wohl", fuhr Jack fort, „daß sich da mit Gewalt nichts ausrichten läßt. Es ist daher das Beste, Sie begeben sich beizeiten aufs Schiff und lichten die Anker. Ich will Ihnen Miß Hicks bringen, während ihr Bruder glaubt, daß alle Gefahr vorüber sei."

„Tausend Dank, Mister Easy", sagte Kapitän Hogg. „Das ist ganz prächtig. Sehr freundlich von Ihnen!"

„Wollen Sie mir Stillschweigen versprechen?"

„Gewiß", entgegnete der Kapitän.

„Gut. Dieser Gascoigne ist der einfältigste Tropf von der Welt. Er will mit einem Mädchen durchgehen, mit dem er hier Bekanntschaft angeknüpft hat. Was meinen Sie wohl, was er mir für einen Vorschlag gemacht hat? Sobald das Schiff Anker gelichtet hat, soll ich sie im Boot herbringen. Zu diesem Behufe hat er von Miß Hicks Kleidung geborgt, damit man sie für diese Dame halte. Ich sagte wohl ja, bin aber entschlossen, daß er keine solche Torheit begehen soll, und will statt seiner Geliebten Miß Hicks aufs Schiff bringen. Sie bemerken übrigens, Hogg, er ist ein wilder Bursche, und wenn er findet, daß ich ihn getäuscht habe, geht er auf der Stelle wieder an Land und bleibt zurück. Wir müssen daher

Miß Hicks in die Kajüte bringen. Sie schließt die Nacht über die Tür, damit der Streich nicht vor dem nächsten Morgen entdeckt wird, und dann können wir ihn hübsch auslachen."

Kapitän Hogg hielt dies für einen eben so herrlichen Spaß, wie es Gascoigne zuvor getan hatte.

Wasser, Stiere, Schafe und Geflügel waren an Bord. Mr. Hicks hatte von Jack das Gold in Empfang genommen, änderte aber auf einmal sein ganzes Wesen. Mit knapper Not benahm er sich noch einigermaßen höflich gegen Jack, denn er hatte ja alles, was er von ihm brauchte, und wünschte nun nichts sehnlicher, als ihn und Kapitän Hogg loszuwerden. Jack war nicht wenig ärgerlich darüber, ließ es sich aber nicht anmerken, da es nicht sonderlich zu seinen gegenwärtigen Plänen gepaßt hätte. Im Gegenteil benahm er sich ungemein freundlich gegenüber dem Vizekonsul. Bei dieser Gelegenheit sagte er ihm, daß er seine Güte nicht besser erwidern könne, als wenn er ihm Mitteilung von einem Komplott mache, von dem er Kenntnis habe. Er eröffnete ihm sodann die beabsichtigte Flucht seiner Schwester, und daß er selbst damit beauftragt sei, sie an Bord zu bringen.

„Beim Himmel, das ist schändlich!" rief der Vizekonsul. „Ich werde mich wegen dieser Sache an das Ministerium für auswärtige Angelegenheiten wenden."

„Ich denke", versetzte Jack, „es ist besser, Sie tun das, was ich Ihnen vorschlage. Es läuft auf einen herrlichen Spaß hinaus, und Kapitän Hogg wird beschämt. Stecken Sie sich in die Kleider Ihrer Schwester, und ich bringe Sie an ihrer Stelle aufs Schiff. Lassen Sie ihn glauben, daß er Miß Hicks in Sicherheit gebracht habe. Ich geleite Sie dann in die Kajüte hinunter, und Sie schließen sich ein. Ohne meinen Auftrag kann er nicht absegeln, und ich werde die Belegscheine nicht unterzeichnen. Am folgenden Morgen öffnen wir die Kajütentür und können den Kapitän tüchtig auslachen. Bestellen Sie Ihr Boot, daß es Sie bei Tagesanbruch wieder an Land bringt, und ich will dann Sorge tragen, daß die Fahrt nach Toulon ohne Verzögerung angetreten wird. Ha, ha, ich sehe einem Kapitalspaß entgegen."

Der Vizekonsul war der gleichen Meinung, wie zuvor

schon Gascoigne und Kapitän Hogg. Er drückte Jack die Hand und war wieder so höflich wie zuvor.

In derselben Nacht ließ Gascoigne einen von Miß Hicks vielen Überwürfen bei Azar, die einwilligte, ihm zu folgen, und alles einpackte, was sie an Geld und Juwelen zusammenbringen konnte. Das arme Kind zitterte vor Furcht und Wonne. Miß Hicks schmuggelte, wie sie meinte, unbemerkt einen Koffer voll Kleider an Bord, in dem sich außerdem ihr Vermögen von dreihundert Dollar befand. Mr. Hicks lachte sich ins Fäustchen, Jack tat dasselbe, und alle begaben sich zu Bett in der Erwartung, ihre Wünsche verwirklicht zu sehen.

Nach einem frühen Dinner gingen Kapitän Hogg und Gascoigne an Bord. Beide drückten Jack die Hand, als gälte es ein Nimmerwiedersehen, und zwischen allen Parteien wurden Blicke des Einverständnisses gewechselt.

Sobald sie das Haus verlassen hatten, kicherte der Vizekonsul, und Miss Hicks, die die Heiterkeit ihres Bruders dem Umstand zuschrieb, daß er Kapitän Hoggs ledig sei, kicherte noch mehr, während sie Jack, der ihr Vertrauter war, ansah. Jack aber kicherte am allermeisten aus Gründen, die nur der Leser zu würdigen weiß.

Kurz vor Einbruch der Dunkelheit pullte von der Brigg aus, die bereits die Anker gelichtet hatte, ein Boot ans Ufer, und Hicks sagte wie verabredet, er wolle in sein Büro gehen, um die Belegscheine vorzubereiten, das heißt, um in die Kleider seiner Schwester zu schlüpfen. Miß Hicks stand auf und wünschte, der Übereinkunft gemäß, Jack eine glückliche Reise, sie selbst wolle zu Bett gehen, da sie Kopfweh habe. Ihrem Bruder sagte sie gute Nacht und begab sich dann auf ihr Zimmer, um noch eine Stunde zu warten, nach der Jack, der wegen des Vizekonsuls zum Schein abfuhr, zurückkehren, im Garten mit ihr zusammentreffen und sie auf das Transportschiff bringen sollte. Jack verfügte sich sofort in das Büro und half Mr. Hicks, der alle seine Kleider ablegte und in ein Tuch zusammenband, um sie in der Kajüte wieder anlegen zu können.

Sobald er sich umgezogen hatte, nahm Jack das Bündel und führte die vermeintliche Miß Hicks zum Boot hinunter.

Sie stießen in großer Eile ab, und Jack erspähte die Gelegenheit, Mr. Hicks' Kleider über Bord fallen zu lassen. An der Brigg angelangt, stieg der Vizekonsul hinauf und wurde von Jack in die Kajüte hinuntergeführt. Ehe er sich jedoch einschloß, drückte er seinem Begleiter die Hand und flüsterte ihm zu: „Was wird das morgen für ein Gelächter geben."

Mittlerweile wurden auf dem Boot Segel gesetzt. Gascoigne kam herauf und drückte Jack die Hand.

„Wie sehr bin ich dir zu Dank verpflichtet, Jack. Was das morgen zu lachen geben wird!"

Sobald das Boot aufgezogen und die Hauptrah vollgebraßt war, kam Kapitän Hogg heran und schüttelte Jack dankbar die Hand. Er schloß seine Anrede mit den Worten: „Himmel, Mister Easy, was das morgen für ein Gelächter geben wird!"

Wer zuletzt lacht, lacht am besten, dachte Jack bei sich.

Der Wind war günstig, die Wache wurde ausgestellt, der Kurs aufgenommen, und alle begaben sich in ihre Hängematten, um zu schlafen. Mr. Hicks, der nichts Besseres zu tun wußte, legte sich gleichfalls schlafen. Bei Morgengrauen war das Transportschiff „Mary Ann" mehr als hundert Meilen von der afrikanischen Küste entfernt.

24

Wir müssen es dem Leser überlassen, sich die Entwicklung des nächsten Morgens selbst auszumalen.

Jeder war wütend, Jack ausgenommen, der in einem fort lachte. Der Kapitän wollte zurückkehren, um Miß Hicks nachzuholen. Gascoigne wünschte das gleiche wegen Azar, und dem Vizekonsul war es um seine Freiheit zu tun. Aber der Wind war so ungünstig, daß von einer Wende keine Rede sein konnte. Jack wußte den Kapitän bald beiseite zu kriegen und machte ihn darauf aufmerksam, wie er im Fall einer Rückkehr fürs erste seine Schiffsmiete verwirke, zweitens alle die Stiere, die stürben, zu bezahlen habe, und drittens die Ehre von Miß Hicks gefährde, wenn er sie an Bord nehme, ohne daß die Trauungsfeierlichkeit vollzogen sei. Schließlich fügte er hinzu, daß er noch immer hingehen und sie heiraten könne, sobald es ihm beliebe, da man den Bruder nicht als ernstliches Hindernis zu betrachten brauche. Das waren sehr vernünftige Vorstellungen. Der Kapitän beruhigte sich deshalb und setzte oben und unten die Prallsegel bei.

Da bei Gascoigne keine Vernunftsgründe verfangen wollten, wurde die Übereinkunft getroffen, daß er, sobald man an Land käme, Genugtuung erhalten sollte. Mr. Hicks war der Ungestümste. Er bestand darauf, daß das Schiff wieder umkehre, was jedoch sowohl Jack wie auch der Kapitän verweigerten, obwohl Hicks mit einer Klage bei der Gesandtschaft drohte. Er wollte seine Kleider haben, aber Jack entgegnete, sie seien beim Abstoßen vom Land über Bord gefallen. Endlich befahl er den Maaten und Matrosen, das Schiff zu wenden. Sie lachten jedoch nur über ihn und seinen Frauenzimmer-Anzug.

„Jedenfalls will ich dafür sorgen, daß Sie aus dem Dienst gejagt werden", sagte er wütend zu Jack.

„Ich wäre Ihnen dafür ungemein verbunden", entgegnete Jack — und Kapitän Hogg erbaute sich so sehr am Auftritt des Vizekonsuls in der Kleidung seiner Schwester, daß er in dem Gelächter über seinen zukünftigen Schwager die eigene Täuschung völlig vergaß. Er versöhnte sich wieder mit Jack, der erneut Einfluß über ihn gewann, und ließ sofort Porter zum Gangspill bringen.

Nach zehn Tagen war die Reise ohne Verlust auch nur eines einzigen Stiers zu Ende. Während dieser Zeit ließ sich Mr. Hicks zwar herab zu essen, sprach aber kein Wort mehr, denn er hoffte, die Stunde der Vergeltung werde kommen, sobald sie sich dem Admiral anschlössen. Gascoigne wurde allmählich ruhiger, vermied aber jedes Gespräch mit Jack, der sich in seiner Rolle außerordentlich wohlfühlte. Am elften

Morgen trafen sie mit der Touloner Flotte zusammen, und Mr. Hicks lächelte triumphierend, als er in seinen Weiberkleidern an Jack vorbeiging.

Die Flotte legte bei. Jack ging an Bord des Admiralsschiffes, zeigte seine Beglaubigungsbriefe und erstattete Bericht über seine Stiere. Das Generalsignal wurde erlassen und eine ehrliche Verteilung des Proviants vorgenommen. Dann fragte der Admiral unseren Helden, ob der Meister des Transportschiffes noch andere Vorräte an Bord habe. Jack verneinte, fügte aber hinzu, der Gouverneur von Malta habe ihm gesagt, daß auch Schafe und Geflügel gelegen kommen dürften, weshalb er einen derartigen Einkauf gemacht habe und sie zur Verfügung des Admirals stelle, wenn er sie annehmen wolle. Der Admiral drückte dem Gouverneur und Jack seinen Dank aus, daß sie an ihn gedacht hätten, wollte aber natürlich den Vorrat nur gegen Bezahlung an sich bringen. Er bat Jack, alles, was sie davon entbehren könnten, auf sein Schiff zu schaffen, und lud ihn sodann zum Dinner ein. Jack hatte seine beste Kleidung angelegt und sah ganz wie ein Gentleman aus.

„Mister Easy“, fragte der Flaggen-Kapitän, der das Transportschiff mit seinem Fernglas gemustert hatte, „hat der Schiffsmeister sein Weib an Bord?“

„Nein, Sir“, versetzte Jack, „es ist der Vizekonsul.“

„Wie, der Vizekonsul in Weiberkleidern?“

„Ja, der Vizekonsul von Tetuan. Er kam in diesem Anzug an Bord, als die Brigg eben Anker lichtete, und ich hielt es für meine Pflicht, nicht zu zögern, weil ich wohl wußte, wie wichtig es war, daß die Flotte möglichst bald mit frischem Fleisch versehen würde.“

„Was soll das heißen, Mister Easy?“ entgegnete der General. „Da ist wohl ein Schelmenstreich geübt worden. Haben Sie die Güte, mit mir in die Kajüte zu kommen.“ Easy folgte dem Admiral und dem Flottenkapitän in die Kajüte und erzählte dort die ganze Geschichte. Lachend hörten ihm die beiden Offiziere zu und konnten in ihrer Heiterkeit fast kein Ende finden.

Unser Held speiste mit dem Admiral und fand überhaupt

eine sehr gute Aufnahme. Er erhielt Befehl, noch am Abend nach Menorca abzufahren, und kehrte, sobald das Dinner vorüber war, an Bord zurück, wo er Kapitän Hogg emsig mit dem Verkauf seines Porters beschäftigt fand. Gascoigne ging düster auf dem Verdeck hin und her, und Mr. Hicks lungerte einsam auf dem Achterdeck des Schiffes herum.

Sobald die Boote abgezogen waren, heißte die „Mary Ann" ihre Wimpel und begann ihre Fahrt. Da der Porter noch nicht ganz verkauft war, ließ sich Jack eine Flasche bringen.

Er war sehr erfreut über das Ergebnis seiner Besprechung mit dem Admiral, denn er hatte nicht nur sich selbst aus der Klemme gezogen, sondern auch verhindert, daß andere in Ungelegenheiten gerieten. Gascoigne marschierte noch immer düster auf dem Deck hin und her. Er fühlte sich sehr unglücklich, denn nach dem Abflauen des ersten Sturmes belehrte ihn eine reifere Überlegung, daß ihm Jack einen wahren Dienst geleistet hatte, indem er ihn davon abhielt, eine himmelschreiende Dummheit zu begehen. Aber wie dankte er es ihm? Er hatte eben diesen Freund zum Zweikampf gefordert. Wie gern würde er alles Vorgefallene zurückgenommen und das frühere freundschaftliche Verhältnis wieder hergestellt haben — aber es ging ihm wie den meisten Leuten: er mochte seinen Irrtum nicht eingestehen, obgleich er beinahe dazu Willens war und ihn bei seinem Auf- und Abgehen ausschließlich die Gedanken beschäftigten, wie er wohl am besten eine Versöhnung einleiten könne. Jack saß wie gewöhnlich bei einer Flasche Porter vor dem Gangspill und sagte zu sich selber: Ich setze mein Leben zum Pfand, Ned möchte wieder gut Freund sein, und schämt sich nur, zuerst zu sprechen. Vielleicht bin ich im Irrtum, und er benimmt sich patzig. Wenn auch: jedenfalls bin dann doch ich nicht im Unrecht. Ich will's versuchen.

Er wartete, bis Gascoigne wieder an ihm vorbeikam und redete ihn dann freundlich an: „He, Ned, willst du nicht ein Glas Porter trinken?"

Gascoigne lächelte und streckte seine Hand aus. Die Versöhnung war im Nu wieder hergestellt, und der Anlaß des Streits kam unter ihnen nicht mehr zur Sprache.

Nach zwei Tagen langten sie in Mahon an, wo sie bereits die „Aurora“ unter dem Kommando von Kapitän Wilson vorfanden. Mr. Hicks hatte Kapitän Hogg überredet, ihn mit Kleidern zu versehen. Wenn eine Klage beim Admiral schon nichts fruchtete, war es wohl nutzlos, sich bei einem Kapitän zu beschweren. Hicks blieb deshalb als Pensionär an Bord des Transportschiffes und freundete sich, sobald unsere Midshipmen abgegangen waren, mit Kapitän Hogg an, dessen Glück er dadurch machte, daß er in die Heirat einwilligte.

Was die arme Azar betraf, so wanderte sie an jenem Abend in Miss Hicks Anzug umher, bis sie müde war, und kehrte zuletzt mit gebrochenem Herzen in die Wohnung ihres Vaters zurück, wo sie von Abdel Faza eingelassen wurde. Er hielt sie anfangs für Miss Hicks und war entzückt, geriet aber in Wut, als er entdeckte, daß es seine Tochter war. Am anderen Tag ging sie zu Osman Alis Zenana.

Als Jack seinen Bericht erstattete, überging er die Geschichte der Entführung, um Gascoignes Gefühle nicht zu verletzen. Kapitän Wilson war zufrieden mit der Art, wie er seine Aufträge ausgeführt hatte, und fragte ihn, ob er es vorziehe, auf der „Harpy“ zu bleiben, oder ob er ihm auf die „Aurora“ folgen wolle.

Jack zögerte.

„Sprechen Sie sich unverhohlen aus, Mister Easy. Ich nehme es durchaus nicht übel, wenn Sie lieber bei Kapitän Sawbridge bleiben.“

„Nein, Sir“, versetzte Easy, „ich gebe Kapitän Sawbridge nicht den Vorzug. Sie sind zwar beide gleich freundlich zu mir gewesen, aber Sie sind mir doch lieber. Ich habe nur *einen* Grund, Sir: ich möchte mich nicht gern trennen von Gascoigne oder ...“

„Oder von wem?“ entgegnete der Kapitän lächelnd.

„Von Mesty, Sir. Sie halten mich vielleicht für töricht – aber ohne ihn wäre ich wahrscheinlich nicht mehr am Leben.“

„Dankbarkeit ist keine Torheit, Mister Easy“, erwiderte Kapitän Wilson. „Wenn Mister Gascoigne auf meinem Schiff eintreten will, steht es ihm frei, da ich große Achtung vor seinem Vater habe und im allgemeinen auch mit ihm selber zu-

frieden bin. Was aber Mesty betrifft – je nun, er ist ein guter Bursche, und da Sie sich selbst wacker benommen haben, läßt sich da vielleicht etwas machen."

Am anderen Tag wurde Mesty in die Bootsmannschaft aufgenommen. Kapitän Wilson durfte nach der Dienstvorschrift auswählen und erhielt seine frühere Stellung unter dem Exerziermeister der „Aurora". Gascoigne und Jack wechselten gleichfalls auf die Fregatte über.

25

Der Erste Lieutenant der „Aurora" war in mehrfacher Beziehung ein sehr guter Offizier, aber als Midshipman hatte er die Gewohnheit angenommen, seine Hände in die Tasche zu stecken und sie nie herauszunehmen, selbst wenn das Schiff vor dem Sturm lief. Er hatte schon mehr als einmal durch Stürze bei derartigen Anlässen ernsthafte Beschädigungen erlitten, aber die Macht der Gewohnheit war zu groß; und obgleich er einmal durch einen Sturz über die Luke ein Bein gebrochen und überdies eine große Schramme an der Stirn davongetragen hatte, die er dadurch erhielt, daß er leewärts gegen eine der Kanonen geworfen wurde, änderte er doch seine Gewohnheit nicht. Es wurde ihm sogar nachgesagt, er habe einmal, als er zum Mars hinaufsteigen mußte, die zwei ersten Runden der Jacobsleiter gemacht, ohne seine Hände herauszuziehen, bis er das Gleichgewicht verlor und so fand, daß es nicht so ganz leicht war, mit den Händen in der Tasche hinaufzugehen. Kurz und gut, selbst wenn alle Hände benötigt wurden, brachte er die seinen nicht heraus. Er besaß noch eine andere Eigentümlichkeit: nämlich einen besonderen Glauben an eine Quacksalber-Arznei, die „Enuys Universalmedizin für jedermann" genannt wurde. Pottyfar war in seinem Innern überzeugt, daß der Gebrauchszettel nur die halbe Wahrheit über die Wirksamkeit des Arzneimittels sagte. Nach seiner Meinung heilte es jedes Leiden, und er gab jährlich dafür eine Menge Geld aus. Er nahm es nicht nur jedesmal, wenn er sich unwohl fühlte, sondern bisweilen auch, wenn er sich wohlfühlte, lediglich um eine Krankheit zu verhüten. Dieses Arzneimittel empfahl er jedem auf dem Schiff, und nichts machte ihm soviel Freude, als wenn er irgendeinen überreden konnte, eine Dosis davon zu nehmen, und wenn er sie ihm geben durfte. Die Offiziere verlachten ihn aber in der Regel heimlich, denn er wurde ziemlich ärgerlich, wenn man ihm in diesem einen Punkt widersprach. Er war unermüdlich, für seinen Glauben zu werben, und konnte stundenlang über die Vorzüge dieses Heilmittels reden, indem er die Wahrheit seiner Behauptungen anhand einer Druckschrift bewies, die er beständig in der Tasche herumtrug.

Jack meldete sich, als er an Bord kam, und Mr. Pottyfar, der auf dem Halbdeck stand, sprach die Hoffnung aus, daß Mr. Easy jetzt, nachdem er sich so tüchtig an Land herumgetrieben hatte, seinen Anteil am Dienst übernehmen werde. Hierin stimmte ihm Jack bei und ging sodann hinunter, wo er Gascoigne und seine neuen Gefährten traf, mit denen er zum größern Teil bereits bekannt war.

„Nun, Easy“, fragte Gascoigne, „bist du jetzt lange genug an Land gewesen?“

„Gewiß lang genug“, antwortete Jack, der dachte, nach den Vorfällen der vergangenen Nacht dürfte es jetzt wohl geraten sein, an Bord zu bleiben. „Ich habe nicht mehr im Sinn, Urlaub zu beantragen.“

„Das ist vielleicht ganz gut, denn Mister Pottyfar ist in diesem Punkt geizig, wie ich dir wohl sagen kann. Ubrigens gibt es ein Mittel, Urlaub von ihm zu erwirken.“

„Ach ja?“ versetzte Jack. „Und welches ist das?“

„Du mußt vorgeben, du fühltest dich nicht wohl, und ein wenig von seiner Quacksalberarznei einnehmen, dann wird er dir erlauben, an Land zu gehen, damit das Mittel wirken kann.“

„Im Ernst? Nun ja, sobald wir in La Valetta vor Anker gehen, will ich eine Kur machen, aber nicht früher.“

„Das Mittel dürfte dir zusagen, Jack. Es ist eine Gleichheitsarznei und heilt eine Krankheit so gut wie die andere."

„Oder bringt den Tod – der auch alle Patienten gleich macht. Du hast recht, Gascoigne, diesen Stoff muß ich unter meinen Schutz nehmen – aus mehr als einem Grund. Was war das für ein Mensch, der in einem Mufty auf dem Verdeck stand?"

„Der Schiffskaplan, der auch ein tüchtiger Seemann ist."

„Wieso?"

„Nun ja, er wurde auf dem Halbdeck erzogen, diente seine Zeit ab, war zwei Jahre lang aktiver Lieutenant und sattelte dann auf Kirche um."

„Ist's möglich. Welche Gründe hat er denn?"

„Das weiß niemand – aber es heißt, er sei seit dieser Zeit unglücklich."

„Weshalb?"

„Weil er einen sehr dummen Streich beging, der nicht wieder gutgemacht werden kann. Er vermutete damals, er werde einen guten Priester abgeben, und nun, da die Begeisterung verflogen ist, findet er sich untauglich dazu. Er ist in seinem Innern noch Offizier und leidet stets unter den Anfechtungen seines natürlichen Gefühls, das im Widerspruch steht mit dem, das ein Priester in der Brust tragen soll."

„Ach, warum können Priester sich nicht vor ein Kriegsgericht stellen und aus dem Dienst ausstoßen lassen, oder wie andere Leute auf ihre Ämter verzichten?"

„Darüber wundere ich mich nicht, Jack. Sie dienen dem Himmel – und zwischen diesem Dienst und dem Seiner Majestät herrscht ein großer Unterschied."

„Nun ja, von dieser Sache verstehe ich nichts. Wann segeln wir ab?"

„Übermorgen."

„Um auf der Höhe von Toulon zur Flotte zu stoßen?"

„Ja, aber ich vermute, wir werden auf dieser Fahrt an die spanische Küste getrieben werden. Ich kenne kein einziges Kriegsschiff, dem das nicht so ergangen ist."

„Nicht doch, der Wind weht beständig von Süden. Er kommt das Mittelmeer herauf."

„Vielleicht gedenkst du wieder eine Prise zu machen, Jack. Aber dann merk es dir, daß du nicht ohne die Kriegsartikel fortgehst."

„Ich geh nicht mal ohne Mesty, wenn ich's einrichten kann. Lieber Freund, wie abscheulich erscheint einem nach längerem Aufenthalt an Land eine Midshipmenkajüte. Ich muß aufs Verdeck und zum Land hinsehen, wenn ich sonst nichts tun kann."

„Wie kommt das? Vor zehn Minuten warst du doch des Landes völlig satt?"

„Allerdings, aber zehn Minuten hier unten haben mich eines Besseren belehrt. Ich muß den Ersten Lieutenant um eine Dosis bitten."

„Ich glaube, Easy, wir haben beide eine Kur nötig."

„Gewiß. Aber du mußt Geduld haben, bis wir nach Malta kommen."

Jack ging aufs Verdeck, machte mit dem Kaplan sowie mit einigen der ihm bisher fremd gebliebenen Offiziere Bekanntschaft und kletterte dann zum Großmars hinauf, wo er sich auf die Schanzkleidstütze niedersetzte und mit Blick aufs Land die Erlebnisse der Vergangenheit überdachte, bis ihm Agnes einfiel und seine Gedanken bei ihr verweilten. Ist ein Midshipman verliebt, so klettert er immer nach oben, um an den Gegenstand seiner Neigung zu denken. Es gibt hierfür keinen anderen Grund als den, daß er dort in seinen Träumereien nicht so leicht durch den Befehl eines vorgesetzten Offiziers gestört wird.

Die „Aurora" segelte den zweiten Tag und lief mit einer guten Brise nordöstlich. Die Folge davon war, daß unsere Freunde am Morgen die spanische Küste früher als die Flotte von Toulon sahen. Mr. Pottyfar zog seine Hände aus der Tasche, aber lediglich deshalb, weil er sonst die Küste nicht durch das Fernrohr hätte besichtigen können; dies, sagte man, sei das erstemal gewesen, daß er so etwas auf dem Halbdeck getan habe seit dem Tag der Abfahrt des Schiffes aus dem Hafen von Mahon. Auch Kapitän Wilson war mit seinem Fernglas beschäftigt, ebenso einige Offiziere und Midshipmen, und die Leute an den Mastspitzen strengten gleichfalls ihre Augen an, aber es war nichts zu sehen als einige kleine Fischerboote. Sie gingen somit alle zum Frühstück hinab, während das Schiff landwärts lief.

„Was wollen Sie wetten, Easy“, fragte einer der Midshipmen, „daß wir heute keine Prise zu Gesicht bekommen?“

„Darauf will ich nicht wetten, daß wir kein Schiff sehen – aber entgegenhalten will ich, soviel Sie wollen, daß wir kein Schiff vor Mitternacht nehmen.“

„Nein, nein, so mag ich nicht. Aber lassen wir einstweilen den Teetopf da herumgehen, denn es ist meine Vormittagswache.“

„Ein schöner Morgen“, bemerkte der Schiffsmaat Martin. „Aber ich hab so ein Gefühl, daß wir keinen schönen Abend bekommen werden.“

„Wieso?“ fragte ein anderer.

„Ich bin jetzt seit acht Jahren auf dem Mittelmeer und verstehe etwas vom Wetter. Das ist ein wässeriger Himmel, und der Wind ist sehr stetig. Wenn wir heute nacht nicht unter doppelt gerefften Marssegeln sind, dürft ihr mir nachsagen, ich sei kein Hexenmeister.“

„Das sind Sie in keinem Fall, auch wenn wir uns unter gänzlich eingezogenen Segeln befänden“, fiel ein anderer ein.

„Sie sind verteufelt frei mit Ihrer Zunge, Jüngelchen. Easy, schütteln Sie ihn doch mal an den Ohren.“

„Alle Mannschaft an die Segel!“ hieß es durch die Luken.

„Da haben wir's schon“, sagte Gascoigne. Er ergriff seinen Hut und stürzte zur Kajüte hinaus, gefolgt von den übrigen, mit Ausnahme Martins, der eben abgelöst worden war und dachte, bei so vielen sei er wohl entbehrlich, wenigstens so lange, bis er eine Tasse Tee geschlürft hatte.

Eine Galliote und vier Fahrzeuge mit Dreieckssegeln waren eben um die östliche Landspitze herum gekommen und holten, sobald sie die Fregatte gewahrten, ihren Wind. Innerhalb einer Minute stand die „Aurora“ unter Segeldruck, und die Ferngläser waren auf die fremden Fahrzeuge gerichtet.

„Alle schwer beladen, Sir“, sagte Mr. Hawkins, der Kaplan. „Wie das Marssegel der Galliote angeschwollen ist!“

„Sie haben eben jetzt eine frische Brise", bemerkte Kapitän Wilson zu dem Ersten Lieutenant.

„Ja, Sir, und sie kommt schnell herunter."

„An die Bramsegeltaue!"

Die „Aurora" kreuzte mit ihren Segeln bei rasend schnell zunehmender Brise durch die Fluten.

„Bramsegelschoten und Ziehtaue."

„Anluven, Schiemann. Angeluvt, sage ich. Kleinen Zug an der Luftbramsegelbrasse."

„So wird's gehen", sagte der Meister.

„Marsgasten — helft die Oberbramsegel aufgeien. Kapitän Wilson, sollen wir sie einnehmen? Ich habe Sorge wegen der Bramstenge — sie biegt sich wie eine Kutscherpeitsche." Mr. Pottyfar schaute am Mast hinauf.

„Oberbramsegel herein — laßt sie nieder."

„Gegenwärtig legen sie um, Sir", sagte der Zweite Lieutenant, Mr. Haswell.

„Aufgepaßt", bemerkte der Kapitän, „jetzt kommt's."

Abermals steigerte sich die Brise, und die Fregatte wurde seitwärts geworfen.

„Die Marssegel an die Stagen gerefft, Mister Pottyfar."

„Aye, aye, Sir — herum mit dem Schiff!" Das Steuer wurde niedergedrückt, die Marssegel wurden heruntergelassen und an die Stagen gerefft.

Wieder wurden die Marssegel geheißt und die Bramsegel eingezogen. Eine starke Brise ging, obgleich das Wasser ruhig war, und die „Aurora" schoß mit acht Meilen in der Stunde unter strammen Luvsegelseiten dahin.

„Hab ich es euch nicht gesagt?" redete Martin seine Kameraden auf der Laufplanke an. „Aber es kommt noch besser, meine Jungen."

Mr. Pottyfar stand, seine Hände wie gewöhnlich in die Tasche gesteckt, am Kapstern und sagte: „Ich fürchte, Sir, wir können das Hauptsegel nicht mehr lange führen."

„Das glaube ich auch", bemerkte der Kapitän.

„Mir Ihrer Gunst, Kapitän, wir sind sehr dicht am Land", sagte der Deckmeister. „Glauben Sie nicht, daß es besser wäre, wenn wir umlegten?"

„Ja, Mister Jones. Bursche, Schiff umlegen — und ... Beim Himmel, wir müssen — zum Hauptsegel hinauf."

Das Hauptsegel wurde abgenommen, und die Fregatte schien sich nun leichter zu fühlen; sie wurde jetzt nicht mehr wie eine leichte Beute hin- und hergeschleudert und herumgestoßen.

„Wir sind jetzt ganz dicht beim Land, Kapitän Wilson. So dick auch die Luft ist, glaube ich doch den Strand zu erkennen. Sollen wir herumfieren, Sir?"

„Schiff fieren Steuer aufgehoben."

Es war gerade höchste Zeit, denn während die Fregatte, einen Kreis beschreibend, herumflog und den Wind verlor, konnte man sehen, wie kaum zwei Kabellängen entfernt die Steilküste von der Brandung gepeitscht wurde.

„Ich dachte nicht, daß wir schon so nah wären", bemerkte der Kapitän. „Kann man etwas von den feindlichen Fahrzeugen sehen?"

„Seit einer Viertelstunde habe ich sie nicht mehr im Visier, Sir", antwortete der Signalmann, indem er sein Fernglas unter der Jacke gegen den Regen schützte.

„Wie ist der Kurs, Deckmeister?"

„Südsüdöstlich, Sir."

Der Himmel nahm nun ein ganz anderes Aussehen an — an die Stelle der weißen Wolken waren dunkle, düstere getreten. Der Wind heulte in Zwischenräumen, und der Regen goß in Strömen. Kapitän Wilson ging in seine Kajüte hinunter, um nach dem Stand des Barometers zu sehen.

„Das Barometer ist gestiegen", sagte er bei seiner Rückkehr aufs Verdeck. „Ist der Wind stetig?"

„Nein, Sir, er setzt zwischen drei Strichen um."

„Das wird mit einem Sturm aus Südwest enden."

Durch das Umschlagen des Windes hingen jetzt die nassen und schweren Segel klapp herunter.

„Dreht das Steuer, Deckmeister."

„Gedreht ist's — südwestlich."

Der Wind legte sich, der Regen wurde zu einer förmlichen Sintflut. Für eine Minute trat Windstille ein, und das Schiff stand auf gleichem Kiel.

„An die Brassen. Wir werden bald zurückgeworfen, verlaßt euch darauf.“

Dies geschah auch, als die Brassen gerade erst längs gespannt waren. Der Wind wehte mit lautem Geheul südwestlich, und es war ein Glück, daß man alle Vorsichtsmaßnahmen getroffen hatte – die Rahen wurden herumgebraßt, und der Steuermeister fragte den Kapitän, welcher Kurs genommen werden solle.

„Wir müssen die Jagd auf den Feind aufgeben“, antwortete Kapitän Wilson; er hielt sich an einem Belegnagel fest. „Richten Sie sich nach Kap Sicie, Mister Jones.“

Die „Aurora“ flog unter Vordersegel und enggerefften Marssegeln vor dem Sturm hin. Das Wetter wurde jetzt so dicht, daß man in zwanzig Ellen vom Schiff nichts mehr erkennen konnte. Donner brüllte, und die Blitze schossen über den dunklen Himmel. Sobald die Segel am vorteilhaftesten gerichtet waren, wurde die Wache bestellt, und alle, die abkömmlich waren, gingen durchnäßt, unbehaglich und unbefriedigt hinunter.

„Welch ein alter Jonas Sie sind, Martin“, sagte Gascoigne.

„Ja, der bin ich“, antwortete Martin, „aber meiner Ansicht nach steht das Schlimmste erst noch bevor. Ich erinnere mich, wie wir keine zweihundert Meilen von dieser Stelle auf der ‚Favorite‘ einen ähnlichen Sturm erlebten und beinahe absoffen, als ...“

In diesem Augenblick wurde auf dem Verdeck ein fürchterliches Krachen gehört, ein Stoß erschütterte das Schiff, es zitterte und krachte, als ob es daran wäre, in tausend Stücke zu zerbrechen. Auf lautes Geschrei folgten Klagerufe. Das Unterdeck füllte sich mit Qualm, und die Fregatte wurde auf die Seite geworfen. Ohne ein Wort eilten alle aus der Kajüte und zur Luke, ohne zu wissen, was sie von der Sache halten sollten, aber überzeugt, daß irgendein entsetzliches Ereignis eingetreten sein müsse.

Sobald sie aufs Verdeck kamen, wurde es ihnen auf einmal klar. Der Vordermast der Fregatte war, von einem Blitz getroffen, in mehrere Stücke zerschmettert und über Backbordbug gefallen, wobei er den Mast des Großmars und den Klüverbaum mitnahm. Der abgerissene Stumpf des Vordermastes brannte lichterloh, obgleich der Regen in Strömen fiel. Sobald der Vordermast und der Mast des Großmars über Bord gingen, drehte das Schiff heftig bei, indem es die Mannschaft über das Ruder warf und sie besinnungslos gegen die Karronade schleuderte. Das Vorderkastell und der vordere Teil des Hauptdecks waren mit Leuten bedeckt, die entweder getötet, verwundet oder infolge des Schlags besinnungslos dalagen. Die Fregatte stand gebäumt, und die See spülte wütend über sie hin. Alles war pechfinster, und die einzige Helle ging von dem brennenden Fockmaststumpf aus, der wie eine von wilden Sturmdämonen emporgehaltene Fackel aussah. Bisweilen verbreitete ein zuckender Blitz ein kurzes Licht, mit jedem Moment drohend, seinen Angriff auf das Fahrzeug zu wiederholen, während der betäubende Donner über ihren dem Verderben geweihten Häuptern hinrollte. Einige Minuten lang herrschte überall Schrecken und Verwirrung. Endlich rief Kapitän Wilson, der für kurze Zeit geblendet gewesen war, nach dem Zimmermann und nach Äxten. Zwei oder drei der Zimmerleute kletterten hinauf, und er deutete auf den Mittelmast. Der Schiffsmeister war gleichfalls da und machte die Äxte los, damit sie die Matrosen gebrauchen konnten. In wenigen Minuten fiel der Mittelmast über Deck. Das Ruder wurde mit Mühe wieder aufgehoben. Die Fregatte kam allmählich wieder ins Lot. Aber die Szene des Schrekkens war noch nicht vorbei. Der Hochbootsmann, der auf dem Vorderkastell gestanden hatte, wurde hinabgebracht, denn seine Sehkraft war für immer dahin. Die Leute, die verwundet herumlagen, wurden untersucht, und man war gerade daran, sie der Fürsorge des Schiffarztes zu übergeben, als der Ruf „Feuer" vom Unterdeck ausging. Das Schiff hatte im Kohlenbunker und im Zimmermannsmagazin Feuer gefangen, und ein ungeheurer Rauch stieg auf.

„Ruft den Tambour", befahl Kapitän Wilson, „und laßt Alarm schlagen! Alle Mann auf ihren Posten! Die Pumpen bemannt – und gebt die Feuereimer von Hand zu Hand. Mister Martin, sorgen Sie dafür, daß die Verwundeten hinuntergebracht werden. Wo ist Mister Haswell? Mister Pottyfar, stellen Sie die Leute auf, um sich das Wasser gegenseitig auf das Unterdeck zu reichen. Ich will selbst hin. Mister Jones, übernehmen Sie die Obhut des Schiffes."

Pottyfar, der nun in der Tat seine Hände aus der Tasche genommen hatte, eilte hinab, um die Befehle des Kapitäns auf dem Hauptdeck zu vollziehen, während Kapitän Wilson sich auf das Unterdeck begab.

„Was meinst du, Jack, jetzt steht es ganz anders als am Morgen", bemerkte Gascoigne.

„Allerdings", antwortete Jack. „Aber sag, Gascoigne, was ist da wohl am besten zu tun? Wenn an Land ein Kamin brennt, wirft man nasse Decken darüber."

„Richtig", versetzte Gascoigne, „aber wenn an Bord der Kohlenbunker brennt, nützen Decken nichts."

„Auf jeden Fall müssen nasse Decken ein gutes Ding sein, Ned. Laß uns also die Hängematten plündern. Schneide die Wollstricke ab und bring eine Partie heraus. Du weißt, wir können's bloß probieren. Wenn es auch nichts nützt, wird es doch unseren Eifer zeigen."

„Gut, Jack. Ich glaube aber, diejenigen, deren Decken du wegnimmst, werden, wenn sie wieder zu ihrer Schlafstelle kommen, mit dir darüber übereinstimmen, daß Eifer den Dienst unbehaglich macht. Nichtsdestotrotz denke ich, daß du recht hast."

Die beiden Midshipmen riefen noch einige Mann zusammen und hatten in ganz kurzer Zeit mehr Decken, als sie tragen konnten. Mit dem Durchnässen derselben brauchten sie sich nicht zu bemühen, denn das Hauptdeck war förmlich überschwemmt. Easy und Gascoigne gingen, begleitet von den zu Hilfe gerufenen Leuten, mit großen Bündeln in den Armen aufs Unterdeck, wo Kapitän Wilson der Mannschaft Befehle erteilte.

„Gut, Mister Easy, vortrefflich, Mister Gascoigne", sagte Kapitän Wilson. „Kommt, meine Burschen, werft die Decken darüber und stampft tüchtig darauf herum." Der Oberrock des Kapitäns sowie die Jacken der Mannschaft waren bereits zu dem gleichen Zweck geopfert.

Easy rief die anderen Midshipmen zu Hilfe, um weitere

Decken herbeizuholen. Übrigens war dies nicht nötig, denn das Feuer erstickte bald. Die Gefahr war so groß gewesen, daß selbst das Vordermagazin unter Wasser gesetzt wurde. Während des ganzen Manövers, das vielleicht eine Viertelstunde dauerte, war die Fregatte bis zum Schanddeck unter dem Wasser hingerollt, und es hatten sich mehrere Unglücksfälle ereignet. Endlich, als keine Gefahr mehr bestand und die Leute wieder auf ihre Posten zurückbeordert wurden, vermißte man drei Offiziere und siebenundzwanzig Mann — sieben waren tot, die übrigen in der Pflege des Schiffarztes; nur einige lagen noch in den Speigatts.

Niemand hatte sich während dieser Stunde der Gefahr tapferer benommen, als Mr. Hawkins, der Kaplan. Er war allgegenwärtig und als Kapitän Wilson hinunterging, um das Feuer zu löschen, war der gute Kaplan gleichfalls da, die Leute ermutigend und selbst mit aller Kraftanstrengung arbeitend. Sobald alles vorbei war, gingen er und Mesty nach achtern, einer so schwarz wie der andere. Der Kaplan setzte sich nieder und rang seine Hände mit den Worten: „Gott verzeih mir."

„Weshalb, Sir?" fragte Easy, der neben ihm stand. „Ich bin überzeugt, Sie brauchen sich dessen nicht zu schämen, was Sie getan haben."

„Nein, nein, darüber schäme ich mich auch nicht! Aber ich habe die Leute so angeflucht ... Ich, der Kaplan. Gott verzeih mir — ich dachte nichts Böses." Hawkins hatte während seiner Anstrengung tüchtig geflucht, aber er war damals Offizier auf dem Halbdeck und nicht Kaplan, und er hatte durch seine eigenen Leistungen sowie durch das Beispiel, das er den Leuten gab, wesentlich genützt.

„In der Tat, Sir", sagte Easy, der den Kaplan zu beruhigen wünschte, „ich war zwar nicht immer dort, aber ich hörte Sie nur sagen, ‚Gott segne euch, meine Burschen' — und das heißt doch gewiß nicht fluchen."

„Habe ich *das* gesagt, Mister Easy? Sind Sie dessen gewiß? Ich bildete mir im Ernst ein, die Leute samt und sonders verflucht zu haben, wie es auch einige verdienten. Habe ich ihnen in der Tat Segen gewünscht — nichts als Segen?"

„Ja, Sir", sagte Mesty, der Jacks Absicht durchschaute. „Es gar nichts gewesen. Ich Ihnen versichern, nichts als Gott segne Sie, Kapitän Wilson — segne euer Herz, meine gute Leute — segnen den König und so fort. Sie warfen nichts herunter als Segnungen und nasse Decken."

„Sonst nichts? Ich befürchtete, gesagt zu haben, Gott verdamm uns."

„Irrtum, Mister Hawkins. Lassen Sie uns in die Konstabelkammer gehen und versuchen, das Salzwasser aus unserem Mund zu waschen. Dann will ich Ihnen alles, was Sie sagten, so weit ich es hören konnte, Wort für Wort wiederholen."

Auf diese Weise kam Jack zu einem frischen Glas Grog, das in seinem nassen Zustand für ihn sehr annehmbar war und ihn ganz behaglich stimmte, während die Leute auf dem Verdeck die Lichtschirme anbrachten und eifrig damit beschäftigt waren, die Bungeln des Marssegels zu setzen, um zu verhüten, daß das Schiff zum zweitenmal von hinten überrollt werde.

26

Welch einen Gegensatz bot der nächste Morgen gegen den vergangenen Tag. Kaum vierundzwanzig Stunden waren verflossen, seit die See noch ruhig gewesen war und die Fregatte stolz unter allen Segeln und majestätisch wie ein Schwan durch das blaue Wasser zog. Seitdem hatte sie die Feuersbrunst, hatten sie Sturm, Blitz, Unheil und Gefahr in jeder Art und sogar der Tod heimgesucht. Ihre Masten trieben hundert Meilen entfernt auf den schaumbedeckten Wellen, und sie selbst rollte als Wrack nur mühsam dahin, ächzend und stöhnend in ihrem Gebälk, während sie von der wildrauschenden See fortgetrieben wurde.

Ehe noch der Tag zu Ende war, hatte man einen Notfockmast aufgerichtet und ein Segel darauf gesetzt, so daß das Schiff jetzt mit größerer Leichtigkeit und Sicherheit steuerte. Die Hauptbrasse splißte man, um die erschöpfte Mannschaft aufzuheitern, und die Hängematten wurden herabgepfiffen.

Wie Gascoigne bemerkt hatte, waren manche der Leute nicht sehr erfreut, als sie sich ihrer Decken beraubt fanden. Aber Kapitän Wilson erteilte dem Zahlmeister sowie dem Schiffsmeister die nötigen Befehle, um den Verlust auszugleichen. Die Leute bekamen in den meisten Fällen statt der alten neue Decken. Nach wie vor war es unmöglich, Feuer in der Küche anzumachen. So saß die Mannschaft auf den Kisten herum und nagte Zwieback. Um zwölf Uhr in der Nacht brach sich der Sturm, und man mußte dem Schiff mehr Segel ansetzen, denn die See ging noch immer schnell und hoch. Bei Tagesanbruch warf die Sonne ihr liebliches Licht auf die Mannschaft. Die See legte sich, das Feuer wurde angezündet, und um Mittag gab Mr. Pottyfar, dessen Hände wieder in den Taschen steckten, den willkommenen Befehl, zum Essen zu pfeifen. Sobald die Leute ihre Mahlzeit verzehrt hatten, wurde die Fregatte vor den Wind gebracht, ihr Focknotmast ausgebessert und mehr Segelwerk angesetzt. Am folgenden Morgen bemerkte man nichts mehr von dem Sturm, die schrecklichen Wirkungen ausgenommen, die er hervorgebracht hatte, indem der schwarze, zersplitterte Stumpf des Fockmastes wie eine fürchterliche Mahnung an die Macht und Wut der Elemente in den Himmel ragte.

Nach drei Tagen stieß die „Aurora“ zur Flotte vor Toulon. Beim ersten Anblick glaubten die Leute an Bord der anderen Schiffe, die „Aurora“ sei in einem Gefecht gewesen, erfuhren aber bald, daß die Fregatte gegen schrecklichere Waffen gekämpft hatte, als sie je von Menschenhand erfunden wurden. Kapitän Wilson machte dem Admiral seine Aufwartung und erhielt natürlich sofort Befehl, in den Hafen einzulaufen und sein Schiff auszubessern. Nach wenigen Stunden schon hatte die „Aurora“ ihren Bug nach Malta gerichtet und bei Sonnenuntergang die Flotte vor Toulon aus dem Gesicht verloren.

Nach einer infolge unwirksamen und schwachen Windes sehr langwierigen Überfahrt kam die „Aurora“ vor Malta an.

Jack hatte sich mit seinem Freund Gascoigne besprochen und ihm seine Pläne für die Zukunft auseinandergesetzt, von denen übrigens jeder auf den einen fest beschlossenen Punkt hinauslief, daß er Agnes heiraten wolle. Im übrigen war Gascoigne der Ansicht, daß Jack ausdienen und Kapitän werden solle. Hierüber aber nachzudenken, gebe es, wie Gascoigne bemerkte, Zeit genug, und das einzige, was sie jetzt zu beraten hätten, sei, wie sie an Land kämen, denn die Ausbesserung des Schiffes war nur ein Vorwand, sie an Bord zu behalten, dessen sich, wie sie wohl wußten, Mr. Pottyfar bedienen würde. Am Tag des Einlaufens speiste Jack in der Konstabelkammer, und er beschloß, noch am Abend um Urlaub zu bitten.

Kapitän Wilson war bereits zum Gouverneur an Land gegangen. Nun hatte sich eine kleine Meinungsverschiedenheit über einen Punkt der Seemannskunde zwischen Pottyfar und Mr. Hawkins, dem Kaplan, erhoben. Die meisten der Offiziere standen auf der Seite des Kaplans, der, wie schon früher gesagt, ein Seemann ersten Ranges war. Der Streit hatte mit harten Worten geendet, denn Mr. Hawkins vergaß sich soweit, daß er dem Ersten Lieutenant sagte, er habe noch viel zu lernen und ja noch nicht einmal die schlimme Gewohnheit der Midshipmen, die Hände in den Taschen zu behalten, abgelegt. Mr. Pottyfar aber erwiderte, es stehe Mr. Hawkins als Kaplan recht wohl an, andere zu beleidigen, da er wisse, daß sein Amtsrock ihn schütze. Dies war eine bittere Entgegnung für Mr. Hawkins, den diese Anspielung, während sie sein Blut in Wallung brachte, daran erinnerte, daß sein Beruf ihm jede Erwiderung verbot. Der arme Bursche stürzte, da ihm nichts anderes zu tun übrig blieb, in seine Kajüte, machte seinem Zorn in Tränen Luft und tröstete sich allmählich durch Beten. Unterdessen hatte sich Mr. Pottyfar, ebensosehr über Hawkins und seine Kameraden erzürnt, wie mit sich selbst unzufrieden, aufs Verdeck begeben. Er war in der Tat in einer Stimmung, um gegen niemanden gefällig zu sein, und in einer höchst unglücklichen Laune für eines Midshipman Bitte um Urlaub. Nichtsdestoweniger lüpfte Jack höflich seinen Hut und bat, an Land gehen und seinen Freund, den Gouverneur, besuchen zu dürfen. Hierauf wandte sich Mr. Pottyfar um und antwortete, mit weit gespreizten Beinen und die Hände bis auf den Grund seiner Taschen gebohrt, im Ton unwandelbarer Entschlossenheit: „Mister Easy, Sie kennen den Zustand des Schiffes. Wir haben eine Menge zu tun – neues Takelwerk, fast alles auszubessern, und doch wollen Sie an Land. Nun, Sir, Sie mögen dies als Antwort für sich und für sämtliche Midshipmen des Schiffes nehmen, daß nicht eine Seele von Ihnen den Fuß an Land setzt, bis wir wieder völlig hergerichtet sind."

„Erlauben Sie mir, Ihnen zu bemerken, Sir", sagte Jack, „daß zwar allerdings alle unsere Dienste nötig sein dürften, wenn der Dienst beginnt, aber heute ist Samstagabend, morgen Sonntag, und die Fregatte kann somit vor Montagvormittag nicht einmal von der Stelle gebracht werden. Da also die Arbeit nicht früher angefangen werden kann, hoffe ich, daß Sie mir bis dahin Urlaub erteilen werden."

„Ich bin anderer Ansicht, Sir", antwortete der Erste Lieutenant.

„Vielleicht erlauben Sie mir, Sir, den Punkt zu beleuchten", versetzte Jack.

„Nein, Sir, ich gestatte kein Disputieren. Gehen Sie gefälligst auf die andere Seite des Verdecks hinüber."

„Gewiß, Sir", sagte Jack, „wenn Sie es wünschen."

Jacks erster Gedanke war, ohne Urlaub an Land zu gehen. Davon wurde er jedoch durch Gascoigne abgebracht, der ihm vorhielt, daß es Kapitän Wilson mißfallen und daß ihn in einem solchen Fall der alte Tom, der Gouverneur, nicht einmal empfangen würde. Jack stimmte ihm zu und ging nach einem langen Geschwätz über Menschenrechte, Tyrannei, Unterdrückung und so weiter auf das Vorderkastell, wo er seinen Freund Mesty traf, der den ganzen Vorfall mitangehört hatte und ihm nun hämisch zuflüsterte: „Warum Sie bleiben zur See, Massa Easy?"

Warum, dachte Jack, der vor Wut kochte, um hier dem Willen eines andern unterdrückt zu sein. Ich bin ein Narr, Mesty hat recht. Morgen werde ich meine Entlassung einreichen.

Jack ging hinunter und erzählte Gascoigne, was er beschlossen hatte.

„Das wirst du nicht tun, Jack", antwortete Gascoigne. „Verlaß dich darauf, in ein paar Tagen wirst du Urlaub genug haben. Pottyfar hatte einen Streit mit dem Kaplan, der ihm zu stark war. Kapitän Wilson wird um neun Uhr zurück sein."

Nichtsdestoweniger schritt Jack, wie dies alle Midshipmen tun, wenn sie nicht an Land kommen können, während seiner ersten Wache munter umher, und legte sich um zwölf Uhr in seine Hängematte mit dem Entschluß, bei seinem Vorhaben zu beharren, den Dienst zu verlassen und somit der Majestät seine beinahe dreijährigen, mit Ausnahme des Soldes und der Rationen gratis geleisteten Midshipmandienste zu schenken — Dienste, von denen einige Kapitäne kühn genug sind, zu behaupten, daß sie nicht bloß weder Sold noch Rationen, sondern sogar das Salz an die Suppe nicht wert seien, wobei sie gänzlich vergessen, daß sie selbst Midshipmen waren und damals natürlich in demselben Wert standen.

Am anderen Morgen kam Kapitän Wilson herauf. Die Schiffsmannschaft wurde gemustert, und Jack wollte, sobald alle Dienstangelegenheiten geklärt waren, den Kapitän anreden, als dieser zu ihm sagte: „MisterEasy, der Gouverneur bat mich, Sie zu ihm zum Essen mitzubringen, auch hält er ein Bett für Sie bereit."

Jack verbeugte sich und eilte hinunter, um seine wenigen Vorbereitungen zu treffen.

Während Mesty, der die Obhut über Jacks Gepäck übernommen hatte, ihm das Notwendigste ins Boot brachte, war unser Held mit sich selbst beinahe im reinen, daß Seiner Majestät vorläufig noch nicht der Dienste eines so schätzbaren Offiziers beraubt werden sollte. Er kehrte aufs Verdeck zurück, und da er sah, daß der Kapitän noch nicht ganz fertig war, ging er zu Mr. Pottyfar und sagte ihm, der Kapitän habe ihm befohlen, mit ihm an Land zu gehen. Mr. Pottyfar, dessen Ärger nun vorüber war, sagte: „Sehr schön, Mister Easy. Ich wünsche Ihnen viel Vergnügen."

Das lautet ganz anders als gestern, dachte Jack. Wie wäre es, wenn ich seine Arznei versuchte?

„Ich fühle mich gar nicht wohl, Mister Pottyfar", fuhr Jack fort, „und die Pillen des Doktors gefallen mir nicht. Ich bin immer krank, wenn ich die freie Luft und Leibesbewegung lange entbehren muß."

„Ganz richtig", sagte der Erste Lieutenant, „der Mensch bedarf der freien Luft und der Leibesbewegung. Ich habe auch keinen Glauben an die Heilmittel des Doktors. Die einzige Arznei, die einen Heller wert ist, ist die Universalmedizin."

„Schon lange wünschte ich, sie zu versuchen, Sir", versetzte Jack. „Ich las einmal ein Buch darüber, in dem gesagt wird, sie verrichte Wunder, wenn man sie vierzehn Tage lang mit der gehörigen Bewegung in frischer Luft täglich einnehme."

„Das ist wahr", antwortete Mr. Pottyfar, „und wenn Sie einen Versuch damit zu machen wünschen, steht sie Ihnen zu Diensten. Soll ich Ihnen eine Dosis geben?"

„Wenn es Ihnen gefällig ist, Sir", antwortete Jack. „Sagen Sie mir aber auch, wie oft ich sie nehmen muß, denn mein Kopf schmerzt mich jeden Tag."

Mr. Pottyfar nahm Jack in seine Kajüte hinunter, drückte ihm drei oder vier Fläschchen des Wundertrankes in die Hand und erteilte ihm sodann die Weisung, nachts, wenn er zu Bett gehe, dreißig Tropfen zu nehmen, nicht mehr als zwei Glas Wein zu trinken und sich vor der Sonnenhitze zu hüten.

„Ich fürchte nur, Sir", entgegnete Jack, der die Flaschen in die Taschen gesteckt hatte, „daß ich die Medizin nicht lange nehmen kann, denn da das Schiff sofort ausgebessert werden soll, werde ich jeden Tag der Sonnenhitze ausgesetzt sein."

„Nur wenn man Ihrer bedürfte, Mister Easy. Aber wir haben hier genug Leute ohne Sie, und wenn Sie unpäßlich sind, kann man doch keinen Dienst von Ihnen erwarten. Pflegen Sie Ihre Gesundheit, und ich hoffe — ja, ich bin dessen sogar ganz gewiß, Sie werden diese Arznei wunderbar wirksam finden."

„Ich bin Ihnen sehr verbunden", erwiderte Jack, „und will mit Ihrer Erlaubnis die Kur diese Nacht noch beginnen. Ich schlafe bei dem Gouverneur. Soll ich morgen früh an Bord kommen?"

„Nicht doch, nicht doch, sorgen Sie für sich und werden Sie wieder gesund. Es soll mich freuen, zu hören, daß Sie sich besser befinden. Lassen Sie mich wissen, wie es wirkt."

„Jeden Tag will ich Ihnen durch das Boot Bericht senden, Sir", antwortete Jack entzückt. „Ich bin Ihnen vielen Dank schuldig, Sir. Gascoigne und ich dachten schon daran, Sie um die Wunderarznei zu bitten, waren jedoch nicht so frei. Der arme Junge leidet an Kopfschmerzen, fast so sehr wie ich, und die Pillen des Doktors helfen ihm auch nicht."

„Er soll auch von der Universalmedizin haben, Mister Easy. Es kam mir doch gleich so vor, als ob er blaß aussehe. Ich will diesen Nachmittag dafür besorgt sein. Merken Sie sich die zwei Dinge, Mister Easy, mäßige Leibesbewegung und Vermeidung der Sonnenhitze des mittags."

„Gewiß, Sir, ich will es nicht vergessen", versetzte Jack und ging seelenvergnügt hinaus. Er befahl Mesty, statt des kleinen Bündels, das dieser in das Boot geworfen hatte, nunmehr seinen ganzen Mantelsack heraufzubringen, erzählte Gascoigne, welche Federn er auch zu seinen Gunsten habe springen lassen, ging bald darauf mit dem Kapitän ins Boot und fuhr an Land, wo er von dem Gouverneur herzlich begrüßt wurde.

27

„Nun Jack, mein lieber Junge", sagte der Gouverneur, „haben Sie irgendeine lange Erzählung bei der Hand?"

„Ja, Sir", antwortete Jack, „ich habe Ihnen einige sehr hübsche vorzutragen."

„Ganz schön, wir wollen sie nach dem Essen hören", versetzte der alte Tom. „Suchen Sie einstweilen Ihr Zimmer auf und nehmen Sie Besitz davon."

„Das kann aber nicht auf sehr lange geschehen, Gouverneur", bemerkte Kapitän Wilson. „Mister Easy muß seinen Dienst lernen, und dazu bietet sich jetzt gerade eine günstige Gelegenheit."

„Mit Ihrer Gunst, Sir", versetzte Jack, „ich stehe auf der Krankenliste."

„Krankenliste?" sagte Kapitän Wilson. „Auf dem Bericht den mir der Doktor überreichte, fand ich Ihren Namen nicht."

„Allerdings, ich stehe auf Mister Pottyfars Liste und mache jetzt eine Universalmedizinkur."

„Was ist damit, Jack? Darunter steckt doch etwas. Fürchten Sie sich nicht vor dem Kapitän – ich bin ja da, um Ihnen den Rücken zu decken", sagte der Gouverneur.

Jack fürchtete sich durchaus nicht vor dem Kapitän und erzählte somit, wie ihm der Erste Lieutenant am Abend zuvor den Urlaub verweigert, nunmehr aber erlaubt habe, an Land zu bleiben und einen Versuch mit der Universalmedizin zu machen. Hierüber lachte der Gouverneur herzlich, und auch Kapitän Wilson konnte sich nicht enthalten, in die Heiterkeit einzustimmen.

„Aber, Mister Easy", begann der Kapitän nach einigem Bedenken, „wenn auch Mister Pottyfar Ihnen erlaubt, an Land zu bleiben, kann ich das nicht zulassen. Sie haben Ihren Dienst zu lernen. Sie müssen bedenken, daß es höchste Zeit ist, und dürfen somit diese Gelegenheit, die sich nicht jeden Tag bietet, nicht ungenützt lassen. Sie werden die Wahrheit dessen, was ich Ihnen sage, anerkennen."

„Ja, Sir", antwortete Jack, „ich gebe das alles zu, vorausgesetzt, daß ich im Dienst zu bleiben gedächte." Mit diesen Worten verbeugte sich unser Held und entfernte sich vom Balkon, auf dem das Gespräch geführt worden war.

Dieser Entschluß, den Jack – mehr um zu verhüten, daß er an Bord geschickt wurde, als in einer bestimmten Absicht – hingeworfen hatte, blieb weder von dem Kapitän noch von dem Gouverneur unbeachtet.

„Ist er denn nachlässig?" bemerkte der Gouverneur.

„Im Gegenteil, ich sah ihn noch nie aufmerksamer und so ganz geheilt von seinen früheren Ideen. Er hat sich bei dem Sturm äußerst wacker gehalten, und es ist keine einzige

Klage gegen ihn eingelaufen. Ich bin ganz erstaunt über diese Äußerung. Er muß irgend etwas anderes gemeint haben."

„Ich will Ihnen sagen, was er meint, Wilson: es gefällt ihm nicht, daß er an Bord geschickt werden soll, weiter ist es nichts. Er will sich nicht einzwängen lassen. Sie können ihn leiten, aber nicht treiben."

„Ja, ja, aber der Dienst gestattet das nicht. Ich kann es nicht zulassen. Er muß seinen Dienst tun wie die übrigen und sich in die Regeln fügen."

„Ganz richtig, das muß er — aber sehen Sie, Wilson, Sie brauchen ihn nicht zu verlieren. Das läßt sich ganz leicht abmachen. Ernennen Sie ihn zu Ihrem Ordonnanz-Midshipman zwischen Schiff und Land, dann hat er Beschäftigung und kann nachts immer hierbleiben. Ich will ihm sagen, daß ich dies, wie es hiermit geschieht, als eine Gunst für ihn erbeten habe, und überlassen Sie es mir, herauszufinden, was ihn wurmt."

„Seien Sie unbesorgt, Jack soll mir beichten und sein Herz so offen vor mir darlegen wie ein Katholik das seine vor seinem Pater."

Um die Mittagszeit setzte sich die Gesellschaft, die mit dem Generaladjutanten des Gouverneurs und den geladenen Gästen sehr zahlreich war, zum Essen. Sobald das Tischtuch weggenommen wurde, forderte der Gouverneur Jack auf, seine Geschichten zu erzählen, worauf unser Held, zum großen Erstaunen Kapitän Wilsons, der kein Wort davon wußte — der Admiral hatte ihm während seines kurzen Aufenthalts bei der Flotte auf der Höhe von Toulon nichts darüber mitgeteilt —, dem Gouverneur und der Gesellschaft alles haarklein erzählte, was sich auf der „Mary Ann" zugetragen hatte: das Verhältnis Kapitän Hoggs' zu Miß Hicks, die Abenteuer Gascoignes und seinen eigenen Plan, durch den er alle hinterging. Der Gouverneur war außer sich vor Freude, Kapitän Wilson nicht wenig erstaunt.

„Sie verhinderten da einen sehr törichten Streich, Mister Easy, und benahmen sich sehr gut", bemerkte der Kapitän, den dieser Gedanke von neuem erheiterte, „aber Sie haben mir von all dem noch nichts gesagt."

„Allerdings, Sir“, antwortete Jack, „ich habe von jeher meine Geschichten für die Mittagstafel des Gouverneurs aufbewahrt, wo ich sicher bin, Sie zu treffen, und sie dann ein für allemal erzähle.“

Jack erhielt seine Ernennung als Ordonnanz-Midshipman und alles ging gut, denn er verblieb den größeren Teil des Tages an Bord, um seinen Dienst zu lernen, was dem Kapitän sowie Mr. Pottyfar sehr gefiel. Hierin bewies Jack viel Takt, und Kapitän Wilson bereute die Nachsicht nicht, die er ihm erwiesen hatte. Jacks Gesundheit besserte sich täglich zur großen Zufriedenheit Mr. Pottyfars, der glaubte, Jack nehme die Universalmedizin morgens und abends pünktlich. Auch Gascoigne war Patient in der Kur des Ersten Lieutenants und ging oft an Land mit unserem Helden, der nun nicht mehr daran dachte, den Dienst aufzugeben.

28

Sie lagen jetzt schon sieben Wochen im Hafen, als aus England erwartete Briefe endlich eintrafen. Kapitän Wilson zog sich mit den für ihn bestimmten Briefen zurück, der Gouverneur war gleichermaßen beschäftigt, und Jack erhielt zum erstenmal ein Schreiben von seinem Vater. Es lautete wie folgt:

Mein lieber Sohn!

Verschiedene Male schon habe ich die Feder ergriffen in der Absicht, Dich von dem Gang der Dinge hierzulande in Kenntnis zu setzen. Da ich aber ringsherum nichts sehen kann, als einen durch Übel aller Art verdüsterten Horizont, habe ich die Feder ebenso oft wieder niedergelegt, ohne daß ich es wagte, Dich mit solchen schlimmen Nachrichten zu betrüben.

Die Kunde von Deinem Tode sowie von Deiner unerwarteten Rettung erhielten wir, und ich hoffe, daß im ersten Fall meine Trauer, im zweiten aber meine Freude alle jene Mäßigung beibehalten hat, welche der Grundzug eines Philosophen ist. Im ersten Fall tröstete ich micht mit der Betrachtung, daß die Welt, die Du verlassen hast, sich in einem Zustand der Sklaverei befindet und durch den eisernen Arm des Despotismus niedergedrückt wird – daß somit Sterben ein Gewinn ist, nicht allein in der Richtung, in welcher es uns jeder Prediger sagt, sondern auch im Interesse unserer Freiheit. Im zweiten Fall aber mäßigte ich meine Freude aus beinahe denselben Gründen, indem ich, ganz unbekümmert, was auch Doktor Middleton dazu sagen mag, beschloß zu sterben, wie ich gelebt habe, als ein echter Philosoph.

Je mehr ich darüber nachdachte, desto lebhafter wurde ich überzeugt, daß es, um diese Welt glücklich zu machen, gar nichts bedarf, als allgemeiner Gleichheit und genauer Beachtung der Menschenrechte – kurz und gut, daß alles und jedes völlig gleich gemacht werde. Bemerken wir nicht, daß diese Gleichheit das Gesetz der Natur ist? Rinnen die Bäche nicht in die Flüsse, die Flüsse nicht in die See, fallen die Berge nicht nach den Ebenen hin ab? Begnügen sich die Jahreszeiten nicht damit, die verschiedenen Teile der Erde gleich zu machen? Warum geht die Sonne durch die Ekliptik anstatt durch den Äquator? Aus welchem anderen Grund, als um ihre Hitze den beiden Seiten der Erde zu gleichen Teilen zukommen zu lassen? Werden wir nicht alle gleichmäßig im Elend geboren? Macht uns nicht alle der Tod vollkommen gleich, wie der Dichter so richtig sagt? Sind wir nicht alle gleichmäßig hungrig, durstig und schläfrig und somit durch unsere natürlichen Bedürfnisse gleichgestellt? Da dies aber der Fall ist, sollten wir nicht auch die Güter dieser Welt, auf die wir ein unbestrittenes gleiches Recht haben, zu gleichen Teilen besitzen? Kann irgendein Beweis solider oder richtiger sein als dieser, welchen Unsinn auch Doktor Middleton dagegen schwatzen mag?

Ja, mein Sohn, wenn ich nicht fortwährend hoffte, die Sonne der Gerechtigkeit aufgehen zu sehen, wie sie die mannigfaltigen schwarzen Wolken, die das Land verdüstern, zerstreut — wenn ich nicht fortwährend hoffte, eine gleichmäßige Verteilung des Eigentums zu erleben (ein agrarisches Gesetz, woraus alle gleichmäßigen Vorteil ziehen, im Haus der Gemeinen durchgehen zu sehen), würde ich mich nicht darum bekümmern, wie bald ich diese Erde, die Tyrannei und Ungerechtigkeit zu einem Jammertal umgeschaffen hat, verlassen muß. Für jetzt, solange das gegenwärtige System beibehalten wird, ist das Volk zum Vorteil einiger weniger besteuert, und seufzt unter der Last und Unterdrückung des Despotismus. Aber ich glaube dennoch, daß nunmehr, wenn ich mich so glücklich ausdrücke, ein leuchtender Stern im Westen aufgeht, und daß Zeichen der Zeit eintreten, die mir gefallen. Schon haben wir eine Menge Brandstiftungen erlebt, und einige Mitglieder des höchsten Adels haben sich gegenseitig das Wort gegeben, das Volk über sich selbst zu erheben, und deshalb Verschwörung und Aufstand angeraten — haben der herabgewürdigten und unaufgeklärten Menge gezeigt, daß ihre physische Kraft unwiderstehlich ist, und ihr empfohlen, davon Gebrauch zu machen. Sie haben zugleich versprochen, falls sie zur Gewalt gelangten, diese nur dazu zu benützen, das Possenspiel einer Konstitution, der Kirche und des Königtums abzuschaffen, und daß, wenn das Volk überhaupt regiert werden solle, eine solche Regierung durch die Menge geleitet werden müsse. Das ist erfreulich. Heil euch, ihr patriotischen Lords! Heil euch allen! Jetzt hoffe ich, daß das große Werk vollendet werden wird, zum Trotz des Hohngelächters und Kopfschüttelns, womit der hartnäckige Mensch, Doktor Middleton, fortwährend auf meine Argumente antwortet.

Deine Mutter lebt ganz still. Sie hat Lesen und Arbeiten und selbst ihr Stricken als nutzlos aufgegeben, und sitzt den ganzen lieben Tag in der Ecke des Kamins, wo sie ihre Daumen dreht und, wie sie sagt, auf das tausendjährige Reich wartet. Das arme Ding – sie ist ganz närrisch mit ihren Ideen, aber ich lasse ihr auch hierin, wie gewöhnlich in allen Dingen, ihren eigenen Willen, indem ich so dem Philosophen der Vorzeit nachahme, der an seine Xanthippe gefesselt war.

Ich hoffe, mein lieber Sohn, daß Deine Grundsätze mit Deinen Jahren erstarkt sind und mit Deinem Heranwachsen sich gefestigt haben – ferner daß Du, wenn es nötig ist, alles aufopfern wirst, um jenen Zustand herbeizuführen, der sich nach meiner Ansicht als das wahre tausendjährige Reich ausweisen wird. Mache Werbung für diese Gedanken, so viel Du nur kannst, und glaube mir, daß ich bin

Dein liebender Vater
und wahrer Führer
Nicodemus Easy.

Jack, der allein war, schüttelte den Kopf, als er den Brief zu Ende gelesen hatte, und legte ihn mit einem „Pah“ weg. Dies geschah ganz unwillkürlich, und er staunte über sich selbst, als er sich dabei ertappte. Den Punkt möchte ich erst beleuchten, dachte Jack, sich selbst zum Trotz, warf den Brief auf den Tisch und ging, unzufrieden mit seinem Vater und mit sich, in Gascoignes Zimmer. Er fragte ihn, ob er nicht auch Briefe aus England erhalten habe, und kehrte, da es beinahe schon Zeit zum Mittagessen war, in sein Gemach zurück, um sich anzukleiden. Als er mit Gascoigne in das Empfangszimmer trat, sagte der Gouverneur zu ihnen: „Da Sie beide italienisch sprechen, müssen Sie sich eines sizilianischen Offiziers, der mit Empfehlungsschreiben an mich hier angekommen ist und heute bei mir speist, freundlich annehmen.“

Sie wurden dem fraglichen Herrn vorgestellt: es war ein schlanker, gut aussehender junger Mann, in dessen Gesichtszügen ein gewisser unangenehmer Ausdruck lag. Auf den Wunsch des Gouverneurs wurde Don Matthias – so hieß der Fremde – bei der Tafel zwischen unsere zwei Midshipmen gesetzt, die sich sofort in ein Gespräch mit ihm einließen, indem sie ihrerseits sehnlichst wünschten, sich nach ihren Freunden in Palermo zu erkundigen. Im Lauf des Gesprächs fragte Jack den Fremden, ob er Don Rebiera kenne, der Sizilianer bejahte und sie plauderten nun miteinander über die verschiedenen Mitglieder der Familie. Gegen das Ende der Tafel fragte Don Matthias Jack, auf welche Weise er mit Don Rebiera bekannt geworden sei und Jack erzählte ihm, wie er und sein Freund den alten Don vor der Ermordung durch zwei Schurken errettet hätten. Nach dieser Antwort schien der junge Offizier zum Gespräch nicht mehr aufgelegt zu sein, sondern bat, noch ehe die Gesellschaft sich erhob, um die Ehre der näheren Bekanntschaft unserer beiden Midshipmen. Sobald er fort war, bemerkte Gascoigne nachdenklich: „Dieses Gesicht habe ich schon einmal gesehen, aber wo, kann ich nicht sagen. Du weißt übrigens, Jack, welch ein Personengedächtnis ich besitze. Ich bin dessen ganz sicher, daß er mir früher schon zu Gesicht kam."

„Ich kann mich nicht erinnern, ihn je gesehen zu haben", sagte Jack, „aber ich kenne niemanden, der in dieser Hinsicht ein so gutes Gedächtnis besäße wie du."

Sie ließen das Gespräch fallen, und Jack hörte einige Zeit dem Gouverneur und Kapitän Wilson zu, da die ganze Gesellschaft sich entfernt hatte. Mit einemmal sprang Gascoigne, der seit obiger Bemerkung zu Jack in tiefem Nachdenken dagesessen hatte, von seinem Stuhl auf.

„Endlich habe ich ihn!" rief er.

„Wen haben Sie?" fragte Kapitän Wilson.

„Den sizilianischen Offizier. Ich hätte darauf schwören können, daß ich ihn schon früher gesehen habe."

„Diesen Don Matthias?"

„Nicht doch, Sir Thomas! Er heißt nicht Don Matthias. Es ist derselbe Don Silvio, der Don Rebiera ermorden wollte, als wir ihm zu Hilfe kamen und ihn retteten."

„Ich glaube, du hast recht, Gascoigne."

„Ich bin dessen ganz gewiß", antwortete Gascoigne. „Bei derartigen Fällen habe ich mich in meinem Leben noch nie geirrt."

„Geben Sie mir jene Briefe, Easy", fiel hier der Gouverneur ein, „und lassen Sie uns sehen, was sie von ihm besagen. Da steht es – Don Matthias de Alayeres. Sie könnten sich irren, Gascoigne. Es ist eine schwere Anklage, die Sie gegen diesen jungen Mann erheben."

„Nun ja, Sir Thomas, mein Ernennungsdekret, wenn ich es bei der Hand hätte, wollte ich verwirken, wenn das nicht Don Silvio ist. Überdies bemerkte ich den Wechsel in seinem Geschichtsausdruck, als wir ihm sagten, wir beide, Easy und ich, seien Don Rebiera zu Hilfe gekommen. Bemerktest du nicht auch, Easy, daß er von diesem Augenblick an kaum mehr ein Wort sprach?"

„Wohl wahr", antwortete Jack.

„Nun ja, danach müssen wir sehen", bemerkte der Gouverneur. „Wenn dem so ist, muß dieses Empfehlungsschreiben gefälscht sein."

Die Gesellschaft begab sich hierauf zu Bett. Am folgenden Morgen erhielt Jack, während er sich mit Gascoigne in dessen Zimmer über seine Verdachtsgründe besprach, Briefe aus Palermo. Sie enthielten die Antwort auf das Schreiben, das Jack bei seiner Ankunft in Malta an seine sizilianischen Freunde abgesandt hatte: ein paar Zeilen von Don Rebiera, ein kleines Briefchen von Agnes und ein großes umständliches Schreiben von seinem Freund, Don Philipp, der ihn von dem Wohlbefinden der ganzen Familie benachrichtigte, ihn ihrer freundlichen Gesinnung versicherte und bemerkte, daß Agnes ihm fortwährend so zugetan sei wie stets. Er meldete Jack ferner, daß er wie versprochen wegen der gegenseitigen Zuneigung Rücksprache mit seinen Eltern genommen habe, daß sie ihre Zustimmung gegeben, ihr Wort aber zurückgenommen hätten, weil Pater Thomas, ihr Beichtvater, von einer Vermählung von Agnes mit einem Ketzer nichts hören wolle. Er erklärte Jack, diese Schwierigkeit werde sich wohl beseitigen lassen durch seine und seines Bruders Vermittlung. Sie seien beide entschlossen, daß weder ihre Schwester noch ihr Freund wegen einer solchen Kleinigkeit unglücklich werden sollte. Der letzte Teil des Briefes enthielt die gleichfalls wichtige Nachricht, daß Don Silvio einen neuen Angriff auf das Leben ihres Vaters gemacht habe und auch seinen Zweck erreicht haben würde, wenn sich nicht Pater Thomas, der glücklicherweise dabei gewesen war, zwischen beide geworfen hätte. In seiner Wut habe Don Silvio dem Beichtvater einen Stich versetzt, die Wunde sei jedoch nicht gefährlich gewesen. Infolge dessen habe man alle Nachsicht gegen Don Silvio aufgegeben. Die Behörde verfolge ihn, um die auf Mord und Kirchenschändung gesetzte Strafe an ihm zu vollziehen. Bis jetzt habe man ihn jedoch nicht auffinden können. Man vermute, daß er auf einem der Frachtschiffe nach Malta entkommen sei.

Dies war der Inhalt des Briefes, der dem Gouverneur und Kapitän Wilson sofort beim Frühstück mitgeteilt wurde.

„Ganz gut, danach müssen wir sehen", bemerkte der Gouverneur, der sich sodann nach den anderen im Brief enthaltenen Angaben erkundigte.

Jack und Gascoigne saßen, bis das Frühstück vorüber war, wie auf Nadeln, und stahlen sich fort, sobald sie nur konnten. Einige Augenblicke später erhob sich Kapitän Wilson, um an Bord zu gehen, und schickte nach unseren Freunden, die aber nicht zu finden waren.

„Ich durchschaue das völlig, Wilson", sagte der Gouverneur. „Überlassen Sie die beiden Leutchen nur mir. Gehen Sie an Bord und beruhigen Sie sich."

Unterdessen hatten die beiden Midshipmen ihre Hüte genommen und sich auf die Brustwehr der Batterie begeben, wo sie ungestört zu sein hofften.

„Du errätst wohl, Gascoigne", bemerkte Jack, „was ich im Schild führe. Noch heute vormittag muß ich diesen Schurken erschießen, und dies ist auch der Grund, weshalb ich mit dir herausgegangen bin."

„Ganz richtig, Easy, mit dem einzigen Unterschied, daß ich ihn erschießen muß und nicht du. Er gehört mir, denn ich habe ihn erkannt."

„Diesen Punkt wollen wir beleuchten", antwortete Jack. „Er hat einen Angriff auf das Leben desjenigen gemacht, der, so Gott will, mein Schwiegervater wird, und deshalb habe ich das größte Recht auf ihn."

„Da bitte ich um Verzeihung, Jack. Er gehört mir, denn ich habe ihn entdeckt. Setzen wir einmal einen Fall: angenommen, ein Mann läuft einige Schritte vor einem anderen und hebt eine Börse auf – welche Ansprüche hat der hintendrein gehende Mann daran zu machen? Ich habe ihn gefunden und nicht du.“

„Das ist alles ganz schön, Gascoigne. Angenommen aber, die Börse, die du in einem solchen Fall aufhebst, gehört mir, so habe ich doch ein Recht daran, obgleich du sie gefunden hast. Der Vogel gehört von Rechts wegen mir und nicht dir.“

„Aber ich habe noch eine andere, sehr wichtige Bemerkung zu machen. Don Silvio ist ein Blutsverwandter von Agnes, und wenn sein Blut an deinen Händen klebt, so wird sich das, in wie hohem Grade er es auch verdienen mag, deiner Verbindung unfehlbar als ein Hindernis entgegenstellen, bedenke das.“

Jack schwieg in Gedanken.

„Und laß dich noch durch eine andere Bemerkung bestimmen. Du wirst mir dadurch einen ganz besonderen Gefallen erweisen.“

„Es wird der größte sein, den ich dir je tun kann“, antwortete Jack. „Du müßtest mir ewig dafür verpflichtet bleiben.“

„Ich hoffe, mir den Burschen auf ewig zu verpflichten“, erwiderte Gascoigne.

Wenn Seeleute in die Schlacht gehen, fangen sie stets damit an, genau auszurechnen, wie hoch ihr Anteil am Beutegeld sein mag, noch ehe ein Schuß abgefeuert ist. Unsere beiden Midshipmen schienen in diesem Fall ganz gleich zu verfahren.

Nachdem also dieser Punkt dem Mr. Gascoigne eingeräumt war, begab sich Jack in den Gasthof, den Don Silvio als sein Absteigequartier bezeichnet hatte, schickte diesem seine Karte zu und ging mit dem Aufwärter die Treppe hinauf. Letzterer öffnete die Tür und übergab die Karte.

„Ganz schön“, antwortete Don Silvio. „Ihr könnt hinuntergehen und den Herrn zu mir führen.“

Jack, der diese Worte hörte, wartete nicht lange, sondern trat ein und gewahrte, wie Don Silvio äußerst beschäftigt war, einen Wetzstein wegzuschaffen, auf dem er ein scharfes, zweischneidiges Stilett geschliffen hatte. Der Sizilianer trat auf Jack zu und bot ihm mit scheinbarer Herzlichkeit die Hand.

Jack aber sagte mit trotzigem Blick: „Don Silvio, wir kennen Sie. Meine einzige Absicht ist jetzt, im Namen meines Freundes diejenige Genugtuung von Ihnen zu verlangen, die Sie zwar nicht verdienen, die uns aber die Entrüstung über Ihren zweiten Angriff auf Don Rebiera Ihnen anzubieten veranlaßt. Denn wenn Sie auch meinem Freund entkommen, werden Sie es mit mir zu tun haben. Im Ganzen genommen, Don Silvio, dürfen Sie sich glücklich schätzen, denn es ist immerhin besser, durch die Hand eines Gentleman zu fallen, als am Galgen zu enden."

Don Silvio wurde leichenblaß. Seine Hand suchte in seiner Kleidung nach dem Stilett, das aber auf dem Tisch liegen geblieben war. Endlich antwortete er: „In einer Stunde von jetzt an, will ich mich Ihnen stellen, wann und wo es Ihnen beliebt."

Jack bezeichnete Zeit und Ort für das Duell und verließ sodann das Zimmer. Er und Gascoigne eilten hierauf in die Wohnung eines ihnen befreundeten Offiziers und waren, nachdem sie sich mit den erforderlichen Feuerwaffen versehen hatten, noch vor der festgesetzten Zeit an Ort und Stelle. Sie warteten, bis die Stunde schlug, aber Don Silvio erschien nicht.

„Er ist fort", bemerkte Gascoigne. „Der Spitzbube ist uns entflohen."

Eine halbe Stunde war schon über die festgesetzte Zeit verstrichen, und noch zeigte sich keine Spur von Gascoignes Gegner. Aber einer von des Gouverneurs Generaladjutanten ließ sich sehen und trat auf unsere Freunde zu.

„Da kommt Mister Atkins", bemerkte Jack. „Das ist fatal, aber er wird sich hoffentlich nicht einmischen."

„Gentlemen", sagte Atkins mit viel Förmlichkeit, „der Gouverneur wünscht sehnlichst, Sie beide zu sprechen."

„Im Augenblick können wir nicht kommen — in einer halben Stunde werden wir dort sein."

„Sie müssen beide in drei Minuten dort sein. Entschuldigen Sie, ich habe die entschiedensten Befehle — und um sie gehörig ausgeführt zu sehen, ist ein Korporal mit einem Picket hinter dieser Mauer aufgestellt. Natürlich, wenn Sie ruhig mitgehen, brauche ich die Mannschaft nicht zu Hilfe zu rufen.“

„Das ist abscheuliche Tyrannei!“ rief Jack. „Mit Recht nennt man den Gouverneur den König Tom.“

„Allerdings“, erwiderte Atkins, „denn er herrscht hier unumschränkt – also kommen Sie mit!“

Jack und Gascoigne, die nunmehr keine andere Wahl hatten, gingen dem Gouvernementsgebäude zu und trafen da Sir Thomas auf dem Balkon, der eine Fernsicht auf den Hafen und die offene See bot.

„Treten Sie hierher, meine jungen Gentlemen“, sagte der Gouverneur in ernstem Ton. „Sehen Sie dieses Schiff zwei Meilen außerhalb des Hafens? Don Silvio ist darauf, der unter Bedeckung nach Sizilien zurückgebracht wird. Und jetzt merken Sie sich, was ich Ihnen sage, als Richtschnur für das ganze Leben. Duellieren Sie sich, wenn das sein muß, mit Gentlemen, aber nicht mit Schurken und Mördern. Wenn Sie *einwilligen,* sich mit einem Schurken zu duellieren, so beschimpfen Sie dadurch Ihre Uniform und entwürdigen dabei Ihren Charakter in dem gleichen Maße, als wenn Sie sich *weigern,* einem Gentleman Satisfaktion zu geben. So, jetzt gehen Sie, denn ich bin ärgerlich über Sie, und lassen Sie sich nicht vor dem Mittagessen hier wieder blicken.

29

Ehe jedoch unsere beiden Freunde mit dem Gouverneur an der Mittagstafel zusammenkamen, lief eine Kriegskorvette der Flotte ein mit Depeschen von dem Oberbefehlshaber des Geschwaders. Diejenigen, welche Kapitän Wilson erhielt, forderten ihn auf, seine Ausbesserung möglichst zu beschleunigen, sodann auszulaufen, auf der Höhe von Korsika zu kreuzen und eine russische Fregatte, die sich an jener Küste befinde, anzugreifen oder ihr zu folgen, wo sie auch sein möge.

Nun war auf der „Aurora“ alles ruhig und tätig. Kapitän Wilson verließ mit Jack und Gascoigne die Residenz des Gouverneurs und begab sich wieder an Bord, wo sie Tag und Nacht verblieben. Am dritten Tag war die „Aurora“ ganz ausgerüstet und segelfertig. Um neun Uhr morgens verließ sie den Hafen von La Valetta.

Nach einer Woche gelangte sie an die Küste vor Korsika. Man hatte nicht nötig, Leute auf die Mastspitze zu schicken, denn vom frühen Morgen bis zum späten Abend wurde das Wasser entweder von einem der Offiziere oder von einem der Midshipmen beobachtet. Die „Aurora“ fuhr nordwärts an der Küste hinauf, ohne den Feind, den sie verfolgte, zu sehen oder auch nur irgendeine Kunde von ihm zu erhalten.

Windstille oder zu schwache Lüfte hielten sie einige Tage auf, als endlich eine Brise von Norden sie in die Lage setzte, an der östlichen Seite der Insel hinunterzufahren. Es war am achtzehnten Tag nach der Abfahrt von Malta, und sie saßen eben beim Frühstück, als sie vor sich, in der Entfernung von etwa achtzehn Meilen, ein großes Fahrzeug erblickten.

„Eine Fregatte, Kapitän Wilson, ich bin dessen gewiß“, sagte Mr. Hawkins, der Kaplan, den Neugierde und Sehnsucht auf die Mastspitze hinaufgetrieben hatte.

„Wie steuert sie?“

„In derselben Richtung wie wir.“

Die „Aurora“ ging unter allen Segeln, und als die Leute zum Mittagessen gepfiffen wurden, glaubte man dem feindlichen Schiff auf zwei Meilen nahe gekommen zu sein.

„Das wird eine lange Jagd — wenn man hintendrein fahren muß“, bemerkte Martin zu Gascoigne.

„Ja, das besorge ich auch — befürchte aber noch mehr, daß uns der Feind entwischt.“

„Nicht unwahrscheinlich“, versetzte der Gehilfe.

„Sie sind einer von den Hiobsboten, Martin“, antwortete Gascoigne.

„Dann werde ich nicht so oft getäuscht", erwiderte dieser. „Es sind zwei Punkte, über die man sich erst Gewißheit verschaffen muß: erstens, ob wir das Fahrzeug erreichen oder ob wir es verlieren werden; zweitens aber, ob es, wenn wir es einholen, dasselbe ist, nach dem wir ausspähen."

„Sie scheinen sehr gleichgültig darüber zu sein."

„In der Tat, das bin ich nicht. Ich bin der älteste beförderte Midshipman auf dem Schiff, und die Wegnahme der feindlichen Fregatte wird mir, wenn ich am Leben bleibe, mein Avancement verschaffen. Aber ich bin schon so oft enttäuscht worden, daß ich jetzt auf nichts mehr rechne, als bis ich es in Händen habe."

„Nun ja, um Ihretwillen, Martin, will ich hoffen, daß dieses Fahrzeug dasjenige ist, das wir suchen, — ferner daß wir nicht getötet werden — und endlich, daß Sie Ihre Beförderung erhalten."

„Ich danke Ihnen, Easy — ich wünschte, daß ich auch so hoffen dürfte, wie Sie."

Der arme Martin, er hatte schon lange gefühlt, wie bitter es ist, Enttäuschung um Enttäuschung zu erleben. Wie wahr ist es doch, daß das ewige Hinausschieben der Erfüllung unserer Hoffnungen das Herz krank macht — die im voraus gehegten Erwartungen seiner Knabenjahre, die aufstrebenden Berechnungen seiner Jugend wurden eine nach der anderen vernichtet, und jetzt, nachdem er seine Zeit beinahe dreimal ausgedient hatte, wurde die Reaktion zu mächtig, und, wie er ganz richtig bemerkte, er wagte nicht zu hoffen. Übrigens war sein Gemüt nicht erbittert, sondern nur pessimistisch.

„Das Schiff hat seinen Wind geholt, Sir", rief der Zweite Lieutenant von den Stengenkreuzhölzern.

„Was halten Sie davon, Martin?" fragte Jack.

„Daß es entweder eine englische Fregatte oder ein Fahrzeug ist, das von einem sehr tapferen Burschen befehligt wird und gut bemannt ist."

Es war Sonnenuntergang, ehe die „Aurora" dem Fahrzeug sich auf zwei Meilen genähert hatte. Das Privatsignal wurde aufgesteckt, jedoch nicht erwidert — entweder weil es zu dunkel war, um die Farben der Flagge zu unterscheiden, oder aber weil sie der Feind nicht kannte. Das fremde Schiff hatte die englische Flagge geheißt. Dies bewies jedoch keineswegs zur Genüge, daß man einen Freund vor sich hatte. Auch drehte es gerade vor Einbruch der Dunkelheit seinen Bug gegen die „Aurora". Die gesamte Mannschaft der „Aurora" stand auf ihrem Posten, da es sich innerhalb weniger Minuten entscheiden konnte, ob man es mit einem Freund oder Feind zu tun hatte. Es gibt vielleicht keine Lage, die mißlicher wäre und größere Vorsicht erforderte, als das zufällige Zusammentreffen mit einem zweifelhaften Schiff. Auf der einen Seite müssen wir völlig gerüstet sein und dürfen dem Feind keinerlei Vorteil zukommen lassen, der für ihn aus unserer Untätigkeit entstehen könnte. Auf der anderen Seite legt uns Klugheit das Gebot auf, Freunde und Landsleute nicht anzugreifen. Kapitän Wilson hatte das Privatsignal geheißt, aber auch hier herrschte wieder ein mißlicher Umstand, denn seine eigenen Segel standen im Weg, so daß man auf dem anderen Schiff das Signal nicht erkennen konnte. Ehe sich die beiden Fregatten auf drei Kabellängen nahe kamen, holte Kapitän Wilson, der beschlossen hatte, daß von seiner Seite durch Mangel an Vorsicht kein Irrtum herbeigeführt werden solle, seine Kurs- und Treibsegel auf, damit das Nachtsignal gesehen werden könne.

Nun gewahrte man Lichter auf dem Halbdeck des anderen Schiffes, als ob sie dort im Begriff ständen, zu antworten. Sie fuhren aber fort, die „Aurora" auf eine halbe Kabellänge leewärts zu halten, und riefen, als sich die vordersten Kanonen der beiden Fahrzeuge gegenüberstanden, auf englisch: „Schiff ahoi! Was für ein Schiff ist das?"

„Seiner Majestät Schiff ‚Aurora', antwortete Kapitän Wilson. „Was seid ihr für ein Schiff?"

Unterdessen war die andere Fregatte an der „Aurora" vorübergefahren, und in demselben Augenblick, als man die Antwort „Seiner Majestät Schiff so und so" zu hören glaubte, ergoß sich eine volle Ladung von ihren Kanonen, die man absichtlich nach hinten gebracht hatte, auf die „Aurora" und richtete auf so kurze Entfernung eine fürchterliche Verheerung an. Als die Mannschaft der „Aurora" das Anrufen in englischer Sprache vernahm und das Schiff an sich vorüberfahren sah, glaubte sie, einen ihrer eigenen Kreuzer vor sich zu haben. Die Kapitäne an den Kanonen hatten enttäuscht ihre Lunten gesenkt, und die Stille, die beim Zusammentreffen der beiden Schiffe beobachtet worden war, wollte eben auf verschiedene Weise in Klagen über Mangel an gut Glück ausbrechen, als die volle Ladung auf die „Aurora" hereinhagelte, den Leuten in die Ohren donnerte und das Losreißen und Krachen der Balken und Planken ihre Sinne betäubte. Manche der Leute mußten weggetragen werden, aber es war schwer zu sagen, ob Entrüstung über die Kriegslist des Feindes oder das Gefühl der Befriedigung, zu sehen, daß sie doch nicht vergebens auf ihre Posten gerufen wurden, bei der Mannschaft am meisten vorherrschte. Auf jeden Fall wurde mit drei freiwilligen Hurras geantwortet, welche die Klagerufe derjenigen übertönten, die in den Krankenverschlag hinuntergebracht werden mußten.

„Mannschaft an die Backbordkanonen, Schiff wendet!" rief Kapitän Wilson. „Paßt auf, meine Jungen, und zielt gut auf den Stag. Diese Schändlichkeit, die er gegen uns ausübte, noch ehe wir feindlich mit ihm zusammenkamen, wollen wir ihm heimzahlen. Paßt auf, meine Jungen, und zielt gut, wenn er herumkommt."

Die „Aurora" hatte jetzt gewendet und ihre volle Ladung auf den Stern der russischen Fregatte – denn eine solche war das Schiff – abgefeuert. Es war fast dunkel, aber der Feind, der ebenso sehr wie die „Aurora" zum Gefecht zu kommen wünschte, zog seine Kurssegel auf, um das Herankommen der Gegnerin zu erwarten. In fünf Minuten lagen sich die beiden Fahrzeuge gegenüber und tauschten auf kaum Pistolenschußweite ihre mörderischen Ladungen miteinander aus, indem sie dem nur fünf Meilen entfernten Land langsam zusteuerten. Die mit Fellen bedeckten Bergbewohner Korsikas wurden durch die fürchterliche Kanonade aufgeschreckt, beobachteten das unaufhörliche Aufblitzen der Kanonen und hörten den Widerhall ihres Gebrülls mit gespannter Aufmerksamkeit an.

Nach einem halbstündigen wilden Kampf, währenddessen

das Feuer auf beiden Fahrzeugen mit ungeschwächter Heftigkeit fortgeführt wurde, ging Kapitän Wilson auf das Hauptdeck hinunter und richtete selbst jede Kanone einzeln, nachdem sie geladen worden worden war. Die auf der Mitte der „Aurora" befindlichen wurden auf die Hauptkanellierungen des feindlichen Schiffes gerichtet, während man die hinten stehenden allmählich mehr nach vorn und die vorderen mehr nach hinten drehte, um sie alle so ziemlich *auf einen* Brennpunkt zu richten, mit dem Befehl, sie auf das Kommandowort samt und sonders auf einmal loszufeuern. Der Feind, der die Ursache der Verzögerung nicht kannte, glaubte, das Feuer der „Aurora" sei geschwächt, und rief laute Hurras. Auf das Kommandowort jedoch feuerte die „Aurora" ihre volle Ladung ab, und deren Wirkungen zeigten sich, so dunkel es auch war, deutlich genug. Zwei von den mittleren Geschützpforten des Gegners waren zu einer einzigen großen Öffnung geworden, ihren Hauptmast aber sah man schwanken und hierauf über die Seite fallen. Jetzt setzte die „Aurora" ihre Kurssegel, die sie aufgezogen hatte, wieder bei, schoß voraus und nahm eine gefährliche Stellung ein, während die russische Fregatte noch mit ihren Trümmern beschäftigt war. Das englische Schiff beschoß den Feind von den Oberdeckkarronaden aus mit Kartätschen, um ihn an seinen Arbeiten auf dem Verdeck zu hindern, und setzte von der Hauptdeckbatterie aus sein zerstörendes Feuer auf die Hulk des gegnerischen Schiffes fort.

Der Mond brach hinter einem schmalen Wolkenstreifen hervor und ermöglichte es ihnen, ihr Werk mit größerer Genauigkeit zu vollenden. Nach einer Viertelstunde war das russische Schiff völlig entmastet, und Kapitän Wilson befahl der Hälfte der ihm gebliebenen Mannschaft, die eigenen Beschädigungen, die sehr beträchtlich waren, auszubessern, während die Backbordmannschaft auf ihren Posten das Feuer vom Hauptdeck aus unterhielt. Der Feind fuhr fort, das Feuer mit vier Kanonen, von denen sich auf jedem Deck zwei befanden, zu erwidern, aber nach einiger Zeit hörte auch dies auf, sei es nun, daß diese Kanonen von ihrer Bemannung verlassen wurden oder daß sie demontiert waren.

Sobald man dies gewahrte, stellte auch die „Aurora“ ihr Feuer ein. Die Jolle, die noch keinerlei Beschädigungen aufwies, wurde heruntergelassen und der Zweite Lieutenant abgeordnet, längs der feindlichen Fregatte hinzufahren, um sich Gewißheit darüber zu verschaffen, ob sie ihre Flagge gestrichen habe.

Die Strahlen des Mondes verliehen dem Gewässer einen Silberglanz, als das Boot abstieß. Kapitän Wilson und seine Offiziere beugten sich in Erwartung einer Antwort über die durchlöcherte Reeling der „Aurora“. Plötzlich wurde die Stille der Nacht durch ein lautes Klatschen vom Bug der russischen Fregatte, die etwa drei Kabellängen entfernt lag, unterbrochen.

„Was könnte das sein?“ rief Kapitän Wilson. „Ihr Anker ist hinuntergegangen. Mister Jonas, Senkblei über die Seite und nachsehen, wieviel Wasser wir haben.“

Mr. Jonas war längst mit einem Bauchschuß hinuntergebracht worden, aber einer von der Mannschaft sprang in die Ketten, ließ das Senkblei hinab und ermittelte sieben Faden Tiefe.

„Dann befürchte ich, wird uns der Feind noch mehr zu schaffen machen“, bemerkte Kapitän Wilson. Und so war es auch. Denn der russische Kapitän hatte dem Zweiten Lieutenant auf englisch erwidert, daß er diese Frage mit seiner Breitseite beantworten würde, und noch ehe das Boot sich hinter den Spiegel der „Aurora“ begeben hatte, warpte er mit seinen Springtauen herum und begann sein Feuer von neuem.

Kapitän Wilson setzte Segel auf seinem Schiff bei und fuhr rings um das vor Anker liegende Fahrzeug herum, so daß er zwei Ladungen anbringen konnte. Aus der Langsamkeit aber, mit der die russische Fregatte an ihren Springtauen arbeitete, war ersichtlich, daß sie jetzt sehr schwach bemannt sein mußte. Die Hartnäckigkeit und das mutige Verhalten des russischen Kapitäns vermittelten Wilson die Überzeugung, daß der Russe aller Wahrscheinlichkeit nach eher an seinem Anker versinken, als seine Flagge streichen würde. Und er sah ein, daß er nicht nur noch mehr seiner eigenen Leute, sondern auch das russische Schiff selbst verlieren würde, wenn er nicht eine entschiedenere Maßnahme ergreife. Er beschloß deshalb, einen Enterversuch zu machen. Nachdem er dem Feind eine tüchtige Ladung beigebracht hatte, zog er sich zurück, berief seine Offiziere und die Mannschaft aufs Deck und teilte ihnen seine Pläne mit. Dann fuhr er herum, übernahm selbst das Ruder der „Aurora", lief auf das russische Schiff zu, feuerte die bereitgehaltene Ladung ab, sobald die beiden Fahrzeuge zusammenkamen, stellte sich an die Spitze seiner Leute, als sie auf das feindliche Verdeck sprangen. Obgleich die russische Fregatte, wie sich Kapitän Wilson gedacht hatte, der „Aurora" nicht mehr viel Mannschaft entgegenzustellen hatte, wurde das Verdeck doch hartnäckig verteidigt. Die Stimme des russischen Kapitäns war überall zu hören, doch seine Leute, die er fortwährend anfeuerte, wurden auf derselben Stelle, auf der sie standen, niedergemacht.

Jack, der das Glück hatte, unbeschädigt zu bleiben, war neben Kapitän Wilson als dieser enterte und war gerade im Begriff seine Kraft mit dem russischen Kapitän zu messen, als er von Mr. Hawkins, dem Kaplan, der mit einem Säbel in der Hand vorstürzte, am Rockkragen zurückgerissen wurde. Die Gegner waren sich ebenbürtig und man kann wohl sagen, daß jetzt mit kurzer Unterbrechung ein Handgemenge auf Leben und Tod begann. Endlich kam der Degen des Kaplans durch, er rannte auf seinen Gegner los, stieß ihm das Heft ins Gesicht und packte ihn so, daß beide miteinander die Luke hinunterfielen. Das Verdeck wurde von der Mannschaft der „Aurora" genommen oder vielmehr gesäubert — bei so wenig Leuten konnte von Widerstand nicht die Rede sein — und nach wenigen Minuten war die Fregatte im Besitz der Engländer. Der Kaplan und der russische Kapitän wurden heraufgezogen; sie hingen noch aneinander, beide besinnungslos von dem Fall und aus mehreren Wunden blutend.

Sobald das Hauptdeck gesäubert war, befahl Kapitän Wilson, die Luken zu schließen. Er ließ eine Abteilung an Bord zurück, während er sich beeilte, den Zustand seines eigenen Schiffes und seiner Schiffsmannschaft zu untersuchen.

Es wurde Tag, ehe noch Ordnung auf den Verdecken der „Aurora“ geschaffen war. Das Wasser war ruhig, und statt ihren eigenen Anker ausgeworfen zu haben, hing die englische Fregatte mit einer Halse an der Prise. Schließlich waren ihre Segel aufgerollt, ihre Decks gereinigt, die Kanonen beseitigt, das Blut war von den Planken und den Kanonen-Lafetten weggespült. Die Verwundeten hatte man unterdessen in ihre Hängematten gebracht, obgleich noch einige Amputationen vorgenommen werden mußten.

Der Zimmermeister hatte alle durch das Feuer verursachten Beschädigungen, die sich unterhalb oder zu nahe an der Wasserlinie befanden, ausgebessert und untersuchte den Pumpensod der Prise. Aber obgleich sie in ihrem Oberteil fürchterlich zerschossen worden war, hatte man doch keinen Grund anzunehmen, daß sie unten beträchtliche Beschädigungen erlitten habe. Die Luken blieben geschlossen, einige Leute wurden an die Pumpen beordert, um zu untersuchen, ob das Schiff nicht vielleicht doch Wasser gefaßt habe. Erst nachdem die „Aurora“ ein freundlicheres Aussehen zeigte, ging Kapitän Wilson auf das andere Schiff, dessen Verdeck bei Tageslicht einen schauerlichen Schauplatz des Blutvergießens darbot. Die Leichname wurden nacheinander über Bord geworfen, die Verwundeten mit Wasser und demjenigen Beistand versehen, der ihnen gereicht werden konnte, bis es den Schiffsärzten möglich war, sie zu verpflegen; die Luken wurden geöffnet und der Rest der russischen Mannschaft wurde aufs Deck beordert. Etwa zweihundert Mann leisteten der Aufforderung Folge. Zunächst wurden die Gefangenen in den vorderen Kielraum der „Aurora“ gebracht, den man zu ihrer Aufnahme hergerichtet hatte, und nun machte man sich daran, die Toten von den Lebenden zu trennen. Nachdem dies geschehen war und man diejenigen Ausbesserungen, die unverzüglich notwendig waren, vorgenommen hatte, wurde eine Abteilung der „Aurora“ unter dem Befehl des Zweiten Lieutenants an Bord der russischen Fregatte geschickt, um sie zu besetzen. Erst am Abend des zweiten Tages nach dem Gefecht war die „Aurora“ wieder segelklar.

Nun wurden alle Mann an Bord der „Trident" – so hieß die russische Fregatte – geschickt, um sie so schnell wie möglich auszubessern. Noch vor Morgengrauen wurden sie fertig, und die beiden Fregatten waren nun, obgleich in zerschossenem Zustand, doch soweit gerüstet, um einen gewöhnlichen Kampf mit den Elementen bestehen zu können. Die „Aurora" nahm die „Trident" in ihr Schlepptau, die Hängematten durften heruntergenommen werden, und der Mannschaft wurde Ruhe gestattet.

In diesem mörderischen Gefecht hatte die „Trident" mehr als zweihundert Tote und Verwundete. Die Verluste der „Aurora" waren nicht so groß, aber beträchtlich genug, denn auch sie hatte, die Offiziere miteingerechnet, fünfundsechzig Mann verloren. Unter den Gefallenen befanden sich Mr. Jonas, der Schiffsmeister, der Dritte Lieutenant, Mr. Arkwright und zwei Midshipmen. Mr. Pottyfar, der Erste Lieutenant, und Mr. Gascoigne hatten gleich zu Beginn des Treffens eine ernstliche, der Schiffsmeistersmaat Martin aber eine lebensgefährliche Verletzung erhalten. Auch unser Held hatte eine leichte Säbelwunde empfangen, die ihn zwang, den Arm in der Schlinge zu tragen.

Unter den Verwundeten befand sich Mesty; noch ehe die „Trident" geentert wurde, war er von einem Splitter getroffen worden, aber gleichwohl auf dem Verdeck geblieben und Jack auf Schritt und Tritt gefolgt, indem er ihn wie ein Vater behütete und beschützte. Doch war dies noch nicht alles, denn er hatte sich mit Jack in demselben Augenblick vor Kapitän Wilson geworfen, als dieser einen so heftigen Hieb mit der flachen Degenklinge erhielt, daß er davon betäubt in die Knie sank. Jack trug dafür Sorge, daß dem Kapitän dieser zur rechten Zeit geleistete Dienst Mestys nicht unbekannt blieb, wie es sonst wohl der Fall gewesen wäre.

„Sie müssen neben Mesty gestanden sein", bemerkte Kapitän Wilson, „als er mir den Dienst erwies."

„Ich war zwar bei ihm, Sir", erwiderte Jack bescheiden, „konnte aber nur wenig dabei helfen."

„Wie geht es heute abend Ihrem Freund Gascoigne?"

„Oh, nicht so schlecht – er braucht nur ein Glas Grog."

„Und Mister Martin?"

Jack schüttelte den Kopf.

„Wieso? Der Schiffsarzt glaubt doch, er kommt durch."

„Ich sagte das auch zu Martin, er aber antwortete, es sei ganz hübsch, daß man ihm Hoffnung mache, er denke jedoch anders darüber."

„Sie müssen ihn beruhigen, Mister Easy. Sagen Sie ihm, daß er seiner Beförderung sicher sein könne."

„Das habe ich schon getan, Sir. Er wollte es jedoch nicht glauben, und er wird es auch nie glauben, bis er seine Ernennung unterzeichnet in Händen hat. Ich glaube, daß ein Beförderungsbefehl bei ihm mehr wirken würde, als der Doktor je kann."

„Schön, Mister Easy, morgen früh soll er es bekommen. Haben Sie Mister Pottyfar gesprochen? Ich befürchte, es steht sehr schlimm mit ihm."

„Sehr schlecht, Sir. Man sagt, sein Zustand verschlimmere sich jeden Tag, obwohl seine Wunde gut aussieht und es ihm somit besser gehen sollte."

Dies war das Gespräch, das zwischen Jack und seinem Kapitän geführt wurde, als sie am dritten Tag nach dem Gefecht miteinander beim Frühstück saßen.

Am folgenden Morgen nahm Jack eine Interimsbeförderung für Martin mit hinunter und legte sie in dessen Hände. Martin überlas sie in seiner Hängematte.

„Es ist nur eine Interimsbeförderung, Jack", sagte er, „und sie könnte vielleicht nicht bestätigt werden."

Jack schwor bei allen Kriegsartikeln, daß die Bestätigung erfolgen würde, Martin aber glaubte steif und fest das Gegenteil.

„Nein, nein", sagte er, „ich weiß recht wohl, daß ich niemals befördert werde. Wenn das Dekret nicht bestätigt wird, kann ich davonkommen, im anderen Fall weiß ich, daß ich sterben muß."

Jeder, der Martin besuchte, wünschte ihm Glück zu seiner Beförderung. Aber sechs Tage nach dem Gefecht wurden die irdischen Überreste des armen Martin dem Meer übergeben.

Sein nächster Nachfolger war Mr. Pottyfar, der Erste Lieutenant, der sich in seinem verwundeten Zustand ein Kistchen der Universalmedizin zu verschaffen gewußt, und ehe man es entdeckte, so viele Flaschen davon genommen hatte, daß man ihn eines Morgens tot im Bett fand. Unter seinem Kopfkissen und an den Seiten seiner Matratze lagen mehr als zwei Dutzend leere Phiolen. Er wurde zwar nicht mit den Händen in der Tasche beerdigt, doch brachte man sie jedenfalls, als man ihn in seine Hängematte einnähte, in die geeignete Lage.

30

Nach drei Wochen kam die „Aurora" mit ihrer Prise im Schlepptau vor Malta an. Die Verwundeten wurden in das Hospital gebracht, und der tapfere russische Kapitän genas von seinen Wunden um dieselbe Zeit wie Mr. Hawkins, der Kaplan.

Jack, der den Kaplan häufig besuchte, hatte eine schwere Aufgabe, ihn zu trösten. Oft drückte ihm der Kaplan, während er im Bett lag, die Hand, indem er laute Vorwürfe gegen sich selbst ausrief.

„Oh", konnte Mr. Hawkins sagen, „der Geist ist willig, aber das Fleisch ist schwach. Daß ich, der Mann Gottes, statt unten zu bleiben beim Schiffsarzt, um den Verwundeten Trost zuzusprechen, aufs Verdeck gegangen bin und mich in ein solches Gemetzel eingelassen habe! Ich konnte zwar nicht anders, aber was wird aus mir werden?"

Jack suchte ihn zu beruhigen, indem er ihm auseinandersetzte, daß man seit undenklichen Zeiten nicht bloß Kaplane, sondern auch Bischöfe in der Rüstung habe kämpfen sehen. Mr. Hawkins' Genesung blieb jedoch infolge seines Gemütszustands lange zweifelhaft. Als er wieder umhergehen konnte, machte ihn Jack mit dem russischen Kapitän bekannt, der gerade auch vom Bett aufgestanden war.

„Ich bin sehr erfreut, einen so tapferen Offizier zu umarmen“, sagte der Russe, der seinen Gegner sofort erkannte, den Kaplan in seine Arme schloß und ihn auf die Wangen küßte. „In welchem Rang steht er?“ fragte der Russe. Jack antwortete ruhig, der Herr sei der Pope des Schiffes.

„Der Pope?“ rief der Kapitän voll Erstaunen, während Hawkins verlegen wurde. „Der Pope — das laß ich mir gefallen! Nun ja, ich habe von jeher eine große Achtung für die Kirche gehabt. Bitte, Sir“, fragte er zu Jack Easy gewandt, „stellen sich Ihre Popen beim Entern immer an die Spitze der Mannschaft?“

„Immer, Sir“, antwortete Jack. „Es ist die Regel im Dienst und die Pflicht eines Geistlichen, den Leuten den Weg in den Himmel zu weisen. Neunundzwanzigster Kriegsartikel.“

„Ihr Engländer seid eine kriegerische Nation“, versetzte der Russe, verbeugte sich vor Hawkins und spazierte weiter. Es behagte ihm aber nicht besonders, daß er von einem Geistlichen besiegt worden war.

Mr. Hawkins blieb noch längere Zeit untröstlich, dann wurde er als Invalide an Land gebracht, um dort seinen Dienst zu versehen, wo er weniger den Versuchungen seiner früheren Lebensweise ausgesetzt war.

Die „Aurora“ hatte bei ihrem letzten Aufenthalt vor Malta ihre Vorräte im Dockyard nahezu erschöpft und brauchte diesmal entsprechend länger. Unterdessen waren Kapitän Wilsons Depeschen dem Admiral zugegangen und wurden von ihm durch eine nach Malta geschickte Brigg erwidert. In seiner Antwort trug der Admiral dem Kapitän, nachdem er sich lobend über seine Tapferkeit und den guten Erfolg ausgesprochen hatte, auf, baldigst wichtige Mitteilungen an die Behörde in Palermo zu überbringen, die Antwort abzuwarten und dann nach Malta zurückzukehren, um diejenigen seiner Leute, die das Spital verlassen konnten, auf sein Schiff zu nehmen und zur Flotte vor Toulon zu stoßen. Die Nachricht wurde auch Jack bekannt, der in Entzücken geriet bei dem Gedanken, Agnes und ihre Brüder wiederzusehen. Abermals segelte die „Aurora“ von den Felsen von La Valletta weg und segelte mit einer schönen Brise durch die Wogen.

Gegen Abend wurde die Brise stärker, und die „Aurora“ fuhr unter doppelt gerefften Marssegeln. Am zweiten Tag näherten sie sich der Küste von Sizilien, nicht fern von der Stelle, wo Easy und Gascoigne ans Ufer getrieben worden waren. Das Wetter war nun gelinder, und die See war bedeutend niedergegangen. Man drehte deshalb dicht an der Küste bei, da es keinen Wind gab, der sie nach Palermo führte. Sobald sie beigelegt hatten, wurden die Ferngläser wie gewöhnlich aufs Land gerichtet und die Villen, die mit ihrer weißen, in Orangenwäldchen halb verstecken Vorderseiten Hügel und Täler zierten, ins Auge gefaßt.

„Was ist das dort unter jenem Abhang?“ fragte Jack. „Es sieht aus wie ein Fahrzeug.“

Gascoigne richtete sein Glas auf die Stelle und sagte: „Ja, ja, es ist ein Fahrzeug auf dem Riff. Nach seinem Vorderteil scheint es eine Galeere zu sein.“

„Es ist eine Galeere, Sir — eine Ruder-Galeere, ich kann ihre Ruderbänke erkennen“, bemerkte der Signalmann.

Die Beobachtung wurde Kapitän Wilson gemeldet, der nun das Fahrzeug gleichfalls untersuchte.

„Es sitzt auf dem Riff“, bemerkte er, „und ich glaube sogar, Leute an Bord zu sehen. Haltet einen Strich weg, Quartiermeister.“

Die „Aurora“ steuerte geradewegs dem Fahrzeug zu und näherte sich im Lauf einer Stunde bis auf eine Meile. Die Beobachtungen der Engländer erwiesen sich als richtig — es war eine der sizilianischen Gouvernements-Galeeren, die auf den Felsen ein Leck bekommen hatte, und man sah nun, daß die Leute an Bord mit Hemden und Leinwandstücken Signale gaben.

„Das müssen Galeerensklaven sein, denn ich sehe, daß keiner von ihnen seine Stellung verändert. Die Offiziere und Matrosen werden wohl die Galeere verlassen und die Sklaven dem Untergang preisgegeben haben.“

„Das ist äußerst hart“, bemerkte Jack zu Gascoigne, „sie wurden zu den Galeeren verurteilt, aber nicht zum Tod.“

„Bei den Wellen werden sie nicht viel Gnade finden“, antwortete Gascoigne. „Wenn die Brise sich dem Land mehr nähert, werden sie alle ins Königreich, das da kommen wird, versetzt werden. Wir sind diesen Abend schon zwei Striche aufgekommen."

Obgleich Kapitän Wilson sich in dieses Gespräch nicht einmischte, hörte er es sich doch mit an, während er, sein Fernglas über die Hängematten gelegt, bei der Vorderkastellkanone stand. Er schien ihre Ansicht zu teilen. Er dachte ernsthaft darüber nach: er hatte zu wählen, ob er den elenden Untergang von so vielen seiner Mitmenschen ruhig mitansehen sollte oder ob er auf die menschliche Gesellschaft eine Schar von Bösewichtern loslassen wollte, die, bis man sie wieder gefangennahm, weitere Verbrechen begehen konnten – ein Verfahren, das höchstwahrscheinlich den sizilianischen Behörden nicht gefallen dürfte. Mit einigen Bedenken beschloß er jedoch, letzteres zu wählen. Die „Aurora" legte bei, und es wurde Befehl erteilt, die beiden Kutter herabzulassen und die Bootsmannschaft zu bewaffnen.

„Mister Easy, Sie nehmen den einen Kutter und die Waffenschmiede mit sich, rudern an Bord der Galeere, machen diese Leute los und setzen sie in kleinen Abteilungen an Land. Sie, Mister Gascoigne, übernehmen den zweiten Kutter, um Mister Easy beizustehen. Während er die Leute von der Galeere an Land bringt, werden Sie neben ihm fahren, immer kampfbereit für den Fall, daß irgendeine Feindseligkeit seitens der Schurken versucht werden sollte. Auf Dankbarkeit dürfen wir bei diesen Burschen nicht rechnen. Sie werden natürlich am nächstgelegenen sicheren Punkt ausgeschifft."

In Erfüllung dieser Befehle ruderten die beiden Midshipmen dem Fahrzeug zu. Sie fanden es auf den Felsen, die sein leichtes Gebälk durchbohrt hatten, festsitzend. Wie erwartet, hatte der „achtbare Teil" der Mannschaft mit dem Befehlshaber Zuflucht zu den Booten genommen und die Galeerensklaven ihrem Schicksal überlassen. Die Galeere führte fünfzig Ruder, von denen jedoch nur sechsunddreißig mit je vier Leuten versehen waren. Sie waren mittels einer durchlaufenden Kette, die an einem Pflock in der Mitte des Schiffes befestigt war, an ihren Sitz angekettet.

Eine zwei Fuß breite Planke lief zwischen den Ruderbänken hindurch, so daß der Hochbootsmann gegen diejenigen, die nicht gehörig arbeiteten, seine Peitsche gebrauchen konnte.

„Viva los Inglesos!" riefen die Galeerensklaven, als Easy zum Verdeck ihres Fahrzeugs hinaufkletterte.

„Ich frage dich, Red, hast du je ein solch köstliches Corps Spitzbuben gesehen?" fragte Jack, während er die Gesichter der Gefesselten musterte.

„Nein", erwiderte Gascoigne, „und ich glaube, wenn der Kapitän sie gesehen hätte, wie wir, würde er sie lassen, wo sie sind."

„Ich weiß nicht — auf jeden Fall haben wir unsere Befehle. Waffenschmied, schlagt alle Schlösser auf und fangt von hinten an. Wenn wir eine Ladung haben, wollen wir sie an Land setzen. Wie viele sind es? Zwölf Dutzend? Zwölf Dutzend Spitzbuben, die wir auf die menschliche Gesellschaft loslassen! Ich habe stark im Sinn, wieder an Bord zu gehen und meine Ansicht dem Kapitän vorzutragen — einhundertundvierundvierzig Halunken, die alle gehängt zu werden verdienen — denn das Ersaufen ist zu gut für sie."

„Unser Befehl lautet, sie zu befreien, Jack."

„Ja, aber ich wünschte, erst diesen Punkt mit Kapitän Wilson zu beleuchten."

„Sie werden schnell genug wieder auf eine Galeere gebracht werden und bald samt und sonders zur Hölle abfahren", erwiderte Gascoigne.

„Nun ja, ich glaube, wir müssen den Befehlen gehorchen. Aber es geht gegen mein Gewissen, so schuftig aussehende Halunken zu retten. Nun, es muß sein. Also, Waffenschmied, fangt an."

Der Waffenschmied, der Jacks Ansicht zu teilen schien und seine Arbeit noch nicht begonnen hatte, schlug nun mit seinem Hammer die Schlösser nacheinander auf. Sobald dies geschehen war, wurden die Sklaven in den Kutter beordert, und als er genug Ladung aufgenommen hatte, fuhr Jack unter Gascoignes Geleit ab und setzte seine Passagiere an einer auf Kabellänge entfernten Stelle an Land. Sie mußten sechsmal hin und her fahren, bis sie sämtliche Sklaven an die Küste gebracht hatten. Die letzte Ladung wurde ausgeschifft, und Easy erteilte gerade seinen Leuten den Befehl, abzustoßen, als einer der Galeerensklaven sich umdrehte und Jack in spöttischem Ton zurief: *„Addio, Signor, a rivederla!“*

Jack fuhr auf, blickte um und erkannte in dem schmutzigen, nackten Schuft, der ihn anredete, Don Silvio!

„Don Rebiera will ich Ihre Ankunft melden, Signor“, rief der Schurke, indem er auf die Felsen hinaufsprang und sich unter die übrigen Schufte mischte, die nun ihre Erretter verhöhnten und verlachten.

„Red“, bemerkte Easy zu Gascoigne, „wir haben diesen Bösewicht losgelassen.“

„Das ist jammerschade“, erwiderte Gascoigne, „aber wir haben nur unserem Befehl gehorcht“.

„Das läßt sich jetzt nicht mehr ändern, aber ich ahne, daß daraus Unheil entsteht.“

„Wir haben unseren Befehl vollzogen“, erwiderte Gascoigne.

„Wir haben den Schurken keine zehn Meilen von Don Rebieras Wohnung entfernt losgelassen.“

„Befehl vollzogen, Jack.“

„Mit einem ganzen Trupp, der ihm dorthin nachfolgt.“

„Befehl vollzogen, Jack.“

„Agnes seiner Gewalt preisgegeben.“

„Den Befehl des Kapitäns vollzogen!“

„Diesen Punkt werde ich beleuchten, sobald ich an Bord komme“, erwiderte Jack.

„Zu spät, Jack.“

„Allerdings“, erwiderte Easy und ließ sich mit einem Blick der Verzweiflung auf die Sternsitze des Kutters nieder.

„Vorwärts, Burschen, rudert tüchtig drauflos.“

Jack kehrte an Bord zurück und meldete, was er getan hatte, berichtete auch, daß sich Don Silvio unter den Befreiten befinde. Zugleich erlaubte er sich, seine diesbezügliche Besorgnis auszusprechen, was von den Schurken gegen die naheliegende Besitzung Don Rebieras unternommen werden könne. Kapitän Wilson biß sich auf die Lippen; er fühlte, daß ihn seine Philantropie verleitet hatte, ohne seine gewöhnliche Klugheit zu handeln.

„Ich fürchte, Mister Easy, vorschnell gehandelt zu haben. Ich hätte diese Bursche an Bord nehmen und sie den Behörden ausliefern sollen. Wollte Gott, ich hätte das früher bedacht. Wir müssen so schnell wie möglich nach Palermo und dort sicherstellen, daß Landtruppen den Bösewichtern nachgeschickt werden. Das Schiff wenden und die Hauptrah vollgenommen."

Der Wind hatte sich gedreht. Die „Aurora" konnte nun über die Insel Maritimo hinausrudern und warf am nächsten Morgen auf der Reede von Palermo Anker. Kapitän Wilson erstattete den Behörden sofort Anzeige, die seine Menschenfreundlichkeit zwar zum Teufel wünschten, aber unverzüglich ein bedeutendes Truppenkontingent abschickten, um die befreiten Missetäter aufzusuchen. Kapitän Wilson, der Jacks Besorgnis um seine Freunde teilte, berief unseren Helden zu sich aufs Verdeck und erteilte ihm sowie Gascoigne Landurlaub.

„Würden Sie mir gefälligst erlauben, Sir", fragte Jack, „auch Mesty mit mir zu nehmen?"

„O ja, Mister Easy, aber bedenken Sie, daß Sie selbst mit Mesty den hundertundfünfzig Burschen nicht die Spitze bieten können. Benehmen Sie sich also vorsichtig. Ich erlaube Ihnen fortzugehen, daß Sie sich von Ihrer Angst befreien, nicht aber, daß Sie sich in Gefahr stürzen sollen."

„Ganz natürlich, Sir", antwortete Jack, lüftete seinen Hut und ging ruhig weg, bis er zur Luke kam, durch die er pfeilschnell hinunterschoß und schleunigst seine Vorbereitungen traf.

Eine halbe Stunde später landeten die beiden Midshipmen nebst Mesty und begaben sich zu dem Gasthof, wo sie früher gewohnt hatten. Alle drei waren bis an die Zähne bewaffnet. Ihr erster Gedanke war, nach Don Philipp und seinem Bruder zu fragen.

„Beide auf Urlaub", erwiderte der Gasthofbesitzer, „auf dem Landgut Don Rebieras."

Das ist ein Trost, dachte Jack. Jetzt müssen wir uns so

schnell als möglich Pferde verschaffen. Mesty, kannst du reiten?"

„Bei allen Heiligen, ob ich reiten kann, Massa Easy. Wenn Sie reiten Kentucky-Pferd, Sie reiten alles."

Eine halbe Stunde darauf waren vier Pferde und ein Führer bei der Hand, und um acht Uhr morgens machte sich die Gesellschaft zum Landsitz Don Rebieras auf den Weg.

Sie waren kaum sechs Meilen weit geritten, als sie auf eine der zur Verfolgung freigelassenen Übeltäter ausgesandten Truppenabteilungen stießen. Jack erkannte in dem befehlenden Offizier einen alten Bekannten, teilte ihm die Befreiung Don Silvios mit und bat ihn, dieselbe Richtung einzuschlagen.

„Sie haben recht, Signor", erwiderte der Offizier, „aber Don Phil ist dort, und sein Bruder glaube ich ebenfalls. Bis zehn Uhr morgen früh werde ich dort eintreffen, denn wir wollen fast die ganze Nacht hindurch marschieren."

„Die Schurken haben keine Waffen", bemerkte Easy.

„Nein, aber die werden sie bald bekommen. Sie werden eine kleine Stadt überfallen, dort plündern und hierauf den Schutz der Gebirge suchen. Ihr Kapitän hat uns einen schönen Streich gespielt."

Jack wechselte noch einige Worte, entschuldigte sich dann wegen seiner Eile, gab seinem Pferd die Sporen und hatte bald wieder seine Gefährten eingeholt, die nun in großer Eile weiterritten.

„O Signor", sagte der Führer, „auf diese Art werden sie die Pferde töten."

„Ich bezahle sie", entgegnete Jack.

„Das wohl, aber wir bringen sie um, ehe wir an Ort und Stelle sind", versetzte Gascoigne, „und dann müssen wir den Rest des Weges zu Fuß zurücklegen."

„Du hast recht, Red. Laß uns anhalten, damit die Tiere Atem schöpfen."

„Bei der Allmacht, Massa Easy; aber mein Hemd kleben mir an die Rippen", rief Mesty, dessen schwarzes Gesicht infolge des scharfen Rittes schweißnaß glänzte.

„Laß dich das nicht kümmern, Mesty." Es war etwa fünf Uhr abends, als sie auf dem Landsitz Don Rebieras ankamen.

Jack sprang von seinem müden Roß herunter und eilte, gefolgt von Gascoigne, ins Haus. Sie trafen die ganze Familie, die von der drohenden Gefahr nicht das mindeste ahnte und über die Ankunft ihres altes Freundes ebenso erstaunt wie erfreut war, im großen Wohnzimmer versammelt. Jack flog auf Agnes zu; das Mädchen kam in seine Arme. Nachdem er sein teures Mädchen wieder auf einen Sitz geführt hatte, wurde er von den beiden alten Leutchen und den beiden jungen Offizieren herzlich begrüßt. Nach einigen Minuten, die den gegenseitigen Nachfragen gewidmet waren, teilte Jack der Gesellschaft die Veranlassung seines stürmischen Eintreffens mit.

„Don Silvio mit hundertundfünfzig Galeerensklaven gestern abend an der Küste losgelassen?" rief Don Rebiera. „Sie haben recht, ich wundere mich nur, daß die Kerle nicht heute nacht schon hier waren. Doch erwarte ich meinen Pedro aus der Stadt. Er ist mit einer Ladung Wein hingefahren und wird uns wohl nähere Nachricht bringen."

„Auf jeden Fall müssen wir vorbereitet sein", sagte Don Philipp. „Die Truppen, sagen Sie, werden bis morgen früh hier eintreffen."

„Heilige Jungfrau!" riefen die Damen in einem Atemzug.

„Wie viele Leute können wir aufstellen?" fragte Gascoigne.

„Fünf Mann haben wir hier — oder werden sie wenigstens zum Abend zusammenbringen", erwiderte Don Philippo. „Lauter tüchtige Leute, wie ich glaube — ferner mein Vater, mein Bruder und ich."

„Wir sind drei — mit dem Führer, den ich jedoch nicht kenne, vier."

„Also zwölf im ganzen. Auch nicht einer zuviel, aber ich denke, daß wir jetzt, da wir gerüstet sind, im Fall eines Angriffs bis morgen standhalten können."

„Würden wir nicht besser daran tun, die Damen fortzuschicken?" fragte Jack.

„Wer soll sie begleiten?" fragte Don Philipp. „Wir würden dadurch nur unsere Streitkraft schwächen — überdies könnten sie den Bösewichtern in die Hände fallen."

„Wollen wir nicht alle miteinander das Haus verlassen? Sie können es dann plündern", bemerkte Don Rebiera.

„Aber wir könnten von ihnen gefangen werden", entgegnete Don Philipp, „und auf dem Weg, ohne einen Verteidigungspunkt, würde unsere ganze Macht nichts ausrichten gegen so viele, während wir im Haus einen Vorteil vor ihnen haben werden.

„E vero", antwortete Don Rebiera sinnend. „Wir wollen also unsere Vorbereitungen treffen, denn — verlassen Sie sich darauf — Don Silvio wird eine solche Gelegenheit, seine Rache auszuüben, nicht ungenützt lassen. Er wird heute nacht noch hier sein und ich wundere mich nur, daß er noch nicht früher mit seinen Gefährten eingetroffen ist. Übrigens wird Pedro in zwei Stunden anlangen."

„Jetzt müssen wir nachsehen, welche Verteidigungsmittel wir besitzen", sagte Don Philipp. „Komm, Bruder. Wollen Sie mit uns gehen, Sir?"

31

Don Rebiera und seine beiden Söhne entfernten sich aus dem Gemach, Gascoigne aber ließ sich in ein Gespräch mit der Signora ein, während Jack die Gelegenheit ergriff, mit Agnes zu sprechen, denn so lange die Beratung gepflogen wurde, war er zu sehr beschäftigt gewesen, um ihr besondere Aufmerksamkeit schenken zu können. Während er sprach, waren seine Blicke auf sie gerichtet, und er erstaunte nicht wenig, zu sehen, um wieviel sie in weniger als einem Jahr an Schönheit gewonnen hatte. Er näherte sich ihr und fragte sie mit leiser Stimme, ob sie seinen Brief erhalten habe.

„O gewiß", antwortete sie errötend.

„Und wurden Sie böse über das, was ich Ihnen sagte, Agnes?"

„Nein", erwiderte sie.

„Ich wiederhole jetzt, was ich schrieb, Agnes – ich habe Sie keinen Augenblick vergessen."

„Aber ..."

„Aber was?"

„Pater Thomaso."

„Was ist mit dem?"

„Er wird nie ..."

„Was wird er?"

„Sie seien ein Ketzer, sagt er."

„Sagen Sie ihm, er solle sich um seine eigenen Angelegenheiten kümmern."

„Er hat großen Einfluß auf meine Eltern."

„Ihre Brüder sind auf unserer Seite."

„Das weiß ich, aber es wird immer ein großes Hindernis sein. Wir haben nicht ein und dieselbe Religion. Er muß mit Ihnen sprechen – er wird Sie bekehren."

„Diesen Punkt wollen wir beleuchten, Agnes. Ich will ihn bekehren, wenn er gesunden Menschenverstand hat, wenn nicht, ist es nutzlos, mit ihm zu diskutieren. Wo ist er?"

„Er wird bald nach Hause kommen."

„Sagen Sie mir, Agnes: wenn Sie Ihren freien Willen hätten, würden Sie mich heiraten?"

„Ich weiß nicht ... Aber ich hab noch keinen Mann getroffen, den ich so gut leiden mochte."

„Ist das alles?"

„Ist es nicht genug, wenn ein Mädchen das sagt?" erwiderte Agnes, indem sie Jack mit einem Ausdruck zarten Vorwurfs anblickte. „Signor, lassen Sie mich gehen, hier kommt mein Vater."

Jack blickte zum Fenster, bei dem Gascoigne und die Signora sich miteinander unterhielten, und als er sah, daß die alte Dame ihm den Rücken zukehrte, drückte er Agnes an seine Brust, bevor er sie losließ. Nun kehrten die Gentlemen mit allen Gewehren und sonstigen Waffen, die sie auftreiben konnten, zurück.

„Wir haben genug", bemerkte Don Philipp, „um alle unsere Leute damit zu versehen."

„Auch wir sind gut bewaffnet“, erwiderte Jack, der Agnes allein hatte stehen lassen. „Was ist jetzt Ihr Plan?“

„Darüber müssen wir uns beraten. Es scheint...“ Aber in diesem Augenblick wurde das Gespräch durch den plötzlichen Eintritt Pedros unterbrochen, der mit einer Ladung Wein in die Stadt geschickt worden war. Er stürzte aufgeregt und erhitzt ins Zimmer.

„Nun, Pedro, so früh schon wieder zurück?“

„Ach, Signor“, rief der Mann, „sie haben mir den Karren mitsamt dem Wein abgenommen und ihn fortgeführt, ins Gebirge hinauf.“

„Wer?“ fragte Don Rebiera.

„Die Galeerensklaven, die freigelassen wurden — und beim Leib unseres heiligen Schutzpatrons, sie haben tüchtig Unheil angestiftet. Sie sind in die Häuser eingebrochen, haben alles geraubt, viele Leute umgebracht, sich aufs Beste eingekleidet, soviel sie nur an Waffen, Nahrungsmitteln und Wein bekommen konnten, zusammengerafft und den Weg in die Berge eingeschlagen. Das geschah in der vergangenen Nacht. Als ich mich der Stadt auf eine Meile genähert hatte, trafen sie mich mit meinem beladenen Karren, drehten einfach die Stiere um und fuhren mit dem Karren davon. Bei der heiligen Jungfrau, die Schurken trieften von Blut — und nicht bloß von Menschenblut, denn sie haben auch einige der Ochsen zusammengehauen. Ich vernahm dies von einem Hirten, der jedoch ebenfalls floh und mir nichts weiter sagen konnte. Übrigens, Signor, hörte ich das Gesindel Ihren Namen nennen.“

„Ich zweifle nicht daran“, erwiderte Don Rebiera. „Was den Wein betrifft, so hoffe ich nur, daß sie heute nacht zuviel davon trinken. Die Halunken werden hierher kommen, Pedro, und wir müssen uns verteidigen. Rufe also unsere Leute zusammen, ich muß sie sprechen.“

„Wir werden die Stiere nicht wiedersehen“, bemerkte Pedro traurig.

„Nein, und wir werden auch keine anderen mehr einzustellen haben, wenn wir nicht vorsorgen. Man hat mir berichtet, daß sie heute nacht hierher kommen.“

„Heiliger Sankt Franziskus! Man sagt, es seien mindestens tausend."

„Nicht ganz soviel, soweit mir bekannt ist", sagte Jack.

„Man erzählte mir auch, es seien viele von ihnen beim Angriff auf die Stadt getötet worden."

„Um so besser. Geht jetzt, Pedro, trinkt ein Glas Wein und ruft mir die anderen Leute."

Das Haus wurde verbarrikadiert, so gut es die Umstände erlaubten. Das Erdgeschoß wurde zu einer kleinen Festung, ebenso das erste Stockwerk, indem man oben an der Treppe Kommoden und Kästen aufstellte. Auch die obere Etage wurde verschanzt, damit sich die Verteidiger von dem einen Stockwerk in das andere zurückziehen konnten, für den Fall, daß der Eingang durch die Türen erstürmt würde. Es wurde acht Uhr abends, ehe alles fertig war. Sie waren noch mit den letzten Verschanzungsarbeiten unter Mestys Oberaufsicht beschäftigt, als sie das Geräusch einer herannahenden Menschenmenge vernahmen. Sie schauten zu einem der Fenster hinaus und gewahrten, daß das Haus von Galeerensklaven bereits umringt war, deren Zahl sich auf etwa hundert belaufen mochte. Die Burschen waren samt und sonders auf phantastische Weise gekleidet. Einige hatten Gewehre, die Mehrzahl aber war bloß mit Schwertern oder Messern versehen. Mit ihnen kam auch ihr Raubzug an: die verschiedenartigsten Fuhrwerke, die mit allen Arten von Proviant und Wein beladen waren. Weiber waren dabei, die sie mit Stricken festgebunden hatten, Segel von Booten, um sie im Gebirge als Decken zu verwenden, Heu, Stroh und Matratzen. Ihre Beute schien mit besonderer Rücksicht auf ihre Bedürfnisse ausgewählt zu sein. An die Karren waren verschiedene Arten von Vieh angebunden, die sie in ihr Versteck begleiten sollten. Alles schien unter der Leitung eines einzigen Mannes zu stehen, von dem alle Befehle ausgingen — und unsere Freunde im Haus erkannten bald, daß dieser Anführer kein anderer war als Don Silvio.

„Massa Easy, Sie zeigen mir den Burschen", sagte Mesty, als er das Gespräch hörte, das zwischen Jack und den Rebieras geführt wurde, „lassen Sie mich nur ihn kennen."

„Siehst du ihn dort, Mesty, an der Spitze dieser Leute? Er hat eine Muskete in der Hand und trägt eine Jacke mit Silberknöpfen."

„Ja, Massa Easy, ich ihn sehen gut – lassen mich noch einmal sehen – das genug."

Den Galeerensklaven war es allem Anschein nach sehr darum zu tun, das Haus so zu umzingeln, daß niemand entkommen konnte, und Don Silvio erteilte in dieser Absicht seinen Leuten die entsprechenden Befehle.

„Red", sagte Jack, „wir wollen ihm zeigen, daß wir da sind. Er meinte, er wolle Don Rebiera unsere Ankunft melden – wir wollen ihm aber beweisen, daß er zu spät kommt."

„Kein übler Plan", meinte Gascoigne. „Wenn diese Burschen nur einen Funken Dankbarkeit im Herzen trügen, dürften manche von ihnen Reue fühlen bei dem Gedanken, diejenigen anzugreifen, die sie gerettet haben."

„Nicht im mindesten. Aber es wird ihnen zeigen, daß sich mehr Leute hier im Haus befinden, als sie dachten. Wir können manche von ihnen einschüchtern, wenn wir ihnen sagen, daß die Soldaten nicht weit von hier sind."

Jack öffnete den Fensterflügel und rief mit lauter Stimme: „Don Silvio – Galeerensklave Don Silvio!"

Don Silvio wandte sich um und erblickte Jack, Gascoigne und Mesty, die in der oberen Etage am Fenster standen.

„Wir haben Euch die Mühe erspart, uns zu melden", rief Gascoigne. „Wir sind schon da, um Euch zu empfangen."

„In kurzer Zeit werden die Truppen kommen", fügte Jack hinzu. „Ihr müßt Euch also beeilen, Don Silvio."

„A rivederla", sagte Gascoigne und feuerte seine Pistole auf Don Silvio ab.

Hierauf wurde das Fenster wieder geschlossen. Das Erscheinen unserer Helden sowie die Mitteilung von der baldigen Ankunft der Truppen blieb nicht ohne Wirkung. Der Gedanke daran machte die Verbrecher unruhig. Don Silvio wurde wütend vor Zorn. Er setzte seinen Leuten die Notwendigkeit eines unverzüglichen Angriffs sowie die Unwahrscheinlichkeit eines baldigen Eintreffens der Truppen auseinander und machte sie auf die Schätze aufmerksam, die angeblich in Don Rebieras Haus zu finden waren. Das überzeugte die Burschen. Sie drangen gegen die Türen vor, die sie — jedoch ohne Erfolg — einzurennen versuchten. Hierbei verloren sie durch das Feuer der Verteidiger im Haus mehrere ihrer Leute. Als sie erkannten, daß ihre Bemühungen, die sie eine halbe Stunde lang wiederholten, nutzlos waren, zogen sie sich zurück und brachten einen langen Balken herbei, an dem fünfzig Mann zu schleppen hatten. Damit rannten sie gegen die Tür, die durch das Gewicht der Ramme und die Wucht des Stoßes aus ihren Angeln gehoben wurde. Nun hatten sie sich einen Eingang erzwungen. Inzwischen war es dunkel geworden. Unsere Freunde hatten zwar das untere Stockwerk aufgegeben, aber die Barrikade oben an der Treppe hemmte das Vordringen ihrer Gegner. Die Belagerten hatten geeignete Schießlöcher angebracht und eröffneten nun ein lebhaftes Feuer auf die Angreifenden, die machtlos waren, da sie selbst nicht über Munition für ihre Gewehre verfügten. Jetzt entbrannte ein ernster Kampf. Während eines zweistündigen Gefechts wurden die Galeerensklaven zu wiederholten Malen zurückgeschlagen, angefeuert jedoch von Don Silvio und erfrischt durch die von Zeit zu Zeit ausgeteilten Weinrationen fuhren sie fort, nach und nach die im Weg stehenden Barrieren zu entfernen.

„Wir werden uns zurückziehen müssen!" rief Don Rebiera. Die Burschen werden bald unsere ganze Verschanzung niedergerannt haben. Was glauben Sie, Signor Easy?"

„Daß wir uns auf diesem Posten halten sollen, so lange es nur geht. Wie steht es mit unserer Munition?"

„Vorläufig haben wir noch genug — für sechs Stunden wenigstens, glaube ich."

„Was sagst du dazu, Mesty?"

„Ich sagen halten hier — sie nicht hab Feuergewehre — und wir sie hab auf Armlänge."

Diese Entscheidung bewirkte, daß die erste Verschanzung noch zwei weitere Stunden verteidigt wurde. Dann trat eine Kampfpause ein, in der sich die Schurken zu ihren Karren zurückzogen.

Doch bei ihrem nächsten Ansturm konnte die Barrikade

nicht mehr länger gehalten werden. Die schweren, als Hindernisse aufgestellten Möbelstücke waren mittels großer Stangen, welche die Angreifer herbeischleppten und deren sie sich als Mauerbrecher bedienten, zerschmettert worden. Die Verteidiger traten den Rückzug an. Sie eilten alle in das obere Stockwerk, wo bereits die Damen untergebracht waren. Die Galeerensklaven befanden sich schon so gut wie im Besitz der ersten Etage. Sie waren wütend gemacht durch die hartnäckige Verteidigung, wein- und siegestrunken, aber ärgerlich, keine Beute zu finden.

Nun begann der Angriff auf das zweite Stockwerk. Da aber hier die Treppe enger und die Hindernisse deshalb verhältnismäßig stärker waren, erreichten die Angreifer längere Zeit keinen Vorteil; im Gegenteil wurden viele ihrer Leute so verwundet, daß sie für den Kampf ausfielen.

Die Dunkelheit der Nacht hinderte beide Teile, genau zu sehen, was übrigens eher den Angreifern zugute kam. Manche der Kämpfer kletterten über das aus aufgestellten Möbeln errichtete Bollwerk, wurden aber getötet, sobald sie sich auf der anderen Seite blicken ließen, und zuletzt schossen unsere Freunde nur noch auf diejenigen, die einen solchen vorschnellen Angriff wagten. Vier lange Stunden lang währte diese Art des Angriffs und der Verteidigung, bis es endlich Tag wurde. Nun änderten die Angreifer ihren Plan: sie brachten wieder Stangen herauf, schlugen die Möbel in Stücke und gewannen so Boden. Die Verteidiger waren im höchsten Grad erschöpft, wichen aber nicht, denn sie wußten, daß ihr und das Leben derer, das sie schützen wollten, auf dem Spiel stand, und ließen darum in ihren Bemühungen nicht nach. Die Verbrecher waren mit Don Silvio an der Spitze weiter vorgedrungen, die Entfernung zwischen beiden Parteien wurde immer kleiner; es trennte sie nur noch eine große Kiste, die als Hindernis für das zweite Stockwerk diente.

„Jetzt müssen wir um unser Leben kämpfen“, rief Gascoigne seinem Freund Easy zu. „Wo könnten wir denn sonst noch hin?“

„Wir steigen aufs Dach und fechten dort“, antwortete Jack.

„Das ist ein guter Gedanke, Jack“, lobte Gascoigne. „Mesty,

geh hinauf und sieh nach, ob es da einen Platz gibt, wohin wir uns im Notfall zurückziehen können."

Mesty kam der Aufforderung nach und kehrte bald mit der Meldung zurück, daß eine Falltür in den Boden unter dem Dach führe und daß man die Leiter nach sich hinaufziehen könne.

„In diesem Falle haben wir eine Chance", sagte Jack. „Mesty, gib uns Deckung, während wir, Gascoigne und ich, den Damen hinaufhelfen." Dann teilte er den Rebieras sowie deren Dienerschaft den neuen Plan mit.

Die beiden Freunde eilten zu der alten Signora und zu Agnes, brachten beide die Leiter hinauf, die zum Boden führte und baten sie, keine Furcht zu haben. Dann kehrten sie auf ihren Posten an der Treppe zurück und schlossen sich ihren Gefährten wieder an, die hart bedrängt wurden. Die Aussicht war gering, sich noch lange halten zu können. Da die Treppe eng war, konnten die Angreifer ihre ganze Streitkraft nicht anwenden. Als aber die Verschanzungen beinahe völlig zertrümmert waren, brachten die Angreifer, die unsere Freunde mit den Messern noch nicht erreichen konnten, eine Menge Steine herauf, die sie mit großer Gewalt und zerstörendem Erfolg zu schleudern wußten. Zwei von Don Rebieras Leuten sowie Don Martin wurden niedergeworfen.

„Wir müssen uns zurückziehen, Jack", sagte Gascoigne. „Wenn wir hinaufgehen, können uns die Steine keinen Schaden mehr zufügen. Was halten Sie davon, Don Philipp?"

„Ich stimme Ihnen vollkommen bei. Wir wollen die Verwundeten zuerst hinaufbringen und dann nachfolgen."

Dies geschah und sobald die Feuerwaffen, die jetzt unseren Freunden nichts mehr nützten, da die Munition ausgegangen war, hinaufgeschafft worden waren, um zu verhüten, daß sie in die Hände der Feinde fielen, begab sich die ganze Gesellschaft in den großen Raum unter dem Dach und zog die Leiter nach. Sie waren kaum oben, als ihnen das Sieg- und Hohngeschrei der Galeerensklaven in die Ohren tönte. Die Angreifer hatten die letzten Barrieren überschritten und glaubten nun ihrer Beute sicher zu sein, fanden aber zu ihrem Verdruß, daß die Verfolgten nun sicherer waren als vordem.

Don Silvios Wut war unbeschreiblich. Zu seinen Gegnern zu gelangen, war unmöglich. Er beschloß deshalb, in dem unter ihnen befindlichen Gemach Feuer anzulegen und sie auf diese Art, wenn es nicht anders ginge, zu ersticken. Er erteilte seinen Leuten die nötigen Befehle. Einige der Angreifer stürzten sofort hinab, um Stroh zu holen. Während dies geschah, ging er unvorsichtigerweise unter der Falltür vorbei, und Mesty, der ein paar Steine mit hinaufgenommen hatte, warf ihm einen mit solcher Heftigkeit an den Kopf, daß er niederstürzte. Er wurde fortgetragen, sein Befehl aber pünktlich vollzogen, das Zimmer mit Stroh und ähnlichem Material gefüllt und der Haufen in Brand gesteckt. Die Wirkungen machten sich alsbald fühlbar. Man hatte zwar die Falltür verschlossen, aber der Rauch sowie die Hitze drangen durch. Nach kurzer Zeit faßte das Gebälk Feuer, und die Lage unserer Freunde wurde schrecklich. Ein kleines, an der Seite des Hauses unter dem Dach angebrachtes Fallfenster wurde aufgestoßen, wodurch die Verteidiger vorübergehend Erleichterung verspürten, aber nun krachte und brannte auch das Sparrenwerk, und der Rauch drang in dicken Wolkensäulen herein. Sie konnten nichts sehen und kaum mehr atmen. Glücklicherweise war nur eines der vier Zimmer in dem unter ihnen befindlichen Stockwerk angezündet, und da sich der Boden über das ganze Haus ausdehnte, konnten sich unsere Freunde doch ein wenig vom Feuer entfernen. Ein anderer Übelstand zeigte sich nun: Das Haus war mit massiven Platten gedeckt, jede etwa hundert Pfund schwer, die man trotz aller Müher nicht wegheben konnte, um Luft herein zu lassen. Donna Rebiera sank erschöpft in die Arme ihres Gatten und Agnes in die von Jack, der sie, eingehüllt vom Rauch, küßte und wieder küßte. Das arme Mädchen, das glaubte, sie müßten alle umkommen, trug in dem Augenblick, den sie für den letzten ihres Lebens hielt, auch keine Bedenken mehr und erfreute ihren Ritter mit Beweisen glühender Zuneigung.

„Massa Easy, helfen mir da — Massa Gascoigne — kommen daher. Jetzt Sie heben mit Ihrer ganzen Kraft, wenn wir loskriegen eine, wir loskriegen genug."

Von Mesty dazu aufgerufen, stemmten Jack und Gascoigne ihre Schultern gegen eine der kleineren Platten; sie gab nach — wurde losgemacht und stürzte mit lautem Getöse hinunter. Die Damen wurden an die Öffnung gebracht, so daß sie frische Luft bekamen und sich bald erholten. Die Beseitigung weiterer Platten machte, nachdem einmal eine gelöst war, keine besondere Mühe mehr. Wenige Minuten später hatten sie alle den Kopf in freier Luft. Aber die Flammen fraßen sich weiter, und es war keine Aussicht, zu entkommen. Während sie die Möglichkeit ihrer Rettung berieten, drehte sich der Wind, so daß er den Rauch von ihnen abwehte, und sie erblickten die Truppenabteilung, die dem Haus zumarschierte. Unsere Freunde ließen einen lauten Ruf hören, der von den Soldaten beachtet wurde. Sie umzingelten das Haus und stürmten es. Die Galeerensklaven, die in dem Haus nach Schätzen suchten, wurden gefangengenommen oder getötet. Nach fünf Minuten waren die Soldaten Herr des Hauses. Die Schwierigkeit blieb bestehen, wie den Verteidigern oben beizukommen sei. Das Zimmer unten stand in Flammen und brannte lichterloh. Es waren keine Leitern aufzufinden, die so hoch hinaufgereicht hätten, und man konnte somit nicht zu den Verteidigern gelangen. Der befehlende Offizier gab von unten herauf ein Signal, als wollte er fragen, was anzufangen sei.

„Ich sehe keinen Ausweg", bemerkte Don Philipp wehmütig, „Easy, mein lieber Junge, und Sie, Gascoigne, ich bedaure sehr, daß unsere Familienwirren Sie in ein so schreckliches Ende stürzen müssen — aber was kann nun geschehen?"

„Ich weiß keine Hilfe", erwiderte Jack, „wenn wir keine Taue bekommen."

„Sie ganz sicher, Massa Easy, daß alle Galeerenspitzbuben fort sind?" fragte Mesty.

„Ja", erwiderte Easy, „Du kannst es ja selbst sehen. Schau nur hin, wie viele Männer gefesselt unter der Obhut der Soldaten sind."

„Dann, Sir, ich glaube, daß es hohe Zeit, daß wir gleichfalls gehen."

„Das glaube ich auch, Mesty, aber wie?"

„Kommen Sie, Massa Easy, helfen mir. Dieses Brett" — der

Boden bestand aus Dielen — „ist loskommen. Sie alle helfen mir."

Dies geschah und sie rissen mit vereinter Kraft die Dielen auf.

„Jetzt losschlagen, wie die Höll' — und die Gipsdecke hinuntergeworfen", rief Mesty, indem er mit der Arbeit begann.

Nach einigen Minuten hatten sie den Boden durchbrochen und dadurch eine Öffnung zu einem der unteren Zimmer geschaffen, in dem das Feuer noch nicht wütete. Dann rissen sie eine weitere Diele aus, und Mesty holte die Leiter, worauf sie alle wohlbehalten unten anlangten und zum Erstaunen des Truppenkommandanten durch die Tür des Hauses herauskamen. Diejenigen, die durch die Steine betäubt worden waren, hatten sich soweit erholt, daß sie nur wenigen Beistandes bedurften.

Die Soldaten begrüßten sie mit lautem Jubel, als sie bemerkten, daß unsere Helden auch die Frauen mit herausbrachten. Der kommandierende Offizier umarmte Don Philipp, der ein vertrauter Freund von ihm war. Die Gefangenen wurden sorgfältig von Mesty gemustert, aber Don Silvio war nicht darunter. Er befand sich vielleicht unter den Toten, die im Haus gelassen worden waren, das jetzt in wütenden Flammen hoch aufzulodern begann. Die Zahl der aufgegriffenen Galeerensklaven belief sich auf siebenundvierzig Mann; wieviel Tote es gegeben hatte, war jedoch nicht genau bekannt. Die Karren mit dem größeren Teil des Raubes befanden sich noch an derselben Stelle, wohin sie gezogen worden waren.

Sobald man die Verbrecher in sicheren Gewahrsam gebracht hatte, lenkten die Truppen ihre Aufmerksamkeit wieder auf die Flammen, aber alle Rettungsversuche blieben vergeblich. Das Landhaus brannte bis auf das kahle Gemäuer nieder, und von den Gerätschaften konnten nur wenige geborgen werden, um so mehr, da der größere Teil bei dem Angriff Don Silvios und seiner Anhänger zerstört worden war.

Don Rebiera erteilte Pedro und seinen Leuten Auftrag, die den Räubern abgenommene Habe den rechtmäßigen Eigentümern wieder zuzustellen, und ließ dann die Pferde herbeibringen. Er begab sich mit seiner Familie unter den Schutz der Truppen, die, nachdem sie sich erfrischt hatten, ihren Weg nach Palermo zurück antraten.

Auf halbem Weg machten sie Halt, um Nachtquartiere zu beziehen. Am anderen Mittag befand sich Don Rebiera mit seiner Familie wieder in seinem Palast, und nun verabschiedeten sich unsere beiden Midshipmen nebst Mesty, um sich zurück an Bord zu begeben, wo sie, einem Kleeblatt von Schornsteinfegern nicht unähnlich, wieder eintrafen.

Kapitän Wilson war eben auf dem Schiff. Jack meldete sich und ging sodann in seine Kajüte hinunter, sehr erfreut über den glücklichen Verlauf des Kampfes, zumal er ihm Gelegenheit bot, bei seiner Rückkehr nach Malta ein weiteres langes Garn für den Gouverneur zu spinnen.

32

Die „Aurora" blieb drei Wochen in Palermo. In dieser Zeit wurde mit Eifer nach dem Rest der Galeerensklaven gespäht. Man griff zwar einige auf, aber noch immer war Don Silvio mit einer beträchtlichen Anzahl von ihnen in Freiheit, und es hieß, sie hätten sich ins Gebirge zurückgezogen. Jack hielt sich meist an Land und in Don Rebieras Haus auf, wo man ihn bereits als künftiges Mitglied der Familie betrachtete. Am Religionsunterschied nahmen weder Don Rebiera noch dessen Söhne Anstoß — wohl aber der Beichtvater, Pater Thomaso, der jetzt die Ohren der Donna Rebiera ohne Unterlaß mit der Vorstellung von Strafen bestürmte, die eine solche ketzerische Verbindung zur Folge haben müßte, und die in nichts Geringerem bestehen sollten, als in Exkommunikation und ewiger Verdammnis. Die Wirkungen davon waren bald sichtbar, denn die alte Dame benahm sich mit gezwungener Zurückhaltung, Agnes weinte viel und Don Philipp nebst dessen Bruder wünschten wohl zehnmal am Tag von ganzem Herzen alle Beichtväter zum Teufel. Endlich erfuhr Jack von Agnes den wahren Tatbestand. Sie teilte ihm die Verhältnisse unter bitteren Tränen mit.

„Red, die Sache gefällt mir nicht", bemerkte Jack. „Diesen Pater Thomaso muß ich mir vom Hals schaffen."

„Das wird etwas schwierig sein", bemerkte Gascoigne, „und wenn du ihn vom Hals kriegst, wird seine Stelle bald von einem anderen besetzt werden."

„Er hat die gute alte Frau zu Tode erschreckt, so daß sie bereits jetzt schon die Qualen des Fegefeuers erleidet. Ich will gehen und mit Mesty sprechen."

„Wie könnte Mesty hier helfen?"

„Ich weiß es nicht. Aber da du keinen Rat weißt, ist es wohl am besten, ich versuche es mit dem Ashantee."

Jack begab sich zu Mesty und legte ihm den ganzen schwierigen Handel offen dar.

„Ich schon sehen", sagte Mesty. „Sie möchten haben sein Schädel?"

„Nein, das nicht, Mesty, aber aus dem Weg wünschte ich ihn "

„Wie das möglich, Massa Easy? Übermorgen segelt das Schiff ab. Nun, gesetzt, ich hab Zeit, ich wollt' all' das bald ausführen. Halt ein bißchen."

„Zum Geier, da ist von Halten nicht die Rede", versetzte Jack.

„Gesetzt, Massa Easy, Sie nähmen Urlaub an Ufer — nicht kommen wieder zurück."

„Das wäre Desertion, Mesty."

„Beim heiligen Nußknacker, ich hab es — Sie gehen an Ufer und brechen Ihr Bein."

„Mein Bein? Meinen Urlaub, willst du sagen."

„Nein, Massa Easy — Sie brechen Ihr Bein, dann Sie der Kapitän läßt am Land und läßt mich da, um Sie abzuwarten."

„Aber warum sollte ich — und wie kann ich mein Bein brechen?"

„Nur so sagen, Beinbruch, Massa Easy. Sie gehen und mit Massa Don Philipp sprechen. Er soll all das einleiten. Gesetzt, ein Mann bricht sein Bein in sieben Stück, so ist's nicht möglich, ihn an Bord zu bringen."

„In sieben Stücke, Mesty? Das ist doch etwas zuviel. Aber ich will es bedenken."

Jack ging zurück und zog Gascoigne zu Rat, der Mestys Vorschlag billigte und für ausführbar hielt.

„Wenn wir's nur anstellen könnten, daß wir aus einer Carricola geworfen würden. Du brichst das Bein — natürlich ein komplizierter Bruch — ich meinen Arm, und wir beide bleiben im Krankenquartier am Land, während Mesty beauftragt wird, uns abzuwarten."

„In der Tat vortrefflich", versetzte Jack. „Ich würde mir wahrhaftig nichts daraus machen, wenn es wirklich stattfände. Jedenfalls müssen wir die Carricola umwerfen."

„Aber werden wir am letzten Tag noch Urlaub erhalten?"

„Ja. Ich bin schon zwei Tage nicht mehr an Land gewesen, denn seit der Mitteilung, die mir Agnes gemacht hat, mochte ich Don Rebiera nicht besuchen. Außerdem sind noch alle meine Kleider am Ufer — eine gute Ausflucht für ein paar Stunden."

Am folgenden Morgen erbaten sich die beiden Midshipmen Urlaub für den Nachmittag, den der Erste Lieutenant auch erteilte. Sie eilten zum Hotel, schickten nach Don Philipp und setzten ihm ihren Plan auseinander. Er sagte bereitwillig seinen Beistand zu, denn er hatte sich fest vorgenommen, unser Held solle seine Schwester heiraten, und fürchtete die Wirkungen der Trennung, durch welche die Machinationen des Paters Thomaso auf seine Mutter unterstützt werden mußten. Unverzüglich begab er sich zu dem Wundarzt seines Regiments, der ohne Bedenken auf den Anschlag einging.

Unsere beiden Midshipmen bestiegen eine Carricola, rasselten in den Straßen auf und ab, und peitschten, als sie Kapitän Wilsons an einem Fenster ansichtig wurden, nach Kräften auf das Pferd los. Der Kaserne gegenüber ließ Jack das Rad gegen eine Ecke anrennen, wodurch er samt Gascoigne aus dem Gefährt herausgeschleudert wurde. Midshipmen nehmen bei solchen Anlässen nie Schaden: zum Glück für ihren Plan wurden jedoch ihre Gesichter tüchtig gequetscht und zerbeult. Don Philipp stand in der Nähe; er rief einigen Soldaten zu, unsere beiden Vagabunden aufzulesen, ließ sie in die Kaserne bringen und schickte nach dem Wundarzt, der sie verband, Jacks linkes Bein mit vielen Schienen belegte und die gleiche Prozedur mit Gascoignes Arm vornahm. Sie wurden sodann zu Bett gebracht. Ihre gequetschten Gesichter samt dem Blut darauf wurden im Urzustand belassen, während Don Philipp, als geschähe es von dem Kommandanten aus, eine Ordonnanz an Kapitän Wilson schickte, um ihm zu melden, daß zwei seiner Offiziere aus einer Carricola geworfen worden wären und gefährlich verwundet in der Kaserne lägen.

„Gütiger Himmel, das müssen Mister Easy und Mister Gascoigne sein", sagte Kapitän Wilson, als ihm die Nachricht übermittelt wurde. „Ich sah sie eben erst wie ein paar Tollhäusler die Straße hinuntergaloppieren. Cokson, fahren Sie mit dem Gig an Bord und bedeuten Sie dem Wundarzt, er solle unverzüglich an Land und zu mir in die Kaserne kommen."

Kapitän Wilson setzte seinen Hut auf, schnallte seinen Degen um und eilte fort, um sich zu überzeugen, ob die Beschädigungen wirklich gefährlich wären. Don Philipp hielt sich abseits, und der Kapitän wurde von einem der Offiziere zu dem Raum geführt, wo unsere zwei Midshipmen in ebenso vielen Betten lagen. Neben ihnen standen zwei Militärärzte, die sich berieten, und ein paar Wärter, die belebende Arzneimittel anwandten.

Die Ärzte begrüßten Kapitän Wilson und machten ein sehr ernstes Gesicht. Sie sprachen von Knochenbrüchen, Quetschungen und sehr bedeutender Beschädigung, dabei die Hoffnung ausdrückend, daß Mr. Easy wieder genesen werde, obschon der Fall zweifelhaft sei. Bei dem anderen Gentleman sei bei sorgfältiger Behandlung bessere Aussicht vorhanden — das heißt, soweit es sich nur um dessen Arm handle. Indes scheine es auch noch eine Gehirnerschütterung gegeben zu haben. Kapitän Wilson betrachtete die Risse und die blutbefleckten Gesichter der beiden jungen Männer, mit Ungeduld die Ankunft seines eigenen Arztes erwartend, der endlich keuchend und schnaubend eintraf und sich von seinen Kollegen Bericht erstatten ließ.

Mr. Easys Bein sei an zwei Stellen gebrochen, hieß es, so daß die Knochenränder hervorgestanden hätten; sie hätten die Brüche wieder eingerichtet, aber es sei nicht daran zu denken, ihn zu transportieren. Gascoigne habe einen splitternden Armknochenbruch, auch vermute man eine Gehirnerschütterung. Die Unrichtigkeit dieser Angaben wäre an den Tag gekommen, wenn der Schiffsarzt eine Untersuchung vorgenommen hätte. Aber warum sollte er seinen Kollegen nicht Glauben schenken und die beiden jungen Leute der neuen Qual einer Entfernung von Schienen und Bandagen aussetzen? Schon die Höflichkeit gebot, daß er der Kunst seiner Kollegen vertraute. Er betrachtete Easy und Gascoigne, die beide, mit offenem Mund und geschlossenen Augen, schwer atmeten, machte ein ebenso wichtiges Gesicht wie seine Amtsbrüder, und erstattete dann Kapitän Wilson seinen Bericht.

„Aber wann sind sie wohl transportfähig, Mister Daly?" fragte Wilson. „Ich kann nicht warten. Morgen oder spätestens übermorgen muß ich absegeln."

Der Arzt gab pflichtschuldigst diese Frage an seine Kollegen weiter, die erwiderten, es sei sehr gefährlich, die Patienten vor Ablauf des Fiebers an Bord zu schaffen, das voraussichtlich am folgenden Tag eintreten und etwa zehn Tage dauern werde. Es sei daher besser, Kapitän Wilson lasse sie hier; sie wollten ihnen alle Sorgfalt und Aufmerksamkeit schenken, bis sie soweit hergestellt wären, um sich in Malta ihrem Schiff wieder anzuschließen. Mr. Daly erklärte diesen Vorschlag für sinnvoll, und Kapitän Wilson gab seine Zustimmung.

Sobald dies bereinigt war, begab sich der Kapitän an Gascoignes Bett und redete ihn an. Da Gascoigne aber wußte, daß er an einer Gehirnerschütterung litt, gab er keine Antwort, ja reagierte nicht einmal. Daraufhin verfügte sich der Kapitän an das Bett Jack Easys und redete ihn an, worauf Jack ohne den Kopf zu bewegen, langsam die Augen öffnete und ihn zu erkennen schien.

„Haben Sie Schmerzen, Easy?“ fragte der Kapitän freundlich.

Easy schloß die Augen wieder und murmelte: „Mesty, Mesty.“

„Er wünscht den Schiffskorporal, Sir“, sagte der Arzt.

„Gut“, entgegnete Wilson, „er soll ihn haben. Mesty ist ein treuer Mensch, der ihn gut verpflegen wird. Wenn Sie an Bord gehen, Mister Daly, bestellen Sie dem Ersten Lieutenant, er solle Mesty mit Mister Gascoignes und Mister Easys Koffern sowie mit seinem eigenen Gepäck an Land schicken. Gütiger Himmel, ich würde es mich tausend Pfund kosten lassen, wenn sich dieser Unfall nicht ereignet hätte. Arme, dumme Jungen – sie laufen immer paarweise, und wenn einer in eine Patsche gerät, kann man darauf warten, daß der andere sie teilt. Gentlemen, ich danke Ihnen für Ihre Güte und nehme Ihren verheißenen Beistand für meine verunglückten Offiziere an. Morgen mit Tagesanbruch segle ich ab. Ich bin Ihnen sehr verbunden, wenn Sie den Rebieras von diesem Vorfall Mitteilung machen, denn ich bin überzeugt, daß von dort aus alles geschehen wird, was die Lage der Patienten angenehmer machen kann.“

Mit diesen Worten verbeugte sich Kapitän Wilson und verließ in Begleitung des Schiffsarztes das Zimmer.

Sobald sich die Tür hinter ihnen schloß, wandten die beiden Midshipmen ihre Köpfe nach einander um und sahen sich an, ohne daß sich jedoch einer zu sprechen getraute, weil sie fürchteten, der Schiffsarzt könnte wieder zurückkehren. Als ihnen angekündigt wurde, daß Kapitän Wilson und Mr. Daly das Kasernentor verlassen hätten, begann unser Held: „Weißt du auch, Red, daß mir mein Gewissen schwere Vorwürfe macht? Ich sollte nur diejenigen, die uns einen Gefallen erwiesen haben, nicht verraten, sonst hätte wahrhaftig nicht viel gefehlt, daß ich aufgestanden wäre und dem armen Kapitän Wilson den ganzen Betrug gestanden hätte.“

„Du hast recht, Jack, mir ging es beinahe ebenso – aber was einmal geschehen ist, läßt sich nicht ändern. Wir müssen eben jetzt die Komödie fortsetzen, um diejenigen nicht bloßzustellen, die uns den Kapitän täuschen halfen.“

„Ich glaube nicht, daß sich ein englischer Arzt finden ließe, der zu einer derartigen Posse die Hand bieten würde."

„Nein, gewiß nicht, aber im Grunde ist's eine Täuschung, die niemandem Schaden zufügt!"

„Ich will nicht moralisieren — aber ich bereue doch, was geschehen ist und wäre es nicht jetzt zu spät, würde ich nicht mehr darauf eingehen."

„Auch nicht wegen ... Ah, ich darf ihren Namen in der Kaserne ja nicht erwähnen."

„Ich weiß nicht", versetzte Jack. „Schweigen wir besser von der Sache und danken wir diesen Herren für ihre Güte."

„Wir müssen die Täuschung zumindest solange aufrecht erhalten, bis wir die ‚Aurora' unter Segel sehen."

„Nein, länger", meinte Jack. „Die Geschichte darf auch an Land nicht ruchbar werden. Wir dürfen uns nicht zu schnell erholen, denn auch Don Rebiera und seine Gattin müssen getäuscht werden. Ich habe eine Idee, mit der ich aber nicht ganz klar komme, bevor ich Mesty gesehen habe."

Don Philipp kam zurück. Er hatte Kapitän Wilson gesprochen und war von ihm mit der Bemerkung, daß er folgenden Morgen abzufahren gedenke, gebeten worden, nach den beiden Patienten zu sehen. Sie berieten sich mit ihm und wurden sich darüber einig, daß niemand etwas von dem wahren Tatbestand erfahren solle als Don Martin. Wenn nicht ganz Palermo ebensogut getäuscht wurde wie Kapitän Wilson, mußte Pater Thomaso Lunte riechen. Unsere Midshipmen ließen sich ihr Mittagsmahl schmecken und plauderten in ihren Betten miteinander, bis es Zeit zum Einschlafen war. Lange vorher war jedoch Mesty mit den Kleidern eingetroffen. Die Augen des Ashantee sagten alles Nötige — er sprach kein Wort, sondern knüpfte seine Hängematte auf. Bald lagen alle drei in tiefem Schlaf.

Am folgenden Morgen machte Kapitän Wilson noch einen Besuch, um nachzusehen, wie es den Patienten gehe. Da jedoch das Zimmer verdunkelt war, konnte er ihre Gesichter nicht deutlich erkennen. Easy dankte ihm für die gütige Erlaubnis, daß Mesty sie pflegen dürfe, worauf ihm der Kapitän Weisung erteilte, er solle nach seiner Genesung unverzüglich wieder auf das Schiff zurückkehren und sich vorsichtig benehmen, daß er in keine Ungelegenheiten gerate. Jack versprach dies, und Wilson schied mit dem Wunsch baldiger Gesundung.

Eine halbe Stunde später warf Mesty, der auf dem Ausguck gestanden hatte, plötzlich die Fensterladen mit einem lauten Lachen auf. Die „Aurora“ hatte ihre Anker gelichtet und steuerte mit Prallsegeln unten und oben aus der Reede.

Jack und Gascoigne standen auf, warfen ihren Verband ab und tanzten in den Hemden umher. Sobald sie wieder ruhiger geworden waren, sagte Mesty in ernstem Ton: „Warum Sie denn zur See bleiben, Massa Easy?“

„Du hast recht, Mesty, ich habe mir in der letzten Zeit diese Frage oft genug selbst vorgelegt. Vermutlich, weil ich ein Narr bin.“

„Und ich, weil ich muß“, entgegnete Gascoigne. „Aber jetzt sind wir an Land, und ich sehe einem famosen Kreuzzug entgegen.“

„Zuerst müssen wir aber den Grund sondieren, auf dem wir kreuzen“, versetzte Jack. „Laß uns die Sache ein wenig besprechen, Mesty.“

Die beiden Midshipmen legten sich wieder in ihre Betten, und Mesty setzte sich zwischen beide mit der gravitätischen Miene eines Schiedsrichters. Die Frage war nun, wie man sich Pater Thomasos entledigen wollte. Sollte man ihn über den Hafendamm den Fischen vorwerfen, ihm den Schädel einschlagen, zu Mestys Messer, Gift oder Seelenverkäuferei greifen? Oder reichte man vielleicht mit gütlichen Mitteln, mit Überredung und Bestechung aus? Nun ja, jedermann weiß, wie schwer man sich einen Pfaffen vom Hals schafft.

Da Jack und Gascoigne keine Italiener waren, kamen sie zu der echt englischen Ansicht, daß man mit Bestechung am besten fahren dürfte. Sie schrieben daher einen Brief, den Mesty dem Mönche überbringen sollte und in welchem Jack dem Pater das hübsche Sümmchen von tausend Dollar anbot, vorausgesetzt, daß er die Heirat gestatte und die alte Dame nicht länger mit kirchlichen Schwärmern und Raketen einschüchtern wolle.

Da Mesty mit Jack oft an Land gewesen war und den Mönch kannte, wurde beschlossen, daß ihm die Besorgung des Briefes anvertraut werden sollte. Damit jedoch keine Fragen wegen der angeblich schweren Verwundung des Schreibers aufkämen, beschloß man, die Bestellung einige Tage zu verzögern. Nach dieser Zeit vollzog Mesty seinen Auftrag und gab dem Mönch durch Zeichen zu verstehen, daß er eine Antwort zurücknehmen möchte. Der Pater bat ihn, ihm in sein Zimmer zu folgen, wo er den Brief las und dann dem Boten abermals bedeutete, ihm zu folgen. Der Mönch führte den Neger zu seinem Kloster und rief, nachdem er in seiner Zelle angelangt war, einen Mönch, der englisch sprechen und als Dolmetscher dienen konnte. „Geht es mit dem Befinden Eures Herrn besser?"

„Ja", versetzte Mesty, „er befind' sich zur Zeit gut."

„Dient Ihr ihm schon lange?"

„Nein", antwortete Mesty.

„Ihr liebt ihn wohl sehr? Behandelt er Euch gut und gibt er Euch viel Geld?"

Aus diesen Fragen merkte der verschmitzte Schwarze, daß etwas in der Luft lag. Er entgegnete daher ganz ruhig: „Ich mich nicht viel kümmer um ihn."

Der Pater musterte Mesty und schloß aus dessen wildem Aussehen, daß er es hier mit einem Mann zu tun habe, der sich für seine Zwecke eigne.

„Euer Herr bietet mir da tausend Dollar an. Möchtet Ihr dieses Geld für Euch selbst gewinnen?"

Mesty grinste und zeige seine scharfen Zähne.

„Es würde mich machen zu einem reichen Mann in meiner Heimat."

„Ja", erwiderte der Mönch. „Nun, Ihr sollt es haben und braucht dafür nichts weiter zu tun, als Eurem Herrn ein kleines Pulver zu geben."

„Ich versteh", versetzte Mesty. „Hab auch solche Ding' in mein Land."

„Gut — Ihr willigt also ein? In diesem Fall will ich den Brief beantworten, um das Geld zu erhalten."

„Gesetzt aber, man mir komm' dahinter?" erwiderte Mesty.

„Ihr werdet sicher sein und sollt möglichst bald von hier weggeschickt werden. Sagt, wollt Ihr auf meinen Antrag eingehen?"

„Die ganze tausend Dollar?"

„Nicht einen weniger."

„Dann gebt mir das Pulver."

„Geduldet Euch ein wenig", sagte der Mönch, der seine Zelle verließ und nach ungefähr einer Minute mit einer Antwort auf den Brief unseres Helden sowie mit einem Papierbeutelchen zurückkehrte, in dem sich ein graues Pulver befand.

„Mischt ihm das in seine Suppe oder was er sonst genießt, streut es auf sein Fleisch oder vermengt es mit seinem Zukker, wenn er eine Orange ißt."

„Ich seh", entgegnete Mesty.

„Die Dollars sollen Euch gehören. Ich schwöre es bei dem heiligen Kreuz."

Mesty grinste schrecklich, nahm sein Kreditiv in Empfang und fragte: „Wann ich wieder kommen?"

„Sobald Ihr das Geld erhalten habt, bringt Ihr mir's zu Don Rebieras Wohnung. Dann mischt Ihr ihm das Pulver. Sobald er es genommen hat, müßt Ihr mich es wissen lassen, denn Ihr dürft dann nicht in Palermo bleiben. Ich selbst will Euch in Sicherheit bringen."

Mesty verließ die Zelle und wurde von einem Mönch bis zur Klosterpforte begleitet.

„Beim heiligen Nußknacker, das war verdammter Spitzbube", murmelte Mesty, sobald er wieder im Freien war.

Der Ashantee langte bald in der Kaserne an und berichtete alles, was zwischen ihm und Pater Thomaso vorgegangen war.

„Natürlich wird es Gift sein", bemerkte Gascoigne. „Wie wär's, wenn wir bei einem Tier einen Versuch damit machten?"

„Nein, Massa Gascoigne", versetzte Mesty, „ich es gelegentlich selbst probieren. Nun, was tun?"

„Ich muß dir die Anweisung auf die tausend Dollar geben, Mesty", entgegnete Jack. „Der Schurke schreibt mir da, gegen

Erlegung dieser Summe verpflichte er sich nicht nur, mir keinen Widerstand zu leisten, sondern auch meiner Sache das Wort zu reden. Nun ist die große Frage, ob er dir, Mesty, sein Versprechen halten wird. Wenn er's nicht tut, verliere ich mein Geld. Wir müssen daher weiter beratschlagen und den Punkt beleuchten."

Diese Beleuchtung fand zwischen Jack und Gascoigne statt. Tausend Dollar fielen schwer ins Gewicht, aber Jacks Vater war ein Philosoph. Nach vielem Für und Wider entschied man sich endlich dafür, daß das Geld Mesty übergeben werden sollte. Mesty sollte bei Ablieferung der Anweisung sagen, er habe das Pulver bereits angewendet und deshalb seine Belohnung sogleich fordern.

Am folgenden Tag überbrachte der Neger Pater Thomaso den Wechsel. Der Mönch eilte mit Mesty zum Kloster und schickte nach dem Dolmetscher.

„Ihr habt's ihm schon gegeben?" fragte der Pater.

„Ja — noch keine Stunde. Da die Anweisung auf das Geld."

„Ihr müßt es auf der Stelle holen, ehe er tot ist, denn das Pulver wirkt sehr schnell."

„Und ich", entgegnete Mesty, scheinbar in großer Unruhe, „wo soll ich hingehen?"

„Sobald Ihr das Geld hierher gebracht habt, müßt Ihr zur Kaserne zurück. Dort bleibt Ihr, bis er tot ist, und kommt dann wieder ins Kloster. Ich werde alles bereithalten und Euch mit Einbruch der Dunkelheit ins Gebirge zu einem Gotteshaus schaffen, das unserem Orden gehört. Dort wird Euch niemand suchen, und wenn die Geschichte verrauscht ist, will ich für Euch einen Platz auf einem Schiff besorgen, das Euch von der Insel fortbringen wird."

Mesty ließ sich das Geld auszahlen und brachte es in einem großen Beutel zum Kloster, wo er es dem Mönch übergab und dann wieder zu Easy und Gascoigne in die Kaserne zurückkehrte. Es wurde nun ausgemacht, daß er den Mönch begleiten sollte, der sich wahrscheinlich einige Zeit zurückziehen würde — ein Schritt, auf dem namentlich Mesty bestand. Er blieb ein paar Stunden in der Kaserne und begab sich bei Dämmerung in das Kloster, wo er den Tod unseres

Helden meldete. Er blieb dort, bis es Nacht war. Nun trug ihm der Mönch auf, den Beutel mit den Dollars an seinem Sattelknopf zu befestigen. Sie bestiegen zwei Maultiere und verließen Palermo.

Am Morgen erschien, wie gewöhnlich, Don Philipp und teilte unserem Helden mit, daß der Mönch von seinem Abt gerufen worden sei und erst in einiger Zeit zurückkehren werde.

„Ich komme, um Ihnen diese Neuigkeit zu bringen", fuhr Don Philipp fort, „da Sie Ihnen ohne Zweifel Freude machen wird. Je eher Sie daher gesund werden, desto besser ist es. Ich möchte den Vorschlag machen, daß ihr euch zum Palast meines Vaters schaffen laßt. Sie können während der Abwesenheit des Beichtvaters Ihren verlorenen Boden wiedergewinnen."

„Ich habe sogar die Mittel dazu", versetzte Jack und zeigte den Brief des Mönchs.

Don Philipp las ihn erstaunt, war aber noch weit mehr überrascht, als er von Jack die ganze Geschichte hörte. Er blieb eine Weile stumm und sagte endlich: „Ich bedaure Ihren armen Schwarzen."

„Warum?" fragte Jack.

„Verlassen Sie sich darauf, Sie werden ihn nie wiedersehen. Tausend Dollar würden allein schon reichen, für tausend Schwarze das Todesurteil zu unterzeichnen — aber hier gibt es noch einen anderen Grund: — man wird ihn aus dem Weg schaffen, damit er nicht als Zeuge auftritt. Wo ist das Pulver?"

„Mesty hat es. Er wollte sich nicht davon trennen."

„Der Schwarze ist ein gerissener Bursche und vielleicht dem Mönch gewachsen", erwiderte Don Philipp.

„Ich bin überzeugt, daß er Unheil im Schild führt", bemerkte Gascoigne.

„Dennoch fühle ich jetzt große Unruhe um seinetwillen", versetzte Easy. „Hätte ich ihn doch nicht ziehen lassen."

„Wissen Sie gewiß, daß er ging?"

„Nein, das nicht — aber der Mönch sagte ihm, er wolle ihn, sobald es dunkel ist, ins Gebirge mitnehmen."

„Das wird er getan haben", versetzte Don Philipp, „denn

nirgends könnte er sich ihn besser vom Hals schaffen. Indes müssen wir jetzt die ganze Geschichte meinem Vater und meiner Mutter erzählen. Vater wird es veranlassen, die geeigneten Maßnahmen zu ergreifen, und meiner Mutter öffnet dieses Benehmen wahrscheinlich die Augen. Geben Sie mir eine Abschrift des Briefes, den Sie an den Mönch schrieben, damit ich ihnen den Inhalt beider Schreiben mitteilen kann."

Das Gerücht von dem Unfall, der Easy und Gascoigne zugestoßen war, hatte sich rasch in Palermo verbreitet und fand natürlich vollen Glauben. Wie gewöhnlich hatte man ihre Verletzungen bei weitem verschlimmert, und man kolportierte, daß an ein Aufkommen nicht zu denken sei. Nur Agnes hatte Don Philipp ins Vertrauen gezogen, weil sie auf die erste Nachricht hin so erschrocken war, daß es ihr Bruder für geraten hielt, sie von dem Geheimnis in Kenntnis zu setzen.

Zwei Tage später berichtete Don Philipp seinen Eltern von der Schurkerei des Mönchs, und die Midshipmen wurden zum Palast gebracht – sehr zum Erstaunen der Einwohner von Palermo, die jetzt die beiden Wundärzte nicht genug zu rühmen wußten, so daß die letzteren für ihre Mitwirkung an dem Betrug durch den Ruf, in den sie kamen, reichlich entschädigt wurden.

Sobald die angeblichen Kranken in dem Palast angelangt waren, wurde Don Rebiera gleichfalls in das Geheimnis eingeweiht. Unser Held hatte nun keine besondere Eile mehr, gesund zu werden. Er lebte glücklich und zufrieden in der Gesellschaft von Agnes und ihren Eltern. Nachdem die alte Dame gehört hatte, wie sich der Mönch Thomaso benommen hatte, schwenkte sie ganz auf die Seite unseres Helden und tat ein Gelübde, nie wieder einen Beichtvater in ihr Haus aufzunehmen. Jack und Gascoigne waren nun so glücklich, wie man nur sein konnte. Nur um Mesty sorgten sie sich und sahen seiner Rückkehr ängstlich entgegen.

Jack teilte Don Rebiera seine Absichten auf Agnes mit. Er überzeugte ihn von seinen Eigenschaften und seinen Vermögensverhältnissen, während in Don Rebiera das Gefühl der Dankbarkeit längst zugunsten unseres Helden sprach. Zunächst war jedoch zur Heirat die Einwilligung des alten Mr. Easy nötig, und ehe diese beigebracht war, wollte der Don nichts von einer Zustimmung wissen. Jack versuchte, den Punkt zu beleuchten und meinte, sein Vater habe geheiratet, ohne ihn zu Rate zu ziehen, daher habe auch er das Recht, sich ohne Zustimmung des Papas zu vermählen. Aber Don Rebiera, der sich nicht auf Gleichheit und Menschenrechte verstand, wollte Jacks Argumente nicht akzeptieren und machte es zur unerläßlichen Bedingung, daß die Eltern unseres Helden zuvor schreiben und ihre Einwilligung erteilen müßten, ehe die Verbindung stattfinden könne.

33

Am vierten Abend des Aufenthalts unserer beiden Midshipmen in Don Rebieras Palast, als sie sich in Gesellschaft von Agnes und Don Philipp auf ihrem Zimmer befanden, öffnete ein Mönch die Tür. Sie fuhren alle zusammen, denn der Größe nach konnte es recht gut Pater Thomaso sein, aber niemand redete ihn an. Der Mönch drückte stumm die Tür hinter sich zu. Er lüftete die Kapuze, die er über sein Gesicht gezogen hatte, und die Anwesenden erkannten Mesty. Agnes schrie laut hinaus und alle sprangen von ihren Sitzen auf, erschrocken über diese ungewöhnliche und unerwartete Erscheinung. Mesty grinste. In seinem Gesicht lag etwas, woraus sich entnehmen ließ, daß er viel mitzuteilen hatte.

„Wo ist der Mönch, Mesty?" fragte Easy.

„Langsam, Massa. Ich denk, wir schließen zuerst die Tür, und dann ich alles sage."

Mesty legte die Mönchskutte ab, unter der er seinen eigenen Anzug trug, den Beutel mit den Dollars um seinen Körper geschlungen.

„Nun, Massa Easy, ich hab eine lange Geschichte zu erzählen — ich denk daher, es ist besser, wenn ich mit dem Anfang anfange."

„Das ist eine sehr lobenwerte Methode", versetzte Jack. „Aber halt' inne, wenn ich meinen Finger erhebe, damit wir deine Worte der Lady und Don Philipp verdolmetschen können."

„Ganz recht, Sir. Der Mönch und ich stiegen auf zwei Maulesel, sobald es ganz dunkel. Er läßt mich tragen alle tausend Dollar — und wir reiten aus der Stadt fort. Wir müssen immer Berg und Berg auf, aber der Mond scheint, und wir reiten nebeneinander. Er nie sagt ein Wort, und ich nie sag ein Wort, weil ich nicht spreche seine Zunge, und er nicht versteht mein Englisch. Um zwei Uhr morgens wir machen Halt an ein Haus und bleiben da bis acht Uhr. Und dann gehen wir wieder den ganzen nächsten Tag immer Berg auf, bis wir wieder Halt machen und essen einen Bissen Brot und trinken ein wenig Wein. Die Nacht kommt wieder, und wir halten wieder, und die Leute bücken sich sehr tief vor ihm, und ein Weib bringt ein Kaninchen, um ein Nachtessen zu bereiten. Ich geh in die Küche, und das Weib macht hübsch ihren Braten. So nicke ich mit meinem Kopf und sage: sehr gut; und sie macht ein Gesicht und wirft einen schwarzen Brotlaib und Knoblauch auf den Tisch und macht Zeichen, das sei mein Nachtessen — gut genug für einen schwarzen Kerl, und der Kaninchenbraten sei für den Mönch. Dann ich sag zu mir: ‚Halt ein bißchen. Gesetzt, Mönch krieg das ganze Kaninchen, ich denk, ich geb ihm besser das kleine Pulver'."

„Das Pulver?" rief Jack.

„Was sagt er?" fragte Don Philipp.

Gascoigne übersetzte alles, was Mesty erzählt hatte. Mesty fuhr fort: „Gut, Massa Easy. Dann das Weib geht fort nach Schüssel, um den Braten hineinzutun, und ich nehm das Pulver und laß es fallen in die Bratenpfanne. Und dann sitz ich wieder nieder und esse Schwarzbrot, weil sie sagt, es sei gut genug für schwarz Mann. Sie dreht den Braten noch einmal um, tut alles in die Schüssel und bringt es dem Mönch. Bei der Allmacht, er läßt sich schmecken das Fleisch, benagt die Knochen und wischt auf die Brüh mit sein Brot. Du denken, das ist recht hübsch, Massa Mönch, denk ich, aber wart ein bißchen. Dann trinkt er eine ganze Flasche Wein und läßt die Maultiere vorführen. Dann legt er dem Weib die Hände auf den Kopf, das ist die Art, wie er zahlt für sein Nachtessen.

Der Mond scheint hell, und wir gehen immer in Gebirg, immer aufwärts, und nach zwei Stund steigt er von sein Maultier ab, drückt seine Hand so und setzt sich nieder auf den Fels. Er stöhnt, wind' sich und dreht sich eine halbe Stund, und dann sieht er mich an, wie wenn er wollt sagen: Du schwarzer Spitzbub, hast du das getan? Aber er kann nicht sprechen. Und dann zieh ich das Papier mit dem Pulver heraus und zeig's ihm und mach ihm ein Zeichen, daß er es verschluckt hat. Er sieht mich wieder an, und ich lach ihn aus — und er stirbt."

„O Mesty, Mesty", rief Jack, „das hättest du nicht tun sollen. Welch ein Unglück kann daraus entstehen!"

„Nun er tot, Massa Easy, um so weniger Unglück."

Gascoigne verdolmetschte die Nachricht Don Philipp und Agnes. Der Don machte ein sehr ernstes Gesicht, während sich in den Zügen des Mädchens Schrecken ausdrückte.

„Lassen Sie ihn fortfahren", sagte Don Philipp. „Ich bin begierig zu hören, was er mit der Leiche angefangen hat."

Der Aufforderung unseres Helden entsprechend, fuhr Mesty fort: „Dann ich dacht', was ich tun könnt', und ich sagt', ich woll' ihn verbergen, und ich denk, ich woll' seinen Rock für mich nehmen. So zieh ich ihm seinen Rock und alle seine anderen Kleider ab — er nicht trägt viele —, und ich nehm die Leich' in meinen Arm und trag sie, bis wo ich find einen großen Riß im Fels über dem Weg. Ich werf ihn hinein und roll viele große Felsenstück nach, bis ich ihn nicht mehr seh, dann nehm ich die zwei Maultier und steig auf das meinige mit den Dollars und führ das andere drei, vier Meilen, bis ich komm zu einem großen Wald. Da nehm ich ihm Sattel und Zügel ab und laß es laufen. Dann reiß ich alle Kleider in kleine Stücke, verberg das eine Stück da, das andere dort und laß Sattel und Zaum im Gebüsch. Alles recht. Ich zieh die Mönchskutt an, verbirg mein Gesicht, steig auf mein Tier und sieh dann um, wohin ich geh — so sag ich: ich will nicht wieder gehen diesen Weg, sondern durch den Wald, bis ich einen anderen find. Ich reit ungefähr zwei Meilen — der Mond geht unter, alles dunkel, und fünf, sechs Männer pakken meinen Zaum und sie alle haben Waffen, deshalb ich nichts tun. Sie sprechen zu mir, aber ich nicht antwort, und nie mein Gesicht zeig. Sie finden alle Dollars — verdamm sie — schnell genug, und sie führen mich weg durch den Wald. Zuletzt wir kommen zu einem groß Feuer im Wald, viele Leute liegen umher, einige essen und einige trinken. Sie reiß' mich herunter, und ich halt mein Kopf nieder und falt meine Arm, just wie ein Mönch tut. Sie bringen mich zu einem Mann und schütten aus alle meine Dollars vor ihm. Er gibt einige Aufträge, und sie nehmen mich weg, und ich guck durch die Kutt und sag zu mir, er jener verdammt spitzbübische Galeerensklav Don Silvio."

„Don Silvio?" rief Jack.

„Was sagt er von Don Silvio?" fragte Don Philipp.

Mestys Erzählung wurde übersetzt, und der Neger fuhr fort: „Sie führ' mich weg, ungefähr fünfzig Schritt, binden mich an einen Baum, und dann sie verlassen mich. So ich hab nichts zu essen, ich eß die Seil' und nag' sie durch; und dann bleib ich da zwei Stund, bis alle schlafen und alles ruhig. Ich nehm heraus mein Messer und kriech fort auf dem Boden, wie wir tun in meinem Land bisweilen — und dann ich halt und sieh mich um. Niemand wach als zwei — die guck nach einem Eichhorn, nicht aber auf den Boden, wo ich bin. Ich kriech wieder, bis ich lieg neben jenem verdammt Galeerensklav, Don Silvio. Er liegt fest schlaf mit seinem Sack, tausend Dollar unter sein Kopf. So ich denk: Du sie nicht haben lang, du Spitzbub! Ich guck rund, ziel gut und stoß ihm mein Messer ins Herz und drück die andere Hand auf sein Mund. Aber er macht nicht Lärm, er zappelt ein bißchen und sieht auf. Und dann ich zurückwerf die Kapuz und zeig ihm mein schwarz Gesicht, und er versucht zu reden, aber ich stoß mein Messer wieder, und der Galeerensklav ist tot."

„Halt, Mesty, das müssen wir Don Philipp sagen", unterbrach ihn Gascoigne.

„Tot? Don Silvio tot? Mesty, wir sind Euch zu ewigem Dank verpflichtet, denn so lang er lebte, gab es für meinen Vater keine Sicherheit. Laßt ihn fortfahren."

„Als ich ihm hab gestochen das Messer durch sein Leib, ich lieg bei ihm nieder, als ob nichts vorgefallen, zehn Minuten. Dann nehm ich den Sack mit Dollars unter sein Kopf weg, und dann tast' ich an ihn. Ich find seine Pistolen und seine Börse, die ich hier hab', alles Gold. Und so nehm ich sie und ich schau auf – alles schlaf, und ich kriech zurück zu dem Baum. Dann ich bleib, zu denk ein wenig. Der Mann auf der Wach kommt und sieht mich an, aber er denk, alles recht, und er geht wieder weg. Ein Glück, bei der Allmacht, daß ich zurück zu Baum. Ich wart wieder und kriech dann und kriech, bis ich sie nicht mehr seh, und dann mach ich mich auf die Bein und lauf um mein Leben, bis Tag kommt, und dann bin ich so müd, daß ich niederlieg in Busch und bleib in Busch den ganzen Tag. Und dann brech ich wieder auf und komm zurück hierher, denn ich find Straße und weiß mein Weg. Ich damals einen ganzen Tag und eine Nacht nichts eß und komm zu Haus, wo ich streck mein Kopf hinein und find Weib da. Ich nicht imstand zu sprechen, so greif ich zu und zeig nicht mein Gesicht. Ihr das nicht gefällt und macht Geschichten, aber ich schlag mein Kapuz zurück und zeig mein schwarz Gesicht, und dann sie denkt, ich der Teufel. Sie lauft aus dem Haus, und ich helf mir sehr schnell, und dann brech ich auf und komm in die Nähe von hier gestern morgen. Ich verberg mich den ganzen Tag und komm herein nachts. Und nun, Massa Easy, hab Sie die ganze Wahrheit – und Sie hab Ihr tausend Dollar – und Sie hab vom Hals den Spitzbubenmönch und den verdammt' Galeerensklav Don Silvio."

„Verdolmetsche die ganze Geschichte, Red", sagte Jack, der sich, während Gascoigne dem Ansinnen entsprach, mit Mesty unterhielt.

„Ich bin sehr in Sorgen um dich gewesen, Mesty", sagte Jack. „Aber doch war ich der Ansicht, du seiest schlau genug für den Mönch, und so hat sich's auch herausgestellt. Die tausend Dollar mußt du übrigens behalten."

„Nein, Sir", versetzte Mesty, „ich die Dollars nicht behalt.

Aber ich hab viel Geld in Don Silvios Börse — viel, viel Geld. Ich behalt mein Eigentum, Massa Easy, und Sie das Ihre."

„Ich fürchte, die Geschichte wird ruchbar werden, Mesty. Das Weib wird aussagen, sie sei von einem schwarzen Mönch angefallen worden, und dann fällt der Argwohn auf dich, da die anderen Mönche im Kloster wissen, wie du mit Pater Thomaso ins Gebirge zogst."

„So ich auch denk, aber wenn ein Mensch hungert, er ganz vergißt seine Gedanken."

„Ich mache dir keinen Vorwurf. Aber jetzt muß ich mit Don Philipp reden."

„Gesetzt, Sie nichts dagegegen haben, während Sie sprechen, will ich etwas essen von dem Tisch da, Massa Easy, denn ich bin hungrig genug, Mönch, Maulesel und alles aufzuzehren."

„Iß, mein guter Freund, und trink, soviel dir beliebt."

Die Beratung zwischen den Midshipmen und Don Philipp währte nicht lange. Sie sahen die Notwendigkeit ein, Mesty zu entfernen, weil sonst Verdacht auf sie selber fallen mußte. Don Philipp und Agnes verließen das Gemach, um Don Rebiera von den Geschehnissen in Kenntnis zu setzen und ihn um Rat zu bitten.

Don Rebiera fragte seinen Sohn: „Hast du auch schon gehört, daß Pater Thomaso endlich wieder zurückgekommen ist? Das sagt wenigstens die Dienerschaft."

„Das Gerücht kann uns zustatten kommen", versetzte Don Philipp, „aber ich habe Ihnen eine andere Geschichte mitzuteilen."

Er berichtete seinem Vater Mestys Abenteuer. Don Rebiera versank für eine Weile in tiefe Gedanken, und entgegnete endlich: „Daß Don Silvio zu den Toten gehört, ist ein Glück, und der Neger würde um dieser Tat willen eine Belohnung verdienen — aber was den Mönch betrifft, das ist eine schlimme Geschichte. Mesty könnte zwar bleiben und den ganzen Verlauf vor Gericht angeben, die Tatsachen ließen sich durch Signor Easy und die Briefe auch beweisen — aber was dann? Wir bringen dadurch die ganze Geistlichkeit gegen unser Haus auf, und wir haben schon genug durch sie gelitten. Das Beste ist, daß nicht nur der Neger, sondern auch unsere jungen Freunde abreisen, das wird den Argwohn und etwaige Nachfragen beseitigen. Aber sie dürfen keinen Augenblick zögern. Geh zu ihnen, Philipp, und mache ihnen die Dringlichkeit dieser Maßnahme begreiflich. Du kannst unserem jungen Freund Jack sagen, daß ich meine Zusage halten und ihm meine Tochter geben werde, sobald er die Zustimmung seines Vaters beibringt. Unterdessen will ich jemanden zum Hafen schicken und feststellen lassen, ob sich nicht ein Schiff nach Malta mieten läßt."

Unser Held und Gascoigne sahen die Klugheit eines solchen Schrittes ein und schickten sich zum Aufbruch an. In der Tat war Jack, sobald er Don Rebieras Entschluß kannte, mehr daran gelegen, die Einwilligung seines Vaters zu erhalten, als in Palermo zu bleiben, und noch vor Mittag des nächsten Tages war alles bereit. Jack nahm Abschied von Agnes und ihrer Mutter und begab sich, von Don Rebiera und und Don Philipp begleitet, zum Hafen. Nach einem herzlichen Lebewohl ging er mit Gascoigne und Mesty an Bord eines lateinischen Zweimasters, der für sie gemietet worden war, und noch vor Sonnenuntergang blieb die Silhouette von Palermo hinter ihnen zurück.

34

Vier Tage später erreichten die beiden Midshipmen Malta und fuhren, sobald sie den Padrone ihres Schiffes abgefertigt hatten, zum Gouvernementsgebäude. Sie fanden auf der Veranda den Gouverneur, der unsere Helden herzlich begrüßte.

„Es freut mich, euch zu sehen. Nun, Jack, wie steht's mit Ihrem Bein, ist alles wieder in Ordnung? Und was macht Ihr Arm, Gascoigne?"

„Alles wieder gut, Sir. Wir sind wieder ganz gesund."

„Nun, euch verfolgt das Glück, und es geht euch immer besser, als ihr's aufgrund eurer tollen Streiche verdient. Setzt euch — ich denke, mein Freund Jack hat mir ein Geschichtchen zu erzählen."

„O ja, Sir Thomas, und dazu ein ziemlich langes."

„Dann will ich's jetzt nicht hören, sondern bis nach Tisch darauf warten. Ich habe noch Geschäfte. Schafft eure Siebensachen herauf und richtet euch in euren Zimmern ein. Die ‚Aurora' ist vor vier Tagen abgesegelt. Mit euer Wiederherstellung ist es wunderbar schnell gegangen."

„Ja, wunderbar, Sir", versetzte Jack. „Ganz Palermo ist voll davon."

„Gut, Sie können jetzt gehen — beim Dinner werde ich Sie wiedersehen. Wilson wird entzückt sein, wenn er hört, daß Sie wieder auf den Beinen sind. Ich kann Ihnen sagen, daß er um Ihretwillen sehr betrübt war, und das ist mehr, als Sie verdienen."

„Der Gouverneur hat da vollkommen recht", sagte Jack zu Gascoigne, als sie das Gemach verließen.

Nach dem Dinner erzählte Jack Mestys Abenteuer, die der Gouverneur sehr interessant fand. Als jedoch unsere Midshipmen abends allein waren, ließ sie ihr freundlicher Wirt auf die Veranda rufen und sagte: „Nun, meine Jungen, ich will euch keine Predigt halten, aber ich habe lange genug in der Welt gelebt, um zu wissen, daß ein komplizierter Beinbruch in vierzehn Tagen nicht kuriert werden kann. Ich fordere euch daher auf, mir die Wahrheit zu sagen. Habt ihr in dieser Sache Kapitän Wilson nicht hintergangen?"

„Freilich — ich muß es zu meiner Schande gestehen", versetzte Easy.

„Wie haben Sie dies gemacht und zu welchem Zweck?"

Jack erzählte Einzelheiten, soweit sie ihn und seine Liebschaft betrafen, und setzte auseinander, wie er zurückzubleiben gewünscht habe und dann alles vorgegangen sei.

„Nun, Sie haben wenigstens einige Entschuldigungen, was von den Wundärzten nicht behauptet werden kann. Hätte mir hier ein Doktor solche Streiche gespielt, müßte er mir hängen, so wahr ich Gouverneur bin. Übrigens ist Ihre Angelegenheit sehr ernst geworden, Mister Easy, wir müssen morgen weiter darüber sprechen."

Am anderen Tag wurde die Ankunft des englischen Paketboots vom Hafen aus gemeldet. Nach dem Frühstück kamen die Briefsendungen an Land, und der Gouverneur ließ unseren Helden rufen.

„Mister Easy, da sind zwei Briefe für Sie — leider haben sie schwarze Siegel. Ich hoffe, daß kein naher Verwandter gestorben ist."

Jack verbeugte sich, ohne zu antworten, nahm die Briefe und begab sich auf sein Zimmer. Der erste, den er öffnete, war von seinem Vater und lautete folgendermaßen:

Mein lieber Jack!

Du wirst sehr betrübt sein, wenn Du hörst, daß Deine arme Mutter, nachdem sie beinahe zwei Jahre in der Kaminecke gesessen und auf das tausendjährige Reich gewartet hat, mit einemmal schnell dahinschwand. War es nun Folge getäuschter Erwartungen oder nicht — ich weiß es nicht: kurz, sie starb endlich trotz aller von Doktor Middleton angewandten Mittel, und da das tausendjährige Reich nicht kommen wollte, wie sie meinte, wollen wir hoffen, daß sie in dasselbe eingegangen ist. Sie war eine gute Frau, und ich ließ ihr stets ihren Willen. Da Doktor Middleton über die Ursache ihres Todes nicht im klaren war, wünschte er sie zu sezieren; ich ging jedoch nicht darauf ein, denn ich bin ein Philosoph, und es führt zu nichts, nach den Ursachen zu forschen, wenn die Wirkungen vorüber sind. Nach ihrem Tode nahm ich aber mit ihr vor, was sie mir zu Lebzeiten nie gestatten wollte. Ich ließ ihr den Kopf abrasieren und stellte eine sorgfältige phrenologische Untersuchung an, die einen merkwürdigen Beweis für die Wahrheit dieser herrlichen Wissenschaft abgibt. Ich will Dir das Resultat mitteilen: Entschlossenheit — hervorragend; Wohlwollen — klein; Vorsicht — außerordentlich; Verehrung — nicht sehr groß; Fortpflanzungstrieb — seltsamerweise sehr groß in Anbetracht dessen, daß sie nur ein einziges

Kind hatte; Imagination — sehr stark, und Du weißt, mein Lieber, daß sie sich immer den einen oder anderen Unsinn einbildete. Ihre anderen Organe waren nur mittelmäßig entwickelt. Das liebe, arme Geschöpf — sie ist jetzt dahin, und wir dürfen wohl trauern, denn eine bessere Gattin und Mutter hat nie gelebt. Und nun, mein teurer Sohn, muß ich Dich bitten, daß Du Deinen Abschied nimmst und sobald als möglich nach Hause kommst. Ich kann ohne Dich nicht leben und bedarf Deines Beistandes in dem großen Werk, an dem ich arbeite. Die Zeit ist nahe, und die Sache der Freihheit wird bald triumphieren. Die niedergedrückten Sklaven tragen jetzt ihre Köpfe hoch — ich habe sie begeistert mit meinen Reden, aber ich werde alt und schwach. Ich bedarf Deiner, mein Sohn, um Dir meinen Mantel zurückzulassen, wie jener Prophet vor Zeiten, und dann will ich, gleich ihm, in die Herrlichkeit hinaufsteigen.

Dein

Dich liebender Vater
Nicodemus Easy

„Daraus muß ich wohl entnehmen, daß meine Mutter tot und mein Vater verrückt geworden ist."

Eine Weile fühlte unser Held eine sehr wehmütige Stimmung, und er vergoß manche Träne im Andenken an seine Mutter, die er, wenn auch nicht hoch geachtet, so doch innig geliebt hatte. Dann öffnete er den zweiten Brief; er war von Doktor Middleton.

Mein lieber Junge!

Obgleich ich nicht zu Ihren Korrespondenten gehöre, verleiht mir doch der Umstand, daß ich Sie während Ihrer ganzen Kindheit bewachte und deshalb Ihren Charakter kenne, ein Recht, etliche Zeilen an Sie zu richten. Ich bin überzeugt, daß Sie inzwischen die törichte und unsinnige Philosophie Ihres Vaters beiseite gelegt haben. In dieser Absicht riet ich Ihnen, das elterliche Haus zu verlassen, und ich zweifle nicht, daß Sie, als ein junger Mann von

Verstand, der ein großes Vermögen zu erwarten hat, den Irrtum der Lehrsätze Ihres Vaters längst eingesehen haben. Mr. Easy sagt mir, er habe Sie aufgefordert, nach Hause zu kommen und wünscht, daß ich meinen Einfluß auf Sie zu dem gleichen Zweck benutzen solle. Zum Glück für Sie ist Ihr Vermögen sichergestellt, sonst würden Sie bald zum Bettler werden, da sich nicht voraussehen läßt, in welche Schulden den alten Herrn sein Wahnsinn verstrikken könnte. Der Lord-Lieutenant hat ihm bereits die Friedensrichtersstelle abgenommen, weil er den mißvergnügten Bauernstand aufhetzt und zu Handlungen des Ungehorsams und der Gewalttat reizt. So sah man ihn zum Beispiel um eine Scheuer, die ein Brandstifter angezündet hatte, tanzen und Hurra rufen. Seine Förster hat er entlassen, so daß jetzt auf den Gütern wildern kann, wer will. Kurz, er ist überzwerch, und obgleich ich nicht zu Zwangsmaßnahmen raten möchte, halte ich es doch für unbedingt notwendig, daß Sie unverzüglich nach Hause zurückkommen und über Ihr zukünftiges Eigentum wachen. Mit jährlich achttausend Pfund haben Sie nicht nötig, Ihren Beruf auf der See zu suchen. Sie haben bereits mit Auszeichnung gedient und können jetzt solchen Platz machen, die um ihres Unterhalts willen den Flottendienst ergreifen müssen. Gott behüte Sie. Ich hoffe, Ihnen bald die Hand drücken zu können.

Ihr treuer

G. Middleton.

Diese beiden Briefe boten Gelegenheit zu ernster Erwägung, und Jack hatte nie zuvor so klar gefühlt, wie gänzlich verfehlt die Ansichten seines Vaters waren. Allerdings hatte er sich ihrer allmählich entledigt, ihnen aber doch noch in einem gewissen Grad gewohnheitsmäßig angehängt. Jetzt aber gingen ihm mit einemmal die Augen auf, und er verdankte dieses neue Licht dem albernen, fast gefühllosen Brief seines Vaters in den Stellen, wo der Tod seiner Mutter berührt wurde. Jack versank geraume Zeit in melancholisches Brüten. Erst ein Blick auf die Uhr erinnere ihn an die Nähe der Dinner-Stunde. Er kleidete sich an und begab sich zum Speisezimmer, allerdings in ernster Stimmung. Während des Mahles sprach er nur wenig und zog sich bald zurück, nachdem er zuvor dem Gouverneur die beiden Briefe gezeigt und sich für den nächsten Morgen dessen Rat erbeten hatte. Gascoigne folgte seinem Freund; diesem vertraute er seinen Kummer an. Und als Red fand, daß Jack sehr niedergeschlagen war, tröstete er ihn nach Kräften. Ehe sie sich zu Bett begaben, hatte Jack seine neuen Pläne entwickelt. Gascoigne billigte sie, wünschte ihm gute Nacht, und bald lagen beide in tiefem Schlaf.

„Soviel ist gewiß, mein junger Freund", bemerkte der Gouverneur, als er beim Frühstück am nächsten Morgen unserem Helden die Briefe zurückgab, „daß Ihr Vater so toll ist wie ein Märzhase. Ich bin ganz der Ansicht des Doktors, der ein verständiger Mann zu sein scheint, daß es am besten ist, wenn Sie unverzüglich heimkehren."

„Ich soll also den Dienst ganz aufgeben, Sir?" versetzte Jack.

„Je nun, ich muß sagen, daß Sie mir nicht recht dafür zu passen scheinen. Es tut mir zwar leid, Sie zu verlieren, denn Sie haben in Ihren Abenteuern ein wunderbares Geschick, und ich werde wohl nichts mehr von Ihrem Seemannsgarn zu hören bekommen. Wenn ich aber Kapitän Wilson recht verstanden habe, wurden Sie auf die See gebracht, weil man glaubte, durch den Dienst Ihre falschen Vorstellungen ausroden zu können, nicht aber, weil man es für ratsam oder nötig hielt, daß Sie ihm als Beruf folgen sollten."

„Ich glaube selbst auch, daß man dies beabsichtigte, Sir", entgegnete Jack, „denn was mich betrifft, so weiß ich kaum, warum ich eigentlich auf See ging."

„Sie sollten sich die Hörner abstoßen, mein Junge — ich kenne die ganze Geschichte. Doch das ist jetzt egal. Es handelt sich nun darum, daß Sie austreten und nach Ihrem Vermögen sehen. Auch glaube ich, die sofortige Bereinigung der Sache verantworten zu können, ohne daß Sie nötig haben, sich erst an den Admiral oder Kapitän zu wenden. Ich will für

Sie einstehen. Sie können mit dem Paketboot, das am Mittwoch aussegelt, nach England abreisen.“

„Vielen Dank, Sir Thomas, ich bin Ihnen sehr verpflichtet“, erwiderte Jack.

„Sie, Mister Gascoigne, werde ich natürlich bei erster Gelegenheit Ihrem Schiff nachsenden.“

„Schönen Dank, Sir Thomas, ich bin Ihnen sehr verbunden“, versetzte Gascoigne mit einer Verbeugung.

„Aber, wenn ich bitten darf, keinen Armbruch mehr, Sir“, fuhr der Gouverneur fort. „Ein Verliebter ist zu entschuldigen, wenn er sich das Bein bricht — aber ein derartiger Vorwand kommt Ihnen ja nicht zustatten.“

„Ich bitte um Verzeihung, Sir — wenn Mister Easy berechtigt war, aus Liebe das Bein zu brechen, so glaube ich, daß ich aus Freundschaft nicht weniger tun konnte, als meinen Arm in der gleichen Weise zu gefährden.“

„Zähmen Sie Ihre Zunge, Sir, oder ich will Ihnen den Schädel einschlagen aus einem ganz anderen Gefühl“, versetzte der Gouverneur gutgelaunt. „Merken Sie sich, junger Mann: wenn ich es auch für eine Ehrensache halte, diese Geschichte geheimzuhalten, so wird es doch ratsam für Sie sein, daß Sie Ihrem Beruf mit Eifer folgen, da Ihnen keine anderen Aussichten zu Gebote stehen. Es ist hohe Zeit, daß Sie und Mister Easy getrennt werden. Er ist unabhängig vom Dienst — Sie sind es nicht. Eine Fortsetzung dieser Freundschaft würde wahrscheinlich zu Ihrem Verderben führen, Mister Gascoigne. Sie müssen wissen, daß Mister Easy, wenn ihm nicht der Kapitän und der Erste Lieutenant so viel Nachsicht erwiesen hätten, nie so lange im Dienst hätte bleiben können.“

„Was soll ich mit Mesty anfangen, Sir?“ fragte Jack. „Ich kann den Gedanken nicht ertragen, mich von ihm zu trennen.“

„Ich fürchte, daß Sie sich in die Notwendigkeit fügen müssen, denn hier steht mir kaum eine Macht zu.“

„Für den Dienst ist er nur von geringem Nutzen, Sir, und man entließ ihn als meinen Diener in die Krankenstube der Kaserne. Wenn er mich nach Hause begleiten darf, so will ich unmittelbar nach meiner Ankunft in England wegen seiner Verabschiedung Schritte einleiten und ihn, bis sie wirksam sind, an Bord des Wachschiffs schicken."

„Im ganzen glaube ich, daß man ihn im Dienst vermissen kann, und unter der Voraussetzung, daß Sie tun, was Sie gesagt haben, will ich die Verantwortung auf mich nehmen."

Das Gespräch wurde hiermit beendet, da der Gouverneur Geschäfte zu besorgen hatte. Jack und Gascoigne begeben sich in ihre Gemächer, um ihre Maßnahmen zu treffen.

„Der Gouverneur hat recht", bemerkte Gascoigne, „es ist besser, daß wir scheiden, Jack. Halb hast du mich schon untüchtig für den Dienst gemacht. Ich empfinde einen Widerwillen gegen die Midshipmenkajüte, und schon der Geruch von Pech und Teer ist mir abscheulich geworden. Das sollte nicht sein. Ich muß dich und alle unsere angenehmen Kreuzzüge vergessen, um wieder einmal in meiner schmierigen Jacke zu braten. Schon der Gedanke, daß ich, falls unsere angeblichen Unglücksfälle ans Licht kämen, aus dem Dienst entlassen werden könnte – welch einen Jammer müßte dies meinem alten Vater bereiten. Der Gouverneur hat recht, Jack, wir müssen uns trennen, aber ich hoffe, daß du mich nicht vergessen wirst."

„Meine Hand darauf, Red."

„Du weißt nicht, wie glücklich es mich macht, dich so sprechen zu hören."

Während der kurzen Zeit ihres Zusammenseins waren die beiden Freunde unzertrennlich. Sie sprachen von ihren zukünftigen Aussichten, von ihren Hoffnungen und Erwartungen, und wenn die Unterhaltung flau werden wollte, nahm Gascoigne den Namen Agnes zum Thema.

Mestys Entzücken war unbeschreiblich, als er hörte, daß er den Dienst verlassen und seinen Gönner nach Hause begleiten dürfe. Er verwandte einen Teil seines Geldes auf anständige Kleidung und weiße Leinwand – kurz, er versah sich in jeder Hinsicht mit einer modischen Garderobe. In der Tat, er war jetzt ein vollkommener Gentleman's Gentleman, frisierte fleißig sein wolliges Haar und trug eine weiße Halsbinde samt Handschuhen und Spazierstock.

Der Tag der Abfahrt kam heran. Jack beurlaubte sich von dem Gouverneur und dankte ihm für seine viele Güte, indem er zugleich das Versprechen abgab, er wolle, wenn er nach ein paar Monaten nach Palermo reise, auf seinem Weg Malta berühren. Gascoigne begleitete seinen Freund an Bord und verließ das Schiff erst, nachdem es eine Meile weit in die See hinausgefahren war.

35

Das Paketboot ankerte endlich in der Reede von Falmouth. Jack begab sich sofort, von Mesty begleitet, mit seinem Gepäck an Land, setzte sich auf den Postwagen und fuhr nach London. Dort hielt er sich einige Tage auf, um sich von einem guten Schneider einkleiden zu lassen. Dann bestellte er einen Wagen nach Forest Hill, ohne zuvor den alten Mr. Easy auf seine Ankunft vorzubereiten, und langte am nächsten Tag spät vor der Tür des väterlichen Hauses an.

Jack stieg aus und zog die Klingel. Die Diener, die die Tür öffneten, kannten ihn nicht: Es waren nicht mehr die früheren.

„Wo ist Mr. Easy?" fragte Jack.

„Wer sind Sie?" versetzte einer der Bedienten in barschem Ton.

„Bei der Allmacht, ihr gar bald ausfinden, wer er ist", bemerkte Mesty.

„Bleiben Sie da, und ich will sehen, ob er zu Hause ist."

„Was? Ich soll im Hausflur bleiben wie ein Lakai? Was soll das heißen, du Halunke?" rief Jack und versuchte, den Mann beiseite zu schieben.

„Oh, das geht hier nicht, Musje! Wir sind da in der Gleichheitshalle. Ein Mensch ist so gut wie der andere."

„Nicht immer", versetzte Jack und schlug ihn zu Boden. „Nimm das für deine Unverschämtheit, schnüre dein Bündel und räume morgen früh das Haus."

Mesty hatte inzwischen den anderen am Kragen gepackt.

„Was ich tun mit diesem Kerl, Massa Easy?"

„Laß ihn gehen, Mesty, wir wollen dem Burschen morgen einen Denkzettel verpassen. Vermutlich werde ich meinen Vater in der Bibliothek finden."

„Seinen Vater?" sagte der eine Bediente zum anderen. „Der ist kein Span von dem alten Stamm."

„Da wird es vermutlich eine Veränderung geben", versetzte der andere, während sie weggingen.

„Mesty", rief Jack in gebietendem Ton, „bring diese zwei Halunken zurück, damit sie mir das Gepäck aus dem Wagen holen. Gib dem Postillon sein Trinkgeld und sag der Haushälterin, sie soll mir und dir Zimmer anweisen. Sobald das geschehen ist, holst du weitere Befehle ein."

„Ja, Sir", sagte Mesty. „Nun, kommt her, ihr verdammten Spitzbuben, und nehmt die Sachen aus dem Wagen. Oder beim heiligen Nußknacker ich euch quetsch euere Blasbalg ... beiden, wie ihr da seid."

Die weißen Zahnreihen, der wilde Blick und die Entschlossenheit Mestys hatten die gewünschte Wirkung. Die Bedienten kehrten verdrießlich zurück und luden den Wagen ab. Mittlerweile begab sich Jack in das Studierzimmer seines Vaters: Der alte Herr saß da. Das Zimmer war mit argantischen Lampen erhellt, und Jack blickte erstaunt umher. Mr. Easy hatte den Gipsabguß eines Menschenkopfs vor sich und betrachtete ihn mit einem Eifer, so daß er das Eintreten seines Sohnes nicht bemerkte. Der Gipsschädel war durch viele Linien abgeteilt, und die einzelnen Felder waren beschrieben. Am meisten staunte aber unser Held über die große Veränderung, die in dem Zimmer vorgegangen war. Die Bücherschränke und Bücher waren fort, dagegen hing von der Mitte der Decke ein Apparat herunter, der wohl jeden verblüffen konnte. Er bestand aus Stäben, die nach allen Richtungen gingen und an ihren Enden mit Schrauben versehen waren. Auch waren ebenso viele Röhren vorhanden, von denen jede mit einer großen, auf dem Tisch stehenden Luftpumpe in Verbindung stand. Jack sah sich eine kleine Weile um, ging dann auf seinen Vater zu und redete ihn an.

„Wie?“ rief Mr. Easy. „Ist es möglich? Ja, es ist mein Sohn John! Freut mich, dich zu sehen, John, freut mich von ganzem Herzen“, fuhr der alte Gentleman fort und drückte ihm beide Hände. „Schön, daß du nach Haus kommst. Ich brauche dich, bedarf deines Beistands bei meinem großen und ruhmvollen Projekt, das jetzt Gott sei Dank, rasche Fortschritte macht. Sehr bald werden jetzt Freiheit und Menschenrechte überall die Losung sein. Der Druck von außen ist ungeheuer, und die Bollwerke unserer lächerlichen, tyrannischen Verfassung müssen weichen. Könige, Lords, Aristokraten, Gutsbesitzer, Zehntensammler, Kirche und Staat – kurz alles wird, Gott sei Dank, bald über den Haufen fallen und dem goldenen Zeitalter Raum geben – dem tausendjährigen Reich, dem wahren tausendjährigen Reich, nicht demjenigen von dem deine arme Mutter zu sprechen pflegte. Ich stehe an der Spitze von neunundzwanzig Gesellschaften, und wenn meine Gesundheit stabil bleibt, so wirst du sehen, was ich vollführen will, wenn ich deinen Beistand habe.“

Und Mr. Easys Augen funkelten und blitzten mit all dem Glanz des beginnenden Wahnsinns.

Jack seufzte und entgegnete, um dem Gespräch eine andere Wendung zu geben: „Sie haben eine große Veränderung in diesem Zimmer vorgenommen, Vater. Wozu das alles? Haben wir da vielleicht eine Maschine, um die Gleichheit und die Menschenrechte zu fördern?“

„Mein lieber Sohn“, antwortete Mr. Easy und setzte sich. Er schlug seine Beine übereinander, streckte die beiden Hände unter dem rechten Knie durch, wie er es zu tun pflegte, wenn er mit sich selbst nicht sehr zufrieden war. „Mein teurer Sohn, das ist nun nicht gerade der Fall, und doch hast du sogar in deiner Annahme einen gewissen Grad von Intelligenz verraten. Wenn meine Erfindung gelingt, so habe ich die große Kunst entdeckt, die Mißgriffe der Natur zu verbessern und der ganzen Spezies eine gleiche Organisation zu geben. Ich will die edleren Organe der Menschheit weiter entwickeln und die schlimmeren zerstören. Es ist eine prachtvolle Erfindung, Jack, sehr prachtvoll. Man mag von Gall, Spurzheim und solchen Leuten reden, aber was haben sie geleistet? Nichts, als daß sie das Gehirn in Sektionen abteilten, die Organe klassifizierten und fanden, wo sie ihren Sitz haben. Aber welche nützlichen Resultate wurden dadurch gewonnen? Der Mörder bleibt seiner Natur nach ein Mörder, der wohlwollende Mann ein wohlwollender Mann, er kann seine Organisation nicht ändern. Ich habe gefunden, wie sich all das anders machen läßt."

„Aber gewiß werden Sie doch dem Organ des Wohlwollens nichts anhaben wollen, Vater?"

„Ich muß wohl, Jack. Ich selbst zum Beispiel leide an einem Wohlwollensorgan das viel zu groß ist. Ich muß es kleiner machen, um für größere Dinge fähig zu sein. Ich werde mich dann nicht von Schwierigkeiten abschrecken lassen, werde Kleinigkeiten übersehen und nur großartige Entwürfe für die allgemeine Gleichheit, für die unveräußerlichen Rechte der Menschheit zur Ausführung bringen. Seit drei Monaten habe ich mich jeden Morgen zwei Stunden in diese Maschine gesetzt und fühle jetzt, daß ich mit jedem Tag eine große Portion verliere."

„Wollen Sie wohl die Güte haben, mir Ihre außerordentliche Erfindung näher auseinanderzusetzen?" fragte unser Held.

„Recht gern, mein Kind. Du bemerkst, daß hier im Mittelpunkt eine Form ist, um den menschlichen Kopf einzuschließen. Sie ist etwas größer als der Kopf selbst. Und darunter befindet sich ein eisernes Halsband, auf dem der Kopf ruht. Ist nun der Schädel in dieser Weise befestigt, und ich will den Umfang irgendeines besonderen Organs kleiner machen, so nehme ich die entsprechende Platte und fixiere sie auf das Organ, das der Operation bedarf. Du wirst nämlich bemerken, daß alle Platten in der Innenseite der Form mit den Organen korrespondieren, wie sie auf jenem Gipsabguß auf dem Tisch verzeichnet sind. Ich ziehe dann eine Schraube fest an und vermehre den Druck mit jedem Tag, bis das Organ entweder ganz verschwunden oder zu dem gewünschten Umfang zusammengedrückt worden ist."

„Diesen Teil der Maschine verstehe ich vollkommen, Sir", sagte Jack, „aber erklären Sie mir nun, wie Sie es anfangen, ein Organ hervorzurufen, das ursprünglich nicht vorhanden war."

„Das", antwortete Mr. Easy, „ist die größte Leistung der ganzen Erfindung. Denn wenn ich das nicht könnte, würde ich nur wenig ausrichten. Ich bin überzeugt, meine Erfindung wird mich unsterblich machen. Siehst du diese kleinen Glasglocken, die mit der Luftpumpe in Verbindung stehen? Ich rasiere den Kopf meines Patienten, schmiere ihn ein wenig ein und setze die Glasglocke auf, die ihrer Form nach genau der Länge und Breite des Organs entspricht. Dann lasse ich die Luftpumpe arbeiten und erhebe das Organ durch Entleerung des Rezipienten. Das kann nicht schiefgehen. Betrachte zum Beispiel meinen Kellermeister: Er ist ein Mensch, der bei den letzten Frühlingsassisen kaum dem Hängen entging, weil er eines unzweifelhaften Mordes beschuldigt worden war. Ich wählte ihn zu meinem Experiment und habe nun das Organ der Mordsucht fertiggestellt, dagegen das des Wohlwollens soweit entwickelt, daß es aussieht wie eine Warze."

Ich fürchte, der Kopf meines Vaters ist ein ausgepumpter Rezipient, dachte Jack und sagte dann laut: „Wenn das gelingt, so ist es allerdings eine vortreffliche Erfindung."

„Wenn es gelingt? Ei, es ist gelungen. Es hat mich fast zweitausend Pfund gekostet. Beiläufig, Jack, du hast in der letzten Zeit viel Geld ausgegeben und es wurde mir schwer, neben meinen eigenen Auslagen deine Wechsel zu bezahlen. Nun, darüber beklage ich mich nicht. Aber diese Gesellschaften, meine Maschine, die Pächter, die ihre Zinsen mit dem Hinweis verweigern, daß die Güter ebensogut ihr Eigentum seien wie das meinige, das sind Dinge, die es mir schwer machen, allen Anforderungen zu entsprechen."

Der Gouverneur hatte recht, dachte Jack, der nun nach Doktor Middleton fragte.

„Ah, der arme, einfältige Mann, er lebt noch und fühlt sich, glaube ich, wohl. Er ist ein Mensch, der sich immer um anderer Leute Sachen kümmert. Er beklagte sich über meine Bedienten, ein recht einfältiger Mensch, aber ich laß ihn gehen. So hielt ich's auch mit deiner armen Mutter, sie war auch eine recht einfältige Frau, doch das ist jetzt vorbei."

„Wenn Sie erlauben, Vater, so habe ich auch Beschwerde über die Bedienten zu führen, da sie sich sehr unverschämt gegen mich benahmen. Zunächst aber wäre es mir lieb, wenn ich eine Erfrischung haben könnte."

„Oh, freilich, Jack, wenn du hungrig bist. Ich will mit dir gehen. Beschwerde über meine Bedienten, sagst du? Das muß ein Irrtum sein, sie sind alle rasiert, tragen Perücken und ich stecke sie jeden Morgen in die Maschine. In *einem* Punkt will ich jedoch eine Änderung treffen. Du bemerkst, Jack, die Sache fordert mehr Würde. Wir müssen die ganze Maschine um ein paar Fuß höher machen. Man muß feierlich hinaufsteigen wie zu einem Thron, denn es ist der Thron der Vernunft, der Sieg des Geistes über die Natur."

„Wenn es Ihnen beliebt, Vater, ich bin sehr hungrig."

Jack begab sich mit seinem Vater in das Besuchszimmer, wo der letztere die Klingel zog. Da niemand erschien, erhob sich Jack und klingelte abermals.

„Mein lieber Sohn", bemerkte Herr Easy, „du mußt nicht so übermäßig hastig sein. Es liegt in der Natur des Menschen, daß jeder zuerst die eigenen Bedürfnisse und nachher die der anderen befriedigt. Nun sind meine Dienstboten ..."

„Eine Bande unverschämter Schurken, Sir, und Unverschämtheit werde ich nie aufkommen lassen. Als ich ins Haus trat, habe ich einen von ihnen zu Boden geschlagen, und mit Ihrer Erlaubnis werde ich wenigstens zwei von denen morgen den Abschied geben."

„Mein lieber Sohn", rief Mr. Easy, „du hast einen meiner Bedienten zu Boden geschlagen? Kennst du denn nicht die Gesetze der Gleichheit ..."

„Ich weiß recht wohl, mein teurer Vater", entgegnete Jack, „daß wir kraft aller Gesetze der Gesellschaft berechtigt sind, Höflichkeit und Gehorsam von denen zu erwarten, die wir zahlen und nähren."

„Zahlen und nähren? Ei, mein lieber Sohn, so besinne dich doch ..."

„Ich bin recht gut bei Besinnung. Aber wenn sich Ihre Dienstboten nicht bald bessern, so müssen entweder sie oder ich aus dem Haus."

„Aber mein teurer Junge, hast du denn die Grundsätze vergessen, die ich dir eingeflößt habe? Gingst du nicht mit der Absicht zu See, die Gleichheit zu finden, um die man auf dem Land durch die Tyrannei und den Despotismus betrogen wird? Bist du nicht ein Anhänger und eine Stütze meiner Philosophie?"

„Wir wollen diesen Punkt morgen besprechen, Sir, zunächst möchte ich etwas zum Abendessen bekommen."

Und Jack zog abermals wütend an der Klingel.

Bei dieser letzten Aufforderung erschien der Kellermeister, und ihm auf der Ferse folgte Mesty, der wie ein zürnender Dämon aussah.

„Barmherziger Himmel, wen haben wir da?"

„Meinen Diener, Vater", rief Jack auffahrend. „Einen Menschen, dem ich trauen kann, und der mir gehorchen wird. Mesty, ich wünsche, daß ich sofort ein Abendessen und Wein erhalte. Sieh zu, daß dieser Halunke es augenblicklich bringt. Will er nicht, so wirf ihn zur Tür hinaus und schließe ab. Du verstehst mich."

„Ja, Massa", sagte Mesty grinsend. „Jetzt soll Sie hab Abendessen sehr bald, oder Mesty will wissen, warum. Folg mir, Bursch", rief Mesty in gebieterischem Ton dem Kellermeister zu: „Hurtig, Sir. Beim heiligen Nußknacker, ich dir zeig, was Mesty tun kann."

Und Mesty fletschte grimmig seine Zähne.

„Bringen Sie sogleich das Abendessen und den Wein", sagte Mr. Easy in einem Ton, wie ihn der Kellermeister, seit er im Hause war, nie gehört hatte.

Der Kellermeister verließ das Zimmer, und der Diener folgte ihm.

„Mein lieber Junge, mein Jack, ich kann dem Hunger alles zugestehen, denn er veranlaßt bei dem gegenwärtigen unnatürlichen Zustand der Gesellschaft oft Diebstahl und Verbrechen. Aber du bist zu ungestüm. Die Grundsätze ..."

„Ihre Grundsätze sind nichts als verwünschter Unsinn", rief Jack wütend.

„Wie, Jack, mein Sohn, was höre ich? Dies von dir ... Unsinn? Ei, Jack, was hat Kapitän Wilson mit dir angefangen?"

„Mich zur Vernunft gebracht, Sir.“

„Ach du gütiger Himmel! Mein lieber Jack, du wirst gewiß dafür sorgen, daß ich meine verliere.“

Das ist schon geschehen, dachte Jack.

„Daß du, mein Sohn, den ich so sorgfältig erzogen habe in der großen und ruhmreichen Schule der Philosophie, daß du dich so benehmen kannst. Oh, Jack, du tötest mich! Und doch liebe ich dich, Jack. Wen anders sollte ich lieben in dieser Welt? Doch schon gut, wir wollen den Punkt beleuchten, mein Jack, ich will dich überzeugen. In einer Woche wird alles wieder recht sein.“

„Ich bin damit zufrieden, Vater, wenn Sie das bewerkstelligen können.“

„Recht so, freut mich, daß ich dich so sprechen höre. Das ist tröstlich, sehr tröstlich, aber ich meine jetzt, daß ich unrecht tat, als ich dich zur See gehen ließ.“

„Nein, gewiß nicht, Vater.“

„Gut. Es ist mir lieb, dies zu hören. Ich meinte man habe dich zugrunde gerichtet, deine ganze Philosophie zerstört, aber es wird alles wieder recht werden. Du sollst in unsere Gesellschaft kommen, Jack. Ich bin Präsident, du wirst mich sprechen hören, Jack. Du wirst Zeuge sein, wie ich gleich Demosthenes rede. Doch da kommt deine Mahlzeit.“

Der Kellermeister, dem Mesty wie einem Gefangenen folgte, erschien jetzt mit dem Servierbrett, legte es verdrießlich nieder und entfernte sich. Jack forderte den Neger auf zu bleiben.

„Nun, Mesty, wie treiben sie's in der Bedientenstube?“

„Regelmäßige Meuterei, Sir. Sie hab geschworen, daß sie sich nicht gefallen lassen unseren Unsinn, und daß wir beide müssen morgen aus dem Haus.“

„Hören Sie, Vater? Ihre Dienstboten erklären, daß ich morgen Ihr Haus verlassen müsse.“

„Du mein Haus verlassen, Jack, nachdem du vier Jahre abwesend warst? Nein, nein. Ich will sie zur Vernunft bringen, will eine Rede an sie halten. Du weißt gar nicht, wie ich sprechen kann, Jack.“

„Lieber Vater, so kann es nicht bleiben. Entweder geben

Sie mir die Vollmacht, das Hauswesen nach meinem Gutdünken zu ordnen, oder ich ziehe morgen aus freien Stücken weiter."

„Warum weiterziehen, Jack? Nein, nein, reich ihnen die Hand und mache sie zu deinen Freunden. Sei höflich, und sie werden dir dienen. Aber du weißt, nach den Grundsätzen ..."

„Nach den Grundsätzen des Teufels!" rief Jack wütend.

„Des Teufels? Jack, du mein Himmel, ich wollte, du wärest nie zur See gegangen."

„Mit einem Wort, Sir, wollen Sie Ihre Zustimmung geben, oder soll ich das Haus verlassen?"

„Das Haus verlassen? O nein, nicht das Haus verlassen, Jack. Ich habe nur dich. Tu also, was du willst. Aber meinen Mörder darfst du nicht fortjagen, denn ich muß ihn kurieren und von meiner wunderbaren Erfindung eine Probe ablegen."

„Mesty, halte für morgen früh meine Pistolen bereit. Und auch die deinen, hörst du?"

„Sehr gut, Massa", entgegnete Mesty. „Ich denken, das ist gut.'

„Gut? Pistolen, Jack? Was willst du damit?"

„Es ist möglich, Vater, daß Sie Ihren Mörder noch nicht ganz kuriert haben, und deshalb erscheint es mir ratsam, vorbereitet zu sein. Für jetzt wünsche ich Ihnen gute Nacht. Aber bevor ich gehe, haben Sie vielleicht die Güte, einen der Diener zu rufen, damit er den anderen melden möge, das Hauswesen stehe fortan unter meiner Leitung."

Die Klingel wurde wieder gezogen und der Ruf diesmal etwas schneller befolgt. Jack erklärte dem Diener im Beisein seines Vaters, daß er die Führung des Haushaltes übernehme und daß Mesty zum Majordomo ernannt sei, von dem sie ihre Aufträge erhalten würden. Der Mann machte große Augen und warf einen flehenden Blick auf Mr. Easy, der nach einigem Stocken endlich sagte: „Ja, William, Sie werden mich bei den übrigen entschuldigen und ihnen sagen, daß ich diese Entscheidung getroffen habe."

„Sie bedürfen keiner Entschuldigung, Vater", rief Jack, „ich werde morgen früh alles in Ordnung bringen. Die Wirtschafterin soll herkommen und mir mein Schlafzimmer zeigen.

Mesty, laß dir dein Abendessen geben und komm dann zu mir. Wagt es jemand, dir Widerstand entgegenzusetzen, so merke dir den Burschen und zeige mir ihn morgen. So wird es gehen. Fort mit Euch, Mensch, und bringt Licht."

36

Dieser Auftritt mag einen kleinen Einblick von Mr. Easys Hauswesen zur Zeit der Ankunft unseres Helden geben. Der arme Wahnsinnige, denn so müssen wir ihn nennen, war völlig der Gnade seiner Dienstboten preisgegeben, die ihn bestahlen, über ihn lachten und ihn vernachlässigten. Die Verschwendung und der Aufwand war ungeheuer. Nachdem sich unser Held über den Stand der Dinge informiert hatte, begab er sich zu Bett und verbrachte den größten Teil der Nacht mit Entwürfen über die einzuschlagenden Schritte. Er beschloß, nach Doktor Middleton zu schicken und sich mit ihm zu beraten.

Am anderen Morgen stand Jack frühzeitig auf, und auf sein Klingeln erschien bald Mesty mit warmem Wasser.

„Bei der Allmacht, Massa Easy, Ihr Vater ein sehr törichter alter Mann."

„Ich fürchte das", versetzte Jack.

„Er nicht recht hier", bemerkte Mesty und deutete mit dem Finger auf den Kopf.

Jack seufzte und forderte Mesty auf, einen der Reitknechte herzuschicken. Der Diener klopfte an und erhielt die Weisung, sofort ein Pferd zu besteigen und Doktor Middleton die Bitte zu melden, daß er doch sogleich kommen möchte.

Der Reitknecht, der in Wirklichkeit ein guter Diener war, antwortete sehr ergeben: „Ja, Sir", und eilte fort.

Unser Held begab sich zum Frühstück hinunter und fand alles bereit. Aber sein Vater war nicht in dem Zimmer. Er ging daher in das Studierzimmer und fand ihn mit einem Schreiner beschäftigt, der das Gerippe zu einer Plattform anfertigte, worauf die wunderbare Erfindung Platz finden sollte. Mr. Easy war so beschäftigt, daß er nicht zum Frühstück kommen konnte. Daher frühstückte Jack allein. Eine Stunde später fuhr Doktor Middletons Wagen vor. Der Arzt hieß unseren Helden herzlich willkommen.

„Mein teurer Sir, ich bin ungemein erfreut, daß Sie zurückgekehrt sind. Wahrhaftig, es ist um keinen Augenblick zu früh."

„Ich habe das bereits bemerkt, Doktor", versetzte Jack. „Setzen Sie sich. Haben Sie schon gefrühstückt?"

„Nein, noch nicht. Ich verlangte so sehr danach, Sie zu sehen, daß ich augenblicklich meinen Wagen vorfahren ließ."

„So nehmen Sie Platz, Doktor. Wir können dann die Sache ruhig besprechen."

„Sie bemerken natürlich den Zustand Ihres Vaters. Er ist schon seit einiger Zeit unfähig, die Leitung seiner Angelegenheiten zu besorgen."

„Das fürchte ich."

„Was gedenken Sie zu tun? Wollen Sie einen Kurator bestellen?"

„Ich will selbst der Kurator sein, Doktor Middleton. Ein derartiger Schritt wäre nur dann möglich, wenn ich gegen meinen armen Vater einen Prozeß einleitete und seine Freiheit beschränken ließe. An so etwas mag ich aber nicht denken."

„Ich bin völlig mit Ihnen einverstanden, das heißt, wenn er sich's gefallen läßt, daß Sie die Verwaltung übernehmen."

„Hierzu wird eine einfache Vollmacht ausreichen", entgegnete Jack, „das heißt, sobald ich das Haus von dem Gesindel gesäubert habe, das jetzt hier den Meister spielt und in offener Meuterei begriffen ist."

„Ich glaube", sagte der Doktor, „daß Sie Schwierigkeiten bekommen werden. Sie kennen den Charakter des Kellermeisters?"

„Ja, ich erfuhr sein Prädikat aus meines Vaters eigenem Mund. In der Tat, Doktor Middleton, ich würde es für eine große Gunst betrachten, wenn Sie ein paar Tage hierbleiben würden. Sie haben sich ja von der Praxis zurückgezogen."

„Auch ich hatte vor, Ihnen dieses Anerbieten zu machen, mein junger Freund. Ich will mit zwei von meinen Dienstboten herkommen, denn die im Haus müssen Sie entlassen."

„Ich habe einen mitgebracht, der nicht mit Gold zu bezahlen ist, er wird ausreichen. Ich will jeden Bedienten, den Sie mir zeigen, entlassen. Auch dem weiblichen Hausgesinde können wir kündigen und den Abgang bei Gelegenheit wieder ersetzen."

„Das wollte ich Ihnen auch vorschlagen", erwiderte der Doktor. „Wenn es Ihnen recht ist. will ich jetzt gehen und den Beistand von ein paar Polizeidienern erbitten. Ich kann bei dieser Gelegenheit auch den früheren Rechtsfreund Ihres Vaters aufsuchen und ihn bitten, daß er eine Vollmacht für Sie ausstellt."

„Ja", versetzte Jack. „Dann müssen wir die Pächter ausfindig machen, die auf die Grundsätze der Gleichheit hin ihre Zinsen verweigern."

„Es freut mich, mein teurer, junger Freund, daß Ihres Vaters abgeschmackte Vorstellungen bei Ihnen nicht Wurzel gefaßt haben."

„Sie haben trotzdem ziemlich lang angehalten. Doktor", entgegnete Jack lachend.

„Wohlan denn, ich will Sie für ein paar Stunden verlassen und dann Ihrem Wunsch gemäß, hier mein Quartier aufschlagen, so lange ich Ihnen von Nutzen sein kann."

Doktor Middleton kehrte am angekündigten Vormittag, von dem Sachwalter Hanson begleitet, wieder zurück und brachte seinen Mantelsack nebst den Dienern mit. Bei seiner Ankunft hatte sich Mr. Easy in dem Wohnzimmer eingefunden und saß eben beim Frühstück. Er empfing den Doktor sehr kalt, aber ein kurzes, vorsichtiges Lob der wunderbaren Erfindung erzielte die gewünschte Wirkung. Jack erinnerte seinen Vater an das Versprechen, daß in Zukunft *er* dem Hauswesen vorstehen solle, und so ließ sich der alte Mann leicht bewegen, eine Vollmacht dieses Inhalts zu unterzeichnen.

Mr. Easy gab auch den Schlüssel zu seinem Schreibtisch an seinen Sohn ab, und Mr. Hanson übernahm die Bücher, Papiere und Quittungen, um den Vermögensstand zu prüfen und sich die Pachtzinsrückstände zu verzeichnen. Mittlerweile waren auch die Polizeidiener angelangt. Das Gesinde wurde vorgeführt. Mr. Hanson wies die Vollmacht vor, nach der Jack für seinen Vater zu handeln hatte, und eine halbe Stunde nachher waren sämtliche männliche Diener, mit Ausnahme zweier Reitknechte, entlassen. Die Gegenwart Mestys und der Polizisten verhinderten jeden Widerstand, obwohl der Kellermeister, der O'Rourke hieß, Drohungen ausstieß. Unser Held hatte also in vierundzwanzig Stunden das ganze Hauswesen reformiert.

Mr. Easy ließ alles geschehen und kehrte in sein Studierzimmer und zu seiner wunderbaren Erfindung zurück. Mesty hatte die Kellerschlüssel übernommen und führte jetzt die Oberaufsicht über die ganze zurückgebliebene Dienerschaft. Doktor Middleton, Mr. Hanson, Mr. Easy und Jack setzten sich zum Diner nieder, wobei alles das Gepräge der Ordnung und Bequemlichkeit trug. Mr. Easy ließ sichs gut schmecken, fing aber erst nach dem Mahl zu sprechen an, indem er seiner Gewohnheit gemäß die Richtigkeit seiner Philosophie zu beweisen suchte.

„Beiläufig, mein lieber Sohn, wenn ich mich recht erinnere, so sagtest du mir gestern abend, daß du nicht mehr meiner Ansicht bist. Wenn es dir recht ist, so wollen wir jetzt diesen Punkt klären."

„Recht gerne", antwortete Jack. „Wollen Sie den Anfang machen?"

„Laßt uns unsere Gläser füllen", rief Mr. Easy triumphierend, „laßt uns die Gläser füllen, und dann will ich Jack zu der rechten Denkweise zurückführen. Wohlan denn, mein Sohn, ich hoffe, du wirst nicht ableugnen, daß wir alle gleich geboren sind."

„Allerdings leugne ich das, Vater", entgegnete Jack. „Und zwar nicht nur, weil uns unsere Sinne das Gegenteil lehren, sondern auch, weil es in der Heiligen Schrift so ausgedrückt ist. Wenn alle Menschen gleich geboren wären, so müßten sie auch mit derselben Kraft, mit denselben Geisteseigenschaften begabt sein, was bekanntermaßen nicht der Fall ist. Aus der Bibel könnte ich viele Stellen anführen, will mich aber nur auf das Gleichnis von den Talenten beschränken: ‚der eine erhielt fünf, der andere nur ein einziges', und für das Empfangene waren sie verantwortlich. Wir alle sind darauf angewiesen, verschiedene Stellungen in der Gesellschaft einzunehmen und sind demgemäß von dem Himmel ausgestattet."

„Das mag sein", sagte Mr. Easy. „Aber ich sehe darin keinen Beweis, daß die Erde nicht zu einer gleichen Verteilung unter alle bestimmt ist."

„Ich bitte um Verzeihung. Der Beweis, daß dies nicht die Absicht der Vorsehung ist, liegt darin, daß eine solche Gleichheit, selbst wenn sie in Vollzug gesetzt würde, nicht behauptet werden könnte."

„Nicht behauptet? Freilich nicht, aber nur deshalb, weil der Starke den Schwachen unterdrückt, weil Tyrannen und Eroberer aufstehen, weil die Menschen sich vereinigen zur Ungerechtigkeit."

„Nicht doch, mein teurer Vater, ich sage, sie kann nicht behauptet werden, wenn nicht jedes einzelne Individuum die nämliche Organisation hat und noch unterschiedliche andere Punkte ausgeglichen sind. Setzen wir zum Beispiel, daß jeder Mensch von Geburt an einen gewissen Anteil von Grund und Boden habe. Der Kräftigste oder der Verständigste würde denselben bald mehr abzwingen, als andere zu tun vermöchten. Und so träte schon eine Störung der Gleichheit ein. Ferner, wenn ein Ehepaar zehn Kinder hat und ein anderes kinderlos ist, so findet wieder ein Bruch in der Gleichheit statt, denn das Land, das in dem einen Fall zwei ernährt, muß in dem anderen für zwölf ausreichen. Sie bemerken daher, daß ohne Raub oder Ungerechtigkeit ihre Gleichheit nicht bewahrt werden könnte."

„Aber, Jack, wenn ich auch zugebe, daß derartige Ursachen einige Verschiedenheit begründen, so würde sich alles doch ganz anders verhalten, als es bei dem gegenwärtigsten ungeheuerlichen Zustand der Gesellschaft der Fall ist. Jetzt haben wir Könige, Lords und Leute, die sich in Schätzen wälzen, während andere in äußerster Dürftigkeit schmachten und sich durch Diebstahl das tägliche Brot verschaffen müssen."

„Mein teurer Vater, ich bin der Ansicht, daß gerade dieser Ungleichheit die Gesellschaft ihren festesten Kitt verdankt. Nur so sind wir in der Lage, unter dem Schutz gerechter Gesetze friedlich und glücklich zu leben. Jeder kann in seiner Lebensstufe, zu welcher er berufen ist, seine Pflicht erfüllen. Er hebt sich oder sinkt auf der Leiter der Gesellschaft, je nachdem er mit fünf Talenten oder nur mit einem betraut ist. Gleichheit kann und wird nirgends existieren, nicht einmal im Himmel, geschweige denn auf Erden!"

„Du kommst mir da nur mit Behauptungen, Jack, ohne den Beweis zu führen, daß es so auch ist."

„Wir wollen den Punkt mit aller Ruhe beleuchten, Vater. Untersuchen wir einmal, was die Wirkung sein würde, wenn alles gleich wäre. Wenn alle Menschen gleich schön sein würden, so gäbe es keine Schönheit, denn diese ist nur ein relativer Begriff. Wären alle gleich stark, so nähmen die Zwistigkeiten kein Ende. Ständen alle gleich in Rang, Macht und Besitztum, so wäre der größte Zauber des Daseins zerstört. Edelmut, Dankbarkeit, und die schönsten Tugenden der Menschheit würden unbekannt sein. Der erste Grundsatz unserer Religion, die Nächstenliebe, könnte nicht geübt werden. Das Mitleid fände keinen Anhaltspunkt. Ihr großes Organ, das Wohlwollen, würde nutzlos und Selbstverleugnung nur ein leeres Wort sein. Gäbe es lauter gleiche Fähigkeiten, so wüßte man nichts von Belehrung, nichts von Talent oder Genie. Man hätte nichts zu bewundern, nichts zu achten, nichts um den Wetteifer anzuspornen oder einem lobenswerten Ehrgeiz zum Ziele zu dienen. Ach, mein teurer Vater, in welcher trägen, langweiligen Welt würden wir leben, wenn alles auf Gleichheit gegründet wäre."

„Aber, wenn ich das auch alles zugebe, Jack", entgegnete Mr. Easy, „und ich muß sagen, du argumentierst gut in einer schlimmen Sache, warum denn die Ungleichheit so weit führen? Was sollen Könige und Lords zum Beispiel?"

„Die dauerndste und unvergänglichste Form eines Gebäudes ist die Pyramide, da sie Jahrtausenden trotzt. Und deshalb kann die vollkommenste Form der Gesellschaft mit ihr verglichen werden. Ihre Grundlage ist die Vielheit. Sie hebt sich langsam, schmälert sich in dem Grad, in dem Reichtum, Talent und Rang bei den Individuen zunehmen, bis sie endlich in die Spitze mündet, die als Monarch über allen steht. Aber dennoch ist jeder Stein von dem Gipfel bis zur Basis notwendig zur Erhaltung des Gebäudes und erfüllt seine Dienste an der ihm angewiesenen Stelle. Könnten Sie den Beweis führen, daß die Obenstehenden den größten Anteil von Erdenglück besäßen, so hätten Sie allerdings einen Haltepunkt, von dem aus Ihre Argumentation mit Erfolg weiter geführt werden könnte, aber alle Welt weiß, daß das nicht der Fall ist. Im Gegenteil, mit seinem zufriedenen Sinn ist der Bauer weit glücklicher als der König, der ohne Unterlaß mit Sorgen und Mühsal umringt ist."

„Sie haben sehr gut gesprochen, mein teurer Sir", bemerkte Doktor Middleton.

„Es gibt aber doch auch noch andere Zustände in der Gesellschaft als Monarchien, mein lieber Junge. Wir haben Republiken und Despotien."

„Ja, aber wie lange bestehen sie, wenn man sie mit dem monarchischen System vergleicht? Auch in den Veränderungen gibt es einen Zyklus, der nie wechselt. Eine Monarchie wird vielleicht durch eine Revolution über den Haufen gestürzt, um dem Republikanismus Raum zu geben. Aber bald nachher folgt die Despotenherrschaft, bis nach einer Weile einstimmig wieder die Monarchie als die geeignetste Regierungsform eingesetzt wird. Wie sich übrigens auch die Verhältnisse gestalten mögen, nirgends finden Sie eine Annäherung zur Gleichheit. In einer Republik sind die Gewalthaber weit mächtiger als in einer konstitutionellen Monarchie. Ein Präsident ist größer als ein König und kommt gleich nach dem Despoten, dessen Wille Gesetz ist. Sogar in kleineren Gesellschaften finden Sie, daß einige das Ruder ergreifen und die Herrschaft an sich reißen. Wir fangen mit der Schule an und lernen dort schon das System einer kleinlichen Tyrannei. Nur wenige Punkte gibt es, in denen wir auf dieser Welt Gleichheit erringen können, und auch dies ist nur möglich in einer wohlgeordneten Gesellschaftsform. Sie besteht namentlich in einer gleichmäßigen Anwendung der Gerechtigkeit und der Gesetze auf diejenigen, die sich zum Besten des Ganzen darunter gefügt haben. Und in dem gleichen Anrecht an das Leben, das auch in unserem Land anerkannt wird, indem die Institutionen dazu angewiesen sind, niemand verhungern zu lassen. Nun, mein lieber Vater, haben Sie meine Ansicht von der Sache."

„Ei, Jack, das ist alles recht schön, aber was sagst du von den Wirkungen?"

„Die Wirkungen sind gut. Die Üppigkeit, der verzärtelte Zustand, die Trägheit und, wenn Sie wollen, auch die Verderbtheit der Reichen, alles dies trägt dazu bei, den Armen Beschäftigung und ein hinreichendes Auskommen zu verschaffen. Die Ausschweifungen sind allerdings Laster, aber auch diese setzen Geld in Umlauf, und so tragen die Verirrungen der einzelnen zu dem Glück der Vielheit bei. Das einzige Laster, das nicht irgendeine entsprechende Wohltat zur Folge hat, ist der Geiz. Wären alle gleich, so gäbe es keine Künste, keine Fabriken, keinen Gewerbsfleiß, keine Arbeit. Die ungleiche Verteilung des Reichtums läßt sich mit dem Herzen vergleichen, das wie eine Dampfmaschine das Blut durch den Körper treibt. Von den Extremitäten kehrt es dann durch die Venen wieder zurück, um aufs neue fortgestoßen zu werden und eine gesunde, lebenskräftige Zirkulation zu unterhalten."

„Bravo, Jack!" sagte Doktor Middleton. „Haben Sie hierauf etwas zu erwidern?" fragte er Mr. Easy.

„Zu erwidern, Sir?" entgegnete Mr. Easy mit Geringschätzung. „Ei, er hat mir ja noch keinen halben Beweis gegeben. Sogar der schwarze Diener dort lacht ihn aus. Seht nur hin, wie er die Zähne zeigt. Kann er die Schrecken der Sklaverei vergessen? Muß er nicht stets an die grausame Geißel denken, die über ihm geschwungen wurde. Nein, Sir, er hat gelitten und weiß deshalb, das göttliche Recht der Gleichheit zu schätzen. Frag ihn einmal. Frag ihn, wenn du es wagst, Jack, und sieh zu, ob er die Triftigkeit deiner Argumentation anerkennen wird."

„Gut, ich will ihn fragen", antwortete Jack, „und Ihnen dabei aufrichtig zugestehen, daß er einmal zu Ihren Schülern gehörte. Mesty, was ist deine Ansicht von der Gleichheit?"

„Gleichheit, Massa Easy?" antwortete Mesty und zog seine Halsbinde in die Höhe, „Ich sag', zum Henker Gleichheit, nun ich Majordomo."

„Der Halunke verdiente, ein Sklave zu sein."

„Ja, ich hab gewesen Sklave, aber ich ein Prinz in mein eigen Land. Massa Easy kann sagen, wie viele Schädel ich gehabt."

„Schädel, Schädel? So verstehen Sie also etwas von der erhabenen Wissenschaft? Sind Sie ein Phrenologe?"

„Ich mich versteh auf Männerschädel sehr gut in Ashanteeland."

„Wenn das so ist, so müssen Sie ein Phrenologe sein. Ich hätte nie gedacht, daß sich diese Wissenschaft so weit ausdehnt. Vielleicht ist sie sogar von dorther zu uns gekommen. Ich will morgen weiter mit Ihnen sprechen. Das ist doch sehr sonderbar, Doktor Middleton, meinen Sie nicht?"

„Allerdings, sehr, Mr. Easy."

„Ich will morgen nach dem Frühstück seinen Kopf befühlen, und wenn ich etwas Unrechtes finde, mit meiner Maschine die Korrektur vornehmen. Nebenbei, ich habe ganz vergessen, meine Herren. Sie werden mich entschuldigen, aber ich muß nachsehen, was der Schreiner für mich gemacht hat, und dann soll ich einer Zusammenkunft meiner Gesellschaft beiwohnen. Jack, mein Sohn, willst du nicht mitgehen und meine Rede hören?"

„Ich danke, Vater, ich kann unsere Freunde nicht allein lassen."

Mr. Easy verließ das Zimmer.

„Wissen Sie schon, mein teurer Sir, daß Ihr Vater seine Güter den Wilddieben preisgegeben hat?" fragte Mr. Hanson.

„Zum Henker, was Sie sagen!"

„Ja, und außerdem erlaubte er mehreren Zigeunerbanden, sich in seinen Wäldern anzusiedeln, sehr zum Verdruß der Umgegend, an der das Gesindel seine langen Finger übt", fügte Doktor Middleton hinzu.

„Aus den Büchern und Quittungen ersehe ich, daß die Renten von beinahe zwei Jahren im Rückstand sind. Einige Pächter haben zwar Zahlung geleistet, aber andere dachten in vier Jahren nicht daran. Meiner Berechnung nach stehen ungefähr vierzehntausend Pfund aus."

„Ich wäre Ihnen dankbar, Mr. Hanson, wenn Sie für Beischaffung der schuldigen Summen sofort die nötigen Schritte einleiten."

„Gut, Mr. Jack. Ich hoffe, Ihr Vater wird sich heute abend nicht wieder so bloßstellen, wie es letzthin der Fall war."

Als sie aufstanden, um sich zu entfernen, nahm Doktor Middleton unseren Helden bei der Hand.

„Sie wissen gar nicht, mein lieber Freund, welche Freude es mir macht, daß Sie so gut eingeschlagen haben, trotz der Verzärtelung Ihrer Mutter und der Narrheit Ihres Vaters. Es ist ein großes Glück, daß Sie nach Haus gekommen sind, und ich hoffe, Sie werden jetzt den Seemannsberuf aufgeben."

„Es ist bereits geschehen, Sir. Aber Sie erinnern mich daran, daß ich noch nicht förmlich, weder für mich noch für meinen Diener, um den Abschied gebeten habe. Freilich bleibt mir keine Zeit, um mich persönlich zu melden."

37

Als am anderen Morgen Mr. Easy nicht beim Frühstück erschien, fragte Jack seinen schwarzen Diener, wo der alte Herr sei.

„Sie sagen unten, daß er nicht heimgekommen gestern nacht."

„Nicht nach Hause gekommen?" rief Doktor Middleton, „da muß man nachsehen."

„Er großer Spitzbub, jener Kellermeister", sagte Mesty zu Jack. „Aber der alte Gentleman nicht schlafen in seinem Bett, das gewiß."

„Frage nach, um welche Zeit er ausging“, sagte Jack.

„Hoffentlich hat sich kein Unfall zugetragen“, bemerkte Mr. Hanson. „Aber seine Gesellschaft ist in der letzten Zeit sehr sonderbar gewesen.“

„Niemand sehen ihn ausgehen, Sir, gestern abend“, berichtete Mesty.

„Vielleicht ist er in seinem Studierzimmer“, sagte Doktor Middleton. „Möglich, daß er bei seiner wunderbaren Erfindung einschlief und die ganze Nacht dortblieb.“

„Ich will gehen und nachsehen“, versetzte Jack.

Doktor Middleton begleitete ihn und Mesty folgte. Sie öffneten die Tür und trafen hier auf einen Anblick, vor dem sie alle entsetzt zurückschraken. Der Kopf des alten Herrn war in der Maschine und seine Zehen berührten kaum den Boden, während die Plattform unter ihm eingebrochen war. Doktor Middleton eilte hinzu und löste, von Mesty und unserem Helden unterstützt, den Hals des Verunglückten aus dem stählernen Ring. Aber das Leben war schon seit vielen Stunden entwichen, und eine weitere Untersuchung zeigte, daß die Halswirbel verschoben waren. Der Unglücksfall hatte sich wahrscheinlich schon am Abend vorher zugetragen und war leicht zu erklären. Mr. Easy, der die Maschine um vier Fuß erhöht hatte, um die Plattform unten anbringen zu können, mußte auf das mit Latten zusammengeschlagene Modell des Schreinermeisters getreten sein und den Kopf in die Maschine gesteckt haben, denn die Stabplatte war auf sein Wohltätigkeitsorgan gedrückt. Die Latten, die nur hastig mit ein paar kurzen Nägeln zusammgengefügt worden waren, waren unter der Last seines Körpers eingebrochen und bei dem plötzlichen Fall hatten sich die Halswirbel des Verunglückten verschoben.

Mr. Hansen führte unseren Helden, der sehr erschüttert über dieses tragische Ende seines armen Vaters war, aus dem Zimmer, während Doktor Middleton die Leiche in eine Kammer schaffen ließ und sogleich einen Boten abschickte, um den Leichenbeschauer der Grafschaft herbeizuholen. Erst am Tag vorher hatte der arme Mr. Easy seinem Sohn gesagt, er wäre überzeugt, daß diese wunderbare Erfindung ihn unsterblich machen werde. Es war ein prophetisches Wort, nur nicht gerade in dem Sinn, in dem es der Verstorbene gemeint hatte.

Wir müssen nun ein paar Tage der Trauer, wie sie in ähnlichen Fällen gewöhnlich folgen, übergehen. Nach Abhaltung des Leichenschauergerichts und Beisetzung des Verstorbenen wurden die Läden wieder geöffnet, und auch unser Held, der sich jetzt im ungehinderten Besitz eines großen Vermögens befand, wurde wieder besserer Laune.

Allerdings war er noch nicht volljährig, denn es fehlten ihm hierzu noch neun Monate, aber bei Eröffnung des väterlichen Testaments fand er, daß Doktor Middleton sein einziger Vormund war. Als Mr. Hanson die Papiere, die in der größten Unordnung waren, sammelte und untersuchte, entdeckte er überall Banknoten, mit Wechseln und Quittungen zusammengeworfen, bis zu der Summe von zweitausend Pfund. Er fand auch eine Anweisung von Kapitän Wilson auf seinen Bankier ausgestellt, die die Rückerstattung der von Mr. Easy vorgeschossenen tausend Pfund betraf und ein beinahe anderthalb Jahre altes Datum trug.

Doktor Middleton schrieb an die Admiralität und meldete dieser Behörde, daß Mr. Jack Easy, der krank von seinem Schiff zurückgelassen worden war, durch Familienangelegenheiten genötigt sei, aus dem königlichen Dienst auszutreten. Die Admiralität geruhte gnädigst das Gesuch zu genehmigen und auf die Dienste des Midshipman zu verzichten. Ebenso gestattete sie, Mestys Abschied gegen Erstattung einer gewissen Summe zu entsprechen.

Die Zigeuner wurden aus ihren Schlupfwinkeln vertrieben und abermals auf die Wanderschaft geschickt. Die Förster wurden wieder einberufen und die Güter von Wilddieben sauber gehalten. Das geschah sehr zur Freude der Nachbarn, die dem alten Herrn Easy längst gewünscht hatten, daß er sich den Hals brechen möchte. Die Gesellschaften lösten sich von selbst auf, da Herr Easy nicht länger das Bier bezahlte, folglich nichts mehr vorhanden war, weshalb man hätte zusammenkommen können. Aus allen Teilen der Grafschaft liefen Visitenkarten und Empfehlungen ein. Kurz, jedermann sah sehnsüchtig der Volljährigkeit unseres Helden entgegen, damit er heiraten, Diners geben, an Fuchsjagden teilnehmen und überhaupt wie ein Gentleman leben könne.

Während man sich jedoch mit derartigen Erwartungen trug, hatte Jack seinem Vormund die Geschichte seiner Liebe zu Agnes de Rebiera und alle damit verbundenen Einzelheiten mitgeteilt, ohne ihm seinen Entschluß zu verschweigen, sie als Gattin heimzuführen.

Da Doktor Middleton die Bemerkung machte, daß es unserem Helden ernst war, so machte er keine Einwendungen gegen diese Heirat. Jack hatte eines Tagen eben Erkundigungen eingezogen, wann das Paketschiff nach Malta absegeln würde, als Mesty, der hinter seinem Stuhl stand, sagte:

„Paket ein schlecht Schiff, Massa Easy, warum nicht ausfahren in einem Kriegsschiff?"

„Du hast recht", antwortete Jack, „aber du weißt, Mesty, daß das nicht so leicht ist."

„Und dann wie heimkommen, Sir, gesetzt Sie und Missy Agnes gefangen werden und in Gefängnis gesteckt?"

„Sehr wahr", entgegnete Jack. „Aber mit der Rückfahrt auf einem Kriegsschiff wird es noch weit schwerer sein."

„Nun, ich denk, Sir, gesetzt, Sie kaufen ein schönes Schiff voll Kanonen, nehmen einen Kaperbrief, viele Leute und bringen Missy Agnes heim wie eine Lady? Sie Kapitän Ihres eigenen Schiffes?"

„Das muß überlegt werden, Mesty", erwiderte Jack, der sich den Vorschlag die Nacht über durch den Kopf gehen ließ und am anderen Tag den Entschluß faßte, Mestys Rat zu folgen. Die Portsmouther Zeitung lag auf dem Frühstückstisch. Jack nahm sie, und sein Blick fiel auf eine Ankündigung, die für den nächsten Mittwoch etwas zum Verkauf anbot: „Die Jeanne d'Arc, Prise von Seiner Majestät, Brigantine von zweihundertachtundsechzig Tonnen, Kupferboden, flutenartig bewaffnet, mit allen ihren Vorräten, Spieren, Segeln, laufendem und stehendem Takelwerk, derzeit im Hafen von Portsmouth liegend."

Jack zog die Klingel und bestellte Postpferde.

„Wohin wollen Sie, mein Junge?" fragte der Doktor.

„Nach Portsmouth, Doktor.“ „Und darf ich mir wohl die Frage erlauben, zu welchem Zweck?“

Jack teilte nun Doktor Middleton seinen Plan mit und bat ihn um seine Zustimmung, da ja genug bares Geld vorhanden sei.

„Aber der Aufwand wird ungeheuer sein.“

„Die Kosten sind allerdings groß, Sir. Aber ich habe sie ziemlich genau berechnet und werde in keinem Fall mehr ausgeben, als sich mit meinem Einkommen verträgt. Als Kaper habe ich außerdem das Recht, Prisen zu machen, denn ich bin entschlossen, mir die betreffenden Briefe ausfertigen zu lassen.“

„Aber Sie wollen doch nicht auf der See bleiben und kreuzen?“

„Nein, auf Ehre nicht! Es ist mir zuviel daran gelegen, bald wieder nach Hause zu kommen. Sie dürfen mirs nicht abschlagen, mein lieber Vormund.“

„Nein, das will ich nicht, weil sich's um eine Dame handelt, mein lieber Junge. Aber sehen Sie sich vor, was Sie treiben.“

„Fürchten Sie nichts. Spätestens in vier Monaten bin ich wieder zurück. Doch jetzt muß ich aufbrechen und mich überzeugen, ob das Schiff der Schilderung entspricht, die in der Anzeige zu lesen war.“

Jack warf sich in den Wagen. Mesty stieg auf den Bedientensitz, und in zwei Stunden waren sie in Portsmouth. Dort begaben sie sich zu dem Agenten und besichtigten das Schiff, das ein sehr schönes, schnell segelndes, gut eingerichtetes Fahrzeug und auf jeder Seite mit sechs Karronaden aus Kanonenmetall versehen war. Die Kajüten waren schön mit Ahornmaser ausgelegt und reich an vergoldetem Schnitzwerk.

Mit diesem wird es gehen, dachte Jack. Ein paar lange Neunpfünder, vierzig Matrosen und sechs Jungen, dann haben wir gerade das, was wir brauchen.

Mesty und Jack begaben sich wieder ans Ufer und kehrten zum Mittagessen nach Forest Hill zurück, wo unser Held Mr. Hanson ersuchte, in Portsmouth der Versteigerung des Schiffes beizuwohnen, da er es zu kaufen wünsche. Der Sachverwalter tat dies und kaufte das Fahrzeug mit allem Zubehör für tausendsiebenhundertfünzig Pfund, obgleich es fast noch einmal so viel wert war.

Doktor Middleton hatte in der Zwischenzeit sehr ernsthaft über Jacks Plan nachgedacht. Er konnte nichts dagegen einwenden, vorausgesetzt, daß sich sein Mündel ruhig und klug benahm, aber in diesen beiden Eigenschaften hatte unser Held noch keine besonderen Proben abgelegt. Der Doktor beschloß daher, sich nach einem gesetzten Schiffslieutemant umzusehen, und machte es zu einer unerläßlichen Bedingung, daß Jack unter solcher Begleitung abreise. Außerdem sollte dem Lieutenant der Dienst des Segelmeisters belassen bleiben. Nach Ankauf des Schiffes teilte er seinem Mündel diesen Wunsch mit und erwähnte, daß seine Pflicht als Vormund diese Maßregel gebiete. Jack ging bereitwillig darauf ein, da er die Sorgfalt seines Vormunds nur dankbar anerkennen konnte.

„Aber, nebenbei, Doktor, sorgen Sie für einen guten Seefahrer. Denn obgleich ich mit meinem Tageskurs ziemlich gut ins reine kommen konnte, so bin ich doch in der letzten Zeit sehr aus der Übung gekommen."

Alles war nun geschäftig. Jack und Mesty statteten in Portsmouth das Schiff aus und boten den Maklern drei Guineen für jeden tüchtigen Matrosen. Mr. Hanson schaffte die nötigen Papiere und Kaperbriefe herbei, und Doktor Middleton war bemüht, für seinen Pflegesohn eine gute Schiffsamme zu finden. Auch nahm sich Jack Zeit, an Don Philipp und Agnes zu schreiben, und sie von dem Tod seines Vaters und seinen Absichten in Kenntnis zu setzen.

In ungefähr sechs Wochen war alles bereit. Die Brigantine erhielt ihre Beglaubigungsbriefe, unter dem Namen Rebiera fuhr sie aus dem Hafen und ankerte in Spithead. Doktor Middleton glaubte, einen Mann gefunden zu haben, der vollkommen seinen Vorstellungen entsprach. Hierauf schiffte sich unser Held mit Mesty ein, sagte dem Doktor Middleton und dem Sachverwalter Lebewohl und ließ ihnen nichts zu tun übrig, als seine Rechnungen zu bezahlen.

Bei der Wahl des Schiffslieutenants hatte sich Middleton

von dem Rat eines alten Freundes, eines Flottenzahlmeisters, leiten lassen, der in Southsea wohnte. Der Auserwählte war ein gewisser Oxbelly, der mit der angeworbenen Schiffsmannschaft unseren Helden bei dessen Ankunft an Bord als Kapitän und Schiffseigentümer begrüßte. Jack bildete mit seiner schönen Figur und seinem blauen Frack, der der gegenwärtigen Jachtklubuniform glich, einen gewaltigen Gegensatz zu seinem Lieutenant, der an seiner Seite heranwakkelte, um ihn zu begrüßen. Mr. Oxbelly war ein sehr kleiner Mann mit großem Bauch und sehr kurzen Armen, hatte aber gewaltige Hände, die fast wie die Pfoten eines Eisbären aussahen. Er trug lange Hosen, Schuhe und Schnallen. Auf dem Kopf hatte er eine Fouragimütze, die, wenn er sie abnahm, einen ganz kahlen Schädel blicken ließ. Er mochte fünfundfünfzig oder sechzig Jahre zählen, hatte eine blühende Gesichtsfarbe, wenig Bart, eine gerade Nase, dünne Lippen und schwarze Zähne vom Tabakkauen. Auch träufelte stets etwas brauner Saft aus dem linken Mundwinkel, es war da ein Leck, wie er sagte. Im ganzen war sein Gesicht sehr einnehmend, denn er trug das Gepräge der Biederkeit und Mannhaftigkeit, obschon sein Leib nicht gerade den angenehmsten Eindruck machte.

Nun, der ist gesetzt genug, dachte Jack, als er Mr. Oxbellys Gruß erwiderte, und fügte dann laut hinzu: „Wie geht es Ihnen, Sir? Ich hoffe, wir werden gute Schiffsgefährten sein."

„Mr. Easy", antwortete der Lieutenant, „ich komme mit jedem gut aus, mein Weib ausgenommen, denn ich will nicht lügen."

„Ich bedauere, wenn Sie in Ihrer Ehe Streit haben, Mr. Oxbelly."

„Nun, sie kommen auch nur bei Nacht vor, Sir. Sie will immer mehr als ihren Anteil am Bett haben, und mich trotzdem nicht allein schlafen lassen. Doch gleichviel, Sir, ist es Ihnen genehm, die Mannschaft zu mustern?"

„Wenn Sie so gut sein wollen, Mr. Oxbelly."

Die Matrosen wurden zusammengerufen, und Jack hielt eine lange Rede über Subordination, Manneszucht, Tätigkeit, Pflicht und so weiter.

„Eine sehr gute Rede, Mr. Easy“, sagte Oxbelly, nachdem die Mannschaft wieder abgetreten war. „Ich wollte, meine Frau hätte sie gehört. Doch wenn es Ihnen recht ist, Sir, so wollen wir schnell die Anker lichten, denn bei St. Helen ist ein Kanalkreuzer, und wir müssen uns beeilen, daß wir an ihm vorbei kommen.“

„Ei, was brauchen wir uns um den Kanalkreuzer zu kümmern?“

„Sie vergessen, Sir, daß er, sobald er Anker fallen läßt, jemand an Bord schickt, der sich mindestens zehn von unseren Leuten mitnimmt.“

„Sie stehen aber doch unter Schutz.“

„Wohl, Sir, aber dieser Schutz wird heuzutage nicht sonderlich respektiert. Ich segelte fast drei Jahre mit meinem Kaper und weiß daher, daß man sich nicht sonderlich um Kaperbriefe kümmert.“

„Ich glaube, Sie haben recht, Mr. Oxbelly! Wenn Sie wollen, so werden wir ohne zögern die Anker lichten.“

Die Mannschaft der Rebiera war sehr auserlesen und bestand aus geübten Kriegsschiffmatrosen, von denen die meisten ihre verschiedenen Schiffe auf der Station heimlich verlassen hatten. Sie sehnten sich deshalb, endlich fortzukommen. In einigen Minuten war die Rebiera unten und oben unter Segel. Die Brigantine war vortrefflich gebaut und schoß mit großer Geschwindigkeit durchs Wasser. Unsere Abenteurer hatten günstigen Wind, kamen bei Nacht an dem Portlandleuchtturm vorbei und steuerten am anderen Morgen der Bai von Biskaya zu, ohne einem britischen Kreuzer begegnet zu sein, den sie mehr als einen Feind fürchteten.

„Ich denke, jetzt wird es gehen“, bemerkte Mr. Oxbelly zu unserem Helden. „Wir haben eine tüchtige Strecke zurückgelegt. Es ist zwölf Uhr, und wenn es Ihnen genehm ist, will ich die Breite berechnen, damit Sie wissen, wo wir stehen. Wir müssen unseren Kurs so halten, daß wir nicht mit dem Brester Geschwader zusammenstoßen. Ein bißchen mehr gegen Westen, Sir. Ich bin in einer Minute wieder zurück. Mein Weib, doch das will ich Ihnen sagen, wenn ich wieder heraufkomme.“

„Breite einundvierzig Grad zwölf Minuten, Sir. Ich wollte Ihnen sagen, daß mein Weib, als sie an Bord des Kaperschiffes war, das ich befehligte ..."

„An Bord des Kaperschiffes, Mr. Oxbelly?"

„Ja, Sir. Sie wollte durchaus mit, obgleich ich ihr sagte, daß es unmöglich sei. Nun, sie nahm eben keine Vernunft an, kam an Bord, warf sich auf das Bett und sagte, sie wolle mitkreuzen. Der kleine Billy mit ihr ..."

„Wie, auch Ihr Kind?"

„Ja, zwei Jahre alt, schöner Knabe, lachte immer, wenn die Kanonen abgefeuert wurden, während seine Mutter auf der Treppe stand und ihn über die Luke hinaufhob."

„Da wunderte es mich, daß Mrs. Oxbelly Sie jetzt fortließ."

„Sie haben allen Grund dazu, Sir, aber ich will Ihnen das erklären. Sie meint, ich sei in Londen wegen meines Halbsolds. Jetzt wird sie freilich alles wissen und ärgert sich ohne Zweifel, aber das wird sie dünner machen, und dann gibt's mehr Raum im Bett. Mrs. Oxbelly ist eine sehr starke Frauensperson."

„Nun, und Sie auch kein sehr magerer Mann."

„Nein, nicht sehr, gerade genug, um rüstig zu sein, wie es im Sprichwort heißt. Ich will sagen in gutem Zustand. Es ist sehr sonderbar, daß Mrs. Oxbelly sich in den Kopf gesetzt hat, sie sei nicht beleibt. Ich kann sie nicht vom Gegenteil überzeugen. Das ist der Grund, warum wir uns immer im Bett zanken. Sie sagt, ich nehme den größten Raum ein, während ich doch weiß, daß dies bei ihr der Fall ist."

„Vielleicht haben Sie beide recht."

„Nein, nein, *sie* ist's, die alle Störung verursacht. Ich mag mich noch so nahe an die Wand legen, sie drückt mich zusammen, bis ich so dünn bin wie eine Siebplatte. Laß ich *sie* hinten liegen, so wälzt sie mich hinaus, wie man's etwa mit einer Tonne macht, bis ich über die Leiste hinunterpurzle."

„Warum lassen Sie dann Ihr Bett nicht größer machen, Mr. Oxbelly?"

„Sir, ich habe schon daran gedacht, aber meine Frau behauptet, es sei groß genug, wenn ich mich im Schlaf nicht hin und her wälze. Ich kann sie gar nicht begreifen. Wie dem

auch sein mag, jetzt hat sie's allein. In der letzten Nacht hab ich zum erstenmal wieder gut geschlafen, seit ich die Beadicca verließ."

„Die Beadicca?"

„Ja, Sir, ich war drei Jahre Zweiter Lieutenant auf der Beadicca."

„Dem Hören nach, soll sie eine schöne Fregatte sein?"

„Im Gegenteil, sie ist unten ein so verzwicktes kleines Fahrzeug, wie ich es noch nie sah. Denken Sie sich nur, Mr. Easy, ich konnte kaum zur Tür meiner Kajüte hineinkommen. Doch bin ich, wie Sie sehen können, kein so beleibter Mann."

Gütiger Himmel, ist es möglich, dachte Jack, daß er nicht einmal weiß, welchen monströsen Umfang er hat?

Und doch war dies der Fall, Mr. Oxbelly bildete sich ein, daß er von ganz guter Statur sei, obgleich er wahrscheinlich seit Jahren seine Knie nicht mehr gesehen hatte. Nur über sein Fett hatte er sich zu beklagen, in jedem anderen Punkt war nichts auszusetzen. Auf verschiedenen Schiffen hatten ihn die Kapitäne unter einem oder dem anderen Vorwand schikaniert, bis er entfernt wurde. Das veranlaßte ihn, sich persönlich zu der Admiralität zu begeben, um anzufragen, was man gegen ihn vorzubringen habe. Da bemerkte dann der Erste Lord mit einemmal das Verbrechen, das Mr. Oxbelly zur Last gelegt wurde und merkte sich seinen Namen. Er war nur für den Hafendienst geeignet. So seiner Anstellung beraubt, hatte er das Kommando eines Kaperkutters übernommen, und dahin wollte ihm seine Frau, die, wie er sagte, ihn ungemein liebte, mit dem kleinen Billy folgen. Er war ein nüchterner, gesetzter Mann und kannte seinen Dienst gut. Aber er wog sechsundzwanzig Stein, und sein Gewicht hatte ihn aus dem Dienst gedrängt.

Sein lang gehegter Wunsch war, wie Shakespeare sagte, der Vater seiner Gedanken geworden, und er hatte es endlich soweit gebracht, sich für einen Mann zu halten, den man keineswegs sehr beleibt nennen konnte. Seine Frau war, wie er sagte, gleichfalls eine sehr stämmige Person, und dieses Übermaß des Fleisches auf beiden Seiten war der einzige, obgleich unablässige Grund zu beharrlichen Ehezwistigkeiten.

38

Am elften Tag segelte die Rebiera durch die Meerenge, und bei dem Untergang der Sonne hatten sie noch immer den Fels von Gibraltar vor sich. Jetzt legte sich der Wind, und gegen Mitternacht trat völlige Windstille ein, so daß sie nicht mehr weiter kommen konnten. Mit Sonnenaufgang wurden sie durch den Donner eines schweren Geschützes geweckt, und etwa acht Meilen gegen die Meerenge zu, in dem mittleren Fahrwasser, bemerkten sie eine englische Fregatte im Kampf mit neun oder zehn spanischen Kanonenbooten, die von Algesiras herausgekommen waren, um sie anzugreifen. Die Windstille herrschte noch immer und die Fregattenboote hatten ihr Schiff ins Schlepptau genommen, damit sie ihre Breitseite gegen die spanische Flottille in Anwendung bringen könne. Der schwere Kanonendonner von beiden Seiten, der ferne Widerhall von den hohen Bergen, all dies übte eine wunderbare Wirkung auf die aus, die sich an einem Kampf berauschen konnten. Jack hielt es jedoch für nützlicher, sich auf eine Auseinandersetzung vorzubereiten, als das Gefecht zu beobachten. Und in kurzer Zeit war alles bereit.

„Sie werden nicht auf uns zukommen, Mr. Easy, so lange sie die Fregatte zu bekämpfen haben. Aber dennoch wäre es gut, wenn wir uns auf alles gefaßt machen, denn wir können nicht vorbeikommen, ohne etlich Kugeln abzubekommen. Als ich mit meinem Kaper durch die Engen kam, wurden wir von zwei Schiffen angegriffen und kämpften drei Stunden lang. Ihre Kugeln klatschten neben uns ins Wasser, bis die Decks vorn und hinten ganz naß waren. Aber ich weiß nicht, wie es zuging, sie trafen uns nie. Vielleicht lag der Grund darin, daß unsere Buge ebensowenig über das Wasser hervorstanden, wie die ihrigen. Die Fregatte dort wird wohl etwas in den Rumpf kriegen. Damals waren Mrs. Oxbelly und Billy die ganze Zeit über auf dem Verdeck. Billy wußte sich vor Freude nicht zu lassen und weinte, als man ihn zum Frühstück hinunternahm."

„Nun, da muß Mrs. Oxbelly wohl eine sehr mutige Frau sein."

„Kümmert sich weder um Kanonenkugeln noch Bomben, Sir. Sie lacht, wenn sie das Geschoß über ihren Kopf sausen hört und sagt Billy, er solle aufhorchen. Es ist kein Wunder, Sir, ihr Vater ist Major, und ihre beiden Brüder sind Artillerielieutenants."

„Aha", entgegnete Jack, „aber sehen Sie, da springt eine Brise von Westen auf."

„Sehr wahr, Mr. Easy, und sie wird Bestand haben, denn sie kommt schwarz und langsam herauf. Um so besser für die Fregatte, denn sie wird wenig Ehre und viele Löcher aus dieser Auseinandersetzung davontragen."

„Ich hoffe, wir können helfen", bemerkte Jack. „Wie weit mögen Ihrer Berechnung nach die Kanonenboote vom Ufer entfernt sein?"

„Ich denke, fünf Meilen, vielleicht etwas weniger."

„Lassen Sie die Segel setzen, Mr. Oxbelly. Möglich, daß wir ein paar davon abschneiden. Steuern Sie dem Land zu."

„Sehr wohl. Auf da, ihr Jungen, setzt die Leeoberbramsegel, haltet die Stengenprallsegel bereit, die Spieren hinausgetakelt, Steuermann, auf den gleichen Gang angehalten, wir kommen so gut uferwärts und bleiben aus dem Bereich der Batterien."

Die Brise kam nun steif herunter, und alle Segel waren auf der Rebiera ausgesetzt. Eine halbe Meile vorn war alles still und glatt wie ein Spiegel, und die Brigantine näherte sich dem Ufer. Die Kanonenboote waren noch immer im Gefecht mit der Fregatte und schienen der Rebiera keine Aufmerksamkeit zu schenken. Endlich fühlten auch sie und die Fregatte den Einfluß der Brise, die anfangs ganz leicht herankam und sich langsam steigerte, während die Rebiera durch das Wasser schäumte und nun alle Aussicht hatte, einige von den Kanonenbooten abzuschneiden. Die Fregatte setzte ihre Segel und steuerte auf die Flottille zu, die sich jetzt entschloß, umzuholen und ihre Schnäbel uferwärts zu drehen, während erstere unter kräftiger Anwendung ihres Buggeschützes nachfolgte. Die Rebiera stand jedoch eine halbe Kanonenschußweite in Ufernähe und steuerte, um die Boote abzufangen. Da sie rasch herankam, so wußte die Flotille kaum, wie sie sich benehmen sollte, da ein Angriff der Brigantine mit Zeitverlust verbunden gewesen wäre und der Fregatte Gelegenheit gegeben hätte, heranzukommen und sie zu nehmen. Die Spanier begnügten sich deshalb, auf das Schiff unseres Helden zu feuern, während sie fortfuhren, küstenwärts zu steuern. Sobald sie sich näherten, setzte Jack seine Achtzehnpfund-Karronaden und die langen Neunpfünder in Tätigkeit. Die Kanonenboote erwiderten das Feuer und waren bereits auf eine Viertelmeile herangekommen, als unser Held bis zum Mars hinauf seine Segel kürzte. Und nun folgte ein hitziges Gefecht, das damit endete, daß eines der Kanonenboote in ein paar Minuten abgetakelt war. Jetzt kam die Fregatte rasch heran, und ihre Kugeln fielen hageldicht. Die Flottille hörte zu feuern auf, kam auf zwei Kabellängen vor der Rebiera vorbei und segelte nach Kräften der Küste zu. Jack begrüßte die vorbeifahrenden Boote mit seiner Backbordlage, während er dem entmasteten Fahrzeug vom Steuerbord aus mit Kartätschen zusetzte, wodurch es bald gezwungen wurde, seine Flagge herunterzuholen. Die übrigen waren nach einigen Minuten zu weit entfernt, um durch die Karronaden erreicht werden zu können. Da sie nicht mehr feuerten, so schenkte unser Held der Prise seine Aufmerksamkeit, indem er ein Boot mit zehn Mann zu ihr schickte und so dicht neben ihr beilegte, daß er sie ins Schlepptau nehmen konnte. Nach weiteren zehn Minuten legte auch die Fregatte, eine Ankertaulänge von der Rebiera entfernt, bei, und Jack ließ sein zweites Schanzboot nieder, um sich an Bord zu begeben.

„Haben wir Verwundete, Mr. Oxbelly?" fragte unser Held.

„Nur zwei. Spearling hat seinen Daumen verloren, und James wurde schwer im Schenkel verwundet."

„Sehr gut. Ich will den Wundarzt bitten, an Bord zu kommen."

Jack ruderte auf die Fregatte zu, begab sich an Bord, grüßte und wurde von den Midshipmen auf die andere Seite geführt, wo der Kapitän stand.

„Mr. Easy!“ rief der Kapitän.

„Kapitän Sawbridge!“ entgegnete unser Held erstaunt.

„Gütiger Himmel! Was brachte Sie hierher?“ fragte der Kapitän, „und was ist das für ein Schiff?“

„Die Rebiera, ein Kaper unter dem Befehl des Eigentümers Mr. Easy“, versetzte Jack lachend.

Kapitän Sawbridge reichte ihm die Hand. „Kommen Sie mit mir in die Kajüte hinunter; ich bin sehr erfreut, Sie wieder zu sehen. Sie haben sich mannhaft benommen. Aber noch mehr verlangt mich zu erfahren, was Sie veranlaßt hat, wieder in See zu stechen Ich weiß, daß Sie den Dienst aufgegeben haben.“

Jack teilte ihm in sehr wenigen Worten den Grund seiner Reise mit. „Aber“, fuhr er fort, „erlauben Sie mir, Ihnen zu Ihrer Beförderung Glück zu wünschen, von der ich keine Kunde hatte. Darf ich fragen, wo Sie die Harpy gelassen haben und wie Ihre Fregatte heißt?“

„Sie führt den Namen Latona. Ich wurde erst vor einem Monat auf sie befördert, nachdem die Harpy in einem Treffen eine große Corvette genommen hatte. Dann wurde ich beordert, mit Depeschen nach England zu gehen. Wir segelten gestern abend von Gibraltar aus, hatten die ganze Nacht durch Windstille und wurden heute morgen von den Kanonenbooten angegriffen.“

„Wie geht es Kapitän Wilson, Sir?“

„Ich glaube, er ist wohlauf, obwohl ich ihn lange nicht gesehen habe.“

„Aber wie erfuhren Sie denn, daß ich den Dienst quittiert habe, Kapitän Sawbridge?“

„Von Mr. Gascoigne, der jetzt bei mir an Bord ist.“

„Gascoigne?“ rief unser Held.

„Ja. Er wurde von dem Gouverneur der Aurora nachgeschickt, aber diese befand sich nicht mehr bei der Flotte. Inzwischen hatte er seine Zeit ausgedient, und als die nächste Prüfung vorgenommen wurde, ließ er sich mit Erfolg examinieren. Da meinte er denn, er könne ebensogut mit mir nach Hause fahren und sehen, ob sich niemand für seine Beförderung verwenden werde."

„Aber wie steht's jetzt, Kapitän Sawbridge, ist das Kanonenboot unsere oder Ihre Prise?"

„Sie sollte eigentlich ganz Ihnen gehören. Der Vorschrift zufolge müssen wir jedoch teilen."

„Oh, von Herzen gern, Sir. Wollen Sie einen Wundarztgehilfen an Bord schicken, damit er nach zweien meiner Leute sieht, die verwundet worden sind?"

„Ja, gleich. Schicken Sie Ihr Boot ab, Easy, und erteilen Sie Ihrem Lieutenant die betreffenden Anweisungen. Wir müssen nach Gibraltar zurück, denn wir haben einigen Schaden genommen und leider etliche Leute verloren. Wir werden noch vor heute abend Anker werfen."

„Mit Vergnügen, Sir. Aber zuerst will ich mein Boot absenden und dann Gascoigne begrüßen."

Gascoigne wartete unter dem Halbdeck, um seinen Freund willkommen zu heißen, denn er hatte ihn, von seinem Posten auf dem Vorderkastell aus, an der Seite heraufkommen sehen. Es fand ein hastiges Gespräch statt, nachdem unser Held zuvor das Boot mit dem Wundarztgehilfen, der seine zwei Verwundeten verbinden sollte, abgeschickt hatte. Jack ging dann an Deck, sprach mit den Offizieren, betrachtete voll Freude die Rebiera mit dem Kanonenboot im Schlepptau und ließ sein Schiff nachkommen. Er versprach Gascoigne, ihm am nächsten Tag entweder auf dem Land oder an Bord der Rebiera Gesellschaft zu leisten. Dann ging er in die Kajüte, wo er eine lange Unterredung mit Kapitän Sawbridge hatte.

„Als Sie in den Dienst traten, Easy", sagte Kapitän Sawbridge, „meinte ich, man könne nur gewinnen, wenn Sie sobald wie möglich wieder austräten. Nun, da Sie aber Ihren Abschied genommen haben, fühle ich, daß die Flotte einen Mann verloren hat, der ihr aller Wahrscheinlichkeit nach große Ehre gemacht haben würde."

„Schönen Dank, Sir. Aber wie könnte ich ein Midshipman sein mit achttausend Pfund im Jahr?"

„Freilich, das ist eine Unmöglichkeit. Doch das Diner ist bereitet. Wenn Sie in die Hinterkajüte gehen wollen, so wird Ihnen der Steward alles reichen, was Sie wünschen."

Unser Held, dessen Gesicht und Hände vom Schießpulver geschwärzt worden waren, wusch sich, kämmte sich das krause, dunkle Haar und kehrte zu der Tischgesellschaft in die Vorderkajüte zurück. Gascoigne, der am Vormittag nicht gebeten worden war, wurde aus Rücksicht gleichfalls eingeladen. Die Schüsseln waren noch nicht lange abgetragen, als der Erste Lieutenant berichtete, es sei nötig, der Mannschaft Befehle zu erteilen, da sie sich dicht vor dem Ankergrund befänden. Deshalb brach die Gesellschaft etwas früher auf, als es wohl sonst der Fall gewesen wäre. Sobald die Segel der Latona beschlagen waren, begab sich Kapitän Sawbridge an Land, um dem Gouverneur das Resultat des Gefechtes mitzuteilen. Er fragte Jack, ob er ihn nicht begleiten wolle, aber dieser wünschte, bei Gascoigne zu bleiben, und wollte daher den Besuch beim Gouverneur auf morgen zu verschieben.

„Und nun, Easy", sagte Gascoigne, sobald der Kapitän das Schiff verlassen hatte, „will ich um die Erlaubnis bitten, mit dir an Bord gehen zu dürfen, oder willst du es für mich tun?"

„Das letztere wird besser sein", antwortete Jack. „Ein Gentleman mit Vermögen hat mehr Gewicht bei einem Ersten Lieutenant als ein Midshipman."

Jack begab sich zu dem genannten Herrn und drückte mit einer von seinen höflichen Verbeugungen die Hoffnung aus, Mr. Soundso werde ihm, wenn es der Dienst gestatte, wohl die Ehre erweisen, mit einigen seiner Offiziere an Bord der Rebiera zu kommen, die Brigantine zu besichtigen und ein paar Flaschen Champagner mit deren Kapitän zu trinken.

Da die Rebiera nur ein paar Kabellängen weit vor Anker lag, so entgegnete der Erste Lieutenant, daß er mit Freuden von der Einladung Gebrauch mache, sobald er über die Gefangenen verfügt und das Kanonenboot in Sicherheit gebracht habe. Dieselbe Antwort erhielt unser Held auch von drei oder vier anderen Offizieren. Dann bat er, man möge seinem alten Freund, Mr. Gascoigne, gestatten, ihn sogleich zu begleiten, da er seiner Obhut einige wichtige, nach England bestimmte Pakete anzuvertrauen habe. Der Erste Lieutenant erteilte sehr bereitwillig die Erlaubnis, und Gascoigne sprang mit unserem Helden in das Boot, um sich wieder einmal der ganzen Herzlichkeit einer geprüften und wohlverdienten Freundschaft zu erfreuen.

„Jack, ich habe nachgedacht und bin zu einem Entschluß gekommen", sagte Gascoigne. „Ich werde wenig oder nichts gewinnen, wenn ich wegen meiner Beförderung nach England gehe, und kann daher ebensogut hierbleiben. Meine Dienstzeit ist um, mein Examen gemacht und mein Sold kommt jetzt wenig in Betracht. Willst du mich mit dir nehmen?"

„Ich bin auch schon auf den Gedanken gekommen. Glaubst du, daß Kapitän Sawbridge seine Einwilligung geben wird?"

„Ja. Er kennt meine Verhältnisse und weiß, daß ich bloß deshalb nach Hause gehe, weil ich zu müde bin, auf die Aurora zu warten."

„Wir wollen ihm morgen gemeinschaftlich den Vorschlag machen", sagte Jack.

„Jedenfalls wirst du in mir einen vornehmeren Begleiter haben als in Mr. Oxbelly."

„Aber keinen so gesetzten, Red."

Der Erste Lieutenant kam mit den Offizieren an Bord, und der Abend wurde heiter verbracht. Bei nichts vergeht die Zeit angenehmer als beim Champagner. Und wenn man diesem königlichen Getränk nicht die Schmach antut, es mit etwas anderem zu vermischen, so hat es für den gemütlichen Zecher am nächsten Morgen keine Folgen.

39

Da an diesem Abend Kapitän Sawbridge nicht wieder an Bord zurückkehrte, so begab sich Easy am nächsten Morgen an Land und suchte ihn bei dem Gouverneur auf. Er wurde ihm vorgestellt und von ihm zum Diner eingeladen. Gascoigne konnte nicht an Land kommen und unser Held erhielt die Gelegenheit, Kapitän Sawbridge seine Bitte vorzutragen. Er sagte, der Offizier, den er bei sich habe, sei nicht so, wie er wünsche, und er könne ihm nicht voll vertrauen. Das heißt mit anderen Worten, er konnte nicht von Agnes mit ihm sprechen. Sawbridge gab nicht sofort seine Zustimmung, weshalb unser Held so lange bat, bis endlich der Kapitän seine Einwilligung erteilte. Bei weiterer Überlegung sah er wohl ein, daß Easys Freundschaft unserem Gascoigne wohl am förderlichsten sein könnte, und es daher gut sei, die Freundschaft zu vertiefen. Jack begab sich sofort an Bord der Latona, um Gascoigne und dem Ersten Lieutenant die Entscheidung des Kapitäns Sawbridge mitzuteilen. Dann ging er auf sein eigenes Schiff, um Mesty den Auftrag zu erteilen, daß er seinen Reisesack in einen Gasthof der Küste bringe, weil er sich dort für das Diner ankleiden wollte. Gascoigne, der nun nicht mehr zur Latona gehörte, erhielt die Erlaubnis, seinen Freund zu begleiten. Und Jack blickte wieder einmal zu dem Fenster hinaus, an dem er bei jener denkwürdigen Gelegenheit seine Beinkleider aufgehangen hatte, als der Hochbootsmann seiner eigenen Vorschrift gemäß das Schicklichkeitsgefühl dem Beruf zum Opfer bringen mußte.

Welche abenteuerlichen Szenen habe ich seitdem nicht durchgemacht, dachte Jack. Ich war damals kaum drei Wochen im Dienst, und jetzt sind bereits vier Jahre vergangen. Dann versank er in eine tiefe Träumerei.

Die Beschädigungen der Latona wurden in den nächsten Tagen wieder hergestellt, und sobald Gascoigne seinen Entlassungsschein erhalten hatte, begab er sich an Bord der Rebiera. Das Kanonenboot wurde dem Agenten übergeben und bald nachher von der Regierung angekauft. Die Mannschaft der Rebiera, die aus siebzig Mann bestand, erhielt übrigens ihr Prisengeld nicht sogleich, sondern mußte damit bis zur Rückkehr warten. Trotzdem meinten die Leute, das Eis sei einmal gebrochen, und das machte ihnen Hoffnung. Außerdem hatten sie Vertrauen zu sich selbst, zu ihrem Schiff und zu ihrem Kommandanten gewonnen. Unser Held lichtete kurz nach der Latona den Anker, von deren Kapitän er sich zuvor verabschiedete und gab ihm einen Brief an Doktor Middleton mit.

Nun war das edle Kleeblatt wieder beieinander. Die beiden Midshipmen lehnten sich an die Heckreeling und Mesty stand neben ihnen. Sie hatten die Spitze von Europa umsegelt und steuerten unter einem schönen Landwind längs der spanischen Küste hin. Auch Mr. Oxbelly befand sich in ihrer Nähe.

„Als ich früher hier kreuzte, war es ganz anders", bemerkte Jack, „ich hatte ein Schiff, das ich nicht zu lenken wußte, und Matrosen, die keinem Befehl gehorchten. Was wäre wohl aus mir geworden, wenn ich nicht Mesty zur Seite gehabt hätte!"

„Massa Easy, Sie wissen sehr gut, wie auf irgendeine Weise aus einer Klemme zu kommen."

„Ja, und auch wie man sich darin verstrickt", fügte Gascoigne hinzu.

„Nicht zu vergessen, wie ich anderen daraus helfe, Red."

„Ich habe mich oft gefragt, wie sich das Geschick der armen Azar gestaltet haben mag."

„Wahrscheinlich traf sie das Los der meisten Frauen in allen Ländern, Red. Zuerst gefeiert und dann vernachlässigt, ein Los, das ihr auch bei dir zuteil geworden wäre."

„Vielleicht", versetzte Red mit einem Seufzer.

„Massa Easy, Sie kriegen jedermann aus Klemme. Sie auch mich herauskriegen."

„Wüßte nicht, wie, Mesty."

„Sie kriegen mich heraus aus kochen Kessel für junge Gentlemen. Das eine verteufelte Klemme."

„Und auch Ihnen habe ich wahrscheinlich aus einer geholfen, Mr. Oxbelly?"

„Wieso, Mr. Easy?"

„Werden Sie nicht durch mich daran gehindert, jede Nacht mit Ihrer Frau Zank anzufangen?"

„Allerdings, Sir. Sie sind in diesem Punkt eine Mittelsperson gewesen. Aber wissen Sie auch, daß ich mich am Tag des Gefechtes des Gedankens nicht verwehren konnte –, wäre doch mein Weib da und hielt den kleinen Billy über die Luke?"

„Aber bei Nacht, Mr. Oxbelly?"

„Bei Nacht? Freilich, ich fürchte, dann hätte ich gewünscht, sie wäre wieder zu Hause. Es ist ganz erstaunlich, wie gut ich hier jede Nacht schlafe. Außerdem würde es in diesem Klima ganz unerträglich sein. Mrs. Oxbelly ist eine sehr beleibte Frau, in der Tat sehr beleibt!"

„Gut, aber wir müssen jetzt einen Kriegsrat halten. Sollen wir an der Küste hinaufsegeln, oder geradewegs nach Palermo steuern?"

„Bei geradem Kurs müssen wir damit rechnen, daß wir nichts kapern", sagte Gascoigne.

„Wenn wir nichts kapern, so kriegen wir auch kein Prisengeld", fügte Oxbelly hinzu.

„Und wenn es kein Prisengeld gibt, wird die Mannschaft unzufrieden", bemerkte Easy.

„Wenn wir hab nichts zu tun, wird es verdammt dumm sein."

„Wohlan, wir wollen den Punkt auch von der anderen Seite beleuchten. Steuern wir nach Palermo, so sind wir um so eher an Ort und Stelle, und kommen desto zeitiger wieder in der Heimat an."

„Darauf erwidere ich", versetzte Gascoigne, „je kürzer unser Kreuzzug desto weniger genieße ich deine Gesellschaft."

„Und ich werde wieder bei Mrs. Oxbelly schlafen müssen", fügte Oxbelly hinzu.

„Hab schön Schiff, schön Geschütz, schön Leut, und nichts tun“, rief Mesty. „Bei der Allmacht, das mir nicht ansteht, Massa Easy.“

„Du hast noch acht Monate bis zu deiner Volljährigkeit, Jack“, bemerkte Gascoigne.

„Es handelt sich um einen Unterschied von drei oder vier Wochen“, sagte Mr. Oxbelly, „und die Unkosten sind sehr groß gewesen.“

„Aber ...“

„Aber was, Jack?“

„Agnes.“

„Agnes wird auf dem Heimweg nur um so besser verteidigt werden, wenn wir Leute an Bord haben, die an den Kampf gewöhnt sind. Und wenn sie auch ein bißchen länger warten muß, so wird dies nur Anlaß geben, daß sie dich ein bißchen inniger liebt.“

„Schlafen Sie lieber noch ein wenig länger allein, Mr. Easy, es ist sehr angenehm“, sagte Oxbelly.

„Das ist gar kein übler Rat von Ihnen“, bemerkte Gascoigne.

„Halt ein bißchen, Massa Easy“, sagte Mesty. „Sie wissen, das ein sehr guter Rat.“

„Gut“, versetzte Jack, „weil ich doch von allen Seiten überstimmt bin. Wir wollen uns an der ganzen Küste hinaufarbeiten, bis auf die Höhe von Toulon. Im Grund liegt doch etwas Angenehmes darin, sein eigenes Schiff zu kommandieren, und ich habe es eben nicht so eilig, wieder abzudanken. Dieser Punkt wäre also entschieden.“

Die Rebiera steuerte daher küstenwärts, und gegen Sonnenuntergang waren sie kaum noch vier Meilen von den hohen, blauen Bergen entfernt, an denen die Stadt Malaga liegt. In dem Hintergrund der Bai, an der sich die Stadt hinzieht, lagen viele Schiffe. Der Wind war nun schwächer geworden, und da die Rebiera nicht in den Hafen einlaufen konnte, so lavierte sie nach Art der Handelsschiffe unter amerikanischen Farben. Sie taten dies deshalb, weil sie drei oder vier große Fahrzeuge mit der amerikanischen Nationalflagge in der äußeren Reede liegen sahen.

„Was führst du im Schild, Jack?“ fragte Gascoigne.

„Ich will mich hängen lassen, wenn ich dir das jetzt schon sagen kann. Ich denke, ich will mich zu der äußeren Reede hinaufarbeiten, nachts Anker werfen und auf den amerikanischen Schiffen Kundschaft einziehen.“

„Kein übler Gedanke. Wir werden dann erfahren, ob es etwas für uns zu tun gibt. Wenn nicht, so sind wir mit Tagesanbruch wieder auf dem offenen Meer.“

„Das Visitierboot wird wohl nach Sonnenuntergang nicht mehr herauskommen?“

„Und wenn auch, wir können uns für Amerikaner ausgeben, die nach Barcelona oder sonst wohin steuern. Die äußerste Reede, wo sich die Schiffe befinden, liegt kaum innerhalb der Schußweite.“

Mesty, der für die Fahrt seine Matrosenkleider wieder angelegt hatte, bemerkte jetzt: „Was wir tun, Massa Easy, wir schnell tun — Zeit für alles. Zeit für zeigen Gesicht und fechten. Zeit für verbergen Gesicht, kriechen und hinstehlen.“

„Sehr wahr, Mesty, wir wollen diesmal kriechen und auch verstohlen operieren, wenn wir können. Freilich ist es gerade nicht das Manöver, das mir von diesen beiden am besten zusagt.“

„Beides gut, Massa Easy. Gesetzt Sie sich nicht stehlen an Bord von Pelaccaschiff, Sie nicht sehen Missy Agnes.“

„Du hast recht, Mesty. Herum mit dem Schiff, Mr. Oxbelly.“

„Mr. Oxbelly nicht gut für Bootsdienst“, bemerkte Mesty und zeigte seine Zähne.

Es war bereits dunkel, als die Rebiera in der äußeren Reede, etwa eine Kabellänge von dem vordersten amerikanischen Schiff Anker warf. Eines von den Schanzbooten wurde niedergelassen, worauf Gascoigne und unser Held auf den Amerikaner zufuhren, die Ruder einzogen, beidrehten und nach dem Namen des Schiffes fragten.

„So mir Gott helf, ich den Namen vergessen“, versetzte ein Neger, der über die Laufplanke herunterschaute.

„Wo ist der Kapitän?“

„So mir Gott helf, er an Land gegangen.“

„Ist der Maat an Bord?“

„Nein, so mir Gott helf' — er auch an's Land gegangen."
„Wer ist denn an Bord?"
„So mir Gott helf, niemand an Bord als Pompey — und das ich."
„Die geben jedenfalls gut auf ihr Schiff acht", sagte Jack. „Ein Fahrzeug in der äußeren Reede, und nur einen schwarzen Kerl an Bord. He, Pompey, überläßt man dir immer die Obhut des Schiffes?"
„Nein, Sir, aber heute nacht große Lustbarkeit an Land. Alles tanzt und singt, sich betrinkt."
„Wie, gibt es eine Festlichkeit?"
„So mir Gott helf, ich weiß nicht, Sir."
„Ist jemand an Bord der anderen Schiffe?"
„Jedermann gegangen an Land. Wenn sie hab schwarz Mann, er bleib an Bord."
„Gute Nacht, Pompey."
„Gute Nacht, Sir. Wen soll ich sagen Besuch, wenn Kapitän komm an Bord?"
„Kapitän Easy."
„Kapitän Hisih! Sehr gut, Sir."
Unser Held ruderte zu dem anderen Schiff und fand es ebenso verlassen. Auf dem dritten war der Zweite Maat, den Arm in der Schlinge. Von ihm erhielten sie die Auskunft, daß in der Stadt der letzte Tag des Faschings gefeiert werde und alles nur an Vergnügen und Lustbarkeit denke.
„Schätze wohl", sagte der Maat, daß ihr Amerikaner seid?"
„Sie haben recht geraten", versetzte Jack.
„Welches Schiff und aus welchem Hafen?"
„Rhode Island, die Susanne und Mary", antwortete Gascoigne.
„Dachte ich's doch, ihr wärt aus dem Norden. Wir sind von New York. Was bringt ihr für Neuigkeiten?"
„Nichts", entgegnete Gascoigne, „wir waren in der letzten Zeit in Liverpool."
Der amerikanische Maat stellte nun eine Reihe von Fragen, die Gascoigne sehr geschickt beantwortete.
Dieses Frage-und-Antwort-Spiel war nötig, ehe sie auf Erkundigungen eingehen konnten, die augenscheinlich ein ame-

rikanisches Handelsschiff nichts angingen. Endlich fragte Gascoigne: „Glauben Sie, man wird uns an Land gehen lassen? Das Visitierboot ist nicht bei uns an Bord gewesen."

„Wenn ihr vor Tagesanbruch wieder fort seid, wird man nichts merken. Ich bezweifle, ob man drinnen weiß, daß ihr überhaupt geankert habt. Außerdem müßt ihr von Liverpool einen guten Gesundheitsschein mitbringen, und wenn sie das finden, so hat es nicht viel zu sagen. Schätze wohl, sie sind nicht übergenau."

„Was sind das für Schiffe, die an der Küste liegen?"

„Denke, sie haben Olivenöl an Bord — die meisten wenigstens. Aber da liegen auch einige lateinische Zweimaster, sie sind vorgestern von Valparaiso mit Häuten und Kupfer angelangt. Wie sie den Engländern entkommen sind, kann ich nicht sagen. Aber da sind sie, das ist gewiß."

„Nun, gute Nacht."

„Wollt ihr in dieser schönen Nacht nicht ein Glas Sling mit einem Landsmann trinken?"

„Morgen, mein guter Freund, morgen. Wir müssen jetzt an Land gehen."

Unser Held und Gascoigne kehrten wieder an Bord der Rebiera zurück, um sich mit Oxbelly und Mesty zu beraten. Dann bewaffneten sie die beiden Schanz- und Sternboote, weil sie es nicht für ratsam hielten, die Lausche herauszuhissen. Feuergewehre sollten nicht mitgenommen werden, damit es keinen Alarm gebe, wenn etwa eines zufällig losginge. Jack bestieg mit Mesty das erste Boot und ruderte der Stadt zu. Gascoigne folgte bald nachher in dem zweiten, und der Hochbootsmann kam mit der Jolle in einiger Entfernung nach.

Man achtete nicht auf sie, und die Boote langten in aller Stille an dem verlassenen Landungsplatze an. Die Häuser waren erhellt, und überall war lautes Jubelgeschrei zu hören. Aber die Schiffe schienen ebensowenig bemannt zu sein, wie die in der äußeren Reede.

Unsere Abenteurer hatten vorsichtig alles beobachtet, jedes Boot nur mit zwei Rudern versehen, und da sie unbeachtet blieben, so legten sie leise neben einem der zweimastigen lateinischen Schiffe an, worauf Mesty an Bord stieg. Er blickte in die Kajüte hinunter und entdeckte dort einen Mann, der auf einer Truhe lag. Dann schlich er wieder hinauf, schloß die Luke in aller Stille zu und sagte: „Alles recht!"

Jack überließ es Gascoigne, das Schiff hinauszuführen, was auch, da es sehr dunkel war, gut vonstatten ging. Denn obgleich nicht weit davon einige Schildwachen standen, so war doch ihre Aufmerksamkeit zu sehr von den Lustbarkeiten der Stadt in Anspruch genommen, als daß sie für etwas anderes hätten Augen und Ohren haben können.

Das zweite Schiff wurde in der gleichen Weise geentert. Hier aber fanden sie einen Mann auf dem Deck, den sie ergreifen und knebeln mußten. Sie sperrten ihn in die Kajüte, worauf Mesty mit seiner Bootsmannschaft die Kabel abschnitt und das Fahrzeug sachte in der Richtung der amerikanischen Schiffe hinauszog.

Damit noch nicht zufrieden, ruderte Jack zu einer schwer beladenen Galiote, obwohl noch unbekannt war, aus was ihre Ladung bestand. Sie fanden hier zwei Männer, die in der Kajüte Karten spielten. Diese wurden ergriffen und gebunden. Jetzt mußten Segel gesetzt werden, da das Schiff viel zu groß war, um anderweitig herausgeschleppt werden zu können. Während Jack und seine Leute damit beschäftigt waren, fand jedoch eine unerwartete Unterbrechung statt. Die zu der Galiote gehörige Mannschaft hatte sich genug vergnügt und es, da man am anderen Morgen auszusegeln gedachte, für passend erachtet, vor ihren Offizieren an Bord zurückzukehren. Es mochte um Mitternacht sein, und während die Leute unseres Helden, sechs an der Zahl, in dem Takelwerk hingen, hörte Jack zu seinem Ärger ein Boot vom Land abstoßen, dessen Bemannung ein Lied sang. Das Schiff war jetzt eben in Fahrt gekommen, jedes Marssegel gelöst und der Klüver aufgehißt. Die ersteren hatte man jedoch noch nicht anholen können, da die drei Mann unten in der Dunkelheit die Schooten nicht zu finden wußten. Die drei anderen befanden sich auf der Fockrah im Lösen des Focksegels begriffen. Jack war unschlüssig, ob er sie herunterrufen oder in ihrer Tätigkeit fortfahren lassen sollte, damit das Schiff weit genug vorwärts komme, um von dem schwer beladenen Boot nicht mehr überholt werden zu können. Letzteres befand sich mehr als zwanzig Ellen an der Galiote, als die darin befindlichen Leute bemerkten, daß ihr Schiff nicht mehr an dem Ort war, wo sie es verlassen hatten. Sie wandten sich daher nach rechts und legten ihre Ruder ein. Hierdurch gewannen unsere Abenteurer einen Vorsprung, wurden aber bald entdeckt.

„Caramba!“ hörte man die Matrosen rufen und der Boot schnabel wurde umgewandt.

„Laßt euch schnell an den Webleinen herunter, Jungens“, rief Jack, „da ist ein Boot an unserem Schiff.“

Die drei Leute befanden sich in ein paar Sekunden auf dem Deck, und die anderen, die nun die Topsegel angeholt hatten, eilten nach hinten. Die Galiote war bald gut in Fahrt, aber trotzdem war das Boot unter das Heck gerudert, und die Spanier, die ihre Riemen vorn und hinten schwingen ließen, kletterten, ihre Messer zwischen den Zähnen, an den Seiten herauf. Es folgte nun ein Kampf, in dem die Angreifenden zwar zurückgeschlagen wurden, aber sogleich wieder angriffen. Unser Held bemerkte ein an das Schandeck gebundenes Wasser- oder Weinfaß, das er mit seinem Stutzsäbel loshieb. Dann rollte er es mit Hilfe einer seiner Leute über Bord und gerade auf das Boot nieder. Dadurch wurde dessen Schandeck und eine Planke eingeschlagen, so daß sich das Boot schnell mit Wasser zu füllen begann. Mittlerweile hatte die Galiote ihren vollen Steuerlauf gewonnen, und das Boot konnte wegen seines Gewichtes nicht länger beihalten, weshalb es mit seiner Mannschaft bald weit zurückblieb. Diejenigen, die noch an dem Schandeck der Galiote hingen, wurden, sobald sie heraufgeklettert waren, festgenommen und in die Kajüte gezerrt. Zum Glück waren von beiden Seiten keine Feuerwaffen benutzt und deshalb ein allgemeiner Lärm vermieden worden. Die Schildwache meldete jedoch ein Gefecht auf einem der Schiffe, weshalb die Mannschaft des Wachbootes gesammelt und hinausgeschickt wurde. Es kam übrigens noch eben recht, um zu sehen, daß die Galiote unter Segel war und die zwei anderen Schiffe von Valparaiso sich nicht mehr auf ihrem Ankergrund befanden.

Die Reedewächter kehrten an Land zurück und schlugen Alarm. Man erteilte daher den Kanonenbooten, von denen drei am Hafendamm lagen, Befehl zum Auslaufen. Aber die Hälfte der Mannschaft und alle Offiziere befanden sich am Ufer und ehe sie gesammelt werden konnten, lagen alle drei Schiffe neben der Rebiera, auf der man noch keine Ahnung hatte, daß etwas entdeckt worden war. Unser Held war mit seiner Mannschaft in Sicherheit gewiegt. Jack hatte sich an Bord begeben und vierzehn seiner Matrosen auf der Galiote gelassen. Gascoigne hatte das gleiche getan, und Mesty war an Bord seines Schiffes geblieben. Sie beglückwünschten sich eben und beorderten die an Bord befindliche Mannschaft nach dem Haspel, als sie das Geräusch von Rudern hörten.

„Stille! Was ist das?" rief Oxbelly. „Entweder Kanonen- oder sonstige Boote, so wahr ich lebe."

In diesem Augenblick kam Mesty an der Seite herauf.

„Massa Easy, ich höre Boot rudern, nicht weit weg."

„Wir auch, Mesty. Gascoigne spring in das Boot, sage den Leuten in den Prisen, sie sollen alle Segel besetzen und uns die Verteidigung ihres Rückzugs überlassen. Bleib an Bord des einen und verteile deine Leute."

„Das alles recht, Massa Easy. Massa Gascoigne schnell. Und nun, Sir, Kabel gekappt und Segel gemacht, keine Zeit, Anker aufzuholen."

Die betreffende Order wurde gegeben. Obgleich die Matrosen im Nu oben waren und ihr Werk rasch ausführten, so konnten sie doch, als die Rebiera sich drehte und der Klüver aufflog, die Masten von drei Kanonenbooten erblicken, die in einer Entfernung von fünf Kabellängen unter Segel einherruderten. Die Brigantine war zwar nur gering bemannt, trotzdem breitete sich aber schnell die Bram- und Marssegel aus. Und die Matrosen kehrten auf ihre Posten zurück, um die Geschütze loszumachen. Dann braßte Jack auf, und die Rebiera steuerte quer vor den Gegnern gegen Westen.

„Warum zum Teufel feuern sie nicht?" rief Jack.

„Ich denk, weil sie nicht hab Pulver", antwortete Mesty.

Mesty hatte recht. Die Munitionskästen der Kanonenboote wurden, wenn sie an dem Hafendamm lagen, stets an

Land gebracht, um Unglücksfälle zu vermeiden. Sie erstanden daraus, daß die Matrosen ohne Unterlaß mit brennenden Zigarren hin und her gingen, und in der Eile des Augenblicks hatte man ganz vergessen, sie an Bord zu nehmen.

„Jedenfalls sind *wir* mit Pulver versehen“, sagte Jack, „und können jetzt unser Geschütz probieren. Ladet Kartätschen, meine Jungen, und zielt gut.“

Die Kommandeure der Kanonenboote hatten sich zugerufen und hatten beschlossen, die Rebiera zu entern. Aber diese hatte jetzt starke Fahrt und segelte schneller, als die Gegner ruderten. Eine gut gerichtete volle Ladung setzte sie nicht wenig in Erstaunen, denn sie hatten keine Vorstellung von der Stärke ihres Feindes. Auch war die Wirkung des Geschützes so gut, daß sie zuerst ihre Riemen beistecken und dann mit aller Eile zu dem Hafendamm zurückruderten. Sie ließen von der Rebiera ab, die bereits zwei Meilen auf hoher See war.

Sobald Jack bemerkte, daß die Kanonenboote ihren Rückzug angetreten hatten, beschloß er, den geenterten Fahrzeugen nachzusegeln. Er hatte sie bald eingeholt und legte mit ihnen bis zum Tagesanbruch bei. Gascoigne kehrte an Bord zurück, und nun wurden Prisenmeister gewählt. Jack hatte sich vorgenommen, seine Beute bei sich zu behalten und sie mit nach Palermo zu nehmen.

40

Die beiden lateinischen Schiffe waren von beträchlichem Wert, da ihre Ladung aus Kupfer, Häuten und Echenille bestand. Die Galiote führte Olivenöl und war gleichfalls keine verächtliche Prise. Mit Tagesanbruch waren sie alle bereit und segelten, sehr zum Ärger der guten Leute von Malaga, ohne Unterbrechung nach Osten weiter.

„Ich denk, wir treiben das Geschäft ziemlich gut, Massa Easy“, bemerkte Mesty, als er den Tisch zum Frühstück deckte.

„Nichts geht übers Probieren“, antwortete Gascoigne. „In der Tat, wenn wir in die Bai hineingesteuert wären, hätte ich all mein Prisengeld für eine Dublone verkaufen können. Welcher Anteil fällt mir zu, Jack?“

„Nur soviel, wie jedem von der Mannschaft, denn unsere Prisengeldübereinkunft wurde vor unserer Ausfahrt unterzeichnet.“

„Eigentlich sollte ich in Mr. Oxbellys Klasse fallen.“

„Das würde die Hälfte meines Prisengeldes wegnehmen und ich brauche alles, Mr. Gascoigne, um meine Frau zufriedenzustellen, weil ich ihr ausgerissen bin.“

„Ah, schon gut. So nehme ich eben, was ich kriegen kann.“

Sie segelten nun zehn Tage an der Küste entlang, aber mit viel zu großer Geschwindigkeit für die Wünsche der Mannschaft, die zu gerne noch mehr Geld erobert hätten. Sie nahmen ein Fischerboot, setzten an dessen Bord die vier Gefangenen, die sie in dem Schiff gefunden hatten, und langten auf der Höhe von Barcelona an, ohne mit einem Freund oder Feind zusammenzutreffen. Am nächsten Morgen ließ der Wind nach, und sie entdeckten bei Tagesanbruch westwärts hinter sich ein Schiff, in dem sie bald eine Fregatte erkannten. Alles wurde für den Kampf in Bereitschaft gehalten. Aber sie nahmen die Sache ziemlich leicht, da sie überzeugt waren, sie hätten es hier mit einem britischen Kreuzer zu tun. Nur eine Furcht hatten sie: Das königliche Schiff konnte nämlich einen Teil ihrer Mannschaft pressen.

„Sie werden uns unsere Mannschaft kürzen, um so mehr, da sie uns wahrscheinlich für einen spanischen Konvoi halten, und deshalb in ihrer Erwartung getäuscht werden“, sagte Mr. Oxbelly.

„Aber doch keine Leute aus unseren Prisen?“ bemerkte Easy.

„Weiß nicht. Seiner Majestät Dienst braucht Leute, wo sie herkommen mögen. Es ist nicht ihre Schuld, Mr. Easy, die Flotte will bemannt sein, und wie es eben ist, so muß es recht sein. Es handelt sich da um ein königliches Vorrecht, Mr. Easy, ohne das wir die Schlachten des Vaterlandes nicht kämpfen könnten."

„Ja", versetzte Gascoigne, „und obgleich man, sobald die Dienste der Matrosen nicht länger gebraucht werden, Demagogen genug im Lande findet, die gegen das Pressen sind, so verhalten sie sich doch ganz mäuschenstill, wenn sie wissen, daß ihr Leben und Eigentum von der Tapferkeit der Seeleute abhängt."

„Sehr wahr, Mr. Gascoigne. Aber es ist nicht unsere Schuld, wenn wir genötigt sind, Leute mit Gewalt wegzunehmen, sondern diejenigen haben es zu verantworten, die die gesetzgebende Gewalt darstellen und nicht die Beseitigung einer solchen Notwendigkeit zu erzielen wissen. Mrs. Oxbelly pflegte zu sagen, sie wollte leicht damit fertig werden, wenn sie Kanzler der Schatzkammer wäre."

„Na, ich will es glauben, daß sie einen sehr guten Kanzler der Schatzkammer abgeben würde", entgegnete Gascoigne lächelnd. „So viel ist übrigens gewiß, wenn man dem Gegenstand nur halb die Aufmerksamkeit schenkte, die man auf weit minder wichtige Gegenstände verwendet, so müßten sich wohl Maßregeln finden lassen, um es der Flotte Seiner Majestät nie an Mannschaft fehlen zu lassen."

„Kein Zweifel, kein Zweifel, Mr. Gascoigne, aber trotzdem darf das Vorrecht des Königs nicht aufgegeben werden."

„Da bin ich mit Ihnen einverstanden, Mr. Oxbelly. In Fällen plötzlicher Gefahr und absoluter Notwendigkeit muß man fest daran halten."

„Wir können diesen Punkt gelegentlich beleuchten", sagte Jack. „Zuerst aber wollen wir unsere Maßregeln beratschlagen. Meiner Ansicht nach könnten wir der Fregatte wohl entwischen, wenn nur die Prisen nicht wären."

„Vielleicht ist es das beste, was wir tun können, Mr. Easy. Wir wollen ein Boot an Bord unserer genommenen Schiffe senden und alle entbehrlichen Männer herausnehmen. Dann können wie eine Preßmaßregel nicht verantworten."

„Ja", sagte Gascoigne, „und da der Wind eben jetzt nachläßt, so tritt vielleicht Windstille ein, und sie senden dann ihre Boote. Wie wäre es, wenn wir uns auf eine Meile oder zwei trennten?"

„Das ist ein sehr guter Rat, Massa Gascoigne", bemerkte Mesty.

Nach diesem Plan wurde sofort gehandelt. Auf den lateinischen Schiffen blieben nur je drei und in der Galiote vier Mann. Dann verteilten sich die Fahrzeuge zu beiden Seiten der Rebiera, die alle Segel beisetzte und den Prisen vorausschoß. Dieses Manöver wurde an Bord der Fregatte bemerkt und gab ihrer Bemannung die Überzeugung, sie habe es mit einem spanischen Konvoi zu tun, der zu entkommen versuche. Die Feuerspritze wurde auf das Deck geschafft, die Segel angenäßt und der Kreuzer gab sich alle Mühe, den Flüchtling einzuholen. Nachmittags um vier Uhr war er noch ungefähr acht oder neun Meilen zurück, als eine Windstille eintrat. Die Schnäbel der Schiffe und der Fregatte drehten sich jetzt im Kreise.

„Sie setzen die Boote aus", sagte Mr. Oxbelly. „Na, die geben sich viel Mühe für nichts."

„Und erst ihr Ärger!" versetzte Gascoigne.

„Kümmern wir uns nicht darum", entgegenete Jack. „Mesty sagt, das Diner sei bereit."

Nach dem Diner begaben sich alle wieder an Bord und fanden, daß sich die Boote getrennt hatten, indem je eines nach den Prisen ruderte und zwei auf die Rebiera zuhielten. In weniger als einer Stunde konnten die letzteren an Bord sein.

„Und nun laßt uns einen Entschluß fassen, wie wir handeln sollen. Wir dürfen wohl keinen Widerstand leisten, wenn sie es versuchen, die Mannschaft zu pressen?"

„Ich habe mir die Sache überlegt, Mr. Easy, und es scheint mir, daß wir den Matrosen gestatten sollten, nach ihrem Gutdünken zu handeln, während wir selbst neutral bleiben. Ich als Lieutenant in Seiner Majestät Dienst kann natürlich nichts tun, und ebensowenig ist dies Mr. Gascoigne möglich. Sie sind freilich unabhängig, trotzdem würde ich Ihnen doch empfehlen, das gleiche zu tun. Daß die Matrosen ein Recht zum Widerstand haben, ist eine allbekannte Sache. Denn sie wehren sich stets und werden nie dafür bestraft. Unter den Kanonen der Fregatte wäre uns natürlich nur Unterwerfung geblieben, aber diese zwei Boote enthalten meiner Schätzung nach nicht mehr als fünfundzwanzig Mann, und da bilden doch die Matrosen die stärkere Partei. Wir wollen lieber die Mannschaft für sich selbst sorgen lassen und neutral bleiben."

„Das ein sehr guter Rat", sagte Mesty. „Uns selbst sorgen lassen."

Und damit ging er zum Vorderschiff, wo sich die Matrosen bereits zur Beratung versammelt hatten.

Jack gab gleichfalls die Klugheit dieser Maßregel zu und war jetzt Zeuge, wie seine Leute, nachdem sie sich mit Mesty beraten hatten, sich zum Widerstand bewaffneten.

Die Boote waren nun dicht neben Bord, und an der Gaffel der Rebiera wurde die englische Flagge gehißt. Das zügelte jedoch keineswegs das Ungestüm der Boote, die neben der Brigantine anlegten. Dann sprang ein Offizier, den Stutzsäbel in der Hand, an Bord, und die Matrosen der Fregatte folgten nach. Die Mannschaft der Rebiera blieb im Vorderschiff versammelt. Easy, Gascoigne und Oxbelly standen hinten.

„Was ist das für ein Schiff?" rief der Lieutnant, der die Boote kommandierte.

Jack nahm mit der größten Höflichkeit seine Hut ab und antwortete: „Es ist die Rebiera, ein mit Admiralitätsbriefen versehener Kaper, in dessen Papiere beliebig Einsicht genommen werden kann."

„Und die anderen Schiffe?"

„Prisen der Rebiera, in der Bai von Malaga geentert", entgegnete Jack.

„So, also ein Kaper", versetzte der Offizier ärgerlich. „Wo sind Ihre Papiere?"

„Mr. Oxbelly, erweisen Sie mir die Gefälligkeit, sie heraufzubringen", sagte Jack.

„Der fette Jack vom Beinhaus", bemerkte der Lieutenant und sah Oxbelly erstaunt an.

„Ein Lieutenant in Seiner Majestät Diensten, und zwar mit älterem Patent als Sie, junger Mensch", erwiderte Oxbelly mit Festigkeit, „der, wenn er je in einer anderen Stellung wieder mit Ihnen zusammentrifft, Sie für Ihre unverschämte Bemerkung verantwortlich machen wird."

„Wirklich?" versetzte der Lieutenant ironisch. „Nun, wenn Sie gesagt hätten, Sie seien einmal Hochbootsmann oder Geschützmeister gewesen."

„Nehmen Sie an, ich hätte Ihnen eine Ohrfeige gegeben", brüllte Oxbelly jetzt und verlor ganz seine Fassung.

„Ei, ei, sehe man nur das alte Meerschwein."

„Sir", bemerkte Jack, der mit Entrüstung zuhörte, „Mr. Oxbelly ist ein Lieutenant in Seiner Majestät Dienst, und Sie haben kein Recht, ihn zu beschimpfen, selbst wenn dies nicht der Fall wäre."

„Da sind Sie vermutlich alle Offiziere", entgegnete der Lieutenant.

„Ich bin Offizier in Seiner Majestät Dienst, Sir", erwiderte Gascoigne, „und an Bord dieses Schiffes mit Genehmigung des Kapitäns Sawbridge von der Latona."

„Und ich war es noch vor wenigen Monaten, Sir", fuhr Jack fort. „Zur gleichen Zeit aber bin ich Kapitän und Eigentümer dieses Schiffes — doch da sind die Papiere. Sie sollen von uns in Erfüllung Ihrer Pflicht nicht behindert werden. Gleichzeitig fordere ich die zwei jungen Gentlemen an Ihrer Seite und Ihre eigenen Leute als Zeugen dessen auf, was stattfindet."

„Oh, sehr gut, Sir, ganz nach Ihrem Belieben. Ihre Papiere sind in Ordnung, wie ich bemerkte. Jetzt aber haben Sie die Güte, mich Ihre Leute mustern zu lassen."

„Selbstverständlich, Sir", versetzte Jack. „Schicken Sie die Mannschaft zur Musterung zum Hinterschiff, Mr. Oxbelly."

Die Matrosen erschienen mit Mesty an ihrer Spitze hinter dem großen Mast und antworteten auf ihre Namen. Der Lieutenant zeigte auf zehn von ihnen, die ihm am kräftigsten schienen, mit dem Bleistift, und sobald die Liste verlesen war, befahl er ihnen, ihre Bündel zu schnüren und ins Boot zu gehen.

„Sir, Sie müssen bemerken, daß ich selbst nur wenig Mannschaft habe, da sich ein Teil von ihr in den Prisen befindet. Ich protestiere daher als Kommandeur dieses Schiffes gegen ein solches Verfahren. Freilich, wenn Sie darauf bestehen, meine Leute dennoch zu nehmen, so kann ich natürlich nichts tun", bemerkte Jack.

„Ich bestehe darauf, Sir, denn ich will nicht mit leeren Händen an Bord zurückgehen."

„Gut, Sir, dann kann ich nichts weiter sagen", entgegnete Jack und ging zum Heck, wohin sich Oxbelly und Gascoigne bereits zurückgezogen hatten.

„Kommt, ihr Jungen, schafft diese Leute ins Boot", sagte der Lieutenant.

Aber die Matrosen hatten sich, Mesty an ihrer Spitze, ins Vorderschiff zurückgezogen und zu den Waffen gegriffen. Einige von den Leuten der Fregatte waren, dem Befehl ihres Offiziers gemäß, vorwärts gegangen, um die Ausgewählten ins Boot zu führen, wurden aber sofort aufgefordert zurückzuweichen. Das Getümmel zog die Aufmerksamkeit des Lieutenants auf sich, der sogleich seine ganze Mannschaft aus den Booten herbeirief.

„Beim Himmel, Meuterei! Kommt alle herauf, meine Jungen!"

Mesty trat vor, den Säbel in der einen und eine Pistole in der anderen Hand, und redete die Matrosen der Fregatte an: „Ich sag euch dies, meine Jungen. Ihr nicht so stark als wir, ihr nicht hab bessere Waffen. Wir nicht unter Kanonen der Fregatte jetzt, und sein entschlossen, nicht an Bord zu gehen. Gesetzt, ihr wollt uns, kommt und nehmt uns, wenn ihr könnt. Aber bei der Allmacht, wir euch hauen in Kochstücke zusammen."

Die Matrosen zauderten Sie waren bereit, für England zu fechten. Aber sie wollten sich nicht von ihren eigenen Landsleuten umbringen lassen oder Leute töten, die nur taten, was sie selbst getan haben würden. Der Lieutenant aber dachte anders und geriet in Wut.

„Du schwarzer Schurke, ich überging dich, weil du mir nicht die Mühe des Pressens wert warst, aber jetzt will ich dich haben."

„Halt ein bißchen", sagte Mesty.

Der Lieutenant wollte den sehr klugen Rat des Mestys nicht annehmen, sondern stürzte nach vorne, um ihn zu ergreifen. Aber dieser versetzte ihm mit der flachen Klinge seines Säbels einen so kräftigen Hieb, daß er fast den Boden des Decks küßte. Daraufhin stürzten die Matrosen und die anderen Offiziere der Fregatte hinzu, wurden aber nach einem kurzen Kampf in die Boote zurückgeschleudert. Mestys kräftiger Arm warf ihnen den Lieutnant nach und da man Kanonenkugeln und andere schwere Gegenstände auf die Boote hinunterschleuderte, so zogen sie eilig ab und ruderten der Fregatte zu.

„Darüber wird man gewaltiges Aufheben machen", sagte Oxbelly, „sobald sie wieder an Bord kommen. Kriegt uns die Fregatte zu fassen, so wird sie uns keine Gnade zeigen. Doch, da kommt eine Brise von Nordwest. Wie glücklich! Wir liegen drei Stunden windwärts und können entkommen."

„Ich bezweifle, ob uns die Fregatte im Segeln gewachsen ist. Die Prisen können sie zwar erwischen, aber die nützen ihnen nichts."

„Nein, die Boote, die zu ihnen gefahren sind, kehren bereits zu der Fregatte zurück. Sie muß auf diese warten, und das gibt uns einen Vorsprung. Es wird Nacht werden, ehe sie nur ihre Segel setzen können."

„Feuert eine Kanone ab, als Signal für die Prisen, sich anzuschließen", sagte Jack. „Wie wollen ihnen wieder mehr Mannschaft geben und dann, so schnell wir können, auf Palermo lossteuern."

„Wir können nichts besseres tun", sagte Oxbelly. „Wenn ich je mit diesem Kerl wieder zusammenkomme, will ich ihm Gelegenheit geben, seine Worte zu bereuen. Richtet die Segel, meine Jungen."

„Er hat sich ganz unverzeihliche Reden erlaubt", bemerkte Jack.

„Seit ich in des Königs Dienst bin, habe ich immer bemerkt, Mr. Easy, daß sich gewisse Offiziere einzubilden scheinen, weil sie unter des Königs Wimpeln segeln, seien sie berechtigt, alle diejenigen, die sich nicht einer gleichen Ehre erfreuen, zu beschimpfen und zu tyrannisieren. Dabei sollte doch schon der Umstand, daß sie in königlichem Dienst stehen, ein Anlaß für sie sein, bei Ausführung ihrer Pflicht, wie unangenehm sie oft sein mag, das gute Beispiel der Höflichkeit zu geben."

„Nur diejenigen, die ihre eigene Unbedeutsamkeit fühlen, sind genötigt, sich durch die Flagge, unter der sie dienen, wichtig zu machen", versetzte unser Held.

„Sehr wahr, Mr. Easy. Aber Sie wissen vielleicht nicht, daß die Abneigung, die man im allgemeinen gegen den Dienst hat, größtenteils auf Rechnung der Unverschämtheit solcher jungen Leute kommt. Des Königs Namen dient ihnen als eine Vollmacht für jede Art von Tyrannei und unverantwortlichen Benehmen. Ich erinnere mich, daß einmal Mrs. Oxbelly einem dieser Herren bedeutete ..."

„Ich bitte um Verzeihung, Mr. Oxbelly", unterbrach ihn Jack. „Aber wir haben jetzt keine Zeit zum Plaudern. Die Brise kommt schnell auf, und ich bemerke, daß die Prisen sich anschließen. Wir wollen das Boot herunterlassen, die Leute wieder an Bord schicken und ihnen ihre Befehle geben. Ich werde sie schriftlich aufsetzen, wenn sie von uns abkommen sollten."

„Sehr wahr, Sir. In einer halben Stunde wird es dunkel sein, und da wir jetzt landwärts steuern, so werden sie wohl denken, wir beabsichtigen, an der Küste zu bleiben Sobald es dann Nacht ist, können wir unseren Kurs nach Palermo fortsetzen. Ich will hinuntergehen und die Karte vornehmen."

41

In einer halben Stunde waren die Prisen wieder neben Bord und ihre Mannschaften wurden vervollständigt. Die Fregatte lag noch immer windstill im Lee und hißte ihre Boote ein. Unsere Abenteurer bewachten sie, bis sie in den Schatten der Nacht unsichtbar wurde und steuerten dann mit dem Wind der Küste von Sizilien zu. Als am nächsten Morgen die Sonne aufging, war am Horizont nichts mehr von einem Schiff zu sehen.

Die Fahrt ging glücklich voran. Das Wetter war schön und die Prisen blieben bei ihrem Schiff. Am sechzehnten Tag warf die Rebiera mit ihrem Konvoi in der Bai von Palermo Anker. Sie fuhren am Morgen unter leichtem Wind ein. Da Jack eine große blaue Flagge, auf der in großen weißen Buchstaben der Name „Rebiera“ stand, an dem Hauptmast aufgehißt hatte, so kamen Don Philipp und Don Martin an Bord, um unsere Helden zu begrüßen.

Die Nachrichten, die unser Held erhielt, nachdem er sich über das Befinden seiner Agnes und ihrer Eltern erkundigt hatte, waren befriedigend. Das Verschwinden des Mönchs hatte anfangs viel Aufsehen erregt. Aber da die Dienerschaft des Don Rebiera darauf schwor, er sei ohne den Schwarzen zurückgekehrt, ferner Don Rebiera dem Kloster schrieb und sich dessen Besuch erbat, so fiel kein Argwohn auf die Familie. Man stellte hundert Mutmaßungen an, die aber langsam verstummten. Endlich glaubte man, er sei von den Banditen fortgeführt worden, denn einige, die aufgegriffen wurden, gestanden ein, sie hätten an einem Tag, dessen sie sich nicht zu erinnern wüßten, einen Mönch abgefangen. Der Leser wird sich erinnern, daß dieser Mönch Mesty war.

Nachdem die Rebiera visitiert war, eilte Jack mit Don Philipp und seinem Bruder zu Agnes, die, wie unser Held meinte, während seiner Abwesenheit nur noch schöner geworden war. Nun, so geht es den meisten verliebten jungen Männern, wenn sie eine Weile von dem Gegenstand ihrer Neigung getrennt gewesen waren. Die Prisen wurden verkauft, das Geld verteilt, und alles war zufrieden, da die Ladungen eine weit größere Summe eingebracht hatten, als man vermuten konnte.

Einen Monat nach seiner Ankunft war unser Held vermählt und jetzt natürlich sehr glücklich. Einige Tage nachher drängte Mr. Oxbelly zur Abreise, da der Aufwand des Schiffes sehr groß war und er sich verpflichtet hatte, jede unnötige Verzögerung zu vermeiden. Don Philipp und Don Martin erhielten Urlaub, um ihre Schwester und deren Gatten nach

England zu begleiten. Aber Jack fand den Aufenthalt in Palermo so angenehm, daß er sich von dem Don und seiner Gattin bereden ließ, einen Monat zu bleiben. Dann gab es aber ein Weinen, Schluchzen und Umarmen. Man schiffte sich ein, und endlich lichtete die Rebiera, deren Kajüten für die Aufnahme des neuvermählten Paares eingerichtet worden waren, die Anker. Sie fuhren nach Malta, wo Jack, seinem Versprechen gemäß, den Gouverneur zu besuchen gedachte. Vier Tage später ankerten sie in dem Hafen von La Valetta, und Jack ging zu seinem alten Freund, der hocherfreut war, ihn wiederzusehen. Der Gouverneur schickte seine eigene Barke aus, um Mrs. Easy an Land zu bringen, der sofort die Staatsgemächer angewiesen wurden, in denen sie sich sehr behaglich fühlte. Wie gewöhnlich hatte unser Held dem Gouverneur eine lange Geschichte zu erzählen, und dieser hörte ihm sehr aufmerksam zu, wahrscheinlich, weil der dachte, es werde wohl die letzte sein. Jack benutzte diese Gelegenheit, um seinem Freund unter anderem auch das unglückliche Ende seines Vaters mitzuteilen.

„Ich hätte mir früher nicht eine derartige Äußerung erlauben mögen, Mr. Easy, aber da die Wunde geheilt ist, sagte ich Ihnen, es war das beste, was geschehen konnte. Der arme, alte Herr! Er war in der Tat von einem schlimmen Wahnsinn befallen."

Unser Held blieb vierzehn Tage in Malta. Dann ging Signora Easy wieder an Bord und die Rebiera breitete abermals ihre Segel aus.

„Leben Sie wohl, mein junger Freund. Komme ich je wieder nach England, so werde ich zuerst in Forest Hill meinen Besuch machen. Gott sei mit Ihnen."

Aber Sir Thomas kam nie wieder nach England zurück, es war also ein Abschied für immer. Die Rebiera nahm wieder ihren Kurs auf, machte ein paar Tage vor Gibraltar halt, zog ihren Anteil an dem genommenen Kanonenboot ein und segelte dann nach England, wo sie ohne weitere Zwischenfälle nach drei Wochen anlangte.

So endete der letzte Kreuzzug des Midshipman Easy. Sobald an dem Mutterstrand die Quarantänezeit abgelaufen war, ging er mit den Seinigen an Land und traf im George-Hotel Doktor Middleton und Mr. Hanson, die ihn erwarteten. Unser Held hatte kaum Zeit, seine Gattin vorzustellen, als der Kellner meldete, daß ihn eine Dame zu sprechen wünsche. Diese wartete jedoch nicht auf Antwort, sondern drängte sich ohne Umstände ins Zimmer. Jack faßte ihren großen Umfang ins Auge und wußte sofort, daß es Mrs. Oxbelly sein müsse – eine Mutmaßung, die sich auch als richtig herausstellte.

„Bitte, Sir, was soll das heißen, daß Sie mir meinen Mann in dieser Weise entführten?" rief die Dame ganz rot vor Zorn.

„Gott verhüte, daß ich Ihnen den Gatten entführen sollte, Mrs. Oxbelly. Er wäre mir etwas zu schwer dazu."

„Ja, Sir. Aber das ist wenig besser als Seelenverkauf, und für das Kinderstehlen gibt es jedenfalls ein Gesetz. Ich werde Ihnen einen Advokaten zuschicken, verlassen Sie sich darauf."

„Sie können doch Ihren Mann nicht als Kind betrachten, Mrs. Oxbelly, sagte Jack lachend.

„Sehr gut, Sir, wir wollen sehen. Bitte, wo ist er jetzt?"

„Noch an Bord, Mrs. Oxbelly, und er wird hoch erfreut sein, Sie wiederzusehen."

„Das weiß ich nicht gewiß."

„Auch nach dem kleinen Billy sehnt er sich", sagte Gascoigne.

„Was wissen Sie von dem kleinen Billy, junger Mann?"

„Und noch mehr als alles andere verlangt er, wieder an Land zu sein. Er hat es herzlich satt, allein zu schlafen, Mrs. Oxbelly."

„Ah, ganz gut. So hat er also geplaudert, wie? Schon recht", rief die Dame wütend.

„Übrigens schätze ich mich glücklich", fügte Easy hinzu, „Ihnen sagen zu können, daß ihm seine kurze Abwesenheit, Sold und Prisengeld zusammengerechnet, nicht viel weniger als fünfhundert Pfund eingetragen hat."

„Fünfhundert Pfund? Herr, sind Sie bei Trost?" rief Mrs. Oxbelly. „Wissen Sie das auch gewiß?"

„Ganz gewiß", sagte Gascoigne.

„Fünfhundert Pfund! Nun, das lasse ich mir gefallen! Du

mein Himmel, wie freue ich mich, ihn wiederzusehen! Freilich, Mr. Easy, es war sehr hart, auf eine so hinterlistige Weise von ihm getrennt zu werden. Doch alles muß in dieser schlechten Welt recht sein. Was für eine liebe und hübsche Frau Sie haben, Mr. Easy. Aber ich will nicht länger lästig fallen, ich bitte um Verzeihung. Wo ist die Brigg, Mr. Easy?"

„Sie läuft eben in den Hafen ein", antwortete Gascoigne. „Wenn Sie handeln, können Sie für zwei Pence hinkommen."

„Fünfhundert Pfund!" rief Mrs. Oxbelly, deren Zorn jetzt verraucht war.

„Bei der Allmacht, sie sein Narr von einem Weib, das", sagte Mesty, als sie sich unter Verbeugungen entfernte. „Ich denk, Mr. Oxbelly ganz recht hab, daß er will allein schlaf."

Am Nachmittag brach die ganze Gesellschat nach Forest Hill auf, wo alles für ihre Aufnahme bereit war. Die Mannschaft der Rebiera wurde ausbezahlt und bald nachher unter die Schiffe Seiner Majestät verteilt. Die Brigantine fand einen Käufer, und Mr. Oxbelly kehrte nach Southsea zurück, um sich der Gesellschaft seiner Frau und des kleinen Billy zu erfreuen. Ob er seine Frau zu einer Scheidung veranlassen konnte, ist nicht bekannt geworden.

Unser Held, der jetzt volljährig war, lud nunmehr alles auf zwanzig Meilen im Umkreis zu seinen Bällen und Diners ein. Er wurde in der Umgegend sehr beliebt, hielt ein Rudel Hunde, ritt bei Fuchsjagden mit den Vordersten um die Wette, empfing eine Deputation, die ihn bat, die konservativen Interessen der Grafschaft zu vertreten. Er wurde ohne viele Kosten gewählt und hatte seinen Sitz im Parlament. Don Philipp und Don Martin kehrten nach zweimonatigem Aufenthalt wieder nach Palermo zurück, völlig überzeugt von den angenehmen und glücklichen Aussichten ihrer Schwester für die Zukunft.

Mesty behauptete seinen Posten mit Würde und zeigte sich als treuer, zuverlässiger Diener. Gascoigne erhielt durch den Einfluß des konservativen Mitglieds bald den Rang eines Postkapitäns und blieb stets der ergebene, aufrichtige Freund unseres Helden. Und so endet die Geschichte von Mr. Easy, dem Midshipman.